HEYNE BÜCHER

KAREN ROBARDS

PIRATEN DER LIEBE

Roman

Aus dem Amerikanischen
von Christine Roth

WILHELM HEYNE VERLAG
MÜNCHEN

HEYNE ALLGEMEINE REIHE
Nr. 01/10631

Titel der Originalausgabe
ISLAND FLAME

Besuchen Sie uns im Internet:
http://www.heyne.de

Umwelthinweis:
Dieses Buch wurde auf
chlor- und säurefreiem Papier gedruckt.

Der Titel erschien bereits in der Reihe »Romane für Sie«
mit der Band-Nr. 04/52.

Redaktion: Peter Orlow

Printed in Germany 1998
Umschlagillustration: Donald Case/Agentur Schlück
Umschlaggestaltung: Atelier Ingrid Schütz, München
Satz: Buch-Werkstatt GmbH, Bad Aibling
Druck und Bindung: Elsnerdruck, Berlin

ISBN 3-453-13704-3

Für Doug in Liebe

1

Lady Catherine Aldley war bildschön, und das wußte sie. Sie wußte auch, welchen Anblick sie bot, als sie jetzt auf dem Oberdeck der ›Anna Greer‹ an der Reling lehnte, wo der Wind mit ihrer rotgoldenen Haarflut spielte, die von der untergehenden Sonne in lodernde Flammen verwandelt wurde. Die frische Seeluft hatte ihre Wangen gerötet; sie bildeten nun einen lebhaften Kontrast zu ihren strahlend blauen Augen.

Catherine war erst siebzehn und Zeit ihres kurzen Lebens behütet und verwöhnt worden. Seit dem Tod ihrer Mutter vor zehn Jahren hatten ihr Kindermädchen und eine ganze Reihe von Gouvernanten sich um ihre Erziehung gekümmert, die hauptsächlich darin bestand, ihrem Zögling all das beizubringen, was für eine junge Lady im Jahre 1842 als wichtig erachtet wurde: die Harfe und das Pianoforte zu spielen, die langweilige Kunst der Aquarellmalerei zu erlernen, ein akzentfreies Französisch zu sprechen und stets ein liebenswürdiges, unbekümmertes und kindliches Benehmen zur Schau zu tragen. Ihren Schützling in letzterer Tugend zu unterweisen, war den ehrenwerten Damen nur bedingt gelungen. Wenn es Cathy gefiel, konnte sie sehr wohl die Rolle der höflichen, wohlerzogenen jungen Lady spielen. Doch wehe, wenn sie schlechter Laune war – dann gebärdete sie sich wie ein Teufel. Ihre Wutausbrüche hatten mehr als eine leidgeplagte Gouvernante dazu getrieben, unter Tränen und mit inbrünstigen Schwüren, dieses Haus nie wieder zu betreten, Hals über Kopf ihre Wirkungsstätte zu verlassen. Und Cathy hatte ihnen keine Träne nachgeweint. Sie war es schon lange überdrüssig, das zu lernen, was in klugen Büchern stand. Sie wollte das Leben erleben, nicht darüber lesen!

»Das Mädchen ist schlicht und einfach ignorant!« hatte ihr Vater bei einer dieser Gelegenheiten geknurrt, und damit absolut recht gehabt. Obwohl jede der zahlreichen Gouvernanten sich wirklich redlich bemüht hatte, ihrem widerspenstigen Zögling die Grundlagen von Anstand und geistiger Reife einzutrichtern, konnte Cathys Bildungsniveau bestenfalls als mittelmäßig bezeichnet werden. Und als man dann entdeckte, daß sie die Früchte des Unterrichts, den man ihr zuteil werden ließ, nur dazu verwandte, schlüpfrige Romane zu lesen, steckte ihr duldsamer Vater schließlich die Waffen. Die ebenso mühevollen wie vergeblichen Versuche, seiner Tochter Wissen zu vermitteln, wurden eingestellt.

Statt dessen nahm sie Tanzunterricht, und so leichtfüßig wie sie schwebte im Umkreis von Meilen keine andere junge Lady übers Parkett. Sie lernte, mit leicht nach innen gekehrten Zehen zu gehen, so daß ihre Röcke wie Glocken um ihre Waden schwangen. Sie lernte, unter halb geschlossenen Wimpern hinreißend zu lächeln, mit glockenheller Stimme zu lachen und so die jungen Männer um sich zu scharen, die ergeben auf ein freundliches Wort oder – noch sehnsüchtiger – auf einen Kuß von ihr hofften.

Vor allem aber lernte sie, ihre wahre Natur vor den Männern zu verbergen, die sie umschwärmten. In Gesellschaft – vornehmlich in Begleitung interessanter junger Herren – befleißigte sie sich eines Benehmens, das mindestens so anmutig und entzückend war wie die Züge ihres Gesichts. Ihren scharfen Verstand und ihr hitziges Temperament bekam nur ihre Nanny zu spüren, die ihren Schützling inbrünstig ermahnte, diese Untugenden nicht zu zeigen, bis sie einen Ehemann gefunden habe.

Cathys Vater, Sir Thomas Aldley, der neunte Earl von Badstoke und königlicher Gesandter in Portugal, liebte sein einziges Kind abgöttisch. Er sah sie jedoch nur sehr selten und hatte demzufolge keine Ahnung, wie starrköpfig und egoistisch sie in Wirklichkeit sein konnte. Er wußte nur, daß sie charmant und außerordentlich hübsch war und daß sie ihm in seiner Position alle Ehre machte. Unglücklicherweise hatte sie sein zügelloses Temperament geerbt, was sie anscheinend jedoch gut zu kaschieren vermochte. Abgesehen davon war er der Meinung, daß es nicht unbedingt ein Fehler war, wenn eine Frau ein bißchen Feuer besaß; das hielt den Ehemann bei der Stange. Im großen und ganzen war sie ein braves Mädchen und hatte ihm erst in jüngster Zeit Anlaß zur Besorgnis gegeben. Denn in den letzten sechs Wochen konnte er sich des Eindrucks nicht erwehren, daß ihr wirklich jeder junge Schnösel in Lissabon den Hof machte – und seine Tochter mit einem Ausländer zu verheiraten, wäre seiner politischen Karriere alles andere als zuträglich gewesen. Sir Thomas spielte daher schon seit geraumer Zeit mit dem Gedanken, seine Tochter aus der Gefahrenzone zu bringen, indem er sie zum Beispiel auf Besuch zu ihrer Tante nach England schickte. Er selbst würde im nächsten Jahr nachkommen, wenn seine Amtszeit als Gesandter hier in Lissabon abgelaufen war. Bis dahin konnte er davon ausgehen, daß sich Cathy kopfüber in den Strudel der Londoner Ballsaison stürzen und keine Zeit haben würde, den portugiesischen Schönlingen nachzutrauern. Zudem setzte er vollstes Vertrauen in seine Schwester Elizabeth, daß diese die neuen Bekanntschaften ihrer Nichte sehr genau unter die Lupe nehmen würde. Ja, Cathy nach England zu schicken, war gewiß eine sehr kluge Entscheidung.

Cathy hatte Zeter und Mordio geschrien, als sie von dem Plan erfuhr, doch ihr Vater konnte, hatte er einmal einen Entschluß gefaßt, mindestens ebenso stur sein wie seine Tochter.

Schließlich gelang es ihm, ihren Widerstand zu brechen und sie mit Unterstützung ihrer Nanny von der Weisheit seiner Entscheidung zu überzeugen. Freilich stimmte es, daß es ihr gefallen würde, am Hofe von Königin Victoria eingeführt zu werden, die im fünften Jahr ihrer Regierungszeit stand und mit ihren dreiundzwanzig Jahren kaum älter war als Cathy. Aber England war so schrecklich weit weg, und seit sie London verlassen hatten, waren bereits sieben Jahre vergangen. Was, wenn die Männer dort sie nicht attraktiv fanden? Vielleicht waren in London dunkelhaarige Frauen en vogue, und nicht charmante Blondinen? Doch ihr Vater und ihre Nanny hatten ihr beide, jeder auf seine Art, versichert, daß ihre außergewöhnliche Schönheit überall Aufsehen erregen würde, wovon Cathy sich denn auch überzeugen ließ. Sie war immer als ausgesprochen hübsch bezeichnet worden, schon in ihrer Kindheit, und sie konnte sich eigentlich nicht vorstellen, daß es einen Mann gab, der sie nicht bewundern würde.

Als der Sturm ihrer Einwände sich schlußendlich gelegt hatte, erlaubte der Earl sich einen Seufzer tiefster Erleichterung. Die notwendigen Schritte, um Cathys Eigentum in salonfähige Bahnen zu lenken, wollte er in einem Jahr nach seinem Eintreffen in England unternehmen, sagte er sich. Einstweilen beruhigt, verwandte er seine Aufmerksamkeit nun darauf, alles Nötige für eine sichere Reise seiner Tochter vorzubereiten – kein leichtes Unterfangen in solch turbulenten Zeiten wie diesen. Erst kürzlich hatte man von einer Bande Piraten gehört, die in den portugiesischen Gewässern ihr Unwesen trieb und unbewaffnete Schiffe ausplünderte. Der Earl erschauderte bei dem Gedanken daran, daß seine Tochter in die Hände von Männern fallen könnte, die gewiß weder Respekt vor ihrer Unschuld noch ihrem hohen Stand haben würden.

Als Sir Thomas dann durch einen Freund erfuhr, daß die ›Anna Greer‹ demnächst nach England absegeln sollte, schien es ihm, als seien seine stillen Gebete erhört worden. Die ›Anna Greer‹ war eine Leihgabe Englands an die portugiesische Kriegsflotte und als solche mit einer beachtlichen Zahl von Kanonen ausgerüstet. Kein Pirat würde es wagen, ein derart respektables Schiff anzugreifen!

Es war überraschend einfach gewesen, für Cathy eine Passage auf der ›Anna Greer‹ zu bekommen. Zusammen mit einer kleinen Gruppe weiterer Passagiere würde sie auf einem Schiff reisen, das bis dahin ausschließlich für militärische Zwecke eingesetzt worden war. Weder der Earl noch seine Tochter machten sich Gedanken darüber, weshalb die ›Anna Greer‹ plötzlich die Erlaubnis bekommen hatte, Zivilisten zu befördern.

Als es an der Zeit war, Abschied zu nehmen, sagte Cathy ihrem Vater fröhlich und ohne eine Träne zu vergießen Lebewohl. Nun, sie war auch viel zu aufgeregt ob der Aussicht, die Londoner Gesellschaft im Sturm zu erobern, als daß es sie über die Maßen betrübt hätte, sich von ihrem Vater zu trennen, den sie ohnehin so selten gesehen hatte. Außerdem wollte er in Kürze nach England nachkommen und hatte ihr versichert, daß bis dahin ihre Tante Elizabeth sie auf der Stelle ins Herz schließen würde.

Daß Martha ihre junge Herrin auf der Reise begleiten sollte, stand von Anfang an fest. In Marthas Gesellschaft würde Cathy gewiß nicht unter Heimweh leiden, und der Earl konnte sicher sein, daß seine Tochter sich in guten Händen befand.

Zwei Wochen später, als die ›Anna Greer‹ sich bereits mitten auf dem Meer befand, verfluchte Cathy den Tag, an dem sie sich dazu hatten hinreißen lassen, dieser Reise zuzustimmen. Ihr war so langweilig, daß sie am liebsten geheult hätte. Die anderen Passagiere waren steinalt, eine Gruppe von Wachsfiguren, die eigentlich ins Museum gehörte, und der Kapitän zeigte mehr Interesse daran, sein Schiff zu manövrieren als sich auf einen kleinen Flirt mit der bezauberndsten Lady an Bord einzulassen. In ihrer Verzweiflung hatte Cathy sogar versucht, gegenüber den

Matrosen ihren Charme spielen zu lassen, von denen einige auf ihre rauhe, ungehobelte Art recht interessant schienen; doch Martha, die keine Sekunde von ihrer Seite wich, verdarb ihr selbst diesen kleinen Zeitvertreib.

Das Kinn in die Hände gestützt, stand Cathy an der Reling, starrte mit trostloser Miene auf das endlose Meer und seufzte bitterlich. Wenn doch nur etwas – irgend etwas – passieren würde, um diese grauenvolle Langeweile zu durchbrechen!

Als sich ein Sonnenstrahl glitzernd auf der vorderen Bahn ihres pfauenfarbenen Brokatkleides brach, sah Cathy abwesend an sich herunter. Es war wirklich ein wunderschönes Kleid, dachte sie bei sich, während sie einen Ärmel glattstrich und dabei den raffinierten Schnitt des Spitzenbesatzes bewunderte, der in duftigen Kaskaden über ihren Handrücken fiel. Ja, dies war tatsächlich eines ihrer Lieblingskleider. Das tiefe Blaugrün ließ ihre Augen so dunkel und geheimnisvoll wie das Meer selbst erscheinen, und das enganliegende Oberteil betonte ihre schmale Taille und die runden Brüste. Kein Wunder, daß sie damit die Aufmerksamkeit einer ganzen Reihe von Matrosen auf sich lenkte, die auf Deck ihrer Arbeit nachgingen.

Ungeduldig klopfte Cathy mit den Absätzen ihrer hochhackigen Schuhe auf die hölzernen Planken, und ihr Po, der sich auf die Art und Weise, wie sie sich über die Reling beugte, deutlich abzeichnete, bewegte sich im Takt dazu. Ein stämmiger blonder Matrose, der gerade damit beschäftigt war, Taue zusammenzurollen, ließ unvermittelt die Arbeit ruhen und starrte mit offenem Mund auf die betörende Aussicht, die sich ihm hier so unerwartet bot. Cathy war die Faszination des Mannes freilich nicht entgangen. Eine Weile beobachtete sie ihn verstohlen aus den Augenwinkeln, bevor sie sich mit einem glucksenden Lachen zu ihm umdrehte. Sie schenkte ihm ein bezauberndes Lächeln und ließ ihre Augen provozierend aufblitzen, in der Absicht, ihn in ein Gespräch zu verwickeln.

Doch bevor sie noch eine Silbe über die Lippen bringen konnte, zupfte eine feste Hand an ihrem Ärmel.

»Untersteht Euch, mit diesen ungehobelten Kerlen auch nur ein Wort zu wechseln, Lady Cathy!« Martha hatte sich lautlos wie eine Katze von hinten angeschlichen. »Was würde Euer verehrter Herr Papa dazu sagen? Außerdem wißt Ihr selbst sehr wohl, daß Ihr nichts mit diesen Leuten zu schaffen habt. Ihr werdet irgendeinen reichen Herzog oder Grafen oder so jemand heiraten, wenn wir in England sind.«

»Ach, sei doch still, Martha!« zischte Cathy und bedachte die kleine grauhaarige Frau, die immer noch vehement an ihrem Ärmel zerrte, mit einem finsteren Blick. »Ich kann reden mit wem ich will. Außerdem wollte ich den Burschen nur fragen, wie lange es noch dauert, bis wir endlich in England sind.«

»Mindestens noch 'ne Woche, Ma'am«, brachte der Matrose in einem seltsamen kehligen Dialekt hervor, wobei er Cathy angrinste und sich von Marthas bitterböser Miene nicht beeindrucken ließe.

»Noch eine ganze Woche!« stöhnte Cathy, senkte geziert ihre dunkel bewimperten Lider und brachte ihre niedlichen Grübchen ins Spiel. »Das klingt ja wie eine Ewigkeit, zumal Seereisen so entsetzlich eintönig sind! Ach, ich wünschte, ich hätte etwas zu tun, um mir die Zeit zu vertreiben.« Sie lächelte den Matrosen vielsagend an, der dieses Lächeln auf seine Weise deutete und sogleich mit einem unverschämten Grinsen beantwortete.

»Aber Miss Cathy, wollt Ihr wohl unverzüglich mit diesen lockeren Reden aufhören!« entrüstete sich Martha, entsetzt über das dreiste Benehmen ihres Zöglings. Sie packte Cathy beherzt am Arm und versuchte, sie wegzuziehen. Doch da Cathy sich empört wehrte, wandte Martha sich in ihrer Verzweiflung an den grinsenden Matrosen.

»Und du, Bursche, wenn du dich nicht gleich um deine

Arbeit kümmerst und weiterhin unschuldige junge Ladys belästigst, dann werde ich mich beim Kapitän über dich beschweren. Jawohl, das werde ich!«

Der Matrose schnitt eine freche Grimasse und machte gerade den Mund auf, um eine Antwort loszuwerden, die, dessen war Cathy sich sicher, recht markig ausgefallen wäre, als er zum Glück von einem gebrüllten Zuruf unterbrochen wurde.

»Segel in Sicht!« Die Stimme kam von einem Mann, der hoch oben in der Takelage saß.

»Wo denn?« riefen einige Matrosen zurück.

»Backbord voraus!« schallte es von oben herunter, worauf sich jedermann nach links umdrehte und auf das offene Meer hinausspähte.

Cathy stellte sich auf die Zehenspitzen, um ebenfalls einen Blick auf das sich nähernde Schiff zu erhaschen. Doch außer der endlosen Weite des Meeres, die nur von einzelnen Schaumkronen, die auf den Wellen tanzten, unterbrochen wurde, konnte sie nichts entdecken. Die Sonne, die als glühender Ball hinter den Horizont sank, färbte den Himmel darüber feuerrot, und Cathy war überzeugt, daß in ihrer Nähe kein anderes Schiff segelte.

»Ach, das war bestimmt bloß falscher Alarm«, wandte sie sich enttäuscht an Martha. »Da draußen ist rein gar nichts. Ich kann bis zum Horizont schauen, aber ein Schiff sehe ich nicht.«

Der blonde Matrose drehte sich lächelnd zu Cathy um. »Schon möglich, daß Ihr nichts erkennen könnt, Ma'am. Das Schiff muß noch sehr weit weg sein. Aber wenn Dave sagt, daß da draußen ein Schiff segelt, dann ist da auch eins. Von seinem Ausguck dort oben kann er viel weiter sehen als wir, und außerdem hat er ein Fernrohr. Wir werden dieses Schiff wahrscheinlich erst morgen früh zu Gesicht bekommen. Falls es überhaupt Kurs auf uns hält.«

Offenbar sollte er recht behalten. Cathy stand bis lange

nach Sonnenuntergang an der Reling, in der Hoffnung, vielleicht doch noch irgendwo ein Segel ausmachen zu können, aber vergeblich. Schließlich trieben die Kälte und Marthas wiederholte Aufforderungen sie in ihre Kabine zurück. Dort hockte sie sich in eine Wolldecke gewickelt auf die Kante ihrer Koje und wartete bibbernd, bis Martha ihr Bad angerichtet hatte. Unter den mißbilligenden Blikken der alten Nanny schüttete sie eine großzügige Menge Badesalz mit Rosenduft in das heiße Wasser und ließ sich dann bis zu den Schultern in die wohlige Wärme gleiten.

Während sie sich in ihrem Bad räkelte, huschte Martha geschäftig durch die Kabine, sammelte Cathys achtlos hingeworfene Kleidungsstücke auf und faltete sie ordentlich zusammen. Dabei brummte sie mürrisch vor sich hin und schalt Cathy für die Ungehörigkeit, derartig vertraulich mit diesem Matrosen gesprochen zu haben. Und was den Duft des Badewassers anginge, nörgelte sie weiter, schlüge das quasi in dieselbe Kerbe. Sie wüßten schließlich beide, daß nur eine gewisse Sorte Frauen von derartigen Essenzen Gebrauch machte. Martha stieß einen tiefen Seufzer aus und meinte dann kopfschüttelnd zu Cathy, daß deren liebe Mutter sich im Grabe umdrehen würde, wenn sie wüßte, wie vulgär ihre Tochter sich benahm.

Cathy ließ die Schimpftirade mit einem abwesenden Lächeln über sich ergehen, schloß die Augen und rutschte noch ein wenig tiefer in ihr Badewasser. Marthas Gardinenpredigten beeindruckten sie nicht sonderlich; sie war daran gewöhnt und verstand es, das mürrische Gebrabbel einfach zu überhören. Statt dessen überlegte sie sich, welches Kleid sie am nächsten Tag tragen könnte. Sie wollte Eindruck machen, denn sie hatte den kurzen Plausch mit dem Matrosen an Deck überaus genossen und auch die Bewunderung, die in seinen Augen zu lesen war. Morgen wollte sie ihn ein wenig becircen. Vielleicht das blaßgelbe Seidenkleid ... dachte sie und schmiedete weiter Pläne, bis sie fast einnickte.

In schlüsselblumenfarbene Seide gehüllt, die rotgoldenen Locken zu einem duftigen Dutt aufgesteckt, bot Cathy am nächsten Morgen einen wahrhaft atemberaubenden Anblick. Sobald sie ihre Toilette beendet hatte, eilte sie an Deck, um nach dem angekündigten Schiff Ausschau zu halten. Und kaum hatte sie die Reling erreicht, da sah sie es auch schon. Es war ein wunderschönes Segelschiff, ganz anders als der unförmige Pott, auf dem sie reiste. Mit den vollen Segeln und dem hohen Bug glitt es graziös wie ein riesiger Vogel durch die Wellen. Hingerissen beobachtete Cathy den Segler, der sich, wie sie sogleich feststellte, der ›Anna Greer‹ mit bemerkenswerter Geschwindigkeit näherte.

»Es … es ist wunderschön«, murmelte sie entzückt, als der blonde Matrose, dem sie am Abend zuvor begegnet war, sich neben sie an die Reling stellte.

»Ja, das ist es«, pflichtete er ihr bei. »Aber Käpt'n Hogg sagt … Nun, ihm ist neu, daß die Franzmänner so ein Schiff unter Segel haben, obwohl es tatsächlich unter französischer Flagge fährt. Eigentlich sieht es eher aus wie einer dieser neuen Schnellsegler, die sie jetzt in Neu-England, in den Kolonien, bauen. Wie auch immer, bis wir Genaueres in Erfahrung gebracht haben, wünscht der Käpt'n, daß die Damen sich in ihre Kabinen zurückziehen. Nur für alle Fälle …« Er setzte ein entschuldigendes Lächeln auf, als Cathy sich ihm zuwandte.

»Was soll das heißen – für alle Fälle? Was glaubt denn unser Kapitän, was es mit diesem Schiff auf sich hat? Das werden doch nicht etwa … Piraten sein!« Ihre Stimme hatte bei dem Wort ›Piraten‹ einen so schrillen Klang angenommen, daß der Matrose sie erschrocken anstarrte. Das letzte, was sie jetzt, da möglicherweise tatsächlich ein Piratenschiff Kurs auf sie hielt, brauchen konnten, war ein hysterisches Frauenzimmer an Bord.

Er schluckte und meinte dann hastig: »Nein, Ma'am, gewiß nicht. Der Käpt'n möchte nur sichergehen … na ja, für alle Fälle eben. Nein, wahrscheinlich ist es nur eins dieser neuen Schiffe, die wir noch nicht kennen. Aber wie gesagt, solange wir es nicht genau wissen, sollten sich die Ladys in ihren Kabinen aufhalten.« Er wandte sich an Martha, die soeben an Deck erschienen war, und wiederholte seine Warnung. Dann entschuldigte er sich auf einen Ruf des Quartiermeisters hin und eilte davon.

»Miss Cathy, wir müssen auf der Stelle nach unten gehen!« drängte Martha, die Cathy bereits am Arm gepackt hatte und versuchte, sie gewaltsam von der Reling wegzuzerren.

»Ich werde nirgendwohin gehen, Martha. Also laß mich auf der Stelle los!« schrie Cathy und schüttelte entschlossen Marthas Hand ab. »Ich bleibe hier auf Deck, wo ich beobachten kann, was auch immer passieren mag. Du weißt selbst nur zu gut, daß wir verrückt werden dort unten in der Kabine, wenn wir nicht wissen, ob das nun Piraten sind oder nicht. Nein, falls es tatsächlich Ärger geben sollte, können wir uns immer noch zurückziehen.« Sie unterstrich ihre Worte mit einem heftigen Kopfschütteln, und Martha, die mit der Sturheit ihres Schützlings nur zu vertraut war, gab es auf, weiter in sie zu dringen. Sir Thomas hätte wirklich schon vor Jahren etwas gegen die Starrköpfigkeit seiner Tochter unternehmen müssen! Jetzt sah es nämlich ganz danach aus, als triebe diese sie beide in den Tod! Martha brummte ärgerlich, wich aber keinen Schritt von Cathys Seite.

Das Schiff kam ziemlich rasch näher, bis Cathy den Namen lesen konnte, ›Margarita‹, der mit dicken schwarzen Lettern auf die Bugwand gemalt war. Sie konnte sogar die Matrosen erkennen, die geschäftig auf Deck herumrannten. Auf dem Achterdeck stand eine einzelne Gestalt, bewegungslos, ein Fernglas auf die ›Anna Greer‹ gerichtet.

Während Cathy fasziniert das Schiff beobachtete, wurde das rechteckige Stück Stoff, das eben noch hoch oben auf dem Flaggenmast der ›Margarita‹ geweht hatte, langsam eingeholt und durch eine schwarze Flagge ersetzt. Auf dieser prangte unübersehbar das Emblem, dessen Bedeutung man Cathy im Kreise nachmittäglicher Teegesellschaften ausführlich beschrieben hatte. Bei diesen Gelegenheiten hatte sie stets mit heroischen Stolz erklärt, daß sie sich nicht vor Piraten fürchte, nein, ganz im Gegenteil, nur zu entzückt sein würde, endlich einmal einen kennenzulernen. Doch jetzt legt sich die Angst wie ein eiserner Ring um ihre Kehle und schnürte ihr den Atem ab.

»Miss Cathy, das sind Piraten! Piraten! O Gott, Jesus und alle Heiligen, beschützt uns! Was sollen wir nur tun!« Marthas Hand war vor Angst eiskalt, als sie Cathy am Arm faßte. »Wir müssen nach unten, Miss Cathy! Es wird bestimmt gleich einen Kampf geben!«

»Warte noch einen Moment, Martha. Ich muß sehen … vielleicht kämpfen sie ja gar nicht.«

Sie hatte noch nicht zu Ende gesprochen, da zerriß schon das dumpfe Donnern einer Kanone die Stille. Gleich darauf spritzte das Wasser vor dem Bug ihres Schiffes hochauf.

»Sie wollen uns zur Kapitulation zwingen!« kam ein Schrei vom Ausguck.

»Die Fische sollen sich an meinen Gebeinen laben, wenn wir uns ergeben!« brüllte Kapitän Hogg zurück. »Sie wollen einen Kampf? Na gut, den können sie gerne haben!«

Er kletterte vom Achterdeck herunter, marschierte mit grimmiger Miene auf den Geschützmeister zu und bellte dabei seinen Männern kurze Kommandos zu.

»Auf die Positionen! Ladet die Kanonen! Nach diesem Gefecht werden die Kerle wünschen, sie wären zuhause geblieben und hätten Rüben angebaut, das kann ich euch versprechen!«

Als der Kapitän Cathy und Martha entdeckte, die an der Reling standen, als seien sie dort festgefroren, stieß er einen derben Fluch aus. Er kam auf sie zugestapft und musterte sie einen Augenblick schweigend, doch als er dann das Wort an die beiden Damen richtete, besann er sich ganz offensichtlich seiner guten Kinderstube.

»Lady Catherine, Miss Jameson, ich ersuche Euch höflichst, auf der Stelle nach unten zu gehen!« Doch schon im nächsten Moment verließ ihn die Beherrschung. »Verdammt, hier wird es gleich ein Gefecht geben. Mit echten Kanonen und Pulver und Blei! Habt ihr Frauen denn keinen Funken Verstand im Kopf? Ab mit euch unter Deck, und sperrt euch in euren Kabinen ein!«

Um nicht noch ausfallender zu werden, machte er auf dem Absatz kehrt und polterte davon.

Martha zerrte in panischer Angst an Cathys Handgelenk, als auf dem Piratenschiff eine zweite Kanone abgefeuert wurde.

»Miss Cathy, wir müssen verschwinden! Ihr habt doch gehört, was der Kapitän gesagt hat. Sie fangen schon an zu schießen! Bitte, Miss Cathy!«

Martha klang völlig verängstigt, was Cathy ihr nicht verdenken konnte. Auch ihr war alles andere als wohl in ihrer Haut, und sie ließ sich jetzt widerstandslos von Martha zu der offenen Luke zerren. Kaum hatten sie die erreicht, da donnerten die Kanonen auf beiden Schiffen gleichzeitig. Cathy unterdrückte ein erregtes Seufzen. Was für eine wunderbare Geschichte würde sie später in einem der Londoner Salons zum besten geben können, dachte sie. Natürlich würde sie ihre heroische Tapferkeit dabei nur ganz bescheiden anklingen lassen … Doch was geschah, wenn die Piraten dieses Schiff tatsächlich eroberten? Würde man sie alle umbringen – oder gar noch Schlimmeres mit ihnen anstellen?

In jüngster Zeit waren die unmenschlichen Greueltaten von Piraten gegenüber Passagieren und Besatzungen gekaperter Schiffe ein beliebtes Gesprächsthema bei den Damenkränzchen der portugiesischen Gesellschaft gewesen.

Hinter vorgehaltener Hand wurde von Frauen berichtet, die die Piraten auf der Suche nach Schmuck und Geld nackt ausgezogen hatten und die anschließend von der ganzen Mannschaft vergewaltigt worden waren. Die jungen, hübschen Frauen wurden bisweilen am Leben gelassen, erzählte man sich, und später in irgendeinem Hafen ausgesetzt. Andere jedoch einfach über Bord geworfen, nachdem die Unholde sich an ihnen verlustiert hatten. Damals waren Cathy, während sie diesen Geschichten lauschte, wohlige Gruselschauer über den Rücken gekrochen. Doch jetzt ... jetzt konnte sie ein ähnliches Schicksal ereilen! Plötzlich erschien ihr diese Aussicht alles andere als aufregend – sie war grauenvoll.

»Lieber Gott«, betete sie im Stillen, »bitte hilf mir. Ich werde auch immer gut sein, wenn *Du* mir nur hilfst.«

»Oh, die Piraten werden bestimmt nicht gewinnen«, versuchte sie sich zu beruhigen, zum ersten Mal aufrichtig dankbar dafür, daß ihr Vater darauf bestanden hatte, daß sie auf einem Kriegsschiff wie der ›Anna Greer‹ reiste. Es war sicherlich völlig unmöglich, daß eine Horde Seeräuber ein so schwer bewaffnetes Schiff kapern konnte!

Martha, die vor Angst nervös kicherte, scheuchte Cathy in die Kabine, die sie miteinander teilten. Cathy ging geradewegs auf eine der schmalen Schlafkojen zu und ließ sich aufs Bett fallen, indes Martha sich in hektische Betriebsamkeit stürzte, zuerst sorgfältig die Tür verriegelte und dann alle beweglichen Möbelstücke, deren sie habhaft werden konnte, davor auftürmte. Trotz ihrer mißlichen Lage mußte Cathy laut lachen. Dieses Bollwerk aus Tischen und Stühlen sah wirklich zu komisch aus. Martha bedachte sie mit einem ihrer scharfen Blicke.

»Sie werden doch jetzt nicht einen hysterischen Anfall bekommen, Miss Cathy? Es gibt nicht den geringsten Grund zur Panik. Es ist äußerst unwahrscheinlich, daß diese Unholde auch nur einen Fuß auf unser Schiff setzen.«

Doch noch während Martha sprach, strafte das schrille Knirschen, als Holz an Holz schrammte, ihre so überzeugend vorgebrachte Prophezeiung Lügen. Die Piraten versuchten tatsächlich, das Schiff zu kapern. Heisere Schreie übertönten das metallische Scheppern, als sie eiserne Enterhaken auswarfen, um ihre Beute festzumachen, als sie sich an Bord hangelten und dann die gesamte Schiffsmannschaft der ›Anna Greer‹ auf einem Haufen zusammentrieben. Das Donnern der Kanonen brachte beide Schiffe zum Erzittern. Cathy spürte, wie sich die ›Anna Greer‹ gefährlich nach Backbord neigte, nachdem eine Kanonenkugel ihr Ziel, die Breitseite des Bugs, getroffen hatte. Dann erhob sich ein Geräusch, das wie Regen klang, der auf ein Blechdach trommelte. In Wirklichkeit waren es die Teile eines explodierenden Geschosses, die auf Deck einschlugen. Todesschreie von Männern, die ganz offensichtlich zur Deckmannschaft der ›Anna Greer‹ gehörten, drangen an ihre Ohren. Cathy wurde leichenblaß, worauf Martha sofort heftig in die Hände klatschte.

»Hör nicht hin, mein Kleines. Hör bloß nicht hin«, wiederholte sie mit singender Stimme und wiegte dabei ihren Schützling liebevoll in den Armen. Cathy brach in Tränen aus. Sie klammerte sich verzweifelt an ihre alte Nanny, vergrub ihren Kopf an ihrem üppigen Busen und schluchzte, als wäre sie ein siebenjähriges Mädchen und nicht eine junge Lady von siebzehn. Martha hielt Cathy fest umschlungen, die sich mit der kindlichen Gewißheit tröstete, daß ihr nichts Schlimmes geschehen könne, solange Martha bei ihr war.

Der Kampf an Deck schien schon eine Ewigkeit anzudauern. In der räumlichen Enge der Kabine verloren Cathy und Martha jegliches Zeitgefühl. Als sie die Schreie und das Klirren der Waffen nicht mehr ertragen konnten, versteckten sie ihre Köpfe unter den dicken Federkissen. Doch irgendwann, ganz abrupt, erstarb jeglicher Laut.

Nach langen, quälenden Minuten, in denen beide Frauen angespannt auf etwaige Geräusche horchten, die ihnen den Ausgang des Gefechtes verrieten, sprang Cathy plötzlich auf und stellte sich mit geballten Fäusten, die sich immer wieder öffneten und schlossen, mitten in die Kabine. Sie mußte es wissen. Sie hielt es nicht mehr länger aus. Wie eine Schlafwandlerin begann sie zur Tür zu gehen. Martha stürzte alarmiert hinter ihr her, versuchte sie um die Taille zu packen und in die sichere Koje zurückzuziehen.

»Laß mich gehen!« schrie Cathy. »Ich muß hier raus! Ich werde sonst verrückt. Bitte, laß mich los!«

Mit aller Kraft versuchte sie, sich aus Marthas Griff zu lösen, doch die ließ sich nicht abschütteln.

Da hallten in dem Gang vor der Kabine plötzlich Schritte. Beide Frauen bleiben wie angewurzelt stehen, alle Sinne zur Tür gerichtet. In ihren Köpfen hämmerte dieselbe Frage: Wer hatte gewonnen, die Mannschaft der ›Anna Greer‹ oder die Piraten?

Der eiserne Riegel schepperte, als jemand von außen an der Tür rüttelte.

»He, Quincy, die hier is' verriegelt. Komm her!« rief eine heisere Stimme.

Cathy schluckte krampfhaft und spürte, wie die Knie plötzlich unter ihr nachgaben. Sie ließ sich auf ihre Schlafkoje fallen und hielt sich verzweifelt an Martha fest. Diese Stimme mit dem näselnden Klang gehörte zweifellos niemandem von der Mannschaft der ›Anna Greer‹. Also hatten die Piraten das Schiff gekapert!

»Alles wird gut werden, Miss Cathy«, wisperte Martha ihr eindringlich zu. »Dafür wird unser Herrgott schon sorgen. Ihr müßt jetzt nur ganz ruhig bleiben. Versteckt Euch rasch in dem Schrank hier. Ich werde mich um alles weitere kümmern.«

Cathy protestierte unter Tränen, doch Martha schob sie resolut zu dem großen Eichenschrank und stieß sie unsanft hinein. Taumelnd stolperte Cathy in die stickige Dunkelheit. Im Inneren war kaum genug Platz, um aufrecht stehen zu können, doch Martha hatte die Schranktür bereits ohne das geringste Geräusch zugemacht, und Cathy hörte nur noch ein leises Klicken, als der Riegel außen einrastete. Sie wimmerte wie ein kleines verängstigtes Tier. Durch das dünne Holzpanel flüsterte Martha ihr beruhigend zu: »Alles wird wieder gut werden, mein Liebes. Ihr werdet sehen. Bleibt nur ganz ruhig. Ihr könnt Euch auf mich verlassen. Euch wird nichts geschehen.«

Cathy hörte, wie sich Marthas Schritte entfernten. Jetzt war sie allein in diesem dunklen Gefängnis. Vor lauter Angst begann sie wie Espenlaub zu zittern und mußte beide Hände auf den Mund pressen, um ihr verzweifeltes Schluchzen zu dämpfen. Ihr Herz schlug so heftig, daß sie glaubte, es würde ihr jeden Augenblick aus der Brust springen. Die Piraten draußen im Korridor hämmerten an die Tür.

»Aufmachen!« befahl die Stimme mit dem schleppenden Akzent. Ein heftiger Stoß erschütterte die Kabine. Die Piraten waren dabei, die Tür aufzubrechen!

Cathy sank in die Knie. Ihre Beine fühlten sich an, als hätten sie sich plötzlich in Watte verwandelt, und ihre Zähne begannen vor Angst zu klappern.

»Bitte, lieber Gott«, betete sie in ihrer Furcht. »Bitte, bitte, so hilf mich doch!«

Ein zweiter Stoß erschütterte die Kabine ... dann noch einer und noch einer. Als schließlich das Splittern von Holz ihr klarmachte, daß die Tür nachgegeben hatte, glaubte Cathy, ohnmächtig zu werden. Nur die Angst davor, diesen Wilden hilflos in die Hände zu fallen, gab ihr die Kraft, bei Bewußtsein zu bleiben. Die Tränen rannen ihr in Strömen über die Wangen. Sie griff nach ihrem Rock und stopfte sich den Stoff in den Mund, damit man ihr Schluchzen nicht hören konnte.

Ich muß ganz ruhig bleiben, ermahnte sie sich streng.

Wenn ich nur das geringste Geräusch mache, finden sie mich sofort.

Hinter der dünnen Holztür hörte sie jetzt das Getrampel schwerer Männerstiefel, als die Piraten in die Kabine stürmten. Und sie hörte Martha, die mit ängstlich schriller Stimme die Eindringlinge anfuhr: »Werdet ihr wohl augenblicklich verschwinden, ihr Barbaren!« kreischte sie. »Der Herrgott wird euch für diese Untat mit seinem Schwert erschlagen!«

»Oh, lieber Gott, nein!« murmelte Cathy, die Martha am liebsten geholfen hätte, obwohl sie wußte, daß dies völlig sinnlos gewesen wäre.

Von Martha kam kein einziger Laut mehr. Hilflos mußte Cathy zuhören, wie die Piraten die Kabine auf den Kopf stellten. Sie ließen nichts unangetastet auf ihrer Suche nach Wertgegenständen, und Cathy wußte, daß es nur eine Frage der Zeit war, bis sie in den Schrank schauen würden. Sie versteckte sich so gut es ging hinter den Kleidern, die dicht an dicht auf Bügeln hingen, doch ihr war klar, daß derjenige, der die Schranktür öffnete, sie auf den ersten Blick entdecken würde.

Und als sie schließlich Schritte näherkommen hörte, machte sie sich auf das Schlimmste gefaßt. So, das war's, dachte sie.

Die Schranktür wurde aufgerissen. Helles Licht fiel herein, und Cathy blinzelte in das gerötete, bärtige Gesicht eines alten Mannes, der ihr Großvater hätte sein können. Mit großen Augen starrte er sie an. Seine Zähne, die er bei einem breiten Grinsen entblößte, waren nur noch verfaulte Stummel. Zitternd drückte Cathy sich in die hinterste Schrankecke, und als der Alte seine schrundige Hand um ihren Arm schloß und sie aus ihrem Versteck zerrte, schrie sie wie am Spieß.

Doch er schnalzte ob ihres Geschreis nur mißbilligend mit der Zunge, zog sie ganz dicht an sich und versuchte, seine nassen Lippen auf ihren Mund zu pressen. Seit

Atem stank so scheußlich, daß es Cathy schier den Magen umdrehte. Sie wehrte sich heftig, nun aber ohne einen Laut. Ihr war vor Angst und Ekel so übel, daß sie für einen Schrei keine Kraft mehr fand. Der alte Pirat, den ihre kläglichen Abwehrversuche sichtlich amüsierten, kicherte ein wenig und hielt sie auf Armlänge von sich entfernt. Dabei musterte er sie mit lüsternen Blicken von Kopf bis Fuß.

»Is' das nich' 'ne Schönheit?« fragte er über die Schulter hinweg einen anderen Mann, der sich, wie Cathy jetzt sah, über Marthas zusammengekauerten Körper gebeugt hatte. Auf die Worte seines Kumpanen hin richtete er sich auf und starrte Cathy mit unverhohlener Begierde an.

»Verdammt, Quincy, da hast du recht! Wir sollten uns beeilen und sie uns schnappen, bevor der Käp'tn 'nen Blick auf sie geworfen hat. 'ne zweite Chance werden wir dann wohl nich' mehr kriegen!«

»Du sprichst mir aus der Seele, Mann!« jubelte Quincy, der sofort Cathys Arm losließ, aber nur, um mit der freien Hand an den Ausschnitt ihres Kleides zu greifen und ihn nach unten zu reißen.

Die dünne Seide gab mit einem trockenen, knisternden Geräusch nach, und das feine Musselinhemd darunter zerriß ebenfalls. Beinahe bis zur Hüfte entblößt stand Cathy da und starrte die beiden grinsenden Männer mit vor Schreck geweiteten Augen an. Dann war es also wahr, was Frauen passierte, die in die Hände von Piraten fielen ... dachte sie noch, als Quincy schon seine Hand ausstreckte und nach ihren Brüsten griff. Der Schrei, den Cathy ausstieß, klang wie der eines bedrohten Tieres, und sie wehrte sich nach Leibeskräften. Der Mann ließ in Erwartung des bevorstehenden Vergnügens wieder sein hämisches Kichern hören, und sein Kumpan feuerte ihn unter dröhnendem Gelächter an, sich gefälligst zu beeilen.

Das ließ sich Quincy nicht zweimal sagen. Er zog Cathy an seine Brust, drehte ihr die Arme auf den Rücken, hielt sie mit einer Hand fest und grapschte mit der anderen nach ihren Brüsten. Dann versuchte er sie wieder zu küssen, wobei seine Zunge eine klebrige Spur über ihr Gesicht zog. Cathy glaubte, sich jeden Augenblick übergeben zu müssen.

»Zum Teufel nochmal, nun mach schon!« drängte der andere Mann heiser. Er leckte sich die Lippen und glotzte dabei gierig auf Cathys nackten Oberkörper.

Quincy zerrte sie zur Koje und wollte sie aufs Bett schubsen, doch Cathy wehrte sich mit einer Kraft, wie sie nur Angst und Verzweiflung hervorzubringen vermochten. Sie biß ihn, schlug ihre Zähne tief in seine Hand, und als er zurückwich, gelang es ihr, eine Hand loszureißen und ihm ihre langen Fingernägel mit dem Prankenhieb einer Tigerin quer übers Gesicht zu ziehen. Laut fluchend ballte er eine Hand zur Faust, bereit, sie bewußtlos zu schlagen und dem Kampf ein Ende zu setzen. Verzweifelt stieß Cathy einen letzten, gellenden Schrei aus.

»Was zum Teufel geht hier vor?« ertönte die strenge Stimme eines Mannes.

»Verdammt, Quincy, das ist der Käpt'n!« stieß der andere erschrocken hervor, worauf der alte Mann so abrupt von Cathy abließ, als habe er sich an ihrer Haut verbrannt.

Begleitet von einem erstickten Schluchzer hielt Cathy den Atem an, holte aus, ließ ihre Hand in einem weiten Bogen herumschnellen und traf den Alten genau unterm Ohr. Der jaulte auf wie ein Hund und sprang zurück. Cathy stürzte ihm nach, um ihm noch einen Schlag zu verpassen, da spürte sie, wie ihr jemand von hinten die Hände mit einem eisernen Griff festhielt; in wilder Panik trat und stieß sie um sich.

»Das reicht jetzt!« sagte der Mann hinter ihrem Rücken mit scharfer Stimme, und die Hände, die sich wie Schraubstöcke um ihre Handgelenke geschlossen hatten, schüttelten sie so heftig, daß sie glaubte, ihr würde der

Kopf von den Schultern fliegen. Als sie schließlich aufhörte, um sich zu treten, hörte auch das Schütteln auf. Sie drehte sich um und starrte in die kältesten und unbarmherzigsten Augen, die sie je gesehen hatte. Sie waren so grau wie Granit und ebenso hart und funkelten sie bedrohlich an. Das Gesicht, zu dem diese Augen gehörten, war nicht minder furchteinflößend. Cathy lief ein eiskalter Schauer über den Rücken. Als der Mann sah, daß sie sich vorerst nicht wieder rühren würde, richtete er seinen unnachgiebigen Blick auf die beiden Männer. Cathy stand einfach da und starrte ihn an.

Sein lockiges Haar war kohlrabenschwarz, und auch seine Haut war sehr dunkel, was diese eisgrauen Augen besonders stark zur Geltung brachte. Der Mund unter seiner langen, hochmütigen Nase war nur eine schmale, grausame Linie. Er mußte um die Dreißig sein, und der Griff, mit dem er Cathys Hände noch immer festhielt, zeigte von enormer Kraft. Seine Arme und Schultern schienen nur aus Muskeln zu bestehen, zudem war er ungewöhnlich groß. Und einer der attraktivsten Männer, die Cathy je zu Gesicht bekommen hatte.

Die zwei Matrosen duckten sich förmlich unter seinem Blick, während er sie schweigend und mit bedrohlicher Gelassenheit musterte. Quincy faßte sich als erster ein Herz, stammelte ein paar Worte, schwieg aber sofort wieder, da sich die Miene des Kapitäns zusehends verfinsterte. Nach einer Weile drehte er sich zu Cathy um, die hastig den Blick senkte. Seine grauen Augen wurden, als ihm ihre Schönheit bewußt wurde, eine Spur schmaler und saugten sich an dem Anblick fest, den ihre entblößten Brüste boten. Cathy, die sehr genau wußte, worauf der Mann starrte, lief vor Scham dunkelrot an. Doch da sie nichts besaß, womit sie sich hätte bedecken können, war sie seinem Blick wehrlos ausgeliefert. Nach einer Weile, die ihr wie eine Ewigkeit vorkam, wandte er endlich seine Augen von ihr ab.

»Quincy, O'Halloran, – ich habe Befehl gegeben, alle Gefangenen rücksichtsvoll zu behandeln. Mit ›Rücksicht‹ meinte ich nicht die Schändung junger Mädchen. Und ich meinte damit auch nicht tätliche Gewalt gegen wehrlose alte Frauen«, fügte er hinzu, nachdem er Martha bemerkt hatte, die auf dem Boden lag und jetzt zum erstenmal leise stöhnte. Sofort riß Cathy sich los und rannte zu ihrem alten Kindermädchen. Der Kapitän beobachtete sie, wandte sich dann aber wieder an seine Männer.

»Aber, Käpt'n, wir wollten doch bloß ...«, winselte Quincy und wich dann angesichts der Wut, die in den Augen seines Kapitäns aufblitzte, einen Schritt zurück.

»Halt den Mund!« sagte er kalt und brüllte dann: »Harry!«

Ein junger Mann in der tadellosen Uniform eines Zweiten Offiziers der Britischen Marine kam durch die Tür geeilt und salutierte korrekt.

»Jawohl, Sir!«

»Eskortiere diese Männer zurück auf die ›Margarita‹. Was mit ihnen geschehen soll, entscheide ich später.«

»Jawohl, Sir!« Harry salutierte abermals und gab Quincy und O'Halloran ein Zeichen, die ihm daraufhin wie zwei geprügelte Hunde durch die zerschmetterte Tür folgten.

Cathy lauschte den sich rasch entfernenden Schritten der Männer mit äußerst gemischten Gefühlen. Einerseits war sie natürlich froh, Quincy und seinen Kumpan los zu werden, andererseits behagte es ihr keineswegs, der Gnade dieses Mannes ausgeliefert zu sein. Die Skrupellosigkeit, die er ausstrahlte, gab ihr deutlich zu verstehen, daß er, wenn er ihr Angreifer gewesen wäre, sich von nichts und niemand an seinem Vorhaben hätte hindern lassen.

»Ich muß mich bei Euch für das Benehmen meiner Männer entschuldigen«, sagte er an Cathy gewandt, die neben Martha auf dem Boden kniete, und verbeugte sich dabei mit vollendeter Höflichkeit. »Kapitän Jonathan Hale, stets zu Euren Diensten.«

»Ich nehme Eure Entschuldigung an, Kapitän«, erwiderte Cathy würdevoll, raffte das zerrissene Kleid über ihrem Busen zusammen und erhob sich. Als sie dann vor ihm stand, musterte sie ihn mit einem argwöhnischen Blick. Seine unerwartete Zuvorkommenheit hatte sie mißtrauisch gemacht. Sie konnte sich des Eindrucks nicht erwehren, als wollte er sie damit in irgendeiner Weise prüfen. Nun, es war wohl am vernünftigsten, zunächst einmal seinem Beispiel zu folgen, entschied sie und streckte ihm ihre schmale Hand entgegen.

»Ich bin Lady Catherine Aldley, die Tochter des Earls von Badstoke.«

»Es ist mir eine große Ehre, Eure Bekanntschaft zu machen, Ma'am.« Er nahm ihre Hand mit genau dem richtigen Maß an Galanterie und preßte sie an seine Lippen. Der Druck seines harten Mundes auf ihrem Handrücken löste ein seltsames Kribbeln auf ihrer Haut aus. Sein distinguiertes Gehabe ließ ihre Angst und ihren Zorn soweit schwinden, daß sie es wagte, einen etwas herrischeren Tonfall anzuschlagen.

»Eure Wüstlinge haben meine Zofe verletzt«, erklärte sie. »Sie benötigt dringend ärztliche Hilfe.«

»Ich werde mich sofort darum kümmern«, versprach er mit ernster Miene, lachte dann aber plötzlich laut und streckte ihr seine Hand entgegen.

»Demnach muß es also ›Mylady‹ heißen, nicht wahr?« Grinsend musterte er sie von Kopf bis Fuß, während er langsam auf sie zuschlenderte, bis er direkt vor ihr stand. Sie mußte den Kopf in den Nacken legen, um in seine Augen sehen zu können.

»Wie alt seid Ihr eigentlich, Mylady?«

Spielerisch ließ er einen Finger an ihr Kinn schnippen. Ihre Augen schossen himmelblaue Zornesblicke auf ihn ab, aber er lachte nur, als sei sie das drolligste Wesen, das ihm je begegnet war.

»Ihr tätet gut daran, mir zu antworten, meine Süße, bevor ich mich zu fragen beginne, ob Ihr nicht vielleicht älter seid als Ihr ausseht und auch entsprechend – hm – erfahren.«

Seine spöttischen Worte brachten sie derart in Rage, daß sie ihm mit ihrem zierlichen Fuß wütend gegen das Schienbein trat. Er zuckte zusammen, packte sie dann an den Schultern und zog sie unsanft an seine Brust. Als sie dazu ansetzte, auch ihn ihre scharfen Fingernägel spüren zu lassen, wehrte er mit einer schnellen Bewegung ihre Hände ab und hielt sie hinter ihrem Rücken fest. Dabei setzte er ein gelangweiltes Lächeln auf, sah auf ihr wutverzerrtes Gesicht hinunter und ließ seine freie Hand lässig über die sanften Rundungen ihrer Brüste gleiten.

Ihre Haut fühlte sich an, als stünde sie in Flammen! Unwillkürlich richteten ihre Brustspitzen sich unter dieser Berührung auf, und die körperliche Erregung, die sie durchfuhr, entlockte ihr einen heftigen Seufzer. Sie drehte und wand sich, versuchte mit aller Kraft, sich von ihm freizumachen, aber er hielt sie scheinbar mühelos fest, hörte nicht auf, ihre Brüste zu streicheln und sah sie dabei von oben herab mit einem Ausdruck an, der nun kein Lächeln mehr war.

»Also, wie alt seid Ihr denn, Schätzchen?« fragte er noch einmal. Seine Stimme klang sanft, und als sie immer noch nicht antwortete, strich er mit den Fingerspitzen leicht über ihre harten Brustwarzen. In Cathys Unterleib regte sich ein Gefühl, das beinahe schmerzhaft war. Erschrocken realisierte sie, was da vorging. Sie war eine Lady, noch Jungfrau selbstverständlich, die Tochter einer der angesehensten Familien Englands. Und als dieses Tier, dieser Wüstling es wagte, ihre nackte Haut zu berühren, da hatte sie nicht aufgeschrien und war auch nicht in Ohnmacht gefallen, wie es sich für eine Lady geziemte, sondern war ruhig stehengeblieben und hatte es einfach geschehen lassen! Eine Welle aus Wut und Scham, stärker als jedes Gefühl, das sie je zuvor empfunden hatte, schlug über ihr zusammen, und bevor sie noch einen weiteren Gedanken fassen konnte, spuckte sie ihm mitten in sein hämisch grinsendes Gesicht.

Er reagierte zunächst nicht, doch dann zog er drohend die Brauen zusammen, und in seinen grauen Augen funkelte die blanke Wut. Betont langsam wischte er sich den Speichel ab. Cathy erschauderte unter seinem Blick; sie war von ihrer Tat nicht weniger schockiert als er.

O Gott, jetzt bringt er mich bestimmt um! dachte sie.

Lange Zeit betrachtete er sie schweigend, und Cathy spürte, wie das bißchen Mut, das sie sich noch bewahrt hatte, sie allmählich verließ. Vor Angst begann sie am ganzen Leib zu zittern. Angesichts ihrer offensichtlichen Panik entspannten sich die Muskeln um seinen Mund, und ein Teil seiner Wut schien zu verrauchen.

»Was Ihr braucht, ist eine gründliche Lektion, Lady«, meinte er gedehnt und zog sie brutal an sich. Sein Mund senkte sich auf den ihren, hart und heiß und fordernd, und er küßte sie, wie sie noch nie zuvor von einem Mann geküßt worden war. Die ein, zwei züchtigen Küßchen, die sie bisher bekommen hatte, waren nichts dagegen gewesen und hatten bei ihr genaugenommen ein verächtliches Gefühl für die jungen Kavaliere hinterlassen, die sich deshalb gleich in zitternde, stammelnde Nervenbündel verwandelten. Aber jetzt wurde sie von einem richtigen Mann und nicht von einem Jüngling geküßt, und nun war sie es, die zitterte.

Als seine heiße Zunge ihre Lippen teilte und ihre Mundhöhle erforschte, glaubte Cathy jeden Moment ohnmächtig zu werden. Vergeblich versuchte sie ihn wegzustoßen, wobei ihr gleichzeitig heiß und kalt wurde. Er vergrub eine Hand in ihrem Haar, um sie festzuhalten, und wenn sie sich bewegte, zerrte er sie so grob an den Haarwurzeln, bis sie sich schließlich gegen ihn lehnte und sich widerstandslos seiner Umarmung überließ. Mit kundigen Fingern liebkoste er ihre bebenden Brüste und streichelte zärtlich die aufgerichteten Spitzen. Auf einmal spürte Cathy eine unbekannte, pulsierende Glut aus ihrem tiefsten Innersten aufsteigen. Erschrocken unternahm sie einen letzten, verzweifelten Fluchtversuch, doch er zog sie so derb an den Haaren, daß sie laut aufstöhnte.

Seine Lippen, die sich noch immer auf die ihren preßten, ließen ihr kaum Gelegenheit zum Atmen und Cathy spürte schon ihre Sinne schwinden. Die Kabine verschwamm vor ihren Augen und begann sich wie ein Karussel zu drehen. Unwillkürlich machte sie die Augen zu und klammerte sich an den fremden Mann, der im Augenblick der einzige statische Punkt in dieser kreiselnden Welt schien. Er zog sie noch näher an sich und dabei spürte sie seine harte Männlichkeit, die sich an ihren Bauch preßte.

Diese Berührung, diese primitive männliche Nähe erweckte ähnlich primitive Instinkte in ihr. Sie fühlte sich plötzlich so eigenartig, als sei sie nicht mehr sie selbst. Sie haßte und fürchtete ihn, doch gleichzeitig ließen seine Hände auf ihrem Körper sie erglühen, als habe sie Fieber. Ein Schauer durchfuhr sie, und ohne daß sie es bewußt wollte, schlangen sich ihre Arme um seinen Nacken, und sie erwiderte seine Küsse.

Als er sich schließlich von ihr abwandte, zitterte sie so heftig, daß sie kaum stehen konnte. Mit einer Miene, die nichts verriet, sah er auf sie herunter. Cathy errötete unwillkürlich unter seinem ausdruckslosen Blick und schlug hastig die Augen nieder.

»Ihr seid also doch nicht mehr so unerfahren, wie ich dachte, Mylady«, meinte er gedehnt. Cathy begann vor Verlegenheit zu schwitzen.

Ich hasse ihn, ich hasse ihn, dachte sie. Ihr war so erbärmlich zumute. Welcher Teufel hat mich nur geritten, mich so zu benehmen?

Er starrte sie noch eine ganze Weile schweigend an, dann packte er sie und hob sie hoch. Das kam so unerwartet, daß Cathy jeglicher Protest im Halse steckenblieb. Er hielt sie wie eine Braut, die man über die Schwelle trägt, und stieg mit ihr über die zersplitterten Reste der Kabinentür. Draußen im Gang sah Cathy den Körper eines Mannes liegen, der einst einem Matrosen der ›Anna Greer‹ gehört hatte. Sein Kopf war säuberlich von den Schultern getrennt, und er lag in einer Lache aus Blut. Zitternd wandte sie sich von dem schauerlichen Anblick ab. Sie fühlte sich in den Armen des Kapitäns seltsam geborgen.

Das hat er getan! dachte sie dann entsetzt, und ihr Körper versteifte sich. Und jetzt schleppt er mich weg und stellt Gott weiß was mit mir an!

Sie drehte und wand sich in seinem festen Griff. »Ihr habt mich gedemütigt – Mörder!« zischte sie, während sie vergeblich versuchte, sich aus seiner Umklammerung zu befreien. Er ignorierte ihr Gezappel, das ihn nicht im geringsten zu stören schien. In ihrer Verzweiflung schlug sie ihm ihre spitz zugefeilten Fingernägel ins Gesicht und hinterließ eine Kratzspur von der Schläfe bis zum Kiefer, in der sich sogleich winzige Blutstropfen bildeten. Die unverhohlene Wut, die daraufhin in seinen Augen aufblitzte, ließ sie ängstlich innehalten, doch er unternahm keinen Versuch, sich für diese Verletzung zu revanchieren. Statt dessen warf er sie mit einer schnellen Bewegung über die Schulter. Diese unwürdige und unbequeme Lage, kopfüber hing sie da wie ein Mehlsack, machte sie so wütend, daß sie aus Leibeskräften zu kreischen anfing. Da holte er aus und schlug ihr mit der flachen Hand auf ihr exponiertes Hinterteil. Cathy stockte vor Schmerz und Überraschung der Atem. Niemand hatte es je zuvor gewagt, sie zu schlagen!

Das ließ sie sich nicht gefallen! Sie trat mit ihren spitzen Schuhen nach ihm, traf ihn genau in der Magengrube und lächelte zufrieden, als sie sein unterdrücktes Stöhnen hörte. Doch schon im nächsten Augenblick versetzte er ihr einen so harten Hieb auf den Hintern, daß sich der erste Schlag dagegen wie ein zärtliches Tätscheln ausnahm.

Sie wimmerte schmerzlich und strampelte heftig, um irgendwie auf den Boden zu gelangen, erntete jedoch nur einen weiteren ordentlichen Hieb. Laut schreiend betitelte sie ihn mit allen unflätigen Ausdrücken, an die sie sich erinnern konnte, und als ihr schließlich die Luft und die Schimpfwörter ausgingen, trommelte sie mit den Fäusten wie besessen auf seinen Rücken ein. Er bearbeitete dafür ihr Hinterteil mit einer Reihe harter Schläge und hörte auch nicht damit auf, als er mit seiner zappelnden Last die schmale Treppe hinaufstieg.

Als sie das Hauptdeck erreichten, lag Cathy ganz artig über seiner Schulter. Tränen rannen ihr über die Wangen, und ihr Allerwertester fühlte sich an, als stünde er in Flammen. Aber viel schlimmer noch berührte sie der Anblick der verstümmelten Leichen, die überall auf dem Boden herumlagen. Sie machte die Augen zu, und nur mit größter Willensanstrengung gelang es ihr, ein Schluchzen zu unterdrücken. Was sie noch an Kraft und Gefühlen besaß, verwandelte sich in grenzenlosen Haß auf den Mann, der ihr – ihnen allen – das angetan hatte. Sie war keines klaren Gedankens mehr fähig, spürte nur noch, wie ein ohnmächtiger Haß in ihrem Innersten brodelte und sich mit einem Gefühl der Wut und der Scham vereinigte.

2

Jonathan Hale trug nicht allzu schwer an seiner süßen Last. Er nahm zwei Treppenstufen auf einmal und schlenderte dann lässig über das Hauptdeck auf das halbe Dutzend seiner Männer zu, die die versammelte Mannschaft und die Passagiere der »Anna Greer« bewachten. Das Mädchen hing bewegungslos über seiner Schulter. Fürs erste schien sie tatsächlich gebändigt, dachte Jon mit einem halben Lächeln auf den Lippen. Er begehrte sie mehr, als er sich eingestehen wollte. Unter anderen Umständen hätte es ihm größtes Vergnügen bereitet, sie zu zähmen, doch Tatsache war, daß es ihm in den acht Jahren unter der schwarzen Flagge hauptsächlich deshalb gelungen war, sich einer Verhaftung zu entziehen, weil er sich strikt an sein Prinzip gehalten hatten, das lautete: Niemals Gefangene machen. Gefangene machten einem mehr Ärger als Vorteile. Aber vielleicht sollte er im Falle dieses Mädchens doch einmal eine Ausnahme machen.

Jon blieb abrupt stehen, hob den federleichten Körper von seiner Schulter und ließ ihn recht unsanft auf die harten Holzplanken fallen. Cathy rappelte sich in eine sitzende Position hoch, hob ihre tränenblinden Augen zu ihm und starrte ihn trotzig an. Ihr sorgfältig aufgesteckter Dutt hatte die grobe Behandlung nicht überstanden; das Haar fiel ihr jetzt in kupfernen Strähnen über den Rükken. Die Tränen hatten auf ihren Wangen schmale Spuren hinterlassen, und sie preßte die Lippen fest aufeinander, damit er nicht merkte, daß sie zitterten. Die rosigen Rundungen ihrer Brüste waren gut sichtbar, obgleich sie mit beiden Händen das zerrissene Oberteil zusammenhielt. Jon mußte sich eingestehen, daß er noch nie eine so begehrenswerte Frau gesehen hatte.

»Paß auf sie auf«, knurrte er einem seiner Matrosen zu, der in der Nähe stand, und überquerte dann das Deck, um das Umladen der Fracht von der ›Anna Greer‹ in die Stauräume der ›Margarita‹ zu überwachen.

Das Frachtgut bestand aus einer beträchtlichen Menge Silberbarren – die Anzahlung für sechs Fregatten, die die portugiesische Regierung in England in Auftrag gegeben hatte. Von der Transaktion hatte Jon durch einen bezahlten Informanten Kenntnis erhalten, der als Sekretär in der portugiesischen Botschaft in England arbeitete. Der interessanteste Teil dieser Information bestand darin, daß das Silber nahezu unbewacht auf den Weg geschickt werden sollte. Auf den sonst üblichen Geleitschutz hatte man in diesem Fall verzichtet.

Jon hatte zunächst seine Zweifel, als ihm diese Neuigkeit zugetragen wurde. Er konnte sich nicht vorstellen, daß eine Regierung so töricht wäre, eine so große Menge Silber unbewacht über das Meer zu schicken. Zur Sicherheit hatte er genaueste Nachforschungen anstellen lassen, die aber nichts Gegenteiliges ergaben. Der Grund für das sorglose Handeln der portugiesischen Regierung war, wie sich herausstellte, daß die verantwortlichen Herren der Ansicht waren, je weniger Aufsehen dieser Transport erregen würde, desto sicherer wäre er vor etwaigen Angriffen. Die ursprüngliche Idee war gewesen, das Silber auf einem ganz gewöhnlichen Passagierschiff ohne jegliche Bewaffnung zu transportieren. Das aber erschien den Verantwortlichen dann doch zu riskant, und man entschloß sich zu einem Kompromiß: Das Silber sollte auf einem armierten Schiff ohne Geleitschutz befördert und der Anschein geweckt werden, es handle sich um eine Routinefahrt. Zu diesem Zweck wurde schließlich die ›Anna Greer‹ ausgewählt, und man hatte darauf bestanden, daß sie zusätzlich einige Passagiere an Bord nahm, um die Reise so harmlos wie möglich erscheinen zu lassen.

Die ›Anna Greer‹ zu erobern, war kein leichtes und vor

allem kein ungefährliches Unterfangen gewesen. Tagelang war die ›Margarita‹ dem Schiff gefolgt, um zu beobachten, ob sich in der Umgebung der ›Anna Greer‹ etwas Ungewöhnliches tat. Man hatte nichts derartiges feststellen können. Es schien, als ob die Informationen korrekt wären, doch hatte Jon immer noch Zweifel. Irgend etwas an dem Ganzen machte ihn stutzig

Erst an diesem Morgen hatte er sich zu einer Entscheidung durchringen können: Sie würden die ›Anna Greer‹ angreifen. Der späte Nachmittag, wenn die heiße Sonne und die harte Arbeit an Bord die Besatzung der ›Anna Greer‹ schläfrig gemacht hatten, schien ihm die beste Zeit dafür. Die ganze Operation sollte nicht länger als eine Stunde dauern, und die ›Margarita‹ im Anschluß daran schnell das Weite suchen. Mit etwas Glück würde keiner der Passagiere und höchstens eine geringe Zahl von Besatzungsmitglieder dabei zu Schaden kommen.

Bis jetzt war die Aktion auch ziemlich reibungslos verlaufen. Freilich hatte sich die ›Anna Greer‹ nicht sofort ergeben, aber das hatte Jon eigentlich auch nicht erwartet. Die Verluste auf Seiten der ›Margarita‹ waren unerheblich, und im Augenblick waren die meisten seiner Männer fröhlich pfeifend damit beschäftigt, soviel an Plünderungsgut wegzuschleppen, wie sie tragen konnten. Sobald sie einen sicheren Hafen erreicht hatten, würden sie die Beute unter sich aufteilen, wobei jedes Mitglied der Mannschaft den gleichen Anteil erhielt. Ihm als Kapitän stand ein Fünftel des Ganzen zu. Ja, die Eroberung der ›Anna Greer‹ würde diese Reise äußerst profitabel für ihn machen.

»He, bewegt euch ein bißchen, – Harley, Thomson!« brüllte Jon, verärgert über die Trägheit zweier Männer, die gerade eine Ladung Silber über eine improvisierte Brücke zwischen der ›Margarita‹ und ihrem Beuteschiff schleppten. Beide fielen beinahe von den schmalen Holzplanken, so emsig versuchten sie, dem zornigen Befehl ihres Kapitäns nachzukommen. Jon beobachtete eine Weile das Verladen, dann wandte er sich den Passagieren zu, die man von der Mannschaft getrennt hatte und die von nur zwei seiner Männer bewacht wurden.

Abgesehen von dem Mädchen war das eine ausgesprochene unattraktive Gesellschaft. Da war ein Mann mittleren Alters, dem Anschein nach ein begüterter Kaufmann mit seiner fetten, schluchzenden Gattin; ein geckenhafter englischer Lord in Begleitung seines Dieners, der keine Miene verzog; die stämmige Gouvernante des Mädchens, die jetzt näherkam und ängstlich ihren Schützling anstarrte, sowie eine ältliche Dame in einem häßlichen, violetten Kleid, das vielleicht einmal vor zwanzig Jahren der letzte Schrei gewesen war.

Beileibe keine Augenweide, nein, ganz und gar nicht, dachte Jon, wobei er das Mädchen natürlich ausnahm. Doch jeder einzelne von den Leuten mußte Geld oder in irgendeiner Weise gute Beziehungen haben.

Die würden ein fettes Lösegeld einbringen, überlegte er weiter und bedauerte dabei wie schon des öfteren seine eiserne Grundregel, was Gefangene betraf. Er schüttelte bekümmert den Kopf. Gefangene machten einem einfach viel zu viele Unannehmlichkeiten, besonders die weiblichen, die verursachten nur Ärger innerhalb der Mannschaft. Und trotzdem war es schade. Er hätte wirklich zu gern ein wenig Zeit mit dem Mädchen verbracht …

»Großer Gott, Käpt'n! Seht nur, Steuerbord voraus!« keuchte einer der Matrosen aufgeregt. »Da kommt eine ganze verdammte Kriegsflotte angesegelt!«

Jon wirbelte herum und spähte aufs Meer hinaus. Am Horizont tauchte jetzt ein Schiff nach dem anderen auf, und alle hielten sie Kurs auf die ›Anna Greer‹. Im stillen verfluchte Jon sich, daß er so töricht gewesen war. Wissentlich hatte er seine innere Stimme ignoriert, die ihn eindringlich gewarnt hatte, und war blind in die Falle getappt. Es gab nicht den leisesten Zweifel daran, daß die ›Anna Greer‹ ein bewußt ausgelegter Köder war.

Um irgendeinen Idioten zu fangen, der dem Honigtopf nicht widerstehen konnte, dachte Jon wütend, bevor er sich auf dem Absatz umdrehte und seinen Männern einige Kommandos zubrüllte.

»Seht zu, daß ihr das Silber an Bord bringt! Aber schnell, wenn euch euer Leben lieb ist!« Seine Stimme klang so scharf, daß die Männer mit wilder Hast seinem Befehl nachkamen. Dann wandte er sich an Harry, der gerade neben ihn getreten war und ihn furchtsam anstarrte.

»Mach den Kapitän der ›Anna Greer‹ ausfindig und bring ihn zu mir!«

Jons Verstand arbeitete fieberhaft, während er darauf wartete, daß der Kapitän des gekaperten Schiffes zu ihm gebracht wurde. Die ›Margarita‹ konnte den Fregatten ohne Zweifel davonsegeln, wenn sie genügend Vorsprung hatte. Aber die Flotte war kaum weniger als eine Stunde von ihnen entfernt und näherte sich mit großer Geschwindigkeit. Und schon ein paar ihrer mächtigen Kanonen würden ausreichen, um ihr kleines Piratenschiff von den Wellen zu blasen und zu versenken. Das einzige, was ihnen jetzt noch half, diese mißliche Lage unbeschadet zu meistern, war ein wohlüberlegter Plan. Jon hatte gerade einen Entschluß gefaßt, als Harry mit der Kapitän der ›Anna Greer‹ zurückkehrte.

»Harry, schnapp dir das fette Paar dort, dann noch die alte Lady und das Mädchen, und bring die vier an Bord der ›Margarita‹. Wir nehmen sie als Geiseln mit, um sicherzugehen, daß die Fregatten keine Dummheiten machen.«

»Zu Befehl, Käpten!« Harry salutierte zackig, dann grinste er. Jon würde sie schon durchbringen. Bis jetzt hatte er sie noch nie im Stich gelassen!

»Sir«, wandte sich Jon höflich an den wutschnaubenden Kapitän. »Ich bedauere die Notwendigkeit zutiefst, einige Eurer Passagiere als Geiseln nehmen zu müssen. Ich kann Euch jedoch versichern, daß ihnen kein Haar gekrümmt wird, solange die Fregatten auf Abstand bleiben. Wenn nicht – nun, Ihr habt mein Wort, daß die Geiseln auf der Stelle exekutiert werden, falls auch nur ein Schuß fällt. Ich wiederhole, nur ein einziger Schuß. Ich verlasse mich darauf, daß Ihr dem kommandierendem Kapitän der Fregatten diese Botschaft überbringen werdet!«

Der Kapitän der ›Anna Greer‹ schaute ihn entsetzt an.

»Sir, Ihr könnt doch nicht im Ernst annehmen, daß Ihr mit diesen Geiseln entkommt! Die ältere Lady ist die Herzogin von Kent, und die junge Dame die Tochter des englischen Botschafters in Portugal! Ich beschwöre Euch, sie freizulassen! Nehmt mich und meine Mannschaft an deren Stelle!«

Jon drehte sich lachend um.

»Überbringt meine Botschaft, Kapitän!«

Er raunte einem seiner Matrosen einen Befehl zu, und binnen Minuten wurde der aufgebrachte Kapitän zusammen mit sechs Ruderern in einem Gig zu Wasser gelassen.

»Rudert! Rudert zu den Fregatten!« brüllte Jon ihnen zu. »Rudert, verdammt nochmal, oder ich schick euch zur Hölle!«

Derartig angefeuert, legten sich die Ruderer in die Riemen und gaben ihr Letztes. Das kleine Boot flog förmlich auf die Fregatten zu.

Jon sprang an Bord, nachdem man die Geiseln über die schmalen Planken auf die ›Margarita‹ geführt hatte.

»Ablegen!«

Die Taue wurden gekappt und die beiden Schiffe begannen langsam auseinanderzudriften.

»Vierkant brassen!«

Das riesige Hauptsegel wurde hochgezogen und flatterte einen Augenblick mit ohrenbetäubenden Knattern am Mast, bis sich die Brise darin gefangen hatte und es aufblähte.

»Anluven!«

Der ›Margarita‹ schienen Flügel zu wachsen, während sie von dem Wind durch die Wellen jagte.

Oben an Deck unterdrückte Cathy krampfhaft ihr ängstliches Schluchzen, als die ›Margarita‹ immer schneller Geschwindigkeit aufnahm. Fast schnürte es ihr die Kehle zu. Noch nie hatte sie sich so hilflos gefühlt und so allein.

Die Geiseln hatte man unter den Großbaum gedrängt und sie mit Seilen locker an Hüften und Beinen gefesselt, um sicherzugehen, daß sie auch hübsch zusammenblieben.

»So haben wir euch gleich zur Hand«, feixte der Mann, der sie fesselte, und sein verschlagenen Grinsen ließ bei den Gefangenen keine Zweifel aufkommen, was er damit meinte: Wenn die Fregatten sich den Anordnungen des Piratenkapitäns widersetzten, würden sie das mit ihrem Leben bezahlen müssen.

»Uns wird nichts geschehen. Die Fregatten werden niemals das Feuer eröffnen, solange wir an Bord sind«, sagte die Herzogin mit fester, überzeugender Stimme. Die offenbar zu Tode verängstigte Cathy tat ihr leid, und sie tätschelte ihr aufmunternd die Hand. Der Kaufmann war viel zu sehr damit beschäftigt, dem hysterischen Anfall seiner dickleibigen Gemahlin Einhalt zu gebieten, um dieser Behauptung zu widersprechen, was er offenbar gerne getan hätte.

Auf dem Deck des Piratenschiffes herrschte höchste Betriebsamkeit. Offenbar ganz in ihrem Element, rannten die Männer geschäftig hin und her. Die zusammengewürfelte Bande von Seeräubern verwandelte sich vor Cathys Augen in eine disziplinierte, erfahrene Schiffsmannschaft. Dann und wann erhaschte sie einen Blick auf den Kapitän, der überall gleichzeitig zu sein schien, Kommandos brüllte und mit Hand anlegte, wo immer es nötig war. Seine Männer behandelten ihn mit beachtlichem Respekt. Von allen Seiten hörte Cathy Sätze wie: »Unser Käpt'n wird uns schon wieder aus dieser Patsche rausholen. Bis jetzt hat er uns noch nie hängenlassen!«

Die ›Margarita‹ schoß wie ein Pfeil durch die Fluten. Die Fregatten hinter ihnen fielen immer weiter zurück, folgten ihnen aber weiterhin, nur mit größer werdendem Abstand. Die Sonne ging unter, und eine steife Brise frischte auf. Cathy zitterte auf ihrem Platz unter dem Segel vor Kälte, und die Lippen der alten Herzogin wurden zusehends blauer. Das wohlbeleibte Kaufmannsehepaar litt offenbar weniger unter der Kälte; ihre Fettpolster schienen sie warmzuhalten.

Hoch über ihnen schwebte der Mond wie ein bleicher Geist am Himmel, als der Kapitän kam und sich vor ihnen aufbaute. Eine ganze Weile musterte er sie schweigend und mit grimmiger Miene. Cathys Herz begann heftiger zu klopfen.

»Ihr könnt eurem Herrgott oder an wen immer ihr auch glauben mögt von Herzen dankbar sein, daß die Fregatten das Feuer nicht eröffnet haben. Es scheint, als schätzten sie euer Leben wertvoller ein als das Silber. Doch an eurer Stelle würde ich dafür beten, daß sie ihre Absichten nicht noch ändern.«

Er rief mit scharfer Stimme nach Harry der sogleich herbeigeeilt kam.

»Ein paar Männer sollen die Leute nach unten bringen und irgendwo einsperren. Am besten im Laderaum. Und sag ihnen, sie sollen sich vergewissern, daß der Mann gut angekettet ist – wir haben schon genug Probleme und brauchen niemand, der es sich in den Kopf gesetzt hat, hier den Helden zu spielen.«

Die harten grauen Augen verweilten auf Cathy, die unter seinem Blick heftig errötete und sich sofort abwandte. Er zögerte und starrte sie weiterhin an, als habe er etwas Bestimmtes im Sinn. Schließlich sagte er leise zu Harry:

»Bring das Mädchen in meine Kabine.«

»Sir?« quiekte Harry überrascht, unfähig, sein Erstaunen zu verbergen. Jons Stimme nahm einen rauhen Klang an, als er antwortete: »Du hast doch gehört, was ich gesagt habe. Bring sie in meine Kabine. Und sieh zu, daß die Tür zugesperrt wird.«

»Jawohl, Sir!« sagte Harry hastig, beschämt darüber, daß er die Fassung verloren hatte. Der Kapitän strafte ihn mit einem finsteren Blick, bevor er davonstolzierte.

Harry führte die Befehle umgehend aus, fragte sich aber dabei, was im Kopf seines Kapitäns nur vorgehen mochte. Jon war weiß Gott kein Kostverächter, aber eine Frau mit Gewalt zu nehmen, das sah ihm nicht ähnlich. Und Gewalt würde er anwenden müssen bei einem Mädchen, das ganz offensichtlich noch so unschuldig war wie dieses hier. Trotz seines anmutigen Gesichts und der hinreißenden Figur war es fast noch ein Kind, und ein verängstigtes dazu. Außerdem war das Mädchen eine Lady! Ja, sie war keineswegs eine dieser Frauen, die Jon einfach becircen und hinterher, wenn er ihrer überdrüssig war, genauso einfach wieder wegschicken konnte. Ihre Familie würde nach Blutrache schreien!

Harry lief es eiskalt den Rücken hinunter, als er sich ausmalte, was passieren könnte, wenn die ›Margarita‹ erobert, die Gefangenen befreit und man herausfinden würde, daß das Mädchen vergewaltigt worden war! Er zweifelte sogar daran, daß man sich dann die Zeit nehmen würde, Jon einen ordentlichen Prozeß zu machen. Viel wahrscheinlicher war es, daß man ihn gleich an Ort und Stelle aufhängt. Harry schüttelte ungläubig den Kopf. Das Mädchen war eine Schönheit, soviel stand fest, aber zum Teufel – keine Frau war es wert, wegen ihr Kopf und Kragen zu riskieren! Und noch vor vierundzwanzig Stunden hätte Jon ihm da aus tiefster Seele zugestimmt! Aber wie

Harry aus Erfahrung wußte, ließ Jon sich nicht dreinreden wenn er einmal einen Entschluß gefaßt hatte. Und ganz gewiß stand es ihm als Untergebenem nicht zu, dem Kapitän zu sagen, was er zu tun habe.

Noch immer sehr beunruhigt sorgte er dafür, daß die Gefangenen sicher unter Deck gebracht wurden, bevor er zurückkehrte, um das Mädchen loszubinden. Bleich und kalt wie eine Marmorstatue hockte sie da, und sein schlechtes Gewissen peinigte ihn tatsächlich, als er sie den ganzen Weg in die Kapitänskabine unter dem Achterdeck förmlich hinter sich herschleifen mußte. In der Tür blieb sie stocksteif stehen, und Harry spürte, wie ihre kalte Schulter unter seiner Hand bebte.

»Nein, bitte nicht«, flehte sie ihn mit weit aufgerissenen Augen an.

»Befehl des Kapitäns, Ma'am«, entgegnete Harry unbehaglich und wünschte, der Boden unter seinen Füßen würde sich auftun und ihn verschlucken. Als sie ihm dann ihre schmale Hand auf den Arm legte, zuckte er zusammen, als habe sie ihm weh getan.

»Bitte, bringt mich zu den anderen. Ich bitte Euch! Mein Vater ist ein reicher Mann, er wird jeden Preis bezahlen, wenn er mich zurückbekommt ... unversehrt. Oder wenn Ihr mich nur in einem dieser kleinen Boote zu Wasser lassen würdet ...« Ihre Stimme verlor sich. Harry, der diesen flehenden Blick nicht ertragen konnte, schluckte energisch.

»Ich kann Euch nicht helfen, Ma'am. Tut mir aufrichtig leid. Der Käpt'n würde mich in den Bunker stecken oder weiß Gott was mit mir anstellen, wenn ich mich seinem Befehl widersetzen sollte.«

Er schob sie mit sanftem Druck in die Kabine. Cathy machte ein, zwei zögernde Schritte, drehte sich dann unvermittelt um und sah ihn an. Harry war zutiefst berührt von der panischen Angst, die sich in diesen großen Augen spiegelte.

»Schaut, Ma'am«, begann er verzweifelt. »Kapitän Hale mag zwar kein Heiliger sein, aber ein Ungeheuer ist er keinesfalls. Ich fahre jetzt schon seit acht Jahren unter seinem Kommando und habe noch nie erlebt, daß er einer Frau etwas zuleide getan hätte. Euch wird nichts geschehen.«

»Zumindest nicht dank Eurer werten Hilfe«, entgegnete sie bitter und drehte ihm den Rücken zu. Ganz offensichtlich wartete sie darauf, daß er ging. Harry warf ihr einen hilflosen Blick zu, trat zurück, schloß die Tür von außen und verriegelte sie.

Wie betäubt lauschte Cathy dem knarrenden Geräusch, als der Riegel einrastete. Sie wollte einfach nicht glauben, daß dieser Alptraum tatsächlich Wirklichkeit war. Ein heiserer, trockener Laut entrang sich ihrer Kehle; aber Tränen halfen ihr jetzt auch nicht weiter, zumal es hier niemanden gab, der sie hätte sehen oder den sie damit hätte beeindrucken können, überlegte sie grimmig. Energisch straffte sie die Schultern und machte sich daran, die Kabine auf einen möglichen Fluchtweg hin zu untersuchen. Im Inneren war es so dunkel, daß sie kaum die Schwefelhölzer auf dem Tisch erkennen konnte. Mit zitternden Fingern brachte sie ein Hölzchen zum Brennen und zündete eine Kerze an.

Die Kabine war nicht sehr groß. Anscheinend hatte man so wenig wie möglich von dem kostbaren Laderaum für Unterkünfte verwenden wollen. In die mit dunklem Pinienholz vertäfelten Wände waren Bücherregale eingearbeitet, die man mit Glasscheiben versehen hatte, wahrscheinlich um zu verhindern, daß die Bücher bei hohem Seegang durch die Kabine flogen. Neben dem Bett stand ein runder Tisch mit zwei Stühlen, ein Schrank und ein Kohleofen, an der gegenüberliegenden Wand türmten sich einige Seekisten.

Den einzig möglichen Fluchtweg schien eine kleines, verglastes Fenster zu bieten. Cathy ging hastig darauf zu, zerrte an dem Riegel und riß es weit auf. Kalte, salzige Gischt schlug ihr entgegen, und zu ihrer Enttäuschung mußte Cathy feststellen, als sie sich durch die Luke beugte, daß sie geradewegs auf das endlose schwarze Meer starrte. Der Wind hatte das bisher ruhige Wasser zu hohen, tosenden Wellen aufgepeitscht, die donnernd gegen den Schiffsrumpf schlugen. Cathy erschauderte und trat einen Schritt zurück. So verzweifelt wie jetzt war sie noch nie gewesen.

In der Ferne konnte sie ein gutes Dutzend kleiner Lichter ausmachen, die mit den Wellen auf und ab hüpften. Die Fregatten! Sie waren also noch da, blieben aber auf Abstand. Cathy atmete erleichtert auf. Wenn sie noch eine Weile durchhielt, würde man sie gewiß demnächst befreien. Das Piratenschiff konnte seinen Verfolgern nicht ewig davonfahren!

Ihr Kleid war von der eisigen Gischt feucht geworden, und vor Kälte zitternd schloß sie das Fenster. Sie sehnte sich danach, sich auszuziehen, ihrem geschundenen Körper ein heißes Bad zu gönnen, dann ein frisches Nachthemd überzuziehen und ins Bett zu kriechen. Aber soweit sie gesehen hatte, gab es hier kein Bad und ebensowenig ein Nachthemd. Selbst wenn sie beides vorgefunden hätte, hätte sie davon wahrscheinlich keinen Gebrauch gemacht. Sie konnte sich sehr gut ausmalen, welche Absicht der Kapitän verfolgte, warum er sie in seine Kabine einsperren ließ, und wollte ihn soweit wie möglich auf Abstand halten, bis die Fregatten sie aus dieser mißlichen Lage befreiten. Wenn er sie frisch gebadet in seinem Bett vorfände, wäre ihr Schicksal mit ziemlicher Sicherheit besiegelt. Auch wenn sie noch so unschuldig war, wußte sie doch genau, was ihr drohte.

Cathy entschloß sich zu einem Kompromiß. Sie zog ihr nasses Kleid aus und hängte es zum Trocknen über einen Stuhl. Morgen früh würde sie dann das zerrissene Oberteil mit ein paar Nadeln feststecken, die sie in einer Schale neben den Streichhölzern entdeckt hatte. Und da sie in ihrem dünnen Unterhemd schrecklich fror, ging sie zum Bett, zog die dicke Steppdecke herunter und wickelte sich darin ein. So fühlte sie sich schon erheblich wohler und sah sich nach einem Platz zum Schlafen um. An der gepolsterten Nische unter dem Fenster blieb ihr Blick hängen. Sie nahm sich noch ein Kissen vom Bett und machte es sich damit so bequem wie möglich. Die Nische war zwar sehr eng, aber das störte sie überhaupt nicht. Im Gegenteil, sie hatte nicht die Absicht, in tiefstem Schlummer zu liegen, wenn der Kapitän in seine Kabine zurückkehrte.

In dem verzweifelten Versuch, wach zu bleiben, warf sich Cathy in ihrem engen Nest von einer Seite auf die andere. In Gedanken ließ sie die Ereignisse dieses Tages noch einmal Revue passieren und blieb dann an dem Bild dieses furchteinflößenden Mannes hängen, dessen Gefangene sie jetzt war. Unwillkürlich erinnerte sie sich dabei auch an sein gut geschnittenes Gesicht, die breiten Schultern und die Art, wie er sie in den Armen gehalten und geküßt hatte. Freilich, der Mann war ein Pirat, ein Verbrecher und absolut nicht die passende Gesellschaft für eine Lady wie sie. Aber dennoch ... Sein Kuß hatte etwas tief in ihrem Innersten angeregt, ein unbekanntes Gefühl, so daß sie sich fragte, was passieren würde, wenn er sie wieder in die Arme zöge, sie küßte oder sogar noch weiter ginge ... Cathy war sich nicht sicher, was dieses ›weiter‹ genau bedeutete, aber sie wußte, daß es etwas mit der Art und Weise zu tun haben mußte, wie er ihre Brüste gestreichelt hatte. Die Erinnerung an diese zärtliche Berührung erregte und beschämte sie zugleich. Sie verstand sich selbst nicht mehr und auch nicht diese unterdrückte Sehnsucht nach dem, was da noch kommen mochte.

Hastig versuchte sie, ihre Gedanken von diesem anstößigen Thema zu lösen und konzentrierte sich statt dessen darauf, einen geeigneten Fluchtplan auszuhecken. Doch so sehr sie sich auch den Kopf zermarterte, ihr fiel einfach keine Möglichkeit ein, die auch nur die geringste Aussicht auf Erfolg gehabt hätte. Schließlich ließ sie völlig erschöpft den Kopf auf das Kissen sinken und schließ augenblicklich ein.

Ein jähes Schlingern des Schiffs, das sie beinahe aus ihrer improvisierten Bettstatt geschleudert hätte, ließ sie erschrocken hochfahren. Schlaftrunken sah sie sich in der Kabine um und wußte im ersten Moment nicht so recht, wo sie war. Die Kerze, die zu einem See aus Wachs geschmolzen war, warf nur noch einen schwachen Schimmer in den Raum. Als sie in einer Ecke der Kabine eine Bewegung wahrnahm, spannten sich augenblicklich alle Muskeln in ihrem Körper. Eine große, männliche Gestalt, die mit dem Rücken zu ihr auf dem Boden kniete, wühlte in einer der Seekisten herum. Der Kapitän! Das Haar klebte ihm in feuchten Strähnen am Schädel, und seine Kleider waren völlig durchnäßt. Er sah aus, als sei er über Bord gefallen. Das neuerliche heftige Aufbäumen des Schiffes, dem ein gedämpfter Donnerschlag folgte, erklärte Cathy auf. Draußen tobte ein Gewittersturm, und er war auf Deck gewesen. Sogleich sandte sie ein stummes Dankgebet gen Himmel. Wenn er mit einem Unwetter zu kämpfen hatte, blieb ihm zumindest keine Zeit für sie.

Jon fand in der Truhe, wonach er gesucht hatte, und knallte den Deckel zu. Dann drehte er sich halb zu ihr um und begann die nassen Kleider abzustreifen, ohne auch nur einen Blick in ihre Richtung zu werfen. Es war, als habe er ihre Anwesenheit vollkommen vergessen. Cathy gab weiterhin vor, tief und fest zu schlafen und beobachtete ihn dabei durch ihre halbgeschlossenen, dichten Wimpern.

Er stand teilweise im Licht, so daß sie die dunklen Haare auf seiner Brust erkennen konnte, die vor Feuchtigkeit schimmerten. Die Muskeln an seinen Armen und Schultern spielten im fahlen Kerzenschein, als er sein

Hemd über den Kopf zog und es dann achtlos auf den Boden warf. Dann drehte er sich wieder zur Seite und begann, seine triefnassen Hosen abzustreifen.

Cathy spürte, wie ihr die heiße Röte in die Wangen stieg, während sie zusah, wie er sich ganz entkleidete, dann ein Handtuch vom Bett nahm und sich damit abtrocknete. Von hinten sah er aus wie ein prächtiges Raubtier mit seinen breiten Schultern, den schmalen Hüften und den langen, muskulösen Beinen. Sein Rücken und die Schultern waren von der Sonne dunkel gebräunt. Der Kontrast zwischen der tiefen Bräune und der weißen Haut unterhalb der Taille war verblüffend. Inzwischen puterrot im Gesicht, ließ Cathy ihre Augen weiter nach unten wandern und starrte fasziniert auf seine Hinterbacken, die nur aus festen, strammen Muskeln zu bestehen schienen, ganz anders als ihr eigener runder, weicher Po. Sie stellte sich vor, wie sie sich wohl anfühlten ... und machte dann schnell die Augen zu, beschämt über ihre dreisten Gedanken. Sie hatte noch nie zuvor einen nackten Mann gesehen, und daß sie ihn so einfach betrachten konnte, ohne daß ihr dabei vor Schreck schwindlig wurde, ängstigte und amüsierte sie gleichermaßen. Irgend etwas stimmte nicht mit ihr. Eine richtige Lady wäre bei diesem Anblick in Ohnmacht gefallen.

Jon stieg in trockene Hosen, knöpfte sie zu und zog sich ein frisches Hemd an. Dann drehte er sich um, den Blick direkt auf die zusammengekauerte Gestalt auf der Fensterbank gerichtet. Grinsend und ohne jede Eile schlenderte er auf sie zu. Dieses Weibsstück versuchte ihn glauben zu machen, daß sie schliefe.

Cathy, die wieder vorsichtig durch die Lider geblinzelt hatte, machte schnell die Augen zu und bemühte sich, ganz regelmäßig zu atmen, als er sich über sie beugte. Ihr Herz klopfte zu laut ... Er mußte es hören und merken, daß sie gar nicht wirklich schlief. Sie konzentrierte sich auf ihren Atem und erschrak fürchterlich, als sie seinen

Arm auf ihrer Hüfte spürte. Und während er sie hochhob, zwang sie sich dazu, ihren Körper ganz schlaff zu machen, um die Schlafende zu mimen.

Jon, der angesichts ihrer verzweifelten Schauspielkunst grinsen mußte, trug Cathy hinüber zu seinem Bett. Dort legte er sie sanft auf der Matratze ab und blieb eine Weile stehen, um sie zu betrachten. Sie sah so jung und hilflos aus, wie sie da mit zusammengekniffenen Augen auf seinem Bett lag, die kupferroten Locken über das Kopfkissen ausgebreitet. Ihre leicht geöffneten Lippen schimmerten feucht, und die verlockenden Kurven ihres Körpers zeichneten sich gut sichtbar unter dem dünnen, zerrissenen Hemd ab, denn mehr hatte sie nicht an. Während sein Blick über sie hinwegwanderte, spürte Jon ein so intensives Verlangen in sich aufsteigen, wie er es schon seit Jahren nicht mehr empfunden hatte. Sein Mund wurde trokken bei der Vorstellung, zu ihr ins Bett zu kriechen und sich von seiner Lust zu befreien.

Ein dröhnender Donnerschlag riß ihn aus seinen Fantasien, und nur widerstrebend erinnerte er sich an das Unwetter, das draußen tobte, und an die Menschen, deren Leben von seinem seemännischen Geschick abhing. Er beugte sich über sie, deckte sie mit einem Laken zu und richtete sich auf.

»Ein andermal, Mylady«, flüsterte er leise und verließ die Kabine. Cathy spürte, wie sie rote Ohren bekam. Hatte er also gemerkt, daß sie gar nicht wirklich schlief? Und wenn dem so war, warum hatte er sie dann allein und unbelästigt in seinem Bett zurückgelassen? Eine ganze Weile zerbrach sich Cathy den Kopf über diese Fragen und den Mann, der die Ursache dafür war. Die Dämmerung war schon heraufgezogen, bevor sie endlich Schlaf fand.

Als sie Stunden später erwachte, war es noch immer beinahe so dunkel wie in der Nacht. Kurzzeitig wunderte sie sich darüber, doch dann erinnerte sie sich. Das Gewitter. Draußen mußte noch immer ein ziemlich heftiges Unwetter toben. Das Schiff rollte und schlingerte, und Cathy hatte alle Mühe, auf den Beinen zu bleiben, nachdem sie aufgestanden war. Sie mußte sich am Bettpfosten festhalten, sonst hätte sie das Gleichgewicht verloren. Anscheinend war schon jemand in der Kabine gewesen, denn auf dem Tisch standen ein Korb mit frischen Brötchen und Honig, eine Kanne Tee und ein zugedeckter Krug mit Wasser. Ihr Kleid lag ordentlich zusammengefaltet am Fußende des Bettes. Cathy warf es sich hastig über und steckte das zerrissene Oberteil ungeschickt mit den Nadeln fest. Dann setzte sie sich an den Tisch. Doch zu ihrer Überraschung mußte sie feststellen, daß sie überhaupt nicht hungrig war. Seltsam, wunderte sie sich, denn schließlich hatte sie seit vielen Stunden nichts gegessen, und auch am Abend zuvor das Dinner ausfallen lassen.

Als ihr der Duft der Brötchen in die Nase stieg, wandte sie sich ab. Ihr war plötzlich übel geworden. Ein heftiges Seitwärtsschlingern des Schiffes ließ ihren Magen einen Satz nach oben machen. Sie stand auf und stürzte, eine Hand auf den Bauch gepreßt, ans Fenster. Und keine Sekunde zu früh. Schwarze Wellenberge bauten sich bedrohlich vor ihr auf, als sie sich aus dem Fenster beugte und den Inhalt ihres Magens in hohem Bogen ins Meer entleerte.

Die nächsten drei Tage verbrachte Cathy im Bett, in unruhigem Halbschlaf, aus dem sie sich nur erhob, um sich in den Kübel zu erbrechen, den man ihr zur Bequemlichkeit vors Bett gestellt hatte. Sie glaubte, sterben zu müssen, und am Ende des ersten Tages betete sie inbrünstig, daß dies baldigst geschähe. Alles hätte sie in Kauf genommen, nur um diesen Höllenqualen zu entrinnen! Der Kapitän lachte ohne eine Spur von Mitleid, als man ihn über Cathys Zustand unterrichtete, und instruierte nur seinen Diener Petersham, sich um sie zu kümmern.

Petersham war ein dürrer, drahtiger kleiner Mann mittleren Alters, der den Kapitän schon von Kindesbeinen an kannte. Er habe als Stallbursche für den Vater des Kapitäns auf Woodham gearbeitet, erzählte er Cathy, dem Familienbesitz der Hales in South Carolina. Als junger Mann hatte Jon sich mit seinem Vater überworfen und klammheimlich das Haus verlassen, um zur See zu fahren. Der alte Hale hatte daraufhin Petersham losgeschickt, um seinen Sohn zu suchen und nach Hause zurückzubringen. Eines führte zum anderen, und schließlich kam es dazu, daß er, Petersham, gemeinsam mit dem jungen Jon auf einem Schiff abheuerte. Seither war er Master Jons Diener und hatte Dinge erlebt ... da würden so manchem die Haare zu Berge stehen! Alles in allem jedoch liebte er dieses Leben, und es gab auch nichts, was ihn und den Käpten dazu bewegen könnte, es aufzugeben.

Sehr interessiert lauschte Cathy den Geschichten Petershams. Kapitän Hale war demnach also Amerikaner. Nun, das erklärte einiges! Cathy hatte gehört, daß die Menschen, die in den Kolonien lebten, allesamt unzivilisierte, respektlose Wilde wären, und Jonathan Hale bestätigte dieses Behauptung hundertprozentig. Er war das Musterbeispiel eines Wilden – er plünderte, mordete und raubte wehrlose Frauen.

Der Kapitän betrat seine Kabine in unregelmäßigen Abständen, und auch dann nur, um ein schnelles Mahl zu sich zu nehmen oder ein paar Stunden dringend benötigten Schlafs nachzuholen. In der ersten Nacht hatte sie fest geschlafen, als er kam, und war nur einmal kurz aufgewacht, um ihn in tiefem Schlummer neben sich ausgestreckt zu finden. Er war völlig nackt. An den Stellen, wo seine Haut sie berührte, spürte Cathy ein heißes Brennen, das selbst der Stoff ihres Kleides nicht milderte. Vorsichtig versuchte sie, von ihm wegzurücken, aber sein Arm lag so schwer auf ihrem Haar, daß sie sich nicht bewegen konnte, ohne ihn aufzuwecken. Sie mußte wohl oder übel liegenbleiben, wo sie war. Argwöhnisch beobachtete sie ihn, als er aber ruhig weiterschlief, entspannte sie sich allmählich und nickte bald wieder ein.

Als sie am Morgen erwachte, schlief er immer noch tief und fest. Seine eine Hand berührte lässig ihr Brust, und sein Knie lag zwischen ihren Schenkeln. Cathy stockte der Atem. Fieberhaft versuchte sie, sich aus dieser intimen Lage zu befreien, und dabei war es ihr völlig gleichgültig, ob sie ihn mit ihrem wilden Herumgezappel aufweckte.

»Lieg still!« knurrte er und funkelte sie aus rotgeränderten Augen an. Seufzend sank Cathy in die Kissen zurück und malte sich dabei ängstlich aus, was er mit ihr anstellen würde, wenn sie nicht gehorchte. Zu ihrer Erleichterung machte er die Augen wieder zu, doch ein paar Minuten später stand er auf, streckte sich und entblößte dabei ganz ungeniert seine männliche Nacktheit. Diesmal kniff Cathy in blankem Entsetzen die Augen zu. Seine Vorderansicht war um einiges erschreckender als sein Hinterteil.

Donnerschläge wüteten über den Himmel, und das Schiff rollte hin und her. Der Kapitän stieß einen verärgerten Fluch aus und zog sich hastig an. Seine Schultern hingen schlaff herunter, seine Augen waren vor Müdigkeit rot geschwollen und blutunterlaufen. Zu ihrer Überraschung mußte Cathy feststellen, daß er ihr ein wenig leid tat. Doch seine nächsten Worte zerstreuten dieses Gefühl augenblicklich.

»Wenn ich das nächstemal zu Euch ins Bett steige, dann wünsche ich Euch nicht mehr in diesem Kleid zu sehen. Bittet Petersham, Euch ein Nachthemd von mir zu geben, falls Ihr Euch ansonsten in Eurem Schamgefühl verletzt seht. Ich hatte heute Nacht das Gefühl, als schliefe ich neben einem verdammten Nadelkissen! Ich warne Euch, Mylady, wenn Ihr dieses Ding nicht ausgezogen habt, wenn ich zurückkomme, dann reiße ich es Euch höchstpersönlich vom Leib. Und glaubt ja nicht, daß mir das kein Vergnügen bereiten würde!«

Er warf ihr einen so lüsternen Blick zu, daß Cathy sich die Bettdecke bis zum Hals hochzog und den Kopf abwandte, um ihn ja nicht auf irgendwelche abwegigen Gedanken zu bringen. Äußerst mißgelaunt stapfte Jon aus der Kabine, und als er hinter sich die Tür zugeknallt hatte, mußte Cathy unwillkürlich grinsen. Der große, mächtige Kapitän hatte sich also in der Nacht an den Nadeln in ihrem Kleid gestochen. Nun, das war nur die gerechte Strafe für das, was sie unter seinen Händen hatte erdulden müssen.

Trotz ihrer Heftigkeit wagte sie nicht, sich seinem Willen zu widersetzen. Es war unsinnig, einen Streit mit ihm zu provozieren, solange es sich vermeiden ließ. Sie machte sich selbst daran, in seinen Seekisten herumzukramen, fand auch tatsächlich einen ordentlich zusammengelegten Stapel Nachthemden und zog eines davon an. Natürlich war es ihr viel zu groß, die Ärmel hingen ihr beinahe bis zu den Knien, und der Saum schleifte auf dem Fußboden. Doch sie mußte zugeben, daß es sehr viel bequemer war als ihr zerrissenes, schmutziges Kleid, und solange sie darauf achtete, sich das Bettlaken bis zum Kinn hochzuziehen, wenn jemand im Raum war, gab es nichts dagegen einzuwenden. Zumindest war es sehr viel weniger aufreizend als ihre eigenen hauchdünnen Batistnachthemden.

Der Kapitän kam erst spät nachts in die Kabine zurück, und bis dahin hatte Cathy sich schon an ihr eigenartiges Gewand gewöhnt. Sie saß aufrecht im Bett, einen Kissenberg im Rücken, und nippte vorsichtig an einer Tasse Tee. Ihr Magen hatte sich zwar ein wenig beruhigt, rebellierte aber immer noch vehement, sobald das Schiff zu stark schaukelte. Als der Kapitän sichtlich erschöpft in die Kabine taumelte, starrte sie ihn mit furchtsam aufgerissenen Augen an und machte eine Bewegung, als ob sie aus dem Bett flüchten wolle.

»Wenn Ihr nur einen Fuß aus dem Bett setzt, dann werdet Ihr wünschen, niemals das Licht der Welt erblickt zu haben, meine verehrte Lady«, knurrte er. »Ihr könnt davon ausgehen, daß ich Euch bis auf weiteres eine Gnadenfrist einräume.«

Ohne sich zu rühren, beobachtete Cathy ihn wachsam dabei, wie er die Kerze ausblies und sich dann entkleidete. Im Dunkeln konnte sie sein Gestalt nur schemenhaft ausmachen. Sie zuckte zusammen, als er neben sie unter die Laken schlüpfte, und versuchte wegzurutschen, als er einen starken Arm um ihre Hüfte legte. Dann spürte sie, wie er vor Kälte schauderte. Es war gut möglich, daß er die Wahrheit gesagt hatte und sie nur neben sich wissen wollte, um sich an ihr zu wärmen. Dieses Risiko mußte sie eingehen. Sie erlaubte ihm, sie enger an sich zu ziehen und seine Arme und Beine um ihren stocksteifen Körper zu schlingen. Als er nichts weiter tat, als sie umschlungen zu halten, entspannte sie sich allmählich. Die Nähe seines Körpers jagte ihr immer noch Angst ein – und verwirrte sie auf seltsame Weise –, aber solange der Sturm wütete, hatte sie wohl keinen Grund, sich vor ihm zu fürchten.

Er schlief beinahe augenblicklich ein. Als Cathy ihn tief und gleichmäßig atmen hörte, stützte sie sich auf den Ellbogen und betrachtete das bronzene Gesicht, das sich in ihr Kissen vergraben hatte. Für einen so maskulinen Mann waren seine Wimpern nahezu lächerlich lang und seidig und lagen als dunkle Bögen auf seinen Wangen. Seine Lippen schienen sensibel geschwungen, doch der Schnitt seines Kiefers war hart und prägnant. Sie fühlte sich auf merkwürdige Weise zu ihm hingezogen, wie er so friedlich neben ihr schlief, und fragte sich, wie es sich wohl anfühlen würde, wenn sie ihre Lippen über seine sandpapierrauhen Wangen gleiten ließe ... Entsetzt über die Wendung, die ihre Gedanken nahmen, ließ sie sich auf die Matratze fallen und schloß die Augen. Bald darauf war auch sie eingeschlafen.

Als Cathy am nächsten Morgen erwachte, schien die

Sonne, und er Platz neben ihr im Bett war leer. Sie stand auf, rannte zum Fenster und lehnte sich hinaus. Das Meer glitzerte wie eine Glasscheibe voller Diamanten. Cathy hob ihr Gesicht den wärmenden Sonnenstrahlen entgegen und ließ sich die milde, wohlriechende Brise um die Nase streichen. Ach, wie sehnte sie sich nach einem Spaziergang in dieser frischen Luft, dachte sie und beschloß, Petersham darum zu bitten, die Erlaubnis einzuholen, an Deck gehen zu dürfen. Selbst Mördern erlaubte man einen Hofgang, überlegte sie aufsässig.

Aber wie könnte ich? fragte sie sich, als sie ihr Gesicht mit kaltem Wasser erfrischte. Ihr einst so schönes Kleid war nur noch ein schmutziger Fetzen, und außer den Nachthemden des Kapitäns hatte sie nichts zum Anziehen. Gut, sie waren sauber und bedeckten immerhin ihre Blößen, aber mehr ließ sich darüber nicht sagen. Ganz sicher waren sie nicht die passende Garderobe für eine Promenade an Deck.

Verstimmt macht Cathy es sich mit einem Buch auf einem der beiden Stühle bequem. ›Dieses Buch gehört Jonathan Creighton Hale‹ stand in kühner, energischer Handschrift auf dem Deckblatt, und sie betrachtete gerade nachdenklich diese Signatur, da kam Jonathan Creighton Hale persönlich hereingeschlendert. Als sie ihn jetzt sah, konnte sie ihre milden Gefühle beim Betrachten seines schlafenden Gesichts nicht mehr verstehen. Im wachen Zustand war er dasselbe arrogante, widerwärtige Monster, das sie gedemütigt und beleidigt hatte. Cathy schleuderte ihm einen finsteren Blick zu.

»Ihr seht heute aber blaß aus, Mylady«, sagte er und machte sich nicht die Mühe, den gehässigen, hämischen Tonfall in seiner Stimme zu unterdrücken.

»Kein Wunder, wenn Ihr mich hier unten eingesperrt haltet. Versucht Ihr etwa, mich durch Ersticken und Langeweile umzubringen?« giftete sie zurück.

»Ich an Eurer Stelle würde meine Zunge hüten, Schätzchen. Es gibt schlimmere Schicksale, wie Ihr sehr bald herausfinden werdet.« Er marschierte auf das Bett zu und zog dabei Mantel und Hemd aus. Cathy nagte nervös an ihrer Unterlippe, während sie das Spiel seiner Muskeln auf dem breiten Rücken beobachtete. Nachdem der Sturm sich gelegt hatte, war sie diesem Mann jetzt wieder gnadenlos ausgeliefert. Sie versuchte sich zu beherrschen und bemühte sich um einen freundlichen Tonfall.

»Ich würde zu gerne ein wenig auf Deck spazierengehen, Kapitän.«

»Und, was hält Euch davon ab? Die Tür war die letzten zwei Tage unverschlossen. Schließlich befinden wir uns mitten auf hoher See, und selbst wenn Ihr Fluchtgedanken hegen solltet, würdet Ihr nicht weit kommen. Außer natürlich, Ihr zieht die etwas derben Annäherungsversuche der Mannschaft meiner charmanten Wenigkeit vor.« Er grinste wie ein zähnefletschender Wolf, und Cathy erstickte beinahe an der Wut, die in ihr kochte.

»Ich würde jede Art von Annäherungsversuchen Eurer widerwärtigen Gesellschaft vorziehen!« spuckte sie zurück.

»Ach, tatsächlich, Mylady? Gut, dann geht in Gottes Namen an Deck. Stolziert nur herum und stellt Euch zur Schau. Ich bin gespannt, wie lange Ihr es da oben aushaltet mit meinen Männern, die nur darauf warten, Euch der Reihe nach zu vergewaltigen! Ich wette, Euer letztes Stündlein wird schon geschlagen haben, noch lange bevor die ›Margarita‹ den nächsten Hafen erreicht.«

Zorn verdunkelte seine Augen, und seine Worte trafen sie wie Nadelstiche. Klugerweise schwieg Cathy, ließ sich in ihren Stuhl zurücksinken und warf ihm nur einen haßerfüllten Blick zu. Er drehte sich auf dem Absatz um, ließ sich der Länge nach aufs Bett fallen und blieb so eine ganze Zeitlang liegen. Als er dann wieder mit ihr sprach, war offenbar seine größte Wut verraucht.

»Ich habe nichts dagegen, wenn Ihr ein bißchen Luft

schnappen geht, vorausgesetzt, Ihr bleibt auf dem Achterdeck und haltet Euch von der Mannschaft fern. Die Männer sind schon sehr lange auf See, und wenn sie eine Frau wie Euch in der Nähe haben ... Nun, man muß ja nicht auf Teufel komm raus Ärger provozieren. Ich brauche jeden einzelnen Mann und möchte nicht einen von ihnen zu Tode prügeln müssen, nur weil Ihr ihn um den Verstand gebracht habt.«

»Gott bewahre!« entgegnete sie nicht ohne eine gehörige Spur Sarkasmus. »Aber das bringt mich auf ein anderes kleines Problem. Was soll ich Eurer Meinung nach auf dem Rest dieser vergnüglichen Kreuzfahrt tragen? Eure ach so wertvollen Männer haben mir nämlich mein einziges Kleid vom Leib gerissen, wenn ich Euch daran erinnern darf.«

Nachdem er diese Unverschämtheit kommentarlos hingenommen hatte, wagte sich Cathy noch einen Schritt weiter vor.

»Was haben Eure sauberen Piratengesellen denn eigentlich mit meinem Gepäck gemacht, Käpten? Über Bord geworfen? Oder benutzen sie meine Kleider als Putzlumpen, um damit das Deck zu schrubben?«

»Euer Gepäck wurde zusammen mit der übrigen Fracht der ›Anna Greer‹ an Bord genommen und auf die Bestandsliste gesetzt. Ihr besitzt wirklich eine exquisite Garderobe – allein mit dem Geld, das Euer werter Herr Papa für die Kleider hingelegt hat, könnte man eine Familie ein ganzes Jahr lang durchfüttern. Und dazu noch die seidenen Unterröcke und die Schlüpfer aus irischer Seide! Alles wertvolles Diebesgut, Mylady, ob Ihr es glaubt oder nicht.« Er lag immer noch auf dem Bett und schien ihren aufwallenden Ärger nicht zu bemerken.

»Bekomme ich meine Garderobe zurück?« Ihre Stimme bebte vor unterdrückter Wut, und sie mußte sich ungeheuer beherrschen, um ihm nicht alle möglichen Schimpfworte an den Kopf zu werfen. Die Vorstellung, wie er in ihren persönlichen Sachen herumgekramt hatte, machte sie schier verrückt.

»Wie gesagt, Mylady, dieser Plunder ist eine hübsche Stange Geld wert. Und die Beute gehört nicht mir allein, sondern auch meinen Leuten. Guten Gewissens kann ich sie nicht so einfach hergeben. Wenn ihr freilich bereit wärt, sie käuflich zu erwerben ...?« sinnierte er, setzte sich dann unvermittelt auf, ließ die Beine über den Bettrand baumeln und maß sie mit einem spöttischen Blick.

»Ihr wißt doch ganz genau, daß ich kein Geld habe«, entgegnete sie bitter.

»Wer hat denn was von Geld gesagt? Vielleicht könnten wir einen Tauschhandel arrangieren, Ihr und ich. Sagen wir, ein Kleid ... für einen Kuß.

Ihre Miene erstarrte in stummer Wut. Auf einen Tauschhandel hoffte der gnädige Herr also? Er mußte sie wirklich für ungeheuer naiv halten, dachte sie. Und ein Kuß war bestimmt nicht alles, was er im Sinn hatte.

»Nun, Cathy?« meinte er vergnügt und fixierte sie weiterhin unverwandt. »Ein Kleid für einen Kuß. Das ist doch ein faires Angebot, oder nicht?«

Den Blick starr auf ihn gerichtet, versuchte Cathy herauszufinden, welche Gedanken sich hinter diesem düsteren, hämischen Grinsen verbargen. Sein Gesichtsausdruck verriet nichts, doch hinter seinen Pupillen sah sie etwas Kaltes aufblitzen, das ihr Angst machte. Er sah so stark aus, so ungeheuer männlich, wie er da auf dem Bett saß. Und er fixierte sie auf die Art, die an einen hungrigen Kater erinnerte, der eine besondere appetitliche Maus anstarrte. Sie schluckte und fing dann mit trotzig erhobenem Kinn seinen Blick auf.

»Eher würde ich ein Schwein küssen!«

Diese rüde Antwort schien ihn nicht im geringsten zu verärgern. Im Gegenteil, er ließ ein bellendes Gelächter hören.

»So so, Ihr würdet also lieber ein Schwein küssen, Lady

Catherine, wenn ich das richtig verstanden habe. Seit Ihr Euch dessen auch ganz sicher? Ich bezweifle nämlich ernsthaft, daß Ihr in Eurem bisherigen behüteten Leben jemals die Gelegenheit hattet, überhaupt etwas zu küssen, geschweige denn ein Schwein. Euch fehlt jegliche Vergleichsgrundlage. Ich schlage daher vor, Ihr küßt zunächst einmal mich, und dann geht hin und küßt ein Schwein. Wenn Ihr das getan habt, seid Ihr in der Lage zu entscheiden, welcher Art von Kuß Ihr den Vorzug gebt.«

Er nahm sie auf den Arm, machte sich über sie lustig, und Cathy spürte, wie ihr die heiße Wut in den Adern brannte. Noch nie zuvor hatte es jemand gewagt, sie so schamlos auszulachen! Und ausgerechnet dieser arrogante Mensch besaß die Frechheit, sich auf ihre Kosten zu amüsieren! Ihre Augen glitzerten vor Zorn.

»Ich hasse Euch«, fauchte sie durch halb geöffnete Lippen, und ihre blauen Augen schossen eiskalte Blitze.

Sie ist wunderschön, wenn sie wütend ist, dachte Jon, der sie in diesem Augenblick so sehr begehrte, daß ihm die Lenden schmerzten. Sie erinnerte ihn an eine in die Enge getriebene wütende Füchsin …

Cathy sprang mit einem Satz aus dem Stuhl hoch und ließ dabei das Laken, das sie schamhaft um sich gewickelt hatte, achtlos fallen. Ihre Brüste zeichneten sich deutlich unter dem Leinennachthemd ab. Als Jons Lächeln immer breiter wurde, machte sie einen Schritt zurück, suchte Zuflucht hinter dem Tisch. Unaufhörlich lächelnd und siegessicher, was den Ausgang dieses Versteckspiels betraf, kam er hinter ihr her.

Cathy wich so weit sie konnte zurück und fand sich schließlich mit dem Rücken an der Wand. Wie ein Raubtier kam Jon auf sie zugeschlichen, um dann beide Arme hochzureißen und sie rechts und links von Cathy an der Wand abzustützen. Als sie den Blick zu ihm hob, weiteten sich ihre Augen in plötzlichem Begreifen. So, jetzt hatte die Stunde der Wahrheit geschlagen! Wie eine Spinne kroch ihr die Angst den Rücken hinauf. Er war ihr ganz nah, so nah, daß sie den warmen Moschusduft seines Körpers riechen konnte. Glitzernd wanderten seine Augen an ihr herunter, während seine Lippen sich zu einem niederträchtigen Grinsen verzerrten.

Cathy hatte es nie an Courage gefehlt, und auch jetzt richtete sie sich unter seinem Blick zu voller Größe auf.

»Laß mich los, du Tier!« fauchte sie. Das wilde Blitzen in ihren Augen gab ihm zu verstehen, daß er es ja nicht wagen solle, sie anzufassen.

»So, ein Tier bin ich also. Tatsächlich?« meinte er mit schleppender Stimme, ohne den Blick von ihr zu nehmen. »Aber das sollte Euch doch konvenieren, Mylady. Immerhin habt Ihr gerade eben selbst zugegeben, daß Ihr eine erstaunliche Vorliebe für Schweine besitzt. Jetzt könnt Ihr gleich feststellen, ob Ihr die Art von Tier mögt, die zu sein Ihr mir andichtet.«

Als er sich dann langsam über sie beugte, schloß sie die Augen, drehte den Kopf weg und versuchte verzweifelt, ihn mit beiden Händen von sich wegzudrücken. Ohne Erfolg. Seine Lippen strichen über ihre abgewandte Wange, versengten ihre Haut, dann griff er mit zwei Fingern an ihr Kinn, drehte ihren Kopf herum und preßte seinen Mund auf den ihren. Ihre Lippen begannen zu glühen. Sie preßte sie fest zusammen, um seinen Kuß abzuwehren. Der letzte Kuß stand ihr noch zu deutlich vor Augen. Sie wollte sich nicht noch einmal in solch einer Art und Weise erniedrigen.

Er schlang seine Arme um sie und zog sie von der Wand weg ganz eng an sich heran. Cathy krümmte ihre Finger zu Krallen, um ihm das Gesicht zu zerkratzen, doch er bekam ihre Hand zu fassen, bevor ihre scharfen Nägel Unheil anrichten konnten. Sein Mund preßte sich wieder auf den ihren, und diesmal gelang es ihm, mit der Zunge ihre fest verschlossenen Lippen zu öffnen. In einer hilflosen Geste drückte sie den Rücken durch und beugte den Kopf zurück, was zur Folge hatte, daß sie in dieser Position nur noch deutlicher spürte, wie sich sein harter, männlicher Körper an ihre weichen Hüften drängte. Sie spürte, wie sich ihre Zungen berührten und wie dabei seine Arme, die sie fest umfangen hielten, zu zittern begannen. Eine unbekannte Hitze durchzog ihren Unterleib. Seine Hände wanderten über ihren Rücken und weiter nach unten, warm und verführerisch, bis plötzlich ihre Knie weich wie Pudding wurden. Sie mußte sich an seinen Schultern festhalten, um nicht einzuknicken. Er bog ihren Oberkörper zurück, damit seine Lippen die schlanke weiße Säule ihres Halses streifen konnten, bevor sie sich wieder über ihrem Mund schlossen. In diesem Augenblick mußte Cathy sich eingestehen, daß sie verloren war. Wie von selbst schlangen sich ihre Arme um seinen Nacken, vergruben sich ihre Finger in seinem dichten schwarzen Haar.

Ihr Entgegenkommen entlockte ihm ein tiefes Stöhnen, dann hob er sie auf die Arme und trug sie zum Bett. Wie ein kleines, vertrauensseliges Kätzchen kuschelte Cathy sich an die harten Muskeln seiner nackten Brust, die Arme immer noch um seinen Nacken geschlungen. Sie hätte ihm jetzt ebensowenig widerstehen können wie er in der Lage schien, sich zu beherrschen.

Zärtlich bettete er sie auf die Laken, legte sich neben sie und zog sie ganz dicht an sich heran. Der Kuß, der jetzt folgte, war so ungeheuer animalisch, daß Cathy glaubte, den Verstand zu verlieren. Als sein Mund sich an ihren Lippen festsaugte, durchfuhr sie ein heißer Schauer, dann erwiderte sie seinen Kuß rückhaltlos.

»Das darfst du nicht!« warnte sie ihre innere Stimme, doch Cathy war schon viel zu weit weg, um irgendwelchen Ratschlägen Beachtung zu schenken.

Durch das dünne Nachthemd hindurch erkundeten Jons Hände jede Linie ihres Körpers. Ihre Brustspitzen begannen sich unter seinen kundigen Fingern zu versteifen;

ungeduldig riß er den hinderlichen Stoff beiseite, der sie bedeckte, und hielt dann hörbar die Luft an, als ob der Anblick ihrer alabasterfarbenen Brüste mit den rosigen Knospen ihm einen körperlichen Schmerz zugefügt hätte. Beinahe ehrfürchtig ließ er einen Finger über die weichen Kuppen gleiten, verblüfft von der samtenen Wärme, die sie ausstrahlten.

Er beugte sich über sie, küßte erst die eine Brustwarze, dann die andere, nahm sie in den Mund und begann zärtlich daran zu saugen. Übermannt von dem intensiven Lustgefühl, das sie dabei empfand, stöhnte Cathy unvermittelt auf und starrte ihn an. Der Anblick des schwarzhaarigen Kopfes, der sich so selbstverständlich an ihre Brüste schmiegte, brachte sie urplötzlich in die Wirklichkeit zurück. Glühendheiß stieg ihr die Schamröte ins Gesicht. Ihre Hände packten seine breite Schultern und versuchten mit aller Kraft, ihn von sich wegzustoßen.

»Nein! Bitte hör auf! Jon, bitte!« japste sie und grub die Nägel in seine Haut.

»Scht, Cathy«, murmelte er, die Stimme heiser und die Augen glitzernd vor Leidenschaft. »Scht, Cathy – Liebes!«

Vorsichtig nahm er ihre Hände, zog sie hinter ihren Kopf und hielt sie dort fest. Und dann machten seine Lippen sich wieder daran, heiße Küsse auf ihren Brüsten zu verteilen. Verzweifelt versuchte Cathy, sich ihm zu entwinden und ihn von sich zu stoßen.

»Bleib ganz ruhig, Liebling«, raunte er in ihr Ohr. »Ich werde dir nicht wehtun. Ist ja gut. Ganz ruhig.«

Während er sie mit einer Hand auf die Matratze drückte, streifte er ihr mit der anderen das zerfetzte Nachthemd ab. Es dauerte nicht lange, da lag ihr Körper völlig entblößt vor ihm. Langsam ließ er seine gierigen Augen über sie wandern, und sein Blick war so besitzergreifend, daß sie glaubte, sie müßte darunter verglühen. Cathy schluchzte vor Angst und Verlegenheit, während er sie von Kopf bis Fuß musterte, doch als seine Hände an die

Knöpfe seiner Hose fuhren, wehrte sie sich noch einmal mit aller Kraft.

Nun ebenfalls nackt, legte er ein Bein quer über sie, um sie so festzuhalten, und erstickte ihre schrillen Schreie mit seinen Lippen. Er küßte sie ganz ohne Hast, indes seine Hände ihre schamlose Wanderung fortsetzten. Lässig strichen sie über die empfindlichen Spitzen ihrer Brüste hinweg und glitten dann tiefer, liebkosten ihren weichen Bauch. Cathy wimmerte, warf den Kopf hin und her und bohrte wieder ihre Nägel in seine Schultern. Ohne ihre erbitterten Abwehrversuche zu beachten, streichelte er zärtlich ihren Bauch, ließ dann seine Finger weiter abwärts gleiten und berührte die seidenweiche Haut auf den Innenseiten ihrer Schenkel.

»Nein!« stöhnte sie auf, als er seine schwieligen Finger an die Stelle führte, wo ihre Schenkel sich trafen. In panischer Angst überkreuzte sie die Beine, preßte sie fest zusammen und widerstand so eine Weile seinen Versuchen, sie mit den Händen auseinanderzudrücken.

»Entspann dich, Cathy. Ganz ruhig, mein Schatz«, flüsterte Jon heiser. »Öffne deine Schenkel, Cathy, Liebes. Ich tu dir nicht weh.«

Seine Worte machten ihr Angst. Ihr Körper versteifte sich, bog und verdrehte sich wie der einer Schlange, um unter diesen gierigen Händen wegzuschlüpfen. Aber er war zu stark. Sie erbebte, stieß einen tiefen Seufzer der Kapitulation aus und wurde schlaff.

Jon stützte ein Knie auf, schob sich über sie und zwängte das andere zwischen ihre fest überkreuzten Beine. Schließlich gelang es ihm, ihre Schenkel auseinanderzudrücken. Cathy bäumte sich noch ein letztes Mal auf, als er ihre Schenkel weit spreizte, und ließ sich dann schluchzend in die Kissen sinken, außerstande, sich noch länger gegen ihn zu wehren. Unter dem Druck seiner harten Männlichkeit, die sich zwischen ihre Schenkel zu bohren versuchte, erzitterte sie am ganzen Leib.

Als er dann zwischen ihren Beinen gefunden hatte, was er suchte, und in sie einzudringen begann, raste ein Feuerblitz durch ihren Leib. Mit einem einzigen harten Stoß war er tief in ihr. Der messerscharfe Schmerz war so intensiv, daß Cathy einen schrillen Schrei ausstieß. Er erstickte den Schrei mit seinen Lippen, die sich auf ihren Mund preßten, schob sich gleichzeitig auf sie und blieb eine Weile bewegungslos liegen, eingebettet in ihr weiches Fleisch. Sein Atem kam in unregelmäßigen Stößen, als ob er eine weite Strecke gerannt wäre. Cathy drehte den Kopf zur Seite, angewidert von der feuchten Wärme auf ihrem Gesicht. Schließlich konnte er sich nicht mehr beherrschen und bewegte sich, langsam zunächst, um ihr nicht mehr als nötig wehzutun, dann schneller und stärker.

Gelähmt vor Angst lag Cathy widerstandslos unter ihm, ließ ihn mit ihrem Körper tun, was er wollte. Sie konnte nicht glauben, daß diese scheußliche Sache tatsächlich passierte. Sie wurde von einem Piraten vergewaltigt, und es war ihr nicht möglich, sich dagegen zu wehren. Dazu wäre es auch bereits zu spät gewesen. Sie war ruiniert, ihrer Ehre beraubt. Niemals wieder konnte sie mit erhobenem Kopf durch die Straßen gehen. Und alles nur wegen diesem Tier, das keuchend auf ihr lag und sich in sie drängte ... Oh, wie sie ihn haßte!

Sie zwang sich dazu, an etwas anderes zu denken, doch das war unmöglich, solange sein heißes, hartes Fleisch in sie stieß. Versuchsweise bewegte sie sich ein wenig, in der Hoffnung, wenigstens den Druck seines Oberkörpers auf ihren Brüsten abzumildern. Aber ihre Bewegungen schienen ihn nur noch mehr zu reizen. Und plötzlich merkte Cathy, wie sie sich wider Willen von seiner Erregung anstecken ließ. Mit einer instinktiven Bewegung versuchte sie, seinen nächsten Stoß aufzufangen. Jon sog scharf die Luft ein, ein Zittern lief durch seinen Körper, dann entspannte er sich. Unverständlicherweise war Cathy enttäuscht, als sein schwerer Körper flach auf den ihren sackte.

Nach einer Weile rollte sich Jon von ihr herunter, blieb auf dem Rücken neben ihr liegen und starrte an die Dekke. Cathy rutschte sofort an den äußersten Bettrand und legte sich auf die Seite, von Jon abgewandt. Ihr war heiß, sie fühlte sich beschmutzt und zutiefst erniedrigt. Verzweifelt dachte sie darüber nach, wie ihr Körper sie betrogen hatte, zum Schluß jedenfalls, als sie die eigenen instinktiven Bewegungen nicht mehr hatte stoppen können. Heiße Tränen der Wut und der Scham schwammen in ihren Augen. Sie unterdrückte einen Schluchzer, doch Jon hörte den erstickten Laut und zog sie grob an sich. Abwesend streichelte er ihr übers Haar. Die nachlässige Zärtlichkeit dieser Geste ließ sie alles vergessen, ihren Stolz, ihren Haß, und sie fing an zu wimmern wie ein Baby. Jon hielt sie immer noch fest umschlungen, strich ihr übers Haar und murmelte ihr beruhigende Worte ins Ohr. Als ihre Schluchzer schließlich leiser wurden und sie nur noch schluckte, als habe sie Schluckauf, schob Jon sie von sich weg und stand auf, um sich anzuziehen. Während er sich den Gürtel zumachte, betrachtete er sie mit einem halben Lächeln auf den Lippen. Cathy schloß die Augen; sie wollte ihn nicht ansehen.

»Mach dir darüber keine allzu großen Gedanken, Liebste. Beim nächsten Mal wird es besser sein, das verspreche ich dir«, sagte er leise und schmunzelte dann über den wutentbrannten Schrei, den sie ausstieß, sobald ihr die volle Tragweite seiner Bemerkung klargeworden war. Er glaubte wohl tatsächlich, daß sie sich noch einmal diesem entsetzlichen Spiel hingeben würde! Wie eine Furie sprang sie aus dem Bett und zerrte das Laken mit sich, um ihren nackten Körper vor ihm zu verbergen. In ihren Augen spiegelte sich die blanke Mordlust. Mit wilden Blicken sah sie sich in der Kabine um, doch bevor sie noch etwas Passendes, das hart und scharf genug gewesen wäre, entdecken konnte, packte er sie und warf sie in hohem Bogen zurück aufs Bett. Während sie hilflos verfangen in dem Gewirr von Laken und ihrem eigenen Haar herumstrampelte, stand er da und lachte aus vollem Hals. Als sie sich dann endlich aufgerichtet hatte, war er verschwunden. Wutschnaubend starrte sie auf die geschlossene Kabinentür. Wenn dieser Mensch glaubte, er könnte sie ungestraft wie eine gemeine Dirne behandeln, so hatte er sich getäuscht! Und genau in diesem Augenblick entschied Cathy, daß Kapitän Jonathan Hale eine dringend nötige Lektion erteilt werden müsse. Er würde sehr bald feststellen, daß er in ihr einen ebenbürtigen Gegner gefunden hatte!

3

Cathy fand sich für etliche Stunden mit ihrer Wut alleingelassen. Eine weise Entscheidung, wie sie düster feststellte, hätte sie doch in ihrer momentanen Verfassung mit Freuden dem erstbesten Kerl die Augen ausgekratzt, der ihr über den Weg gelaufen wäre. Diebe, Mörder und Halsabschneider waren das, ohne Ausnahme, und ihr feiner Kapitän Jonathan Hale war der mieseste von allen. Wie gerne hätte sie ihn am Galgen baumeln, seinen langen Körper am Ende des Strangs hin- und herschwingen sehen, das höhnische Gesicht blau angelaufen! Auf einmal lächelte Cathy so süß wie schon seit Tagen nicht mehr. Die bloße Vorstellung allein hob ihre Stimmung beträchtlich!

Oh, was würde sie jetzt für ein langes, scharfes Messer geben! Sie würde es ständig bei sich tragen, und beim nächsten Mal, wenn dieser Schuft es wagen sollte, ihr Gewalt anzutun, würde sie es ihm bis zum Anschlag in den Rücken stoßen. Sie malte sich diese Szene mit unverhohlenem Vergnügen und in allen Einzelheiten aus. Aber in der Kabine gab es kein einziges Messer oder irgendeine andere Waffe. Also mußte sie sich nach etwas umsehen, das sich zumindest als Waffe gebrauchen ließe. Doch als sie schließlich erschöpft ihre Suche einstellte, war die Ausbeute nicht gerade beeindruckend. Ein schwerer Kerzenständer der aus Messing war, war noch das vielversprechendste Stück des kleinen Arsenals, das sie zusammengetragen hatte. Sie versteckte ihn unter der Matratze, um ihn gegebenenfalls zur Hand zu haben. Der Nachttopf aus Porzellan eignete sich ebenfalls als Schlagwaffe, doch fürchtete sie, daß ihr Entführer mißtrauisch werden könnte, falls dieser plötzlich verschwunden war. Der

Piratenkapitän war zwar ein Schurke, aber keineswegs dumm, soviel wußte Cathy inzwischen.

Ein anderes seiner Nachthemden anzuziehen, das kam für sie überhaupt nicht in Frage. Wenn sie es irgendwie vermeiden konnte, würde nichts von diesem Kerl jemals wieder ihre Haut berühren, solange sie lebte. Statt dessen wickelte sie sich wie eine Mumie in die Bettdecke ein, setzte sich auf einen der unbequemen Stühle und wartete. Früher oder später mußte Käpten Jonathan Hale in seine Kabine zurückkommen. Und wenn er dann kam, wollte Cathy sichergehen, daß er diesen Augenblick nie mehr vergaß.

Es war jedoch Petersham, der Stunden später an die Tür klopfte. Der Tag neigte sich dem Ende zu, in der Kabine wurde es bereits dunkel, und Cathys Beine waren schon ganz steif, so lange hatte sie bewegungslos auf diesem Stuhl gehockt. Doch sie war fest entschlossen, sich kein zweites Mal unvorbereitet überrumpeln zu lassen. Als es klopfte, erschrak sie zunächst, doch beruhigte sie sich sogleich wieder. Wenn irgend etwas in dieser verrückten Welt hier sicher war, dann die Tatsache, daß dieser niederträchtige Halunke niemals die Höflichkeit besäße, vor dem Eintreten anzuklopfen. Er würde einfach hereinplatzen.

»Ich bringe Euch das Abendessen, Miss«, erklärte Petersham beim Eintreten. »Der Käpt'n sagte mir, daß Ihr Euch mittags nicht besonders wohl gefühlt habt, aber jetzt ist es beinahe sieben, und Ihr solltet etwas Solides in den Magen bekommen. Diese Seekrankheit schwächt einen unheimlich, wenn man nicht anständig ißt.«

»Ich bin nicht mehr seekrank, Petersham«, entgegnete Cathy säuerlich und bewegte sich nicht aus dem Stuhl. Petersham musterte sie eingehend, als er das Tablett neben sie auf den Tisch stellte; zunächst ihr kalkweißes Gesicht und die aufgelöste Frisur, als letzten Beweis dann das um ihren Körper geschlungene Laken. Was da passiert war, war ganz offensichtlich. Da Master Jons Aufmerksamkeit nun nicht mehr von dem Sturm in Anspruch genommen war, hatte er den Morgen dazu genutzt, sich mit der Kriegsbeute, wie er es bezeichnen würde, zu amüsieren. Nun, Männer hatten ihre Bedürfnisse, wie Petersham aus eigener Erfahrung nur zu gut wußte, aber Miss Cathy tat ihm dennoch leid. Sie war blutjung, und er verwettete seinen Kopf dafür, daß sie noch Jungfrau gewesen war.

»Seid Ihr wohlauf, Miss?«, erkundigte er sich mit belegter Stimme.

»Aber gewiß bin ich wohlauf, Petersham«, schnappte Cathy, die fürchtete, er könnte irgendwie ihre Scham erraten. Sie würde tot umfallen, wenn jemand davon erführe! Aber Petersham ging nicht weiter auf dieses Thema ein. Schweigend deckte er den Tisch und verließ dann wortlos die Kabine.

Seufzend wickelte Cathy sich aus den Laken, rückte den Stuhl an den Tisch und begann zu essen. Zu ihrer Überraschung stellte sie fest, daß sie trotz des erlittenen Schocks ziemlich hungrig war.

Gerade als sie die letzte Gabel Corned beef in den Mund schob, klopfte es abermals an der Tür. Erwartungsvoll flogen ihre Augen zu dem eichenen Portal. Wer mochte es diesmal sein?

»Ja?« rief sie ängstlich; erst als sie sah, daß es Petersham war, der seinen Kopf durch die Tür steckte, entspannte sie sich wieder.

»Ich dachte, Ihr würdet vielleicht gern ein heißes Bad nehmen, Miss. Im Laderaum haben wir eine alte Wanne, die schon seit Monaten niemand benützt hat. Wenn Ihr möchtet, bringe ich sie Euch gern nach oben.«

Cathy überlegte rasch. Ein heißes Bad, das hörte sich verlockend an, und ihr geschundener Körper schrie förmlich danach. Doch wenn dies eine Geste des Kapitäns war, um sein schlechtes Gewissen zu erleichtern, dann wollte sie lieber über Bord springen, als darauf einzugehen. Von ihm würde sie keinerlei Freundlichkeiten annehmen!

»Wessen Idee war das denn?« erkundigte sie sich scharf.

»Meine, Miss? Wessen denn sonst?«

Das war nun wieder so einleuchtend, daß Cathy unwillkürlich lächeln mußte. Hatte sie wirklich geglaubt, daß Käpt'n Jonathan Hale seine wertvolle Zeit damit vergeuden würde, sich um ihr Wohlergehen zu sorgen, besonders da er ja bereits bekommen hatte, was er von ihr wollte? Nein, wirklich nicht! Für ihn war sie nur ein lebloser Körper ohne Gedanken und Gefühle.

»Nun ja, Petersham, ich würde sehr gern ein Bad nehmen«, erwiderte sie.

Petersham schenkte ihr ein strahlendes Lächeln und verschwand wieder durch die Tür. Cathy schämte sich plötzlich für ihr unhöfliches Benehmen ihm gegenüber. Was man ihr angetan hatte, dafür konnte sie Petersham nun wirklich nicht verantwortlich machen, zumal er ihr seit ihrer Gefangennahme ausschließlich freundlich begegnet war.

Diesmal war Cathy auf das neuerliche Klopfen vorbereitet. Auf ihr »Ja, bitte!« hin trat Petersham ein, gefolgt von einem stämmigen Matrosen, der eine große Badewanne schleppte, und einem anderen, der eine ihrer Seekisten geschultert hatte.

»Meine Kleider!« rief Cathy hocherfreut aus.

»Der Käpt'n gab die Erlaubnis, Euch einige Eurer persönlichen Dinge zu bringen«, erklärte Petersham strahlend. »Ich habe mir die Freiheit erlaubt, die Kiste mit Euren Utensilien für die Nacht auszuwählen. War das richtig?«

Die bloße Erwähnung des ›Käpt'n‹ genügte, daß Cathy rot sah, besonders in Verbindung mit einer Erlaubnis, die mit ihr zu tun hatte. Es fiel ihr zwar schwer, doch mit der

Zeit lernte sie dazu. Es war sinnlos, sich ins eigene Fleisch zu schneiden. Wenn sie Petersham anwies, die Kiste dem widerwärtigen Teufel vor die Füße zu werfen, verbunden mit der Botschaft, daß er die verdammten Kleider selbst anziehen könne, würde sie außer einem flüchtigen Moment der Genugtuung nichts gewinnen. Klüger war es, einstweilen das Beste aus der Situation zu machen und die Zeit totzuschlagen. Wie Martha immer sagte, die Zeit arbeitet für den, der warten kann. Und Cathy war willens, wenn nötig ihr Leben lang auf ihre Revanche zu warten.

»Das war sehr freundlich von Euch, Petersham«, murmelte sie. Ihr Gesicht war dabei eine starre Maske, die keinen ihren Gedanken preisgab. Als dann die Matrosen Eimer mit heißem Wasser hereinschleppten und die Wanne zu füllen begannen, fügte sie verdrossen hinzu: »Ach, Petersham, wegen heute abend, als Ihr mir das Abendessen brachtet, da war ich ... da war ich nicht ich selbst. Es tut mir leid, wenn ich mich unhöflich benommen habe.« Zum erstenmal in ihrem Leben hatte Cathy sich bei jemandem für etwas entschuldigen müssen, und das machte sie äußerst verlegen. Doch Petersham belohnte sie dafür mit einem fröhlichen Lächeln.

»Das ist schon in Ordnung, Miss. Jeder von uns hat hin und wieder mal einen schlechten Tag.«

Das war der Spruch des Jahres, dachte Cathy, sagte aber nichts. Als die Matrosen die Wanne zu Petershams Zufriedenheit gefüllt hatten, verließen die drei Männer die Kabine.

Das erste, was Cathy tat, war, einen der schweren Stühle vor die Tür zu schieben. Obwohl diese Barriere Jon nicht lange standhalten würde, diente sie doch zumindest als Warnung, und er würde sie wenigstens nicht nackt in der Wanne überraschen!

Nachdem das erledigt war, kniete sie sich vor ihre Seekiste und öffnete sie liebevoll. Allein der Anblick der Dinge, die sie an Zuhause erinnerten, ließ ihre Augen feucht werden. Was gäbe sie nicht drum, Martha schimpfen oder ihren Vater wüten zu hören, was er stets tat, wenn etwas nicht seinen Vorstellungen entsprach! Energisch wischte sie sich eine verirrte Träne von der Wange. Heulen machte alles nur noch schlimmer.

Vorsichtig hob sie das kleine Körbchen mit den parfümierten Seifen und Ölen heraus, das oben auf den Kleidern lag. Aus dem Fläschchen mit Rosenöl sprenkelte sie eine großzügig bemessene Menge in ihr Badewasser und sog dann gierig die duftenden Dampfwolken ein, die ihr in die Nase stiegen. Mit einem Stück Rosenseife und einem Waschlappen bewaffnet, ließ sie sich in der Wanne nieder. Das heiße Wasser zu spüren, das ihren Körper umschloß, als sie sich tiefer in die Wanne gleiten ließ, war die reinste Wonne. Sie legte den Kopf auf den abgerundeten Rand und bewegte sich nicht mehr, in dem wunderbaren Wissen, bald wieder von Kopf bis Fuß sauber zu sein. Nachdem sie eine Weile die wohltuende Wärme genossen hatte, begann sie ihren Körper einzuseifen und heftig mit dem Waschlappen zu bearbeiten, schrubbte sich dabei schier die oberste Hautschicht ab in ihrem Eifer, Jons Geruch loszuwerden. Schließlich wusch sie sich das Gesicht, bis ihre Wangen rosig glühten. Jetzt mußte sie sich nur noch die Haare waschen. Sie hielt die Luft an und tauchte mit dem Kopf unter Wasser. Ihre Hände arbeiteten sich durch die lange Haarflut, lockerten sie und seiften sie ein.

Cathy, mit dem Kopf unterm Wasser, spülte sich gerade das Haar aus, als die Türklinke klapperte. Dem Geräusch folgte ein zorniger Fluch, dann ein schrilles Kratzen, als eine starke Schulter sich gegen die Tür stemmte und den hinderlichen Stuhl langsam über den hölzernen Dielenboden schob. Jon zwängte sich durch den schmalen Spalt, blickte sich kurz in der Kabine um und grinste dann breit. Alles, was er von der kleinen Wildkatze erkennen konnte, war ein Wust von tropfenden, rotgoldenen Haaren und ein Paar alabasterfarbene Schultern. Auf Zehenspitzen schlich er zur Wanne. Das Gesicht, das sie machte, wenn sie auftauchte, wollte er sich nicht entgehen lassen!

In diesem Augenblick kam Cathy prustend hoch, um Luft zu holen. Jon mußte unwillkürlich kichern ob des absurden Bildes, das sie bot. Das nasse Haar klebte ihr im Gesicht und auf den Schultern, die Enden trieben träge im Wasser wie lange Seegrassträhnen. Auf sein Kichern hin fuhr sie ruckartig hoch und wischte sich mit beiden Händen ungeduldig den dichten Haarvorhang von den Augen. Und als sie wieder sehen konnte, starrte sie mit wutverzerrtem Gesicht zu Jon hoch, der immer noch grinsend neben der Wanne stand.

Während sie krampfhaft nach Worten suchte, ergötzte er sich an ihren weichen Rundungen, die durch das Wasser schimmerten. Sehr appetitlich, dachte er bewundernd, besonders ihre unverschämt vollen Brüste und der sanfte Schwung ihrer Hüften. Ein träges Lächeln huschte gerade über seine Lippen, als Cathy ihm mit einem unartikulierten Aufschrei das Stück Rosenseife ins Gesicht schleuderte. Hart wie ein Stein traf das Geschoß ihn genau im linken Augenwinkel. Jon taumelte zurück und preßte ungläubig eine Hand auf die verletzte Stelle. Gemütsruhe hatte noch nie zu seinen Tugenden gezählt; in Bruchteilen von Sekunden wallte seine Wut auf. Wenn diese kleine Nixe schon so harte Spielregeln aufstellte, dann würde er dafür sorgen, daß sie ihren Einsatz doppelt zurückbekam!

»Verschwinde!« kreischte Cathy, die endlich ihre Sprache wiedergefunden hatte. Während er sich noch das Auge rieb, versuchte sie, aus der Wanne zu springen und sich dabei das Laken zu schnappen, um sich darin einzuwickeln. Doch Jon erwischte sie noch im Aufstehen und packte sie mit beiden Händen an den schlüpfrigen Hüften. Sie konnte sich drehen und winden wie ein Aal, es gelang ihr nicht, sich aus seinem Griff zu befreien. Mit einem heftigen Stoß schubste er sie in die Wanne zurück.

»Warum sollte ich? Schließlich ist das immer noch meine Kabine«, meinte Jon gedehnt und hielt sie weiterhin an den Schultern fest. Nur der stählerne Ausdruck in seinen Augen bedeutete ihr, daß sie sich auf sehr gefährlichem Terrain befand. Doch Cathy war viel zu wütend, um solchen Zeichen Beachtung zu schenken.

»Ich nehme ein Bad!« schrie sie zurück und ballte die Fäuste, indes seine Augen unverschämt gierig über ihren nackten Körper wanderten.

»Das sehe ich«, meinte er mit einem anerkennenden Unterton in der Stimme, der auch in seinem Blick zum Ausdruck kam. Das leichte Flackern in seinen Augen hätte Cathy Einhalt gebieten müssen, doch sie wütete ungehemmt weiter.

»Ich hasse dich! Verschwinde von hier!«

Als er immer noch unbeweglich wie ein Felsblock neben ihr stehenblieb, schlug Cathy mit den Fäusten auf das Wasser wie ein trotziges Kind. Mit zusammengekniffenen Lippen schaute Jon an sich herunter, wo das seifige Wasser dunkle Flecken auf seinen trockenen Kleidern bildete. Dann war er mit einem Satz hinter ihr, und zwar so schnell, daß Cathy keine Zeit blieb, sich auf das vorzubereiten, was als nächstes geschah.

»Du wolltest dir vorhin das Haar spülen, als ich dich so rüde unterbrach«, säuselte er mit samtweicher Stimme. »Komm, laß dir dabei helfen.«

Cathy spürte, wie sich eine schwere Hand auf ihren Kopf legte, und hatte gerade noch Zeit, einmal tief Luft zu holen, bevor ihr Kopf unter Wasser gedrückt wurde. Sie bäumte sich auf und wehrte sich nach Leibeskräften, aber Jons Hand hielt sie solange unter Wasser, bis sie glaubte, ihre Lungen würden zerplatzen. Nach einer Ewigkeit, wie ihr schien, ließ er sie endlich los, und sie schoß prustend und nach Luft japsend in die Höhe.

»Du Schwein!« brüllte Cathy, als sie wieder sprechen konnte. »Vergewaltigung ist dir wohl noch nicht grausam genug, wie? Oder ersäufst du alle deine Opfer hinterher?«

»Nicht alle, nein«, erklärte er ruhig, ging neben der Wanne in die Hocke und spielte nachdenklich mit ihren nassen Haarsträhnen. Cathy riß ihm wütend die Locken aus den Fingern und schoß tödliche Blicke auf ihn ab, erntete dafür aber lediglich hämisches Grinsen und den Zusatz: »Nur freche kleine Luder, denen man zeigen muß, wer der Herr und Meister ist.«

»Ha, Meister!« zischte Cathy und fand wieder zu ihrem Stolz zurück. »Du bist nicht mein Meister und wirst es nie sein, du unausstehliche Bestie!«

»Nun, genau da irrst du dich, Schätzchen.« Jons Augen wurden zu glänzenden Schlitzen in seinem dunklen Gesicht. »Ich bin dein Meister, seit du einen Fuß auf dieses Schiff gesetzt hast. Wenn dir das bis jetzt noch nicht aufgegangen ist, dann war ich einfach viel zu weich im Umgang mit dir. Aber das läßt sich sofort ändern.«

Seine Hand lag schon wieder auf ihrem Kopf. Diesmal hatte Cathy nicht einmal mehr Zeit, Luft zu holen, bevor er sie untertauchte. Sie schlängelte sich auf dem Wannenboden wie eine Wasserschlange und schaffte es schließlich, unter seiner Hand wegzuschlüpfen. Doch kaum kam sie keuchend an die Oberfläche, sah sie seine Hand wieder nach ihr greifen. Mit der Kraft der Verzweiflung packte sie die Hand und schlug ihre Zähne so tief in sein Fleisch, bis sie den Knochen spürte.

»Du Miststück!« brüllte er und zog seine Hand zurück. Das war die Gelegenheit, auf die Cathy gewartet hatte. Sie sprang hoch und knallte ihm den nassen Waschlappen ins Gesicht. Und während er sich von dem tropfenden Ding befreite, schnappte sie sich das Laken und rannte zur Tür. Der Knauf ließ sich leicht drehen, doch das verdammte Ding ging nicht auf! Sie zerrte und rüttelte wie besessen. Diese verfluchte Tür mußte aufgehen, verdammt nochmal! Sie mußte aufgehen!

»Es ist abgesperrt«, kam es drohend leise vom anderen Ende der Kabine. Cathy wirbelte herum und sah Jon langsam auf sich zukommen, sein Gesicht eine wutverzerrte Fratze. Er hatte sich den Waschlappen um die Hand gewickelt, durch den bereits hellrotes Blut sickerte. Cathy genoß ihren momentanen Triumph über die Maßen. Wie immer die Sache ausgehen mochte – er war jedenfalls nicht ganz ungeschoren davongekommen!

»So, so, der große, starke Pirat muß also die Tür absperren, wie?« höhnte sie leichthin, während sie sich seitwärts zu der Ecke bewegte, wo sie den Nachttopf strategisch geschickt plaziert hatte. »Was ist denn los mit dir, Käpten? Du wirst doch nicht plötzlich vor einer kleinen, schwachen Frau Angst haben?«

Mit einem Blick, der grausame Vergeltung verhieß, kam Jon auf sie zu. Doch Cathy war viel zu erzürnt, um Angst zu haben. Sie hatte nur ihre Rache im Sinn, mochte sie auch noch so profan sein! Unbeirrt näherte sie sich ihrem Ziel, bückte sich, packte den Nachttopf und schleuderte ihn Jon mit einer so schnellen Bewegung entgegen, daß ihm keine Gelegenheit blieb, sich zu ducken. Sie traf ihn genau an der Schulter, und er taumelte einige Schritte zurück. Während sie ihrem Opfer einen Schwall von Flüchen nachschickte, griff sie nach der nächsten Waffe, diesmal einem schweren Buch. Wenn ihm dieses Geschoß an den Kopf flog, dann drohte ihr die nächsten Stunden keine Gefahr mehr!

»Das reicht jetzt, du zänkisches Weibsbild!« brüllte Jon und war mit einem Satz bei ihr. Das Buch prallte harmlos an seiner Brust ab. Und ehe sie noch einen weiteren Angriff starten konnte, schlossen sich seine Arme mit solcher Kraft um sie, daß sie kaum noch Luft bekam. Cathy schlug und trat nach ihm, verstauchte sich aber nur die nackten Zehen an seinem harten Schienbein. Ihre Nägeln hingegen hatten mehr Erfolg, zerkratzen ihm die ganze Länge seiner Wange, noch ehe er ihnen ausweichen konnte. Sie kämpfte verbissen wie eine wilde Tigerin, während er sie durch die Kabine zerrte, und warf ihm dabei alle möglichen Flüche an den Kopf. Ihr nicht gerade feines Vokabular schien ihn nicht im mindesten zu beeindrucken. Als er ihr dann mit einem Ruck das Laken wegriß und sie völlig nackt in seinen Armen zappelte, schrie sie hysterisch auf, versuchte wieder zu Kratzen und zu Beißen, traf aber nur ins Leere, nachdem er sie herumgewirbelt hatte, als wäre sie leicht wie eine Feder. Ehe sie sich's versah, saß er auf einem der Stühle, und sie zappelte bäuchlings auf seinem Schoß, ihr Haar schleifte auf dem Boden, und ihr Hinterteil ragte unrühmlich in die Höhe.

»Ich glaube, es ist an der Zeit, daß man dir ein paar Manieren beibringt, gnädiges Fräulein«, knurrte Jon und hob die Hand. Cathy stöhnte unter dem scharfen Schlag, der ihren Po traf wie ein Peitschenhieb, kläglich auf und wimmerte dann wie ein Kind, als seine Hand wieder und wieder auf sie niedersauste. Es dauerte nicht lange, da war sie nur noch ein schluchzendes, zuckendes Bündel.

»Laß mich los, du dreckiges Schwein«, gelang es ihr mit abgrundtiefer Verachtung in der Stimme hervorzupressen, doch die Hiebe, die unaufhörlich auf ihr Hinterteil prasselten, machten sogar diesen kleinen Triumph zunichte.

»Von jetzt an wirst du genau das tun, was ich dir sage, verstanden?« erklärte er grimmig. Dabei schwebte seine Hand drohend über ihren knallroten Pobacken.

Als Cathy nicht antwortete, sauste seine Hand wieder mit einem klatschenden Laut auf ihren malträtierten Allerwertesten nieder.

»Verstanden?« wiederholte er.

»Ja!« fauchte sie wütend und wünschte ihm im stillen die Pest an den Hals. Die Qualen, die er ihr zugefügt hatte, würden ihm noch leid tun! Sie hatte ihren Stolz. Irgendwann würde sie ihn tot zu ihren Füßen liegen sehen, und wenn das ihr letzter Blick auf dieser Erde sein sollte!

»Und wer ist dein Meister?« fuhr er fort.

Cathy zögerte. Diese Genugtuung gönnte sie ihm nicht. Nein, das ging einfach zu weit. Jon schlug abermals zu, diesmal noch härter als zuvor, und Cathy kreischte vor Schmerz und Erniedrigung laut auf.

»Ich warte«, sagte er bedrohlich leise.

»Dann wartest du eben, du Hurensohn!« preßte Cathy schluchzend hervor und wappnete sich innerlich für den nächsten Schlag, der ob dieser Titulierung gewiß noch eine Spur härter ausfallen würde. Doch zu ihrer Verblüffung ließ er von ihr ab, schob sie verächtlich von seinem Schoß und stand auf.

»Sieh zu, daß du das nicht vergißt«, knurrte er und schickte sich an, den Nachttopf aufzuheben, der bis an die Tür gekullert war. Als er sich bückte, sah er, daß er genau in der Mitte einen Sprung hatte. Wutschnaubend drehte er sich um und ließ seinen Blick über das Chaos wandern, das in seiner Kabine herrschte. Die halb gefüllte Badewanne stand in einem See aus trübem Seifenwasser, das Stück Seife lag verloren unter dem Tisch, und das Laken bildete einen nassen Haufen vor der Schlafkoje. Cathy hockte zusammengekrümmt auf dem Boden, wo er sie hingeschleudert hatte, die Knie angezogen und die Arme um sich geschlungen, um ihren nackten Körper vor seinen Blicken zu verbergen. Ihre Augen schossen ihm haßerfüllte Blitze entgegen. Bösartig lächelnd betrachtete er diesen Ausbund an Wildheit vor ihm auf dem Fußboden. Bei Gott, es wurde Zeit, diese Xanthippe zu zähmen!

»Steh auf!« knurrte er. Cathy warf ihm einen trotzigen Blick zu.

»Nein, ich bleibe hier sitzen!« schnappte sie.

»Ich sagte, steh auf!« Seine Stimme dröhnte wie ein Gewitter. Cathy funkelte ihn böse an, entschlossen, ihm weiterhin die Stirn zu bieten, doch sein Gesichtsausdruck riet ihr davon ab. Er starrte sie an, als ob er sie im nächsten Augenblick erwürgen wollte.

»Ich kann nicht. Ich … ich habe nichts an«, murmelte sie verdrossen. Ihm offen zu widersprechen, wagte sie nicht.

»Wenn du nicht sofort tust, was ich dir sage, wirst du es bitter bereuen. Das verspreche ich dir.« Obwohl seine Stimme ruhig klang, entging Cathy doch nicht das Zukken, das um seine Mundwinkel spielte. Er kam einen Schritt auf sie zu. Hastig rappelte Cathy sich hoch. Aufgeblasener, brutaler Kerl! Sie wußte so gut wie er, daß sie ohnehin keine andere Wahl hatte, als ihm zu gehorchen. Aber später, schwor sie sich im stillen, später würde er für jede Gemeinheit und alles, was er ihr angetan hatte, mit seinem Blut bezahlen!

Als sie mit zitternden Knien vor ihm stand, musterte er sie geruhsam von oben bis unten, und sein anmaßender Blick raubte ihr auch noch den letzten Rest Selbstachtung, den sie besaß. Ihre Wangen färbten sich dunkelrot, während sie versuchte, ihre Nacktheit mit dem hüftlangen Haar zu bedecken. Die feuchten Strähnen boten leider nur einen sehr dürftigen Schutz. Das war nur eine andere Form von Vergewaltigung, dachte Cathy empört, während seine gierigen Augen ihren Körper erforschten. Doch dann gewann ihr Stolz wieder die Oberhand. Furchtlos reckte sie das Kinn in die Höhe und verschanzte sich hinter einer steinernen Maske. Sich vor ihm zu ducken, soviel Befriedigung gönnte sie ihm nicht!

Jon nahm sich Zeit, weidete sich an ihren anmutig bebenden Brüsten, den langen elfenbeinfarbenen Schenkeln und dem betörenden, rötlich schimmernden Dreieck dazwischen. Fast widerstrebend registrierte er das heiße Brennen in seinen Lenden. Das kleine Biest war wirklich eine Schönheit, daran gab es nichts zu rütteln. Aber er mußte sich vorsehen, damit ihm das Ganze nicht zu sehr unter die Haut ging. Sie vermochte ihn leichter aus dem Konzept zu bringen als alle anderen Frauen, die er bisher kennengelernt hatte, und das war ein gefährliches Zeichen. Gab es nicht ein Sprichwort, das besagte, ein Mann solle sehr vorsichtig sein mit dem, was er begehrte, da er genau das bekommen könnte? Nun, vom ersten Augenblick an hatte er sich gewünscht, diese kleine Hexe zu bändigen. Und sein Wunsch war in Erfüllung gegangen, obgleich die Sache nicht ganz so lief, wie er sich das vorgestellt hatte. Sie war zu empfindsam, zu liebenswert, viel zu weiblich, trotz ihres hitzigen Temperaments. Schon begannen die ersten Gewissenbisse – etwas, das er bisher nicht gekannt hatte – an ihm zu nagen, als er die blauen Flecke auf ihrer alabasterfarbenen Haut bemerkte. Mit einem unterdrückten Fluch wandte er sich von ihr ab, stolzierte zur Tür und riß sie sperrangelweit auf.

»Petersham!« bellte er in den Korridor und setzte dann über die Schulter hinweg in gemäßigterem Ton hinzu: »Zieh dir was über.«

Cathy schnappte sich das feuchte Laken, das am Boden lag und wickelte sich darin ein, dankbar, wenigstens etwas am Leib zu haben, bis sie sich etwas Richtiges zum Anziehen aus ihrem Überseekoffer geholt hatte. Jon beobachtete grübelnd, wie sie durch die Kabine ging und in ihren Sachen zu kramen begann. Er ließ sie auch nicht aus den Augen, als sie, ihm den Rücken zugekehrt, das Laken fallen ließ, um sich einen leichten blauen Morgenmantel überzustreifen. Hätte Cathy sich umgedreht, hätte sie sehen können, wie er beim Anblick der dunkelroten Striemen auf ihrem Po und den Oberschenkeln zusammenzuckte.

Als Petersham kurze Zeit später durch die Tür geeilt kam, stand Cathy respektabel bekleidet vor der Schlafkoje. Ihr malträtiertes Hinterteil schmerzte viel zu sehr, als daß sie sich hätte hinsetzen können. Petersham streifte sie mit einem raschen Blick, und seine Augen weiteten sich, als er die Tränenspuren auf ihren Wangen bemerkte. Hastig wandte er seine Aufmerksamkeit dem Kapitän zu.

»Sir?«

»Bring mehr heißes Wasser. Ich gedenke ebenfalls ein Bad zu nehmen.«

»Ja, Sir!«

Diensteifrig machte er sich davon, wissend, wie sinnlos es war, Master Jon mit irgend etwas zu belästigen, sobald er diesen Gesichtsausdruck zur Schau trug. Wenn Jon in Rage war, zog selbst der Teufel die Hörner ein. Petersham hoffte nur, daß Miss Cathy so vernünftig wäre, nicht noch mehr Öl auf seine Flammen zu gießen. Doch wie es aussah, war dies bereits geschehen, und es gab nichts und niemand, der sie vor den Folgen hätte schützen können.

Schweigend rieb sich Cathy das nasse Haar mit einem Handtuch trocken, als Petersham mit einem Eimer heißen Wasser zurückkehrte und die Wanne auffüllte. Jon hüllte sich ebenfalls in drohendes Schweigen. Seine starre Miene und Miss Cathys kleinlautes Gebaren sagten dem Diener, daß er besser damit führe, wenn er die Zunge zwischen die Zähne klemmte. Geschäftig machte er sich daran, die Wasserlache unter der Wanne aufzuwischen, die sich schon auf die halbe Kabine verteilt hatte, und als Jon ihn dann mit einem knappen Nicken entließ, räumte er zutiefst erleichtert das Feld.

Jon sagte immer noch nichts. Cathy wünschte sich beinahe, er würde toben und wüten und sie anschreien, denn dieses Schweigen war unerträglicher als alles andere. Und das wußte dieser Mistkerl genau, dachte sie säuerlich, während sie ihn aus den Augenwinkeln beim Ausziehen beobachtete.

Nackt bot dieser Mann einen wahrlich furchterregenden Anblick. Das Spiel seiner kräftigen Muskeln erinnerte Cathy an einen Panter. Seine Brust bedeckte ein dichter schwarzer Haarpelz, der sich als schmale Spur über seinen flachen Bauch zog und seine schwellende Männlichkeit wie ein Nest umschloß. Das flackernde Kerzenlicht warf dunkle Schatten auf sein Gesicht und verlieh ihm einen maskenhaften, fast dämonischen Ausdruck. Seine große, starke, männliche Figur wirkte in dieser Beleuchtung, als sei sie nicht von dieser Welt. Cathy erschauderte und errötete dann heftig, als sein Blick wie zufällig in ihre Richtung wanderte und ihr einen kurzen, hämischen Gruß entbot. Erschrocken, daß er sie dabei ertappt haben könnte, wie sie ihn beobachtete, drehte sie sich rasch um.

»Wasch mir den Rücken.«

Der harte Tonfall seiner Stimme riß sie aus ihren verwirrten Gedanken, und als sie sich umblickte, saß er bereits in der Wanne. Das Bild, wie dieser große Mann in der engen, kurzen Porzellanwanne kauerte, wirkte geradezu lächerlich. Wäre Cathy nicht so erschöpft, so verletzt und verunsichert gewesen, hätte ihr dieser groteske Anblick gewiß ein amüsiertes Lächeln entlockt. Aber so, wie es um sie stand, konnte sie nur mit Mühe die Tränen zurückhalten.

»Ich sagte, du solltest mir den Rücken waschen!«

Diesmal klang der Befehl wie das Knurren eines Fleischerhundes. Cathy schaute ihn nur ungläubig an. Das konnte er doch nicht ernst nehmen! Erwartete er tatsächlich …

»Zum Teufel nochmal …!« brüllte er. Cathy zuckte zusammen und setzte sich eiligst in Bewegung.

»Ja, Meister«, sagte sie bitter. Wortlos reichte Jon ihr das Stück Seife. Cathy biß die Zähne zusammen und trat hinter ihm. Was würde sie jetzt für ein Messer geben, dachte sie haßerfüllt, während sie auf seinen breiten Rücken starrte. Unvermittelt verspannten sich seine Nackenmuskeln, als ob er einen heimtückischen Angriff von hinten erwartete. Cathys Lippen begannen unkontrolliert zu zucken. Der Mann konnte wohl Gedanken lesen! Aber er brauchte sich nicht zu sorgen; im Augenblick drohte ihm keine Gefahr. Vielleicht wäre sie mutiger gewesen, wenn ihr brennendes Hinterteil sie nicht so hartnäckig an die Konsequenzen einer früheren, ähnlich gewaltsamen Attacke erinnert hätte.

»Worauf wartest du noch?« schnauzte Jon sie über die Schulter hinweg an. Cathy schob die weiten Ärmel des Morgenrocks zurück und fügte sich seufzend ins Unvermeidliche. Als sie mit der Seife in der Hand über die harten Konturen seiner Schultern fuhr, bebten diese leicht, doch ansonsten verhielt er sich ganz still, als sie ihm anschließend hastig den Rücken schrubbte. Seine Haut fühlte sich an wie Seide und glänzte wie dunkle Bronze. Nur zu gerne hätte sie ihm die Fingernägel über die ganze Länge seines Rückens gezogen, aber ihr gesunder Menschenverstand hielt sie davon ab. Damit würde sie sich nur noch mehr Ärger aufhalsen. Zähneknirschend, aber mit fachmännischer Tüchtigkeit vollendete sie ihr Werk und richtete sich dann seufzend auf.

»Haben Sie sonst noch Wünsche, mein Herr und Gebieter?« Cathy konnte es sich nicht verkneifen, das letzte Wort besonders zu betonen. Doch schon im nächsten Augenblick machte sie einen Satz in die Höhe, als Jon sie am Handgelenk packte.

»Nachdem du anscheinend so versessen darauf bist, kannst du verdammt nochmal auch den Rest von mir waschen.« Der Muskel an seinem Mundwinkel zuckte wieder. Er riß sie herum, bis sie seitlich neben ihm stand und er sie anschauen konnte. Cathy sträubte sich, geschockt angesichts der Sackgasse, in die ihre lockere Zunge sie geführt hatte. Er erwartete doch nicht allen Ernstes von ihr, ihn von Kopf bis Fuß zu waschen! Das wäre wirklich zuviel der Demütigung!

»Nein, das mache ich nicht ...«, murmelte Cathy und fuhr dann erschrocken zusammen, als sich seine Finger wie ein Schraubstock um ihr Handgelenk schlossen.

»Du wirst genau das tun, was ich dir sage, mein liebes Fräulein! Also, nun mach schon.«

Er lehnte sich zurück, damit sie seine Brust waschen konnte, und ließ gleichzeitig ihre Hand los. Cathy machte eine schnelle Bewegung, als wollte sie davonrennen, doch sein warnender Blick gebot ihr Einhalt.

»Wenn ich deinetwegen aus der Wanne steigen und dich einfangen muß, hast du dir das selbst zuzuschreiben.« Seine Stimme war leise, doch die Drohung darin bedurfte keiner Lautstärke. Sie hatte keine andere Wahl, als seinem Befehl zu folgen, und das wußten sie beide. Am besten machte sie sich an die Arbeit und brachte es so schnell wie möglich hinter sich.

Widerstrebend beugte sie sich über den Wannenrand, machte die Seife naß und fuhr dann mit langsamen Bewegungen über seine Brust. Die dunklen Haare dort ringelten sich zu kleinen Locken zusammen und fühlten sich unter ihren sensiblen Fingerspitzen kratzig an. Plötzlich verspürte Cathy den beinahe unwiderstehlichen Drang, die Seife ins Wasser fallen und ihre beiden Hände über den borstigen Haarpelz gleiten zu lassen. Erschrocken über sich selbst tat sie genau das Gegenteil, benutzte nur die Seife und vermied dabei jede unnötige Berührung mit seinem Körper. Jon hatte ihre List bemerkt, das wußte sie, obgleich er nichts sagte, sondern entspannt die Augen schloß und sie gewähren ließ. Sie beendete das Einseifen in größter Eile, spülte dann den Schaum ab und richtete sich auf. Langsam schlug Jon die Augen auf und funkelte sie grimmig an.

»Führ zu Ende, was du angefangen hast.«

Gebannt starrte Cathy hinunter auf seinen langen Körper, der sich unter der Wasseroberfläche abzeichnete. Daß er erregt war, war nicht zu übersehen. Nein, das konnte sie nicht! Nicht um alles in der Welt!

»Ich ... ich kann nicht!« murmelte sie verzweifelt, gerade als seine Augen sich verengten.

»Du kannst nicht?« wiederholte er langsam, fragend, so als ob er ihre Bemerkung abwöge.

»Zwing mich nicht dazu«, wisperte sie kleinlaut, verachtete sich zwar gleichzeitig für ihre Schwäche, konnte aber nichts dagegen tun.

Jon musterte sie mit einem langen, abschätzenden Blick. Ihre Lippen zitterten, und diese wunderschönen Augen schwammen in einem See von Tränen. Plötzlich erinnerte er sich an früher, als er sein bestes Stutenfohlen über einen zu hohen Zaun gejagt hatte, mit dem Erfolg, daß das Tier am obersten Querbalken hängen geblieben war und sich das Vorderbein gebrochen hatte. Die Augen des Fohlens hatten ihn damals mit demselben Ausdruck inständigen Flehens angesehen, der sich jetzt in Cathys Blick spiegelte.

»Geh ins Bett«, meinte er leise, aber brüsk, überrascht über seine Reaktion, und setzte sich mit einer schmerzlichen Grimasse auf, um das Bad alleine zu beenden.

Cathy tat, wie ihr befohlen, und verkroch sich an der Wandseite der Koje unter den Decken. Ihr war viel zu elend, um nach dem Kerzenständer zu greifen, der noch immer unter der Matratze lag. Was sollte er ihr schon nützen? Er würde ihn ihr nur aus der Hand reißen und sie für ihre böse Absicht züchtigen. Heiße Tränen kullerten ihr über die Wangen und versickerten im Kopfkissen. Früher war sie immer von Menschen umgeben gewesen, die sie liebten und gern hatten. Doch für diesen Mann war sie nichts weiter als ein Objekt, das er benutze wie … wie einen Nachttopf! Cathy unterdrückte einen Schluchzer. Warum mußte ihr das passieren? Was hatte sie nur verbrochen, daß ihr so ein Schicksal zuteil wurde?

Sie streckte sich steif wie ein Stock und rutschte noch näher an die Wand, als Jon die Kerze ausblies. Er kroch zu ihr ins Bett und suchte sich eine bequeme Liegeposition. Die Berührung mit seiner harten Männlichkeit ließ Cathy erschaudern und als er seine Hand nach ihr ausstreckte, gab sie einen leisen Klagelaut von sich. Die

Hand konnte doch nicht bedeuten, daß er sie noch einmal zu diesem widerwärtigen Spiel zwingen wollte, oder doch? Konnten es Männer mehr als einmal am Tag tun? Sie wußte es nicht. Mit dieser dunklen Seite der Männerwelt hatte sie bisher noch nichts zu tun gehabt.

Seine Hand legte sich um ihre Taille und Cathy versuchte, sich aus seinem Griff zu befreien. Ohne Erfolg. Er war einfach zu stark. Mühelos zog er sie an sich. Doch als seine Hände jetzt begannen, sich an ihr zu schaffen zu machen, streichelnd, suchend, da wehrte sie sich noch einmal verzweifelt.

»Ich ... wir ... das geht nicht!« stotterte sie, und ihr Protest klang wie ein langgezogenes Wimmern. »Nicht zweimal am Tag!«

Sie konnte seinen verkniffenen Mund sehen, der sich jetzt zu einem Lächeln verzog.

»Sogar öfter als zweimal, du kleines Unschuldslamm, wenn es nach mir ginge«, flüsterte er in ihr Ohr, brachte seine Lippen an die zarte Haut ihres Nackens und ließ seine Zunge spielen. Cathy durchfuhr ein Schauer. Sie war sich jetzt sicher, worauf er hinauswollte, und glaubte nicht, dies so kurz danach noch einmal ertragen zu können. Aber sie hatte keine Wahl. Sie war seine Gefangene, und er konnte sie so oft vergewaltigen, bis sie daran starb, wenn ihm der Sinn danach stand. Niemand konnte ihn daran hindern.

Bei dem Gedanken daran lösten sich neue Tränen aus ihren Augenwinkeln, und sie rutschte ein wenig beiseite. Sofort packte er sie an den Oberschenkeln, um sie zurückzuziehen, und seine Finger, die sich grob in ihr weiches Fleisch gruben, ließen sie vor Schmerz aufwimmern.

»Verflucht!« knurrte Jon und stieß sie von sich weg. Im nächsten Moment stand er schon neben dem Bett und zündete die Kerze an.

Cathy starrte ihn mit großen Augen an, als er sich wieder zu ihr umdrehte. War er böse auf sie, weil sie sich gewehrt hatte? Er erwartete doch bestimmt nicht, daß sie in seinen Armen dahinschmolz!

»Dreh dich um!« forderte er barsch.

Cathys Mund wurde plötzlich trocken wie Stroh. Würde er sie wieder schlagen? Ihr Hinterteil war noch von den letzten Hieben rot und geschwollen, und dieses Mal würde es noch schlimmer werden.

»Ich ... ich ... Bitte, schlag mich nicht«, wisperte sie mit brechender Stimme, rührte sich aber keinen Millimeter. Jon sog scharf die Luft ein, als er die Tränen sah, die ihr übers Gesicht liefen.

»Ich werde dir nicht weh tun«, versprach er knapp und drehte sie trotz ihrer schwachen Versuche, sich ihm zu entziehen, auf den Bauch. Cathy zitterte, als er ihren Morgenmantel hochhob, blieb aber still liegen, während er sie untersuchte. Er war viel zu stark, um gegen ihn zu kämpfen, so viel stärker als sie, und sie war unendlich müde! Es blieb ihr nichts anderes übrig, als zu erdulden, was er mit ihr vorhatte. Schlimmer als das, was er ihr bereits angetan hatte, konnte es wohl kaum werden!

Jon starrte auf die weichen Rundungen, die er so gnadenlos mißhandelt hatte, und verachtete sich im stillen dafür. Ganz gleich, was sie getan hatte, um ihn zu provozieren, das jedenfalls war nicht richtig gewesen! Das elfenbeinfarbene Fleisch ihres Pos und der Oberschenkel glühte, war knallrot und verfärbte sich bereits teilweise zu einem dunklen Gelb. Die Striemen mußten höllisch weh tun! Er wandte sich abrupt ab, kramte in einer seiner Seekisten herum und stand Sekunden später mit einem Verbandskasten wieder neben der Koje. Er kam sich vor wie der brutalste Schläger, als er sich neben sie aufs Bett setzte. Bewegungslos, und ohne einen Laut von sich zu geben, blieb sie liegen, als er sich daran machte, eine Heilsalbe auf ihrer malträtierten Haut zu verteilen.

Behutsam strichen seine kräftigen Finger mit kreisförmigen Bewegungen über die Schwellungen, bis die Creme eingezogen war. Cathy gab sich Mühe, vor diesen intimen Berührungen nicht zurückzuzucken. Seine Hände waren noch schlimmer als der Schmerz, dachte sie betäubt. Daß *sie,* eigensinnig, verhätschelt und an Fürsorge und Luxus gewöhnt, so tief sinken mußte, war unbegreiflich. Und doch war es passiert.

»Ist es jetzt besser?« fragte er einige Minuten später leise. Cathy wollte ihn anschreien, aber das kostete zu viel Anstrengung. Sie nickte nur teilnahmslos.

»Deine Haut ist sehr empfindlich«, fuhr er in einem leicht anklagenden Tonfall fort, als ob die blauen Flecken ihre Schuld wären. Cathy erwiderte nichts. Nach einer Weile meinte er barsch: »Ich nehme an, du rechnest damit, daß ich mich entschuldige, wenn du nur lange genug schmollst.«

Entschuldigen! Jetzt mußte Cathy wirklich ein Kichern unterdrücken. Er glaubte tatsächlich, daß drei kleine Worte alles wieder ins Lot bringen könnten? Doch es wäre immerhin etwas, dachte sie. Der erste Schritt auf dem Weg, dieses stolze schwarze Haupt zu beugen!

»Keine Sorge. So naiv, etwas derartig Menschliches von dir zu erwarten, bin ich nicht«, gab sie bitter zurück und zuckte unter dem harten Geräusch zusammen, das seine Kiefer machten, als sie zuschnappten.

Jon, der sah, wie ihre Schultern zitterten, verfluchte sich aufs neue. Er hatte sie nicht verletzen wollen, weiß Gott nicht! Aber diese Frau hatte die Gabe, selbst einen Heiligen auf die Palme zu bringen, ganz zu schweigen von einem so reizbaren Mann, wie er einer war. Außerdem, wie hätte er ahnen können, daß sie so leicht blaue Flecken bekam? Er blies die Kerze aus, stieg wieder ins Bett, legte sich auf den Rücken und unternahm keinen weiteren Versuch, sie anzufassen.

»Also gut, es tut mir leid«, brummte er nach einer Weile verdrossen. Diese Bemerkung, die irgendwie aus heiterem Himmel kam, überraschte Cathy. Daß er sich wirklich entschuldigen würde, das hatte sie nicht erwartet. Gab es eine Möglichkeit, sein Bedauern zu ihrem Vorteil zu verwenden? Vielleicht wenn sie so tat, als verzeihe sie ihm …

»W-was?« fragte sie vorsichtig.

»Verdammt, ich sagte, daß es mir leid tut«, preßte er zwischen zusammengebissenen Zähnen hervor. Cathys Lippen kräuselten sich zu einem Lächeln. Dieses Eingeständnis war ihm offensichtlich ungeheuer schwer gefallen. Wenn sie ihm tatsächlich eine Entschuldigung abringen konnte, dann war es nur eine Frage der Zeit, bis sie ihn genau dort hatte, wo sie ihn haben wollte: *zu ihren Füßen kriechend wie ein Hund.* Nicht, daß ihr das etwa Genugtuung verschafft hätte. Nein, zufrieden würde sie erst sein, wenn er tot war!

»Was du bekommen hast, darum hast du förmlich gebettelt«, erklärte er, wie um seine Schandtaten zu rechtfertigen.

»Gebettelt?« zischte Cathy und vergaß augenblicklich, daß sie die Verzeihende spielen wollte. »Wie kannst du das behaupten? Ich habe bestimmt nicht darum gebettelt, vergewaltigt zu werden!«

»Das war keine Vergewaltigung, und das weißt du so gut wie ich«, gab Jon scharf zurück, stützte sich auf den Ellbogen und starrte ihr ins Gesicht.

»Keine Vergewaltigung?«

»Du wolltest es doch auch. Wo ich herkomme, da spricht man nicht von Vergewaltigung, wenn die Dame willig ist.«

»Willig! Ich war ganz bestimmt nicht willig! Du hast mich dazu gezwungen! Ich hatte ja keine andere Wahl!«

»Gut, ich gebe zu, daß ich dich gezwungen hätte, wenn es nötig gewesen wäre. Aber in deinem Fall war es das ganz und gar nicht. Vom ersten Kuß auf der ›Anna Greer‹ an wußte ich, daß du mir gehören würdest. Du bist eine sehr leidenschaftliche und sinnliche Frau, oder wirst es zumindest werden, wenn du erst einmal die Grundbegriffe auf diesem Gebiet gelernt hast!«

»Du Mistkerl!« kreischte Cathy und setzte sich kerzengerade hin. Seine Worte hatten sie genau an ihrem wunden Punkt getroffen. »Ich verabscheue alles, was du mit mir getan hast! Ich hasse es, wenn du mich berührst! Ich hasse dich! Du hast mich vergewaltigt, du mieser Schuft, und jetzt versuchst du dein schlechtes Gewissen dadurch zu beruhigen, daß du behauptest, ich hätte das alles gewollt!«

»Hast du es denn nicht?« murmelte er provokativ.

»Nein!« Cathy war außer sich vor Wut.

»Soll ich dir das Gegenteil beweisen?« fragte er mit zuckersüßer Stimme, während er den Arm nach ihr ausstreckte, um sie wieder herunterzuziehen.

»Aber ... aber das geht doch nicht! Du hast dich bereits dafür entschuldigt! Wie kannst du etwas, das dir vor fünf Minuten noch leid getan hat, gleich anschließend ein zweitesmal tun wollen?«

»Du hast mich mißverstanden, Schatz. Ich habe mich dafür entschuldigt, daß ich dir den Hintern versohlt habe, obgleich du es wirklich verdient hattest. Doch ich habe es keine Sekunde bedauert, genommen zu haben, was du mir unbedingt geben wolltest.«

»Laß mich los, du hinterhältiger Lügner!« wütete Cathy. »Geht es denn nicht in deinen verdammten Holzkopf, daß ich dich verabscheue? Ich sagte, laß mich los!« Ihre Stimme wurde immer schriller, je näher er sie an sich zog.

»Hab' keine Angst, Süße. Ich sagte dir doch, daß es beim nächstenmal vergnüglicher wird. Diesmal wird es dir kein bißchen wehtun, wenn du dich entspannst und mich nur machen läßt ...« Seine Stimme verlor sich, als er sein Gesicht in der weichen, nach Rosen duftenden Spalte zwischen ihren Brüsten vergrub.

»Ich werde dich überhaupt nichts machen lassen«, preßte sie mit einem erstickten Flüstern heraus und zerrte an seinem schwarzen Haarschopf. »Alles, was du von mir willst, mußt du dir mit Gewalt nehmen! Du wirst mich jedesmal mit Gewalt nehmen müssen, jedesmal! Ich werde mich immer dagegen wehren! Ich hasse dich und ich sterbe lieber, bevor ich mich dir freiwillig hingebe!«

»Das bezweifle ich, meine Liebste. Außer du hast vor, noch heute diese schöne Welt zu verlassen.«

Die letzten Worte murmelte er an die Rundung ihrer Brüste, gleichzeitig langte er nach oben, um ihre Hände festzuhalten. Cathy zappelte und versuchte sich wegzudrehen, während er genüßlich zuerst an der einen, dann an der anderen Brustwarze saugte. Ihr Körper reagierte auf die Berührung seiner festen Lippen mit einem seltsamen, verlangenden Zittern, doch Cathy wehrte sich mit aller Macht gegen die Versuchung, sich ihm zu unterwerfen. Diesmal wußte sie, worauf er abzielte. Sie hatte den messerscharfen Schmerz erfahren, der sich anfühlte, als wollte er sie in zwei Hälften reißen. O Gott, das würde sie nicht noch einmal aushalten! Nein, das durfte nicht …

Er lag ihr zugewandt auf der Seite, darauf bedacht, sie nicht auf ihren geschundenen Rücken zu drehen, und hielt sie eng an seinen muskulösen Körper gedrückt. Mit der freien Hand streifte er ihr den Morgenrock ab. Als sie nackt neben ihm lag, griff seine Hand nach ihrem Oberschenkel, hob ihn hoch und legte ihn auf seine Hüfte. Cathy wehrte sich wie eine Wildkatze, aufs neue erniedrigt, aber auch diesmal ohne Erfolg. Sie wollte schreien, heulen, ihn anflehen, ihr neue Qualen zu ersparen, doch sein Mund hatte sich auf ihren gepreßt, erstickte ihre Schreie, nahm ihr die Luft zum Atmen. Als sie spürte, wie sich sein hartes Glied zwischen ihre Schenkel schob, verspannte sie sich in Erwartung des Schmerzes, der gleich folgen würde. Doch zu ihrer Verblüffung spürte sie keinerlei Schmerz, als er in sie eindrang, sondern nur eine heiße, süße Erfülltheit. Von einer seltsamen Verzückung ergriffen, stöhnte sie laut auf. Es tat wirklich nicht weh, im Gegenteil, es fühlte sich gut an …

»Ich sagte dir doch – beim Nächstenmal wird es besser sein«, flüsterte er ihr selbstgefällig ins Ohr, worauf Cathy wünschte, wieder die gewohnte Wut in sich aufwallen zu spüren. Doch statt dessen fühlte sie nur eine angenehme Schwäche, als er sich langsam in ihr bewegte. Die unerwartete, prickelnde Erregung, die sie durchströmte, entlockte ihr einen tiefen Seufzer, und ganz unwillkürlich schlangen sich ihre Arme um seinen Nacken.

»Ahhh, Cathy«, hörte sie ihn durch den Sinnesnebel murmeln, der sie umfangen hatte, war aber viel zu beschäftigt mit sich selbst, um einen Gedanken an ihn zu verschwenden.

Seine Stöße trugen sie auf einer wirbelnden Wolke empor, gegen die anzukämpfen sie viel zu schwach war. Sie wollte nur eins: diesen harten, warmen Körper an sich spüren und mit ihm verschmelzen. Ganz instinktiv fing sie an, sich im Einklang mit ihm zu bewegen, sich ihm wie in einer stummen Aufforderung entgegenzubäumen. Seine Stöße wurden schneller und härter, er begann zu stöhnen, und Cathy klammerte sich an ihn, als wollte sie sich nie mehr von ihm lösen. Dann, nach einem letzten, tiefen Stoß, war alles vorbei. Nur widerwillig kehrte Cathy von ihrem ekstatischen Höhenflug zurück in die Wirklichkeit, wo sie ihn ausgestreckt neben sich liegend fand. Seine eine Hand hielt noch immer ihre Brust umfaßt, sein keuchender Atem wehte feucht an ihr Ohr. Versuchsweise schob sie das Bein über seine Hüfte. Das konnte doch nicht alles gewesen sein! Ausgerechnet jetzt, wo sie sich gerade auf der Schwelle zu etwas … etwas Unerhörtem befunden hatte! Was war nur passiert?

»Jon?« murmelte sie unsicher.

»Ach, jetzt bin ich auf einmal Jon, wie? Ich dachte, du haßt und verabscheust mich.« Sie konnte gerade noch den höhnischen Zug um seinen Mund erkennen, als er fortfuhr: »Ja, ja, da kann man wieder mal sehen, wie launenhaft Frauen sind.«

»Oh, du …«, fauchte Cathy, warf sich herum und drehte ihm den Rücken zu. Wieder war es ihm gelungen, sie abgrundtief zu beschämen. Aber warte nur, dachte sie wütend. Warte nur, mein kühner Seeräuberkapitän. Dir wird es schon noch leid tun, und zwar recht bald.

Kaum hatte sie diesen tröstlichen Gedanken zuende gedacht, da legte er den Arm um sie und zog sie an sich, bis sie ganz dicht an seinem warmen Körper lag, den Kopf in seine Armbeuge gebettet.

»Schlaf jetzt, du kleiner Zankteufel«, flüsterte er und hauchte ihr einen Kuß in das zerzauste Haar. Sie glaubte, seine gebleckten Zähne zu sehen, als er leise hinzufügte: »Solange du noch Gelegenheit dazu hast.«

4

Als Jon am nächsten Morgen erwachte, fühlte er sich so vital und tatendurstig wie schon seit Monaten nicht mehr. Er gähnte herzhaft, streckte sich und berührte dabei den weichen Körper, der zu einem kleinen Bündel eingeringelt am äußersten Matratzenrand lag. Selbst im Schlaf, dachte er grimmig, hielt sie soviel Abstand wie möglich zu ihm. Aber das würde er ändern, schwor er sich. Es würde der Tag kommen, da sie sich genauso hungrig nach seinem Körper verzehrte wie er sich nach dem ihren. Und sein Hunger grenzte an unstillbare Gier, mußte er zugeben. Selbst jetzt, da er wußte, daß das Meer und sein Schiff auf ihn warteten, mußte er sich strengster Beherrschung befleißigen, sie nicht auf ihr süßes kleines Hinterteil zu drehen und seine Leidenschaft zwischen ihren Schenkeln zu stillen. Ganz offensichtlich wurde er alt, dachte Jon grinsend. Sagte man nicht, daß es Männer über dreißig nach Mädchen gelüstete, die jung genug waren, um ihre Töchter zu sein? Nun, wenn das, was er fühlte, typische Alterserscheinungen waren, dann sollte es ihm nur recht sein. Bis jetzt ging es ihm dabei fantastisch!

Seine Hand machte sich selbständig, schlüpfte unter die Bettdecke, doch Jon zog sie ruckartig zurück, bevor sie ihr Ziel erreicht hatte. Schluß damit! Er hatte ein Schiff zu manövrieren. Seine Männer mußten ja denken, er sei dabei zu verweichlichen, wenn er um diese Uhrzeit noch in den Federn lag. Es war tatsächlich das erstemal, daß er bis nach Sonnenaufgang geschlafen hatte, seit er als sechzehnjähriger Bursche erstmals seinen Fuß auf die Planken eines Schiffes gesetzt hatte. Bei dem Gedanken legte sich seine Stirn in Falten. Frauen waren schon für viele Männer der Untergang gewesen. Er mußte sich ernstlich vorsehen, daß die Faszination, die er für den Körper dieser kleinen Wildkatze empfand, nicht außer Kontrolle geriet. Aber das war unwahrscheinlich, versicherte er sich. Er hatte so viele Frauen gehabt und die meisten waren ebenfalls hübsch und alle sehr viel erfahrener in der Kunst gewesen, einen Mann zu verwöhnen, als dieses Kind neben ihm. Wenn er mit ihr rücksichtsvoller umging, dann nur deshalb, weil sie noch so jung und zart war. Das ihm völlig unbekannte Schuldgefühl, das er empfunden hatte, nachdem er ihr den niedlichen Hintern blaugeschlagen hatte, war nur zu verständlich. Nicht zuletzt beeinträchtigte eine derartige Behandlung ja auch sein nächtliches Vergnügen, und um das allein ging es schließlich in erster Linie! Nun, bald wären sie in Cadiz, wo eine lustige Witwe auf ihn wartete, die schon dafür sorgen würde, daß er keinen weiteren Gedanken mehr an das junge Gör verschwendete. Derartige sexuelle Obsessionen kurierte man am besten mit einer anderen Frau – genau wie den Kater am Morgen mit einem kräftigen Schluck Whisky. Und mit welcher Frau spielte dabei keine Rolle.

An der Kabinentür wurde diskret geklopft. Mit einem Satz war Jon aus der Koje. Sich tagträumend im Bett erwischen zu lassen wie ein liebeskranker Jüngling war das letzte, was er wollte. Eilig stieg er in seine Hose, knöpfte sie zu und zog sich das Hemd über, bevor er barsch antwortete: »Ja, was gibt's?«

Die Tür öffnete sich einen Spaltbreit. Harry lugte vorsichtig um die Ecke und riß beim Anblick des Kapitäns, der mit dem verknautschten Gesicht und den zerzausten Haaren aussah als käme er geradewegs aus dem Bett, erstaunt die Augen auf. Er schaute derart verdutzt, daß sich Jons Miene noch um einige Grade verfinsterte.

»Nun?« bellte er.

»Verzeihung, Käpt'n«, antwortete Harry hastig, wobei er ein kleines Grinsen nicht verhindern konnte. »Die

Mannschaft hat sich Sorgen um Euch gemacht. Einige von ihnen haben heute nacht den Radau hier drinnen gehört und ... äh ... nun, sie meinten, ich sollte einmal nachsehen, ob die junge Lady Euch nicht umgebracht hat. Zumal Ihr heute morgen nicht an Deck erschienen seid, Sir.«

»Sehr witzig«, bemerkte Jon säuerlich. »Du kannst jedem, den es interessiert, berichten, daß ich noch am Leben bin. Und wenn du dir nicht sofort dieses dämliche Grinsen vom Gesicht wischt, wirst du das deine bald aushauchen!«

»Ja, Sir! Zu Befehl, Sir!« Mit einem breiten Grinsen zog sich Harry zurück, steckte dann aber noch einmal den Kopf durch die Tür. »Au weia, Käpt'n, das ist aber ein Prachtexemplar von einem Veilchen!«

»Raus!« brüllte Jon, worauf Harry schleunigst das Weite suchte.

»Ist etwas passiert?« murmelte Cathy, die von Jons Gebrüll aufgewacht war und sich verschlafen aufsetzte. Jon drehte sich wutschnaubend zu ihr um. Mit ihrem rotgoldenen Haar, das ihr in glänzenden Kaskaden über den nackten Oberkörper fiel, und den großen saphirblauen Augen war sie wirklich atemberaubend schön. Allein der Blick auf die zarten Rundungen ihrer Brüste, die das Laken nur spärlich bedeckte, machte ihn schon wild. Großer Gott, wie er sie begehrte! Jeder Muskel seines Körpers verspannte sich, und Jon wußte plötzlich, daß es dringend angesagt war, dieses Mädchen loszuwerden. Und zwar schleunigst, überlegte er, wenn er nicht Gefahr laufen wollte, in größere Schwierigkeiten zu geraten.

»Nein. Schlaf weiter«, lautete die knappe Antwort. Er ärgerte sich darüber, daß es ihr immer wieder gelang, ihn zu verwirren. Letzte Nacht hatte sie ihn sogar soweit gebracht, sich wie ein verliebter Narr dafür zu entschuldigen, daß er ihr den Hintern versohlt hatte, obwohl sie förmlich um jeden einzelnen Schlag gebettelt hatte – und um mehr! Vielleicht war dieses Weibsstück tatsächlich eine Hexe, und er hatte gar nicht so unrecht damit gehabt, sie eine zu schimpfen. Der Gedanke daran war nicht sonderlich erheiternd. Solche Dinge waren allerorten bekannt, und allmählich begann er fest daran zu glauben, alle Symptome eines Mannes zu haben, der vom Teufel besessen war.

»Was starrst du mich denn so an?« fragte er streitlustig als er sah, wie ihre blauen Augen so groß wie Untertassen wurden.

»Dabei ... dein Gesicht«, wisperte sie. Um ihre Mundwinkel zuckte ein amüsiertes Lächeln.

»Was zum Teufel ist denn so lustig an meinem Gesicht?« Jon drehte sich suchend nach dem kleinen Spiegel um, den er zum Rasieren benutzte. Dabei fiel ihm ein, daß Harry etwas von einem Veilchen gesagt hatte. Er zwinkerte versuchsweise und spürte tatsächlich einen geringfügigen Schmerz. Natürlich hatte er sich schon öfters ein blaues Auge geholt, doch das war nie besonders aufgefallen. Seine Haut war von der Sonne und der Salzluft so robust geworden, daß es schon eines mächtigen Schlages bedurfte, um darauf ein Veilchen zu produzieren.

Jon fand den Spiegel, starrte auf sein Ebenbild und hielt schockiert die Luft an. Er sah aus wie der Verlierer einer Zwanzig-Mann-Wirtshausschlägerei! Um sein linkes Auge verliefen zusehends dunkler werdende purpurne Schatten, in die sich ein ungesundes Gelbgrün mischte. Seine Wange zierten drei dunkelrote Kratzer. Und als er jetzt daran dachte, spürte er auch, daß seine Hand an der Stelle klopfte, wo ihn die kleine Hexe gebissen hatte. Selbst seine Schulter tat weh! Er warf Cathy, die sich nur mühsam ein Schmunzeln verkneifen konnte, einen finsteren Blick zu.

»Du findest das also lustig, wie?« knurrte er und ging

langsam auf sie zu. Kreischend versuchte Cathy aus dem Bett zu springen, doch zwei starke Arme hielten sie dort fest.

»Nein. Bitte nicht!« winselte sie, um dann in ein gurgelndes Gelächter auszubrechen. »Es tut mir leid!« stieß sie zwischen ihren Lachsalven hervor. »Ich ... ich kann nichts dafür!«

»Dir wird das Lachen gleich vergehen, wenn ich dich mit an Deck nehme und *deine* Blessuren öffentlich zur Schau stelle«, drohte er grimmig, obwohl er genau wußte, daß er es gar nicht ertragen könnte, wenn andere Männer sich an ihrer süßen Nacktheit weideten.

»Das würdest du nicht tun!« keuchte Cathy und hielt sich dabei ganz automatisch ihr noch immer glühendes Hinterteil.

»Aber gewiß doch«, meinte er gedehnt. »Warum auch nicht?«

»Ich werde ... ich werde auch nicht mehr lachen«, versprach sie – und wurde sofort wieder von einem jetzt lautlosen Lachkrampf geschüttelt, als sie noch einen Blick auf sein demoliertes Gesicht wagte.

»Miststück«, knurrte er leise, drehte sich um und setzte sich auf die Bettkante, um seine Stiefel anzuziehen.

»Jon«, begann sie, als sie sich von ihrem Lachanfall erholt hatte. »Ich wollte dir nicht weh tun ... hab's aber wohl doch getan ... und das tut mir leid. Ehrlich.«

»Wirklich?« Er drehte sich um und ließ seinen Blick eine Weile auf ihr ruhen. Cathy spürte, wie ihr Herz angesichts des Ausdrucks in seinen Augen einen sonderbaren Satz machte.

»J-ja.« Nicht einmal sie selbst war sich ganz sicher, ob sie tatsächlich meinte, was sie sagte. Es hätte ebensogut eine List sein können, um ihn in die Defensive zu zwingen – oder auch nicht ... Er hatte ihre Gefühle derartig durcheinandergebracht, daß sie es wirklich nicht wußte.

»Dann beweis es mir.«

»W-wie?«

»Am besten mit einem Kuß.« Seine grauen Augen blitzten spöttisch, doch dahinter brannte eine winzige, versöhnliche Flamme.

»Ich ... ich ... also gut.« Der Gedanke, von ihm geküßt zu werden, nach den Intimitäten, die sie in der Nacht zuvor ausgetauscht hatten, war seltsam erregend. Cathy hob ihm gehorsam ihr Gesicht entgegen, die Augen geschlossen, die rosigen Lippen niedlich geschürzt. Jon mußte lachen.

»Ich meinte eigentlich, daß du mich küssen solltest, Herzchen, nicht umgekehrt.«

»Oh ...« Wütend stellte Cathy fest, daß ihr die Idee, ihre Lippen auf seine Wunden zu legen und seine Verletzungen zu lindern, außerordentlich gefiel. Dieses Spiel wurde allmählich gefährlich. Sie war sich auch gar nicht mehr sicher, ob sie es gewinnen oder verlieren wollte und fragte sich bereits, welche Konsequenzen mit einem Sieg oder einer Niederlage wohl einhergehen mochten. Doch alles, was ihn ihr gegenüber versöhnlicher stimmte, konnte nur zu ihrem Vorteil sein, entschied sie. Mit einem willigen Kuß folgte sie im Grunde genau dem Plan, den sie sich zurechtgelegt hatte.

Sie kniete sich neben ihn auf die Bettkante, sah aber zu, daß das Laken ihre Blößen ordentlich bedeckte. Seine Augen verdunkelten sich, als sie ihre seidenweiche Arme um seinen Nacken schlang. Zu ihrer Überraschung mußte sie feststellen, daß ihr Herz auf einmal schneller schlug. Bloß nicht den Zweck dieser Übung vergessen, ermahnte sie sich und rückte näher an ihn heran. Das hier war nur ein Teil ihres Racheplans ...

Ihre Lippen suchten zuerst sein verletztes Auge, linderten die Schmerzen mit einer Reihe zärtlich hingehauchter Küsse und wanderten dann weiter zu den tiefen Kratzern auf seiner Wange, die ihm ihre spitzen Nägel beigebracht hatten. Seine Haut fühlte sich straff und robust an, schmeckte nach Salz und roch intensiv nach Mann. Cathy begann den Geruch zu mögen ...

Jetzt griffen Jons Arme nach ihr, seine Hände vergruben sich in ihren Haarschopf und dirigierten ihr Gesicht nahe an das seine. Hungrig machten sich seine Lippen über ihren Mund her und hielten dann unvermittelt inne. Sie sollte die Initiative ergreifen. Ihre Lippen teilten sich über seinen, er ließ es regungslos geschehen, hielt seine lustvollen Gefühle am kurzen Zügel, um ihr Gelegenheit zu geben, sich selbst zu erarbeiten, was sie über das Küssen lernen mußte. Scheu stieß ihre kleine Zunge an die seine, um sich sogleich hastig wieder zurückzuziehen. Dieser rührende Versuch heizte Jons Verlangen derartig an, daß seine Lenden schmerzten. Am liebsten hätte er sie rückwärts in die Kissen geworfen und sich auf sie gestürzt. Aber er wollte ihr keine Angst einjagen ... Verblüfft stellte er fest, daß es ihm plötzlich keinen solchen Spaß mehr machte, eine Frau wie früher mit Gewalt zu nehmen. Jetzt wünschte er sich, daß sie sich ihm ganz und aus freien Stücken hingab.

»Miss?« Petershams Stimme auf der anderen Seite der Tür ließ sie auseinanderfahren. »Verdammt!« fluchte Jon lautlos, gestand sich dann aber mit einer schmerzlichen Grimasse ein, daß Petersham genau zum richtigen Zeitpunkt aufgetaucht war. Dieses Mädchen raubte ihm wirklich den Verstand. Er mußte raus an die frische Luft, wo die Dinge wieder im richtigen Licht erschienen. Seufzend erhob er sich von der Bettkante, ging zur Tür und warf Cathy dabei einen Blick über die Schulter zu. Um ihre Lippen spielte ein verdammt irritierendes Mona-Lisa-Lächeln, und sie trug eine derart blasierte Miene zur Schau, daß Jon sich zu fragen begann, ob sie ihn etwa reinlegen wollte ...

»Ich sollte dich über Bord werfen«, sagte er mit einer Stimme, die an seinem Vorhaben wenig Zweifel ließ. »Ertränken ist eine Möglichkeit, eine Hexe loszuwerden.«

»Das würde wenig nützen. Hexen gehen nicht unter«, belehrte sie ihn mit einem schelmischen Naserümpfen, das Jon kein Lächeln abringen konnte.

»Master Jon! Oh, Verzeihung, Käpten, ich habe nicht damit gerechnet, Euch noch hier anzutreffen. Seid Ihr krank?« rief Petersham erstaunt aus, als Jon die Tür aufriß. Die Augen des Dieners weiteten sich beim Anblick des zerschundenen Gesichts, doch er war so klug, die Bemerkung, die ihm auf den Lippen lag, schleunigst hinunterzuschlucken. Manche Dinge übersah man besser.

»Nein, ich bin nicht krank«, gab Jon knapp zurück und warf Petersham einen finsteren Blick zu. Die Gedanken dieses alten Trottels waren nur zu offensichtlich. »Ich mußte mich um ... äh, um einige Papiere kümmern, und das ließ sich besser hier drinnen erledigen.«

»Verstehe, Sir.« Jetzt gönnte sich Petersham doch ein kleines Lächeln. Jon unterdrückte einen Fluch und verschwand unter den irritierten Blicken seines Dieners durch die Tür.

»Ich habe Euch das Frühstück gebracht, Miss.« Zögernd betrat Petersham die Kabine. Nachdem er Master Jons Wunden gesehen hatte, wollte er Miss Cathy lieber gar nicht anschauen. Der Master war ein starker Mann, und in Anbetracht seines Temperaments hatte er einen tätlichen Angriff sicher nicht wehrlos hingenommen. Er mußte damit rechnen, daß das arme Mädchen mindestens genauso übel zugerichtet war wie der Master, und glaubte daher zu träumen, als sie ihn mit einem strahlenden Lächeln empfing.

»Guten Morgen, Petersham. Ich bin am Verhungern. Was habt Ihr mir denn Gutes gebracht?«

Petersham stellte das Tablett vor ihr ab, immer noch reichlich verwirrt. Seines Wissens nach hatte der Kapitän noch nie Skrupel gehabt, einem Frauenzimmer eine ordentliche Tracht Prügel zu verabreichen, wenn es diese seiner Ansicht nach verdient hatte. Und wenn eine ihm so das Gesicht zerkratzt hätte wie Miss Cathy ... Nun, wie er seinen Herrn kannte, hätte er ihr das mit gleicher Münze heimgezahlt. Was jedoch dieses Mädchen betraf, da benahm Jon sich äußerst zurückhaltend. Petersham dachte eine ganze Weile darüber nach, verwarf aber die einzige Erklärung dafür, die ihm einfiel, als absolut lächerlich.

»Petersham!« rief Cathy, als er sich zurückziehen wollte, damit Miss Cathy in Ruhe ihr Frühstück einnehmen konnte. »Ich hätte gerne auch mein anderes Gepäck. Ich habe nämlich die Erlaubnis erhalten, an Deck zu gehen, um endlich einmal frische Luft zu schnappen.« Ihre Worte begleitete ein sonniges Lächeln.

»Gewiß, Miss Cathy«, antwortete Petersham, während seine Gedanken sich überschlugen. »Ich werde es Euch umgehend bringen lassen. Äh ... mit Erlaubnis des Käptens natürlich.«

»Natürlich«, pflichtete Cathy ihm honigsüß bei. Wenn alles gut lief, würde der Kapitän bald jedem ihrer Wünsche zustimmen. Hm, das könnte ihr gefallen! Und wie sie ihn kriechen lassen wollte!

Die beiden Matrosen, die am Abend zuvor die Badewanne hereingeschleppt hatten, brachten ihr jetzt auch ihr restliches Gepäck und benahmen sich dabei sehr respektvoll. Doch als sie ihnen dankte, registrierte sie bestürzt die wissenden Blicke, die die beiden ihr zuwarfen. Was war denn so komisch an ihr, wunderte sie sich und sah rasch an sich herunter, um sicherzugehen, daß sie anständig bedeckt war. Kopfschüttelnd ließ sie die Angelegenheit auf sich beruhen. Männer waren schon seltsame Geschöpfe, gelinde ausgedrückt.

Die nächste Stunde brachte sie damit zu, ihre Kleider auszupacken. Sie legte ihre Unterwäsche ordentlich zusammen und verstaute sie im Kleiderschrank. Da in den Fächern nicht genügend Platz war, entschied sie, daß ein Stapel mit Jons Hemden verschwinden mußte, stopfte diesen kurzerhand in eine seiner Seekisten und erhob sich achselzuckend. Es würde ihm gewiß nichts ausmachen. Er war nicht sonderlich heikel mit seiner Garderobe. Einige ihrer Kleider, die nicht allzu sehr verknittert waren, hängte sie ebenfalls in seinen Schrank, die anderen warf sie auf das Fußende des Betts. Sie mußten gebügelt werden – falls die ›Margarita‹ etwas so Zivilisiertes wie ein Bügeleisen mit sich führte … Jon erwartete von seiner Garderobe offensichtlich nur, daß sie sauber war, und selbst damit nahm er es bisweilen nicht übermäßig genau.

Ein weißes Tageskleid aus feinem Musselin mit hellgrünem Streublümchenmuster war noch das am wenigsten zerknitterte von allen und erfüllte genau den Zweck, den sie beabsichtigte. Eine grüne Seidenschärpe hielt es um die Taille zusammen, die am Rücken zu einer riesigen Schleife gebunden wurde, außerdem gehörten dazu ein Paar grüne Slipper und ein gleichfarbiger kleiner, flacher Hut. Das Hütchen gab der Sache den letzten Pfiff, dachte sie zufrieden, während sie sich vor dem langen Spiegel hin und her drehte, der innen an der Schranktür angebracht war. Das zarte Hellgrün kontrastierte wunderbar mit ihrem rotgoldenen Haar und ließ ihre Augen noch blauer erscheinen. Der schlichte Schnitt des Kleides lenkte die Aufmerksamkeit auf ihre schmale Taille und die sanften Rundungen darüber und darunter. Jon mußte es bei ihrem Anblick einfach umwerfen, entschied sie. Und genau das war ein unabdingbarer Teil ihres Plans.

Er hatte sie in der vergangenen Nacht zweimal genommen. Und wenn sie ehrlich war, mußte sie zugeben, daß er recht behalten hatte: Es wurde mit jedem Mal besser. Trotzdem, die Gewißheit, daß er sich ihres Körpers bedienen konnte, ob es ihr nun paßte oder nicht, nagte noch immer an ihr. Ihr Stolz verlangte, ihn in die Knie zu zwingen. Und ihn in sich verliebt zu machen war die beste Möglichkeit, die ihr einfiel, um dieses Ziel zu erreichen.

Es war kurz nach Mittag, als Cathy schließlich an Deck ging. Die Sonne stand beinahe senkrecht am Himmel. Im ersten Moment mußte sie die Augen schließen, so blendete sie das grelle Sonnenlicht, doch dann hob sie das Gesicht und genoß die heißen Strahlen auf ihrer Haut. Über ihr spannte sich ein azurblauer Himmel, auf dem duftige Schäfchenwolken dahinsegelten. Es wehte eine frische, angenehm kühle Brise. Die ›Margarita‹ schaukelte sanft wie eine Kinderwiege über die Wellen, das Takelwerk flatterte im Wind, die Holzplanken ächzten. Cathy fühlte sich wunderbar. Es tat gut, wieder Leben um sich zu spüren!

»Lady Catherine …«

Cathy drehte sich um und erkannte den jungen Mann wieder, der sie in die Kajüte gebracht hatte. Jon hatte ihn Harry gerufen, fiel ihr jetzt wieder ein. Ihre gute Laune verflüchtigte sich ein wenig. Seine Anwesenheit war eine unangenehme Erinnerung daran, daß sie trotz allem immer noch eine Gefangene auf diesem Schiff war, dem Befehl und den Launen des Kapitäns wehrlos ausgeliefert. Bei diesem Gedanken fuhr ihr Kopf herum, ihre blauen Augen funkelten. Aber nicht mehr lange, schwor sie sich.

»Ma'am, mit besten Empfehlungen des Käpt'ns und so weiter, und Ihr möchtet doch bitte zu ihm aufs Achterdeck kommen. Er meint, die Luft dort sei bekömmlicher für eine junge Lady.«

Cathy musterte ihn mit einem argwöhnischen Blick. Bei ihrem letzten Gespräch war er nicht annähernd so besorgt um ihr Wohlergehen gewesen – genauer gesagt hatte er sie direkt in die sprichwörtliche Höhle des Löwen gejagt! Doch inzwischen wußte sie, daß sie vor diesem Löwen, obgleich er mächtig stark war, nicht mehr so viel Angst zu haben brauchte. Und der Schutz dieses Löwen erlaubte es ihr, das Gebrüll niedrigerer Bestien, wie dieser Mann vor ihr eine war, zu ignorieren.

Daher wandte sie sich von ihm ab, als ob sie plötzlich taub geworden wäre. Betont lässig ließ sie den Blick über das Deck schweifen. Die Männer hatten ihre jeweiligen

Arbeiten eingestellt und glotzten sie an wie eine Meute hungriger Köter einen besonders saftigen Knochen. Cathy lief angesichts der vielen lüsternen Augen ein kalter Schauer über den Rücken. Was sich gerade in den Fantasien dieser Männer abspielte, bedurfte keiner Erläuterung! Stünde sie nicht unter Jons persönlichem Schutz, überlegte sie, hätten diese Kerle sie mit Sicherheit herumgereicht wie eine Pralinenschachtel. Und verglichen mit dem, was ihr da blühen würde, war ihr momentanes Schicksal beinahe erträglich.

»Mylady«, versuchte Harry sich noch einmal Gehör zu verschaffen, um gleich darauf von einem ärgerlichen Bellen vom Achterdeck her unterbrochen zu werden.

»Harry! Hör mit dem Salbadern auf und sieh zu, daß du sie hier raufbringst. Und der Rest von euch macht sich wieder an die Arbeit! Im nächsten Hafen habt ihr genug Zeit zum Rumhuren!«

»Zu Befehl, Käpt'n! Wird gemacht! Die Frage ist nur, ob wir da auch so ein schnuckeliges Ding finden! Mit einer Tigerin ins Bett zu steigen ist doch ganz was anderes, als neben einem zahmen Kätzchen zu liegen – ist es nicht so, Jungs?«

Ein vielstimmiges Johlen und Gepfeife folgte diesem geistreichen Ausspruch eines der Matrosen. Selbst Jon lachte, bemerkte Cathy irritiert, als sie sich wutschnaufend umdrehte und zum Achterdeck hinaufschaute. Widerwärtiges, obszönes Geschmeiß, alle miteinander! Gott, ihr wurde regelrecht übel von diesen unverschämten, dummdreisten Sprüchen! Offenbar hatte die Mannschaft aus Jons ramponiertem Gesicht die richtigen Schlüsse gezogen und schon seit einiger Zeit ihre schamlosen Witze darüber gerissen. Zum Teufel, die konnten sich denken, was sie wollten! Ihr fiel es doch nicht im Traum ein, sich vor diesem zerlumpten Piratengesindel zu schämen!

Jons legte die Stirn in Falten, als er die ganze Pracht ihres tief ausgeschnittenen, hauchdünnen Sommerkleides bemerkte, und Cathy starrte ebenso finster zurück. Wie konnte er es nur zulassen, daß die Männer sie zur Zielscheibe ihres lüsternen Gespötts machten! Kochend vor Wut stapfte Cathy die Holztreppe hinaus, gefolgt von Jons hartem, grimmigem Blick. Mit weit gespreizten Beinen, um das Schlingern des Schiffes auszugleichen, stand er an der Reling, die Hände um das Geländer geschlossen. Der auffrischende Wind hatte sein dunkles Haar zerzaust, die blauschwarzen Bartstoppeln, die seine Wangen umschatteten, glänzten im Sonnenlicht. Er trug ein weißes, an manchen Stellen zerlöchertes Hemd, offen bis zum Bauchnabel, um seine schweißbedeckte Brust vom Wind kühlen zu lassen, und dazu enganliegende schwarze Hosen. In einer Schärpe, die eng um seine schmalen Hüften geschnürt war, steckten zwei Pistolen und ein langes Messer. Im stillen dankte Cathy Gott dafür, daß er nicht so furchterregend ausgesehen hatte, als er sie von der ›Anna Greer‹ geholt hatte. Sie hätte sich vor Angst in die Hosen gemacht!

»Du siehst aus wie ein Seeräuber«, meinte sie mit einem gewissen Vorwurf in der Stimme, als sie neben ihn trat.

»Das bin ich auch«, erwiderte er knapp. »Eine Tatsache, die du dir stets vor Augen halten solltest, meine Liebe, damit ich dich nicht daran erinnern muß.«

Cathy erschrak ob dieser brüsken Warnung. Nach der Freundlichkeit heute morgen und seiner Leidenschaftlichkeit in der vergangenen Nacht war sie überzeugt gewesen, ihn bald soweit zu haben, daß er ihr aus der Hand fraß. Doch auf einmal war sie sich da nicht mehr so sicher. Er hatte viele Frauen gehabt – und sie war so schrecklich unerfahren. Ob es ihr wohl gelingen würde, mit dem Einsatz ihres Körpers die Oberhand in ihrer Beziehung zu gewinnen? Sie wußte es nicht. Aber ihr Körper war die einzige Trumpfkarte, die sie besaß, und sie hatte keine andere Wahl, als sie auszuspielen.

Sie warf ihm ein kokettes Lächeln zu, mußte jedoch feststellen, daß seine Aufmerksamkeit nicht ihr, sondern einem weit entfernten Punkt am Horizont galt.

»Hältst du nach meinen Befreiern Ausschau?«

Er bedachte sie mit einem kurzen, ausdruckslosen Seitenblick und schaute wieder aufs Meer.

»Deine Befreier, wie du sie nennst, haben uns anscheinend in jenem Sturm verloren. Seit Tagen schon sehen wir nichts mehr von ihnen. Und da die ›Margarita‹ jetzt auf einem ganz anderem Kurs segelt als zu dem Zeitpunkt, da sie uns noch im Visier hatten, rechne ich eigentlich nicht damit, dich auf diese angenehme Weise loszuwerden.«

»Wenn du mich unbedingt loswerden willst, warum hast du mich dann nicht schon in der ersten Nacht in einem dieser kleinen Boote ausgesetzt? Ich bin sicher, die Königliche Marine wäre entzückt gewesen, mich aus der stürmischen See zu fischen.«

»Möglich, aber in jener Nacht hatte ich eine andere, eine besondere Verwendung für dich.« Der hinterhältige Blick, den er ihr zuwarf, ließ wenig Zweifel daran, worauf diese Bemerkung anspielte. Cathy spürte, wie sie errötete und schaute sich rasch um, ob außer ihnen sich noch jemand in Hörweite befand. Nur Harry und ein älterer, schwergewichtiger Matrose waren in der Nähe, und die konzentrierten sich mit stoischer Ruhe auf ihre Arbeit. Doch ihr Mienenspiel verriet Cathy, daß sie sehr wohl und mit eifrigem Interesse ihrem Wortwechsel lauschten.

»Ich stelle fest, daß du dir keine allzu großen Gedanken über das Schicksal deiner Mitgefangenen machst.«

Jons Bemerkung ließ sie herumfahren.

»Ich ..., aber natürlich mache ich mir Gedanken um sie«, log sie. In Wirklichkeit war sie viel zu besorgt um ihre eigene Sicherheit gewesen, als daß sie sich den Kopf über das Wohlergehen von drei relativ fremden Menschen zerbrochen hätte. Nun das mußte Jon ja nicht unbedingt wissen. »Ich habe einfach angenommen, daß du, nachdem du die Absicht hast, einen dicken Batzen Lösegeld für sie zu verlangen, schon allein aus reinem Eigennutz ausreichend Vorsorge für ihr Wohlergehen getroffen hast. Oder irre ich mich da?«

»Nein, mein Kätzchen«, murmelte er. »Du hast nur eine etwas zu scharfe Zunge. Ein Fehler, den die Bekanntschaft mit einer anderen Katze schnell beheben könnte.«

Sein unerklärlicher Stimmungsumschwung brachte Cathy etwas aus der Fassung. Was hatte er denn auf einmal? Sie hatten sich doch nicht gestritten. War er aus irgendeinem unerfindlichen Grund sauer auf sie? Nun, sie würde eher zwölf neunschwänzige Katzen erdulden, als ihn um Gnade anzuflehen!

»Tut, was Ihr für nötig haltet, Kapitän«, entgegnete sie kalt. »Man hat mir bereits erzählt, daß Piraten ein grausames, blutrünstiges Pack sind.«

»Und daß Hochmut leicht zu Fall kommt, das hat man Euch wohl nicht erzählt, Mylady, wie?« Seine Stimme klang hart wie Stahl. »Ein einziger Hieb mit dieser Katze auf deinen nackten Hintern, und du kommst auf Knien angerutscht und bittest mich um Vergebung.«

»Damit würdet Ihr Euch aber selbst um Euer Vergnügen bringen, Kapitän. Oder irre ich mich da?« Cathy lächelte triumphierend. Sie wußte, daß sie ihn damit gepackt hatte. Er würde sie aus dem einfachen Grund nicht auspeitschen, weil er dann nicht mehr mit ihr schlafen konnte. Der Egoismus und das leidenschaftliche Verlangen dieses Schurken waren ihr Schutz.

»Tatsächlich? Würde ich das?« Er lächelte sie träge von oben herab an. »Nun, eine Lektion mit der Peitsche würde das Ausleben meiner Triebe nicht sonderlich beeinträchtigen. Zugegeben, für dich mag es zwar etwas schmerzhaft werden, aber Piraten scheren sich im allgemeinen wenig um das leibliche Wohl ihrer Gefangenen.«

»Du …«, begann Cathy wütend, um sofort die Luft anzuhalten, als Harry zu ihnen an die Reling trat. Jon warf ihm einen ungehaltenen Blick zu; Harry machte ein betretenes Gesicht.

»Ich bitte vielmals um Entschuldigung, Käpten, aber es ist Zeit für die Gefangenen, ein bißchen Luft zu schnappen. Soll ich sie an Deck bringen lassen?«

»Selbstverständlich«, erwiderte Jon barsch, fuhr herum und drehte Cathy seinen breiten Rücken zu.

Mit zusammengekniffenen Lippen stand sie da und schaute nur einmal kurz auf, als ihre Leidensgenossen die Treppe zum Vorderdeck hochgestolpert kamen. Im Augenblick beschäftigte sie Jons merkwürdiges Benehmen mehr als die bedauernswerte Lage dieser Leute. Dann aber sah sie noch einmal genauer hin. Die drei Gestalten blinzelten durch halbgeschlossene Lider ins helle Sonnenlicht, ihre Gesichter waren blaß und eingefallen, die Kleider schmutzig und zerknautscht. Sie sahen aus, als hätten sie seit ihrer Gefangennahme vor nunmehr einer Woche keine anständige Mahlzeit und kein Bad gesehen. Cathys Mund formte vor Entsetzen ein stummes ›Oh‹. Falls sie überhaupt einen Gedanken an ihre Leidensgenossen verschwendet hätte, was tatsächlich nicht der Fall gewesen war, so wäre das in der sicheren Annahme geschehen, daß diese genauso gut untergebracht und bewirtet wurden wie sie selbst – freilich mit dem Unterschied, daß sie nicht gezwungen wurden, das Bett mit jemandem zu teilen. Jetzt aber mußte sie einsehen, daß sie sich getäuscht hatte. Von diesem unangenehmen Gesichtspunkt abgesehen, war sie mit ihrem Schicksal weitaus besser gefahren als die anderen. Sie spürte einen Anflug von Empörung in sich aufwallen. Wie konnte Jon diese Leute nur so unmenschlich behandeln?

Mit hocherhobenem Kopf und gestrafften Schultern hob sie ihre Röcke an und stieg mit königlicher Grazie die Treppe vom Achterdeck hinunter. Jon rief ihr in gebieterischem Tonfall etwas hinterher, was sie, den Kopf hochmütig in den Nacken werfend, ignorierte. Was konnte er ihr schon noch antun, nach all den Qualen, die er ihr bereits zugefügt hatte? Seine Bemerkung über die neunschwänzige Katze kam ihr wieder in den Sinn, doch diesen Gedanken schob sie tunlichst beiseite. Er würde schon herausfinden, daß sie sich so leicht nicht einschüchtern ließ!

»Eure Hoheit?« Cathy war rasch über das Deck auf die Herzogin zugegangen. Die alte Frau drehte auf Cathys Worte hin den Kopf und als sie sah, wer sie angesprochen hatte, erhellte ein zaghaftes Lächeln ihre angespannte Miene.

»Lady Catherine! Es freut mich, Euch wohlbehalten vorzufinden. Ich habe schon um Eure Sicherheit gefürchtet, als man Euch nicht zu uns brachte.«

»Man hat ihr offenbar ein wärmeres Lager angeboten«, meinte die um etliche Kilo leichter gewordene Kaufmannsgattin giftig und musterte Cathy von Kopf bis Fuß. »Wie ich sehe, hat man Euch zumindest Gelegenheit zum Umziehen gegeben, Mylady. Nun, andererseits haben die Herzogin und ich uns auch nicht um das Wohlwollen dieser Halunken bemüht.«

»Seid so freundlich und schweigt, Mistress Grady«, sagte die Herzogin mit der gewohnten Autorität ihres Standes. »Falls es Lady Catherine besser ergangen sein sollte als uns, so bin ich mir sicher, daß dies gewiß nicht durch ihr eigenes Zutun geschah. Und falls doch … nun, dann war es gewiß auch nicht ihr Verschulden.«

Derart gemaßregelt, wandte die Kaufmannsgattin sich schmollend ab. Die Herzogin maß Cathy mit einem durchdringenden Blick.

»Hat man Euch mißhandelt?« erkundigte sie sich leise.

Cathy spürte, wie ihr die Röte in die Wangen schoß, antwortete aber so ruhig sie konnte: »Nein, Eure Hoheit. Nein – nicht wirklich.«

Prinzipiell verabscheute Cathy Lügen und Lügner,

doch sie wußte, und dabei verspürte sie einen Stich in der Magengrube, daß ihre ganze Zukunft davon abhing, niemanden auch nur ahnen zu lassen, was sie hatte erdulden müssen. Das Stigma, vergewaltigt worden zu sein, wog zu schwer. Haftete dieser Makel erst einmal an ihr, konnte sie alle Hoffnungen auf eine erstklassige Partie oder überhaupt auf irgendeinen Ehemann für immer begraben. Im viktorianischen England wurde eine unkeusche, unverheiratete Frau automatisch als Hure abgestempelt; die Umstände, unter welchen sie ihre Unschuld verloren hatte, fanden dabei keinerlei Beachtung.

»Ich verstehe.« Die Augen der alten Herzogin ruhten prüfend auf Cathys Gesicht, doch nichts in ihrer Miene deutete darauf hin, daß sie ihr nicht glaubte. Cathy seufzte im stillen erleichtert auf. »Wo hat man Euch untergebracht, mein Kind?«

»Ich ... ich ... Der Kapitän war so freundlich, mir seine Kabine zur Verfügung zu stellen.« Was ja tatsächlich auch stimmte. Sie konnte Jons Kabine benützen. Und welchen Preis man für dieses Privileg von ihr verlangte, das ging niemand etwas an.

»Das war sehr freundlich von ihm. Ich muß zugeben, daß mich das überrascht. Sehr wahrscheinlich erinnert Ihr ihn an eine jüngere Schwester, oder an seine Tochter. Selbst Halsabschneider wie diese haben Gefühle, nehme ich an.«

»Ja. Ja, so muß es wohl sein.« Cathy begann sich zunehmend unwohler zu fühlen. Sie hatte den Eindruck, man könne ihre Scham wie ein frisches Brandmal auf ihrer Stirn leuchten sehen. Rasch wechselte sie das Thema. »Erzählt mir, Hoheit, wie ist es Euch und – hm – Mister und Mistress Grady ergangen?«

Die Herzogin blickte wehmütig an ihrem fleckigen Kleid hinunter, das um ihre knochige Gestalt schlotterte. »Nicht sehr gut, wie Ihr sehen könnte. Aber zumindest sind wir am Leben und sollten unserem Herrgott dafür dankbar sein. Diese Piraten haben gewöhnlich keinerlei Skrupel, unschuldige Menschen umzubringen. Das sind ganz brutale, gesetzlose Kerle.«

»In der Tat, Ma'am. Ein wahres Wort. Wir sind brutal und gesetzlos.«

Cathy wich erschrocken zur Seite, als Jons Hand sich hart in ihre Schulter krallte. Sie hätte sich denken können, daß er ihr hinterherkommen würde. Sein anmaßender Stolz erlaubte es ihm nicht, daß sie vor den Augen seiner Mannschaft ungeschoren seine Befehle ignorierte. Die Frage war nur, ob er sie bloßstellen würde. Sie warf ihm einen unbewußt flehenden Blick über die Schulter zu und versuchte dabei, sich so lässig wie möglich von seinem Griff zu befreien. Zu ihrer Verblüffung ließ er sie frei.

»Ich bin froh, daß Ihr das einseht, junger Mann. Wenn Ihr Euer momentanes Leben so weiterführt, werden Ihr bald hängen.« Die Stimme der Herzogin klang verachtungsvoll. Jons Lippen preßten sich aufeinander, und Cathy begann plötzlich um die alte Frau zu fürchten. Er war nicht in der Stimmung, sich beleidigen zu lassen.

»Zweifellos, Ma'am.« Cathy entspannte sich etwas, da Jons Stimme nur ein wenig ungeduldig klang. »Aber meine Männer und ich ziehen letztlich den Strang dem Hungertod vor.«

Die Herzogin starrte Jon mit einem eisigen Blick an. Sie war eine alte Frau, ihr Leben beinahe vorüber. Zwar fürchtete sie sich nicht vor dem Tod, doch vor der Zeit gehen, das wollte sie auch nicht. Dieser Mann war ein Pirat, und sein Geschäft das Morden. Sie änderte ihren Tonfall.

»Lady Catherine hat mir erzählt, daß ihre Unterbringung ein wenig bequemer ist als die unsere. Dafür danke ich Euch. Sie ist noch sehr jung, und es wäre abscheulich, wenn man sie mißbrauchte.« Ihre Worte sandten eine unmißverständliche Warnung an Jons Adresse. Cathy schluckte heftig. Mit Sicherheit würde er sie nicht bloßstellen! Schließlich gewann er selbst nichts dabei, wenn er sie kompromittierte.

»Wie Ihr ganz richtig sagtet, ist sie noch sehr jung«, wiederholte Jon langsam und mit ausdrucksloser Miene. »Ich dachte, es wäre am besten, sie an einem Ort unterzubringen, wo ihr nichts geschehen kann. Was die Schlichtheit Eurer Unterbringung anbetrifft, bedauere ich das zutiefst. Aber Ihr müßt wissen, daß die ›Magarita‹ kein Luxusschiff ist.«

»Das bedarf keiner Erwähnung, junger Mann – es ist nur zu offensichtlich. Wann dürfen wir damit rechnen, freigelassen zu werden?«

»Die entsprechenden Vorkehrungen hierfür werden getroffen, sobald die ›Margarita‹ einen Hafen angelaufen hat. Das wird etwa noch zehn Tage dauern.«

»Ich versichere Euch, Kapitän, daß es uns nicht schnell genug gehen kann.«

»Das glaube ich gern. Und jetzt, Ma'am, gibt es für meine Männer anderes zu tun. Wenn Ihr bereit seid, werden sie Euch wieder nach unten bringen.«

»Aber gewiß. Es hat noch nie Gutes gebracht, einen Tiger am Schwanz zu ziehen, nicht wahr?« gab die Herzogin grimmig zurück und schickte sich an, wieder unter Deck zu gehen, ohne eine Antwort abzuwarten.

Ein Matrose, der ein Auge auf die Gefangenen gehabt hatte, packte die Herzogin reichlich unsanft am Arm. Ein anderer scheuchte die Gradys vor sich her wie ein Paar schnatternder Enten. Cathy, die beobachtete, wie sich im ausgemergelten Gesicht der Herzogin ein Ausdruck müden Erduldens abzeichnete, spürte ein beinahe schmerzhaftes Bedauern in sich aufflackern. Sie mußte ihnen irgendwie helfen. Sonst würde sie sich ihr Leben lang Vorwürfe machen.

»Wartet!« rief sie impulsiv. Und dann an Jon gewandt: »Kapitän, Ihr könnt Eure Gefangenen nicht weiterhin auf so barbarische Weise behandeln! Das ist grausam, unmenschlich! Wenn sie schon so viel erdulden müssen, dann bestehe ich darauf, mit ihnen zu leiden!«

Jon musterte sie von Kopf bis zu den Zehenspitzen. Cathy lief es angesichts dieses harten Blicks kalt den Rücken hinunter, aber sie reckte ihm stolz das Kinn entgegen und verzog keine Miene. Es war gut möglich, daß er sie beim Wort nehmen und Befehl geben würde, sie ebenfalls in den Laderaum bringen zu lassen. Falls das geschah, dann hätte sie gutes Essen und ein weiches Bett für die Wiederherstellung ihrer Ehre eingetauscht, wenn diese auch bereits ein wenig angekratzt war. Falls nicht, falls er sich weigerte, auf den Komfort ihres warmen Körpers zu verzichten, um ihr eine Lektion zu erteilen, dann konnte sie sich ebenfalls weigern, sich ihm hinzugeben, solange die anderen Gefangenen nicht anständig untergebracht und verköstigt wurden. Freilich, er konnte sie immer noch mit Gewalt nehmen ... Aber allmählich regten sich in ihr Zweifel, ob ihn das auf Dauer befriedigen würde. Besser gesagt, sie hoffte, daß dem so war.

»Was hast du gesagt?« Die Worte kamen leise, drohend, nur für ihre Ohren bestimmt. Cathys Augen sprühten zornige Funken.

»Ich verlange, daß die anderen Gefangenen anständig behandelt werden. Es ist abscheulich, auf die Art und Weise mit ihnen umzugehen! Wenn sie schon hungern und eingesperrt werden müssen, dann will ich das mit ihnen zusammen erdulden!«

»Meine Süße, wenn du darauf bestehst, zu hungern und eingesperrt zu werden, so habe ich nichts dagegen einzuwenden. Aber das wird auf meinen Befehl hin geschehen, nicht auf deinen.«

Er sprach immer noch leise. Cathy hoffte nur, daß den anderen die vertraute Anrede, mit der er seinen Satz eingeleitet hatte, nicht zu Ohren gekommen war. Ihr gesunder Menschenverstand riet ihr, sich mit Würde zurückzuziehen, solange das noch möglich war. Doch ihr Stolz verbot ihr genau das.

»Wir sollten alle gleich behandelt werden«, argumentierte sie furchtlos weiter. »Was ich erhalte, soll auch ihnen zugutekommen.«

Jon schüttelte verächtlich den Kopf. »Lernen ist offenbar nicht deine Stärke, kleines Kätzchen, wie? Ich bin der Kapitän auf diesem Schiff, und ich gebe hier die Befehle. Glaub nicht, daß du mir sagen kannst, was ich zu tun und zu lassen habe, nur weil du das Bett mit mir teilst!«

Cathy hielt die Luft an, warf rasch einen Blick über die Schulter und hoffte inständig, daß niemand zugehört hatte. Doch ihre Hoffnung zerplatze wie eine Seifenblase. Das Ehepaar Grady starrte sie geschockt, aber höchst interessiert an, während aus dem Blick der Herzogin tiefstes Bedauern sprach. Cathy wurde feuerrot. Obgleich sie ihre Kompromittierung selbst forciert hatte, weigerte sie sich, das zuzugeben. Sie haßte Jon beinahe mehr dafür, ihre Schande verraten zu haben als dafür, die Ursache derselben gewesen zu sein. Das würde sie ihm nie verzeihen. Niemals!

»Ich hasse dich«, wisperte sie zornig, als er die grinsenden Matrosen mit einer Handbewegung anwies, die anderen drei Gefangenen nach unten zu bringen. Jon packte Cathy am Arm und zerrte sie hinter sich her in seine Kabine.

»Spar dir deine Wutausbrüche auf, bis wir allein sind, wenn ich bitten darf«, knurrte er. »Andernfalls sehe ich mich genötigt, selbige noch vor unserem geneigten Publikum zu unterbinden!«

»Du hättest nicht zu verraten brauchen, was du getan hast! Ist es nicht schon schlimm genug, was du mir angetan hast, auch ohne es in alle Welt hinauszuposaunen? Seid Ihr so stolz auf Eure Eroberung, Käpten, daß Ihr sichergehen müßt, daß auch jeder davon weiß?«

»Ich sagte, du sollst den Mund halten!« Die kaum verhüllte Wut in seiner Stimme alarmierte sie. Klugerweise kam sie seiner rüden Aufforderung nach, reckte jedoch trotzig das Kinn vor, als er sie in die Kabine schubste.

»Das hast du mit Absicht getan«, begann Cathy von neuem, sobald Jon die Tür hinter ihnen zugestoßen hatte.

»Das war gar nicht nötig«, erklärte er ruhig und lehnte sich mit dem Rücken an die Tür, die Arme vor der Brust verschränkt. Er ließ keine Spur von der Wut erkennen, die er Sekunden zuvor noch gezeigt hatte. »Sie wissen es ohnehin. Oder glaubst du, daß sie alle beschränkt und taub sind?«

»Mit Sicherheit konnten sie es nicht wissen, bis du es ihnen beigebracht hast«, zischte Cathy. »Ist dir überhaupt auch nur im mindesten klar, was du getan hast? Du hast mein ganzes Leben ruiniert. Jawohl, das hast du. Jetzt wird mich niemand mehr heiraten wollen! Kein Gentleman will … eine Frau im Ehebett, mit der sich ein Pirat verlustiert hat!«

»Aber Schatz, du bist doch so gut wie neu. Selbst wenn ich noch lange nicht damit fertig bin, mich an dir zu verlustieren!« Jon grinste wölfisch, seine Augen blitzten hinterhältig. »Und wer weiß, vielleicht hast du auch Glück: Möglicherweise entschließe ich mich ja auch, dich als Haustier zu behalten. Du schnurrst zuweilen sehr erbaulich, mein kleines Kätzchen.«

Cathy hielt zornig die Luft an. »Du widerliches Schwein! Glaubst du nicht, daß mein Vater nach mir suchen wird? Das wird er – und er wird mich auch finden! Du hast nur die eine Chance – mich so schnell wie möglich freizulassen, sobald wir den nächsten Hafen erreichen. Mein Vater ist ein einflußreicher Mann. Er wird dich zwanzigmal hängen lassen für das, was du mir angetan hast!«

Sie war so außer sich vor Wut, daß sie kaum wußte, was sie sagte. Jons Grinsen wurde immer spöttischer.

»Erst einmal muß er mich kriegen, kleine Katze, und

das ist kein Kinderspiel. Das versuchen ganz andere Leute schon seit Jahren, und haben es immer noch nicht geschafft. Was gibt dir denn die Gewißheit, daß deinem allmächtigen Vater gelingt, was all den anderen bisher mißlungen ist?«

»Er schafft es bestimmt!« war alles, was Cathy darauf als Antwort einfiel. Sie preßte die Worte zwischen zusammengebissenen Zähnen hervor.

»Er wird es vielleicht gar nicht erst versuchen, wenn du ihm eine Nachricht zukommen läßt, daß du dich aus freien Stücken entschieden hast, bei mir zu bleiben.« Er hatte diese Bemerkung ganz lässig hingeworfen, doch blieben seine Augen plötzlich mit einem sehr intensiven Blick an Cathys glutrotem Gesicht haften. Sie war viel zu wütend, um das zu bemerken.

»Bei dir bleiben?« spuckte sie mit einem abfälligen Lachen aus. »Das kann doch nicht dein Ernst sein! Glaubst du wirklich, ich gebe meine ganze Zukunft auf, meine Familie, meine Freunde, um mit einem Mann zu leben, der sich nichts dabei denkt, ein junges, unschuldiges Mädchen zu vergewaltigen? Einem Mann, der mordet und stiehlt und eine hilflose alte Dame verhungern läßt? Ihr müßt eine ganz schön hohe Meinung von Euren Fähigkeiten als Liebhaber haben, verehrter Kapitän – die ich jedoch keineswegs teile.«

»Und du bist ein ganz schön eingebildetes Frauenzimmer, meine Süße«, meinte er mit einem seltsamen Glitzern in den Augen. »Wie kommst du denn auf sowas? Ich habe doch nur eine Möglichkeit angesprochen. Im nächsten Hafen gibt es eine Menge Frauen, die förmlich darauf brennen, mein Bett anzuwärmen. Und zu meiner Freude darf ich sagen, daß das alles Frauen sind, die sich sehr viel besser darauf verstehen, einen Mann zu verwöhnen als du. Auf deine gnädige Mitwirkung bin ich wirklich nicht angewiesen!«

Cathy starrte ihn an, zu entrüstet ob der arroganten Art

und Weise, wie er ihre Qualitäten abgetan hatte, als daß ihr darauf eine passende Antwort eingefallen wäre. »Und«, fuhr Jon eisig fort, »was deine übrigen Vorwürfe betrifft, so bin ich gerne bereit, Punkt für Punkt darauf einzugehen. Erstens: Ich dachte, wir hätten uns bereits darauf geeinigt, daß von Vergewaltigung keine Rede sein kann. Zweitens: Ich stehle, um zu überleben. Und wenn du jemals mit knurrendem Magen hättest ins Bett gehen müssen, würdest du das vielleicht besser verstehen. Drittens: Wenn ich meine Feinde nicht umbringe, dann bringen die mich um. Und ich ziehe es vor zu leben, falls du nichts dagegen hast. Und zu guter Letzt – was die Verpflegung dieser feisten Mondgesichter angeht, möchte ich dich darüber informieren, daß die Vorräte der ›Margarita‹ vor jedem Auslaufen so kalkuliert werden, daß genügend Lebensmittel vorhanden sind, um uns an unser Ziel und zurück zu bringen – aber kein Stück Zwieback mehr. Wir haben keinen Platz für Extra-Rationen. Als wir die ›Anna Greer‹ kaperten, waren unsere Vorräte schon ziemlich zuende. Wir haben sie nämlich etliche Tage länger verfolgt als ich geplant hatte, mußt du wissen. Wenn wir deinen drei Freunden erlauben würden, sich die Bäuche vollzuschlagen, müßten meine Männer und ich uns mit halben Portionen zufriedengeben, um das auszugleichen. Aber schließlich segeln wir dieses Schiff, und nicht die Gefangenen. Die bekommen genug, um nicht vom Fleisch zu fallen. Außerdem kann ich dir versichern, daß wir den nächsten Hafen noch rechtzeitig erreichen, bevor die Ärmsten verhungert sind. Und was dich betrifft, so kannst du deinem Herrgott danken, daß ich von deinem süßen Rundungen genügend angetan war, um sie in dieser Form zu erhalten.«

»Ich verachte und verabscheue dich«, fauchte Cathy nach einem langen Schweigen. »Du bist der hartherzigste Mensch, der mir je begegnet ist … Falls du überhaupt ein Herz besitzt, was ich allmählich bezweifle.«

»Ich habe eines, keine Sorge.« Seine langen Wimpern senkten sich wie Visiere über seine Augen. »Aber ich habe auch Verstand genug, um zu wissen, daß andere sich keinen Pfifferling um uns scheren, wenn ich mich nicht selbst um mich und die meinen kümmere. Etwas, was du zweifellos begreifen wirst, wenn du älter bist, mein liebes Kind.«

»Ich bin kein Kind mehr, vielen Dank«, entgegnete Cathy bitter. »Du hast schon dafür gesorgt, daß ich schnell erwachsen wurde.«

»Und ich habe jede Minute deiner Erziehung genossen.« Das hämische Blitzen war in seine Augen zurückgekehrt.

Cathy drehte ihm abrupt den Rücken zu. Sie war viel zu verletzt, um noch weiter mit ihm zu streiten, ging ans Fenster und starrte angelegentlich aufs Meer hinaus.

»Würdest du bitte gehen? Ich möchte gern eine Weile allein sein.« Ihre Stimme war kalt wie Eis.

»Dann soll es so geschehen, Mylady. Für eine Weile, wie gesagt. Fang aber nicht an, deine Einsamkeit zu sehr zu genießen. Wie gesagt, sie ist dir nur vorrübergehend gegönnt, vergiß das nicht.«

Cathy preßte die Lippen aufeinander und verbat es sich, seine Sticheleien einer Antwort zu würdigen. Einen Moment später hörte sie, wie er die Tür öffnete und dann hinter sich ins Schloß warf. Das Sonnenlicht malte glitzernde, sich ständig verändernde Muster auf die sanft brechenden Wellen. Mit tränenblinden Augen starrte Cathy auf dieses Schauspiel. Sie fühlte sich wie zerschlagen, jeglichen Gefühls beraubt. Zum erstenmal gestand sie sich bewußt sein, wie unerbittlich sie der Gnade dieses Piratenkapitäns ausgeliefert war. Und dann lächelte sie grimmig. Nur ein Narr würde von einem gnadenlosen Menschen Gnade erwarten.

5

Elf Tage später lief die ›Margarita‹ in den spanischen Hafen Cadiz ein. Nach einer regnerischen Woche mit Gewittern und Sturmböen hatte sich das Wetter wieder gebessert; es war angenehm warm und sonnig. Seit ihrem Streit hatte Cathy mit Jon nur gesprochen, wenn es sich absolut nicht vermeiden ließ, und Jon hielt sich ebenfalls äußerst bedeckt. Ihr einziger persönlicher Kontakt bestand jetzt darin, daß er sich hastig und ohne jede Zärtlichkeit ihres Körpers bediente – mindestens einmal, manchmal sogar zwei- oder dreimal am Tag. Cathy fiel es zunehmend leichter, regungslos wie eine Steinstatue unter ihm zu liegen, während er ihr das Schlimmste antat. Es war für sie eine Frage des Stolzes geworden, nichts dabei zu empfinden – und sicherzustellen, daß Jon das auch merkte.

Je strikter sie sich ihm verweigerte, desto schlechter wurde seine Stimmung. Selbst Harry schlich in Jons Gegenwart nur noch auf Zehenspitzen herum, als wäre er ein Pulverfaß, das jeden Moment explodieren könnte. Petersham betrat wohlweislich die Kabine nicht, solange Jon sich dort aufhielt, und hatte Cathy ganz offen zu verstehen gegeben, daß er nicht anwesend sein wolle, wenn es zu dem unausweichlichen Ausbruch käme. Cathy weigerte sich indes resolut, sich von Jon einschüchtern zu lassen. Und ihre Taktik, obgleich nicht ganz ungefährlich, klappte soweit ganz gut.

Ihr Verhalten brachte ihn schier auf die Palme, reizte ihn wie eine lästige kleine Stechfliege, die sich nicht verscheuchen läßt. Seine maßlose Wut hatte ihn mittlerweile an einen Punkt gebracht, wo er die Tatsache, daß ihm diese Frau mehr bedeutete, als ihm lieb war, nicht mehr leugnen konnte. Erst am Abend zuvor, als er mit seinem rituellen Gewaltakt – anders konnte Cathy diese Art von Liebesspiel nicht mehr bezeichnen – begonnen hatte, war er so in Rage geraten, daß er ihr unfreiwillig vor Augen geführt hatte, wie sehr ihre Teilnahmslosigkeit ihn ärgerte.

Er hatte sie rückwärts auf die Matratze gestoßen, wo sie schlaff und widerstandslos wie eine Stoffpuppe liegenblieb und sich die Kleider vom Leib reißen ließ. Als er sich dann an ihrer Unterhose zu schaffen machte, hielt er plötzlich in seinem brutalen Tun inne und starrte sie an, als wollte er sie erdolchen. Cathy schloß hastig die Augen und weigerte sich, ihn auch nur eines Blickes zu würdigen.

»So ist's recht, du Miststück«, fauchte er wütend. »Mach nur die Augen zu und denk an England. Glaubst du vielleicht, ich schere mich darum, wie du dich fühlst?«

Damit ließ er sich auf ihren steifen Körper fallen und ergriff brutal von ihr Besitz. Cathy gab keinen Laut von sich und machte keine Bewegung, weder um ihn anzuspornen, noch um ihn zu hindern. Stocksteif wie eine Leiche lag sie da und kostete ihren Triumph aus. Er mochte ja erfolgreich aus der einen oder anderen Schlacht hervorgehen, aber den Krieg, den würde letztendlich sie gewinnen!

Seine Hände und sein Mund ließen ihr keinerlei Zärtlichkeiten angedeihen, im Gegenteil, die Finger fügten ihr absichtlich blaue Flecken zu, die noch am nächsten Tag schmerzen würden. Als er mit ihr fertig war, rollte er sich fluchend auf seine Seite. Wenige Augenblicke später war er aus der Koje gesprungen, hatte sich angezogen und war wortlos aus der Kabine gestapft. Seither hatte sie ihn nicht mehr gesehen. Bei der Erinnerung an diese Episode mußte Cathy unwillkürlich spöttisch lachen. Sie hatte es geschafft, ihn leiden zu lassen, und diese Erkenntnis versüßte ihr den Tag.

Als Cathy aus dem kleinen Fenster blickte und einen

Küstenstreifen entdeckte, zog es sie unwiderstehlich nach draußen. Sie beschloß, ihren selbst auferlegten Stubenarrest zu beenden. Schließlich war sie die einzige, die darunter litt. Jon hatte ihr wiederholt zu verstehen gegeben, daß sie von ihm aus bis zum Sankt Nimmerleinstag in der Kabine hocken und dort verschimmeln könne. Er war nur daran interessiert, über ihren Körper verfügen zu können, wann immer ihn danach gelüstete. Abscheuliche Bestie, dachte sie bitter und verscheuchte ihn dann aus ihren Gedanken. Sie war entschlossen, diesen Tag zu genießen.

Cathy, die dieser vier Wände plötzlich so überdrüssig war, daß sie hätte schreien können, kleidete sich in Windeseile an. Das schlichte pfirsichfarbene Leinenkleid schien ihr angesichts der Hitze die richtige Wahl zu sein, ganz zu schweigen davon, daß es wunderbar mit ihrer milchweißen Haut harmonierte und auf den ersten Blick den Eindruck vermittelte, sie sei nackt. Ein großer Strohhut mit einer unter dem Kinn gebundenen Seidenschleife, der ihren Teint vor der Sonne schützte, komplettierte ihre Garderobe. Schon war sie fertig, öffnete die Kabinentür und trat hinaus auf das Deck.

Ihre Ankunft verursachte nicht die geringste Unruhe unter der Hand in Hand arbeitenden Schiffsmannschaft. Genaugenommen schenkte ihr niemand auch nur einen Blick. Die Männer waren alle vollauf damit beschäftigt, die Segel einzuholen, damit die ›Margarita‹ Anker werfen konnte. Von der Takelage, in der die Männer herumkletterten wie Affen, wehten deftige Flüche und zotige Lieder an ihr Ohr.

Jon war nicht auf dem Achterdeck. Der Theorie folgend, daß es immer gut war, zu wissen, wo der Feind sich aufhielt, schaute Cathy sich suchend nach ihm um, konnte ihn aber nirgends finden. Noch einmal spähte sie in alle Richtungen, als sie plötzlich hoch über sich seine tiefe Stimme hörte. Sie legte den Kopf in den Nacken und sah nach oben. Und als sie ihn schließlich entdeckte, blieb ihr vor Schreck einen Moment das Herz stehen, bevor es mit doppelter Geschwindigkeit weiterschlug. Er hing mit seinen Männern in schwindelnder Höhe in der Takelage und kletterte vor Cathys entsetzten Blicken sogar noch höher hinauf, um das Seil zu lösen, mit dem das Topsegel an der Spiere vertäut war. Es gelang ihm erst nach einigen waghalsigen Versuchen, dann aber rauschte die Segelwand herab wie ein riesiger weißer Schmetterling. Jon stieß einen Triumphschrei aus und machte sich behende daran, sich zum Hauptmast zurückzuhangeln, die Beine fest um das glatte Holz der Spiere geschlungen, die Hände in gleichmäßigem Rhythmus übereinandergreifend. Dabei grinste er stolz wie ein Honigkuchenpferd. Am liebsten hätte ihm Cathy dieses lächerliche Grinsen mit einer Ohrfeige vom Gesicht gewischt – es war viel zu gefährlich, in dieser luftigen Höhe herumzuklettern! Warum hatte er das nicht seinen Männern überlassen? Cathy war natürlich zu aufgeregt, um sich zu fragen, weshalb sie die Vorstellung, er könnte aus so großer Höhe herunterfallen, derartig entsetzte. Sie wußte nur, daß dem so war.

»Michaelson, du und Finch, ihr untersucht das Segel auf Risse hin!« brüllte er, als die weißen Stoffbahnen auf das Deck flatterten.

»Zum Teufel, Käpt'n, wir sind doch keine Schneider!« brüllte einer der Männer zurück.

»Wenn ich es will, dann seid ihr welche!« gab Jon immer noch grinsend zurück. »Und jetzt macht schon!«

Gutmütig vor sich hin murrend, gehorchten die Männer. Cathy wunderte sich, daß sie es angesichts der schlechten Laune, die Jon in den letzten Tagen zur Schau getragen hatte, überhaupt gewagt hatten, ihm zu widersprechen. Obwohl er auf einmal recht ausgelassener Stimmung zu sein schien … Seltsam, bis gestern hatte er die Heiterkeit eines Friedhofs ausgestrahlt, dachte sie, und dann ging ihr ein Licht auf. Plötzlich ergaben auch die zotigen Matrosenlieder einen Sinn. Jon hatte gesagt, wenn die ›Margarita‹ im Hafen einliefe, gäbe es genügend Frauen, die nur darauf warteten, sein Bett anzuwärmen; und anscheinend galt das auch für seine Mannschaft. Cathy versuchte, die Ohren vor diesen ordinären Liedern zu verschließen und kniff grimmig die Augen zusammen. Nun, wenn Kapitän Hale es vorzog, mit Huren zu schlafen, dann konnte sie diesen eigentlich nur dankbar sein, daß sie ihr eine gräßliche Pflicht abnahmen! Unwillkürlich drückte sie sich an die Wand unter dem Achterdeck, damit Jon sie nicht sehen konnte. Dieser arrogante Kerl würde ihre Anwesenheit an Deck womöglich für ein Zeichen halten, daß sie allmählich weich wurde!

»Ho, Käpt'n!« Harry war unter den Mast getreten und sah mit tief in den Nacken gebeugtem Kopf zu Jon hinauf, der immer noch in der Takelage beschäftigt war.

»Ja, was gibt's?«

»Wegen der Gefangenen, Käpt'n ... Soll ich mich um die Lösegeldforderungen kümmern, wenn ich an Land gehe, um die Vorräte zu bestellen?«

»Na klar, Mann! Je früher wir dieses stinkende Pack loswerden, desto besser!«

Die gefühllose Art, mit der Jon die Gefangenen abtat, traf Cathy wie ein Schlag ins Gesicht. Unbemerkt von Jon und der Mannschaft lehnte sie an der Wand, nagte an ihrer Unterlippe und redete sich eisern ein, daß sie in Hochstimmung wäre. Bald würde sie frei sein und ihr Leben an dem Punkt wieder aufnehmen können, wo er es so abrupt unterbrochen hatte, würde auf Feste und Bälle gehen und gutaussehende junge Herren kennenlernen. Sie wollte nach Portugal zurückkehren, hatte sie sich überlegt. Dort wußte niemand, was ihr zugestoßen war, und sie konnte sich ihres unbescholtenen Namens sicher sein. Irgendwann würde sie heiraten ... und dann sollte das grauenvolle Abenteuer auf der ›Margarita‹ in ihrer Erinnerung zu einem bösen Alptraum verblassen.

»Harry!« brüllte Jon einen Augenblick später. Der Zweite Offizier hatte sich bereits umgedreht und war auf dem Weg zur Reling; tief unten an der Bordwand vertäut, wartete ein kleines Beiboot darauf, ihn an Land zu bringen. Auf Jons Anruf hin drehte er sich sofort um.

»Zu Befehl, Käpt'n?«

»Äh ... handle nur die Lösegelder für die alte Lady und das Ehepaar aus. Das Mädchen behalte ich noch eine Weile hier.« Er hatte das so ganz beiläufig hingeworfen, mußte die Anordnung aber noch einmal laut brüllen, bis Harry sie verstehen konnte.

»Seid Ihr Euch da sicher, Käpt'n?« fragte Harry erstaunt nach, als ihm die Bedeutung dieser Worte klargeworden war.

»Verdammt, spar dir deine Einwände, wenn ich dir einen Befehl erteile, und führ ihn aus!«

»Aber, Käpt'n ...«

»Na schön, dann betrachte das Mädchen eben als meinen Anteil an der Beute. Wenn es deine puritanischen Seele dann leichter fällt, meinen Befehl zu akzeptieren, soll mir das recht sein!« Jon klang jetzt wieder äußerst gereizt und Harry räusperte sich nervös, als er sich an die schlechte Laune seines Kapitäns erinnerte.

»Zu Befehl, Sir«, erwiderte er gehorsam, schüttelte aber verwundert den Kopf.

Für den Bruchteil einer Sekunde verspürte Cathy ein jäh aufflackerndes Gefühl der Freude. Jon wollte sie bei sich behalten ...! Doch sie rief sich schnell wieder zur Ordnung. Ja, er wollte sie behalten – bis er ihrer überdrüssig war. Dann würde er sie wegwerfen wie ein Paar abgetragene Hosen, und eine andere finden, die ihren Platz einnahm. Und selbst jetzt, da sie noch mit ihm zusammen war, konnte sie nicht darauf hoffen, die einzige zu sein! Nicht, wenn sie seine Pläne für den heutigen Abend richtig verstanden hatte. War es das, was sie, die Tochter eines Earls, vom Leben erwartet hatte? Vorübergehend einem Piraten als Objekt seiner Begierde zu dienen, ihm ihren Körper zur Verfügung zu stellen, damit er sich daran verlustierte? Nein, niemals! Lieber würde sie sich über Bord stürzen, bevor sie sich freiwillig so erniedrigen ließe! Ihr Stolz rebellierte vehement gegen das Bild, das sie eben heraufbeschworen hatte. Das würde sie nicht ertragen. Nein, nie und nimmer! Sie würde fliehen ...!

Cathy schaute zur Küste hinüber, vor der sich schäumend die hohen Wellen brachen, eine knappe Meile vom Schiff entfernt. Schon immer war sie eine ausgezeichnete Schwimmerin gewesen – eine ganz ungewöhnliche Betätigung für ein junges Mädchen. Aber sie hatte darauf bestanden, schwimmen zu lernen, und hatte natürlich ihren Willen durchgesetzt. Dieses eine Mal wenigstens würde ihr ihre Starrköpfigkeit zugute kommen. Sie war sicher, daß sie es bis zur Küste schaffen konnte. Zugegeben, so weit war sie noch nie geschwommen, aber dafür hatte bisher auch noch nie eine Veranlassung bestanden. Ja, sie war sich ganz sicher, daß sie diese Entfernung meistern würde. Allein der Gedanke, diesem Kapitän Jonathan Hale einen Strich durch die Rechnung zu machen, würde ihr die nötige Kraft dazu verleihen!

Mit einem triumphierenden Glitzern in den Augen schlich sich Cathy in die Kabine zurück. Jon brauchte nicht zu wissen, daß sie seine Anordnungen mitgehört hatte. Sollte er ruhig denken, daß sie immer noch glaubte, zusammen mit den anderen im nächsten Hafen freigelassen zu werden. Er würde sich heute abend fröhlich an Land rudern lassen, ohne zu ahnen, daß sie schwimmen konnte ... Cathy lächelte stillvergnügt in sich hinein. Bald sollte er merken, daß sie sich nicht so leicht zähmen ließ!

Es war bereits eine Stunde nach Sonnenuntergang, als Jon in die Kabine zurückkehrte. Cathy, sittsam in ihren blauen Morgenrock und ein farblich dazu passendes Nachthemd gehüllt, lag bereits gemütlich mit einem Buch auf dem Bett. Sie streifte ihn mit einem hochmütigen Blick, als er hereinkam, sprach ihn aber nicht an. Er verlor ebenfalls kein Wort. Und während sie so tat, als sei sie angelegentlich in ihr Buch vertieft, frohlockte sie innerlich. Er ging tatsächlich an Land! Anstatt sich auszuziehen und auf sie zu stürzen, wie er es bisher immer getan hatte, richtete er jetzt sorgfältig sein Rasierzeug her. Mit diebischer Freude beobachtete sie unter gesenkten Lidern, wie er die dichten Bartstoppeln abschabte und, als er damit fertig war, den restlichen Seifenschaum mit einem kleinen Handtuch abwischte. Dann stieg er in eine elegante graue Hose aus bestem Tuch, in der sich auch ein Dandy bei Hofe nicht hätte schämen müssen, und zog sich ein blütenweißes Leinenhemd über, das ausnahmsweise einmal keine Löcher aufwies, dafür aber schmale Rüschen an der Knopfleiste und den Manschetten. Anschließend trat er vor den Spiegel in der Schranktür, band sich geschickte eine weiße Seidenkrawatte um den Hals und legte einen Gehrock aus schwarzem Samt an. Er sah beinahe wie ein Gentleman aus, mußte Cathy sich wider Willen eingestehen. Ja, er war wirklich ein ausgesprochen stattlicher Mann. Wenn sie ihm in dieser Aufmachung auf einem Fest oder einem Ball begegnet wäre, hätte sie sicherlich ihren ganzen Charme spielen lassen, um ihn auf sich aufmerksam zu machen. Aber, wie Martha ihr immer wieder eingebläut hatte, edel ist, wer edel handelt. Diesem Sprichwort zufolge müßte Jon eigentlich aussehen wie der Froschkönig!

»Geht der Herr aus?« erkundigte Cathy sich schließlich mit betont kühler Stimme. Überhaupt keine Neugier zu zeigen, könnte seinen Verdacht erregen, hatte sie sich überlegt.

»Ich fühle mich geehrt!« knurrte Jon, drehte sich um und starrte sie sichtlich mißgestimmt an. »Eure Ladyschaft geruhen tatsächlich, das Wort an mich zu richten!

Zu Eurer Information, Mylady, – ich werde einer alten Bekanntschaft einen Besuch abstatten. Einer weiblichen Bekanntschaft«, betonte er. »Mich gelüstet es nämlich nach einer lebhafteren Gespielin im Bett, als du das in letzter Zeit gewesen bist. Darüber solltest du eigentlich froh sein. Dein Schlaf wird heute nacht so ungestört sein wie der einer Jungfrau.«

»Ich *bin* froh«, versicherte ihm Cathy eiligst, wobei sie energisch ein bohrendes Stechen ignorierte, das sich beinahe wie Eifersucht anfühlte. »Ich wünschte nur, du würdest mich ganz ersetzen. Falls du etwa Skrupel haben solltest, meine Gefühle zu verletzen, kann ich dich beruhigen. Ich bin sicher, sie werden diesen Schock überleben.«

Cathy war mit Recht stolz auf den unbekümmerten Tonfall ihrer Stimme. Falls Jon wider Erwarten doch einen Verdacht hegen sollte, würde ihr Gebaren diesen gewiß zerstreuen.

»Ich werde mir das ernsthaft durch den Kopf gehen lassen«, entgegnete Jon kalt. Cathy mußte sich sehr zurückhalten, um ihm nicht ›Lügner!‹ ins Gesicht zu schreien. So leicht ließ sie sich nicht hinters Licht führen! Der falsche Hund wollte sie doch zweifellos als Hauptmahlzeit behalten und sich alle anderen Frauen, die ihm gefielen, als Beilage gönnen. Nun, nicht mehr lange, schwor sie sich und hätte beinahe dabei gelächelt. Glücklicherweise hatte sie sich gerade noch rechtzeitig gefangen.

Jon stellte sich wieder vor den Spiegel, um sich mit ihrer vergoldeten Bürste das strubbelige Haar zu glätten. Das zierliche Ding nahm sich in seiner großen Hand ausgesprochen lächerlich aus. Cathy beobachtete ihn mit einem siegessicheren Glitzern in den Augen. Dieser überhebliche Kerl hatte nicht einmal die Möglichkeit in Erwägung gezogen, daß sie versuchen könnte, ihm zu entkommen. Na, der konnte sich auf einen gewaltigen Schock gefaßt machen! Hastig senkte sie den Blick, aus

Angst, er könnte ihr die wachsende Aufregung von den Augen ablesen.

Sie bewahrte eisernes Schweigen, während er seine Toilette beendete, und sah weder auf noch antwortete sie, als er ihr im Gehen ein schadenfrohes »Wünsche wohl zu ruhen!« zuwarf.

Cathy mußte sich zwingen, noch eine Weile auf dem Bett liegenzubleiben, nachdem er die Tür hinter sich zugemacht hatte. Sie mußte ihm Zeit geben, das Schiff zu verlassen ... denn dies hier konnte die einzige Chance sein, die sie hatte. Und die verdarb sie sich besser nicht.

Endlich hörte sie das Platschen von Rudern und wußte, daß er unterwegs war. Mit einem Satz sprang sie aus dem Bett und stürzte ans Fenster. Ja, er war weg. Sie konnte die kleine Laterne des Bootes, das er eigenhändig an die Küste ruderte, über den Wellen hüpfen sehen.

Hastig ließ sie den Vorhang fallen und rannte so schnell durch die Kabine zu Jons Seekisten, daß sie beinahe über ein Stuhlbein gestolpert wäre. Immer mit der Ruhe, ermahnte sie sich. Du hast genügend Zeit. Wenn es stimmte, daß er zu einer Frau ging, so würde er wahrscheinlich die ganze Nacht wegbleiben. Und doch flogen ihre Finger förmlich durch seine Kleidertruhe, als sie darin nach einer passenden Schwimmbekleidung suchte.

Sekunden später erhob sie sich mit ihrer Ausbeute. Ein Paar Hosen und ein Hemd würden es tun. Sie eigneten sich auf alle Fälle besser zum Schwimmen als ihre langen Kleider. Die voluminösen Röcke würden sich sicher ganz schnell mit Wasser vollsaugen und sie mit ihrem Gewicht nach unten ziehen. Außerdem erfüllten Jons Kleider auch noch einen anderen Teil ihres Plans. Sie wollte sich an Land als Junge ausgeben, zumindest solange, bis sie in Sicherheit war. Eines hatte sie auf dieser Seereise nämlich sehr schnell gelernt: Eine junge Lady ohne Begleitung befand sich ständig in höchster Gefahr.

Schnell zog sie sich an und dankte Gott für die üppige

Weite dieser Kleider, ließen sie doch nicht den geringsten Rückschluß auf ihre Figur zu. Abgesehen von ihrem Haar konnte sie ohne weiteres als zerlumpter Gassenjunge durchgehen. Ja, mit dem Haar mußte sie noch etwas unternehmen. Mit geschickten Fingern flocht sie es zu zwei Zöpfen und steckte diese oben auf dem Kopf fest. Dann setzte sie eine von Jons Mützen auf, zog sie tief in die Stirn und betrachtete sich kritisch im Spiegel. Hm, das war gar nicht so schlecht. Außerdem würde es sowieso dunkel sein, überlegte sie. Sie mußte nur darauf achten, sich so wenig wie möglich in der Nähe von Laternen aufzuhalten.

Sie wählte das schlichteste Paar Schuhe aus, das sie besaß, und knotete sie an den Schnürsenkeln zusammen, um sie sich später um den Hals zu hängen. Mit Schuhen schwimmen war unmöglich, andererseits konnte sie aber auch nicht barfuß in der Stadt herumlaufen. Ihre zierlichen Füße zu zeigen wäre ein tödlicher Fehler gewesen.

Zu guter Letzt riß Cathy die beiden Laken vom Bett, knüpfte sie der Länge nach zusammen und zog mit aller Kraft an dem Knoten, um sich von dessen Festigkeit zu überzeugen. Da Jon zweifellos einige Wachen an Bord zurückgelassen hatte, hielt sie es für besser, aus dem Fenster zu klettern und sich mit den Laken abzuseilen, um möglichst geräuschlos ins Wasser gleiten zu können. Mit ein bißchen Glück, und wenn sie größte Vorsicht walten ließ, würde man sie nicht vor Jons Rückkehr vermissen. Und zu diesem Zeitpunkt saß sie hoffentlich bereits sicher und trocken in einer Polizeidienststelle. Wenn sie den Behörden ihre Geschichte erzählte, würde man Jon festnehmen und hängen … Nun, vielleicht erzählte sie auch nur einen Teil der Geschichte und wartete mit dem Rest, bis die ›Margarita‹ weitergesegelt war. Den Tod eines Menschen wollte sie eigentlich nicht auf dem Gewissen haben … Nachdenklich blies Cathy die Kerze aus.

Aus dem Fenster zu klettern war, wie sich bald herausstellte, leichter gesagt als getan. Cathy war zwar recht schmal gebaut, aber das Fenster war noch schmaler. Nach mühevollen akrobatischen Verrenkungen, und als sie bereits glaubte, für immer in diesem Fenster feststecken zu müssen, gelang es ihr schließlich doch noch, sich hindurchzuzwängen – das heißt, genauer gesagt platzte sie heraus wie eine reife Kastanie aus der Schale. Zum Glück hatte sie sich vorher überlegt, mit den Beinen zuerst hindurchzuschlüpfen und sich an dem improvisierten Seil festzuhalten, sonst wäre sie kopfüber ins Wasser geplumpst, und zwar mit einem so lauten Platscher, daß sämtliche Schiffe im Hafen auf sie aufmerksam geworden wären. Doch bis auf einige Flüche, die nicht ganz ladylike waren, schaffte sie es, sich verhältnismäßig geräuschlos an der Bordwand der ›Margarita‹ herunterzulassen. Als ihre Zehenspitzen in die Wellen eintauchten, hielt sie kurz die Luft an, denn das Wasser war viel kälter, als sie erwartet hatte. Nun, schließlich hatte ihr niemand versprochen, daß diese Flucht eine vergnügliche Angelegenheit werden würde, sagte sie sich, biß die Zähne zusammen und ließ sich ganz in die Tiefe gleiten. Ein bißchen kaltes Wasser hatte noch niemanden umgebracht. Bis jetzt jedenfalls noch nicht, ergänzte ihre innere Stimme verräterisch, was Cathy geflissentlich überhörte.

Auf dem Weg zur Küste würde ihr schon warm werden, beruhigte sie sich und paddelte einen Moment, um sich zu orientieren. Es wäre verhängnisvoll, wenn sie aus Versehen aufs offene Meer hinausschwimmen würde! Da der Mond noch nicht aufgegangen war, schien das Meer eine einzige dunkle Masse zu sein. Gott sei Dank war die Küste noch eine Idee dunkler, ein tintenschwarzer Streifen, in dem stecknadelkopfgroße Lichter blinkten. Mit einem tiefen Atemzug stieß Cathy sich von der ›Margarita‹ ab. Sie kraulte in einem gleichmäßigen Rhythmus, Arm über Arm, wie sie es gelernt hatte. Ihr einziges Problem war die Mütze; die löste sich jedesmal, sobald sie den

Kopf ins Wasser tauchte. Cathy mußte ihre Schwimmzüge unterbrechen, die Mütze aus dem Wasser fischen und wieder aufsetzen – und das unentwegt. Nach einer Weile war sie des zeitraubenden Spiels müde geworden und unterdrückte gerade noch den Drang, das blöde Ding wegzuwerfen. Aber an Land brauchte sie die Mütze. Also nahm sie sie zwischen die Zähne wie ein Hund einen Knochen. Sie schmeckte scheußlich – so als wäre sie in Rum eingeweicht worden. Was, wenn man Jons Vorlieben kannte, keineswegs so abwegig schien.

Cathy kam es vor, als sei sie schon Stunden geschwommen, und die Küste war noch keinen Meter nähergerückt. Sie warf einen Blick zurück zur ›Margarita‹, um sicherzugehen, daß sie noch in der richtigen Richtung schwamm. Ja, das Schiff lag genau hinter ihr. Cathy wollte sich gerade zu ihrer ausgezeichneten Navigationskunst gratulieren, da sah sie etwas, was sie traf wie ein Schlag in den Nacken. Ihr Kopf flog noch einmal herum, so blitzschnell, daß sie einen ganzen Mund voll Salzwasser schluckte. Kein Zweifel, was sich da wie eine riesige weiße Schlange über die Bordwand der ›Margarita› ringelte, waren die zusammengeknüpften Bettlaken! »Verdammt und zugenäht!« zischte sie und bediente sich dabei eines von Jons Lieblingsflüchen, ohne es zu merken. Wenn sie dieses Laken von hier aus so deutlich sehen konnte, war es auch von der Stadt aus zu bemerken. Verflucht, sie hätte es losreißen müssen! Doch dazu war es jetzt zu spät, dachte sie verdrossen und legte beim Schwimmen einen kräftigen Schlag zu. Jetzt würde man sie nicht erst morgen früh vermissen, sondern in dem Augenblick, da einer von der Mannschaft einen Blick auf die ›Margarita‹ warf.

Nun, jetzt blieb ihr nichts anders übrig, als noch schneller zu schwimmen und zu beten, daß die Männer bei ihrem Landgang mit anderen Dingen beschäftigt waren und nicht sehnsüchtig nach ihrem Schiff Ausschau hielten. Cathy legte sich rücksichtslos ins Zeug und schwamm, als wäre der Leibhaftige hinter ihr her, bis sie glaubte, die Arme würden ihr aus den Gelenken springen. Der Atem brannte ihr in der Kehle, ihre Zähne klapperten vor Kälte, aber sie ließ nicht nach. Und als sie schon alle Hoffnung fahren lassen wollte, jemals die Küste zu erreichen, stieß sie mit ihrem Fuß auf festen Boden. Mit einem innerlichen Triumphschrei stellte Cathy fest, daß sie es geschafft hatte. Der schlammige Untergrund fühlte sich an wie der edelste Teppich. Glücklich lachend, die Arme um ihren schlotternden Körper geschlungen, watete sie an Land.

Noch bevor sie trockenen Boden erreicht hatte, schlug ihr ein Gestank entgegen, der ihr den Atem nahm. Ein süßlicher Verwesungsgeruch, eine ekelhafte Mischung aus verfaultem Fisch, Abfall und menschlichen Exkrementen. Cathy drehte es beinahe den Magen um. So etwas Scheußliches hatte sie im ganzen Leben noch nicht gerochen.

Als sie unter dem wackligen hölzernen Anlegesteg durch den sumpfigen Sand stakste, wurde ihr klar, daß ihre Navigation sie geradewegs in den verrufendsten Teil der Stadt geführt hatte. Hastig zog sie ihre Schuhe an und setzte sich Jons Mütze auf. Ihr Instinkt warnte sie eindringlichst, sich hier nicht allzu lange aufzuhalten.

Rasch ausschreitend schlug sie die Richtung ein, in der sie die Stadtmitte vermutete. Frauen und Männer, allesamt finstere Gestalten, lungerten auf den Straßen herum. Cathy versuchte so gut es ging keinerlei Notiz von ihrer Umgebung zu nehmen und war dankbar, daß die Leute, denen sie begegnete, so beschäftigt mit ihren zwielichten Angelegenheiten waren, daß sie sie kaum eines Blickes würdigten. Sie mußte die Gendarmerie so schnell wie möglich finden, das wurde ihr mit jedem Schritt klarer. Wenn sie noch stundenlang ziellos in diesem Verbrecherviertel herumirrte, hatte sie gute Chancen, daß man ihr die Kehle aufschlitzte.

Die schmale, stadteinwärts verlaufende Straße mündete in eine breitere Querstraße, die an beiden Enden von brennenden Fackeln beleuchtet wurde. Grölende Betrunkene torkelten von einer lärmenden Kaschemme in die nächste, und fast ein jeder hatte den Arm um die Hüfte eines drallen Frauenzimmers geschlungen. Cathy wollte schon kehrtmachen, hielt dann aber inne. Wenn sie jemals in Sicherheit gelangen wollte, mußte sie sich nach dem Weg erkundigen. Und so wie sie aussah, konnte sie ohne Gefahr jemanden fragen.

Soweit ihr das zu beurteilen möglich war, handelte es sich bei allen diesen Etablissements um mehr oder minder finstere Hafenkneipen. Vor einem der Ziegelhäuser, in dem es ein bißchen ruhiger zuging, hing ein Schild mit der Aufschrift ›Roter Hund‹. In Englisch. Da Cathys Spanischkenntnisse praktisch gleich Null waren, schien dieses Lokal sich geradezu anzubieten. Doch eine instinktive Ahnung ließ sie zögern.

Andererseits mußte sie etwas unternehmen. Sie konnte nicht die ganze Nacht in der Stadt herumlaufen und darauf hoffen, rein zufällig einem Constabler zu begegnen. Zum einen war es zu gefährlich, zum anderen würde Jon sofort nach ihr suchen, sobald er entdeckt hatte, daß sie ihm entwischt war. Und bis dahin mußte sie in Sicherheit sein. Doch was sollte ihr in dieser Verkleidung als junger Bursche schon groß passieren, selbst in einer dieser Spelunken? Sie sah kritisch an sich herunter. Nichts, aber auch gar nichts ließ darauf schließen, daß sie eine Frau war. Sie mußte nur immer darauf achten, mit tiefer Stimme zu sprechen, dann würde niemand Verdacht schöpfen. Aus irgendeinem Grund war Cathy davon überzeugt, daß es in diesem Viertel und um diese Uhrzeit nicht ratsam war, ohne Männerbegleitung als Frau unterwegs zu sein.

Sie holte tief Luft, zog sich Jons feuchte Mütze bis knapp über die Augen und marschierte beherzt durch die

Schwingtür. Hasenfüße haben es noch nie zu etwas gebracht! Doch als sie dann tatsächlich in der verrauchten Spelunke stand, verloren ihre Bewegungen sichtlich an Dreistigkeit. An den runden Tischen hockten lauter finstere Gestalten, die sehr viel mehr Ähnlichkeit mit Piraten hatten als die Mannschaft der ›Margarita‹. Ihren lauten Stimmen und dem ungehobelten Wortschatz nach zu urteilen, waren das alles andere als Gentlemen. Und die Frauen, die sie bedienten, ihnen Ale und Whisky brachten und des öfteren an den Tischen verweilten, um sich von diesen Herrschaften in den Hintern kneifen oder sonstwo betatschen zu lassen, waren gewiß keine Ladys! Wohl eher Huren, dacht Cathy verächtlich und versuchte, nicht rot zu werden, als einer dieser Möchtegern-Casanovas solange am Mieder einer recht liderlich gekleideten Frau zupfte, bis ihre üppigen Brüste herausquollen. Die Frau kicherte, wackelte aufreizend mit den Schultern und drückte ihm die vollen Rundungen ins Gesicht, während die anderen Männer sie mit obszönen Rufen anfeuerten.

Tiere! dachte Cathy schaudernd und ging zur Theke. Es schien beinahe so, als ob alle Männer dreckige, abscheuliche Bestien seien – offenbar war das angeboren. Wenn sie wieder zuhause war, überlegte sie, würde sie vielleicht überhaupt nicht heiraten. Sie hatte nämlich den üblen Verdacht, daß auch die meisten der Männer, die nach außenhin wie Gentlemen auftraten, einen Teil dieser primitiven Triebhaftigkeit in sich trugen.

Cathy stand am Tresen, zog sich die Mütze noch tiefer in die Stirn und versuchte, keinerlei Aufmerksamkeit zu erregen. Sie brauchte Zeit, um sich erst einmal in dieser unbekannten Umgebung zu orientieren, bevor sie sich bei jemandem nach dem Weg erkundigte. Der Schankkellner schien ihr noch der geeignetste Ansprechpartner zu sein. Er war ein großer, bulliger Kerl mit roten, krausen Haaren und einer ehemals weißen Metzgerschürze vor dem Bauch, die jetzt vor Flecken nur so starrte. Obgleich er nicht weniger grobschlächtig aussah als seine trinkfreudigen Gäste, hatte er doch einen entscheidenden Vorteil – er war stocknüchtern.

»Sir!« Wie sprach man denn einen Schankkellner an? O Gott, das hätte sie sich vorher überlegen sollen! Irgendwie schien ihr diese höfliche Anrede im Kreise dieser grölenden Zecher fehl am Platze zu sein. Aber noch brauchte sie sich keine Sorgen zu machen. Ihr ›Sir‹ hatte kein Echo gefunden.

»He, du!« versuchte sie es eine Spur lauter und lässiger. Diesmal hatte sie Erfolg. Der bullige Kellner drehte sich sehr langsam zu ihr um, als traute er seinen Ohren nicht.

»Sprichst du mit mir, Bürschchen?« donnerte er streitsüchtig zurück. Cathy blinzelte ihn bestürzt an, faßte sich aber gleich wieder.

»Jawohl«, entgegnete sie und gab sich Mühe, selbstbewußt und burschikos zu wirken, während der Schankkellner auf sie zugewatschelt kam, doch dann schluckte sie nervös. Irgendwie hatte sie nicht damit gerechnet, daß er sich als ein so hünenhafter Schrank entpuppen würde. Aus der Nähe betrachtet, sah er aus wie ein riesiger Orang Utan.

Und dieser Kerl stand jetzt vor ihr und musterte sie von Kopf bis Fuß. Nachdenklich blieb sein Blick an ihrer weichen weißen Haut und auf den aufgerissenen blauen Augen unter der viel zu großen Mütze hängen.

»Holla, seht nur, was wir da für einen hübschen Burschen haben!« rief er ins Lokal, worauf die Männer ihre Bierkrüge abstellten und Cathy interessiert anglotzten; sie spürte, wie sie zusehends blässer wurde.

»Heb ihn mal hoch, damit wir ihn besser sehen können!« brüllte einer vom anderen Ende der Theke her.

»He, Mac, ich wußte gar nicht, daß du dich für Jungs interessierst!« Sein Trinkkumpan stieß dem ersten Sprecher den Ellbogen in die Rippen und grinste breit. »Was'n los, hat Bella dir die Lust an Weibern vergällt?«

Eine rothaarige, vollbusige Frau, offensichtlich die besagte Bella, drehte sich um und kniff den zweiten derb in die Backe.

»Wart nur, ich werd' dir gleich Lust machen. Brauchst nur ein Wort zu sagen«, kicherte sie.

Spätestens jetzt wurde Cathy klar, daß es ein großer Fehler gewesen war, diese Spelunke zu betreten. Das beste, was sie tun konnte, war, diese Kaschemme genauso ruhig zu verlassen, wie sie sie betreten hatte. Unauffällig schlich sie zur Tür, in der Hoffnung, sich klammheimlich davonmachen zu können, während sich die allgemeine Aufmerksamkeit auf Mac und seine Kumpane richtete. Doch leider bemerkte der Schankkellner ihren Rückzugsversuch und legte ihr eine große, fleischige Hand auf die Schulter, gerade als Cathy glaubte, es geschafft zu haben.

»Nich' so schnell, junger Mann«, knurrte er. »Du hast uns noch gar nich' gesagt, was du hier willst!«

Cathy warf ihm einen aufsässigen Blick zu. »Ich … äh, ich wollte eigentlich nur fragen, ob es hier irgendwo in der Gegend ein Bett für die Nacht gibt!«

Sie war mächtig stolz auf ihren Einfallsreichtum. Ganz offensichtlich hätte die Erwähnung ihres eigentlichen Begehrs bei diesen Kerlen kein freundliches Ohr gefunden. Die sahen alle aus, als stünden sie eher auf der anderen Seite des Gesetzes.

»Du brauchst ein Bett für die Nacht?« fragte der Riese und setzte eine grüblerische Miene auf. »Nun, ich kann mir vorstellen, daß Bella nichts dagegen hätte, ihr Bett mit dir zu teilen. Sie hatte schon immer eine Vorliebe für milchgesichtige Jünglinge!«

Macs Bemerkung stachelte die Zecher wieder zu dröhnendem Gelächter und Pfiffen an. Eine schwarzhaarige Frau, ihrem Aussehen nach eine Einheimische, kam herangerauscht, um Cathy aus nächster Nähe zu mustern.

»Ach wo, der ist doch noch viel zu klein!« entschied sie nach eingehender Inspektion. »Schmeißt ihn ins Wasser!«

Die Männer brachen in begeisterte Beifallsstürme aus. Die Witze, die sie sich zubrüllten, wurden so zotig, daß Cathy rote Ohren bekam. Sie versuchte, sich dem harten Griff des Schankkellners zu entwinden, während die dunkelhäutige Maria sich im Mittelpunkt des allgemeinen Interesses sonnte. Doch vergeblich – die schwere Hand des Riesen klebte an ihrer Schulter wie Leim.

»Kein Grund zur Eile, Kerlchen«, meinte er grinsend. »Setz dich dort oben hin, da kannst du dir den Spaß in Ruhe ansehen!«

Damit packte er Cathy am Hemdkragen und hob sie mit einer Hand auf die Theke. Zu ihrem Entsetzen hörte sie, wie der dünne Stoff von Jons Hemd mit einem lauten Ratsch zerriß. O Gott, nein! Aber vielleicht war es auch gar nicht so schlimm. Vielleicht sah man ja nichts ...

»Tut mir leid wegen dem Hemd, Junge«, meinte der Schankkellner und sah sie an. Doch schon im nächsten Moment riß er die Augen auf. »Verdammt, seht euch das an!«

Seine dröhnende Stimme schaffte es, daß jedermann im Lokal sich nach ihr umdrehte. Cathy folgte dem verblüfften Blick ihres Gegenübers, der auf ihren Oberkörper stierte. Gütiger Himmel, sie war halb nackt! Ihre linke Brust war in ihrer ganzen weißen und rosigen Herrlichkeit entblößt. Eiligst zog sie den Stoff darüber, um sie zu bedecken, aber ein rascher Blick in die Runde sagte ihr, daß sie damit auch nichts mehr rettete. Jeder Mann in diesem Raum glotzte sie mit weit aufgerissenen Augen an.

»Mich laust der Affe!« brüllte eine rauhe Stimme vom anderen Ende der Kaschemme. »Das ist ein Weib!«

»Ein Weib! Es ist ein Weibsbild!« brüllte die ganze betrunkene Horde im Chor.

»Komm, zeig uns diese tolle Titte nochmal, Big Jim!« gröhlte ein anderer. Und der Chor echote: »Ja, zeig sie uns! Zeig sie uns!«

Der Schankkellner, der anscheinend auf den Namen

Big Jim hörte, faßte Cathy mit einem muskelbepackten Arm um die Hüfte und zog ihr mit der freien Hand die Mütze vom Kopf, aus der die beiden klatschnassen, halb aufgelösten Zöpfe herausfielen. Seine fleischigen Finger fuhren in ihr nasses Haar und teilten die Strähnen, bis sie ihr locker über die Schulter fielen und sich um ihre Taille ringelten. Cathy, die in ihrem Leben noch nie so viel Angst gehabt hatte, versuchte verzweifelt, sich von diesem Ungeheuer zu befreien, doch dessen eisenharter Arm hielt sie gnadenlos fest.

»Heh, Jim, zeig uns ihre Titten!« brüllte ein Mann aus der Ecke. Big Jim packte Cathys Hände und hielt sie fest. Das zerrissene Hemd rutschte herunter, und Cathy spürte, wie sie vom Kopf bis zu den Zehenspitzen rot wurde vor Scham, als sie sah, wie sich diese Kerle lustvoll am Anblick ihrer entblößten Brüste weideten. O Gott, was würde als nächstes passieren? Würden sie alle vergewaltigen? Plötzlich wünschte sich Cathy inbrünstig zurück in ihre sichere Kabine auf der ›Margarita‹. Sicher? Ja! Obwohl Jon pausenlos ekelhafte Dinge mit ihrem Körper anstellte, hatte er ihr doch noch nie richtig Gewalt angetan. Die Tatsache, daß er sie benutzte, wann es ihm gefiel, war mit Sicherheit weniger schlimm, als von dieser betrunkenen Horde betatscht zu werden!

»He, Jim, reich sie mal hier rüber! So ein Zuckerpüppchen hab' ich schon seit Ewigkeiten nicht mehr aus der Nähe gesehen.«

»Nein, hierher, zu mir! Bis ihr einmal mit den Augen zwinkert, hab' ich sie schon auf ihren süßen Arsch gelegt und ihr's richtig besorgt!«

Die Angebote wurden immer ordinärer. Welchem Schicksal Cathy entgegensteuerte, war nur zu offensichtlich. Die Frage war nur noch, wer als erster zum Zug käme.

»Ich hab' sie zuerst entdeckt!«

»Einen Dreck hast du. Ich hab' sie zuerst gesehen!«

»Gottverdammter Lügner! Ich war's! Green, du hast doch gehört, wie ich gesagt hab', schau dir mal diesen Fratz an, stimmt's?«

Cathy wurde ganz schlecht. Das konnte doch nicht wahr sein! Diese Bestien waren drauf und dran, sie in Stücke zu reißen. Sie mußte etwas unternehmen, mußte sich irgendwie in Sicherheit bringen. Doch sich mit einem Bullen wie Big Jim anzulegen, würde ihr wahrscheinlich nur einen gebrochenen Kiefer einbringen. Er machte nicht den Eindruck, als würde er sich schämen, eine Frau zu schlagen. Andererseits, vielleicht ließ er sich ja bestechen ...

»Big Jim«, wisperte sie dem Mann zu, dessen klobige Arme sie festhielten wie ein Schraubstock. »Wie wär's, willst du dir ein bißchen Geld verdienen? Mein Vater ist ein reicher Mann. Er würde es sich schon was kosten lassen, wenn du mich laufen läßt.«

»Ich hasse Frauen«, erwiderte Big Jim leidenschaftslos. »Und ganz besonders solche, die lügen. Die letzte Frau, die mich angelogen hat, weißt du, was mit der passiert ist? Ich hab' ihr das Genick gebrochen, mit diesen beiden Händen.«

Er verstärkte den Griff seiner Finger um ihre Handgelenke, und Cathy begann zu zittern, als sie spürte, wie sich sein riesiger Brustkasten an ihren Rücken preßte. Ja, er war zweifellos in der Lage, das zu tun. Aber sie durfte nicht aufgeben ...

»Ich lüge nicht, Big Jim«, flüsterte sie drängend. »Mein Vater ...«

»Mag ja sein, aber er ist nicht hier, oder?« Cathy schüttelte unglücklich den Kopf. Auf Big Jims Gesicht erschien ein Ausdruck des Bedauerns. »Hab' ich mir's doch gedacht. Nun, dann gibt's nichts mehr, worüber wir miteinander reden könnten, oder?«

»Big Jim ...«, begann Cathy noch einmal verzweifelt, doch sein ungeduldiges Knurren brachte sie zum Schweigen.

»Wovor machst du dir denn überhaupt in die Hosen? Diese Jungs werden dich nicht umbringen. Die wollen heute abend nur ein bißchen Spaß mit dir haben; morgen früh lassen sie dich wieder laufen. Klar, ein bißchen hernehmen werden sie dich schon, aber daran sollte eine wie du ja gewöhnt sein.«

Cathy wollte schreien, heulen, hysterisch kreischen. Offenbar dachte er, sie sei vom gleichen Schlag wie die leichten Mädchen, die für ihn arbeiteten! O Gott, sie war vom Regen in die Traufe gekommen – und wie! Aber leicht würde sie es ihnen nicht machen, schwor sie sich. Sie würde kämpfen …

Die beiden Männer, die darüber in Streit geraten waren, wer sie nun als erster gesehen hatte, sprangen plötzlich von ihren Stühlen auf, jeder ein Messer in der Hand. Bevor sie jedoch übereinander herfallen konnten, ließ Big Jim seine riesige Faust mit solcher Wucht auf die Theke krachen, daß Cathy einen erschrockenen Satz machte.

»Halt!« bellte er. »Hier drin gibt's kein Blutbad! Ich schlage vor, daß diejenigen, die das Frauenzimmer haben wollen, um sie zocken.«

»Ja! Das ist ein Wort! Wir zocken um sie!« Der Vorschlag fand allseits begeisterte Zustimmung. Um sie zokken? fragte sich Cathy verwundert und ängstlich zugleich. Was, um Himmels willen – oder besser um Teufelswillen – war das nun wieder? Zwei Sekunden später bekam sie die Antwort auf ihre Frage.

»Hat jemand Würfel dabei? Gut. Wer die höchste Zahl würfelt, ist als erster dran, der mit der zweithöchsten als nächster – und so weiter. Einverstanden?« Die Kaschemme erbebte unter begeistertem Gejohle. »Falls es unentschieden ausgeht, würfeln die Gewinner nochmal. In Ordnung?«

»In Ordnung!«

Die Männer hockten sich um einen großen runden Tisch in der Mitte des Lokals. Einer von ihnen kramte

Würfel aus der Hosentasche, ein anderer warf Cathy einen lüsternen Blick über die Schulter zu.

»Bring den Hauptgewinn!« brüllte er lauthals. Cathy wurde bleich.

»Ja, setzt sie in die Mitte vom Tisch, damit wir auch sehen, um was wir spielen!«

Zwei Männer waren bereits aufgesprungen, um Cathy zu holen und Big Jim ließ sie anstandslos frei. Cathy kratzte und trat wie eine Wilde um sich, als die beiden sie quer durch die johlende Menge zu dem Tisch schleppten, um den die Männer einen engen Kreis gebildet hatten. Der eine von beiden, der sie unter den Achseln gepackt hatte, nutzte die Gelegenheit, sie kräftig in den blanken Busen zu kneifen. O lieber Gott, mach, daß das alles nicht wahr ist! betete sie und biß den Kerl so fest sie konnte in den Arm. Er stieß einen grimmigen Fluch aus und hätte sie beinahe fallen lassen. Der andere, der sie an den Füßen hielt, kicherte schadenfroh über die schmerzverzerrte Grimasse seines Kumpanen. Cathy versucht, ihn in den Bauch zu treten, aber er hatte sie so fest an den Knöcheln gefaßt, daß sie dazu keine Gelegenheit fand. Als die beiden sie dann wieder auf die Beine stellten, holte der Mann, den sie gebissen hatte, aus und versetzte ihr eine schallende Ohrfeige. Der Schlag war so hart, daß Cathy rückwärts taumelte, einem anderen Mann in die Arme, der mit einem breiten Grinsen nach ihren Brüsten grabschte. Cathy trat ihm mit aller Wucht gegen das Schienbein. Er heulte auf und griff sich an die verletzte Stelle. Bevor er sich noch an ihr rächen konnte, wurde Cathy von hinten gepackt und hochgehoben.

»Fesselt das Miststück!« knurrte der Gebissene. Das ließen sich seine Kumpane nicht zweimal sagen. Ehe Cathy noch wußte, wie ihr geschah, stand sie mitten auf dem Tisch, die Hände auf dem Rücken gefesselt. Wahllos trat sie nach den gaffenden Männern, doch nur mit dem Erfolg, daß sie ihr auch noch die Füße zusammenbanden. Um die Sache perfekt zu machen, schlangen sie ihr anschließend ein Seil um die Hüften und banden es oben an der Decke an einem Haken fest. Jetzt konnte Cathy sich nicht mehr rühren, geschweige denn sich irgendwie zur Wehr setzen. Das einzige, was ihr noch übrig blieb, war, ihre Wut und ihre Angst herauszuschreien.

»Ihr dreckigen Schweinehunde, dafür werden ihr bezahlen!« kreischte sie mit sich überschlagender Stimme. »Wenn ihr mich nicht sofort gehen laßt, dann ...«

Ein dreckiger Lumpen, den man ihr flugs in den Mund stopfte, würgte ihre Schimpftirade abrupt ab. Cathy schluckte und spuckte, wurde den Knebel aber nicht los. O Gott, sie erstickte! Aber das war immer noch besser, als das zu erdulden. was diese Wüstlinge mit ihr vorhatten. Durch einen Nebel von Scham und Todesangst spürte sie, wie man ihr das Hemd vollends vom Leib riß.

Cathys Knie drohten unter ihr nachzugeben, als sie diesen lüstern glotzenden Kreis von Männern anstarrte. Sie durfte nicht in Ohnmacht fallen! Sonst war sie diesem widerlichen Pack völlig hilflos ausgeliefert. Verbissen zwang sie sich, gleichmäßig durch die Nase zu atmen. Und schon bald fühlte sie ihre Kräfte zurückkehren. Der Mann, den sie gebissen hatte, streckte beide Hände nach ihr aus und kniff sie derb in die Brustwarzen. Cathy krümmte sich vor Schmerzen und Angst.

»He, Billy, das ist nicht fair! Du wartest gefälligst, bis du an der Reihe bist, wie alle anderen auch«, protestierte einer aus der Runde. Widerstrebend ließ der, den sie Billy nannten, die Hände sinken. Cathy versuchte alles, um ihren nackten Körper vor den Blicken dieser Kerle zu schützen, aber das war ein sinnloses Unterfangen. Sie war gezwungen, gefesselt und geknebelt auf diesem Tisch zu stehen, umgeben von einer Horde Trunkenbolde, deren gierige Augen sich förmlich an ihren nackten Brüsten festsaugten. Cathy nahm alles, was sie noch an Willenskraft besaß, zusammen, straffte die Schultern und warf ihnen wutentbrannte Blicke zu.

»Verflucht, worauf warten wir denn noch? Laßt uns endlich zur Sache kommen!« knurrte Billy ungeduldig. Einer der Männer griff nach den Würfeln, schüttelte sie lange und mit größter Konzentration und ließ sie dann über den Tisch rollen. Sie blieben genau vor Cathys Füßen liegen. Mit einer beinahe übermenschlichen Anstrengung trat sie mit beiden Füßen gleichzeitig nach den Würfeln und fegte sie vom Tisch.

»Verdammt, das waren zehn Augen!» maulte der Mann, der gewürfelt hatte. Im gleichen Moment sprang Billy von seinem Stuhl auf. Er ließ sich Zeit, holte ganz langsam mit seiner Rechten aus, und die Ohrfeige, die er Cathy dann verpaßte, warf ihr den Kopf in den Nacken. Tränen standen ihr in den Augen, als sie sich mühsam aufrichtete. Ihr Kiefer brannte wie Feuer und fühlte sich merkwürdig taub an. Hoffentlich war er nicht gebrochen, dachte sie.

»Versuch das noch einmal, du Luder, dann lernst du auch noch mein Messer kennen«, knurrte er. »Mit einer aufgeschlitzten Nase ist es mit deiner Schönheit dann vorbei!«

Cathy war klug genug, zu wissen, daß dieser Mann keine faulen Sprüche klopfte. Offensichtlich machte es ihm Spaß, anderen Schmerzen zuzufügen. Er fühlte sich sichtlich wohl dabei.

Das Spiel zu Cathys Füßen begann erneut. Diesmal ignorierte sie die Würfel und starrte stur auf die verrußte Laterne, die an der Decke baumelte.

Lieber Gott, hilf mir, betete sie inbrünstig. Dabei kullerte ihr eine Träne über die Wange. Der dumpfe Schmerz in ihrem Kiefer wurde immer heftiger, sie schämte sich ob ihrer Nacktheit in Grund und Boden und spürte, als sie diese widerwärtige Meute zu ihren Füßen ansah, wie eine nie gekannte Todesangst in ihr aufflackerte. Gab es denn kein Entrinnen vor diesen Bestien? Sie würde dem Teufel persönlich um den Hals fallen, wenn er sie aus dieser schrecklichen Lage befreite!

»Ist da noch ein Platz frei in dieser geselligen Würfelrunde, Gentlemen?«

Cathy glaubte zu träumen, als sie diese samtweiche, dunkle Stimme vernahm. Auf der Stelle flog ihr Kopf herum. Jon! Gott sei Dank, seufzte sie im stillen, ohne sich Gedanken über die Widersinnigkeit zu machen, daß ausgerechnet Jon als ihr Retter aufgetaucht war. Aus ihren Augen sprach freudige Erleichterung, als sich ihre Blicke trafen, aus seinen jedoch nur eine finstere Warnung, bevor er sich brüsk von ihr abwandte und auf die Männer zuging. Plötzlich überkam Cathy die böse Ahnung, daß sie sich möglicherweise zu früh über ihre Rettung gefreut hatte. Jon war allein und hatte, soweit sie sehen konnte, nur eine Pistole im Gürtel stecken, während sich um den Tisch mindestens ein Dutzend bis an die Zähne bewaffneter Kerle drängte. Trotzdem fühlte sie sich, schon weil er in ihrer Nähe war, um einiges wohler und glaubte fest daran, daß ihr kein Leid geschehen könne, wenn er bei ihr bliebe.

Als Jon auf sie zukam, drehten die Männer sich wie auf Kommando um und starrten ihn mißtrauisch an.

»He, wer bist du eigentlich?« wollte Billy wissen und zog drohend die buschigen Augenbrauen zusammen.

»Jon Hale ist mein Name. Ich bin der Käpt'n der ›Margarita‹, die draußen in der Bucht vor Anker liegt. Big Jim kennt mich, hab' ich recht?« Jons Tonfall klang ungezwungen, aber er ließ Billy dabei keine Sekunde aus den Augen. »War gerade auf dem Weg zu einer gewissen Dame, als ich den Tumult hier drin hörte. Da wurde ich neugierig. Aber jetzt, wo ich sehe, worum es geht, muß ich sagen, daß sie den Lärm wert ist. Gehört sie einem bestimmten von euch Herrschaften?«

Cathy erdolchte Jon förmlich mit ihrem Blick, als dieser

sie mit anerkennendem Nicken von oben bis unten musterte und dann grinsend ihre rosigen Brüste betrachtete, die heftig bebten, als sie entrüstet nach Luft schnappte. Bevor er sich von ihr abwandte, streifte sein Blick kurz ihren geschwollenen Kiefer, und das winzige Aufflackern in seinen Augen machte ihr Mut. Sie kannte Jon bereits lange genug, um zu wissen, daß dieser Blick nichts Gutes verhieß.

»Wir würfeln gerade um das Schätzchen«, erklärte eine fröhliche Stimme.

»Ah, ich verstehe. Wie steht's, kann man noch in die Runde einsteigen?« Seine Stimme klang völlig ruhig. Aber Cathy wußte aus Erfahrung, daß diese betonte Gleichmütigkeit nur eine Maske war, hinter der sich kalte Wut verbarg.

»Hm, weiß nich'«, meinte Billy zweifelnd. »Ihr seid nich' dabei gewesen, als sie reinkam. Irgendwie isses nich' fair, Euch jetzt noch einsteigen zu lassen.«

Die anderen nickten in schweigendem Einvernehmen.

»Nun, wie wär's dann, wenn ich euch eine Runde abkaufe?« schlug er vor. »Sagen wir, zweihundert Scheinchen für den Mann, der mir seinen Platz vermacht. Dafür kriegt man ein ganzes Hurenhaus!«

»Dreihundert, und Ihr könnte meinen Platz haben«, meldete sich einer, der bisher noch nichts gesagt hatte.

»Zweihundertfünfzig.«

»Abgemacht!«

Ein Packen Scheine wechselte den Besitzer, und das Spiel begann von neuem. Die ersten drei der Runde warfen eine Fünf, eine Drei und eine Zwei. Ihren enttäuschten Flüchen war zu entnehmen, daß sie sich darüber im Klaren waren, aus dem Rennen zu sein. Nacheinander rollten die Würfel über den Tisch. Billy warf eine Elf, die es zu überbieten galt. Schließlich kam Jon an die Reihe. Cathy hielt nervös die Luft an. Was würde passieren, wenn er nicht gewann? Die Möglichkeit war unausdenkbar.

Jon hob die Würfel auf, schüttelte sie und ließ sie lässig über den Tisch rollen. Wieder landeten sie vor ihren Füßen. Cathy mußte sich verrenken, um die Punkte darauf erkennen zu können. Es sah aus wie eine Fünf ... eine Fünf und eine Sechs. Auch elf!«

»Wir würfeln nochmal«, brummte Billy.

»Hm, das könnte nochmal passieren«, entgegnete Jon leichthin. »Und ich für meinen Teil ziehe es vor, lieber gleich zum vergnüglichen Teil überzugehen. Warum lassen wir die Lady nicht ihren Partner selbst aussuchen?«

»Gute Idee! Laßt unser hübsches Schätzchen selbst entscheiden!« Diejenigen, die verloren hatten, waren nur zu begierig darauf, daß das Vergnügen weiterging. Billy blieb nichts anderes übrig, als zuzustimmen.

Cathy zuckte zurück, als einer der Männer zu ihr auf den Tisch stieg und ihr den Knebel aus dem Mund zog. Während sie sich mit der Zunge über die trockenen Lippen fuhr, legte der Kerl seine Hand auf ihr Hinterteil, streichelte es vertraulich und zwickte sie zum Abschluß mit einem vergnügten Grinsen. Cathy entfuhr ein erstickter Schrei, worauf Jon mit einem mörderischen Blitzen in den Augen herumwirbelte.

»Na, Schätzchen, welchen von uns leidenschaftlichen Liebhaber willste nun haben? Heiß auf dich sind wir beide, möcht' ich wetten.« Billys Stimme brachte Jon wieder zur Vernunft.

Cathy schaute Jon an, ihr Blick wanderte erst über sein schmales, gutgeschnittenes Gesicht, das jetzt vor unterdrückter Wut starr war, und dann über seine kräftigen Schultern und die breite Brust, die sich unter dem ungewöhnlich formellen Anzug abzeichneten. Als sich ihre Blicke trafen, mußte sie ein verdrossenes Grinsen zurückhalten. Wie sicher er sich ihrer war! Die Zuversicht stand ihm förmlich in den Augen geschrieben. Nun, er hatte ja auch allen Grund dazu. So sehr es ihr auch gefallen hätte, ihm eins auszuwischen, indem sie sich für den anderen entschied, fehlte ihr dazu dann doch der Mut. Dies hier war weiß Gott nicht der geeignete Zeitpunkt für kindische Machtspielchen. Jon riskierte Kopf und Kragen, um sie zu retten, und sie verspürte ganz plötzlich das sehnliche Bedürfnis, von diesen starken Armen gehalten zu werden. Mochte er auch noch so ein Teufel sein, so war er doch der einzige, der sie jetzt retten konnte. Ihr einziger Schutz in dieser verruchten Räuberhöhle.

Billy würdigte sie kaum eines Blickes. Er streckte die Arme nach ihr aus, um sie herunterzuheben, doch Cathy wich rasch zurück. Das Licht der Laterne fiel auf Billys Hand, genau auf die Stelle am Daumen, wo sie ihn gebissen hatte. Jon sah von der blutunterlaufenen Bißwunde zu Cathys geschwollenem Kiefer hoch, und im nächsten Moment schoß ihm die Zornesröte ins Gesicht.

»Entscheide dich!«

Cathy schluckte nervös. »Ich nehme den da«, sagte sie mit klarer Stimme und nickte Jon zu. Brüllend und johlend begrüßten die Männer ihre Wahl, schlugen Jon jovial auf die Schulter und rissen auf Billys Kosten obszöne Witze. Jon gab ebenfalls einige deftige Bemerkungen zum besten, die Cathy die Schamröte ins Gesicht trieben. Doch seine Hände waren sehr behutsam, als er ihr mit seinem Messer die Fesseln durchschnitt. Die Zärtlichkeit seiner Berührungen ließ in Cathy ein schier überwältigendes Gefühl von Wärme und Dankbarkeit aufwallen. Ihre Eigensinnigkeit hätte ihm das Leben kosten können. Sie wußte, daß er bereit gewesen wäre, bis zum letzten Blutstropfen um sie zu kämpfen, hätte er beim Würfeln verloren. Ein dicker Kloß im Hals war die Folge dieser Erkenntnis. Als ihre Fesseln gefallen waren, hielt sie ihm wortlos die Arme entgegen. Er streckte die Hände nach ihr aus, faßte sie um die Hüften und hob sie so mühelos vom Tisch, als wäre sie leicht wie eine Feder. Dann entledigte er sich mit einer eleganten Bewegung seines Gehrocks und legte ihn ihr um die Schultern, um ihre Blößen zu bedecken. Seine Hände hielten sie locker um die Hüften, während er sie zum Ausgang schob.

»Halt, Käpt'n, nicht so eilig!« brüllte Billy und starrte ihn mit unverhohlener Feindseligkeit an. »Wo wollt Ihr denn hin?«

»Mein Freund, wenn du dir das nicht denken kannst, dann tun mir die Frauen hier in der Stadt aber herzlich leid«, meinte Jon mit einem mitleidigen Grinsen und drehte sich zu dem Mann um. Die Zuschauer brachen in brüllendes Gelächter aus. Billy lief dunkelrot an.

»Mit dem Mädchen abhauen, das geht nicht, Käpt'n«, flüsterte Big Jim ihm zu.

»Nein, die bleibt da!« rief ein anderer.

»Wieso?« Jons Stimme klang trügerisch kühl. Er schob Cathy mit einer lässigen Handbewegung hinter sich. Ihr wurde zunehmend unwohler in ihrer Haut. »Ich habe sie in einem fairen Spiel gewonnen, oder nicht?«

»Ja, das stimmt«, gluckste ein anderer vergnügt. »Aber Ihr habt versäumt, Euch vorher nach den Regeln zu erkundigen. Ihr habt sie nicht ausschließlich für Euch gewonnen. Nur für eine Weile ausgeliehen, sozusagen. Anschließend geht sie an Billy, dann an Jo, an Harper und so weiter. Wir haben nämlich bloß drum gewürfelt, wer als erster zum Zug kommt!«

Cathy sah, wie sich Jons Rückenmuskeln unter dem dünnen Hemd anspannten, und warf ihm einen ängstlichen Blick zu. Da sie genau hinter ihm stand, konnte sie nur seinen harten Nacken erkennen, als er langsam über die Köpfe der wartenden Männer hinwegsah. Zwei von ihnen waren aufgestanden, um den Ausgang zu blockieren. Instinktiv griff Cathys Hand nach Jons kräftigem Unterarm und hielt sich daran fest. Er reagierte nicht darauf, aber die anderen im Raum bemerkten es und feixten.

»Das Weibsbild scheint ja schon ganz heiß auf Euch zu sein, Käpt'n. Warum besorgt Ihr es ihr nicht gleich hier und jetzt? Uns macht das nichts aus, wir schauen gern zu!«

»Das ist eine verdammt gute Idee, Käpt'n«, meinte auch Billy. »Dann können wir wenigstens sicher sein, daß Ihr nich' mit der Beute abhaut, die uns allen gehört. Und falls Ihr es gerne ein bißchen intimer habt, nun, ich glaub', Big Jim hat nichts dagegen, seinen Platz hinter der Theke zu räumen.«

Big Jim nickte bestätigend. Die Männer begannen, ihre Messer hervorzuholen, und grinsten Jon dabei unverschämt an. Er betrachtete sie eine Zeitlang schweigend, und unter ihrer Hand konnte Cathy spüren, wie sich seine Muskeln anspannten wie bei einem Tiger, der zum Sprung ansetzt. Doch dann zuckte er die Schulter und meinte leichthin: »Mit einem Weib wie diesem könnt' ich's im Dreck tun und mir dabei vorstellen, ich läge zwischen seidenen Laken.«

Alle schmunzelten zustimmend. Jon schwang herum und zog Cathy in die Arme. Sein Rücken war den anderen Männern zugewandt, die breiten Schultern verbargen Cathy vor deren Blicken. Er beugte sich herunter, als wollte er lüstern ihren Nacken küssen, und flüsterte ihr dabei leise ins Ohr: »Wenn ich dir ein Zeichen gebe, dann lauf weg, so schnell du kannst. Ungefähr eine halbe Meile westlich von hier findest du ein Polizeirevier. Sag ihnen, wer du bist und was passiert ist. Sie werden dich wohlbehalten zu deinem Vater zurückschicken.«

Cathys Augen wurden groß wie Untertassen. Weshalb sollte er ihr helfen, zu fliehen – außer aus dem einen Grund, weil er glaubte, nicht mehr lange genug unter den Lebenden zu weilen?

»Und was wird aus dir?« wisperte sie mit bebender Stimme.

»Hast du etwas Angst um mich, kleine Wildkatze?« Seine Mundwinkel kräuselten sich zu der Andeutung eines hämischen Grinsens. »Brauchst du nicht. Bisher habe ich es immer geschafft, ganz gut auf mich selbst aufzupassen. So, genug geschwatzt. Tu, was ich dir gesagt habe. Verstanden?«

Cathys verwunderter Blick traf den seinen, und was sie in der Tiefe seiner grauen Augen erkannte, brachte das hartnäckige Gefühl der Verachtung zum Schmelzen, das sie empfand, seit er sie zum ersten Mal gegen ihren Willen genommen hatte.

»Ja, Jon«, hauchte sie.

»Braves Mädchen«, murmelte er an ihr Ohr, zog sie dann leidenschaftlich an sich und preßte einen schmatzenden Kuß auf ihre Lippen – sehr zum Vergnügen der johlenden Zuschauer.

Cathy beantwortete den süßen Druck seiner Lippen, indem sich die ihren bereitwillig und hingebungsvoll öffneten. Ihre Arme schlangen sich um seinen Nacken. Und als er sie dann unvermittelt von sich stieß, fühlte sie sich schrecklich allein.

»Lauf!« zischte er und wirbelte herum, um den Männern, die die Tür bewachten, ein paar gezielte Faustschläge zu verpassen. Der erste ging sofort zu Boden und machte Cathy gerade soviel Platz, daß sie durch die Tür schlüpfen konnte. Im Laufen blickte sie sich noch einmal ängstlich um und sah, wie Jon unter dem Schlag einer hammerharten Faust in die Knie ging, während sich die übrige Meute mit wutverzerrten Gesichtern um ihn scharte.

Cathy rannte die Straße entlang, gefolgt vom aufgebrachten Gebrüll der Männer in der Kneipe, das sich erhob, als sie merkten, daß sie ihnen entwischt war. Der scharfe Knall eines Pistolenschusses zerriß die Luft wie ein Peitschenhieb. Sie rannte so schnell wie noch nie zuvor in ihrem Leben, ihre Lungen brannten wie Feuer, keuchend rang sie nach Atem. Doch sie rannte nicht nach Westen zur Polizeistation. Sie rannte zurück zum Hafen, um Hilfe von der ›Margarita‹ zu holen.

6

»Er hat Glück, daß er noch am Leben ist«, brummte Dr. Sandoz, als er von der Koje zurücktrat. Sein Blick wanderte noch einmal über Jons bewußtlosen Körper, der im flackernden Schein der Kerze so blaß und starr dalag wie eine Leiche. »Besäße er nicht eine so kräftige Konstitution, hätte ihn dieser immense Blutverlust umgebracht. Immerhin ist er sehr geschwächt und hat hohes Fieber. Ich bin mir nicht sicher, ob er durchkommt.«

Cathy nagte nervös an ihrer zitternden Unterlippe. Jon durfte nicht sterben, um Himmels willen, er durfte nicht sterben! Schon gar nicht, nachdem er sie aus einer Situation gerettet hatte, in die sie sich durch ihre Starrköpfigkeit selbst gebracht hatte! Das würde sie sich nie verzeihen. O Gott, wie hatte sie nur so töricht sein können, sich in eine wildfremde Stadt zu flüchten, in der sie keine Menschenseele kannte? Sie hatte doch gewußt, daß er sie suchen würde, und sich sogar heimlich an diesem Gedanken ergötzt. Sie hatte ihm eine Lektion erteilen wollen …

Und statt dessen hatte sie ihn beinahe umgebracht! Wenn sie doch nur Harry und die anderen schneller in diese Kaschemme hätte führen können, wo diese Bestien wie die Wahnsinnigen auf Jon einstachen … immer wieder und wieder …

»Junge Frau, hört Ihr mir überhaupt zu?« unterbrach die ungeduldige Stimme des Doktors ihre Gedanken. »Ich bin ein vielbeschäftigter Mann, und es warten noch eine Menge anderer Patienten auf mich. Ich kann hier nicht meine kostbare Zeit vertrödeln und warten, daß Ihr aus Euren Tagträumereien aufwacht!«

Cathy errötete und wollte schon zu einer scharfen Antwort ansetzen. Sie war es immer noch nicht gewöhnt, daß man in einem solch barschen Ton mit ihr sprach. Doch dann erinnerte sie sich noch rechtzeitig daran, daß Jons Leben von den Fähigkeiten dieses Mannes abhing, und hielt wohlweislich den Mund. Wenn der Doktor ihn nur rettete, dann würde sie sich nicht darum scheren, in welchem Ton er mit ihr redete.

»Verzeihung, Doktor. Was habt Ihr gesagt?« entgegnete Cathy lammfromm.

»Er braucht die nächsten Tage – wenn nicht Wochen – intensive Pflege. Seine Genesung hängt in erster Linie von zwei Dingen ab: seiner Reaktion auf das hohe Fieber, und ob sich die Wunden noch mehr entzünden oder nicht. Die Verbände müssen bis auf weiteres alle vier Stunden gewechselt werden; die Wunden behandelt Ihr mit einem Puder, den ich Euch dalasse. Und er muß täglich eine von diesen Pillen einnehmen«, erklärte er und hielt eine Glasviole hoch. »Diese Anweisungen nicht genauestens zu befolgen, wäre das gleiche, wie ihm hier an Ort und Stelle den Gnadenschuß zu geben. Kann ich mich darauf verlassen, daß er sorgfältigste Pflege erhält?«

Seine dunklen, unnachgiebigen Augen fixierten Cathy scharf. Sie nickte eifrig.

»Ja, Doktor. Selbstverständlich.«

»Ihr könnt euch auch auf die Mannschaft verlassen, Doktor Sandoz«, warf Harry mit kalter Stimme vom Fußende der Koje ein. »Wir werden uns bei seiner Pflege abwechseln. Diese – Lady hat bereits ihr Möglichstes getan.«

»Ich werde mich um ihn kümmern!« Cathy funkelte Harry wütend an, der ebenso finster zurückstarrte. »Und ich werde diese Pflicht weitaus besser erfüllen als Ihr und Eure lausige Bande von Matrosen, aufgeblasener Schnösel! Wenn Ihr mir nur zugehört hättet, anstatt mich zurück auf die ›Margarita‹ zu zerren, obwohl ich immer wieder gesagt habe, daß Jon Hilfe braucht, hättet Ihr es vielleicht geschafft, rechtzeitig bei ihm zu sein und zu verhindern, daß diese Meute ihn so zurichtet!«

»Der Käpten hat uns ausdrücklich befohlen, Euch zu suchen«, gab Harry spitz zurück. »Wie sollte ich wissen, daß Ihr die Wahrheit sagtet? Das hätte ebensogut ein Täuschungsmanöver sein können, damit ich Euch gehen lasse. Abgesehen davon – wenn Ihr nicht aus diesem verdammten Fenster geklettert wärt und das weiße Laken hättet hängen lassen, das selbst ein Blinder schon von weitem sehen konnte, wärt Ihr schon längst weg – und wir allesamt viel glücklicher! Und der Käpten ...«

»Das reicht jetzt!« fiel ihm Dr. Sandoz ins Wort und schaute gereizt von einem zum anderen. »Was hier einer falsch gemacht hat oder nicht, das interessiert mich überhaupt nicht! Wenn ihr euch weiter zankt wie aufsässige Gören, gehe ich und komme nicht wieder. Und Kapitän Hale wird dann mit ziemlicher Wahrscheinlichkeit seinen Verletzungen erliegen.«

Cathy und Harry tauschten verdrossene Blicke und entschuldigten sich beide bei dem Doktor.

»Also gut«, sagte er schließlich. »Junge Frau, ich übertrage Euch die Verantwortung für Käpten Hales Pflege. Aus Erfahrung weiß ich, daß Frauen sich aufgrund ihrer gütigen Natur besser zur Krankenpflege eignen als Männer. Ihr«, fuhr er dann an Harry gewandt fort, »könnt dafür sorgen, daß sie von Zeit zu Zeit abgelöst wird. Ich nehme an, daß Ihr die Verantwortung für das Schiff übernehmt, solange der Käpten krank ist, hab' ich recht?«

Harry nickte wortlos.

»Bien!« sagte Dr. Sandoz und bedachte beide mit einem Lächeln. »Nun, junge Frau ...« Dann folgten genaue Anweisungen für Jons Pflege.

»Ich werde ein Auge auf Euch haben«, ließ Harry Cathy wissen, nachdem der Doktor die versprochenen Pillen und den Wundpuder auf den Tisch gelegt und sich verabschiedet hatte. »Und ich warne Euch – wenn Jon stirbt, und ich finde heraus, daß nur der winzigste Anlaß zu der Vermutung besteht, daß Ihr etwas getan oder unterlassen habt, um das zu provozieren, dann hänge ich Euch am höchsten Rahsegel auf. Lady hin oder her. Verstanden?«

»Ach, geht doch zum Teufel!« erwiderte Cathy fuchtig und hatte noch einiges andere auf der Zunge, als ein leises Stöhnen aus der Koje, in der der Grund ihres Streits lag, ihre Aufmerksamkeit von Harry ablenkte.

»Jon?« fragte Cathy ängstlich, beugte sich über ihn und legte eine Hand auf seine gebräunte Stirn, um zu fühlen, ob sie heiß war. Sie glühte.

»Käpten?« sagte Harry gleichzeitig.

Jon stöhnte und warf seinen mächtigen Körper unter den dicken Decken hin und her.

»Sie ist weg!« murmelte er. »Verflucht, sie ist verschwunden! Ausgerechnet in Cadiz ... dieser Halsabschneiderstadt ... wie ein Lamm zwischen einem Rudel von Wölfen irrt sie herum ... Sie hat keine Chance! Cathy! Cathy!«

»Ruhig, Jon, ganz ruhig. Ich bin hier und völlig wohlbehalten, wie du sehen kannst«, murmelte Cathy sanft. Ihre Worte vermochten zwar nicht, durch den Fiebernebel in Jons Bewußtsein zu dringen, doch die sanfte Berührung ihrer Hand, die über seine heiße Stirn strich, schien ihm gut zu tun.

»Seht Ihr nun, was Ihr angerichtet habt?« Obwohl Harry leise sprach, war die Wut in seiner Stimme unüberhörbar. »Ich wußte schon von dem Augenblick an, als Jon Euch an Bord brachte, daß es mit Euch Ärger geben würde. Ich habe ihn gewarnt, aber er wollte nicht auf mich hören. Er war verrückt nach Euch, und jetzt habt Ihr ihn beinahe umgebracht! Hexe!«

»Allmählich habe ich die Nase voll von Euren Beleidigungen und Unverschämtheiten«, zischte Cathy durch die Zähne. Trotz ihres immensen Schuldgefühls spürte sie, wie die Wut in ihr hochstieg. Und sie weigerte sich auch, auf den einzigen erfreulichen Teil von Harrys Vorwürfen einzugehen – daß Jon verrückt nach ihr sei. Bei dem Gedanken daran schmolz ihr Herz. Stimmte das wirklich?

»Vor mir braucht Ihr nicht die feine Dame zu spielen«, fuhr Harry angriffslustig fort. »Ich habe Euch mit ihm gesehen, wenn Ihr Euch erinnert, und ich weiß, daß Ihr im Grunde Eurer Seele nicht besser seid als die Frauen, die sich dort draußen auf der Straße herumtreiben! Ihr sterbt förmlich für das, was er Euch geben kann – das steht in jedem Eurer Blicke geschrieben, wenn Ihr ihn anseht. Und dabei habt Ihr die Stirn zu behaupten, daß Euch das zuwider ist? Lieber Gott, bewahre mich vor dieser Sorte Weibsbilder!«

»Raus hier!« rief Cathy mit einer Stimme, die keinen Widerspruch duldete. »Ich lasse mich nicht länger in dieser Weise von Euch beschimpfen. Wenn Ihr Euch wirklich so um Jon sorgt, wie Ihr vorgebt, würdet Ihr merken, daß Euer dummes Gerede ihm nur weh tut!«

»Wenn ich mich wirklich um ihn sorgte …? Harry schluckte ungläubig. »Ich darf also annehmen, daß Ihr das tut, ja? Verbessert mich bitte, falls ich mich täuschen sollte, aber ich glaube mich noch gut zu erinnern, daß Ihr ihn noch vor einer Woche abgrundtief gehaßt habt. Ein ziemlich rasanter Sinneswandel, findet Ihr nicht?«

»Ich war ärgerlich«, gab Cathy zu, und ihre Wut verrauchte ein wenig. »Selbstverständlich hasse ich ihn nicht. Er … er hat mir heute Nacht das Leben gerettet. Ich werde mich gut um ihn kümmern, Harry, das verspreche ich. Es würde mir meine Arbeit jedoch erheblich erleichtern, wenn Ihr nicht jede meiner Bewegungen kontrollieren würdet, aus Angst, ich könnte ihn vergiften!«

Harry Zorn und sein Schuldgefühl schwanden, als er die Ernsthaftigkeit in Cathys Augen las. Einen Moment lang starrte er sie unentschlossen an, dann nickte er.

»Also gut, ich vertraue Euch. Aber wenn ihm irgend etwas zustößt …

»Das wird es nicht, solange ich es verhindern kann«, beteuerte Cathy und klang dabei sehr zuversichtlich. »Würdet Ihr jetzt bitte gehen? Doktor Sandoz sagte, daß Jon so viel Ruhe wie möglich braucht, und wir wissen nicht, ob er uns nicht doch hören kann.«

Harry zögerte kurz und ging dann zur Tür. Die Hand bereits auf der Klinke, drehte er sich noch einmal um.

»Sobald Petersham zurück ist, werde ich ihn runterschicken, damit er Euch zur Hand geht. Und – äh – Lady Catherine …«

»Nennt mich ruhig Cathy«, entgegnete sie matt. »Wie Jon auch.«

»Cathy.« Harry zögerte einen Augenblick und holte dann tief Luft. »Ich – ich möchte mich entschuldigen, falls ich Euch gekränkt haben sollte. Ich mache mir nämlich schreckliche Sorgen um Jon. Wir kennen uns schon so lange und sind gute Freunde.«

»Ich verstehe.« Cathy schenkte ihm ein Lächeln und deutete zur Tür. Harry begriff. Irgendwie schien er ganz erleichtert zu sein, sich davonmachen zu können.

»Ich werde Petersham baldmöglichst herunterschicken«, wiederholte er und ging.

Cathy wandte sich wieder Jon zu. Er war noch immer bewußtlos und murmelte unverständliche Worte vor sich hin. Unruhig warf er den Kopf in den weichen Kissen hin und her, erschreckend blaß unter der dunklen Sonnenbräune. Seine Lippen und die Augenlieder schimmerten bläulich, wahrscheinlich aufgrund des hohen Blutverlustes, dachte Cathy besorgt.

Als sie zusammen mit Harry und den Männern der Mannschaft, die sie auf die Schnelle hatten zusammentrommeln können, im ›Red Dog‹ ankamen, war Jon bereits in einem See von bereits geronnenem Blut gelegen. Neben ihm die Leichen dreier Männer, die er noch hatte töten können, bevor man ihn zu Boden gestreckt hatte. Die geifernde Meute hatte ihn anscheinend für tot gehalten und war zu ihren Bierkrügen zurückgekehrt. Nun, für etliche war das auch das letzte Bier gewesen, dachte Cathy nicht ohne Befriedigung, und die wenigen, die der blutigen Rache der ›Margarita‹-Mannschaft entgangen waren, würden eine ganze Weile nicht in der Lage sein, sich anders als auf allen Vieren in eine dieser Spelunken zu schleppen. Als man Jon weggetragen hatte, stolperte Cathy über eine leblose Gestalt, die vor der Eingangstür lag. Es war Billy, der Kerl, der ihr ins Gesicht geschlagen hatte. Man hatte ihm eine Kugel durch den Kopf geschossen …

»Cathy?« brummte Jon. Seine Stimme klang gereizt. Cathy beugte sich zärtlich über ihn und nahm seine große Hand in die ihre. Sie war glühendheiß.

»Ich bin hier, Jon«, sagte sie mit ruhiger Nachdrücklichkeit, aber ihre Worte schienen nicht zu ihm durchzudringen. Er rief unaufhörlich nach ihr, murmelte unverständliches Zeug und wälzte sich stöhnend in den Laken. Cathy konnte die nächsten Stunden nicht mehr für ihn tun, als neben ihm zu sitzen und seine Hand zu halten. Einmal rief er ungeduldig nach Wasser. Cathy goß ein wenig aus dem Krug, der neben dem Bett stand, in ein Glas, hielt es ihm an die Lippen und ließ ein paar Tropfen in seinen Mund rinnen. Er schluckte gierig und schlief gleich darauf ein. Doch die Ruhe dauerte nicht lange, denn nach seinem kurzen Schlummer stieg das Fieber wieder rapide an. Cathy füllte die Waschschüssel mit Wasser, schlug die Bettdecke zurück und rieb seinen nackten, verschwitzten Körper so selbstverständlich mit einem Waschlappen ab, als ob es ihr eigener gewesen wäre. Seine Männlichkeit stellte für sie jetzt keine Bedrohung dar. Die Abkühlung schien ihm etwas Erleichterung verschafft zu haben, denn er lag danach ganz still da. Cathy ließ ihre Augen über seinen kräftigen Körper wandern, bewunderte seine muskulösen Arme und Beine, die trotz seiner schweren Krankheit immer noch sehnig und kraftvoll wirkten. Er war wirklich ein ausgesprochen gutaussehender Mann …

Beinahe widerwillig zog sie ihm die Decke wieder hoch bis unters Kinn und steckte sie sorgsam fest. Als sie einen Blick zum Fenster warf, stellte sie überrascht fest, daß sich der Himmel bereits rosarot verfärbte. Bald würde es wieder Zeit sein, seine Verbände zu wechseln …

Sie war so schrecklich müde. Erschöpft holte sie eine Decke aus dem Schrank, breitete sie vor der Koje auf dem Fußboden aus und sank darauf nieder, den Kopf an die Matratze gelehnt. Nur ein bißchen ausruhen …

»Miss Cathy?« Petershams Stimme riß sie aus tiefstem Schlaf. »Miss Cathy, es ist bald Mittag. Ich habe Euch etwas zu essen gebracht.«

Cathy setzte sich ruckartig auf und war sofort hellwach. Instinktiv fuhr ihr Kopf zu Jon herum, der sich unruhig unter einem Berg von Decken hin und her wälzte.

»Wie geht es ihm?« keuchte sie. Wie hatte sie nur einschlafen können, wo er sie doch so nötig brauchte …?

»Ziemlich unverändert«, erwiderte Petersham mit rauher Stimme. »Ich bin vor etlichen Stunden hereingekommen und habe seither an seinem Bett gewacht. Ihr müßt nicht denken, daß es ihm an etwas gemangelt hat, nur weil Ihr eingeschlafen seid.«

Cathy stand auf und blinzelte sich den Schlaf aus den Augen.

»Du meine Güte! Ich muß mich um seine Verbände kümmern. Der Doktor hat gesagt, alle vier Stunden …«

»Ist bereits geschehen. Mr. Harry kam rein und hat mir gesagt, was getan werden muß. Er meinte, ich solle Euch schlafen lassen – da Ihr selbst eine schlimme Zeit hinter Euch hättet.«

»Das war sehr nett von ihm«, sagte Cathy, erstaunt über Harrys plötzliche Fürsorglichkeit ihr gegenüber.

»Wenn Ihr Euch beeilt, Miss, habt Ihr genug Zeit, Euch frischzumachen und etwas zu essen, bevor Ihr wieder gebraucht werdet.« Als Cathy den Kopf schüttelte, setzte er mit ernster Miene hinzu: »Ihr wärt Master Jon keine große Hilfe, wenn Ihr hier halbtot an seinem Bett sitzt, nur weil Ihr Euch nicht richtig um Euch *selbst* kümmert.«

Cathy dachte einen Augenblick darüber nach. Petersham hatte recht. Wenn sie nichts aß, würde sie Jon tatsächlich nicht helfen können, oder ihm dadurch vielleicht sogar Schaden zufügen. Sie mußte bei Kräften bleiben, damit sie ihn gewissenhaft pflegen konnte. Petersham hatte seine Wunden zum letztenmal verbunden, gelobte sie sich. Von jetzt an würde sie alles selbst erledigen. Das war sie ihm schuldig ... Außerdem stellte sie fest, daß sie sich tatsächlich gerne um ihn kümmern wollte.

Petersham drängte sie, sich auf einen Stuhl zu setzen, und Cathy spürte, wie ihre vom Schlafen auf dem harten Boden verspannten Muskeln zu schmerzen begannen. Ihr tat jeder Knochen im Leib weh; besonders ihr Unterkiefer, als sie diesen vorsichtig hin und her bewegte. Aber das war ganz allein ihre Schuld, ermahnte sie sich im stillen. Wenn sie nicht so verdammt töricht gewesen wäre, ginge es jetzt weder Jon noch ihr so schlecht.

Petersham stellte ihr ein appetitliches Frühstück auf den Tisch. Es gab frischen Orangensaft, Toast mit Marmelade und sogar Eier mit Schinken. Nach dem getrockneten Salzfleisch und dem Schiffszwieback, die auf See den täglichen Speiseplan der ›Margarita‹ bestritten hatten, lief ihr beim Anblick und dem Duft dieser Köstlichkeiten das Wasser im Mund zusammen. Sie machte sich mit gesundem Appetit über ihr Frühstück her und aß alles bis zum letzten Bissen auf. Anschließend lehnte sie sich satt und zufrieden zurück. Petersham strahlte sie anerkennend an.

»Das war köstlich, Petersham. Jetzt fühle ich mich schon viel besser.«

»Das dachte ich mir, Miss. In der Schüssel ist warmes Wasser, wenn Ihr Euch frischmachen wollte. Master Jons Verbände müssen erst in einer halben Stunde gewechselt werden.«

»Vielen Dank, Petersham. Ich rufe, wenn ich Euch brauche.«

»Ist gut, Miss«, erwiderte er mit seiner rauhen Stimme und verließ die Kabine.

Cathy legte vorsichtig eine Hand auf Jons Stirn, bevor sie ihre Morgentoilette begann. Er bewegte sich rastlos, murmelte unentwegt etwas vor sich hin, doch seine Augen blieben geschlossen, und es hatte nicht den Anschein, als nähme er ihre Anwesenheit wahr. Seine Stirn glühte förmlich unter ihrer Handfläche. Mit sorgenvoll gerunzelter Stirn wandte sich Cathy ab, um sich auszuziehen. Soweit sie, unerfahren wie sie war, die Situation beurteilen konnte, hatte sich sein Zustand verschlechtert. Während sie sich wusch, überlegte sie, ob sie Doktor Sandoz rufen sollte, beschloß dann aber, damit zu warten, bis sie sich seine Wunden angesehen hatte.

Während einer der Männer am Abend zuvor an Land gerudert war, um einen Doktor zu holen, hatte Cathy nur schnell Jons zerrissenes Hemd und die Hose ausgezogen und sich das nächstbeste Kleid übergeworfen. Zu dem Zeitpunkt hatte sie mehr auf Schicklichkeit denn auf modische Feinheiten geachtet. Jetzt stellte sie mit einem schiefen Lächeln fest, daß sie das rosa Hauskleid mit der Innenseite nach außen angezogen hatte. Sie drehte es rasch um, bürstete sich das Haar, schlang es im Nacken zu einem schlichten Knoten und erneuerte dann das Wasser in der Waschschüssel.

Nachdem sie die Schüssel, frische Binden und den Puder, den Dr. Sandoz dagelassen hatte, auf dem Tischchen neben der Koje abgestellt hatte, schlug sie die Bettdecke zurück. Jons gebräunter, dunkel behaarter Körper lag lang ausgestreckt auf den weißen Laken. Sie setzte sich auf die Bettkante und begann langsam und vorsichtig die Verbände von den Wunden zu lösen. Er hatte sechs Stichwunden unterschiedlicher Tiefe und Länge davongetragen, verteilt über den ganzen Körper. Die eine an seinem rechten Oberschenkel war die schlimmste, entschied sie. Sie war lang und gezackt und sah aus, als hätte sie ihm jemand mit einem abgebrochenem Flaschenhals zugefügt. Der häßlich angeschwollene Schnitt verlief von knapp unterhalb seines Geschlechts bis hinunter ans Knie. Cathy spürte, wie ihr beim Anblick dieser Wunde die Tränen in die Augen schossen. Sie spürte förmlich den Schmerz, den Jon empfunden haben mußte, als das scharfe Glas sich in sein Fleisch gebohrt und ihm das Bein der Länge nach aufgeschlitzt hatte. Mein Gott, wie mußte das weh getan haben! Und er hatte diese Schmerzen nur wegen ihr erleiden müssen …

Die Verletzungen an sich waren sehr schwerwiegend, aber Dr. Sandoz hatte ihr versichert, daß Jon sie überleben könne. Die eigentliche Gefahr waren die Infektion und das hohe Fieber, das diese begleitete. Durch den hohen Blutverlust geschwächt, würde sein Körper nicht in der Lage sein, gegen den Wundbrand anzukämpfen, falls es dazu kommen sollte. Cathy erschauderte, als sie das angetrocknete Blut von den Wunden abwusch. Amputation war die einzige Möglichkeit, der Ausbreitung des Wundbrands Einhalt zu gebieten. Und eine derartige Operation würde Jon in seinem Zustand wahrscheinlich nicht überleben. Falls doch, so wäre er für den Rest seines Lebens verkrüppelt, und sie wußte, daß er es in diesem Fall vorzöge, zu sterben.

Er begann wild um sich zu schlagen, als Cathy seinen verletzten Oberschenkel abwusch. Da sie fürchtete, die Wunden könnten aufplatzen und erneut zu bluten anfangen, rief sie Petersham, der ihr helfen sollte. Der Diener blieb wie angewurzelt in der Tür stehen, als er Cathy gewahrte, die über Jons splitternackten Körper gebeugt war, wobei sich eine goldene Strähne aus ihrem Knoten gelöst hatte und friedlich auf seiner schwarzbehaarten Brust lag.

»Ich werde die restlichen Verbände wechseln, Miss Cathy. Das ist kein geziemender Anblick für eine junge Dame wie Euch«, meinte Petersham, als er sich wieder soweit gefangen hatte, daß er sprechen konnte. Cathy drehte sich um und starrte ihn ungehalten an.

»Macht Euch nicht lächerlich, Petersham. Es ist nicht das erstemal, daß ich einen nackten Mann zu Gesicht bekomme. Das Vergnügen hatte ich bereits, wie Ihr wißt, und zwar mit eben diesem Mann hier«, betonte sie. »Nun, würdet Ihr jetzt bitte die Güte haben, ihn festzuhalten, damit ich den Puder auf die Wunden streuen kann? Gut möglich, daß das ziemlich brennt, und wenn er so um sich schlägt, könnte er sich vielleicht verletzen.«

Zögernd kam Petersham ihrer Bitte nach, vor lauter Verlegenheit puterrot im Gesicht. Cathy bemerkte den Schock sehr wohl, den sie ihm versetzt hatte, doch das war im Augenblick nicht so wichtig. Jons Gesundheit hatte absoluten Vorrang vor Petershams wohlanständigem Schamgefühl.

Jon stöhnte erbärmlich, als Cathy den Puder auftrug, und als dieser seine Wirkung in den tiefen Fleischwunden zu entfalten begann, schrie er wie ein Tier. Am liebsten wäre Cathy vor dem Anblick seiner Hilflosigkeit geflohen, doch das war ausgeschlossen. Er brauchte sie jetzt ebenso nötig wie sie ihn in der vergangenen Nacht gebraucht hatte. Daher bettete sie, anstatt sich zu verstecken, seinen Kopf in ihre Armbeuge und sprach beruhigend auf ihn ein, indes Petersham sich alle Mühe gab, seine wild rudernden Arme und Beine festzuhalten. Wäre Jon nicht so geschwächt gewesen, hätte es dazu vier starke Männer gebraucht. Cathy begann angesichts dieser Kraftlosigkeit, die es ermöglichte, den starken Piratenkapitän mit zwei Händen niederzuhalten, zu zittern.

Schließlich ließen die Schmerzen etwas nach, und Jon

wurde ruhiger. Petersham trat von der Koje zurück, bevor Cathy Jons Kopf vorsichtig auf die Kissen legte und dieser murrend den Verlust ihrer weichen Armbeuge zur Kenntnis nahm. Sie strich ihm sanft mit der Hand über die Stirn, bis er eingeschlafen zu sein schien.

»Kann ich sonst noch etwas für Euch tun, Mylady?« Petersham gab sich noch immer steif und förmlich, ein sicheres Zeichen dafür, daß er zutiefst beleidigt war, wie Cathy aus dem jahrelangen Zusammenleben mit Martha wußte. Sie ließ ein resigniertes Seufzen hören.

»Petersham, Ihr müßt einsehen, daß es im Augenblick nicht darum geht, sich um Sitte und Anstand den Kopf zu zerbrechen«, versuchte sie zu erklären. »Käpten Hale ist schwer krank und braucht intensive Pflege. Und da die Mannschaft ihre Pflichten an Bord erfüllen muß, bleibt die Aufgabe, ihn zu pflegen, eben an mir hängen. Soll ich mich etwa empört abwenden, nur weil er nackt ist, und ihn sich selbst überlassen?«

»Ich bin gerne bereit, mich um seine Pflege zu kümmern, Mylady. Als Mr. Harry mir sagte, daß Ihr es tun wolltet, da habe ich die ... äh – den heiklen Charakter dieser Aufgabe nicht ganz erfaßt.«

»Himmel nochmal! Bei allem, was recht ist, Petersham!« rief Cathy aus. Sie war mit den Nerven so ziemlich am Ende und nicht mehr willens, ihm die Sachlage durch die Blume nahezubringen. »Es ist Eurer geschätzten Aufmerksamkeit doch gewiß nicht entgangen, daß ich ... daß er ... nun, daß wir keine Bruder-Schwester-Beziehung pflegen. Kurz gesagt, ich kenne den Käpten nur zu gut. Der Anblick seines unbekleideten Körpers ist für mich nichts Neues.«

Cathy errötete über ihre eigene Kühnheit. Wenn man ihr vor drei Wochen gesagt hätte, daß sie jemals so offenherzig und ohne jegliches Schamgefühl mit einem wildfremden Mann reden würde – sie hätte es nicht geglaubt. Aber sie hatte nur die reine Wahrheit gesagt, und es gab keinen Grund, ihre Worte mit höflichen Floskeln zu bemänteln. Sie sah zu Petersham hoch, der sie mit einem empörten Blick musterte.

»Wie dem auch sei, Mylady, jedenfalls ziemt sich dieser Anblick nicht für eine junge Frau Eures Alters. War das alles, Mylady?«

Cathy entließ ihn mit einem Seufzer. Petersham unerwartete Prüderie war ein Thema, dem sie sich im Augenblick nicht gewachsen fühlte.

Die nächsten fünf Tage pflegte Cathy den Kapitän hingebungsvoll. Sie säuberte und versorgte seine Wunden und ließ Dr. Sandoz kommen, als sie anzuschwellen und sich zu entzünden begannen. Die klaffende Fleischwunde an seinem Oberschenkel eiterte bereits. Dr. Sandoz öffnete sie mit einem tiefen Kreuzschnitt und ließ den mit hellem Blut durchsetzten Eiter in eine Schüssel ablaufen, die Cathy für ihn hielt. Jons Hände und Füße hatte man für diesen Eingriff mit Tüchern am Rahmen der Koje festgebunden. Seine Schmerzensschreie ließen Cathy das Blut in den Adern gefrieren, doch obwohl ihr die Tränen über die Wangen liefen, hielt sie tapfer an ihrem Platz aus. Hinterher sammelte sie die schmutzigen Verbände ein, und während Dr. Sandoz Jon wieder losband, drückte sie den schweißnassen Kopf des Käptens an ihre Brust, hielt ihn in den Armen und summte ihm leise ein Lied vor. Das wortlose Gemurmel schien ihn tatsächlich zu beruhigen. Den Kopf an Cathys Brust gelegt, fiel er bald in einen unruhigen Schlaf.

Selbstverständlich fütterte sie ihn auch, flößte ihm in regelmäßigen Zeitabständen löffelweise dünnen Haferschleim ein und preßte seine Lippen solange behutsam zusammen, bis er ihn geschluckt hatte. Sie gab ihm Wasser zu trinken und wechselte die heißen Kompressen auf der vereiterten Oberschenkelwunde. Als das Fieber stieg, wusch sie ihn beinahe stündlich mit kaltem Wasser ab, doch das trug leider nicht dazu bei, die Temperatur auch nur um ein Grad zu senken. Auch um seine natürlichen Körperfunktionen kümmerte sie sich selbst, wissend, daß Petersham in Ohnmacht gefallen wäre, wenn sie ihn um Hilfe gebeten hätte. Daß Cathy sich so aufopfernd um Jons Wohlergehen bemühte, überraschte die ganze Mannschaft, und nicht zuletzt sie selbst. Sie, die bislang nicht einmal eines ihrer achtlos auf den Boden geworfenen Kleider aufgehoben hatte, hätte sich niemals vorstellen können, daß sie sich so selbstlos und hingebungsvoll um einen anderen Menschen kümmern könnte.

Doch trotz ihrer intensiven Pflege verschlechterte sich Jons Gesundheitszustand von Tag zu Tag. Dr. Sandoz setzte nach jeder Visite eine Leichenbittermiene auf und schüttelte resigniert den Kopf, eine Geste, die Cathy, die ohnehin schon krank vor Sorge war, schier um den Verstand brachte. Das hohe Fieber war für Jon lebensbedrohend. Der Doktor konnte Cathy nur anweisen, ihn möglichst oft mit kaltem Wasser abzuwaschen und dafür zu sorgen, daß er reichlich Flüssigkeit zu sich nahm. Ansonsten, meinte er, läge Jons Genesung allein in Gottes Hand.

Jon schlug in seinem Fieberdelirium oft derart um sich, daß Cathy ihn nicht mehr bändigen konnte und sie Petersham oder Harry zu Hilfe rufen mußte. Beide Männer tauten ihr gegenüber zusehends auf, verloren ihr steifes Gehabe und betrachteten sie bald als eine von ihnen. Cathy zerstreute Petershams moralische Bedenken, indem sie ihm versicherte, daß sie Jon, sobald es sein Zustand erlaube, ein anständiges Nachthemd anziehen werde. Und ganz allmählich dämmerte es auch Petersham, daß Jons Zustand viel zu ernst war, als daß Cathy ihre Zeit damit vergeuden konnte, sich über solche Nebensächlichkeiten wie Anstand und Sitte den Kopf zu zerbrechen.

Durch ihre aufopfernde Pflege und unermüdlichen

Einsatz machte Cathy sich auch Freunde innerhalb der Mannschaft. Die Männer behandelten sie jetzt äußerst respektvoll, wenn sie hin und wieder an Deck ging, um etwas frische Luft zu schnappen. Auch die Lüsternheit schien aus ihren Blicken verschwunden, wofür Cathy ihnen sehr dankbar war.

Am sechsten Tag bemerkte Cathy, und Dr. Sandoz bestätigte das auch, daß Jon sich auf dem Höhepunkt der Krise befand. Wenn es nicht umgehend gelänge, das Fieber zu senken, würde er sterben. Doch der Doktor konnte nicht mehr für ihn tun, als häufige kalte Bäder in Verbindung mit andächtigen Gebeten anzuordnen. Cathy schnaubte verächtlich, als er die Kabine verließ. Gebete waren eine gute Sache, wie sie selbst schon des öfteren festgestellt hatte, doch alles zu seiner Zeit. Und eines von Marthas Lieblingssprichwörtern lautete: »Hilf dir selbst, dann hilft dir Gott.« Eingedenk dieser Worte rief Cathy nach Harry und sagte ihm, er solle die gesamte Mannschaft der ›Margarita‹ an Land schicken, damit sie versuchten, irgendwo in dieser verfluchten Stadt Eis aufzutreiben. Als Harry ihr zu erklären versuchte, daß es in Cadiz kein Eis gäbe, hörte sie gar nicht hin. Wenn Jon am Leben bleiben sollte, dann brauchte sie einfach Eis, um das Fieber zu senken. Der Herrgott mochte seinen Teil zu Jons Genesung beitragen, indem er für Eis sorgte.

Und das tat er auch. Kaum eine Stunde später kehrte Harry mit einem dicken Block Eis zurück. Cathys blasses Gesicht rötete sich vor Erleichterung.

»Gott sei Dank! Es geht ihm immer schlechter! So, und nun helft mir bitte.« Cathy bat Harry, kleine Stücke Eis von dem Block abzuhacken und in eine große Schüssel mit Wasser zu werfen. Als das Wasser eiskalt war, wurde ein Laken darin eingeweicht und ausgewrungen. In dem Laken wickelte sie dann Jons glühenden Körper von Kopf bis Fuß ein. Er stöhnte leise, aber Cathy ließ sich nicht erweichen und fuhr mit ihrer Eisbehandlung unbarmherzig fort. Sobald Jons Körpertemperatur das Laken erwärmt hatte, ersetzte sie es durch ein neues eiskaltes. Sie verbrachten Stunden damit, so schien es ihnen, Laken einzuweichen, Jon darin einzuwickeln und diese wieder ins eiskalte Wasser zu tauchen – bis auf Jons Stirn endlich die ersten Schweißtropfen erschienen.

»Es ist gesunken!« wisperte Cathy, die ihren Augen kaum zu trauen wagte. »Oh, Harry, das Fieber ist gesunken!«

In ihrem Überschwang von Freude und Erleichterung warf sie sich in Harrys Arme, die sich scheinbar ganz von selbst um sie schlossen. Es dauerte nur den Bruchteil einer Sekunde, bis sie sich wieder gefaßt hatte und Harry heftig errötend von sich wegdrückte. Als sie zu ihm aufblickte und seinen Gesichtsausdruck bemerkte, wich sie erschrocken zurück. Aus seinem Blick sprach nichts als Verehrung, seine Augen beteten sie förmlich an, und auf einmal wußte Cathy, daß Harry in sie verliebt war.

»Laßt mich los«, bat sie ihn mit bebender Stimme, zutiefst beunruhigt über diese neue Komplikation.

»Lady Catherine ... Cathy ...« begann er. Cathy wußte, daß sie ihm Einhalt gebieten mußte, bevor die Situation noch kritischer wurde.

»Ihr dürft Jon nicht vergessen, Harry«, sagte sie freundlich, wobei sie einen Blick hinüber zur Koje warf und versuchte, ihre Hände freizubekommen.

»Jon«, wiederholte Harry verständnislos. Und dann, als er wieder bei Sinnen war: »Ja, der Käpten.«

»Richtig, Jon, Euer Kapitän«, bestätigte Cathy mit einem Anflug von Spott. Ihr Blick warnte ihn eindringlich, auch nur noch ein Wort zu sagen. Einen Augenblick später ließ er seine Hände sinken.

»Es tut mir aufrichtig leid. Bitte, verzeiht mir«, murmelte Harry verlegen, machte auf dem Absatz kehrt und verließ hastig die Kabine. Kopfschüttelnd trat Cathy an Jons Krankenlager und beugte sich über ihn. Er war immer noch ohne Bewußtsein, schien aber ruhiger zu werden. Hätte sich dieser kleine Zwischenfall mit Harry nicht ereignet, so wäre dies Cathys glücklichster Tag seit langem gewesen. Herrje, warum mußte immer alles so kompliziert sein?

Liebe war schon eine komische Sache, überlegte Cathy später, als sie ans Fenster trat. Sie konnte an den unmöglichsten Orten und in den unpassendsten Situationen erblühen. Es war absurd und auch ein bißchen traurig, daß ausgerechnet Harry, der ihr anfangs so gefühllos begegnet war, sich jetzt rettungslos in sie verliebt hatte. Woran lag es wohl, daß die Anbetung in den Augen des einen Mannes sie absolut kalt ließ, wohingegen der gleiche Blick aus den Augen eines anderen sie ... Cathy hielt unwillkürlich die Luft an, als sie sich Jons graue Augen in Erinnerung rief. Dann lächelte sie. Jon würde niemals eine Frau um Zuneigung anflehen. Er würde sie einfach fordern, als sein gutes Recht, und wer ihm dieses versagte, zog sich unweigerlich seinen Zorn zu!

»Cathy?« rief Jon matt, wie er es in den vergangenen Tage so oft getan hatte. Ihre Anwesenheit war nie ganz in sein Bewußtsein gedrungen, doch schien es ihm gut zu tun, wenn sie neben ihm saß, seine Hand hielt oder seine fiebernde Stirn mit einem feuchten Tuch abtupfte.

»Ja, Jon, ich bin da«, antwortete sie, eilte an sein Bett und blickte zärtlich auf sein dunkles Gesicht herab. Und was sie jetzt sah, überraschte sie. Die grauen Augen waren offen und schienen sie zu erkennen ...

»Jon!« rief sie glücklich aus. »Kannst du mich sehen?«

»Natürlich kann ich dich sehen.« Obgleich seine Stimme matt klang, schwang doch so etwas wie Ungehaltenheit ob ihrer lächerlichen Frage darin mit.

»Wie fühlst du dich?« Cathy setzte sich zu ihm auf die Bettkante, und ganz automatisch fuhr ihre Hand über seine Stirn. Sie fühlte sich kühl an, stellte sie zu ihrer großen Erleichterung fest.

»Wie ein Haufen alter Lumpen«, meinte er matt. »Welcher Tag ist heute?«

»Mittwoch, der achtundzwanzigste Juni, achtzehnhundertzweiundvierzig. Du bist die letzten sechs Tage bewußtlos gewesen.«

»Was ist passiert?« fragte er und runzelte die Brauen, als er sich zu erinnern versuchte. Doch bevor sie noch zu einer Erklärung ansetzen konnte, fixierte er sie mit einem Blick, in dessen Tiefe die blanke Wut aufloderte. »Du dummes Luder, weißt du nicht, daß man dich hätte umbringen oder weiß Gott was mit dir hätte anstellen können? Hübsche Blondinen wie du bringen in den Bordellen hier ein Heidengeld. Wärst du in eines dieser Häuser verschleppt worden, hätte man nie wieder etwas von dir gehört. Die Kerle hätten es solange mit dir getrieben, bis du daran krepiert wärst! Großer Gott, von allen Städten dieser Erde mußtest du dir ausgerechnet Cadiz zum Türmen aussuchen! Und natürlich hättest du keine verruchtere Kaschemme finden können als den ›Roten Hund‹, wo sämtliche Ganoven und Halsabschneider dieser Küste herumlungern! Himmel, als ich dieses Verbrecherpack da drinnen grölen hörte, dachte ich schon, ich käme zu spät!«

Er wurde zusehends aufgeregter. Cathy griff nach seiner Hand und versuchte ihn zu beruhigen. Seine langen Finger schlossen sich mit erstaunlicher Kraft um ihr Handgelenk.

»So etwas tust du nie wieder, hörst du?« sagte er streng. »Ich werde dafür sorgen, daß du sicher aufgehoben bist, und wenn ich dich einsperren muß. Ich werde ...«

»Brauchst du nicht, Jon«, unterbrach ihn Cathy ruhig und versuchte erst gar nicht, sich von ihm loszumachen. »Ich werde nicht wieder davonlaufen, das verspreche ich. Ich werde hierbleiben, bis du mich freiwillig gehen läßt. Aber jetzt mußt du Ruhe geben. Du warst schwer krank. Möchtest du etwas Haferschleim oder ein Glas Wasser?«

Jon starrte zu ihr hoch, den Blick forschend in die Tiefe ihrer Augen versenkt. Was er dort sah, mußte ihn von ihren Worten überzeugt haben. Er ließ ihr Handgelenk los und sank zurück in die Kissen.

»Haferschleim!« knurrte er. »Ist das alles, was du mir bisher zu essen gegeben hast? Kein Wunder, daß ich mich fühle wie ein alter Klappergreis! Ich will etwas Anständiges zu beißen und eine Flasche Rotwein!«

»Nicht, ehe Doktor Sandoz dich untersucht hat«, lehnte Cathy entschieden ab, doch spielte dabei ein kleines Lächeln um ihre Mundwinkel. »Bis dahin wirst du dich mit Haferschleim begnügen müssen.«

Jon setzte zum Protest ein, doch als er ihren Blick auffing, grinste er ebenfalls.

»Mir scheint, daß ich zur Abwechslung jetzt dir auf Gedeih und Verderb ausgeliefert bin, meine kleine Wildkatze. Nun, mach, was du willst! Sehr bald werde ich wieder das Ruder in die Hand nehmen.«

Cathy streckte ihm die Zunge raus, erhob sich dann vom Bett und ging an die Tür, um nach Petersham zu rufen. Dabei konnte sie spüren, wie sich Jons Blicke in ihren Rücken bohrten. Als der Diener atemlos herbeigerannt kam, empfing sie ihn mit einem strahlenden Lächeln.

»Der Käpten ist endlich aufgewacht und hat einen Bärenhunger. Würdet Ihr ihm bitte das Übliche bringen, Petersham?«

»Gott sei Dank!« rief Petersham und machte sich schleunigst auf den Weg.

»Der alte Ziegenbock hat sich wohl Sorgen um mich gemacht, wie?« meinte Jon und verzog das Gesicht zu einer Grimasse, als Cathy sich wieder zu ihm aufs Bett setzte.

»Jeder hat sich Sorgen gemacht.«

»Jeder? Sogar du?« Die Worte kamen betont beiläufig, die schwarzen Wimpern verhüllten die grauen Augen.

»Ja, sogar ich«, wiederholte sie ernsthaft und schenkte

ihm ein Lächeln. Ganz besonders ich, hätte sie hinzufügen können, unterließ es aber.

»Dann kannst du dir ja vorstellen, wie ich mich gefühlt habe, als ich feststellte, daß du getürmt bist«, murmelte er, und seine Mundwinkel kräuselten sich ein wenig, als er ihre Hand nahm und an seine Lippen führte. Die Berührung seiner spröden Lippen auf ihrer Handfläche fuhr beiden wie ein elektrischer Schock durch den Körper. Cathy lachte ein wenig zittrig und zog ihre Hand zurück.

»Genug! Du darfst dich nicht aufregen, weißt du. Du hast schrecklich hohes Fieber gehabt und ...«

»Dein Anblick allein regt mich schon auf«, sagte er atemlos, indes seine Finger wieder ihre Hand suchten. Cathys Herz begann schneller zu schlagen, doch sie wollte dem warmen Gefühl nicht nachgeben, das sie durchflutete. Statt dessen sprang sie auf und lief zur Tür.

»Wo zum Teufel bleibt Petersham bloß?« wunderte sie sich lautstark, um sich gleich darauf im stillen dafür zu schelten, daß sie ihre Nervosität so offen zur Schau stellte.

»Cathy ...«, begann Jon, hielt aber abrupt inne, als Petersham in der offenen Tür erschien, vorsichtig eine Schüssel mit dampfendem Haferschleim vor sich herbalancierend. Hinter ihm tauchte Harry auf. Cathy nahm Petersham die Schüssel ab und stellte sie auf den Nachttisch neben der Koje, während die beiden Männer zum Bett gingen. Jon grinste sie schwach an.

»Tut mir leid, Euch enttäuschen zu müssen, meine Herren, aber ich weile immer noch unter den Lebenden.«

»Gott sei Dank!« Petershams Stimme bebte.

»Schön, daß es Euch wieder besser geht, Käpten.« Harry griff nach Jons Hand und schüttelte sie so herzhaft, daß Cathy sich gezwungen sah, einzugreifen.

»Harry«, ermahnte sie ihn. »Nicht so fest, sonst reißen die Wunden wieder auf.«

»Oh, Verzeihung«, murmelte Harry und ließ Jons Hand so abrupt fallen, als habe er sich daran verbrannt. Jons Augen wurden eine Spur schmäler, als er die Vertrautheit zwischen den beiden bemerkte, er sagte aber nichts.

»Wie fühlt Ihr Euch, Master Jon?« erkundigte Petersham sich besorgt.

»Ich werd's überleben«, brummte Jon.

»Er ist sehr schwach«, warf Cathy ein. »Und er sollte jetzt seinen Haferschleim essen und dann wieder schlafen. Wenn Ihr bitte so freundlich sein wollt und …«

»Selbstverständlich.« Beide Männer hatten den Wink verstanden, sie schüttelten Jon noch einmal die Hand und verließen die Kabine.

»Hat sich ganz schöne Feldwebelmanieren angewöhnt, die junge Lady, muß ich feststellen«, meinte Jon, als sie wieder allein waren. Er beobachtete nachdenklich, wie sie sorgfältig den heißen Haferschleim in der Schüssel umrührte. Mühsam versuchte er, sich aufzusetzen, fiel aber gleich wieder stöhnend in die Kissen zurück.

»Und wie soll ich dann bitte essen?« fragte er mürrisch, verärgert über seine Hilflosigkeit.

»Genau wie bisher auch. Nämlich so.«

Sie rutschte ans Kopfende der Koje, bis sie hinter ihm saß, und bettete seinen Kopf vorsichtig auf ihren Schoß. Dann schob sie ihm ein Kissen in den Rücken, bis er in eine halb aufrechte Position zu liegen kam, und stützte ihn von hinten mit ihrem Körper ab. Er gab zwar mürrische Grunzlaute von sich, ließ sie aber gewähren.

»So, wenn du jetzt die Schüssel festhältst«, meinte sie schließlich und stellte sie ihm auf den Schoß, »dann kannst du essen.«

Nachdem sie den Löffel in den heißen Brei getaucht hatte, führte sie ihn an seinen Mund. Jon verdrehte den Kopf, bis sich ihre Augen gefunden hatten.

»Hast du im Ernst vor, mich zu füttern wie ein sabberndes Kleinkind?« fragte er ungläubig.

Cathy bedachte ihn mit einem nachsichtigen Blick. »Ja, das habe ich. Und das mache ich schon seit sechs Tagen.

Wenn es dir nicht paßt, werde ich Petersham bitten, dich zu füttern. Denn du bist noch nicht kräftig genug, ohne Hilfe zu essen, wie du gleich feststellen wirst, wenn ich es dich versuchen lasse.«

Jon starrte zu ihr hoch und mußte gegen seinen Willen grinsen.

»Wenn ich das nächstemal eine Frau gefangennehme, dann suche ich mir mit Sicherheit ein nettes, freundliches und zurückhaltendes Wesen aus – und keine so eigensinnige Stute, die mir bei der erstbesten Gelegenheit durchgeht.«

»Sehr witzig«, schnappte Cathy, der die Anspielung auf eine andere Frau oder Gefangene keineswegs behagte. »Mach den Mund auf.«

Jon warf ihr einen mißmutigen Blick zu. »Zu Befehl, Ma'am«, meinte er lammfromm und sperrte den Mund auf.

Als die Schüssel leer war und Cathy sie beiseite gestellt hatte, machte sie sich daran, Jon vorsichtig wieder auf die Kissen zu betten, um aufstehen zu können. Doch Jon griff nach ihrem Handgelenk, hielt es fest und knabberte mit den Lippen an der Innenseite ihres Ellbogens.

»Verlaß mich nicht«, wisperte er mit belegter Stimme.

»Ich muß aber«, entgegnete sie, bemüht, gegen die wohligen Schauer anzukämpfen, die ihr bei der Berührung seiner warmen Lippen durch den ganzen Körper jagten. »Du mußt dich ausruhen.«

»Bleib bei mir«, murmelte er, indes seine Lippen munter an ihrem Arm weiterknabberten. »Du siehst aus, als könntest du auch ein wenig Ruhe gebrauchen. Wir könnten zusammen ein Nickerchen machen.«

»Jon«, warnte sie mit stockender Stimme. »Du bist zu schwach zum … zum …«

»Ich weiß.« Er warf ihr einen flehenden Blick zu. »Ich möchte doch nur, daß du neben mir liegst. Dann schlafe ich nämlich besser. Ich habe nichts anderes im Sinn, Ehrenwort. Und falls ich mich doch nicht beherrschen kann, hast du die Erlaubnis, mir eine Ohrfeige zu geben und das Bett zu verlassen.«

»Nun ...« Cathy zögerte noch immer.

»Bitte«, drängte er leise.

»Also gut«, kapitulierte Cathy schließlich mit einem Seufzer. »Aber nur, solange du dich an dein Versprechen hältst. Wenn du anfängst zu ... zu ... Nun, dann stehe ich sofort auf.«

»Das werde ich nicht«, versprach er und sah Cathy schweigend hinterher, als sie zur Tür ging und abschloß.

Er sagte auch nichts, als sie langsam zur Koje zurückkehrte und als er die leichte Röte bemerkte, die ihr in die Wangen gestiegen war. Er grinste nur, denn er kannte die Ursache für ihre plötzliche Verlegenheit.

Cathy drehte ihm den Rücken zu und schnürte ganz langsam das Mieder ihres Kleides auf. Sie entkleidete sich bis auf den letzten Unterrock und empfand dabei eine absurde Scheu. Jetzt, da Jon wieder bei Bewußtsein und war, machte sich ihre frühere Zurückhaltung ihm gegenüber erneut bemerkbar. Sei nicht dumm, schalt sie sich und spürte gleichzeitig, wie sie errötete, als sie sich zu ihm umdrehte. Und sie errötete noch heftiger, als seine hungrigen Augen sich an ihre kaum verhüllten Brüste hefteten. Schmunzelnd ließ er seinen Blick zu ihrem Gesicht hochwandern.

»Wir werden doch nicht etwa rot werden, mein Kätzchen?« neckte er sie freundlich. »Dafür besteht doch gar kein Grund. Ich habe dich schon weniger verhüllt gesehen, wie du weißt.«

Cathy zwang sich dazu, seinem Blick standzuhalten, entschlossen, ihre lächerliche Verlegenheit so gut es ging zu überspielen.

»Das weiß ich wohl«, gelang es ihr mit ruhiger Stimme zu erwidern. »Aber das war ... das war etwas anderes.«

Ihr Gestottere ärgerte sie, und sein wissendes Grinsen noch viel mehr.

»Weil ich es damals war, der dich ausgezogen hat, und weil du es jetzt selbst tust?« folgerte Jon scharfsinnig. »Nun, mach dir nichts draus, Süße. Betrachte es einfach als die Pflicht einer guten Krankenschwester, einen dahinsiechenden Mann ein bißchen aufzuheitern.«

»Ach, sei doch still«, gab Cathy verdrossen zurück.

»Gut, ich sage nichts mehr«, versprach er, als er sah, daß sie dabei war, sich von ihm abzuwenden. »Komm ins Bett. Bitte.«

Cathy warf ihm einen zornigen Blick zu, lächelte dann aber unwillkürlich.

»Du bist wirklich unmöglich, weißt du das? Ich hätte gute Lust, Petersham zu bitten, dich ab jetzt zu versorgen.«

»Petersham besitzt aber nicht deine – äh – Fähigkeiten. Nun mach schon, komm ins Bett.«

Cathy starrte ihn eine Weile mit tief gefurchter Stirn an, doch dann gab sie sich geschlagen. Dieser verfluchte Kerl begann ihr doch tatsächlich ans Herz zu wachsen, dachte sie verdrießlich, als sie sich neben ihn an seine unverletzte Seite legte. Sie mußte aufpassen, daß sie ihn nicht zu sehr ins Herz schloß, denn auf Liebeskummer konnte sie verzichten.

Allen Vorbehalten zum Trotz erlaubte sie ihm dann doch, sie näher zu sich heranzuziehen, bis ihr Kopf friedlich an seiner Schulter ruhte.

»Schlaf, mein Kätzchen«, murmelte er und legte den Arm um sie.

Und zu ihrer Verblüffung schlief sie tatsächlich ein.

7

»Warum bist du denn eigentlich weggelaufen?« Die so lässig in den Raum geworfene Frage kam für Cathy so überraschend, daß sie zunächst eine ganze Weile schweigend das Kartenblatt ansah, das sie in der Hand hielt, ehe sie antwortete.

»Ich würde meinen, daß der Grund dafür doch ganz offenkundig war.« Als sie schließlich von ihren Spielkarten aufsah, merkte sie, daß Jon sie intensiv musterte. Er runzelte die Stirn, als ob er über ihr Antwort nachdächte, und schüttelte dann den Kopf.

»Nicht für mich.« Seine Karten lagen jetzt vergessen auf der Bettdecke. Cathy seufzte. Offenbar war er nicht gewillt, dieses Thema so schnell fallenzulassen.

»Du hättest doch wissen müssen, daß ich bei der erstbesten Gelegenheit versuchen würde, zu fliehen. Himmel nochmal, du tust ja gerade so, als ob ich etwas Schreckliches verbrochen hätte! Du bist weder mein Vater, noch mein Bruder, noch mein Ehemann oder Verlobter. Du bist ein Pirat, der mich entführt und gezwungen hat, mit dir zu ... zu ... Nun, ich war und bin in keinster Weise verpflichtet, bei dir zu bleiben.«

»Willst du damit sagen, daß du weggerannt bist, weil dein Stolz dich dazu getrieben hat?« Jon hob fragend eine Braue, worauf Cathy abermals seufzte. Auf diese Art von Auseinandersetzung war sie im Augenblick überhaupt nicht vorbereitet. Aber sie beschloß, zumindest zu versuchen, ihm ihren Standpunkt klarzumachen, ohne die Zwiespältigkeit ihrer momentanen Gefühle preiszugeben.

»Jon, ich glaube, dir ist die Ungeheuerlichkeit dessen, was du mir angetan hast, überhaupt nicht richtig bewußt.

Ich bin dazu erzogen worden, als Lady zu leben. Und eine Lady geht nun mal nicht – äh …«

»Mit einem Mann ins Bett?« half er ihr mit einem halben Lächeln weiter. Cathy schob arrogant das Kinn vor.

» … erlaubt einem Mann nicht, sie vor der Ehe zu berühren. Und du hast mich brutal vergewaltigt – und nicht nur einmal, sondern mehrmals. Selbstverständlich bin ich deshalb bei der erstbesten Gelegenheit geflohen!«

»Du willst mir also erzählen, daß du davongelaufen bist, weil du es nicht ertragen konntest, daß dich dich verführt habe?«

»Vergewaltigt!« korrigierte Cathy ihn scharf.

»Nenn es, wie du willst.« Seiner wegwerfenden Handbewegung nach schien das für Jon reine Haarspalterei zu sein. »Jedenfalls bist du deshalb ausgerissen, wie?«

»Ja!« bestätigte sie, froh, das Thema damit erledigt zu haben.

»Du lügst mich an, Kätzchen«, tadelte er. »Du genießt doch die Gefühle, die ich deinem Körper bereiten kann. Oder willst du das etwa leugnen?«

Cathy lief unter seinem durchdringenden Blick dunkelrot an. Warum nur hatte sie sich dazu hinreißen lassen, so ein Gespräch zu führen, überlegte sie verzweifelt. Wichtiger noch, wie konnte sie sich aus dieser Konversation herausmogeln, ohne mehr von sich preiszugeben, als sie wollte?

»Ihr leidet offenbar an übersteigertem Selbstwertgefühl, Kapitän Hale, wenn Ihr derartige Gedankengänge verfolgt«, konterte sie, wich dabei aber wohlweislich seinem Blick aus. Verflucht, wenn sie doch nur etwas gegen die verräterische Röte unternehmen könnte, die ihre Wangen zum Glühen brachte!

»Aha, jetzt bin ich also plötzlich wieder Kapitän Hale, nachdem du mich die letzten zwei Wochen stets so nett Jon genannt hast. Nun, wenn dir dieses spezielle Thema so unangenehm ist, können wir gern auf eine anderes umschwenken.« Jons Stimme nahm einen boshaften Unterton an. »Dann sag mir doch, mein Kätzchen, wäre es, nachdem deine Tugend schon Schaden genommen hat, nicht klüger gewesen, zu warten, bis ich dich freiwillig gehen lasse? Warum denn weglaufen und dich selbst in so eine Gefahr bringen? Du meine Güte, erzähl mir bloß nicht, daß du nicht froh gewesen bist, mich zu sehen, als ich in dieser Löwengrube von Kaschemme aufgetaucht bin! Ich hab' doch gesehen, wie deine Augen Hosianna gesungen haben!«

»Ich war froh, daß du gekommen bist, das gebe ich zu.« Cathy biß sich auf die Lippen. »Aber das waren auch besondere Umstände.«

»Einverstanden.« Jon sagte eine Weile nichts mehr. Nur seine gefurchte Stirn ließ erahnen, daß er weiterhin an dem Thema herumkaute wie ein Hund an einem Knochen.

»Du hast Hilfe geholt.« Die Worte klangen wie ein Vorwurf. Cathy bewahrte Haltung, indem sie scheinbar fasziniert ihre Spielkarten betrachtete. Das war genau der Punkt, den sie seit Beginn dieser Unterhaltung gefürchtet hatte.

»Wäre es dir lieber gewesen, wenn ich das unterlassen hätte?« verteidigte sie sich.

»Nein, ich gebe zu, daß ich gern unter den Lebenden weile.« Jon machte eine Pause, ohne jedoch aufzuhören, dieses kleine Gesicht anzuschauen, das sie sorgsam von ihm abgewandt hielt. »Schau mich an, Cathy.«

Unwillig hob sie den Blick. Aus seinen Augen sprach unverhüllte Neugier, aus den ihren hingegen Wachsamkeit.

»Warum hast du eigentlich Hilfe geholt? Da dir meine Liebesspiele anscheinend so zuwider sind, wäre das doch die beste Gelegenheit gewesen, diesen – und meiner Person – für immer zu entfliehen. Ich habe dir sogar genau erklärt, wo die Polizeiwache ist! Warum hast du die Chance nicht genützt?«

Cathy hielt seinem bohrenden Blick trotzig stand. Falls er darauf aus war, daß sie ihm ihre unsterbliche Liebe gestand, so konnte er warten, bis er schwarz würde, schwor sie sich. Zumal davon überhaupt nicht die Rede sein konnte!

»Ich bin nicht so kaltblütig wie Ihr, Käpten. Ich hätte einfach nicht seelenruhig mit ansehen können, wie man Euch umbringt!«

»Das war also der Grund?« Sein Blick nahm einen spöttischen Ausdruck an. »Könnte es nicht vielmehr so sein, daß du anfängst, dich – äh – in mich zu verlieben?«

»Komm, nun tu nicht noch überheblicher als unbedingt nötig!« schnappte Cathy pikiert. »Du bist doppelt so alt wie ich und überhaupt nicht mein Typ! Ob du es glaubst oder nicht, ich ziehe wohlerzogene Herren plündernden Piraten vor!« Seine Bemerkung hatte Cathy genau an ihrer verwundbarsten Stelle getroffen, und sie war entschlossen, sich dies nicht anmerken zu lassen. »Außerdem«, warf sie ihm den Ball zurück, »weshalb hast du mich denn eigentlich gesucht? Zumal du mir kürzlich stolz erklärt hast, daß es in Cadiz Dutzende von Frauen gäbe, die nur allzu wild darauf seien, das Bett mit dir zu teilen! Warum hast du mich dann nicht einfach laufen lassen? Könnte es nicht vielmehr so sein, daß du anfängst, dich – äh – in mich zu verlieben?«

Cathy äffte absichtlich seine Worte nach, um ihn genauso anzustacheln, wie er es mit ihr getan hatte. Jon funkelte sie an.

»Auf diese Frage gibt es eine ganz simple Antwort, mein bissiges kleines Kätzchen, und du tätest gut daran, dir diese ein für allemal hinter die Ohren zu schreiben: Was mir gehört, das gebe ich nicht freiwillig her.«

»Aha, ich gehöre also dir?« fragte sie provokativ, während ihre blauen Augen ihm Giftpfeile entgegenschossen.

»Im Augenblick, ja.« Und jetzt war es Jon, der dieses Thema plötzlich so schnell wie möglich fallenlassen wollte. Er nahm seine Karten wieder auf und fuhr fort, Cathy in die Geheimnisse des Spiels ›Siebzehnundvier‹ einzuweihen. Sie bestand nicht auf einer Fortsetzung des Gesprächs, behielt es aber sorgfältig im Gedächtnis, um sich später darüber ausführlich Gedanken zu machen. War es möglich, daß ihr starker Seeräuber sich doch ein bißchen in sie verliebt hatte? Diese Vorstellung erwärmte und erregte sie in einem Maße, das sie nicht für möglich gehalten hätte. Wenn Jon sie tatsächlich liebte, überlegte sie, dann hätte sie ihn bald genau dort, wo sie ihn schon seit langem haben wollte – zu ihren Füßen! Nun, von Zeit zu Zeit könnte sie sich ja erweichen und von ihm küssen lassen. Aber nicht mehr. Was die Kunst betraf, eine junge Lady zu umschwärmen, da hatte Käpten Hale noch eine ganze Menge zu lernen! Sie grinste bei der Vorstellung, daß ihr lüsterner Piratenkapitän sich mit den züchtigen Küßchen zufriedengeben mußte, die in der vornehmen Gesellschaft gerade noch geduldet wurden. Das würde ihm gar nicht gefallen! Nun, vielleicht könnte sie sich, nachdem er genug gelitten hatte, sogar dazu herablassen …

»Du siehst aus wie ein zufriedenes kleines Kätzchen, das gerade eine Schüssel Sahne ausgeschlabbert hat«, bemerkte Jon lakonisch und riß sie damit aus ihren erbaulichen Träumereien. »Möchtest du mir vielleicht erzählen, worüber du gerade nachgedacht hast?«

»Siebzehnundvier, natürlich«, gab Cathy frech zurück und zog die Nase kraus. Der Ausflug in das Reich der Fantasie hatte ihre gute Laune wiederhergestellt. »Worüber denn sonst?«

»Ja, worüber denn sonst?« wiederholte er geheimnisvoll und richtete seine Aufmerksamkeit auf die Karten. Das Thema schien damit für ihn erledigt zu sein.

Nachdem es ihm besser ging, entpuppte Jon sich als äußerst schwieriger Patient. Er gab sich abwechselnd spöttisch oder gereizt und ärgerte sich darüber, daß er nicht aufstehen und sich nur hinlänglich selbst versorgen konnte. Standhaft weigerte er sich, weiterhin von Cathy gefüttert zu werden, mußte aber hinnehmen, daß sie ihm das Fleisch klein schnitt, bevor er es essen konnte. Das ärgerte ihn maßlos, und er ließ seinen Zorn an Cathy aus, indem er sie pausenlos mit spitzen Bemerkungen traktierte, wenn sie ihm beim Essen half. Cathy unterdrückte den spontanen Impuls, ihm zu sagen, er solle sich doch zum Teufel scheren. Sie wußte nur zu gut, daß seine Hilflosigkeit ihn plagte wie ein vereiterter Backenzahn. Selbst wenn es sie zeitweilig größte Anstrengungen kostete, machte sie im Umgang mit ihm stets gute Miene zum bösen Spiel und ließ ihm jedesmal, wenn er gewaschen oder rasiert werden mußte, mit einem freundlichen Lächeln die Wahl, ob sie oder Petersham ihm dabei behilflich sein sollte. Jon blieb nichts anderes übrig, als sich zähneknirschend ihrer Hilfe anzuvertrauen, die er der von Petersham selbstverständlich vorzog.

Er benahm sich wie ein verzogenes Kleinkind, was Cathy ihm auch zornig vorhielt, als er wieder einmal verweigerte, sich von ihr die Verbände wechseln zu lassen. Der Vergleich ärgerte Jon dermaßen, daß er vor Wut die Nasenflügel blähte. Er machte schon den Mund auf, um ihr eine deftige Antwort an den Kopf zu werfen, schloß ihn dann aber mit einer verdrossenen Grimasse und ließ sich anstandslos die Verbände erneuern und eine Pille verabreichen. Später küßte er reumütig die Innenseite ihrer Ellbogen. Cathy bedachte ihn mit einem finsteren Blick, seufzte und vergab ihm.

Unter Dr. Sandoz' Aufsicht war er noch einigermaßen zu bändigen gewesen, doch seit sich die ›Margarita‹ wieder auf hoher See befand, benahm er sich wie ein Tyrann. Um Petersham Schamgefühle nicht noch länger zu strapazieren, hatte Cathy ihren widerspenstigen Patienten dazu überreden können, die von ihm so verabscheuten

Nachthemden anzuziehen. Zähneknirschend hatte er sich ihrer Bitte gebeugt, sich anschließend aber pausenlos darüber beklagt, wie unbequem diese verdammten Dinger seien, bis Cathy nahe daran war, ihm zu sagen, daß er dann eben nackt bleiben und ihretwegen zur Hölle gehen solle. Das einzig wirkungsvolle Mittel, mit ihm fertig zu werden, war die Drohung, seine Pflege Petersham zu übertragen. Und diese überhörte er geflissentlich. Er wollte Cathy an seiner Seite haben, rund um die Uhr, damit sie ihm vorlas, mit ihm Karten oder Schach spielte, sich mit ihm unterhielt oder einfach nur neben ihm saß. Nur wenn er sich am Nachmittag unter lautstarkem Protest zu einem kurzen Nickerchen überreden ließ, konnte Cathy für eine Viertelstunde an Deck gehen, um frische Luft zu schnappen.

»Ihr seht aber blaß aus, Cathy«, meinte Harry eines späten Nachmittags besorgt, als sie sich auf dem Achterdeck begegneten. Die ›Margarita‹ befand sich bereits seit über einer Woche auf See. Heute pflügte sie unter einem starken Wind von achtern durch die sanft dahinrollenden Wellen. Cathy sog tief die erfrischende, salzige Seeluft ein, bevor sie auf Harrys Bemerkung einging.

»Ich muß zugeben, daß ich mich auch ein bißchen so fühle«, meinte sie augenzwinkernd und lächelte Harry verschwörerisch an. »Jon benimmt sich wie ein Kleinkind. Er fordert ständige Aufmerksamkeit von mir.«

»Ihr seid doch selbst fast noch ein Kind«, gab Harry scharf und mit mißbilligender Miene zurück. »Wenn ich von Anfang an gewußt hätte, wie jung und liebenswert – Ihr seid, hätte ich Euch Jon niemals überlassen. Es ist eine Schweinerei, wie er Eure Unschuld ausgenützt hat!«

Harrys ungewohnte Offenheit erschreckte Cathy. Freilich war ihr klar, daß Harry – wie jedem hier an Bord – ihr unorthodoxes Verhältnis zu ihrem Käpten nicht verborgen geblieben sein konnte. Ihre ständige Anwesenheit in Jons Kabine war der sichtbare Beweis dafür. Der Käpten war als Schürzenjäger bekannt, und vor seiner Verwundung hätte nichts und niemand ihn daran hindern können, sie zu sich ins Bett zu holen. Dennoch war das kein Thema für einen ungezwungenen Nachmittagsplausch. Cathy errötete ein wenig, doch ihre Antwort kam der Wahrheit nur bedingte nahe.

»Ihr hättet ihn nicht von dem abhalten können, was er ... nun, was er getan hat. Und wie Ihr seht, habe ich es überlebt und werde es auch weiterhin überleben. Eines Tages, wenn ich wieder zuhause bin, wird mir diese Reise nur noch als schreckliches Abenteuer in Erinnerung bleiben.

Cathy lächelte ein wenig schief, als sie dies sagte, wußte sie doch, daß sie noch lange nicht nach Hause kommen würde. Jon ließ keine Anzeichen dafür erkennen, daß er gewillt war, in nächster Zukunft auf ihre Anwesenheit zu verzichten.

»Die anderen Gefangenen wurden in Cadiz freigelassen«, erklärte Harry unvermittelt.

»Ich weiß.« Cathys Lächeln wurde breiter. »Ich hörte, wie Jon Euch an dem Tag, an dem ich geflohen bin, damit beauftragte.«

»Also deshalb habt ihr es getan! Ich habe mich nämlich schon gewundert. Aber damals war es schon zu spät, um ... Nun, es war einfach zu spät«, schloß Harry errötend.

»Ja, es war zu spät«, stimmte Cathy freundlich zu, den Blick auf den Horizont gerichtet.

»Ich könnte ihn für das, was er Euch angetan hat, umbringen!« brach es plötzlich aus Harry heraus, der angesichts ihrer Gelassenheit die Beherrschung verloren hatte. »Er ist einer meiner ältesten Freunde, aber ich schwöre, ich könnte ihn umbringen!«

Einige der Matrosen drehten verwundert die Köpfe ob Harrys so ungewohnt lauter Stimme und grinsten dann wissend, als sie Cathy neben dem Zweiten Offizier auf dem Achterdeck stehen sahen. Sie sahen die nächste Katastrophe schon auf sich zurollen, wenn der Käpten erst einmal Wind davon bekommen hatte, was zwischen den beiden vor sich ging. Er war nicht der Mann, der seine Frau mit einem anderen teilte!

Cathy bemerkte die neugierigen Blicke und wurde plötzlich wütend auf Harry. Seine Schwärmerei für sie geriet allmählich außer Kontrolle! Sie konnte nur hoffen, daß Jon die Gefühle Harrys ihr gegenüber auch weiterhin verborgen blieben. Ebenso wie die Mannschaft machte auch Cathy sich keine Illusionen darüber, was passieren würde, wenn Jon herausfand, daß Harry in sie verliebt war. Jon war ein skrupelloser, herrschsüchtiger Mann, der, sobald er wieder bei Kräften war, Harry wie einen Käfer zertreten konnte. Und wenn Harry nur den leisesten Anspruch auf sie anmeldete, würde er das auch tun!

»Das ist wirklich nicht Eure Angelegenheit, Harry«, wies Cathy ihn mit ruhiger Stimme zurecht, in der Hoffnung, seine Leidenschaft dämpfen zu können, bevor Jon etwas davon zu Ohren kam.

Harry starrte sie ungläubig an.

»Ihr seid in ihn verliebt, stimmt's?« knurrte er wütend. »Mein Gott, ich kann's nicht glauben! Ich dachte, Ihr seid so unschuldig, so wohlerzogen ... Aber er brauchte Euch nur in sein Bett zu zerren, und schon verliebt Ihr Euch in diesen Schweinehund! Verratet mir etwas, Lady Catherine ...« Er betonte absichtlich ihren Titel. »Hättet Ihr Euch auch in mich verliebt, wenn ich Euch zuerst verführt hätte?«

Es war mehr Reflex denn Absicht, als sie ausholte und Harry mit der flachen Hand eine schallende Ohrfeige verpaßte. Doch als sie das unterdrückte Gelächter der Deckmannschaft hörte, biß sie sich auf die Lippen und hätte sich am liebsten selbst dafür geohrfeigt, daß sie sich zu so einer Szene hatte hinreißen lassen. Jetzt war es nur noch eine Frage der Zeit, bis Jon mitbekommen würde, was zwischen ihr und Harry vorgefallen war und seine Schlüsse daraus zog! In einer so kleinen Gemeinschaft wie der der ›Margarita‹ verbreitete sich jedes Gerücht wie ein Lauffeuer!

»Verzeihung«, wisperte Cathy erschrocken und eilte zurück in die Kabine, um sich zu beruhigen, bevor Jon aufwachte.

»Wo bist du gewesen?« fragte Jon mit scharfer Stimme, kaum daß sie die Tür hinter sich zugemacht hatte. Cathy widerstand dem Drang, ihre kühlen Hände auf die heißen Wangen zu pressen. Wenn Jon nur den geringsten Verdacht hegte, daß hier irgend etwas nicht stimmte, würde er nicht eher ruhen, bis sie ihm alles erzählt hatte.

»An Deck«, entgegnete sie nicht minder scharf und ging dann ohne ihn eines Blickes zu würdigen zum Schrank, in dem sie Kamm und Bürste aufbewahrte. Schweigend und ohne ihn dabei anzusehen zog sie die Nadeln aus ihrem Dutt und schüttelte den Kopf, bis ihr das Haar wie ein kupferner Vorhang vors Gesicht fiel. Dann nahm sie die Bürste und bearbeitete damit energisch die glänzende Lockenpracht. Sie mußte sich irgendwie körperlich betätigen, auch wenn es nur Haarebürsten war. Gefesselt von der Länge und dem seidigen Schimmer ihrer Haarflut, beobachtete sie Jon eine Weile, doch als sie ihn auch weiterhin ignorierte, zog er finster die Brauen zusammen.

»Ich habe Durst«, meinte er schließlich mit leidender Stimme. Er hatte herausgefunden, daß er am leichtesten ihre Aufmerksamkeit erregte, wenn er sie um Hilfe bat.

»In dem Krug auf dem Nachttisch ist frisches Wasser. Bedien dich selbst«, schnappte sie. Jon zuckte verwundert die Schultern und goß sich ein Glas Wasser ein. Während er ihr beim Kämmen zusah, spürte er, wie sich ein warmes Gefühl in seiner Lendengegend breitmachte. Ihr Gesicht im Spiegel war so lieblich und zart gerötet wie ein Pfirsich. Seine Augen wanderten tiefer, verweilten auf den Hügeln ihrer wohlgeformten Brüste und liebkosten dann ihre schlanke Taille und die runden Hüften. Sie war so schön, daß er sie nur anzusehen brauchte, um sogleich in Liebesglut zu entbrennen, dachte er halb amüsiert, halb verdrossen, genoß aber die heiße Woge sinnlichen Verlangens, die dabei durch seinen Körper strömte. Wenn er schon kräftig genug war, sie zu begehren, dann war er auch kräftig genug, sie zu lieben, entschied er und begann in Erwartung des bevorstehenden Vergnügens zu lächeln.

»Komm her«, sagte Jon und lehnte sich höchst zufrieden in die Kissen zurück.

»Ich bin nicht deine Sklavin«, gab sie mit einem scharfen Blick über die Schulter zurück. Jon, der sich keinen Reim auf ihr unfreundliches Benehmen machen konnte, wurde nun selbst auch wütend.

»Nein, bist du nicht«, räumte er gereizt ein. Die kleine Hexe wurde allmählich zu übermütig und mußte auf ihren Platz verwiesen werden. »Du bist meine Mätresse, und ich beabsichtige, von dieser Tatsache Gebrauch zu machen. Komm her.«

»Was ... hast ... du ... gesagt?« schrie sie, wirbelte herum, stemmte die Arme in die Seiten und durchbohrte ihn förmlich mit ihrem Blick. Ihre Reaktion belustigte ihn einerseits, andererseits ärgerte er sich darüber. Glaubte dieses verflixte Luder vielleicht, sie könnte ihn gängeln, nur weil er ans Bett gefesselt war?

»Ich sagte, du bist meine Mätresse, und ich will dich«, wiederholte er regungslos, behielt sie dabei aber im Auge, um für einen eventuellen Angriff bewappnet zu sein.

»Ich bin nicht deine Mätresse!« stieß Cathy zwischen aufeinandergepreßten Lippen hervor, und plötzlich schienen all die erniedrigenden Ereignisse der letzten Wochen gesammelt auf sie einzustürmen. Ihre zarten Lippen begannen zu zittern, Tränen schimmerten in ihren Augen und liefen dann in glänzenden Bächen über ihre Wangen.

Jon starrte sie fassungslos an, erstaunt, daß diese halb im Scherz gesagten Worte so einen Gefühlsausbruch bei ihr ausgelöst hatten.

»Ich bin nicht deine Mätresse!« wiederholte sie mit bebender Stimme, drehte sich und schlug die Hände vors Gesicht. Erstickte Schluchzer schüttelten sie.

»Cathy! Cathy, Liebes!« Ihre Tränen rührten ihn zutiefst. Mein Gott, er hatte ihr doch nicht weh tun wollen. »Cathy, hör mich an. Ich habe dich doch nur geneckt. Ich nehme alles zurück. Es tut mir leid!«

Ihre Tränen flossen, als bräche ihr das Herz. Jon stieß einen leisen Fluch aus und versuchte dann, sich aus der Koje zu manövrieren. Es gelang ihm, auf die Beine zu kommen, indem er sich am Kopfende festhielt, doch als er einen Schritt machen wollte, versagten ihm die Beine den Dienst. Seine Knie knickten ein, er stürzte zu Boden und schlug sich im Fallen noch den Kopf an der Nachttischkante an. Die ganze Kabine erzitterte unter seinen Flüchen.

»Du verdammter Vollidiot!« brüllte Cathy außer sich, rannte zu ihm und kniete sich neben ihn hin. »Bring dich nur selbst um! Glaubst du, das macht mir was aus?«

Die Tränen liefen ihr wie Sturzbäche aus den Augen. Jon, der sich vor Schmerz krümmte, packte sie am Handgelenk.

»Laß mich los, du undankbarer Esel!« schrie sie und versuchte, sich loszureißen. Obwohl durch den gewaltigen Blutverlust und die lange Bettlägerigkeit geschwächt, war Jon immer noch stärker als sie. Er hielt ihre Hand fest, war aber wegen der noch nicht verheilten Stichwunde in der Schulter nicht fähig, den anderen Arm hochzuheben, um ihre Schläge abzuwehren. Nach einer Weile hörte sie auf, um sich zu schlagen, und sank neben ihm zu Boden, mühsam das Schluchzen unterdrückend, das ihren ganzen Körper schüttelte.

»Cathy.« Obgleich er sich beim Fallen das Bein und

den Kopf übel angeschlagen hatte, nahm Jon die Schmerzen kaum wahr. Seine ganze Aufmerksamkeit galt dem zitternden, schniefenden Mädchen neben ihm.

»Cathy, Liebes, es tut mir leid. Bitte, vergib mir.« Seine Stimme klang weich, besänftigend, seine Finger streichelten ihr Handgelenk, doch er ließ sie nicht los.

»Du bist abscheulich«, preßte sie zwischen zwei tiefen Schluchzern heraus. »Deine Gedanken sind so schmutzig wie die Gosse. Ich wünschte, ich hätte zugelassen, daß diese Kerle dich umbringen. Ach, ich wünschte, ich hätte dich selbst umgebracht!«

»Es tut mir leid«, murmelte er noch einmal zerknirscht und führte ihre widerstrebende Hand an seine Lippen, küßte ihre schlanken Finger. »Ich hab' es nicht so gemeint, wie es bei dir angekommen ist.« Er begann zärtlich an ihren Fingerkuppeln zu saugen.

»Laß das!« schrie sie so laut, daß er zurückzuckte, und entriß ihm ruckartig ihre Hand. Er war derart verdutzt, daß sich sein Griff lockerte, und im gleichen Augenblick sprang sie auf und rannte zur Tür.

»Cathy, komm zurück!« brüllte er ihr wutentbrannt hinterher, doch die einzige Antwort war ein lauter Knall, als die Tür ins Schloß fiel.

»Cathy!« brüllte er noch einmal, wußte aber bereits, daß es sinnlos war. Du hirnverbrannter Hornochse, schalt er sich, während er versuchte, sich aufzurappeln. Der stechende Schmerz in seinem Bein ließ ihn mit einem inbrünstigen Fluch zurücksinken.

»Petersham!« Seine donnernde Stimme hallte durch das ganze Schiff, aber er mußte noch etliche Male brüllen bis sein Diener endlich erschien.

»Master Jon!« Petersham kniete sich eiligst neben ihn nieder. »Wie ist denn das passiert, um Himmels willen? Ihr blutet ja!«

»Das ist jetzt nicht so wichtig«, entgegnete Jon scharf. »Hilf mir in diese verdammte Koje, und dann sieh zu, daß du Miss Cathy findest. Bring sie in meine Kabine, und wenn du sie an den Haaren herschleifen mußt! Und beeil dich! Weiß der Kuckuck, was dieses verrückte Biest wieder im Sinn hat!«

Petersham gab sich redlich Mühe, aber es gelang ihm nicht, den schweren Körper seines Herrn aufzuheben. Jon beschimpfte und verfluchte den armen Kerl – und im stillen sich selbst wegen seiner Hilflosigkeit.

»Vergiß es, laß mich hier liegen!« knurrte er nach etlichen mißlungenen Versuchen. »Geh und such Miss Cathy. Und schick Harry und einen zweiten Mann her.«

»Aber, Master, Ihr blutet ...«

»Verdammt, Mann, such dieses Mädchen! Sie ist völlig außer sich, sag ich dir, und stellt bestimmte irgend etwas Dummes an!«

»Zu Befehl, Sir, Master Jon!« Aus dem Blick des Dieners sprach plötzlich tiefste Mißbilligung, als ob er sich fragte, was sein Herr Cathy nur angetan haben mochte, daß sie so außer Fassung geraten war. Jon konnte ihm deshalb keinen Vorwurf machen. Zum erstenmal in seinem Leben hätte er sich selbst ohrfeigen können.

Harry und Finch, der Kanonier, kamen kurz nachdem Petersham die Kabine verlassen hatte ohne große Eile hereingeschlendert. Zu zweit gelang es ihnen, Jon in die Koje zu hieven. Sein weißes Nachthemd war voller Blutflecken, da die Oberschenkelwunde wieder aufgeplatzt war, doch weder Harry noch Finch waren geneigt, sich darum zu kümmern. Sobald er Finchs Hilfe nicht mehr benötigte, schickte Harry ihn weg und wandte sich entrüstet an Jon.

»Was habt Ihr mit ihr gemacht?« verlangte er in barschem Ton zu wissen, weiß vor Wut um die Mundwinkel. Jon starrte ihn erst verdutzt an, dann kniff er argwöhnisch die Lider zusammen.

»Ich wüßte nicht, was dich das anginge«, meinte er betont ruhig.

»Verdammt, das geht mich sehr wohl etwas an!« brauste Harry auf. Auf seinen Wangen erschienen rote Flekken. »Wir sind seit vielen Jahren gute Freunde, Jon. Aber wenn Ihr diesem Mädchen etwas angetan habt, dann bringe ich Euch um, so wahr mir Gott helfe!«

»Du scheinst dir über mein Eigentum mächtig Sorgen zu machen, wie?« entgegnete Jon mit bissigem Sarkasmus. »Hab' Dank dafür. Aber ich glaube, du hast dabei etwas übersehen – sie *ist* mein Eigentum. Ich kann verdammt nochmal tun und lassen mit ihr, was mir paßt!«

»Nur über meine Leiche!« gab Harry hitzig zurück.

»Ganz wie du willst.« Jons Augen funkelten so warmherzig wie die einer Kobra. »Aber jetzt sieh zu, daß du deinen Hintern hier rausbewegst, wenn ich bitten darf. Das ist immer noch mein Schiff!«

»Zu Befehl, Sir!« entgegnete Harry schneidend, drehte sich auf dem Absatz um und stolzierte hinaus.

Eine halbe Stunde später klopfte Petersham an die Tür. Jon hatte diese letzte halbe Stunde hauptsächlich damit zugebracht, sich ob seiner Hilflosigkeit und seiner Dummheit zu verfluchen. Außerdem begann ganz hinten in seinem Kopf ein häßlicher Verdacht Gestalt anzunehmen. Was hatte sich zwischen Harry und dem kleinen Luder abgespielt, während er ans Bett gefesselt und somit aus dem Weg geräumt war? Hatten sie etwa …?

Petershams Klopfen bot diesen unerfreulichen Gedankengängen Einhalt.

»Komm rein!« schnappte Jon ungeduldig und starrte Petersham grimmig an, als dieser den Kopf durch die Tür steckte. Offensichtlich war der Mann allein.

»Ich habe dir doch gesagt, du sollst sie herbringen!« schnauzte Jon, dann verdunkelte eine plötzliche Ahnung seinen Blick. »Du hast sie doch gefunden, oder? Ist sie wohlauf?«

»Ja, Käpten, ich habe sie gefunden, und abgesehen davon, daß sie wahnsinnig wütend ist, geht es ihr gut. Sie hat geweint.« Petersham bedachte Jon mit einem vorwurfsvollen Blick.

»Ich weiß«, seufzte er und spielte kurzzeitig mit dem Gedanken, Petersham genau zu erzählen, was vorgefallen war. In Anbetracht ihrer bitteren Tränen konnte er es niemand verübeln, wenn er glaubte, daß er dem Mädchen etwas unaussprechlich Schreckliches angetan haben mußte. Doch im nächsten Moment verwarf er diese Idee. Schließlich war er immer noch der Kapitän auf diesem seinem eigenen Schiff! Und er wollte verdammt sein, wenn er es zuließe, daß eine greinende Heulsuse ihn dazu zwang, sich für sein Tun und Lassen zu rechtfertigen!

»Und warum hast du sie nicht mitgebracht?« fragte er statt dessen scharf.

»Sie hat sich geweigert. Verzeihung, Käpten, aber sie sagte, ich solle Euch ausrichten, daß Ihr Euch zum Teufel scheren könnt!« Petershams Augen blitzten triumphierend auf, als er Cathys Botschaft wiederholte. Es war ganz offensichtlich, welcher Seite seine Sympathien galten.

Jon starrte Petersham eine ganze Weile nachdenklich an. Ihm war von Anfang an klar gewesen, daß es mit diesem jungen Ding Scherereien geben würde, und die hatte er jetzt – an Bord herrschte eine Stimmung, die einer Meuterei ohne Waffengewalt am nächsten kam. An nur einem Tag hatten sich zwei seiner ältesten Gefährten gegen ihn gestellt, und zwar ihretwegen! Jon blinzelte, und der Blick, den er Petersham jetzt zuwarf, war beinahe tödlich.

»Ich habe dieses kleine Mistvieh nicht einmal angefaßt, wenn du es wissen willst«, preßte Jon zwischen zusammengebissenen Zähnen heraus. Wenn er mit Cathy reden wollte, mußte er sich zuerst Petershams Unterstützung versichern, soviel war ihm inzwischen klar geworden. »Zugegeben, ich habe eine Bemerkung gemacht, die sie verletzt hat, und ich würde mich gerne bei ihr dafür entschuldigen, aber sie will mich ja anscheinend nicht anhören. Könntest du deshalb bitte dafür sorgen, daß sie in meine Kabine kommt? Ich gebe dir mein Ehrenwort, daß ich ihr nicht den Kopf abreißen werde.«

Der letzte Satz war ein lahmer Versuch, mit einem Scherz die für ihn so ärgerliche wie peinliche Situation zu überspielen, daß er sich seinem Diener gegenüber so vertraulich geben mußte. Da war schon einiges schiefgelaufen, wenn der Kapitän eines Schiffes seiner Mannschaft heilige Eide schwören mußte, damit sie seine Befehle ausführten! Er setzte eine bitterböse Miene auf, doch Petersham gab sich gelassen, und sein Ton wurde eine Spur wärmer, als er antwortete:

»Sehr gut, Master Jon. Ich werde ihr – hm – ich werde ihr einfach erzählen, daß die Wunde an Eurem Oberschenkel wieder aufgebrochen ist und daß ich die Blutung nicht stillen kann. Das wird sie bestimmt dazu bewegen, zurückzukommen.« Er machte Anstalten, zu gehen, drehte sich dann aber noch einmal um. »Und – äh – verzeiht mir, Käpten, ich hätte wissen müssen, daß Ihr Miss Cathy nichts antun würdet.«

Jons Brauen machten einen Satz nach oben, aber Petersham war schon gegangen. Was hatte er mit dieser Bemerkung sagen wollen? Sein alter Diener wußte aus langjähriger Erfahrung, daß er, Jon, keine Vorbehalte hatte, eine Frau zu schlagen, wenn diese es seiner Meinung nach verdiente. Aber woher nahm er die Gewißheit, daß er das mit Cathy nicht tun würde? Außer er vermutete, daß er Cathy gegenüber weich geworden war. Ach, zur Hölle mit diesem Weibsstück! Er hätte schon damals an Bord der ›Anna Greer‹ auf seine innere Stimme hören und die Finger von dem Gör lassen sollen. Jetzt war sie drauf und dran, sein ganzes Leben auf den Kopf zu stellen!

»Wenn du mich nur mit der Fingerspitze antippst, dann wirst du es bereuen«, ließ sich eine gehässige Stimme von der Tür her vernehmen. »Ich kümmere mich jetzt um dein Bein, und dann gehe ich wieder. Ich werde irgendwo anders schlafen, bis die ›Margarita‹ an ihrem Ziel, wo auch immer das sein mag, angekommen ist, und daran wirst du mich nicht hindern. Sobald wir irgendwo anlegen, gehe ich nach Hause zu meinem Vater. Petersham kann sich dann weiter um dich kümmern, falls du immer noch Hilfe benötigst.«

Jons Augen wurden angesichts der unverschämten Rede dieses Mädchens, das immer noch seine Gefangene war, vor Verblüffung immer größer. Verdammtes Miststück, wen glaubte sie hier eigentlich vor sich zu haben? Oh, wenn er wollte, könnte er sie auf der Stelle auf Zwergengröße zurechtstutzen ... Er funkelte sie ingrimmig an, mußte dann aber widerwillig feststellen, daß sein Ärger schwand. Ihr tränenüberströmtes kleines Gesicht wirkte so kummervoll, daß er es nicht übers Herz brachte, sie zu beschimpfen.

»Mein Bein blutet ziemlich schlimm«, stöhnte er hinterhältig, um sie so nahe heranzulocken, daß er sie festhalten konnte, bevor er mit seiner Rede begann.

»Geschieht dir nur recht!« schniefte sie und näherte sich dabei langsam der Koje, wachsam und sprungbereit wie eine Katze. Als sie die Blutflecken auf seinem Nachthemd sah, ließ ihr Argwohn ein wenig nach.

»Tut es weh?« erkundigte sie sich mit einer kaum wahrnehmbaren Spur Mitleid in der Stimme, richtete eine Schüssel Wasser und ein sauberes Tuch her und setzte sich damit an den äußersten Rand der Matratze. Jon schätzte die Entfernung sorgfältig ab und seufzte. Diese listige kleine Wildkatze war schlau genug, knapp außerhalb seiner Reichweite zu bleiben.

»Wie der Teufel«, log er, während er auf eine Gelegenheit wartete, sie zu packen.

»Gut!« meinte sie in Anbetracht ihrer Wut, an die sie sich wieder erinnerte. Jon beobachtete sie resigniert, wie sie sein Nachthemd hochschob, um seinen verletzten Oberschenkel freizulegen. Er war sich nicht sicher, ob er sie erreichen konnte, und wußte genau, daß er nur eine Chance hatte. Wenn er diese vermasselte, würde sie ihm entwischen wie ein verängstigter Vogel.

Besorgt betrachtete Cathy die bräunlichen Blutflecken auf dem Verband und löste vorsichtig die verklebten Binden ab. Als die gezackte Wunde schließlich offenlag, sog sie angesichts der dunkelroten Flüssigkeit, die aus der aufgebrochenen dünnen Kruste tropfte, entsetzt die Luft ein. Jon gelang es ohne viel Mühe, sich wie unter großen Schmerzen zu krümmen. Gott sei Dank sah die Wunde viel schlimmer aus, als sie sich tatsächlich anfühlte!

Unter hartnäckigem Schweigen reinigte Cathy die Wunde und wusch das Blut von seinem Oberschenkel ab. Die Berührung ihrer ruhigen, kühlen Hände war äußerst angenehm, und Jon war dankbar für den Schutz des Nachthemdes, das seine Lenden bedeckte. Wenn Cathy die Nebenwirkungen ihrer Behandlung bemerkt hätte, wäre sie sicherlich nicht länger so ruhig neben ihm sitzen geblieben!

Als Cathy den teuflischen Puder in die offene Wunde streute, stöhnte Jon wieder auf, und diesmal flunkerte er nicht. Der Puder brannte wie Feuer! Er bäumte sich ächzend auf, mit dem Erfolg, daß ihre kleine Hand mitfühlend seinen Oberschenkel tätschelte. Großer Gott, das war zuviel! Wenn sein Verlangen nach ihr noch länger unerfüllt blieb, dann, so fürchtete er, würde er platzen!

Nachdem Cathy die Wunde zu ihrer Zufriedenheit versorgt hatte, stellte sie die Schüssel und den Puder beiseite und machte sich daran, die fleckigen Binden einzusammeln. Und dabei geriet sie in Jons Reichweite, der blitzschnell wie ein Tiger zuschlug. Kaum hatten sich seine Finger um ihr Handgelenk geschlossen, riß er sie mit einem Ruck zu sich heran, daß sie halb auf ihm, halb auf dem Bett zu liegen kam. Die heftige Bewegung sandte eine Schmerzwelle durch seinen Körper, die er jedoch nicht beachtete. Was er ihr zu sagen hatte war viel wichtiger als jeder Schmerz. Er drehte den Kopf, damit er Cathy anschauen konnte, die ihn unter verquollenen Lidern wütend anfunkelte.

»Das war ein Trick, nicht wahr?« stellte sie relativ ruhig fest. »Du hast Petersham dazu angestiftet, mich glauben zu machen, daß du ernsthaft verletzt bist. Er hat nicht einmal versucht, die Blutung zu stoppen, habe ich recht?«

»Ich wollte mich bei dir entschuldigen«, murmelte Jon, der sich wieder einmal bewußt wurde, wie sein Körper auf ihre Nähe reagierte.

»Glaubst du etwa, eine Entschuldigung könnte deine Worte ungeschehen machen?« hielt sie ihm frostig entgegen, wobei sich ihre Augen erneut mit Tränen füllten. »Oder deren Wahrheitsgehalt? Du hast recht. Ich bin deine Mätresse, wenn auch gegen meinen Willen. Hast du eigentlich auch nur den Schimmer einer Ahnung, wie miserabel ich mich dabei fühle?«

»Oh, Cathy, so habe ich das doch nicht gemeint«, erwiderte er reumütig. »Du bist meine Geliebte, meine Frau. Mätresse war nur eine unglückliche Wortwahl.«

»Aber es ist wahr«, beharrte sie mit leiser Stimme. Die Scham, die aus ihren Augen sprach, versetzte Jon einen Stich ins Herz. Ja, er hatte sie zutiefst beschämt, nicht nur durch Worte, sondern auch durch seine Taten. Sie wirkte so klein und verletzbar, wie sie jetzt auf dem Rücken lag, mit ihrem trotzigen, tränenverschleierten Blick und dem rotgoldenen Haar, das in wilden Kaskaden über seine Brust und die Kissen fiel. Ihre zartrosa Lippen zuckten unkontrolliert. Und Jon wußte plötzlich, daß er dieses Zukken unterbinden mußte, bevor es ihm das Herz zerriß.

Cathys Augen wurden vor Schreck kugelrund, als er sich über sie beugte. Doch bevor sie sich noch irgendwie wehren konnte, hatte sich sein Mund über dem ihren geschlossen, heiß und süß und beinahe unerträglich zärtlich. Sie wollte schreien, ihn schlagen, so fest sie konnte in seine zudringliche Zunge beißen, aber sie tat es nicht. Tief in ihrem Inneren wußte sie, daß sie diese Küsse brauchte wie Blumen den Regen. Sie waren Balsam für ihr wundes Herz und ihren verletzten Stolz. Ihre Lippen flatterten wie die Flügel eines gefangenen Schmetterlings zwischen den seinen, bis sie sich ihm schließlich öffneten. Wie von selbst wanderten ihre Hände hoch zu seinem Kopf, strichen ihre Finger durch seine dicken, dunklen Haarsträhnen und zupften daran. Jon seufzte zufrieden, als sie seinen Kuß erwiderte.

Nach einer Weile hob er den Kopf, aber nur, um seine Lippen in die warme Beuge ihres Nackens zu drücken. Cathys Hand, die ihn eigentlich hatte schlagen wollen, streichelte statt dessen seine bärtige Wange.

»Ich bin verrückt nach dir«, raunte er an ihr Ohr und setzte sich soweit auf, daß er auf ihr Gesicht herabschauen konnte. Was er darin sah, ließ seine Muskeln vor Erregung zucken. Ihre saphirblauen Augen, die durch die schimmernden Tränen, die in ihnen schwammen und die Wimpern benetzten, noch strahlender wirkten, leuchteten ihm liebevoll entgegen. Ihr Mund zeigte die satte Röte frisch erblühter Rosen. Als ihre Lippen sich zu einem schüchternen Lächeln kräuselten, verschlug es Jon den Atem wie nach einem Schlag in die Magengrube.

»Ich habe es nicht so gemeint, Liebling. Bitte vergib mir.«

Seine Stimme war so voller Demut, daß die Wut und Beschämung, die Cathys Herz bedrückten, dahinschmolzen wie Butter in der Sonne. Ich liebe diesen Mann, kam es ihr plötzlich in den Sinn, und dieser Gedanke verwirrte sie derart, daß sie ihn nur verwundert anstarren konnte. Nach einer Weile hob sie die Hand und streichelte über sein kratziges Kinn, das sich unter ihrer Handfläche wunderbar rauh und stark anfühlte.

»Vergibst du mir?« fragte er noch einmal leise und mit einem flehenden Augenaufschlag.

»Bedeutet es dir so viel, daß ich dir verzeihe?« Auch ihre Stimme klang leise und hoffnungsvoll. Jons Augen blitzten sie an, und sein Mund verzog sich zu einem selbstironischen Lächeln.

»Nun, die Sache ist die, mein Kätzchen«, flüsterte er ihr ins Ohr, »ich begehre dich so, daß es mir körperlich weh tut. Und ich habe soeben beschlossen, niemals wieder ohne deine Einwilligung mit dir zu schlafen. Ich bin also auf dein Wohlwollen angewiesen, wenn ich nicht schmerzgebeugt wie ein armer Tropf durch mein restliches Leben gehen will.«

Cathy lachte ein wenig stockend über diese kühne Rede. Es sah ihm ähnlich, obszöne Anspielungen zu machen, während er sie um Verzeihung für frühere ähnliche Anspielungen bat! Seine Augen stimmten in ihr Lachen ein, dann senkte er den Kopf.

Diesmal war der weiche Hügel ihrer Brust sein Ziel. Seine Lippen brannten feucht durch den dünnen Stoff ihres Kleides, doch Cathy machte keine Anstalten, ihn wegzustoßen. Unfreiwillig entrang sich ihr ein lustvoller Seufzer, als eine erregende Hitzewelle durch ihren Körper fuhr, und das Blut in ihren Adern zu pulsieren begann. Die Spitzen ihrer Brust versteiften sich unter seinen feurigen Zärtlichkeiten.

»Dein Körper verzeiht mir bereits«, raunte er. Cathys Hände flogen an seine Schultern, sie wußte, daß sie ihn von sich stoßen sollte, doch dazu mangelte es ihr plötzlich an Kraft.

»Also gut, ich verzeihe dir«, stöhnte sie resigniert und hoffte inständig, ihre Kapitulation möge ihn dazu bewegen, innezuhalten, bevor sie völlig dahinschmolz.

»Gutes Mädchen.« Er murmelte die Worte an ihre Lippen, während sein Mund den ihren suchte. Anfangs erwiderte Cathy seinen Kuß noch zögernd, bald aber mit wachsender Leidenschaft. Ihre Arme schlangen sich um seinen Nacken, ihr Körper schmiegte sich instinktiv an den seinen – sie begehrte ihn so, daß sie seine Wunden völlig vergaß.

»Aah, Cathy«, stöhnte er, als seine Hand unter ihr Kleid glitt, sich auf die Rundungen unter ihrem Spitzenhöschen legte und sie leidenschaftlich an sich drückte. Sie fühlte seine Erregung, und plötzlich lechzte sie danach, ihn in sich zu spüren. So lange schon war es her … und jetzt liebte sie ihn doch. Vielleicht hatte sie ihn schon immer geliebt. Ein wenig scheu wanderte ihre Hand seinen Oberschenkel hinauf, zuckte dann aber zurück, als ihre Finger den leinernen Verband berührten.

»Jon, Jon, warte!« Sie versuchte, sich ihm zu entwinden. »Liebstes, das geht nicht! Deine Wunden fangen sonst wieder an zu bluten!«

»Glaubst du etwa, daß ich mich jetzt darum kümmere?« murmelte er rauh, während er ihren Nacken und ihr Dekolleté mit heißen Küssen bedeckte. »Wie hast du mich genannt?«

Cathy spürte, wie sie rot wurde, war jedoch machtlos dagegen.

» … Liebster«, antwortete sie schlicht, worauf er sich ein wenig zurückbeugte, um sie anzuschauen. Seine grauen, von Leidenschaft verhangenen Augen hefteten sich auf ihr errötetes Gesicht.

»Ja, das glaubte auch ich gehört zu haben«, sagte er mit einem Anflug von Zufriedenheit in der Stimme, indes seine Hände ihre ablenkende Beschäftigung aufgaben und sich an den Haken ihres Kleides zu schaffen machten.

»Jon, wirklich, das geht nicht!« Cathys Atem ging schwer, aber es war ihr absolut ernst damit. »Dafür bist du noch nicht kräftig genug.«

Seine Finger hatten den letzten Haken gelöst und zogen ihr das Kleid über die Schulter. Cathy bekam es gerade noch zu fassen, ehe es über ihren schwellenden Busen rutschte. Er schaute zu ihr hoch.

»Bin ich schon – wenn du mir dabei hilfst. Ich bin so

wild nach dir. Bitte.« Seine grauen Augen hatten den treuherzig flehenden Ausdruck eines kleinen Jungen, der um ein Stück Schokolade bettelt.

Seufzend ließ Cathy zu, daß er ihr das Kleid auszog. Wegen der Hitze trug sie darunter nur einen Petticoat und hatte aus demselben Grund auch auf ihr Korsett verzichtet. Jon ließ ihr keine Zeit, den Unterrock auszuziehen. Seine Hand tastete sich ihren Oberschenkel hinauf, bis sie das Höschen zu fassen bekam, und zerrte so ungestüm daran, daß die feine Spitze einriß. Nachdem sie sich das Höschen selbst abgestreift hatte, zog er sie auf sich und schob ihr den Unterrock bis zur Hüfte hoch.

Cathy hielt die Luft an, als sie die glühende Hitze seiner Männlichkeit an ihrem weichen Bauch spürte. Instinktiv rieb sie sich an ihm, bis sie beide nach Atem ringend keuchten.

»Cathy – liebe mich. Liebe mich«, stöhnte er. Cathy starrte auf ihn herunter, bereit, alles zu tun, was er von ihr verlangte – und mittlerweile wußte sie so ungefähr, was das war. Seine Augen glitzerten vor Begierde, und als er ihre offensichtliche Verwirrung sah, wurden sie noch eine Spur dunkler.

»Reite auf mir«, wies er sie mit sanfter Stimme an. Cathy spürte, wie sich hellrote Flecken auf ihren Wangen ausbreiteten, als sie die Bedeutung seiner Worte begriff. Jon zeigte ihr, wie sie es machen sollte, und sie tat es, und als er tief in sie eindrang, stockte beiden der Atem. Obgleich Cathys Bewegungen ungelenk und scheu waren, vermochte sie es doch, sie beide auf die höchsten Gipfel der Ekstase zu entführen und ihnen ein so intensives Lustgefühl zu bereiten, wie sie es sich nie hätten träumen lassen.

8

Cathy konnte es kaum fassen, was mit ihr geschehen war. Unglaublich, daß sie sich in einen Mann hatte verlieben können, der sie entführt und vergewaltigt hatte und sie jetzt zu den absonderlichsten Liebespraktiken überredete. Ein Mann, der zudem ein Dieb und Mörder war und daraus auch kein Hehl machte. Ein Mann ohne Abstammung und Vermögen, dessen einziger Besitz, soweit sie es beurteilen konnte, ein Piratenschiff war!

Dabei behandelte er sie nicht einmal besonders gut, überlegte sie mit launisch verhangenem Blick. Gut, seit ihrem Wutausbruch vor zwei Tagen benahm er sich ihr gegenüber freundlich und beinahe zärtlich, doch Cathy wußte nur zu gut, daß diese milde Stimmung sehr schnell umschwenken konnte. Früher oder später würde sie etwas tun, was seinen Unmut erregte, und dann konnte sie sicher sein, daß sie seinen gewohnten Zorn wieder zu spüren bekäme. Nun, zumindest hatte sie jetzt keine Angst mehr vor ihm. Körperlich würde er sie nicht mehr verletzen, und was seine verbalen Angriffe anbelangte, die konnte sie parieren!

Er sah ausgesprochen gut aus, mußte Cathy zugeben, als sie darüber nachgrübelte, woran es wohl lag, daß sie in seiner Gegenwart automatisch Herzflattern bekam. Er war so groß und kräftig und weltgewandt, daß sie sich neben ihm manchmal vorkam wie ein kleines Mädchen. Schon bei dem Gedanken an das teuflische Glitzern in seinen grauen Augen, wenn er sie ansah, an den spöttischen Zug um die Mundwinkel und die Kerbe auf seiner Wange, wenn er sie anlächelte, wurde ihr warm ums Herz. Und die Erinnerung an ihre Liebesspiele war so köstlich, daß ihr der Atem stockte. Sie schnitt eine Grimasse und strich sich mit einer unwirschen Handbewegung das Haar aus der Stirn. Nun ja, was blieb ihr übrig als sich einzugestehen, daß sie diesen verfluchten Kerl liebte – aus welchem Grund auch immer.

So weit, so gut. Doch jetzt stellte sich die Frage, wie sie mit dieser Tatsache umgehen sollte. Die einzig befriedigende Lösung wäre, daß er sich ebenfalls in sie verliebte. Zuweilen glaubte sie, daß er davon nicht allzu weit entfernt war. Wann immer sie in seiner Nähe war, verfolgten seine Augen sie mit einem hungrigen Blick, und wenn sie in Reichweite seiner Hände kam, konnte sie mit einem zärtlichen Klaps auf den Hintern rechnen. Sie wußte, daß er ihren Körper mit einer Unersättlichkeit begehrte, die sie immer wieder aufs neue verblüffte. Und sie konnte ihn in bestimmten Situationen manipulieren – ja, im Bett konnte sie ihn auf den Gipfel der Ekstase bringen. Doch selbst in den leidenschaftlichsten Momenten hatte er nie auch nur ansatzweise von Liebe oder Zuneigung gesprochen, sondern stets nur von seinem unstillbaren Verlangen, sie körperlich zu besitzen. Was sie freilich zu dem nicht gerade ehrenvollen Rang einer Hure degradierte, dachte sie erbost. Und das mußte sich schleunigst ändern, beschloß sie mit einem entschiedenen Kopfnicken. Sie würde Jon in sich verliebt machen, und wenn sie das Kopf und Kragen kosten sollte – oder ihn!

Jon hatte sich soweit erholt, daß er ohne fremde Hilfe das Bett verlassen und zu dem Stuhl neben dem Fenster humpeln konnte. Es drängte ihn danach, wieder seinen Posten auf der Brücke einzunehmen, doch Cathy fürchtete, daß er sich damit noch zu viel zumutete. Natürlich wußte sie, daß er sich nur deshalb ihren Vorbehalten beugte, weil er vor seinen Leuten nicht das volle Ausmaß seiner Behinderung zur Schau stellen wollte. Er hatte ihr einmal erklärt, daß die Mannschaft auf einem Piratenschiff vergleichbar sei mit einem Wolfsrudel: Sie respektierte nur körperliche Überlegenheit. Zeigte ein Anführer ihnen gegenüber Schwäche, war es sofort um seine Stellung geschehen. Seine Mannschaft fuhr zwar schon seit vielen Jahren mit ihm, und er war von ihrer Loyalität überzeugt, doch eine Lektion hatte Jon in seinem Leben gelernt – daß man sich niemals hundertprozentig auf einen anderen Menschen verlassen konnte. Er beauftragte einen seiner Männer, ihm eine Krücke zu zimmern, und hielt sich der Not gehorchend weiterhin in seiner Kabine auf. Auf dem Achterdeck wollte er sich erst wieder sehen lassen, wenn er aus eigener Kraft dorthin gelangen konnte, und nicht wie ein Krüppel getragen werden mußte. Weshalb sollte er ein Risiko eingehen, wenn es sich vermeiden ließ?

Cathy seufzte. Harrys Zuneigung zu ihr war inzwischen allen aufgefallen, und Petersham war sogar soweit gegangen, sie mit einem bedeutungsvollen Blick zu warnen, daß der Käpten ein sehr eifersüchtiger Mann sei. Wenn Jon wieder das Kommando über das Schiff übernommen hatte, war es so sicher wie das Amen in der Kirche, daß auch er davon Wind bekam. Sie hatte alles mögliche versucht, um Harry bezüglich seiner Ambitionen ihr gegenüber zu entmutigen, aber ohne den geringsten Erfolg. Daher blieb ihr jetzt nur noch die Hoffnung, daß Jon die Vernarrtheit Harrys in sie als natürliches Interesse eines jungen Mannes an der einzigen weiblichen Person im Umkreis von Meilen deuten und dieser Angelegenheit keine weitere Beachtung schenken würde. Oder besser noch – vielleicht konnte Jons Anwesenheit an Deck Harry so einschüchtern, daß er ganz von ihr abließ.

Es war ein wunderschöner Tag, die Sonne schien, und es war warm. Hätte nicht eine leichte Brise geweht, wäre es sogar richtig heiß gewesen. Die ›Margarita‹ hatte den Kurs geändert und segelte nun in Richtung Süden. Cathy konnte nur vermuten, daß Jon mit Harrys Vorhaben einverstanden war. Ihre Vorräte an Nahrungsmitteln und Wasser gingen allmählich zur Neige, doch jedesmal, wenn sie Jon mit der Frage bedrängte, welchen Hafen sie ansteuerten, gab er ihr eine ausweichende Antwort. Sie würde schon sehen, meinte er dann mit einem spöttischen Grinsen. Cathy schüttelte unwirsch den Kopf. Wirklich, er benahm sich mit jedem Tag mehr wie ein ungezogener kleiner Junge.

Sie lächelte, als sie zurück in die Kabine ging; die Wangen von der Sonne gerötet, das Haar vom Wind zerzaust. Doch ihr Lächeln verschwand und machte einer ernsten Miene Platz, als sie Jon in einer schwarzen Hose, die über dem dicken Oberschenkelverband spannte, am Tisch sitzen und Seekarten studieren sah. Mit raschen Schritten ging sie auf ihn zu, blieb hinter ihm stehen, die Schenkel an seinen breiten, muskulösen Rücken gedrückt, und legte ihm die Hände auf die Schultern. Er murmelte etwas, ohne sich nach ihr umzudrehen. Cathy schnitt eine Grimasse. So begnadet er als Liebhaber auch sein mochte – seine Manieren ließen doch einiges zu wünschen übrig!

»Du solltest im Bett sein«, erklärte sie seinem Hinterkopf mit strenger Stimme. Er streckte einen Arm nach ihrer Hüfte aus und zog sie herum, so daß er sie ansehen konnte. Dabei lächelte er, und die grauen Augen blitzten spitzbübisch. Cathy spürte, wie ihr Herz vor Zärtlichkeit dahinschmolz.

»Du siehst aus wie ein Engel«, meinte er, indem er ihre Bemerkung geflissentlich ignorierte und ihrem rügenden Blick mit einem warmen Lächeln begegnete. »Ein herrschsüchtiger Engel allerdings. Ich glaube, ich habe dich zu sehr verwöhnt. Hast du vergessen, daß du unter meinem drohenden Blick in den Erdboden zu versinken hast? Ich bin ein gewalttätiger, blutrünstiger Pirat, erinnerst du dich?«

»Und ich bin kein Engel, sondern deine Krankenschwester«, gab Cathy schlagfertig zurück. »Und wenn du nicht tust, was ich dir sage, werde ich das nächste Mal beim Verbandwechseln nicht mehr so zimperlich mit dir umgehen.«

Jon lachte und zog sie auf sein gesundes Knie. Sein Arm umfaßte ihre Taille, während seine freie Hand in eindeutiger Absicht nach oben wanderte. Cathy wehrte sie mit indignierter Miene ab, um gleich darauf von seinen warmen Lippen attackiert zu werden, die neckisch über ihre Halsbeuge strichen. Unbeirrbar fuhr seine Hand fort, ihre Beute zu liebkosen. Cathy versteifte sich unwillkürlich, entspannte sich aber gleich wieder. Seine Hand auf ihrer Brust zu spüren, sandte wohlige Schauer durch ihren Körper.

»Laß mich aufstehen«, forderte sie nicht sehr überzeugend. »Die Tür steht sperrangelweit offen. Jeden Moment könnte jemand hier hereinspaziert kommen.«

»Wen kümmert das schon?« murmelte Jon abwesend. Seine ganze Aufmerksamkeit konzentrierte sich in diesem Augenblick auf das aufregende Tal, das ihr Mieder zwischen den sanften Hügeln ihrer Brüste enthüllte.

»Mich!« zischte Cathy mit einem warnenden Blick. Seine Lippen tasteten sich ihre Wange entlang zur Nasenspitze und hielten dann an ihrem Mundwinkel inne.

»Wirklich?« wisperte er an ihre zitternden Lippen, bevor sein Mund ohne Eile von dem ihren Besitz ergriff. Und Cathy mußte zugeben, daß ihr im Augenblick außer dem köstlichen Gefühl, das er ihr bescherte, nichts anderes wichtig war.

»Was machst du da?« fragte sie, um ihn abzulenken. Als er schließlich den Blick zu ihr aufhob, klopfte Cathys Herz schon wie verrückt.

»Deine Schönheit bewundern«, antwortete er prompt. Sein starker Arm umfaßte sie knapp unterhalb der Brüste und hob diese an, so daß die rosigen Rundungen aus dem Ausschnitt ihres Kleides quollen. Genüßlich labten sich seine Augen an dem Anblick.

»Ich meine mit den Seekarten«, erklärte sie und kniff

ihn dabei unsanft in den Arm. Mit einem gekränktem Seufzer wandte er sich zu den Karten um, die auf dem Tisch ausgebreitet lagen.

»Ausrechnen, wie lange wir brauchen, um dorthin zu gelangen, wo wir hinwollen. Harry sagt, daß wir in eine starke westliche Strömung geraten sind, die uns etwas vom Kurs abgebracht hat.«

»Und *wohin* soll die Reise gehen?« meinte sie betont gleichgültig, in der Hoffnung, daß er ihr ohne nachzudenken antworten würde. Doch er ging ihr leider nicht in die Falle.

»Die Neugier war der Katze Tod, Liebes.«

»Und die Befriedigung derselben ließ sie wieder auferstehen«, konterte sie pfiffig, um dann mit schmeichelnder Stimme fortzufahren: »Bitte, sag mir doch, wohin wir segeln.«

»Dazu mußt du mich erst überreden«, murmelte er an ihr Ohr. Und der hinterhältige Ausdruck in seinen Augen ließ keinen Zweifel offen, an welche Art von Überredungskunst er dabei dachte.

»Fällt mir nicht im Traum ein«, entgegnete sie spitz, konnte es sich aber nicht verkneifen, provozierend mit einem Finger über seinen kräftigen Arm zu streichen. Jon revanchierte sich für ihre Kühnheit mit einem spielerischen Biß ins Ohrläppchen.

»Wenn du es unbedingt wissen willst, mein neugieriges Kätzchen, wir halten Kurs auf Las Palmas«, sagte er, lehnte sich im Stuhl zurück und verlagerte ihr Gewicht bequemer auf seinem Schoß. Müßig wickelte er eine ihrer goldenen Haarsträhnen um seinen Finger, und Cathy ließ sich zufrieden an seine muskulöse Brust sinken.

»Las Palmas?«, wiederholte sie mit verträumtem Blick. Die Antwort interessierte sie gar nicht mehr sonderlich. Sein warmer Körpergeruch wirkte auf sie wie eine Droge. »Davon hab' ich noch nie gehört. Ist das eine Stadt?« fuhr sie träge fort.

Milde lächelnd schüttelte Jon den Kopf und zog eine der Seekarten näher heran.

»Nein, meine Kleine, Las Palmas ist keine Stadt, sondern eine Insel. Wir benutzen sie sozusagen als eine Art Heimathafen zwischen unseren Reisen.«

»Zwischen euren Raubzügen, meinst du wohl«, korrigierte ihn Cathy, wobei ein leicht gereizter Unterton in ihrer Stimme mitschwang.

»Gut, zwischen unseren Raubzügen, wenn du diesen Ausdruck bevorzugst«, pflichtete er ihr sorglos bei und blickte sie aus schmalen Augen an.

Cathy wandte sich wieder den Seekarten zu.

»Hast du schon einmal daran gedacht, die Seeräuberei aufzugeben?« fragte sie wie nebenbei.

»Was, mein Leben der Ausschweifungen und Sünden zu vergessen?« spöttelte er. »Nein, warum sollte ich? Es macht mir Spaß.«

»Wie kann einem das Morden und Stehlen Spaß machen«, schnappte Cathy und rückte von ihm ab.

»Nun, es hat seine Vorteile«, gab er zurück und schaukelte sie auf den Knien wie ein Erwachsener ein quengeliges Kleinkind. Cathy funkelte ihn wütend an, und er grinste fröhlich zurück. »Ich verdiene gutes Geld, habe keinen Herrn über mir, befinde mich auf meinem eigenen Schiff und – hm – teile mein Bett mit einer bezaubernden jungen Lady.«

Er schenkte ihr einen übertrieben lasziven Blick, bevor er ihr kumpelhaft zuzwinkerte.

»Die Frage war ernst gemeint«, beharrte Cathy und zog die Stirn kraus. »Du kannst doch nicht dein Leben lang Pirat bleiben. Das ist gesetzwidrig. Eines Tages machst du einen Fehler und wirst geschnappt. Und dann hängen sie dich auf.«

»Bereitet dir der Gedanke etwas schlaflose Nächte, mein Kätzchen?« Eine seiner schwarzen Brauen krümmte sich dabei fragend. »Noch vor nicht allzu langer Zeit hätte ich schwören können, daß du, wenn du im Besitz einer Pistole oder eines Messers gewesen wärst, meinem Leben skrupellos ein Ende gemacht hättest.«

»Ach, du bist wirklich unmöglich!« schnaubte sie und versuchte, von seinem Schoß aufzustehen. Seine Worte waren der pure Hohn auf ihre Sorge um ihn, die ihm sehr wohl bewußt sein mußte. Zum Glück hatte er keine Ahnung von ihren wahren Gefühlen ihm gegenüber!

»Ich möchte überhaupt keinen Mann am Strick baumeln sehen«, setzte Cathy würdevoll hinzu und versuchte dabei noch immer, sich von seinem Schoß zu winden.

»Nicht so eilig, kleines Kätzchen«, murmelte er und hielt sie trotz seiner Verletzungen mühelos fest. Cathy hätte sich mit Fußtritten oder Schlägen gegen seinen verwundeten Oberschenkel befreien können, aber das wollte sie nicht. Ihre Gefühle für ihn verboten es ihr, ihn willentlich zu verletzen. »Woran liegt es, daß du dich immer dann verdrückst, wenn die Unterhaltung so richtig interessant wird?«

Widerstrebend gab Cathy ihre Befreiungsversuche auf. Wenn sie sich weiterhin wehrte, würde sie nur mehr von ihrem Innenleben verraten, als sie ihn wissen lassen wollte. Also lehnte sie sich wieder an ihn. Seine krausen Brusthaare kitzelten sie durch den zarten Stoff ihres Kleides am Rücken.

»Würde es dir denn so viel ausmachen, wenn man mich hängt?« Er ließ nicht locker.

Cathy senkte die Lider, um ihre Augen zu verbergen, in denen sich ihre Gefühle unweigerlich spiegeln mußten. Sie wußte, daß er in ihnen lesen konnte wie in einem Buch. Einen Augenblick lang war sie versucht, ihm ihre Liebe zu gestehen, doch kühle Berechnung hielt sie davon ab. Das Wissen um ihre Liebe war eine zu gefährliche Waffe in der Hand dieses Mannes, der trotz allem ein gesetzloser Schurke war. Solange sie ihn nicht dazu gebrachte hatte, dieselben Gefühle für sie zu empfinden wie sie für ihn – und damit ebenso verwundbar zu sein – würde sie sich ihm mit einer Liebeserklärung völlig ausliefern. Sie beschloß daher, alle Vermutungen, die er anstellte, abzuwiegeln, indem sie so nahe wie möglich bei der Wahrheit blieb, ohne tatsächlich etwas davon preiszugeben. Dumm war Jon nämlich weiß Gott nicht. Ihm mußte inzwischen klargeworden sein, daß ihre Sorge um ihn noch einen anderen Grund hatte als christliche Nächstenliebe.

»Selbstverständlich möchte ich dich nicht hängen sehen«, entgegnete sie kühl, wobei ihre blauen Augen offen und freimütig seinem durchdringenden Blick begegneten. »Wider jegliches bessere Wissen mag ich dich nämlich recht gern.«

Das flackernde Blitzen in seinen Augen erstarb. Der Ausdruck darin wurde hart und unlesbar. Er beugte den Kopf und biß sie strafend in ihre bloßen, cremefarbenen Schultern.

»So, du magst mich also recht gern, wie?« murmelte er seidenweich und drückte seine Lippen auf die Stelle unter ihrem Ohr, wo ihr Puls sichtbar klopfte. »Dein Herz schlägt aber mächtig schnell für bloßes Gernhaben.«

»Du bist der aufgeblasenste, arroganteste Kerl, der mir jemals untergekommen ist«, entgegnete Cathy so frostig wie möglich und versuchte gleichzeitig, ihren außer Rand und Band geratenen Puls unter Kontrolle zu bringen. »Du kannst dich glücklich schätzen, daß ich dich mag. Eigentlich sollte ich dich bis an mein Lebensende hassen für all die Abscheulichkeiten, die du mir angetan hast.«

»Ich habe dich wie eine Königin behandelt, mein Kätzchen, und das weißt du genau.« Seine Stimme war jetzt ebenso hart wie sein Blick. »Habe ich dich etwa hungern lassen oder sonstwie verletzt? Ist dir schon jemals der Gedanke gekommen, was aus dir als Gefangene in den Händen eines anderen Mannes geworden wäre? Du solltest mir eigentlich dankbar sein.«

»Dankbar?« brauste Cathy ungläubig auf. Ihre Augen schleuderten ihm saphirblaue Blitze entgegen. »Du hast mich entführt und als Gefangene gehalten! Du hast mich vergewaltigt und erniedrigt! Und dafür, glaubst du, sollte ich dir dankbar sein?«

Das Wort ›dankbar‹ hatte sie ihm förmlich ins Gesicht gespuckt. Jon sah auf Cathy herab, die vor Entrüstung aufgeplustert wie eine Henne auf seinem Schoß hockte, und lächelte reumütig. In den letzten Tagen hatte seine Tigerin geschnurrt wie ein Kätzchen, was ihm eigentlich ganz gut gefiel. Viel zu gut, wie er jetzt feststellte.

»Oh, Cathy«, wisperte er wehmütig. Er war ganz offensichtlich nicht in der Stimmung zu streiten, genau genommen schwebte ihm etwas ganz anderes vor. »Ich nehme alles zurück. Ich habe mich ohne Zweifel skrupellos und brutal dir gegenüber benommen und entschuldige mich dafür.«

»Und das mit Recht«, beschied ihm Cathy streng und versuchte noch einmal, von seinem Schoß zu flüchten. Doch als sie spürte, wie sich seine Muskeln unter ihr verhärteten, mußte sie einsehen, daß sie ihn durch ihr Gezappel nur noch mehr erregte.

»Mir kommt es so vor, als verbringe ich den halben Tag nur damit, dich für dieses und jenes um Verzeihung zu bitten«, lamentierte er an ihr Ohr. »Das muß aufhören. Ich fürchte nämlich, daß dir das allmählich zu Kopf steigt und daß ich mich mein Leben lang wegen jeder Kleinigkeit bei dir entschuldigen muß.«

»Aber ich werde nicht dein Leben lang um dich sein, Jon, oder?« erkundigte sich Cathy schmeichelnd, dankbar für das Stichwort. »Früher oder später wirst du mich freilassen müssen.«

Jons Brauen machten einen kleinen Satz. Er verbarg sein Gesicht in ihrem glänzenden Haar und atmete tief den frischen Duft ein. Eine Antwort erhielt sie nicht.

»Wann wirst du mich gehenlassen, Jon?« hakte sie nach.

»Wenn ich wieder ganz gesund bin«, meinte er knapp. »In Cadiz hattest du es plötzlich nicht mehr so eilig damit, mich zu verlassen, wenn du dich recht entsinnst, obwohl die Gelegenheit dazu überaus günstig war.«

»Die anderen Gefangenen hast du in Cadiz freigelassen«, erinnerte sie ihn, »mich aber wolltest du bei dir behalten. Und das war noch ehe du verletzt worden bist, stimmt's? Und ich will wissen, warum!«

»Weil mich, mein wunderschönes Mädchen, dieses seltsame Verlangen nach deinem Körper gepackt hat. Und ich kann dir versprechen, daß ich dich nicht eher gehenlassen werde, bevor ich dieses Verlangen nicht ausgelebt habe.« Seine Augen blickten sie verzehrend an, doch ansonsten hatte er seine Gesichtszüge unter Kontrolle. Cathy merkte, daß sie Fortschritte machte.

»Abgesehen von meinem Bein, Liebling«, grinste er, »schmerzen mich auch andere Teile meines Körpers fürchterlich.«

»Deine Genesung liegt ganz in deiner Hand«, entgegnete sie ohne Mitleid, nachdem sie die eigentliche Bedeutung seiner Worte verstanden hatte. »Laß mich aufstehen.«

»Mir schwebt aber etwas ganz anderes vor«, brummte er heiser und ließ seine Hände bedeutungsvoll über ihren Körper wandern. Cathy sah ihn kopfschüttelnd an, ohne sich gegen seine zärtlichen Berührungen zu wehren. Sie war nicht in der Stimmung, weiter mit ihm zu streiten. Ganz bewußt schlang sie einen Arm um seinen Nacken und zog ihn zu sich heran, um ihm einen zärtlichen Kuß auf seine kratzige Wange zu drücken. Sie wollte ihm noch etwas zum Nachdenken geben!

»Hunde, die bellen, beißen nicht, Käpten, wie ich aus Erfahrung weiß. So, und jetzt laß mich runter. Ich habe noch etwas zu tun.«

Jon wurde warm ums Herz. Dieser Kuß war die erste spontane Geste der Zuneigung, zu der sie sich bisher hatte hinreißen lassen, und sie ließ seinen Puls unweigerlich schneller schlagen. Verflucht, er kam sich vor wie ein verknallter Schuljunge! Irgendwie schaffte es dieses süße kleine Biest auf seinem Schoß, daß er Gefühle entwickelte, über die er früher nur abfällig gespottet hatte. Diese Wende in seinem Gefühlsleben gefiel ihm absolut nicht, doch konnte er anscheinend nichts dagegen tun. Er hatte bereits alles mögliche versucht, um sich diese Frau aus dem Kopf zu schlagen, aber ohne den geringsten Erfolg.

Cathy drehte sich auf seinem Schoß um und machte große Augen, als sie seine steinerne Miene gewahrte.

»Jon, was ist denn los mit dir?« gurrte sie.

Eine Weile sah er sie so verwirrt an, als habe er Mühe, sich zu orientieren. Dann blieb sein Blick an ihrem Gesicht haften, und er beugte sich herab, um sie direkt auf ihren süßen Mund zu küssen. Dieses Mädchen war ohne Zweifel anders als alle anderen. Von den weiblichen Listen und Tücken, die andere Frauen so wirkungsvoll einsetzten, hatte sie nicht mehr Ahnung als ein neugeborenes Kind.

»Verzeihung, Käpten«, machte sich Harry mit frostiger Stimme von der Tür her bemerkbar. »Ich wollte mit Euch die Seekarten durchgehen.« Er warf Cathy, die sich mit rosigen Wangen an Jon schmiegte, einen hitzigen Blick zu. »Falls Ihr dafür Zeit erübrigen könnt.«

Cathy musterte Harry grimmig, als Jon sie widerwillig von seinem Schoß schob, und wandte sich dann ab, ohne ihn eines weiteren Blickes zu würdigen. Wirklich, wenn Harry sich nicht vorsah, würde Jon bald dahinterkommen, daß sein Zweiter Offizier hinter ihr her war – und dann wäre mit Sicherheit der Teufel los! Ihr geliebter Piratenkapitän war ein heißblütiger Mann und hochgradig eifersüchtig, was sie betraf. In der Art, wie er Harry jetzt ansah, lag bereits eine Spur Mißtrauen.

Die beiden Männer unterhielten sich eine Weile, zogen Linien auf den Karten und maßen die Entfernung zu verschiedenen Punkten. Da Cathy von ihren Fachgesprächen nur die Hälfte verstand, hörte sie bald auf, ihnen zuzuhören. Sie ging zu einem der Bücherregale, nahm wahllos einen Band und setzte sich dann in den Stuhl unter der Fensternische, um zu lesen. Doch das Buch stellte sich als entsetzlich langweilig heraus. Cathy legte es beiseite, sah statt dessen aus dem Fenster und erging sich in der Betrachtung der sich ständig verändernden endlosen Meereslandschaft. Sie bemerkte nicht, daß die Nachmittagssonne ihr offenes Haar in eine golden glühende Aureole verwandelte und daß ihr abgewandtes Profil die liebliche Klarheit und Perfektion einer Kamee angenommen hatte. Die Augen beider Männer wanderten immer wieder zu ihr hin, um sich an dem erfreulichen Anblick zu ergötzen, den sie ihnen bot; Jon tat dies ganz offen, Harry hingegen nur dann, wenn er sich unbeobachtet glaubte. Ihre Unterhaltung wurde immer oberflächlicher und erstarb schließlich ganz. Cathy, durch das plötzliche Abreißen des Gesprächsflusses aufmerksam geworden, drehte sich um und stellte fest, daß beide Männer sie mit ihren Blicken verschlangen. Sie schenkte Jon ein warmes Lächeln, ignorierte Harry völlig, stand auf und streckte sich dabei graziös.

»Ist es dir lieber, wenn ich mich zurückziehe?« Vielleicht hatten die beiden etwas zu besprechen, was nicht für ihre Ohren bestimmt war.

»Aber nein, ganz und gar nicht«, versicherten ihr die Männer wie aus einem Mund, worauf Jon Harry einen rasiermesserscharfen Blick zuwarf.

Cathy, der dieser Blick nicht entgangen war, ging rasch zu Jon hin, legte ihm die Hand auf die Schulter und lächelte ihn an.

»Ich glaube, es ist Zeit, daß du dich ein wenig ausruhst.« Ihre Stimme klang dabei sehr liebevoll, zum einen als kleiner Wink mit dem Zaunpfahl für Harry, zum anderen, weil sie gar nicht anders konnte. Wie beabsichtigt gelang es ihr, Jon von Harry abzulenken. Er legte seine Hand auf die ihre und drückte sie in die harten Muskeln seiner Schulter. Sofort spürte Cathy ein erregendes Prikkeln in ihren Fingern. Harry beobachtete sie dabei voller Groll und stand dann abrupt auf. Sein Blick wurde hart wie Stein.

»Wir können das ein andermal zuende führen, Käpten«, meinte er steif und stolzierte aus der Kabine. Jon starrte ihm mit drohend zusammengekniffenen Brauen hinterher.

Zu Cathys unangenehmer Überraschung sagte Jon kein Wort, nachdem Harry gegangen war. Und als er nach einer Weile zur Koje humpelte und sich auszuziehen begann, hatte das Schweigen, das wie eine Wand zwischen ihnen stand, die schwere und Dichte einer Gewitterwolke angenommen. Mit tief gefurchter Stirn, die Lippen nur mehr eine dünne, harte Linie, schälte er sich aus der engen Hose. Als er schließlich im Bett lag, konnte Cathy die lastende Stille nicht länger ertragen. Sie setzte sich neben ihn, zog eines der Kissen unter seinem Kopf hervor, daß er gezwungen war, flach zu liegen, und strich die Bettdecke über seiner Brust glatt. Dabei musterte Jon sie mit grüblerischer Miene, und obwohl sie wußte, daß es dumm war, fühlte sie sich unter seinem finsteren Blick absurderweise schuldig.

»Cathy.« Seine Hand griff nach ihrem Handgelenk, als sie sich gerade abwenden wollte. »Hat Harry dich … belästigt, während ich außer Gefecht war?«

Sie wußte, daß er den schneller werdenden Puls an ihrem Handgelenk fühlen mußte. Ach, zum Teufel mit Harry! Warum hatte er sie auch in so eine Situation gebracht? Cathy wollte nicht lügen, aber andererseits wollte sie auch keinen Streit zwischen Jon und einem seiner ältesten Freunde heraufbeschwören.

»Nein«, entgegnete sie kühl und Jons Blick ausweichend. »Warum fragst du?«

»Er stiert dich an wie eine Möwe einen Fisch. Das gefällt mir nicht. Wenn er dir auf die Nerven geht, dann sag es ruhig. Ich werde das ganz schnell unterbinden.« Mit einiger Anstrengung gelang es Cathy, ein Lächeln auf ihr Gesicht zu zwingen, um ihn ein bißchen aufzuheitern.

»Wäre ich eingebildet, würde ich denken, Ihr seid eifersüchtig, Käpten«, hänselte sie ihn.

Jon starrte sie einen Augenblick an, als hätten ihre Worte ihn erschreckt. Mit seltsam rauher Stimme gab er zurück: »Und wenn dem so wäre, hätte ich dann einen Grund dazu?« Sein Blick brannte in ihren Augen wie glühende Kohlen. Cathy konnte sich eines gewissen Triumphgefühles nicht erwehren. Wenn er eifersüchtig war, und es sah verdammt danach aus, dann mußte er nahe daran sein, sich in sie zu verlieben, folgerte sie. Jon, der das kurze Aufflackern in ihren Augen bemerkt hatte, runzelte die Stirn. Seine Finger schlossen sich fester um ihr Handgelenk.

»Ich habe dich gefragt, ob es einen Grund zur Eifersucht gibt.« Seine Stimme war kalt wie Eis.

Cathy lächelte ihn von oben herab an und zwinkerte spitzbübisch.

»Eigentlich sollte ich dich eine Weile in deinem eigenen Saft schmoren lassen«, meinte sie nickend. »Ich glaube, das täte dir zur Abwechslung mal ganz gut.«

Jons Miene umwölkte sich zusehends, während er sie anstarrte. Der Druck seiner Finger wurde so fest, daß Cathy zusammenzuckte.

»Spiel keine Spielchen mit mir, Kätzchen«, warnte er sie. »Die Konsequenzen könnten dir nämlich nicht gefallen. Ich frage dich jetzt noch einmal: Habe ich Grund zur Eifersucht?«

Normalerweise wäre Cathy über so eine Drohung verärgert gewesen, wenn die Unruhe in Jons Blick sie nicht so glücklich gemacht hätte. Sie schürzte die Lippen, starrte gedankenvoll zu Boden, als wäge sie seine Reaktion auf das ab, was sie ihm zu sagen hatte, beugte sich dann blitzschnell an sein Ohr und flüsterte: »Nein, hast du nicht – du bist es aber trotzdem, scheint mir.«

Sie konnte sehen, wie ihm die Röte ins Gesicht stieg, nachdem er die volle Tragweite ihrer Feststellung begriffen hatte. Er fixierte sie mit einem Blick, der mißtrauisch und ein wenig einfältig zugleich war. Cathy wartete gespannt, doch war er offenbar noch nicht bereit, zuzugeben, daß er irgendwelche zärtlichen Gefühle für sie empfand.

»Ich teile nicht gern«, war alles, was er dazu sagte. Und dagegen hatte Cathy nichts. Es mochte vielleicht noch etwas dauern, aber eines Tages würde er sie lieben und das auch zugeben. Davon war sie überzeugt. Und das konnte sie abwarten.

Der nächste Tag war windstill und heiß; es herrschte die Art von drückender Schwüle, die oft einem schweren Gewitter vorausging. Cathy mußte sich einiges einfallen lassen, um Jon bei Laune zu halten. Es brannte ihn unter den Nägeln, wieder das Kommando über sein Schiff zu übernehmen, aus Angst, Harry könnte nicht die richtigen Vorbereitungen treffen, die angesichts des bevorstehenden Sturms nötig waren. Cathy versuchte zunächst noch taktvoll, ihm sein Vorhaben auszureden, und als das nichts half, sagte sie ihm offen ins Gesicht, daß er nicht einmal kräftig genug sei, um stehenden Fußes Befehle zu erteilen. Die Wunden verheilten zwar recht gut, aber er ermüdete noch sehr rasch und hatte immer noch wenig Appetit. Sie hielt ihm eine ausgiebige Gardinenpredigt, weil er beim Mittagessen das Salzfleisch beinahe unangerührt hatte zurückgehen lassen, und als er sich mit lächerlichen Ausreden zu rechtfertigen begann, wie ein trotziger Schuljunge, mußte Cathy unwillkürlich lächeln. Und sie lächelte noch immer, als sie Petersham rief, damit er den Tisch abräumte, und sich dann neben Jon setzte, der auf dem Bett lag.

»Wie fühlst du dich?« fragte sie und ließ ihre Augen mit einem gewissen Besitzerstolz über ihn hinwegschweifen. Er hatte seit seiner Verwundung etliches an Gewicht verloren, aber nicht so viel, daß es die markanten Linien seines Körpers beeinträchtigte. Im Gegenteil, dadurch kamen seine wohlproportionierten Muskeln sogar noch besser zur Geltung.

»Wie ein Wickelkind«, antwortete er brummig, die Augen auf die schwellenden Kurven ihrer Brüste geheftet. Cathy ließ diesen musternden Blick, der zusehends gieriger wurde, mit stoischer Gleichgültigkeit über sich ergehen. Jedesmal mit ihm ins Bett zu steigen, wenn es ihn danach gelüstete, brachte sie nicht weiter, überlegte sie. Vielleicht war es an der Zeit, eine neue Taktik auszuprobieren. Sich ihm eine Weile zu entziehen könnte bewirken, daß seine Liebe zu ihr plötzlich voll erblühte.

Jon, der sich von ihrer Teilnahmslosigkeit nicht beeindrucken ließ, streckte einen Finger aus und zeichnete den Weg nach, den seine Augen genommen hatten. Cathy gab ihm einen Klaps auf die Hand, mit dem Erfolg, daß er sie packte und zu sich aufs Bett zog. Hungrig senkten sich seine Lippen auf ihren Mund. Cathy ließ ihn eine Weile gewähren und biß ihn dann nicht allzu fest in die Zunge. Jon schrie auf, wich zurück und hielt sich die Zunge mit zwei Fingern.

»Ein Jammer, daß du mehr Appetit auf mich zu haben scheinst als auf gesunde Kost«, meinte sie leichthin. »Letztere würde deine Genesung erheblich beschleunigen.«

»Um ein Weib wie dich zu bändigen, dazu reichen meine Kräfte allemal«, gab er knurrend zurück und streckte wieder entschlossen die Hände nach ihr aus. Cathy tat ihr Bestes, um seinen Angriffen zu entgehen, aber ihre Leidenschaft machte ihr einen Strich durch die Rechnung. Schließlich streckte sie die Waffen und erwiderte seinen Kuß. Doch als sich seine Hand hinter ihrem Rükken an den Haken ihres Kleides zu schaffen machte, wurde sie energisch.

»Nein«, sagte sie. Jon sah sie erstaunt an.

»Warum nicht?«

»Weil ich nicht will«, erklärte sie mit erhobenem Kinn und zog ihre feingeschnittene kleine Nase kraus. »Ich möchte ... ich möchte lieber reden.«

»Reden!« Mit einen gequälten Stöhnen ließ Jon sich rückwärts in die Kissen fallen.

»Ja, reden.« Ihrer Theorie folgend, daß zeitweilige Abstinenz seine Liebe zu ihr nur fördern könne, war Cathy entschlossen, ihm diesmal nicht nachzugeben.

»Also, dann sprich«, seufzte Jon und verschränkte die Hände hinter dem Kopf. Cathy rutschte nach oben, bis sie ganz auf seiner Brust lag, das Kinn in die Hände gestützt, ihre Beine zwischen den seinen, aus Rücksicht auf seinen verletzten Oberschenkel. Jons Blick erwärmte sich angesichts der angenehmen Form ihrer Unterhaltung, doch als er sie küssen wollte, wich Cathy zurück und streckte ihm spielerisch die Zunge heraus.

»Warst du jemals verliebt?« begann Cathy, als Jon wieder sittsam in den Kissen lag.

»O Gott!« murmelte er und verdrehte genervt die Augen. »Sie will über Liebe sprechen, und ich will Liebe machen! – Ja, sehr oft sogar«, fuhr er dann mit einem diabolischen Grinsen fort. »Jedesmal ungefähr eine halbe Stunde lang.«

»Sehr witzig«, entgegnete Cathy säuerlich. »Ich meinte, wirklich verliebt.«

»Ach so. Ja, mit sechzehn war ich total vernarrt in meine Stiefmutter«, sagte er leichthin, den Blick an die Decke geheftet.

»Ehrlich?« fragte Cathy mißtrauisch.

»Ja, ganz im Ernst. Sie war zwanzig, als sie meinen Vater heiratete: ein rassiges, schwarzhaariges Weib mit dunklen, glänzenden Augen, und von der Natur üppigst ausgestattet. Zu dieser Zeit glaubte ich, sie sei das liebenswerteste Geschöpf auf Gottes Erdboden.«

»Und wie ging es weiter?« fragte Cathy ein wenig steif und unfähig, einen Anflug von Eifersucht zu unterdrükken. Wie töricht, dachte sie im gleichen Moment, eine Frau zu hassen, von der sie bis dato noch nie etwas gehört hatte, und noch dazu für etwas, das vor zwanzig Jahren passiert war.

»Ich war so vernarrt in sie, daß ich sie auf Schritt und Tritt verfolgte. Weißt du, ich war damals ein junger Bursche und habe sie verehrt wie eine Göttin. Sie hingegen hat nicht einmal bemerkt, daß es mich überhaupt gab, glaube ich. Ich kann mich nicht erinnern, daß sie mich jemals angesehen, geschweige denn angelächelt hätte. Ich stellte sie auf ein Podest und hätte nicht im Traum daran gedacht, sie auch nur zu berühren. Das wäre einer Entweihung gleichgekommen. Nun, jedenfalls habe ich sie an einem Nachmittag im August zur Schneiderin begleitet. Sie ging zweimal die Woche zu ihrer Schneiderin, und gewöhnlich wartete ich draußen vor dem Laden bis sie wieder herauskam. An diesem Nachmittag jedoch schlenderte Dich ohne einen besonderen Grund um das Haus herum und sah gerade noch, wie sie den Salon durch die Hintertür verließ. Natürlich wurde ich neugierig und folgte ihr. Sie ging zu einem kleinen Haus, das von der Straße etwas zurückgesetzt lag, und huschte hinein. In meiner Unwissenheit nahm ich an, daß sie einen anderen Schneider aufsuchte oder vielleicht eine Hutmacherin. Nach einer Weile siegte meine Neugier über meine strenge Erziehung, und ich ging um das Haus herum und lugte durchs Fenster. Meine liebe Stiefmutter lag so nackt wie Gott sie schuf auf dem Fußboden in der Bibliothek und jaulte wie eine läufige Hündin, während ein Mann, den ich noch nie zuvor gesehen hatte, zwischen ihren Schenkeln lag.«

»Hast du das deinem Vater erzählt?« keuchte Cathy, eher fasziniert als schockiert.

»Natürlich nicht. Er hätte mir ohnehin kein Wort geglaubt. Er liebte sie abgöttisch und war überzeugt davon, in ihr die vollkommenste Frau der Welt gefunden zu haben.«

»Und, was hast du dann gemacht?«

»Ich habe ein paar Sachen gepackt und bin noch in derselben Nacht von zuhause weggerannt. Ich hätte keinen Tag länger bleiben können. Allein bei dem Gedanken daran, was sie getan hatte, drehte sich mir schon der Magen um. Wenn ich dageblieben wäre, hätte ich sie mit Sicherheit umgebracht.« Jons Stimme klang immer noch bewußt locker, doch konnte Cathy die rauhe Note, die die Erinnerung an diese Ernüchterung begleitete, heraushören. Tröstend strich sie ihm über die stoppelige Wange. Jon drehte den Kopf, so daß sein Mund in ihrer Handfläche lag, und verzog dann das Gesicht.

»Spar dir dein Mitleid, Liebes. Obwohl ich damals nicht so dachte, weiß ich jetzt, daß mir das Luder damit einen Gefallen getan hat. An jenem Nachmittag bin ich erwachsen geworden und habe meine Naivität für immer verloren.«

»Und … und hast du dich dann bald in eine andere verliebt?« fragte Cathy freundlich, aber mit einem Hauch von Wehmut.

»So jedenfalls nicht mehr. Die Affären, die ich anschließend hatte, waren von einer Art, die ich dir aufgrund deiner Jugend nicht näher erklären möchte.« Er neckte sie, und Cathy zwinkerte ihm zu, froh, daß der harte Ausdruck aus seinem Gesicht gewichen war.

»Ich würde dich natürlich auch gerne fragen, ob du schon einmal verliebt warst«, zog er sie auf, »aber du bist ja noch ein Baby und hattest dazu noch keine Zeit.«

»Hatte ich sehr wohl!« protestierte Cathy empört und fügte auf seinen scharfen Blick hin rasch hinzu: »Nun, ich hatte einige Verehrer.«

»Das kann ich mir vorstellen«, entgegnete er trocken und ließ dabei seine Augen über ihr hübsches Gesicht wandern. »Und – haben sie dir Blumen gebracht und dir die Hand geküßt?«

»Selbstverständlich«, antwortete sie würdevoll.

»Das war aber auch schon alles«, brummte Jon leise.

»Woher willst du das denn wissen?« Cathy schlug die Augen nieder und warf ihm unter den langen Wimpern einen koketten Blick zu, in der Hoffnung, daß er sich noch einmal zu einem kleinen Eifersuchtsanfall hinreißen ließe. Doch als er nur müde grinste, fühlte sie sich irgendwie betrogen.

»Mein Kätzchen, das wurde mir spätestens bei unserem ersten Kuß klar. Dich hat vorher noch kein Mann angerührt.«

»Das glaubst du«, meinte Cathy verschnupft.

»Das ist eine Tatsache.« Jon zwickte sie scherzhaft in die Nasenspitze. »Ich bin schon mit so vielen Frauen im Bett gewesen, daß ich genau weiß, welche davon Erfahrung hatte und welche nicht. Und du hattest keine. Nicht die geringste.«

Cathy bekam vor Verlegenheit rote Ohren und funkelte ihn angriffslustig an.

»Du sagst das so, als ob ich nur eine von vielen wäre.« Obwohl sie sich um einen natürlichen Tonfall bemühte, klang ihre Stimme abweisend.

Jon musterte sie skeptisch. Sie hörte sich verletzt an, und das hatte er nicht beabsichtigt.

»Eifersüchtig?« fragte er, um sie abzulenken.

»Nicht die Spur«, erklärte Cathy kaltschnäuzig. »Auf dich werde ich mit Sicherheit niemals eifersüchtig sein.«

»Wunderbar, ich kann eifersüchtige Frauen nämlich nicht ausstehen«, erklärte Jon fröhlich, und als sie einen ihrer tödlichen Blicke auf ihn abschoß, packte er sie und rollte sich mit ihr auf die Seite.

»Genug geplaudert«, brummte er und drückte sie auf die weiche Matratze. »Ich habe Hunger. Aber nicht auf Salzfleisch.«

Als Cathy zwei Stunden später die Kabine verließ, schlief Jon immer noch tief und fest. Soweit also ihr Plan, sein Herz zu gewinnen, indem sie ihm ihren Körper versagte, dachte sie reumütig. Er hatte sie nicht einmal zwingen müssen. Nachdem seine zärtlichen Liebkosungen ihr Blut erst in Wallung gebracht hatten, war sie ihm in die Hände gefallen wie eine reife Frucht. Eine überreife, dachte sie und zuckte resigniert die Schultern. Nun, wenigstens hatte sie ihre Niederlage genossen.

Die Sonne tauchte als orangeroter Feuerball in die golden glitzernden Wellen und versank langsam hinter dem Horizont. Umrahmt von rasch dahinziehenden rosa und violett gefärbten Wolkenfetzen bot dieser Sonnenuntergang ein so atemberaubendes Schauspiel, daß Cathy an die Reling trat, um dieses Wunder der Natur in seinem ganzen Ausmaß zu betrachten. Außer ihr, dem wachhabenden Offizier und dem Steuermann am Ruder auf dem Achterdeck, war sonst niemand zu sehen; die abendliche Stille wurde nur vom Knirschen der Holzplanken und dem Knattern der Segel unterbrochen. Cathy lehnte an der Reling, ließ den wohltuenden Frieden dieser Stunde vor der Dunkelheit auf sich wirken und dachte an nichts besonderes, nicht einmal an Jon.

»Ich sehe, er besorgt es Euch gut«, höhnte plötzlich eine bissige Stimme hinter ihr. Cathy, die wußte, wem diese Stimme gehörte, drehte sich mit einem verdrossenen Seufzer um. Harry, wer sonst! Sie wünschte wirklich, er würde sich diese lächerliche Idee, in sie verliebt zu sein, endlich aus dem Kopf schlagen. Allmählich ging er Cathy damit maßlos auf die Nerven.

»Guten Abend, Harry«, entgegnete sie kühl, ohne auf seine unverschämte Bemerkung einzugehen.

»Guten Abend, Harry«, wiederholte er, indem er ihren Tonfall nachäffte. »Ich wette, daß Ihr Jon nicht so leidenschaftslos begrüßt.«

»Ihr seid aber nicht Jon«, beschied Cathy ihm gereizt, raffte die Röcke und wollte an ihm vorbeirauschen, doch Harry hielt sie am Arm fest. Mit einem scharfen Blick auf seine Hand forderte sie ihn auf, sie loszulassen.

»Laßt mich gehen, Harry«, zischte sie wütend und hoffte, daß sie nicht gezwungen sein würde, um Hilfe zu rufen. Nach der Frage, die Jon gestern gestellt hatte, brauchte es nicht viel, seinen Argwohn wieder zu wekken. Und wenn sie jetzt ein Hilfskommando herzitierte, um diesen lästigen Kerl loszuwerden, würde Jon postwendend davon erfahren.

»Noch nicht«, sagte er leise und sah sie dabei unsicher an. »Ich möchte mich für mein Benehmen kürzlich entschuldigen. Ich … ich konnte nicht anders. Ihr seid so wunderschön, und ich bin unsterblich in Euch verliebt. Allein der Gedanke daran, daß er Euch im Arm hält, macht mich schon wahnsinnig.«

»Ich nehme Eure Entschuldigung an, Harry«, sagte Cathy, die es für klüger hielt, auf die beiden letzten Sätze nicht einzugehen. Sie zog sanft an ihrem Arm. »Aber jetzt muß ich wirklich wieder runter. Es wird schon dunkel.«

»Mein Gott, Ihr wollt mich nicht einmal anhören!« brach es wütend aus Harry heraus. »Na, vielleicht reagiert Ihr auf das!«

Bevor Cathy noch ahnte, was er vorhatte, schlang er seine Arme um sie und zog sie an sich. Sie protestierte heftig und versuchte, sich ihm zu entwinden, was ihr jedoch nicht gelang. Harry war zwar bei weitem nicht so kräftig und muskulös wie Jon, doch ziemlich drahtig – und fest entschlossen, sie zu küssen. In der Hoffnung, ihn durch ihre Teilnahmslosigkeit davon zu überzeugen, daß seine Bemühungen fruchtlos waren, machte sie sich in seinen Armen steif wie ein Stock. Warte nur, dachte sie dabei zornig und biß die Zähne zusammen, um seine vorstoßende Zunge abzuwehren. Sobald du mich losläßt, knalle ich dir eine, daß dir Hören und Sehen vergeht, du dämlicher Lackaffe!

Cathys Augen, weit aufgerissen, blitzten vor Abscheu, während Harrys Lippen und Hände sie berührten. Doch als sie zufällig über seine Schulter blickte, wurden ihre Augen noch größer. Keinen Meter von ihnen entfernt stand Jon, schwer auf seine hölzerne Krücke gestützt. Atemlos vor Entsetzen sah sie dabei zu, wie ihm von einer Sekunde auf die andere das Blut ins Gesicht stieg. In seinen Augen, die sie jetzt anstarrten wie die eines tollwütigen Hundes, spiegelte sich die nackte Mordlust.

9

Jon spürte einen glühenden, abgrundtiefen Haß in sich aufsteigen, der so übermächtig wurde, daß er glaubte, er würde ihn jeden Moment in Stücke reißen. »Dieses verlogene Miststück!« fluchte er lautlos. Dabei war er beinahe schon überzeugt davon gewesen, daß sie anders war als all die anderen: freundlich, sanft, unschuldig – ja sogar, daß sie ihn wirklich gern hatte. »Idiot!« schalt er sich wutentbrannt. Er hätte wissen müssen, daß alle Weiber im Grunde gleich waren. Wie ein vertrottelter Schwachkopf hatte er sich von ihrem anmutigen Gesicht und ihrem hübschen Körper an der Nase herumführen lassen. Er kochte vor Wut bei der Vorstellung, daß diese doppelzüngige Schlange jedesmal, wenn sie ihm kleine Nettigkeiten ins Ohr geflüstert hatte, in Gedanken schon dabei war, sich heimlich mit einem anderen zu treffen. Aber damit war jetzt Schluß, schwor er sich grimmig. Er würde sie mit bloßen Händen in der Luft zerreißen. Und was Harry anbelangte … Jon lächelte böse. Hm, das würde ein Spaß werden!

Cathys entsetzte Stöße gegen Harrys Schultern hatten schließlich Erfolg. Widerwillig ließ er von ihr ab und war im Begriff, etwas zu sagen, den Blick leidenschaftlich auf ihr kreidebleiches Gesicht geheftet. Doch was er darin las, ließ ihn herumfahren. Heilige Mutter Gottes! Jon! So wütend hatte er ihn noch nie gesehen; das Gesicht des Kapitäns war vor Zorn dunkelrot angelaufen, seine eine Wange zuckte gefährlich, seine grauen Augen fixierten Harry wie die eiskalten Vorboten des Todes. Harry spürte, wie ihm alle Farbe aus dem Gesicht wich und dankte Gott im stillen, daß der andere Mann noch nicht wieder im Vollbesitz seiner Körperkraft war.

Regungslos wie Wachsfiguren in einem Horrorkabinett standen sich die drei einige Zeit gegenüber. Cathy gewann als erste die Kontrolle über ihre Gliedmaßen zurück. Sie rannte auf Jon zu, packte ihn am Arm und schüttelte ihn leicht.

»Liebling, es ist ganz anders, als es den Anschein hat«, erklärte sie mit gehetzter Stimme. Sein ausdrucksloses Gesicht und sein starrer Blick ängstigten sie mehr als jeder Wutausbruch es vermocht hätte. »Jon, du mußt mir glauben! Ich kann alles erklären ...!«

Jon starrte auf sie herunter, seine Augen glühten wie die Kohlen in des Teufels Herdfeuer. Das Wort ›Liebling‹ aus diesem heimtückischen kleinen Mund traf ihn, als hätte sie ihm ein Messer ins Herz gerammt. Der Schmerz war so groß, daß er sich beinahe übergeben mußte.

»Du verlogenes kleines Flittchen«, knurrte er leise.

Der Arm, den sie festhielt, stieß sie so heftig weg, daß sie rückwärts taumelte und auf den harten Plankenboden stürzte. Sie schrie laut auf vor Schmerz. Instinktiv bückte sich Harry, um ihr aufzuhelfen, doch Jon trat ihm brüsk in den Weg.

»Faß sie bloß nicht an, du verdammter Bastard«, fauchte Jon durch zusammengebissene Zähne. Seine Stimme war eiskalt, seine Hände, die Harry am liebsten den Hals umgedreht hätten, ineinander verkrampft. Harry wich zurück. Normalerweise war er kein Gegner für Jon, doch angesichts der körperlichen Verfassung des Käptens mochte er eine Chance haben ... oder auch nicht. Unbändige Wut verlieh bekanntermaßen sogar den schwächsten Kreatur übernatürliche Kräfte, und Jon sah selbst jetzt, auf eine Krücke gestützt, noch so aus, als wäre er imstande, ihn mit einer Hand in der Luft zu zerreißen. Aber Cathy brauchte seine Hilfe ... Und was Jon mit ihr anstellen würde, sobald er mit ihm fertig war, daran wollte er gar nicht erst denken.

Jon fackelte nicht lange. Mit bedrohlich langsamen Bewegungen näherte er sich Harry, der vor der kalten Entschlossenheit seines Blickes immer weiter zurückwich. Wenn je der Tod aus den Augen eines Mannes gestarrt hatte, dann in diesem Moment aus denen Jons.

Mit tödlicher Zielstrebigkeit zog Jon das lange Messer aus der Lederschneide an seinem Gürtel und ließ seinen Finger beinahe zärtlich über die frisch geschliffene Klinge gleiten. Harry, der bereits mit dem Rücken an der Reling lehnte, konnte keinen Schritt weiter zurückweichen. Verzweifelt sah er sich nach einer Waffe um. Aber da war keine. Die Angst, die ihm mit eiskalten Händen die Kehle zuschnürte, hinterließ einen gallebitteren Geschmack in seinem Mund.

Cathy sah genau, was geschehen würde. Sie rappelte sich mit einem gellenden Angstschrei hoch, rannte zu Jon hin und packte seinen Arm, der das Messer hielt, mit einem Griff, der sich nicht abschütteln ließ.

»Jon, laß ihn!« schrie sie ihn furchtlos an. »Harry hat nichts getan! Du darfst ihn nicht umbringen! Es war meine Schuld! Hörst du? Es war allein meine Schuld!«

Diese Lüge war die einzige Möglichkeit, die ihr einfiel, um Harrys Leben zu retten. Nur wegen eines Kusses konnte man doch niemanden töten! Jon brauchte nur ein wenig Zeit, um über seine erste Wut hinwegzukommen, dann würde er das sicher einsehen. Aber bis dahin mußte sie ihn daran hindern, etwas zu tun, was er anschließend sein Leben lang bereuen würde.

Ihre Worte vermochten es tatsächlich, Jons Aufmerksamkeit von Harry abzulenken. Langsam wanderte sein glühender Blick zu ihr hin, heftete sich zuerst auf ihre blauen Augen, die so groß wie Untertassen waren, und dann auf ihre bebenden Lippen. Vor noch nicht einer Stunde hatte dieser weiche Mund ihn schier verrückt gemacht … und jetzt trieb er ihn auf andere Weise zur Raserei. Seine Augen sprühten tödliche Funken, als er eine Hand nach ihre ausstreckte und sie an den Haaren packte. Im nächsten Augenblick riß er ihren Kopf so heftig nach hinten, daß Cathy glaubte, er wolle ihr das Genick brechen. Grob bohrten sich seine starken Finger in ihre Kopfhaut, wickelten sich dann um eine blonde Strähne und drehten ihren Kopf so weit herum, bis er an seiner harten Schulter lehnte und sie zu ihm aufsehen mußte. Cathy versuchte erst gar nicht, sich zu wehren. Trotz seines Zorns glaubte sie nicht, daß sie ernstlich etwas von ihm zu befürchten hatte. Doch wenn sie sich ihm jetzt widersetzte, so lief sie Gefahr, daß er womöglich doch noch die Beherrschung verlor.

Sein Mund, schmal wie ein Strich, preßte sich ohne Vorwarnung auf den ihren und zwang ihre Lippen gnadenlos auseinander. Er küßte sie, als ob er ihr weh tun, sie beleidigen, ihr seinen Besitzanspruch wie mit einem glühenden Eisen ins Bewußtsein brennen wollte. Cathy zitterte unter diesem gewaltsamen Angriff, doch anstatt sich dagegen zu sträuben, erwiderte sie seinen Kuß mit aller Hingabe. Eine winzige Spur seines Zorns war aus seinen Augen gewichen, als er sich von ihr löste.

»Sie gehört mir!« bellte er Harry an, der die Szene mit eisigem Schweigen beobachtet hatte. Cathy zuckte unter den Worten, die die trügerische Stille zerrissen wie Pistolenschüsse, erschrocken zusammen. Jon wirbelte sie so herum, daß sie mit dem Rücken an seiner Brust lehnte, das Gesicht Harry zugewandt. Die Hand, die das Messer hielt, preßte sich auf ihren Bauch, die Klinge zeigte auf Harry, der angesichts des kalt blitzenden Stahls leichenblaß wurde.

»Sie gehört mir«, wiederholte Jon fuchsteufelswild. »Wenn du sie noch einmal anfaßt, bringe ich dich um! Hast du das verstanden?«

Harry starrte Jon an und nickte wortlos. Er fühlte sich wie ein Verbrecher, dem gerade ein Vollstreckungsaufschub gewährt wurde. Jons Blick glitt über ihn hinweg, immer noch flackernd vor Zorn, um sich dann auf das zitternde Mädchen zu heften, dessen weichen Körper er so brutal an sich gepreßt hielt. Mit einem groben Stoß stieß er Cathy von sich, daß sie der Länge nach zu Boden fiel.

»Schau, daß du in die Kabine kommst, du Schlampe!« knurrte er. Als Cathy keine Anstalten machte, ihm zu gehorchen, hob er eine Hand, als wollte er sie schlagen. Cathy funkelte ihn zornig an, doch bevor sie etwas erwidern konnte, schaltete Harry sich ein.

»Sie lügt«, sagte er so langsam, als hätte man ihm die Worte einzeln entrissen. »Sie hat nichts getan. Ich habe sie geküßt, obwohl sie sich dagegen wehrte. Sie ist absolut unschuldig, wie Ihr eigentlich wissen müßtet, wenn Ihr nicht so verdammt vernagelt wärt. Sie ist viel zu gut für Euch. Ihr behandelt sie wie eine Hure, und trotzdem nennt sie Euch Liebling.«

Jons Augen hefteten sich wieder auf Harry. Cathy stand auf. Ihr Mund zitterte. Dieser letzte Gewaltakt hatte sie erschreckt, gleichzeitig aber auch zornig gemacht. Sie konnte nicht begreifen, daß er sie so brutal behandelt hatte, nicht jetzt, nicht nach all den ... Eine Hand auf die zitternden Lippen gepreßt, drehte sie ihm den Rücken zu und ging würdevoll zur Kabine zurück. Dabei spürte sie, wie sich sein harter Blick in ihren Rücken bohrte.

Während Jon seine ganze Aufmerksamkeit auf sie konzentrierte, nutzte Harry die Gelegenheit, sich aus dem Staub zu machen. Und als Jon sich nach einer Weile wieder umdrehte, mußte er feststellen, daß er allein an Deck war. Einige Minuten stierte er blind auf das dunkle Meer hinaus, dann humpelte er Cathy hinterher in die Kabine.

»Ist das wahr?« fragte er mit schwerer Stimme. Er lehnte mit dem Rücken an der geschlossenen Tür; Cathy hatte sich in die äußerste Ecke verdrückt. Ihre Augen schimmerten wie zwei saphirblaue Seen in dem kalkweißen Gesicht, die Arme hatte sie um ihren zitternden Körper geschlungen. Sie sah Jon mit versteinertem Blick an.

»Ist das wahr?« wiederholte er schneidend. »Hat er dich dazu gezwungen?«

»Glaub, was du willst«, sagte Cathy kalt. »Es ist mir völlig gleichgültig.«

Jons graue Augen schienen sich wie Glasscherben in ihren zitternden Körper zu bohren. Cathy erwiderte seinen Blick mit stoischer Gelassenheit. Wenn er sie als Schlampe titulierte, nach der sklavischen Hingabe, mit der sie ihn verwöhnt hatte, dann hatte er keine Erklärung verdient!

»Ich habe dir eine Frage gestellt.« Jons Stimme grollte wie ein Vulkan kurz vor dem Ausbruch. »Und ich rate dir dringend, sie zu beantworten.«

Cathy warf ihm einen vernichtenden Blick zu.

»Ich habe keine Angst vor dir«, fauchte sie giftig.

»Verdammt, das solltest du aber«, knurrte Jon und löste sich langsam von der Tür. Cathy blieb stehen, wo sie war, das Kinn angriffslustig vorgeschoben, den Blick zornig auf ihn gerichtet. Zwar duckte sie sich instinktiv, als er die Arme nach ihr ausstreckte und dabei eine wüste Beschimpfung ausstieß, gab aber keinen Laut von sich. Seine großen Hände schlossen sich um ihren Hals und drückten gerade so fest zu, daß sie deren tödliche Kraft spüren konnte; die Daumen schoben sich unter ihr Kinn und hoben es an, bis sich ihre Blicke trafen.

»Ich könnte dir mit einer Hand das Genick brechen«, stieß Jon hervor und lockerte seinen Griff ein klein wenig.

»Und warum tust du es dann nicht?« keuchte Cathy. Ihr Zorn hatte über ihre Angst gesiegt.

»Ich werde es tun«, versprach Jon gehässig, »wenn du mir meine Frage nicht sofort beantwortest. Hat Harry die Wahrheit gesagt? Hat er dich gegen deinen Willen geküßt?«

»Dich hat wieder die Eifersucht gepackt, stimmt's?« hauchte Cathy spöttisch. »Du bist schier verrückt vor Eifersucht. Aber wie ich dir schon sagte, du hast kein Recht auf mich. Ich kann tun und lassen, was ich will!«

Über Jons Augen legte sich ein dunkler Schleier.

»Cathy.« Seine Stimme war nur noch ein Flüstern. »Ich rate dir noch einmal, deine scharfe Zunge zu hüten. Ich verlange eine Antwort. Hat er dich gezwungen?«

»Angenommen, ich beantworte die Frage mit Ja,« gab sie herausfordernd zurück, »würdest du mir glauben? Wie es scheint, traust du mir zu, daß ich da draußen etwas ganz Schlimmes verbrochen habe.« Sie nickte in Richtung Deck.

»Ich werde dir glauben«, raunte Jon nach langem Schweigen. »Gott allein weiß warum, aber ich glaube dir.«

»Also gut, er hat mich gezwungen. Bist du jetzt zufrieden?« In ihrer Stimme klang immer noch leiser Spott mit.

Jon blickte in ihr rebellisches kleines Gesicht und spürte die zarte Zerbrechlichkeit ihres weißen Halses unter seinen Händen. Er könnte sie mühelos umbringen ... Unwillkürlich drückten seine Finger zu, bis ihr das Blut in die bleichen Wangen schoß, dann lockerte er seinen Griff. Sie hatte gesagt, daß Harry sie zu dem Kuß gezwungen hatte ...

»Ist das wahr?« fragte er und durchbohrte sie förmlich mit seinem glühenden Blick. Cathy schnaufte vor Wut.

»Du hast doch gehört, was ich gesagt habe, oder nicht? Und wenn ich dich richtig verstanden habe, hast du soeben versprochen, mir zu glauben.«

»Also gut. Ich glaube dir.« Jon spürte, wie der pochende Schmerz in seinem Magen allmählich nachließ. Seine Hände lösten sich von ihrem Hals und sanken schlaff herunter.

Cathy schaute ihm verdrossen nach, als er sich umdrehte und zur Koje humpelte. Seine Krücke lag noch da, wo er sie hatte fallenlassen, an der Kabinentür. Er hob sie auf und lehnte sie an die Wand neben dem Bett. Mit einem Seufzer ließ er sich auf die Matratze sinken, Cathy den Rücken zugewandt, das verletzte Bein kerzengerade ausgestreckt. Abwesend begann er den Oberschenkel zu massieren. Cathy beobachtete ihn dabei und spürte, wie ihre Wut allmählich verrauchte. Schließlich hatte sie gewollt, daß er sich in sie verliebte, und Eifersucht war ein gesundes Symptom der Liebe. Aber vielleicht täuschte sie sich auch. Vielleicht verhielt er sich immer so besitzergreifend, wenn es um etwas ging, auf das er seiner Meinung nach Anspruch hatte.

»Tut dein Bein noch sehr weh?« erkundigte sie sich, ohne es eigentlich zu wollen. Die breiten Schultern zuckten.

»Ich werd's überleben«, brummte er und warf ihr einen raschen Blick zu, ehe er mit gepreßter Stimme hinzufügte: »Hat er dich früher schon einmal angefaßt?«

Sofort regte sich Cathys Widerspruchsgeist aufs neue.

»Wenn du wissen willst, ob ich mit ihm geschlafen habe, kannst du mich das auch ganz direkt fragen!«

»Hast du?« knurrte er. Cathy glaubte, Spuren von Schmerz in seinen grauen Augen zu erkennen. Schmerz – der nicht von seinem verwundeten Bein herrührte. Mit einem Schlag wurde ihr klar, daß er zutiefst verletzt war. Seine Gewalttätigkeit war das Ergebnis einer seelischen Verwundung. Diese Erkenntnis und die Erinnerung an das, was er ihr von seiner Stiefmutter erzählt hatte, besänftigten sie augenblicklich. Ihre Röcke raschelten leise, als sie durch die Kabine ging, sich vor ihn hinkniete und seine braunen Hände in die ihren nahm. Er wehrte sich nicht dagegen, doch der Blick, mit dem er sie betrachtete, war äußerst argwöhnisch.

»Jon, ich hatte noch nie einen anderen Mann«, begann sie, die Augen forschend auf sein skeptisches Gesicht gerichtet. »Und wenn du dich erinnerst, habe ich mich auch dir nicht freiwillig hingegeben. Du mußtest mich dazu zwingen, nicht wahr?«

Sein Schmerz mußte wirklich sehr tief sitzen, daß er diese Feststellung widerspruchslos hinnahm und nur kurz nickte.

»Wie kommst du eigentlich zu der Annahme, daß es ein anderer Mann leichter mit mir haben könnte?« fragte sie ernst. »Ich bin eben doch keine Schlampe, die mit jedem Mann ins Bett steigt, der ihr schöne Augen macht. Ich bin dazu erzogen worden, gewisse moralische Grundsätze zu respektieren. Du hast mir zwar meine Unschuld geraubt, aber an meinen Prinzipien hat das nichts geändert.«

Ihr Blick, mit dem sie ihn betrachtete, war offen und ehrlich. Jon fühlte sich schon ein wenig besser. Was sie gesagt hatte, entsprach der Wahrheit. Sie war zur Lady erzogen worden, und sie war noch Jungfrau gewesen, als er sie genommen hatte. Und es war nicht sehr wahrscheinlich, daß sie sich in dieser kurzen Zeit Hurentricks angeeignet hatte. Seine Finger schlossen sich fester um ihre Hände, und sein harter Mund verzog sich zu einem kleinen, reumütigen Lächeln. Cathy erwiderte dieses Lächeln mit einem warmen Blick. Trotz seiner Fehler, oder gerade deswegen, hatte sich an ihrer Liebe zu ihm nichts geändert.

»Es scheint, als müsse ich dich schon wieder um Verzeihung bitten«, seufzte er geknickt und führte ihre Hände an seine Lippen, eine nach der anderen. »Aber du hättest mich nicht anlügen dürfen. Habe ich dir sehr weh getan, Liebste?«

»Nein«, antwortete Cathy. »Nicht wirklich. Nur halb zu Tode erschreckt hast du mich.«

»Das glaube ich dir aber nicht«, murmelte er und strich ihre eine Strähne aus der Stirn. »Du hast mich angefaucht wie eine Tigerin auf der Jagd. Kein bißchen Angst, das du vor mir hattest.«

»Ich war mir einfach sicher, daß du mir nichts tun würdest«, erklärte Cathy und senkte bescheiden den Blick. »Habe ich mich da getäuscht?«

Jon grinste sie an, und ein süffisantes Blitzen verbannte die letzten Spuren von Argwohn aus seinen Augen.

»Das wirst du nie erfahren, mein Kätzchen. Aber jetzt genug mit diesem Unsinn. Ich will mein Abendessen!«

»Zu Befehl, Sir. Sofort, Sir, Master!« gab Cathy zurück und buckelte vor ihm wie ein chinesischer Kuli. Jon revanchierte sich mit einem freundlichen Klaps auf ihren Po, und Cathy ging, um Petersham zu bitten, das Abendessen zu servieren.

Bis nach dem Essen wurde das heikle Thema nicht mehr angesprochen. Petersham räumte den Tisch ab, und als sie wieder allein waren, schlug Jon vor, eine Partie Schach zu spielen. Lachend erklärte Cathy, daß er nur deshalb so gerne mit ihr Schach spiele, weil sie sich dabei so dumm anstellte. Schon während ihre Hand unentschieden über zwei Figuren schwebte, brachte er das Thema wieder auf den Tisch.

»Hat Harry dich schon vorher einmal belästigt?« fragte er beiläufig, den Blick auf das Schachbrett gerichtet.

»Er hat mich noch nie zuvor geküßt, wenn es das ist, was du wissen willst«, antwortete Cathy, während sie wahllos eine ihrer Figuren bewegte.

»Aber er hat dich auf andere Weise belästigt, hab' ich recht?« insistierte er und musterte sie eindringlich.

Cathy, die nicht noch mehr Ärger zwischen den beiden Männern stiften wollte, kaute nachdenklich an ihrer Unterlippe. Ihr war klar, daß der Zeitpunkt gekommen war, ihm die Wahrheit zu sagen.

»Er glaubt, er sei in mich verliebt.«

Jons Augen verdunkelten sich, nagelten Cathy mit einem düsteren Blick fest. Ängstlich hielt sie die Luft an in Erwartung eines neuerlichen Ausbruchs.

»Und du ... glaubst du auch, daß du in ihn verliebt bist?« Die Frage klang beinahe komisch, doch Cathy nahm sich in acht.

»Was denkst du denn darüber?« stellte sie lässig die Gegenfrage, obgleich sie innerlich frohlockte. Dem Tonfall seiner letzten Frage nach zu schließen, dauerte es nicht mehr lange, bis er sich in sie verlieben – und das auch zugeben – würde. Bis dahin jedoch mußte sie ihr Triumphgefühl tunlichst verborgen halten. Das letzte, was sie wollte, war, ihm das Gefühl zu geben, daß sie ihn manipulierte. Er traute Frauen ohnehin nicht über den Weg, und wenn er den Eindruck gewann, daß sie es auf ihn abgesehen hatte, würde er höchstwahrscheinlich das Weite suchen.

Jons Augen flackerten kurz, dann wandte er sich wieder angelegentlich dem Spiel zu. Bevor er ihre Frage beantwortete, schaute er sich erst ihren Zug an.

»Ich werde schon dafür sorgen, daß er dich nicht wieder belästigt«, war alles, was er sagte, doch Cathy hörte aus diesem Versprechen noch eine Menge anderes heraus.

Jon stand zu seinem Wort. Einem großen, hinkenden Schatten gleich wich er nicht von ihrer Seite, bis die ›Margarita‹ in die Bucht von Las Palmas segelte. Harrys Aufgabengebiet erstreckte sich jetzt ausschließlich auf das Vorderdeck, am entgegengesetzten Ende des Schiffes. Schon am nächsten Morgen nach dem unglücklichen Zwischenfall hatte Jon entgegen Cathys heftiger Proteste das Kommando wieder übernommen, und als der bevorstehende Sturm hereinbrach, war Jon bereits voll einsatzfähig. Zwar hinkte er noch ein bißchen, brauchte jedoch keine Krücke mehr zum Gehen. Und sobald sich das Wetter soweit aufgeklart hatte, daß Cathy wieder einen Spaziergang an Deck wagen konnte, achtete sie peinlichst darauf, sich stets auf dem Achterdeck und in Jons Blickweite aufzuhalten. Wenn ihn seine Pflicht aus diesem oder jenem Grunde einmal woanders hin rief, kommandierte er Petersham als Leibwächter ab. Cathy mußte heimlich über Jons übertriebene Sicherheitsmaßnahmen lächeln, fühlte sich dadurch aber auch in gewisser Weise geschmeichelt. Es schien, als achte der Kapitän wirklich vorbildlich auf seinen Besitz.

Am 1. August erreichte die ›Margarita‹ endlich ihren Heimathafen. Cathy hatte zu diesem Zeitpunkt Schiffe, Wellen und das endlose Meer so satt, daß sie selbst die Hölle willkommen geheißen hätte, wenn es dort nur nicht schaukelte. Doch Las Palmas war ein Traum. Sie war restlos begeistert von der kleinen Insel, die wie eine Perle inmitten des blauen Ozeans thronte. Man hatte Las Palmas nach den Kokospalmen benannt, die überall auf der Insel wuchsen; elegant bogen sich die schlanken Stämme im Wind, der in ihren Blättern raschelte. Im Hintergrund der halbmondförmigen Bucht mit ihrem schneeweißen Sandstrand erhob sich eine dichte Baumreihe, in derem üppigen Blätterwerk alle Arten von exotischen Vögeln schillernden Farbtupfern gleich herumflatterten. Und über dieser ganzen Szenerie hing der schwere, aromatische Duft tropischer Blüten.

Jons Haus stand auf einer schmalen Felsenklippe am Rand der Bucht, etwa eine halbe Meile von einer Ansammlung strohgedeckter Gebäude entfernt, die ein kleines Städtchen bildeten. Cathy hatte sich auf den ersten Blick in das Haus verliebt. Es war ein einstöckiges, verschachteltes Gebäude, dessen Mauerwerk aus Muschelsand gebrannt war; im Sonnenlicht glitzerten die Ziegel, als wären sie aus winzigen Diamantensplittern gefertigt. Die weitläufigen, luftigen Räume waren weiß gestrichen, um sie kühl zu halten, und nur mit einem Minimum an Möbeln ausgestattet. Große Fenster, durch die man nach vorne hinaus auf das Meer und nach hinten auf einen lauschigen Garten blickte, vermittelten den Eindruck, als befände man sich im Freien. Es gab zwei einheimische Bedienstete, die Haushälterin Juta und ihren Mann Kimo. Die beiden zeigten sich ihrer neuen ›Mam‹ gegenüber so übertrieben respektvoll, daß es beinahe komisch wirkte, und versprachen Cathy und Jon in ihrem Pidgin-Englisch, daß sie ihr allergrößte Fürsorge angedeihen lassen wollten. Jon gab sich betont lässig, als er ihr das Haus und den Garten zeigte, aber Cathy spürte, wie viel ihm daran gelegen war, daß es ihr gefiel. Deshalb lächelte sie ihn an und versicherte ihm, daß alles einfach wunderschön sei. Mit einem breiten Grinsen nahm Jon sie in die Arme und gab ihr einen festen Kuß auf den Mund. Diese überschwengliche Zärtlichkeit gab Cathy das Gefühl, nicht seine Mätresse, sondern seine geliebte Braut zu sein, und das genoß sie in vollen Zügen.

Auf der Insel lebten ungefähr zweihundert Europäer, und es versetzte Cathy einen erheblichen Schock, als sie erfuhr, daß sie alle ihr Geld auf die gleiche Weise verdienten wie Jon: durch Seeräuberei. Nur wenige Männer hatten europäische Gattinnen oder Mätressen, die meisten gaben sich mit einem gelegentlichen Rendezvous bei einheimischen Mädchen zufrieden. Cathy streifte Jon mit einem kurzen Seitenblick und fragte sich im stillen, ob er es während seiner Aufenthalte hier auch so gehalten hatte, sagte aber nichts. Petersham hatte ihr erzählt, daß sie die erste Frau sei, die Jon in seinem Haus beherbergte, und das genügte ihr. Schließlich war dieser Mann vierunddreißig Jahre alt und sehr sinnesfreudig obendrein; sie konnte demnach kaum erwarten, daß er bisher wie ein Mönch gelebt hatte. Entschlossen verbannte sie deshalb alle eifersüchtigen Gedanken aus ihrem Kopf.

Cathy staunte nicht schlecht, als Jon ihr eines Tages einen weißhaarigen, großväterlichen Mann zeigte, den Roten Jack, der, wie er ihr erklärte, den Namen wegen des Blutes seiner Opfer trüge, das an seinen Händen klebte. Als Cathy daraufhin den alten Mann mit furchtsam aufgerissenen Augen anstarrte und sich dann mit einem zweifelnden Blick an Jon wandte, lachte dieser laut auf.

»Du solltest ihn mal auf See erleben« meinte er mit einem vielsagenden Grinsen.

Nachdem Cathy gesehen hatte, wie verändert Jon hier auf Las Palmas war, glaubte sie ihm das aufs Wort. Kaum daß Jon die ›Margarita‹ verlassen und einen Fuß auf die

Insel gesetzt hatte, war die harte Schale der Autorität wie ein Mantel von seinen Schultern gefallen. Hier in Las Palmas wirkte er um Jahre jünger – ja, beinahe jungenhaft. Er lachte viel und herzlich und schlug schier Purzelbäume, um sie zu erheitern oder ihr eine Freude zu machen. In dieser neuen Rolle liebte sie ihn noch viel mehr und begann allmählich zu fürchten, daß er ihr bald ihr Geheimnis von den Augen ablesen könnte. Entschlossen, sich nichts von ihrer Liebe anmerken zu lassen, bis sie sicher war, daß er ihr die gleichen Gefühle entgegenbrachte, lebte sie in der ständigen Angst, sich zu verraten. Jon blühte unter ihrer vorsichtigen Zuneigung so sichtbar auf, daß Petersham Cathy gegenüber in einem privaten Gespräch äußerte, daß der Käpten sich um hundertachtzig Grad gewandelt habe.

Die einsame Bucht und das glitzernde Meer wirkten so einladend, daß Cathy ihren ersten Morgen auf Las Palmas mit Jon am Strand verbrachte, neben ihm im Sand ausgestreckt faulenzte und sich im Meer tummelte. Jon trug zum Schwimmen nur eine kurze Hose, die seinen kräftigen Oberkörper und seine muskulösen Beine noch wirkungsvoller zur Geltung brachte. Die lange, gezackte Wunde auf seinem Oberschenkel schillerte dunkelrot im Sonnenlicht, die Narben auf seiner Brust sahen aus wie glänzende Tapferkeitsmedaillen. Cathy verspürte den unwiderstehlichen Drang, ihre Lippen tröstend auf diese schmerzhaften Erinnerungen zu pressen, mit dem Erfolg, daß Jons Atem sich sofort beschleunigte, als sie ihrem Wunsch nachgab. Den Rest des Tages verbrachten sie in seinem breiten Messingbett.

Zu ihrer Freude stellte Cathy fest, daß sie schneller schwimmen konnte als Jon. Zwar hatte er viele Jahre auf dem Meer zugebracht und konnte sich auch bei stürmischster See stundenlang in den Wellen behaupten, doch mit Cathys ganz speziellem Schwimmstil, den sie sich in Lissabon angeeignet hatte, konnte er es nicht aufnehmen. Zuerst war er ein bißchen pikiert darüber, dann aber stolz auf ihre Fertigkeiten und lernte schnell, keine Wetten mehr darauf abzuschließen, daß er bei einem Wettschwimmen mit ihr durch die Bucht als erster ankäme.

An einem heißen Nachmittag, etwa einen Monat, nachdem die ›Margarita‹ in den Hafen von Las Palmas eingelaufen war, lag Jon am Strand, seitlich auf einen Ellbogen gestützt, in die Betrachtung von Cathys schlafendem Gesicht versunken. Sie lag eine Armlänge von ihm entfernt auf dem Rücken, hatte die Augen fest geschlossen und schnarchte leise. Schmunzelnd bewunderte Jon die dunklen Halbmonde ihrer Wimpern, die so anmutig auf ihren Wangen ruhten. Ihre Liebesspiele in der Nacht zuvor waren lang und sehr leidenschaftlich gewesen und hatten bis in die frühen Morgenstunden gedauert, als die Sonne bereits ihre ersten glutroten Strahlen in den dunklen Nachthimmel warf. Ganz offensichtlich war Cathy völlig erschöpft. Kaum hatte sie sich im Sand ausgestreckt, war sie auch schon eingeschlafen.

Ihre cremefarbene Haut hatte inzwischen die goldene Frische eines reifen Pfirsichs angenommen; die tropische Sonne zauberte schimmernde Glanzlichter in ihr Haar. Ihre Figur, die sich unter dem knielangen Musselinkleid deutlich abzeichnete, das sie zum Schwimmen trug, war in den Monaten, seit er sie kannte, sichtbar gereift; die lieblichen Brüste waren voller geworden, ihre Taille fester und die Oberschenkel länger und geschmeidiger. Sie war jetzt mehr Frau als Mädchen. Jon spürte, wie sein Herz zu galoppieren begann, während er sie betrachtete. Sie war so außergewöhnlich schön, daß er manchmal nicht glauben konnte, daß sie wirklich existierte

Aber noch wichtiger als die äußere Schönheit, überlegte er, war für ihn die Wärme und Freundlichkeit, die dieses Mädchen ausstrahlte. Durch ihre Zärtlichkeit hatte sie die stürmischen Wogen seines früheren Umgangs mit

Frauen geglättet und ihn zum sogenannten salonfähigen Sex hingeführt. Sie war eine unter Millionen, dachte er, eine Frau, die man vor allen anderen Männern schützen mußte. Sie war die seine – und sollte die seine bleiben.

Verdrossen wanderten seine Gedanken zu Harry, und sofort verfinsterte sich seine Miene, als er die Szene an Deck der ›Margarita‹ wieder Revue passieren ließ und Cathy in Harrys Armen sah. Verdammt, er hätte den Kerl umbringen sollen! Und er mußte zugeben, daß Cathy mit ihren spöttischen Bemerkungen ihn damals zwar furchtbar geärgert, aber zielgenau ins Schwarze getroffen hatte. Er *war* eifersüchtig gewesen – daran gab es nichts zu deuteln. Selbst die Erinnerung an dieses Bild genügte, daß der grüne Dämon wieder sein gräßliches Haupt erhob.

Jon konnte sich nicht erinnern, jemals auf eine seiner früheren Gespielinnen eifersüchtig gewesen zu sein, und er fand nur eine einzige Erklärung dafür: Eifersucht war eine Nebenerscheinung der Liebe. Kurzzeitig spielte er mit dem Gedanken, daß er sich vielleicht doch ein wenig in dieses rotblonde kleine Mädchen verliebt hatte, verwarf diese Vorstellung jedoch schon im nächsten Moment als absolut lachhaft. Er hatte seine Impfung gegen derartige Torheiten schon vor langer Zeit – und aus der Hand von Expertinnen – erhalten. Zugegeben, sie war zweifellos hübscher und zärtlicher als die meisten anderen Frauen, hatte andererseits aber auch nichts so Besonderes an sich, das ihn dazu bewegen könnte, seine Prinzipien aufzugeben, die er sich im Laufe seines Lebens so hart erarbeitet hatte. Oder doch?

Er analysierte diesen Gedanken, schlich um ihn herum wie ein Bär um einen Honigtopf, hinter dem er eine Falle wittert. War es möglich, daß das heftige Verlangen und die Besitzgier, die er ihr gegenüber empfand, einem viel tiefergehenden Gefühl entsprangen? Jon verwarf diese Vorstellung mit einer unwirschen Kopfbewegung, kam dann aber widerwillig darauf zurück. Wenn er ganz ehrlich war, mußte er zugeben, daß er sich bis über beide Ohren in eine siebzehnjährige Göre verliebt hatte, die nur zu lächeln brauchte, um sein Herz schneller schlagen zu lassen.

Jon legte sich auf den Rücken, starrte hinauf in den azurblauen Himmel und zerpflückte im Geiste die einzelnen Aspekte seiner neuen und, wie es ihm schien, sehr mißlichen Situation. Vom ersten Moment an, kaum daß er einen Blick auf dieses kleine Biest geworfen hatte, das aussah wie eine Wildkatze mit ihrem rotgoldenen Haar, das ihr in Kaskaden über den halbnackten Körper fiel, und den saphirblauen Augen, die Feuer spucken konnten, hatte er schon in der Falle gesessen. Er hatte sie leidenschaftlich begehrt und sich genommen, was er wollte. Und damit hätte er es, wie man so schön sagte, gutsein lassen sollen! Denn kurz darauf, als sie ihm mit so viel erstaunlichem Mut die Stirn geboten hatte, vertiefte sich seine Sehnsucht nach ihr und mischte sich mit Bewunderung. Er hatte es hier nicht mit einem schüchternen, unterwürfigen Weibsbild zu tun, das aus lauter Angst vor einem verwegenen Seeräuber sein bißchen Verstand verlor. Ganz im Gegenteil, in Cathy hatte er eine heißblütige, leidenschaftliche Frau gefunden, die schnell gelernt hatte, ihm Paroli zu bieten; Kuß um Kuß, Schlag um Schlag.

Jons Gedanken wanderten weiter, spürten in der Erinnerung immer neue, verräterische Zeichen auf. Großer Gott, die Sorgen, die er sich damals in Cadiz um sie gemacht hatte, als ihm klar wurde, daß sie in die Stadt geflohen war. Er war schier verrückt geworden vor Angst bei der Vorstellung, welchen Gefahren sie in dieser verruchten Stadt begegnen konnte! Und dann, als er diese Spelunke betreten und sie dort entdeckt hatte, zitternd und zu Tode beschämt, die lieblichen Brüste entblößt, da hatte er vor Zorn nur noch rot gesehen. Am liebsten hätte er die ganze lüsterne Meute auf der Stelle umgebracht, hatte sich jedoch noch solange beherrscht, bis er sie in Sicherheit wußte. Wohl aber hatte er sich in diesem Augenblick geschworen, den Mann, der es gewagt hatte, sie zu schlagen, kaltzumachen – und er hatte seinen Schwur gehalten. Mit einer Kugel hatte er diesem Schweinehund das Gehirn aus dem Schädel geblasen.

Er mußte sie damals schon geliebt haben, überlegte er, hatte es nur noch nicht gewußt. Und damit stellte sich die Frage, ob sie ihn ebenfalls liebte ... Daß sie ihn mochte, das wußte er, und manchmal, wenn seine Liebesspiele sie vor Ekstase zittern ließen, schien es, als ob ihre Gefühle für ihn über das bloße Mögen hinausgingen. Doch andererseits hatte er viele Frauen im Bett gehabt und wußte, wie wenig man auf ihre leidenschaftlichen Liebesbezeugungen letztendlich geben konnte. Sein Stolz verbot es ihm, Cathy seine Liebe zu gestehen, solange er nicht sicher war, daß sie ihm dieselben Gefühle entgegenbrachte. Liebte sie ihn nämlich nicht, so wäre eine Liebeserklärung das gleiche, als gäbe er ihr eine Peitsche in die Hand, um ihn damit nach Lust und Laune zu züchtigen. Nein, es war viel klüger, *sie* dahin zu bringen, *ihn* zu lieben, beschloß er, absolut davon überzeugt, daß ihm das gelänge. Vielleicht würde er sie dann sogar heiraten ...

Jons innere Stimme gebot diesen neuerwachten, zärtlichen Gefühlen umgehend Einhalt. Heiraten war nur etwas für Dummköpfe und Schwächlinge, mahnte sie. Auf der ganzen Welt gab es keine Frau, für die es sich lohnte, seine Freiheit aufzugeben! Aber wie sonst konnte er Cathy an sich binden? Ihm würde es nichts ausmachen, mit diesem Fratz in wilder Ehe zusammenzuleben, auch wenn er sie damit entehrte. Heiratete er sie, schnitte er nur sich selbst die Ehre ab. Doch bei der Vorstellung, daß Cathy wegen ihm in Schande leben mußte, wurden seine Lippen schmal. Ach was, eine Heirat bedeutete für ihn nur, daß er schwor, sie zu beschützen und zu versorgen, und für sie, ausschließlich für ihn dazusein. Na gut, falls ihr wirklich so viel daran lag, räumte er ein, dann würde er sie eben heiraten. Zumindest konnte er auf diese Weise sicher sein, daß sie ihn niemals verließ.

Als er an Cathys als seine Frau dachte, legte sich unwillkürlich seine Stirn in Falten. So zufrieden sie auch auf Las Palmas zu sein schien, war sie doch einen völlig anderen Lebensstil gewohnt. Als Tochter eines Earls trug sie den Titel einer Lady, war Zeit ihres Lebens mit allem erdenklichen Luxus verwöhnt und darauf vorbereitet worden, sich in den höchsten Kreisen der Gesellschaft zu bewegen. Hätte das Schicksal sie nicht in seine Arme getrieben, so wäre sie in der Lage gewesen, unter einer Vielzahl von Ehemännern zu wählen. Und angesichts ihrer Schönheit und ihres Standes hätte sie sich vielleicht sogar einen Mann aus königlichen Kreisen geangelt.

Aber jetzt gehört sie mir, dachte Jon abwehrend, und was mein ist, das behalte ich auch. Er war wohlhabend genug, um ihr jeden Luxus bieten zu können, und wenn es sie glücklich machte, würde er sogar seinen momentanen Broterwerb aufgeben. In England zu leben war ihm zwar verwehrt – er hatte zu viele englische Schiffe geplündert –, aber er könnte mit ihr nach South Carolina zurückgehen. Trotz allem, was vorgefallen war, lag dort sein Zuhause. Nun, vielleicht erwartete sie dort nicht ganz das, was sie gewöhnt war ... doch wenn sie ihn liebte ...

Eine Handvoll kaltes Wasser, das ihm mitten auf den Bauch klatschte, riß Jon abrupt aus seinen Tagträumen. Und die Hauptfigur seiner grüblerischen Betrachtungen stand kichernd vor seinen Füßen; ihre blauen Augen strahlten ihn an, ihr Haar fiel ungebändigt um ihren schlanken Körper. Sie hatte die Hände zu einer Schale geformt und bespritzte ihn fröhlich weiter mit Wasser, unbeeindruckt von seinem grimmigen Blick.

»Warte nur, ich werde dich lehren, mich zu ärgern!« knurrte er mit gespielt böser Miene und sprang hoch, um sie zu packen. Doch sie rannte davon, elegant und leichtfüßig wie eine Gazelle; ihr neckisches Lachen wehte hinter ihr her, als sie sich ins Wasser flüchtete.

»Ja, bring dich nur in Sicherheit, du kleine Hexe!« rief er ihr hinterher, während er in etwas gemächlicherem Tempo folgte, um sich mit ihr in den Wellen zu balgen.

Am Abend war Jon so auffallend ruhig, daß Cathy ihm immer wieder einen besorgten Blick zuwarf. Hatte er sich womöglich über sie geärgert? Seine grauen Augen waren nachdenklich verschleiert, wenn er sie mit seinem Blick fixierte, und er wirkte irgendwie abwesend. Beim Abendessen trank er etliche Gläser Wein, rührte aber seinen Teller kaum an. Brütete er vielleicht eine Erkältung aus oder hatte er Schmerzen im Bein, ohne es zugeben zu wollen? fragte Cathy sich besorgt.

Schließlich hielt sie es nicht mehr aus.

»Jon, fühlst du dich wohl?« fragte sie vorsichtig.

Er sah hoch, sein Blick war verschwommen. Es dauerte eine Weile, bis Cathy das Gefühl hatte, daß er sie aufrichtig anschaute.

»Was …? Ja, natürlich fühle ich mich wohl. Warum?«

»Tut dir dein Bein weh?« hakte sie nach, jetzt doch sehr beunruhigt über seine Zerstreutheit. Noch vor kurzem hatte er jedem ihrer Worte mit größtem Interesse gelauscht. Was war nur los mit ihm? War es möglich, daß er ihrer überdrüssig zu werden begann?

»Meinem Bein geht es gut. Weshalb diese plötzliche Besorgnis um meine Gesundheit? Sein Blick war trüb, sein Tonfall oberflächlich. Er schien immer noch mit seinen Gedanken ganz woanders zu sein.

»Was ist denn los mit dir?« brach es aus ihr heraus. Sie mußte es wissen, selbst wenn die Antwort unerfreulich ausfallen sollte.

»Gar nichts. Was sollte denn sein?« entgegnete er lahm.

»Du bist so still. Habe ich dich irgendwie geärgert?« Cathy wollte eigentlich gar nicht so jämmerlich klingen, konnte aber nicht anders. Allein die Vorstellung, daß er in diesem Augenblick nach einem Weg suchen könnte, um ihr schonungsvoll beizubringen, daß er sie nicht mehr mochte, war ihr unerträglich.

Jon lachte, und mit einemal ruhten seine grauen Augen wieder liebevoll auf ihr.

»Ich habe nur nachgedacht, Schatz.«

»Worüber denn?« fragte Cathy mißtrauisch.

»Das wirst du schon noch herausfinden. Eines Tages.« Er gibt sich absichtlich geheimnisvoll, dachte Cathy mürrisch.

Schmunzelnd stand Jon vom Tisch auf.

»Juta, wir sind fertig!« rief er der Haushälterin zu, trat dann hinter Cathys Stuhl und rückte ihn für sie mit einer galanten Geste zurück. Cathy warf ihm einen kurzen Blick zu und betrachtete dann argwöhnisch die halbvolle Weinflasche auf dem Tisch. War er etwa betrunken? Eigentlich machte er nicht den Eindruck, aber vielleicht merkte man es ihm auch nur nicht an. Das war bei manchen Männern so, hatte sie gehört.

Auf sein Drängen hin erhob sie sich, lächelte Juta zu, die gekommen war, um den Tisch abzuräumen, und gestattete Jon dann, sie in das große Wohnzimmer zu führen. Die Verandatüren standen offen, und die hauchdünnen Moskitonetze davor flatterten sanft in der abendlichen Brise. Nur zwei Kerzen, die in einem Wandleuchter brannten, erhellten den Raum.

»Hast du Lust auf einen kleinen Spaziergang?« fragte Jon und deutete in die Richtung der Verandatür. Cathy willigte mit einem Kopfnicken ein und folgte ihm, immer noch etwas verwirrt, hinaus in den lauschigen Garten. Wie eine große, fahl schimmernde Scheibe schwebte der Mond über den Wipfeln der Kokospalmen. Die zahllosen tropischen Insekten hatten ihr Abendkonzert angestimmt, und die Luft war erfüllt vom süßen Duft der Hibiskusblüten. Cathy sog diesen aromatischen Wohlgeruch tief ein.

»Es ist so unvorstellbar schön hier«, murmelte sie mehr zu sich selbst. Jon legte einen Arm um ihre Taille und zog sie an seine Seite. Nebeneinander spazierten sie vom Haus weg.

»Ja, es ist schön hier«, pflichtete er ihr mir rauher Stimme bei, ohne den Blick von ihr zu wenden.

»Ihr seid heute abend äußerst galant, Kapitän«, neckte sie ihn vorsichtig. »Versucht Ihr, mich milde zu stimmen und schonungsvoll auf schlechte Nachrichten vorzubereiten?«

»Ich habe Euch in der Tat etwas mitzuteilen, Mylady«, entgegnete Jon ebenso gestelzt. »Ob es eine gute oder schlechte Nachricht ist, überlasse ich Eurer geschätzten Beurteilung.«

Er hielt unvermittelt inne. Cathy warf ihm einen schnellen Blick zu. Würde er ihr jetzt vielleicht erzählen, was ihn schon den ganzen Abend über so sehr bedrückt hatte?

»Nun?« drängte sie ungeduldig.

»Ich muß für ein paar Tage verreisen«, sagte er schließlich. Irgend etwas in seiner Stimme machte Cathy hellhörig.

»Verreisen? Wohin denn?«

»Auf eine andere Insel hier in der Nähe – Teneriffa. Ich habe heute nachmittag erfahren, daß ein Mann dort die Fracht der ›Margarita‹ kaufen möchte. Eigentlich wollte ich die Ladung schon in Cadiz löschen, aber dort ist mir leider etwas dazwischengekommen«, setzte er mit einem vielsagenden Seitenblick hinzu. Cathy ging langsam weiter, ohne darauf zu achten, ob er ihr folgte oder nicht. Hatte er nicht vor, sie mitzunehmen?

»Kann ich dich begleiten?« fragte sie leise, sah ihn dabei aber nicht an. Ihr Fuß berührte die Kante der schmalen Klippe, von der aus man die ganze Bucht überblicken konnte, und sie blieb abrupt stehen.

Jon schüttelte den Kopf.

»Diesmal nicht, mein Kätzchen. Teneriffa ist ein rauhes Pflaster, und ich habe viel zu erledigen. Ich werde keine Zeit haben, mich ausreichend um dich zu kümmern. Mir ist es lieber, du bleibst hier. Da weiß ich wenigstens, daß dir nichts passiert.«

Er blieb hinter ihr stehen, schlang besitzergreifend seine Arme um ihre schmale Taille und zog sie an seine Brust. Cathy starrte hinaus auf den glitzernden Ozean, in dem sich das Mondlicht spiegelte, und lauschte dem sanften Rollen der Wellen.

»Wirst du mich vermissen?« fragte Jon mit belegter Stimme, während seine heißen Lippen ihre Halsbeuge streiften.

»Das weiß du doch«, wisperte Cathy, auf einmal ängstlich geworden. Sie drehte sich um und schlang die Arme um seinen Nacken. Jon schaute auf ihr kleines Gesicht herunter, bewunderte ihren Teint, der schimmerte wie feinstes Porzellan. Im silbernen Mondlicht, das zärtlich ihr Haar und ihre leicht geöffneten Lippen berührte, war sie so unglaublich schön, daß es ihm den Atem verschlug.

Cathy stellte sich auf die Zehenspitzen und hob ihm ihren Mund entgegen. Jon beugte sich zu ihr herab, und als sich ihre Lippen trafen, ergriff beide eine solche Leidenschaft, daß sie zu zittern begannen. Jon streichelte Cathys Körper, langsam und zärtlich zunächst, bald aber immer fordernder. Cathy begann leise zu stöhnen, als seine Finger unter ihr Mieder glitten und ihre Brüste umfaßten. Bevor sie noch recht begriff, wie das passiert war, stand sie nackt im Mondschein, hypnotisiert von Jons Augen, die vor Begierde immer dunkler wurden. Mit zitternden Fingern half sie ihm, sein Hemd aufzuknöpfen, bis Jon plötzlich einen beinahe tierischen Laut ausstieß und sie sanft auf das hohe Gras neben der Klippe bettete. Der Boden war kühl, und die Grashalme kitzelten sie an ihrem nackten Rücken, doch das spürte Cathy kaum.

In einer stummen Bitte streckte sie ihm die Arme entgegen. Als Jon sich dann auf sie legte, war er so nackt wie sie. Ohne sich mit zärtlichen Vorspielen aufzuhalten, ergriffen sie Besitz voneinander, überließen sich ihrer Leidenschaft, gaben sich ganz dem anderen hin, bis sie die süßen Gipfel der Lust erreicht und Befriedigung gefunden hatten.

10

Seit drei Tagen schon war es Cathy am Morgen übel. Stöhnend beugte sie sich über das weiße Nachtgeschirr aus Porzellan, immer wieder von krampfartigen Übelkeitsanfällen geschüttelt. Als sich ihr Magen endlich wieder beruhigt hatte, ging sie mit zitternden Knien zurück ins Bett und ließ sich völlig geschwächt auf die kühlen Laken sinken. Was um alles in der Welt war nur los mit ihr? Hatte sie sich eine dieser seltsamen Tropenkrankheiten eingefangen? Doch wenn dieser Morgen genauso verlief wie die beiden vorangegangenen, so würde sie sich bald wieder besser fühlen und ihren gewöhnlichen Tagesablauf beginnen können, als ob nichts geschehen wäre. Abgesehen von dem einen Anfall von Seekrankheit war sie in ihrem ganzen Leben noch keinen Tag krank gewesen. Diese plötzlich auftretende Übelkeit begann ihr Sorgen zu machen.

»Ich bringen Kaffee, Mam.« Jutas freundliches braunes Gesicht erschien in der Tür. Cathy schenkte ihr ein mattes Lächeln. Sinnlos, von Juta oder Kimbo zu erwarten, daß sie anklopften. Sie betrachteten Jons Haus als das ihre und umsorgten Jon und sie wie die Ehrengäste. Cathy konnte sich nur schwer daran gewöhnen, daß die beiden stets unangemeldet hereinplatzten, und Jon hatte ihr mit einem Achselzucken erklärt, daß man dagegen nichts tun könne. Er hatte ihnen nur verboten, das kleine Zimmer zu betreten, in dem Cathy sich ankleidete, und das große Schlafzimmer, daß er mit Cathy teilte. Doch offenbar schien Juta der Ansicht zu sein, daß Jons Abwesenheit letzteres Verbot aufhob.

»Mam, alles gut?« erkundigte sich Juta mit einem besorgten Blick aus ihren dunklen Samtaugen. Cathy setzte sich auf, um den Kaffee zu trinken, fühlte sich aber immer noch ein wenig mitgenommen.

»Danke, Juta, mir geht es gut. Mir war nur eben ein bißchen übel. Aber ich glaube, das ist nicht weiter schlimm.«

»Nein, nicht schlimm«, pflichtete Juta ihr im Hinausgehen bei. »Ist immer so, wenn Baby kommen. Käpt'n werden sich freuen. Zeigt, daß er starker Mann ist.«

Juta segelte majestätisch aus dem Raum, während Cathy mit zittriger Hand die dünne Porzellantasse auf das Tablett zurückstellte. Baby! Das war doch nicht möglich! Sie rechnete rasch zurück – und wurde blaß. In den vergangenen drei Monaten war so viel passiert, daß sie den Überblick über ihren monatlichen Zyklus völlig verloren hatte. Die letzte Regel hatte sie gehabt ... ungefähr eine Woche, bevor sie an Bord der ›Anna Greer‹ gegangen war. Skeptisch legte sie die Hand auf ihren Bauch, der sich unter ihrem dünnen Nachthemd immer noch fest und flach anfühlte. Trotzdem – Juta hatte recht. Alle Anzeichen sprachen dafür, daß sie ein Kind erwartete.

Kaum hatte sie diesen Gedanken zuende gedacht, verselbständigten sich ihre Gefühle zu einer wilden Mischung aus Freude, Besorgnis und Angst. Sie würde Jons Baby lieben, wie sie ihn liebte. Schon jetzt sehnten sich ihre Arme danach, sein Kind zu wiegen, es zu liebkosen und verwöhnen. Was würde es werden – ein kleiner Junge mit schwarzen Haaren und dunkler Haut – oder ein kleines Mädchen mit grauen Augen? Würde er lernen, sie als Mutter seines Kindes zu lieben, oder sich von ihr abwenden, wenn sie dick und unbeweglich wurde? Sich dann nach Frauen mit attraktiveren Figuren umsehen? Vielleicht schickte er sie sogar zu ihrem Vater zurück, sobald sie nicht mehr in der Lage war, seine Wünsche zu erfüllen. Plötzlich wurde ihr klar, daß es ihr nichts ausmachte, wenn sie ihren Vater oder Martha niemals wiedersehen würde. Ihr Platz war jetzt an Jons Seite, und solange er sie wollte, würde sie bei ihm bleiben. Und wenn es nach ihr ginge, konnte dies ihr ganzes Leben lang dauern.

Dann aber kam ihr ein anderer Gedanke. Sie zog die Stirn kraus und legte gleichzeitig beschützend die Hände auf ihren Bauch. Dem Gesetz nach würde dieses Kind als Bastard auf die Welt kommen – falls sie nichts dagegen unternahm. Ja, wenn es irgend möglich war, sollte ihr Kind den Namen seines Vaters tragen und mit erhobenem Kopf durchs Leben gehen können. In diesem Augenblick beschloß sie, Jon dazu zu überreden, sie zu heiraten. Unter allen Umständen. Ob er sie liebte oder nicht, er hatte ihrem ungeborenen Kind gegenüber eine Verpflichtung. Und sie zweifelte eigentlich nicht daran, daß er unverfroren genug sein könnte, sich dieser entziehen zu wollen.

Sie dachte über Jons gesellschaftlichen Hintergrund nach und begann skeptisch an ihrer Unterlippe zu kauen. Wollte sie einen Piraten zum Vater ihres Kindes haben – zum Ehemann? Einen Räuber und Mörder, den man auf der Stelle aufhängen würde, wenn man ihn faßte? Nun, ob es ihr paßte oder nicht, er war der Vater ihres Kindes. Und sie liebte ihn. Sie würde ihn heiraten, alles andere mußte sie auf sich zukommen lassen.

Ganz vorsichtig stand Cathy aus dem breiten Messingbett auf und kleidete sich an. Sie mußte sich baldigst eine neue Garderobe zulegen. Die meisten ihrer Kleider waren für das tropische Klima hier viel zu warm. Doch dann dachte sie an ihren schwellenden Leib und lächelte. Nun ja – sie würde auf alle Fälle eine neue Garderobe brauchen, Hitze hin oder her.

Als sie fertig angezogen war, verließ sie das Haus und ging auf das kleiner Gebäude im hinteren Teil des Gartens zu, in dem Petersham wohnte. Nach dem Zusammenstoß mit Harry schien Jon kein Risiko mehr eingehen zu wollen. Er hatte ihr strikt verboten, sich ohne Petershams Begleitung auch nur einen Schritt aus dem Grundstück zu wagen. Solange sie in männlicher Begleitung ausging, würden die Männer respektvoll Abstand halten, doch wenn man sie allein anträfe, könnte so manch verdorbener Charakter sie für Freiwild halten. Cathy befolgte Jons Anweisung eher aus dem Wunsch nach Gesellschaft heraus, denn aus Sorge um ihre Sicherheit. Ohne Jon waren die Tage lang und eintönig, und mit Petersham konnte sie wenigstens ein Schwätzchen halten.

Der Diener saß auf der vorderen Veranda der mit Strohmatten gedeckten Hütte und schnitzte hingebungsvoll an einem Stück Holz. Er lächelte sie an, als er sie auf sich zukommen sah, bewundernd den reizenden Anblick genießend, den sie ihm bot mit dem rotblonden Haar, das sie der Hitze wegen hochgesteckt trug, und dem schlichten, weißen Kleid, das ihre jugendliche Schönheit wirkungsvoll betonte. Master Jon könnte sich glücklich schätzen, dachte er bei sich, wenn er nicht so mit Blindheit geschlagen wäre.

»Ihr kommt heute aber spät, Miss«, begrüßte er sie grinsend. »Ich dachte schon, Ihr wolltet den ganzen Tag verschlafen.«

»Fast den ganzen«, zwinkerte Cathy und wartete, bis Petersham das Stück Holz ins Haus gebracht hatte.

»Und was habt Ihr vor an diesem schönen Morgen«, erkundigte er sich und wischte sich die staubigen Hände an der Hose ab, bevor er ihr in den Garten folgte. »Wie wär's wieder mit einem kleinen Ausritt auf den Ponnys?«

»O nein, ich kann nicht. Vielen Dank, Petersham«, wehrte Cathy hastig ab, ohne nachzudenken. Sie wollte wegen des Babys kein Risiko eingehen, hatte aber auch keine Lust, Petersham hinsichtlich ihres Zustandes eine Erklärung abzugeben. Außerdem sollte Jon der erste sein, der davon erfuhr.

»Ihr könnte nicht, wie?« wiederholte Petersham scharfsinnig und musterte sie mit zusammengekniffenen Augen. Cathy, die gerade einen der farbenprächtigen Papageien beobachtete, die hier so zahlreich waren wie in England die Spatzen, überhörte seine Bemerkung und auch den bedeutungsvollen Tonfall. Sie hörte nur, wie er sagte: »Nun, wie wär's dann mit einem Strandspaziergang?«

Diesem Vorschlag stimmte Cathy lächelnd zu, und so gingen sie durch den Garten und den schmalen Klippenpfad hinunter zum Strand. Als Cathy einen kleinen Felsen entdeckte, der sich aus dem weißen Sand erhob, ließ sie sich in dessen Schatten nieder, lehnte sich gemütlich an und schaute den Wellen zu, wie sie sich am Strand brachen. Petersham, der sich neben ihr niedergelassen hatte, trug eine nachdenkliche Miene zur Schau. Es sah Miss Cathy so gar nicht ähnlich, tatenlos herumzusitzen ...

Cathy zog ihre Ledersandalen aus, die Jon für sie aus einer alten Lederweste hatte anfertigen lassen, und vergrub ihre Zehen im warmen Sand. Petersham schaute ihr schweigend dabei zu, während ein klitzekleiner Verdacht sich verstärkte.

»Wie war Jon als Baby?« brach Cathy nach einer Weile das Schweigen und sah dabei verträumt aufs Meer hinaus.

»Ungefähr so unbeherrscht und dickköpfig wie heute, wenn ich mich recht erinnere«, gab Petersham grinsend zur Antwort und erntete dafür einen vorwurfsvollen Blick.

»Ich meine es ernst«, beharrte sie.

Petersham schmunzelte. »Ich ebenfalls, Miss.«

Als Cathy rügend den Kopf schüttelte, fuhr Petersham fort: »Nun, Miss, soweit ich mich erinnere, war Jon ein recht großes Baby; zehn Pfund hat er bei seiner Geburt gewogen. Mr. Hale war ganz aus dem Häuschen vor Freude, daß er einen Sohn bekommen hatte, und veranstaltete ein riesiges Trinkgelage. Er schenkte seinen besten Jamaika-Rum aus, als wäre es Wasser, selbst an die

Stallburschen – ja, das war ich damals, sein Stallbursche. Und dann starb Miss Virginia – das war Jons Mutter, eine reizende Frau – ganz plötzlich. Eine Zeitlang schien es, als wolle Mr. Hale vor lauter Kummer ebenfalls sterben, oder sich zu Tode trinken. Aber dazu kam es nicht, obgleich es für Master Jon so besser gewesen wäre. Nach Miss Virginias Tod war Mr. Hale nicht mehr derselbe wie früher. Er war total verbittert, und nach einer Weile wurde uns klar, daß er den kleinen Jon für den Tod seiner geliebten Frau verantwortlich machte. Er engagierte eine Reihe von Kinderschwestern, die sich um Jon kümmern sollten, aber keine von ihnen blieb lange, und der arme Master Jon wurde einfach unter den Dienstboten herumgereicht. Sein Vater würdigte ihn kaum eines Blickes. Master Jon war ein ganz ruhiger, in sich gekehrter Junge, Miss.«

»Armer kleiner Junge«, sagte Cathy leise, als sie sich vorstellte, wie schrecklich es für Jon gewesen sein mußte, so ungeliebt und unbehütet aufzuwachsen. »Erzählt weiter.«

»Nun, Master Jon war sich mehr oder minder selbst überlassen, wenn Sie verstehen, was ich meine. Als er so um die zehn war, fing er an, sich in den Stallungen herumzudrücken – sonst war er ja nirgendwo willkommen. Und wie die meisten Jungs in dem Alter stellte er dann und wann mal etwas an – harmlose kleine Streiche, weiter nichts. Doch Mr. Hale sah das anders. Wenn er den Jungen überhaupt beachtete, dann nur, um ihn für etwas, das er angeblich verbrochen hatte, grün und blau zu schlagen. Erst als Master Jon groß genug war, um zurückzuschlagen, hörte er damit auf. Danach wurde ihr Verhältnis ein bißchen besser, denn Mr. Hale fand ein hübsches junges Mädchen, das er heiraten wollte. Mr. Hale vergötterte diese Frau, und Master Jon mochte sie ebenfalls. Er folgte ihr auf Schritt und Tritt wie ein junger Hund seinem Herrn, obwohl sie ihn kaum beachtete. Ich glaube, er war ihr furchtbar lästig. Master Jon war in diesem Alter lang und schlaksig und sah bei weitem nicht so gut aus wie heute.« Petersham unterbrach sich, um Cathy anzusehen. »Ihr müßt Geduld mit ihm haben, Miss. Als Kind hatte er niemanden, der ihn liebte, und darunter leidet er noch heute.«

Bei den letzten Worten war Petersham Tonfall sehr ernst geworden, und Cathy mußte sich die aufsteigenden Tränen aus den Augen blinzeln. Sie würde Jon und sein Baby doppelt soviel Liebe schenken, um ihn für all das zu entschädigen, was er als Kind vermißt hatte.

»Und dann ist er von Zuhause weggegangen?« fragte Cathy leise, worauf Petersham ihr einen erstaunten Blick zuwarf.

»Hat Master Jon Euch davon erzählt?«

Als Cathy wortlos nickte, schüttelte Petersham verwundert den Kopf.

»Ich hätte nicht gedacht, daß er das jemals jemandem erzählen würde. Ich weiß es auch nur deshalb, weil ich zufällig mitangesehen habe, wie er sich anschließend die Seele aus dem Leib kotzte. Doch erst als ich ihm drohte, seinen Vater zu bitten, er solle den Doktor holen, hat er mir die ganze Geschichte erzählt. Ich sagte ihm zwar, er solle sich diese Sache nicht so zu Herzen nehmen, aber ich denke, das tat er wohl trotzdem. Am nächsten Morgen war er weg. Mr. Hale hat sich ein paar Tage nicht darum geschert, aber nach einer Weile fingen die Freunde in der Stadt an, nach Jon zu fragen. Daraufhin schickte Mr. Hale mich los, um Jon zu suchen und ihn zurückzubringen. Nun, gefunden hatte ich ihn bald – er hatte auf einer Brigg, der ›Merciful‹, als Matrose angeheuert. Master Jon war entschlossen, zur See zu fahren und erklärte mir klipp und klar, daß er niemals wieder nach Woodham zurückkehren wolle. Nun, nachdem ich erfolglos mit Engelszungen auf ihn eingeredet hatte, bin ich eben mit ihm gefahren. Eigentlich konnte ich ihm seinen Entschluß nicht einmal übelnehmen. Die ›Merciful‹ war kein tolles Schiff, aber dort fühlte er sich immer noch wohler als zu Hause.«

»War Mr. Hale wohlhabend?«

»Arm war er jedenfalls nicht, doch was Master Jon anbetraf, unglaublich geizig. Sogar die Stallburschen hatten bessere Kleider am Leib als er, und manchmal auch mehr zu essen. Mr. Hale verpraßte sein Geld mit Frauen und beim Kartenspiel. Er hat sogar sein Anwesen verkommen lassen, wie wir später erfahren haben.«

»Ist Jon seither noch einmal zu Hause gewesen?« fragte Cathy langsam. Das Herz war ihr vor Mitleid schwer geworden. Sie hatte so viel bekommen als Kind, Liebe wie auch materielle Dinge, und Jon hatte so wenig gehabt. Wie sehr sie wünschte, er wäre jetzt bei ihr, in dieser Sekunde, damit sie ihn für all seine Entbehrungen entschädigen konnte.

»Niemals«, entgegnete Petersham kurz. »Und ich bezweifle, daß er je wieder zurückkehren wird. Ihm gefällt das Leben, das er führt. Und mir auch.«

Cathy dachte eine Weile schweigend über das nach, was Petersham ihr erzählt hatte. Jetzt war ihr einiges klarer geworden – Jons Verhalten gegenüber Frauen, seine brutale Art, seine übertriebene Besitzgier. Nachdem er so wenig bekommen hatte, war er entschlossen, alles zu nehmen, was er kriegen konnte, und nichts davon wieder herzugeben.

»Und … und wie ist er zum Piraten geworden?« wollte Cathy schließlich wissen.

Petersham nahm seine Erzählung wieder auf.

»Nun, bei seiner Arbeit auf der ›Merciful‹ sparte sich Master Jon eine Stange Geld zusammen und beteiligte sich bald an einem Logger. Wir segelten die Küste von Nordamerika rauf und runter und nahmen alles an Fracht an, was wir bekommen konnten. Auf einer dieser Fahrten – wir hatten Gewehre geladen – war Master Jon der Kapitän.

Irgendwie mußten Piraten von unserer Fracht Wind bekommen haben und griffen uns an. Und da wir im Kämpfen ungeübt waren und es auf dem Logger nur eine einzige Kanone gab, mußten wir zwangsläufig verlieren. Jeder, der sich weigerte, sich den Piraten anzuschließen, wurde auf der Stelle umgebracht. Nachdem Master Jon kein Dummkopf war, ebensowenig wie ich, unterschrieben wir die Papiere, die sie uns unter die Nase hielten, und wurden Piraten. Master Jon entwickelte bald ein erstaunliches Talent für diese Art von Beruf, er gefiel ihm, und so blieben wir Piraten. Warum auch nicht? Es ist ein gutes Leben, und außerdem haben wir jetzt mehr Geld, als wir je hatten.«

Wieder schwieg Cathy eine ganze Weile, verdaute den zweiten Teil der Geschichte und wandte sich dann mit einem verschleierten Lächeln an Petersham.

»Danke, daß Ihr mir das alles erzählt habt«, murmelte sie. Petersham nahm ihren Dank mit wortlosem Nicken entgegen, plötzlich peinlich berührt ob seiner Geschwätzigkeit. Schweigend saßen sie nebeneinander und starrten auf die Wellen. Es war Petersham, der als erster wieder das Wort ergriff.

»Habt Ihr Master Jon etwas mitzuteilen, Miss Cathy?«

Die Frage, die aus heiterem Himmel gekommen war, überrumpelte Cathy völlig. Sie warf Petersham einen schnellen Blick zu und spürte, wie ihr die Röte den Hals hinauf ins Gesicht stieg.

»W-was meint Ihr damit?« stammelte sie nicht sehr überzeugend.

Petersham grinste. »Mich könnt Ihr nicht hinters Licht führen, Miss. Ich habe schon zu viele schwangere Frauen gesehen. Und alle hatten sie diesen gewissen Blick … genau wie Ihr seit kurzem.«

Cathy wurde noch eine Spur röter. Die Vorstellung, Jons Kind unter dem Herzen zu tragen, war immer noch neu für sie. Und obwohl sie glücklich darüber war, verspürte sie doch eine tiefsitzende Scheu. Ein Kind zu bekommen war eine so intime Angelegenheit – und gleichzeitig ein unumstößlicher Beweis dafür, was Jon mit ihr getan hatte.

»Ich-ich …«, stotterte sie zunächst, fuhr dann aber recht gelassen fort: »Ja, Ihr habt natürlich recht, Petersham.«

»Wußte ich es doch«, sagte er zufrieden. »Master Jon wird vor Freude herumhüpfen wie ein Hund mit zwei Schwänzen. Das ist die schönste Nachricht, die er je bekommen hat.«

»Warum sagt Ihr das?« fragte Cathy mit unverhohlener Neugier. Ihre Verlegenheit begann zu schwinden. Ein Kind zu bekommen war schließlich das Natürlichste von der Welt – einmal abgesehen davon, daß sie mit dem Vater des Kindes nicht verheiratet war. Aber genau das gab der ganzen Sache ein anderes Gesicht, ob es ihr paßte oder nicht.

»Er hat jemanden gebraucht, den er lieben kann – und der ihn liebt. Und nun wird er ein Kind haben – und Euch.«

»Woher wollt Ihr denn wissen, daß er uns auch will, Petersham?« In Cathys Stimme mischten sich plötzlich Zweifel.

»Aber Miss Cathy. Master Jons Gefühle für Euch sind so deutlich sichtbar wie die Nase in Eurem Gesicht. Möglich, daß er es selbst nicht weiß, aber er braucht Euch. Ihr seid gut für ihn. Seit einem Monat oder so ist er viel glücklicher, als ich ihn je zuvor erlebt habe. Wenn er von dem Baby erfährt, wird er vor Freude an die Decke springen. Und er wird sich Euch gegenüber anständig verhalten, wartet nur ab.«

»Ich hoffe, Ihr behaltet recht, Petersham«, seufzte Cathy, die jetzt auch ihre letzte Zurückhaltung aufgab.

»Ganz bestimmt, Miss. Macht Euch darüber nur mal keine Gedanken.«

Cathy lächelte Petersham an; sie hatte das beruhigende Gefühl, in ihm einen treuen Verbündeten gefunden zu haben. Er erwiderte ihr Lächeln, und dann schauten sie beide wieder schweigend auf das Meer hinaus. Nach einer Weile legte Cathy eine Hand an die Brauen, kniff die Augen zusammen und fixierte gegen die Sonne anblinzelnd einen Punkt am Horizont.

»Petersham, ist das da draußen ein Schiff?« fragte sie aufgeregt. Petershams Blick folgte ihrem ausgestreckten Zeigefinger.

»Sieht so aus, Miss.«

»Glaubt Ihr, es ist die ›Margarita‹?« Cathy wurde plötzlich ein wenig nervös bei dem Gedanken, Jon ihre Neuigkeit bald mitteilen zu müssen.

»Das kann gut möglich sein, Miss. Oben im Haus habe ich ein Fernrohr. Wenn Ihr einen Augenblick wartet, gehe ich es rasch holen. Dann wissen wir es genau.«

»Oh, das wäre sehr nett, Petersham. Wenn es nämlich Jon ist, möchte ich noch ... äh, einiges erledigen, bevor er kommt.«

»Euch für ihn hübsch machen, wie?« grinste Petersham. »Ja, das ist typisch Frau, und dafür lieben die Götter die Frauen. Bleibt ruhig sitzen, ich laufe schnell zum Haus. Von dort oben hat man einen besseren Blick.«

»Danke, Petersham«, sagte Cathy. Dem Mann konnte man nichts vormachen, dachte sie errötend und lehnte sich zufrieden an den Felsen, während Petersham den Strand entlang zur Klippe ging. Nach seinen ermutigenden Worten freute sie sich beinahe darauf, Jon mit der frohen Nachricht zu überraschen. Gleichzeitig aber regten sich in ihr leise Zweifel. Wie würde er auf die Neuigkeit reagieren? Was würde er sagen? Wichtiger noch, was würde sie sagen? Wie brachte man es einem Mann überhaupt bei, daß man ein Kind von ihm erwartete? Besonders wenn dieser Mann nicht der Ehemann und vielleicht gar nicht so erbaut von dieser Nachricht war?

»Miss Cathy! Miss Cathy!« rief Petersham und kam schnaufend auf sie zugerannt. »Miss Cathy!«

Etwas in Petershams Stimme ließ Cathy alarmiert aufhorchen. Hastig stand sie auf, klopfte sich den Sand vom Kleid und schlüpfte in ihre Sandalen.

»Was ist denn, Petersham?« rief sie ihm zu. Ihre Stimme klang vor Beunruhigung schärfer als beabsichtigt.

»Es ist nicht die ›Margarita‹, Miss«, sagte er und blieb keuchend vor ihr stehen. »Es sind insgesamt acht Schiffe, die ziemlich schnell näherkommen. Sie sind noch zu weit weg. Ich kann nicht erkennen, unter welcher Flagge sie fahren. Aber irgendwie sieht es so aus, als ob sie keine guten Absichten hätte. Alle sind mit Kanonen bestückt!«

Cathy starrte ihn mit offenem Mund an.

»Um Himmels willen! Was machen wir jetzt?«

Petersham packte sie am Arm und zog sie mit sich den Stand hinauf.

»Zunächst einmal müssen wir schleunigst von hier verschwinden, falls sie zu schießen anfangen!«

Cathy rannte stolpernd vor Petersham her über den weichen Sand und kletterte dann so schnell sie konnte den steilen Klippenpfad hinauf. Ach, wenn doch nur Jon hier wäre! dachte sie verzweifelt. Der würde sie und alle anderen vor jeglicher Gefahr beschützen. O Gott, wenn sie tatsächlich die Insel angriffen, würde sie Jon vielleicht nie mehr wiedersehen! Er würde zurückkommen, und feststellen, daß sie tot oder verschwunden war – und nie etwas von ihrem Kind erfahren. Dieser Gedanke ängstigte sie plötzlich am meisten.

Und als ob ihre Gebete ihn hergerufen hätten, lief er aufgeregt im vorderen Zimmer auf und ab, als sie und Petersham ins Haus gestürmt kamen. Er war naß bis auf die Haut und schäumte vor Wut. Mit einem leisen Aufschrei fiel Cathy ihm in die Arme. Er hielt sie fest und preßte sie an seinen harten Körper, als ob er sie nie wieder loslassen wollte, während gleichzeitig eine ganze Tirade von Flüchen über sie hereinbrach.

»Jon! Oh, Jon!«

»Wo zum Teufel bist du gewesen?« brüllte er in ihr

Haar und schüttelte sie dabei wie ein ungezogenes Kind. »Ich habe vor Angst beinahe den Verstand verloren! Hast du denn die Schiffe da draußen nicht gesehen?«

»Doch, natürlich habe ich sie gesehen. Ach, ich bin ja so froh, daß du da bist!«

»Wie seid Ihr denn hergekommen, Käpt'n? Soviel ich sehen konnte, haben sie die ganze verdammte Insel – Pardon, Miss – eingekreist!«

»Bis auf den Südostzipfel. Sie glauben wahrscheinlich, das Riff sei unpassierbar. Die ›Margarita‹ liegt dort draußen vor Anker, ungefähr eine Meile vor der Küste. Ich bin geschwommen. Die Passagen zwischen den Korallenbänken sind selbst für unsere Gigs zu eng, aber ein kleines Boot könnte es ohne weiteres schaffen.«

»Oh, Jon, werden sie uns angreifen? Und warum?« Sie legte den Kopf zurück und schaute zweifelnd in Jons tiefgebräuntes Gesicht. Plötzlich entblößte er mit einem wilden Grinsen seine weißen Zähne.

»Wir sind Piraten, meine Liebe, hast du das vergessen? Und von Zeit zu Zeit greift man uns an. Eine der weniger erfreulichen Aspekte dieses Gewerbes.«

»Master Jon – werden wir kämpfen?«

»Aber ja, zum Teufel – was bleibt uns anderes übrig? Außer durchs Riff gibt es keinen anderen Weg, um von dieser verfluchten Insel zu verschwinden, und den schaffen die meisten ohnehin nicht. Außerdem bleibt uns nicht viel Zeit.«

Jon sah auf Cathy herab, die ihn mit großen, ängstlichen Augen anstarrte, drückte ihr einen flüchtigen Kuß auf die Stirn und schob sie von sich weg. Seine Stimme hatte wieder den gewohnten Kommandoton angenommen, als er fortfuhr:

»Petersham, ich möchte, daß du Miss Cathy zu der Stelle bringst, wo ich an Land gegangen bin, und dort wartest. Wenn es nötig ist, komme ich selbst, ansonsten schicke ich jemanden, der euch durchs Riff bringt. Die

›Margarita‹ hat Befehl, sich nicht ohne euch von der Stelle zu bewegen, also macht euch keine Sorgen.«

»Aber Jon, wir könnten die Insel doch jetzt gleich alle zusammen verlassen«, protestierte Cathy mit bebender Stimme. »Du willst doch nicht im Ernst gegen so viele Schiffe kämpfen. Man wird dich umbringen!«

»Seit wann bist du denn ein Militärexperte, Liebling?« gab Jon zurück, um einen neckenden Tonfall bemüht. »Tu du nur genau das, was ich gesagt habe, dann geht schon alles in Ordnung.«

»Behandle mich nicht wie ein dummes Kleinkind, Jon Hale!« beschied ihn Cathy aufgebracht und funkelte ihn wütend an. »Wenn du wirklich davon überzeugt wärst, daß uns keine Gefahr droht, dann würdest du die ›Margarita‹ nicht vor der Küste warten lassen, um mich nötigenfalls von hier wegzuholen. Und schon gar nicht das Risiko eingehen, durch ein Korallenriff zu schwimmen! Nein, ich gehe nicht, hörst du? Ich bleibe hier bei dir!«

»Sei doch nicht kindisch, Cathy«, schalt er sie in fast gelangweiltem Tonfall. »Das beste, was du machen kannst, ist, dich aus der Schußlinie zu halten. Gütiger Himmel, glaubst du denn, ich kann kämpfen, wenn ich mir dauernd Sorgen machen muß, wo du bist und ob dir etwas passiert ist? So, und damit Ende der Debatte. Du gehst jetzt mit Petersham – der wird sich um dich kümmern, bis ich zurückkomme.«

»Er hat recht, Miss. Ihr würdet ihm nur im Weg sein«, warf Petersham ruhig ein. Cathy ignorierte seine Bemerkung. Ihr Blick war forschend auf Jons kantiges Gesicht gerichtet, der ihr plötzlich doch ein warmes Lächeln schenkte.

»Bitte?« sagte er. Diesen silbergrauen Augen und dem schiefen Grinsen konnte Cathy nicht widerstehen.

»Also schön«, gab sie sich schließlich mit einem resignierten Seufzer geschlagen. »Aber paß auf dich auf, ja? Mir zuliebe.«

Für Cathy hatten diese Worte auf einmal eine ganz besondere Bedeutung, obgleich Jon das nicht ahnen konnte. Er mußte auch um ihres gemeinsamen Kindes willen vorsichtig sein.

»Dir zuliebe«, erwiderte er leise, als lege er einen feierlichen Eid ab, und schob sie dann Richtung Schlafzimmer. »Such dir die wärmsten Sachen zusammen, die du hast. Auf dem Meer kann es nachts ziemlich kalt werden.«

Cathy tat, was er gesagt hatte. Wie immer war es ihm gelungen, seinen Kopf durchzusetzen. War es überhaupt je anders gewesen? Als sie zurück ins Zimmer kam, den warmen Mantel über dem Arm, hörte sie Jon gerade noch sagen: » … und sieh zu, daß du sie zu ihrem Vater zurückbringst.«

»Käpt'n, da ist etwas, das Ihr wissen müßt …«, begann Petersham, hielt aber sofort inne, als er Cathy im Türrahmen stehen sah, die sie mit weit aufgerissenen Augen anstarrte.

Jon drehte sich langsam zu ihr um. Seine ernste Miene, die er rasch zu verbergen suchte, spiegelte Cathys eigene Angst wider. Mit tränenverschleiertem Blick stürzte sie auf Jon zu, schlang ihre Arme um seinen Nacken und drückte sich an ihn.

»Jon, du mußt mit uns kommen«, wisperte sie ihm aufgeregt ins Ohr. »Ich bekomme ein Kind von dir. Du mußt mit mir kommen!«

Einen Moment lang herrschte tiefes Schweigen. Jons langer Körper wurde in ihren Armen steif wie ein Brett. Petersham wandte sich diskret ab.

»O Gott, nein!« murmelte Jon schließlich mit seltsam erstickter Stimme. »Bist du sicher?«

Cathy drückte sich von ihm weg, um ihm ins Gesicht zu sehen. Er war vor Schreck kreidebleich geworden.

»Es tut dir leid, wie?« schrie sie gequält. »Dich mit einem Kind zu binden, paßt dir wohl nicht, stimmt's?

Nun, mein Lieber, das hättest du dir vorher überlegen sollen!«

»Aber Cathy, nein, mißversteh mich nicht! Es ist nicht so, daß ich das Kind nicht will! Ich …«

Das dumpfe Donnern einer Kanone schnitt ihm jäh das Wort ab.

»Verdammt noch mal, darüber reden wir später! Jetzt ist keine Zeit dafür. Petersham, bring sie weg von hier!«

Mit einem resignierten Seufzer drückte Jon ihr einen harten, leidenschaftlichen Kuß auf den Mund, dann schob er sie von sich, drehte sich um und verließ das Haus. Kaum war er aus ihrem Sichtfeld verschwunden, da drängte Petersham sie schon auf die Veranda hinaus und durch den Garten.

Vom Donnern der Kanonen begleitet, machten sie sich auf den Weg quer über die kleine Insel. Schwarze Rauchsäulen stiegen in den blauen Himmel auf, wo die Kanonenkugeln ihr Ziel getroffen hatten. Ein beißender Brandgeruch erfüllte die Luft.

Der ätzende Gestank und die qualmenden Häuser bildeten einen furchterregenden Kontrast zu der lauschigen Schönheit der Landschaft, durch die sie hasteten. Papageien krächzten in den Palmen, winzige Kolibris flatterten von Busch zu Busch, pickten an den süßen tropischen Früchten und Beeren. Das dunkle Rot der Bougainvillea-Sträucher mischte sich mit den rosa und weißen Blüten der Hortensien zu einem exotischen Farbenspiel. Nach einem zwanzigminütigen strammen Fußmarsch erreichten sie das Meer, das wie ein endloser, silbern glitzernder Teppich vor ihnen lag.

Petersham führte sie zu einem kleinen Palmenhain, in dessen Schutz sich Cathy erschöpft auf dem weichen Sandboden niederließ. Sie lehnte sich mit dem Rücken an eine der Palmen und schlang die Arme um die Knie. Petersham beobachtete Cathy mit sorgenvoller Miene, während sie mit leerem Blick schweigend aufs Meer hinaus starrte.

»Er will das Baby nicht, Petersham«, sagte sie nach einer Weile. Petersham ging neben ihr in die Hocke und griff nach ihrer schmalen Hand, die er unbeholfen streichelte.

»Miss Cathy, Master Jon war außer sich! Wenn der ganze Wirbel erst einmal vorbei ist und er sich wieder beruhigt hat, wird er ganz anders reden, glaubt mir.«

Cathy sah mit verschleiertem Blick zu ihm hoch. »Wenn der ganze Wirbel vorbei ... und Jon dann noch am Leben ist. O Gott, warum ist das Leben nur immer so schwierig?«

Der Gedanke, daß Jon bereits tot sein oder im Sterben liegen könnte, vermischte sich mit der schmerzlichen Vorstellung, daß ihr Kind für ihn nur eine ungewollte Verantwortung darstellte. Sie mußte sich fest auf die Unterlippe beißen, um die Tränen zurückzudrängen, die ihr in die Augen schossen. Die Arme instinktiv in einer beschützenden Gebärde um die Taille geschlungen, rang sie schweigend um Fassung. Petersham, der ihren Schmerz sehr wohl spürte, ihn aber nicht zu lindern vermochte, saß still neben ihr und tätschelte ihr von Zeit zu Zeit tröstend die Schultern.

Während Cathy mit blinden Augen aufs Meer hinaussah, taumelten ihre Gedanken wild durcheinander. Einer davon tauchte immer wieder an die Oberfläche und machte ihr bewußt, daß sie sich in erster Linie um Jon sorgte. Wenn er nur heil aus dieser Schlacht zurückkäme, würde sie Gott nie wieder um etwas bitten!

Als Petershams Stimme schließlich bis zu ihr durchdrang, wandte sie träge den Kopf und stellte fest, daß er sich ängstlich über sie beugte.

»Miss Cathy, da kommt jemand. Wir müssen uns verstecken.«

Alarmiert sprang Cathy sofort auf die Beine und folgte Petersham in geduckter Haltung einen kleinen Pfad entlang. Von ihrer neuen Position aus konnten sie zwar nicht sehen, wer sich ihnen näherte, andererseits aber auch selbst nicht gesehen werden. In ihrer gegenwärtigen Lage war äußerste Vorsicht angebracht.

»Cathy! Cathy!« hörten sie eine Stimme auf den Klippen über ihnen rufen. Cathy und Petersham tauschten einen raschen Blick und stolperten dann aus ihrem Versteck.

»Harry?« rief Cathy ungläubig. Die Gestalt, die jetzt über ihnen auf dem Felsrand erschien, war tatsächlich Harry. Im nächsten Augenblick spürte Cathy, wie die Angst mit kalten Fingern nach ihrem Herz griff. Jon hatte doch gesagt, er würde selbst kommen, wenn es ihm möglich wäre. Aber warum kam er nicht? War ihm etwas zugestoßen … oder wollte er nichts mehr mit ihr zu tun haben, jetzt, da er von dem Kind wußte?

Petersham trat dicht neben sie, während Harry auf sie zugelaufen kam. »Was machst du denn hier?« rief er ihm herausfordernd entgegen.

Erst jetzt erinnerte sich Cathy wieder an die Zwistigkeiten zwischen Jon und Harry. Petersham hatte allen Grund zu dieser Frage. Bestimmt würde Jon nicht ausgerechnet Harry schicken, um sie zu retten … es sei denn, es wäre ihm gleichgültig, ob dieser noch etwas von ihr wollte.

Harry blieb direkt vor Cathy stehen. Sie konnte Spuren von Schießpulver auf seinem Gesicht und den Händen erkennen.

»Jon hat mich geschickt«, erklärte er Petersham knapp, und Cathy spürte, wie der letzte Hoffnungsschimmer in ihr erlosch. Wenn Jon ihn geschickt hatte, so konnte das nur bedeuten, daß sie ihm jetzt, da sie sein Kind unter dem Herzen trug, lästig geworden war.

»Das kommt mir aber seltsam vor«, sagte Petersham und legte beschützend den Arm um Cathys Schultern. Harry maß Petersham mit einem ungeduldigen Blick.

»Du lieber Himmel, Petersham, glaubst du vielleicht,

ich würde Miss Cathy Gewalt antun, jetzt, wo sie schwanger ist? Ich weiß, daß ich aus dem Rennen bin, und das wußte Jon auch, als er es mir erzählte.«

»Jon – hat – es – Euch – erzählt?« fragte Cathy, langsam jedes einzelne Wort formend. Wenn Harry es wußte, dann mußte Jon ihn geschickt haben. Denn außer Petersham und Jon hatte sie es niemand sonst erzählt. »Geht es ihm gut?« keuchte sie aufgeregt.

»Als ich ihn zuletzt sah, schon«, sagte Harry mit einem harten Blick. »Jetzt vielleicht nicht mehr. Jon, ich und drei andere Männer, wir hatten uns in einer dieser Strohhütten versteckt. Die Soldaten waren gerade dabei, sie in Brand zu stecken, als ich mich davonmachen konnte ... Die Uniform, seht Ihr?«

Cathy starrte verdutzt auf die versengte und teilweise zerrissene britische Marineuniform, die Harry trug. Dann erinnerte sie sich, daß er die auch angehabt hatte, als sie ihm damals auf der ›Anna Greer‹ zum erstenmal begegnet war. Aber was hatte das mit ...?

»Soldaten?« Petersham hatte schneller begriffen als Cathy. Harry grinste freudlos.

»Habe ich vergessen, das zu erwähnen?« fragte er leise. »Auf den Schiffen sind Soldaten – britische Soldaten. Ich nehme an, sie haben sich Euch zu Ehren auf den Weg hierher gemacht, Lady Catherine. Euer Vater ist anscheinend tatsächlich ein reicher Mann, wie Ihr mir einmal erzählt habt.«

»Oh, mein Gott, sie werden Jon hängen!« wisperte Cathy, leichenblaß vor Schreck. Schon tauchten Visionen vor ihrem inneren Auge auf, wie sie mit Jon kurzen Prozeß machten. Britische Soldaten fackelten nicht lange; sie führten ihre Befehle schnell und zuverlässig aus, das wußte Cathy.

»Sofern er in der Hütte nicht verbrannt ist, kann ich mir gut vorstellen, daß sie das mit ihm vorhaben«, stimmte ihr Harry zu.

»Ich muß zu ihm!« schrie Cathy, worauf Harry sie fast respektvoll ansah.

»Ich dachte mir, daß Ihr das sagen würdet«, entgegnete er. »Und ich bin ganz Eurer Meinung. Ihr seid seine einzige Chance. Aber in die Stadt zu gehen, könnte unter den gegebenen Umständen nicht ungefährlich sein. Diese Kerle lechzen nach Blut und nehmen sich wahrscheinlich nicht einmal die Zeit, Euch nach Eurem Namen zu fragen, bevor sie Euch als Piratenliebchen hängen!«

»Ich traue mir ohne weiteres zu, mit britischen Soldaten fertigzuwerden, Harry«, entgegnete Cathy mit unbewußter Arroganz. Zum erstenmal erlebten die beiden Männer Cathy als Frau von Rang und Namen und waren, jeder auf seine Weise, beeindruckt.

»Möglicherweise, nun ja«, gab Harry ihr recht.

»Reden können wir später, dazu ist jetzt keine Zeit«, sagte Cathy, indem sie entschlossen auf die Klippen zuging. Petersham und Harry wechselten einen schnellen Blick und schlossen sich Cathy an. Überrascht drehte sie sich zu ihnen um. »Was habt Ihr beiden denn vor? Ihr könnte nicht mitkommen. Man wird euch aufhängen!«

»Und glaubt Ihr im Ernst, wir könnten Jon jemals wieder unter die Augen treten, wenn wir Euch alleine gehen ließen?« schnaubte Harry spöttisch. »Vorausgesetzt, wir erreichen unser Ziel, bevor er noch am Strick baumelt!«

Auf diesen überflüssigen Wink hin beschleunigte Cathy ihr Tempo und flog förmlich über den harten, felsigen Boden.

»Denkt an das Baby, Miss Cathy«, warnte Petersham sie mit einem besorgten Blick in ihr gerötetes Gesicht.

»Ich bin doch keine Porzellanpuppe!« gab Cathy keuchend zurück. »Wenn wir uns nicht beeilen, kommen wir zu spät! Also, weiter jetzt!«

Es war nicht sehr weit in die Stadt, doch Cathy schien es, als dauerte der kurze Weg Stunden. Sie eilte an den qualmenden Überresten von Jons Haus vorbei, ohne mehr als einen schnellen Seitenblick darauf zu verschwenden. Anscheinend hatte ein Brandgeschoß das Dach getroffen, außer den verkohlten Mauern war nicht mehr viel davon übrig. Aber was zählte schon ein Haus, dachte sie, im Vergleich zu einem Menschenleben – Jons Leben! Alles, woran sie denken konnte, war, daß man Jon vielleicht schon gehängt hatte, daß sein langer, schlanker Körper am Ende eines dicken Seils baumelte, das schöne Gesicht blau angelaufen und verquollen war. Es kam ihr gar nicht in den Sinn, daß sie ihm einst ein solches Ende an den Hals gewünscht hatte. Jetzt liebte sie ihn und glaubte, selbst sterben zu müssen, wenn ihm etwas geschähe.

Eine dicke, schwarze Rauchwolke hing über den einst schmucken Hütten des kleinen Hafenstädchens. Nun lagen sie alle in Schutt und Asche. Vor ihnen breitete sich ein Trümmerfeld aus, als ob die Hand eines Riesen dieses Ende der Insel hochgehoben, geschüttelt und wieder fallengelassen hatte. Überall lagen Tote – Piraten und Inselbewohner. Auf einem der großen Schiffe, das in der Bucht ankerte, sah Cathy weitere Leichen mit einem Strick um den Hals an den Spieren hängen. O Gott, sie hatten bereits mit der Exekution begonnen! Hauchte Jon vielleicht schon in diesem Augenblick am Ende eines Seils schwingend sein Leben aus, von den heftigen Windböen zu einem letzten makabren Totentanz gezwungen?

Harry und Petersham, die rechts und links von ihr stehengeblieben waren, um sie zu stützen, schauten sie besorgt an. Das Schweigen der Kanonen sagte alles.

»Die Schlacht ist vorüber, Cathy«, bemerkte Harry leise. »Ihr solltet lieber wieder gehen. Ihr wollt Jon doch nicht als Toten sehen, oder? Der Schock könnte dem Baby schaden. Wir gehen ihn suchen, und wenn nötig, holen wir euch.«

»Nein!« schrie Cathy laut und riß sich von ihnen los. »Jon ist nicht tot! Ich weiß, daß er nicht tot ist!«

Damit stürzte sie auf den Hafen zu, raffte im Laufen die Röcke und rannte schneller als je zuvor in ihrem Leben. Harry und Petersham hetzten hinter ihr her und fluchten dabei über ihre Sturheit. Beide waren überzeugt davon, daß sie zu spät kamen, um Jon zu retten, und im Grunde ihres Herzens fürchtete Cathy, daß sie recht hatten. Er hat bestimmt gekämpft wie ein Löwe, um sich gegen die Gefangennahme zu wehren, überlegte sie und kam zu dem Schluß, daß er wahrscheinlich schon im Kampf gefallen war, noch ehe die Soldaten damit begonnen hatten, die Gefangenen aufzuknüpfen. Aber wenn nicht, wenn noch die geringste Chance für ihn bestand, wollte sie alles riskieren. Sie wußte freilich nicht, ob es ihr überhaupt gelingen könne, Jon vor dem Galgen zu retten, gesetzt den Fall, sie käme noch rechtzeitig. Ein erfahrener Soldat, sagte sie sich, würde es sich zweimal überlegen, eine Exekution nur auf die Aussage einer jungen Frau hin zu stoppen, ganz gleich, ob diese Frau nun eine Lady war oder nicht. Und trotzdem, sie mußte es wenigstens versuchen.

Am Hafen stand eine Gruppe britischer Soldaten Wache, offensichtlich dazu abgestellt, eventuell überlebende Piraten an der Flucht zu hindern. Als Cathy auf sie zustürzte, hoben sie sofort ihre Musketen.

»Stehenbleiben!« brüllte der verantwortliche Offizier und trat einen Schritt vor. Doch als er sah, daß er eine Frau vor sich hatte, zögerte er, den Schießbefehl zu geben.

»Schießt nicht, ihr Idioten!« schrie Cathy und blieb vor dem Offizier stehen. Ihr Gesicht war vom Laufen puterrot, ihr Atem ging stoßweise, doch als sie sich zu voller Größe aufgerichtet hatte, gelang es ihr, wie eine Lady auszusehen. Der Offizier starrte sie völlig perplex an.

»Ich bin Lady Catherine Aldley«, sagte Cathy in gebieterischem Tonfall. »Und ich wünsche, auf das Schiff dort draußen gebracht zu werden, auf dem man die Piraten exekutiert. Und zwar umgehend, wenn ich bitten darf!«

Der Offizier musterte sie argwöhnisch und warf dann einen prüfenden Blick auf Harry und Petersham, die jetzt zögernd näherkamen. Cathy wußte, daß nur Harrys Uniform die beiden davor bewahrte, auf der Stelle abgeführt zu werden. Deshalb drehte sie sich rasch zu ihnen um und streckte ihre Hand aus.

»Habt vielen Dank, Gentlemen, für die freundliche Begleitung hierher«, sagte sie schnell, gab zuerst Harry die Hand und dann Petersham. »Aber nun möchte ich Euch nicht länger aufhalten. Ihr werdet sicher schon auf Eurem Posten zurückerwartet.«

Die beiden Männer starrten sie zunächst völlig verdutzt an, schüttelten aber, nachdem sie ihren warnenden Blick verstanden hatten, wortlos Cathys Hand und machten dann, daß sie wegkamen. Sie hatten für Cathy und Jon getan, was sie konnten, und mußten jetzt zusehen, daß sie ihre eigene Haut retteten.

»Wartet!« rief ihnen der junge Offizier mißtrauisch hinterher, als die beiden sich schon ein Stück entfernt hatten. Harry und Petersham blieben stehen, doch bevor der Offizier wieder den Mund aufmachen konnte, wirbelte Cathy zu ihm herum.

»Leutnant, ich sagte, ich verlange unverzüglich auf dieses Schiff gebracht zu werden! Ich bin nicht gewillt zu warten, bis Ihr Euren Plausch mit diesen Herren beendet habt!«

Unentschlossen starrte der Offizier sie an. Er hatte keine Möglichkeit festzustellen, ob diese Frau tatsächlich diejenige war, für die sie sich ausgab, erinnerte sich aber gehört zu haben, daß eine Lady Catherine Soundso entweder tot war oder sich in den Händen dieser Piraten befand. Falls sie wirklich besagte Lady war, mußte er ihren Wünschen wohl oder übel Folge leisten. Offenbar hatte sie einige einflußreiche Freunde bei Hof.

»Unverzüglich, Leutnant!« Der Offizier zuckte sichtlich zusammen unter Cathys Forderung, die sie mit aller Schärfe ausgesprochen hatte.

»Jawohl, Mylady!« stammelte er. Er drehte sich um und gab seinen Männern Befehl, ein Ruderboot für Ihre Ladyschaft bereitzustellen und sich damit gefälligst zu beeilen! Harry und Petersham nutzten indessen die Verwirrung, um sich unbemerkt aus dem Staub zu machen.

Als das Boot am Kai anlegte, half der Offizier Cathy ehrerbietig beim Einsteigen. Sie biß angesichts seines umständlichen Gehabes die Zähne zusammen. Vielleicht hängten sie Jon gerade in diesem Augenblick!

»Bitte, schnell!« trieb sie die Männer an den Rudern an. Cathy stand ganz vorne am Bug, während das kleine Boot durch die Schaumkronen der hohen Wellen auf die Fregatten zupflügte. Als sie endlich an dem Schiff anlangten, auf dem die Exekutionen vorgenommen wurden, ließ Cathy das kleine Boot unter der Strickleiter anhalten, die seitlich an der Bordwand herunterhing. Nachdem sie Hände und Füße sicher auf den schwankenden Seilen positioniert hatte, kletterte sie die Strickleiter so mühelos hinauf wie ein Äffchen. Die Angst um Jon verdrängte jeden Gedanken an ihre eigene Sicherheit. Am Ende der Leiter griffen eifrige Hände nach den ihren, um sie die letzten Meter an Bord zu heben. Als sie schließlich oben an Deck stand, bemerkte sie kaum die Dutzende von männlichen Augenpaaren, die interessiert auf sie gerichtet waren.

»Und welche Angelegenheit hat Euch an Bord der ›Lady Chester‹ geführt, Miss?« ließ sich eine rauhe Stimme ziemlich unfreundlich vernehmen.

»Ich wünsche unverzüglich den Kapitän dieses Schiffes zu sprechen!« erwiderte Cathy scharf. Doch schon im nächsten Moment schnürte ihr der Anblick der leblosen Körper der Männer, die bereits gehängt worden waren und nun in ordentlichen Reihen entlang der Reling aufgestapelt wurden, die Kehle zu. Nach einer kurzen Totenandacht würde man ihre Leichen dem Meer übergeben. Cathy konnte sich gerade noch zurückhalten, nicht auf die

Leichenberge zuzustürzen und sich jedes Gesicht anzusehen. Wenn Jon sich darunter befand, kam jede Hilfe ohnehin zu spät, wenn nicht, so durfte sie keine Sekunde verlieren!

»Ach, tatsächlich, Miss?« ließ sich die Stimme wieder vernehmen, diesmal leicht amüsiert, worauf Cathy den Sprecher wutentbrannt anfunkelte.

»Jawohl, guter Mann, das verlange ich! Ich bin Lady Catherine Aldley, und diese Banditen haben mich gefangengehalten! Ich bin sicher, Euer Kapitän kennt meinen Namen sehr genau, und wird äußerst ungehalten sein, wenn er erfährt, daß man mich nicht unverzüglich zu ihm gebracht hat!«

Unter ihrem eiskalten Blick schrumpfte der stämmige, grauhaarige Bootsmannsmaat sichtlich zusammen.

»Jawohl, Ma'am!« erwiderte er auf einmal ausgesucht freundlich. »Wenn Ihr mir bitte hier entlang folgen wollt, Ma'am!«

Mit hocherhobenem Kopf und stocksteifer Haltung segelte Cathy hinter ihm her durch die Menge der gaffenden Matrosen, die man dazu abkommandiert hatte, der Exekution als Zeugen beizuwohnen. Auf halbem Weg über das Deck donnerte eine Kanone so laut, daß Cathy kurze Zeit völlig taub war.

»Wofür dieser Lärm?« schnappte sie und legte einen Schritt zu, um mit ihrem schwitzenden Begleiter auf gleiche Höhe zu kommen.

»Das ist das Signal für die Wachen, den nächsten Schwung Gefangene zur Exekution an Deck zu bringen. Wir können immer fünf auf einmal hängen, Mylady!«

Der Stolz in der Stimme des Mannes widerte Cathy an. Sie hatte Männer wie die, die jetzt zum Galgen geführt wurden, kennen und schätzen gelernt und darüberhinaus festgestellt, daß sie abgesehen von ihrem anrüchigen Broterwerb nicht viel anders waren als andere Männer auch. Plötzlich war sie richtig froh, daß sich die Mannschaft der ›Margarita‹ in Sicherheit befand. Die Männer waren ihre Freunde geworden, und es hätte ihr sehr weh getan, sie sterben zu sehen.

Das Geräusch von Schritten hinter ihr ließ sie abrupt herumfahren. Eine Abordnung von Matrosen brachte die Verurteilten zu den behelfsmäßigen Galgen. Uniformierte Wachen versperrten ihr zwar die Sicht auf die Gesichter der Gefangenen, doch ihr sechster Sinn ließ Cathy unvermittelt innehalten. Und einen Augenblick später dankte sie Gott, daß sie stehengeblieben war. Auf einer wackligen Plattform, die man provisorisch unter einer herausragenden Spiere errichtet hatte, standen, die Hände auf dem Rücken gefesselt, die Augen mit einem Tuch verbunden, die fünf Männer, die als nächste gehängt werden sollten. Der dritte von links war Jon. Und der Henker mit der schwarzen Kapuze über dem Kopf legte ihm gerade die Schlinge um den Hals.

11

»Wartet!« wollte Cathy schreien, brachte aber kein Wort heraus. Sie konnte nur den Mund auf und zumachen, stumm wie ein Fisch, der an Land nach Luft schnappt. Die schiere Panik schnürte ihr die Kehle zu. Ihre Füße, die auf den Decksplanken festgefroren zu sein schienen, weigerten sich hartnäckig, die wenigen Meter zum Galgen zurückzulegen, unter dem Jon stand, die Schlinge bereits um den Hals. O Gott, das war schrecklicher als der schrecklichste Alptraum! Nur Augenblicke trennten ihn davon, aufgehängt zu werden, und sie konnte weder sprechen noch sich bewegen!

Eine Hand packte sie am Arm, drückte diesen heftig, und plötzlich gehorchten Cathy ihre Beine wieder. Wie eine Furie wirbelte sie zu ihrem vermeintlichen Angreifer herum. Doch die wüsten Beschimpfungen, die ihr auf der Zunge lagen, erstarben unvermittelt, als sie in das grimmige, erschöpfte, doch unendlich erleichterte Gesicht ihres Vaters blickte.

»Cathy!« Es klang, als spreche er ein Gebet. »Cathy, Kind ich glaubte, du seist tot ...«

»Papa!« rief sie nicht minder erleichtert aus. »Oh, Papa, Gott sei Dank! Du mußt sie daran hindern, diesen Mann zu hängen!« Dabei deutete sie auf Jon. Alles drehte sich wie auf Kommando zu ihnen um; ein Dutzend Augenpaare starrten sie neugierig an. Cathy war das völlig gleichgültig. Scham oder gutes Benehmen zählten in diesem Augenblick nicht. Es ging ausschießlich um Jons Leben!

Da ihr Vater den Mann mit den verbundenen Augen nur verwundert musterte, aber nichts unternahm, um ihn zu retten, rüttelte Cathy wie wild an seinem Arm.

»Papa, schnell! O Gott, bitte mach schnell!«

»Ist das der Kerl, der dich entführt hat?« fragte Sir Thomas mit angewiderter Stimme, ohne den Blick auch nur eine Sekunde von dem Mann auf dem Schafott abzuwenden.

»Ja! Du mußt etwas tun, Papa!«

»Er soll ruhig hängen! Obwohl das ein viel zu gnädiger Tod für diesen Bastard ist! Eigentlich gehört er gevierteilt! Er sollte genauso viel leiden wie du gelitten hast! Verdammter Schweinehund!« Sir Thomas durchbohrte Jon, der zu weit weg stand, um Cathy hören zu können, und gerade mit einem stummen Nicken die ernste Frage eines Priesters beantwortete, mit einem haßerfüllten Blick. Während Cathy und ihr Vater die Szene beobachteten – sie krank vor Angst, er mit rachsüchtiger Freude –, schlug der Priester das Kreuzzeichen über Jon und ging dann einen Schritt weiter zum nächsten Delinquenten, um auch diesem den letzten Segen zu geben.

»Papa, du mußt sie aufhalten! Er ist der Vater meines Kindes!«

»Was?« schrie Sir Thomas. Seine Stimme zitterte vor Wut und Entsetzen.

»Ja, ich bekomme ein Kind von ihm! Oh, Papa, ich will nicht, daß sie den Vater meines Kindes hängen! Bitte, unternimm etwas! Schnell!«

Sir Thomas starrte Cathy fassungslos an, und sie glaubte, jeden Augenblick den Verstand zu verlieren. Der Priester erteilte gerade dem letzten der fünf Männer die Absolution und trat zurück.

»Papa, bitte!« flehte Cathy noch einmal inständig und rüttelte an seinem Arm. Sich an den Kapitän der ›Lady Chester‹ zu wenden, dafür war es jetzt zu spät. Was konnte sie noch tun, wenn ihr Vater jetzt nicht reagierte?

Sir Thomas' Blick wanderte von dem in einer verzweifelten Bitte erstarrten Gesicht seiner Tochter zu dem Mann auf dem Schafott und wieder zurück zu Cathy. Seine Lippen waren nur mehr zwei harte Linien.

»Papa ...!«

»Halt!« schallte seine tiefe, befehlsgewohnte Stimme über das Deck. »Ich will den dritten Mann von links persönlich befragen. Schneidet ihn los!«

Der Henker zögerte, die Hand bereits auf dem Hebel, der die Plattform zum Kippen und die fünf Männer auf den Weg in die Ewigkeit schicken sollte, und sah fragend zu dem verantwortlichen Offizier hinüber. Dieser streifte Sir Thomas mit einem raschen Blick, erkannte ihn und nickte daraufhin dem Mann mit der schwarzen Kapuze kurz zu. Mit einem resignierten Schulterzucken, das ihn aller Verantwortung für sein Tun entledigte, nahm der Henker Jon die Schlinge ab. Cathy schnürte es die Kehle zusammen, als sie sah, wie die breiten Schultern, die eben noch in Erwartung der Vollstreckung stramm gespannt waren, kaum merklich nach unten sackten. Zwei der bewaffneten Matrosen zerrten Jon vom Schafott und führten ihn ab, immer noch gefesselt und mit verbundenen Augen.

»Wo bringen sie ihn hin?« fragte Cathy ihren Vater ängstlich.

»In den Bunker, denke ich. Ihm wird schon nichts passieren.« Der bittere Hohn in Sir Thomas' Stimme ließ Cathy zusammenzucken.

»Papa, ich kann alles erklären ...«, stammelte sie unsicher, als sie die wütende Enttäuschung in seinen Augen sah. Sir Thomas verzog das Gesicht und griff nach ihrem Arm.

»Das will ich doch hoffen. Aber nicht hier von allen Leuten. Wir haben bereits genug Publikum.«

Er warf einen vernichtenden Blick in die Runde der grinsenden Männer, die ihrem Wortwechsel mit kaum verhohlener Neugier lauschten. Und als Cathy merkte, daß sie es war, auf die sich die lüsternen Augenpaare richteten, wurde ihr schlagartig klar, daß sie sich mit ihren Worten selbst zur Hure abgestempelt hatte. Denn etwas anderes konnte eine unverheiratete Frau, die, gleichgültig unter welchen Umständen, schwanger geworden war, nach geltenden Moralvorstellungen nicht sein. Mit hocherhobenem Kopf ging sie neben ihrem Vater her zur Treppe, die nach unten führte, konnte aber nicht verhindern, daß ihr die Schamröte in die Wangen schoß. Hinter ihnen nahm die Exekution ihren grausamen Verlauf. Gellende Schreie schallten über das Deck, gefolgt vom knakkenden Geräusch brechender Halswirbel. Cathy erschauderte und klammerte sich hilfesuchend am Arm ihres Vaters fest, mühsam gegen die Übelkeit ankämpfend, die ihr die Kehle zuschnürte. Obwohl sie ihren Ruf ein für allemal ruiniert hatte, stand sie zu dem, was sie getan hatte. Es war immer noch besser, die Leute spuckten vor ihr aus, als daß Jon sein Leben verlor. Aber sie trug die Schande nicht allein. Da war auch noch ihr Vater …

»Papa …«, begann sie kleinlaut.

»Ruhig«, machte er leise und schob sie vor sich her die Treppe herunter. »Du kannst mir alles erzählen, sobald wir in meiner Kabine sind.«

Als wohlhabendem und einflußreichen Mann hatte man Sir Thomas selbstverständlich die beste Kabine auf dem Schiff überlassen. Und als er die Tür öffnete und Cathy zuerst eintreten ließ, wich sie angesichts der luxuriösen Ausstattung unwillkürlich zurück. Im Vergleich zu Jons zweckmäßig, doch spartanisch eingerichteter Unterkunft auf der ›Margarita‹ sah sie sich hier einem Prunk gegenüber, der beinahe beschämend wirkte. Ihre Augenlider flatterten, als sie überlegte, wie Jon wohl auf derlei übermäßigen Luxus reagieren würde. Der Anblick der dicken Teppiche und Samtvorhänge, der eleganten Möbel und Kristallüster würde ihm dasselbe verächtliche Grinsen entlocken wie damals ihre teuren Kleider. Und als Cathy diesen überladenen Raum jetzt mit seinen Augen betrachtete, fühlte sie sich auf einmal darin seltsam unwohl.

»So, Kind, und jetzt erzählst du mir ganz genau, was vorgefallen ist«, sagte er, indem er Cathy in einen Sessel dirigierte und dann mit steinerner Miene ihr gegenüber Platz nahm.

Cathy schluckte, errötete und berichtete dann alles so ausführlich wie möglich, wobei sie nur den intimsten Teil ihrer Beziehung zu Jon wegließ. Sie bemühte sich herauszustreichen, daß Jon sie stets freundlich behandelt, für gute Verpflegung und Unterbringung gesorgt und sie vor jeglicher Gefahr beschützt hatte. Und als sie beschrieb, wie er in Cadiz sein Leben riskiert hatte, um das ihre zu retten, glühten ihre Augen vor Liebe, auch wenn ihr das nicht bewußt war. Sir Thomas, dem dieses verräterische Blitzen jedoch nicht entgangen war, wurde zusehends mißtrauischer. Am Ende ihres Berichts, nachdem sie von Jons Verwundung erzählt und wie sie ihn gesund gepflegt hatte, waren seine Augen nur noch zwei schmale Striche. Als Cathy den stummen Zorn ihres Vaters gewahrte, hielt sie abrupt inne. Sir Thomas schwieg lange Zeit, den Blick starr auf die gegenüberliegende Wand gerichtet. Er sah sie erst wieder an, als sie nervös in ihrem Sessel herumzurutschen begann.

»Bist du ganz sicher, daß du ... in anderen Umständen bist?« erkundigte er sich in bemüht ruhigem Tonfall.

Cathy spürte, wie ihr wieder diese heiße, verräterische Röte ins Gesicht stieg. In ihrer momentanen Situation war sie gewiß nichts anderes als eine große Enttäuschung für ihren Vater, der immer so stolz auf sie gewesen war. »Sir Thomas Aldleys Tochter hat sich von einem Piraten schwängern lassen ...« Cathy hörte die maliziösen Zungen bereits zischeln. Dieser Skandal würden Ruf ihres Vaters ebenso ruinieren wie den ihren.

»Ja, Papa, ich bin mir sicher«, preßte sie heraus, ohne ihn dabei anzusehen.

Als Sir Thomas sah, wie sehr sie sich schämte, erfüllte eine beschützende Liebe sein Herz. Sie war trotz allem seine Tochter und trug keinerlei Schuld an dem, was ihr zugestoßen war, überlegte er. Im gleichen Augenblick jedoch stieg in ihm ein abgrundtiefer Haß auf den Mann auf, der keinerlei Skrupel gehabt hatte, ein siebzehnjähriges, unschuldiges Mädchen zu schänden, eine wohlerzogene junge Lady obendrein. Und als er sich vergegenwärtigte, daß er selbst diesen Mann vor dem wohlverdienten Strang bewahrt hatte, glitzerten seine Augen vor Zorn. Nein, er hatte diesem Schurken nur zu einem vorläufigen Aufschub seiner verdienten Strafe verholfen, schwor er sich im stillen. Im Augenblick mußte er seine ganz Sorge dem Wohlergehen und dem guten Namen seiner Tochter gelten. Aber später …

»Mein Kind, du hast keinen Grund, so unglücklich dreinzuschauen«, tröstete er sie, nahm dabei ihre kleine Hand in die seine und tätschelte sie zärtlich. »Ich weiß, du bist ohne Schuld in diese mißliche Lage geraten. Das Kind, das du unter dem Herzen trägst, hast du durch einen brutalen Akt empfangen, für den dich keinerlei Verantwortung trifft. Gleichwohl war es nicht sonderlich passend, dies vor soviel Matrosen herauszuposaunen. Aber ich denke, daß wir dieses Mißgeschick ausbügeln können. Nun, meine Liebe …«

Cathy spürte, wie ihr wieder übel wurde. Durch das Vertuschen der intimen Details ihrer Beziehung zu Jon hatte sie ihren Vater getäuscht und einen ganz anderen Eindruck erweckt. Sie mußte ihm die Wahrheit erzählen, um Jons willen, auch wenn sie ihrem Vater damit noch so weh tat.

»Papa«, begann sie zaghaft, den Blick auf ihre verschränkten Finger geheftet. »Papa, er hat mich nicht vergewaltigt.«

»Was sagst du da?« explodierte Sir Thomas eine Schrecksekunde später.

»Jon … Jon hat mich nicht wirklich zu etwas zwingen müssen, Papa«, wisperte Cathy und fühlte sich so gedemütigt wie noch nie zuvor in ihrem Leben. »Ich … ich habe mich ihm freiwillig hingegeben.«

»Mein Gott, Kind, weißt du überhaupt, was du da sagst?« Sir Thomas fuhr aus dem Sessel hoch und starrte seine Tochter fassungslos an. Cathy, beinahe so weiß im Gesicht wie ihr Kleid, sah zu ihm auf.

»Ja, Papa.« Ihre Stimme war leise, doch ihr Blick hielt dem ihres Vaters stand. Sir Thomas wurde dunkelrot vor Zorn. Cathy biß sich auf die Lippen, schlug aber nicht die Augen nieder.

»Dieser verfluchte Bastard!« schnaubte Sir Thomas schließlich. »Ich bin froh, daß ich sie daran gehindert habe, ihn aufzuhängen! Der wird mir ganz anders dafür bezahlen …«

Das häßliche Flackern in den sonst so sanften blauen Augen ihres Vaters machte Cathy Angst. Sie stand jetzt ebenfalls auf, begann dann aber in einem Anfall von Schwindel zu taumeln. Sir Thomas streckte eine Hand nach ihr aus, um sie zu stützen, und Cathy klammerte sich mit großen, angstgeweiteten Augen daran fest.

»Papa, ich liebe ihn.«

Leichenblaß wie sie war, brachte es Sir Thomas nicht übers Herz, ihr noch länger Vorwürfe zu machen. Selbst wenn der Schuft sie tatsächlich nicht gezwungen hatte, dachte er zornig, war es dennoch eine Kleinigkeit für einen erfahrenen Mann, ein unschuldiges junges Mädchen zu verführen. Was er getan hatte war nicht weniger verwerflich als Notzucht. Und das mußte Cathy einsehen. Sie durfte keinesfalls länger daran glauben, in einen solchen Mann verliebt zu sein!

»Tochter, dieser Mann ist um etliches älter als du, nicht wahr?« begann er bewußt freundlich. Ihm war klar, daß er das Vertrauen seiner Tochter aufs Spiel setzte, wenn er ihre Zuneigung zu dem Piraten ganz offen verdammen würde.

»Er ist vierunddreißig«, erwiderte Cathy matt und

sank zurück in den Sessel. Die plötzliche Kehrtwendung ihres Vaters verunsicherte sie. Sie hatte eigentlich erwartet, daß er stundenlang toben würde.

»Das dachte ich mir«, erwiderte Sir Thomas in einem Tonfall, als hätten sich seine schlimmsten Befürchtungen bestätigt. »Hast du Gründe für die Annahme, daß er dich liebt?«

»Nun ...«

»Hat er dir das je gesagt?« fuhr Sir Thomas ungerührt fort. Ein scharfer Blick in ihr errötendes Gesicht verriet ihm, daß er auf der richtigen Spur war.

»N-nein«, murmelte sie kleinlaut. Sie senkte den Blick und studierte angelegentlich das Muster des dunkelroten Perserteppichs, auf dem ihre Füße in den groben Ledersandalen völlig deplaziert wirkten.

»Tja, das dachte ich mir.« Sir Thomas seufzte tief, setzte sich Cathy sich gegenüber und nahm ihre Hand. »Mein Kind, ein Mann von vierunddreißig Jahren, besonders ein gewissenloser Bandit wie dieser, hat schon ganze Scharen von Frauen benutzt. Alle Gefühle, die du in ihm wachgerufen haben magst, sind ihm nicht neu, glaub mir. Du dagegen bist noch völlig unerfahren in diesen Dingen, hast eine behütete Kindheit hinter dir und hältst dieses ganz natürliche Erwachen deiner körperlichen Gefühle fälschlicherweise für Liebe. Es ist normal für ein junges Mädchen, daß es in dem ersten Mann, der sie zur Frau macht, den Märchenprinz schlechthin zu sehen glaubt. Hast du nicht selbst erlebt, daß viele junge Ladys, die ihren zukünftigen Ehemann anfangs verabscheuten, ihn nach der Hochzeit ganz bezaubernd fanden? Warum, meine Liebe, glaubst du wohl, daß das so ist?«

Cathy dachte nach. Was ihr Vater gerade gesagt hatte, war richtig. Sie kannte tatsächlich junge Mädchen, die quasi mit Tränen in den Augen zum Traualtar geschritten waren, sich aber kurz darauf mit ihrem Schicksal aussöhnten und ihren Angetrauten sogar von Herzen liebten. Aber ...

»Nein, Papa, so ist das nicht«, entgegnete sie mit Nachdruck. »Ich liebe Jon wirklich. Er sieht gut aus, er ist stark und kann sehr zärtlich und liebevoll sein ...«

Ihr Vater lachte mitleidig.

»Selbstverständlich ist er zärtlich und liebevoll mit dir umgegangen, mein armes Kind. Eine willige Partnerin hebt das Vergnügen eines Mannes ungemein. Ich weiß das, habe diese Taktik selbst auch bei Frauen angewendet, um sicherzugehen, daß sie meine Wünsche erfüllen. Und die süßen kleinen Dinger glaubten alle, ich sei unsterblich in sie verliebt, obwohl das natürlich nicht der Fall war. Ein Mann entehrt keine Frau, die er liebt; und eine Frau tut gut daran, den Respekt, den ein Mann ihr zollt, als Gradmesser für seine wahren Gefühle zu benutzen.«

Sir Thomas war sehr zufrieden mit der Wirkung seines Vortrags. Cathy schien tatsächlich betroffen zu sein, und wenn er ihre Gedanken hätte lesen können, wäre er noch viel zufriedener gewesen. Er hat recht, überlegte sie. Jon genoß es, wenn sie sich willig zeigte. War seine Zärtlichkeit demnach bloß ein Trick, damit sie bereitwillig zu ihm ins Bett schlüpfte? Sie konnte nur ihre eigenen Gefühle beurteilen, doch ihres Vaters Worte hatten sie selbst diesen gegenüber mißtrauisch gemacht. War das, was sie für Jon empfand, wirklich Liebe, oder war es nur die natürliche Faszination, die ein gutaussehender Mann auf ein junges Mädchen ausübte? Wie ließ sich das feststellen?

Nachdem er sah, daß Cathy ernsthaft nachdachte, unterließ es Sir Jon, weise wie er war, weiter auf diesem Thema herumzuhacken. Statt dessen wandte er seine Aufmerksamkeit einem sehr viel schwerwiegenden Problem zu.

»Cathy«, riß er sie eine Weile später aus ihren Gedanken. »Wir müssen dich verheiraten, Kind. Soweit ich das beurteilen kann, ist es die einzige Möglichkeit, deinen guten Ruf wiederherzustellen.«

Cathy sah ihren Vater aus blauen Augen fragend an. Es dauerte ein paar Sekunden, ehe sie antwortete.

»Verheiraten, Papa?« wiederholte sie lahm.

»Ja, Tochter. Ich habe da einen jungen Leutnant aus guter Familie im Auge, der momentan auf der ›Lady Chester‹ stationiert ist. Er ist nur drei Jahre älter als du, ein recht ansehnlicher Bursche mit guten Manieren. Freilich ist er nicht die Partie, die ich mir für dich erhofft habe, aber unter den gegebenen Umständen ist so ein Ehemann besser als gar keiner. Und ich bin sicher, daß ich diesen jungen Mann dazu überreden kann, die Vaterschaft für dein Kind anzuerkennen. Seine Familie ist augenblicklich ein wenig in finanzieller Bedrängnis, weißt du.«

Cathy starrte ihren Vater an, während aus ihren Lippen langsam jegliche Farbe wich. Die Hände in ihrem Schoß verkrampften sich zu Fäusten.

»Du schlägst mir tatsächlich vor, einen Ehemann zu kaufen, Papa?« fragte sie schließlich fassungslos. Sir Thomas erwiderte ihren sich rasch verdüsternden Blick völlig ungerührt.

»Meine Liebe, wir haben leider keine andere Wahl. Ohne einen kleinen finanziellen Anreiz werden sich wohl kaum viele Männer finden lassen, die angesichts der Umstände bereit wären, dich zu heiraten. Betrachte die Sache doch einmal realistisch. Nicht nur um deiner selbst, sondern auch um meiner und des Kindes willen. Wenn einer von uns jemals wieder hoch erhobenen Hauptes durch die Straßen gehen möchte, dann brauchst du einen Ehemann.«

Cathy dachte ernsthaft über die Worte ihres Vaters nach. Er hatte absolut recht und genau das ausgesprochen, worüber sie sich bereits selbst Gedanken gemacht hatte. Wollte sie wirklich ein uneheliches Kind großziehen und zusehen, wie es unter diesem Makel litt? Wollte sie sich dem Hohn und Spott der Leute aussetzen und ein Leben lang aus der besseren Gesellschaft verbannen lassen? Nein, das wollte sie nicht. Und eine Ehe schien tatsächlich die einzige Möglichkeit, dies alles zu verhindern.

»Ich stimme dir zu, Papa«, sagte sie schließlich mit klarer Stimme. Sir Thomas war überrascht. Er hatte eine längere Diskussion erwartet.

»Exzellent!« Seine verspannten Gesichtszüge lösten sich zu einem Lächeln. »Ich werde sofort die nötigen Arrangements treffen. Je früher du unter die Haube kommst, desto schneller wird das Gerede verstummen.«

»Ich stelle nur eine Bedingung, Papa.«

Sir Thomas sah sie liebevoll an. »Und die wäre, meine Tochter?«

»Ich möchte mir meinen Ehemann selbst aussuchen.«

Sir Thomas geriet ins Stottern. »Aber … aber, meine Liebe, du hast keine Zeit, abzeptable junge Männer kennenzulernen. Wenn überhaupt, dann müssen wir schnell handeln. In ein paar Wochen können wir das Kind nicht mehr als Frühgeburt deklarieren, wenn es auf die Welt kommt.«

»Den Mann zu finden, der mir vorschwebt, ist gleich geschehen.«

Die Bedeutung von Cathys Worten dämmerte Sir Thomas nur langsam. Seine Augen verengten sich zu argwöhnischen Schlitzen.

»Gehe ich recht in der Annahme, daß du damit auf den Piratenkapitän anspielst?«

»Sein Name ist Jon, Papa. Und – ja, genau den habe ich im Sinn.«

»Aber, Tochter, ich habe dir doch bereits erklärt, daß es nicht Liebe ist, was dieser Mann für dich empfindet. Außerdem wird dir bald klar werden, daß du ihn ebenfalls nicht liebst. Es ist völlig unsinnig, deinen Fehler dadurch bereinigen zu wollen, daß du diesen Kerl heiratest.«

»Ist es nicht, Papa. Ich habe sogar einen guten Grund

für meine Entscheidung: Er ist der Vater meines Kindes.« Cathys blaue Augen begegneten denen ihres Vaters mit größter Gelassenheit.

Sir Thomas seufzte resigniert. Und als er dann sprach, lag eine entschlossene Härte in seiner Stimme.

»Cathy, begreif doch endlich! Ich werde es nicht zulassen, daß du diesen Mann heiratest. Kind, er ist ein Mörder, ein Krimineller! Du wirst dich seiner schämen, sobald du wieder zu Verstand kommst – du wirst mir Vorwürfe machen, daß ich dich nicht von diesem Wahnsinn abgehalten habe. Großer Gott, was hast du denn mit ihm nach der Hochzeit vor? Willst du ihn mit nach London nehmen und bei Hofe vorstellen? Ganz England würde sich totlachen!«

Cathy reckte in ihrer trotzigen Art, die Sir Thomas so gut kannte und fürchtete, das Kinn vor. Zum Teufel mit ihrer Sturheit!

»Papa, wenn ich Jon nicht heiraten darf, dann heirate ich auch keinen anderen«, erklärte sie ganz ruhig; die Entschlossenheit in ihrer Stimme bedurfte keiner Lautstärke. Doch Sir Thomas gab sich so schnell nicht geschlagen. Er funkelte seine Tochter wütend an, und sein Gesicht überzog sich mit jener Zornesröte, die sie bislang noch jedesmal zum Nachgeben gezwungen hatte.

»Verdammt, Mädchen, mach jetzt keinen Ärger! Ich bin dein Vater, und als solcher obliegt es meiner Verantwortung, deine Zukunft zu arrangieren. Du wirst den Mann heiraten, den ich für dich aussuche, und damit Schluß!«

»Es fällt mir nicht leicht, mich deinen Anordnungen zu widersetzen, Papa, aber entweder heirate ich Jon – oder überhaupt nicht!«

Die Blicke aus ihrer beider Augen – die seinen fast so blau wie die ihren – waren wie zwei Klingen, die sich in einem erbitterten Kampf kreuzten.

»Und was passiert nach der Hochzeit, vorausgesetzt,

ich wäre dumm genug, diese Verrücktheit zu gestatten? Dir ist doch hoffentlich klar, daß dein Pirat immer noch ein zum Tode verurteilter Gefangener ist, oder? Und es ist höchst unwahrscheinlich, daß ihm der Galgen auf lange Frist erspart bleiben wird. Einen Schurken wie diesen spricht kein Gericht der Welt frei.«

»Ich weiß, welchen Einfluß du bei Hofe genießt, Papa. Es wäre ein Leichtes für dich, eine Begnadigung für ihn durchzusetzen, falls du dich dazu entschließen könntest.«

Während Cathy sprach, eilten Sir Thomas' Gedanken einen Schritt voraus. Ja, wenn er genau darüber nachdachte, hatte ihr Vorschlag tatsächlich etwas für sich. Denn im Grunde gefiel ihm die Vorstellung nicht sonderlich, daß sich seine Tochter an einen jungen Spund ohne Vermögen und Einfluß wegwerfen mußte. Wenn es ihm gelänge, ihren guten Ruf unter Umgehung einer Ehe – jedenfalls einer dauerhaften – wiederherzustellen, so wäre wenigstens etwas gewonnen. Angenommen, sie würde bald Witwe werden … Sir Thomas schmunzelte in sich hinein. Das war *die* Lösung schlechthin. Cathy sollte in Gottes Namen ihren Piraten heiraten, und anschließend würde er die geeigneten Schritte unternehmen, um ihn für immer aus den Weg zu räumen. Nicht, daß er sich selbst die Hände mit einem Mord beschmutzen wollte, überlegte Sir Thomas listig. Das war auch gar nicht nötig. Wenn man den Piraten dem Königlichen Gerichtshof übergab, wäre damit seine Ende besiegelt – und das völlig legal. Und Cathy wäre wieder frei und könnte sich einen neuen Ehemann suchen, der ihrer gesellschaftlichen Stellung Rechnung trug. Dabei mußten nur zwei Dinge beachtet werden: Die vornehme Gesellschaft durfte nicht erfahren, daß Cathys verblichener Gatte ein Pirat gewesen war, und sie selbst erst dann über Jons Schicksal in Kenntnis gesetzt werden, wenn ihre Vernarrtheit abgeklungen war. Doch es gab Mittel und Wege, die Einhaltung dieser beiden Punkte zu gewährleisten …

»Was hast du gesagt, Tochter?« Sir Thomas sah seine Tochter jetzt mit leuchtenden Augen an. Die ständig wechselnden Gemütszustände ihres Vaters verunsicherten Cathy zwar, doch fuhr sie tapfer mit ihrer Rede fort.

»Du könntest für Jon eine Begnadigung erwirken.«

Sir Thomas nickte bedächtig und kniff die Lippen zusammen, als ob er über ihren Vorschlag nachdächte. »Ja, ich glaube, das wäre möglich.«

»Ich werde niemand anderen heiraten, Papa«, wiederholte Cathy mit einem herausfordernden Blick. Sir Thomas ließ einen schweren Seufzer hören.

»Ist das dein letztes Wort, meine Liebe?«

»Ja, Papa. Das ist mein letztes Wort.«

»Du läßt mir keine andere Wahl, wie ich sehe«, gab Sir Thomas sich zähneknirschend geschlagen. »Aber beklage dich hinterher bloß nicht! Diese Ehe ist ganz allein deine Idee, und ich weigere mich, auch nur die geringste Verantwortung dafür zu übernehmen!«

Cathy flog aus ihrem Sessel hoch, schlang die Arme um ihren Vater und schmiegte sich erleichtert an ihn.

»Oh, danke, Papa! Ich danke dir! Danke!«

Sir Thomas klopfte ihr versöhnlich den Rücken.

»Das ist schon in Ordnung so, meine Liebe. Du weißt, daß mir nichts mehr am Herzen liegt als dein Glück.«

»Ja, das weiß ich, Papa. Und deshalb liebe ich dich auch so sehr.« Die sanften, an die Revers seines samtenen Überziehers gemurmelten Worte brachten Sir Thomas einen Augenblick lang in arge Gewissenskonflikte. Doch die verdrängte er entschlossen und strich weiterhin über Cathys zerzausten Hinterkopf, bis diese sich mit einem unsicheren Lachen aufrichtete.

»Ich muß schrecklich aussehen.«

»Ja, das tust du in der Tat, meine Liebe. Hast du denn keine Garderobe zum Wechseln?« Sir Thomas musterte ihr zerknittertes weißes Kleid und ihre aufgelöste Frisur mit bekümmerter Miene.

»Doch, schon – aber in Jons Haus. Und das hat eine Kanonenkugel getroffen und in Brand gesteckt. Ich fürchte, davon ist nicht mehr viel übrig.«

»Ach du meine Güte«, erwiderte ihr Vater matt. »Wenn ich gewußt hätte, daß du dich auf dieser Insel befindest, hätte ich niemals zugelassen, daß die Soldaten das Feuer eröffnen. Aber Colonel Hugh – er ist der verantwortliche Offizier an Bord – hat mir versichert, daß die Piraten dich längst umgebracht haben, da nie eine Lösegeldforderung für dich gestellt wurde. Ich glaubte wirklich, du seist tot, Cathy.«

»Oh, Papa«, flüsterte Cathy, und ihre Augen füllten sich angesichts der Qualen, die ihr Vater ausgestanden haben mußte, mit Tränen. »Jon hat keine Lösegeldforderung gestellt, weil er mich bei sich behalten wollte. Ich war nie wirklich in Gefahr« – hier spielte ein leichtes Lächeln um ihre Lippen – »zumindest nicht bis heute morgen.«

»Nun ja«, meinte Sir Thomas. Er drehte sich um und räusperte sich kurz. »Ich denke, daß Martha einige Sachen für dich eingepackt hat, für den Fall, daß du sie benötigen solltest. Ich werde jemanden schicken, damit er sie dir bringt. Am besten treffe ich gleich heute noch die nötigen Vorbereitungen für die Hochzeit, wenn es dir recht ist. Unter diesen Umständen sollten wir keine Zeit verlieren, denke ich.«

»Ganz wie du meinst, Papa.« Cathy schenkte ihm ein liebevolles Lächeln und drückte ihm dann ganz impulsiv einen Kuß auf die geröteten Wangen. Sir Thomas nahm seine Tochter väterlich in die Arme und wandte sich dann zum Gehen. Sie glaubte, Tränen in seinen Augen schimmern zu sehen, als er die Kabine verließ.

Cathy, die viel zu aufgewühlt war, um sich still hinzusetzen, wanderte ziellos in der Kabine umher. Abwesend fuhr sie mit den Fingern über die geschwungenen Lehnen der eleganten Stühle und bewunderte deren exquisite

Schönheit. Nun gut, warum sollte sich jemand nicht das Beste gönnen, wenn er es sich leisten konnte, überlegte sie, dachte dabei aber gleichzeitig an die abfällige Miene Jons. Daran war doch nichts Verwerfliches, oder? Beinahe trotzig nahm sie eine zierliche Sevres-Vase in die Hand. Jon würde sich schlicht und einfach an ihren gehobenen Lebensstandard gewöhnen müssen. Und er hatte in der Tat kaum eine andere Wahl, wenn ihre Pläne sich so erfüllten, wie sie es sich erhoffte. Es würde bestimmt Spaß machen, ihn in die Sitten und Gebräuche der vornehmen Gesellschaft einzuweihen. Sie mußte unwillkürlich lächeln, als sie sich ihren rauhbeinigen Piratenkapitän in der Verkleidung eines englischen Gentleman vorstellte. Oh, diese Geschimpfe zu Anfang! Aber um ihrer und ihres Kindes willen würde er sich schon damit arrangieren. Ja, ganz gewiß, man mußte ihm nur Zeit lassen.

Ein vages, unangenehmes Schuldgefühl begann sich in ihr zu regen, weil sie ihn zu etwas drängen wollte, was er mit Sicherheit als Zwangsehe bezeichnen würde. Schon die Aussicht auf ein gemeinsames Kind hatte ihm offensichtlich nicht sonderlich behagt. Und daß man ihn außer zum Vater nun auch noch zum Ehemann machte, würde ihn gewiß nicht zu Jubelrufen hinreißen. Aber lieber verheiratet als tot, dachte sie und beschloß, ihn bei der erstbesten Gelegenheit auf diesen Punkt hinzuweisen. Schlußendlich hatte er es nur ihr und ihrem ungeborenen Kind zu verdanken, daß er nicht am Galgen enden mußte wie alle anderen.

Ihr Vater war anscheinend fest davon überzeugt, daß Jon sie nicht liebte, daß er sie aus diversen Gründen gar nicht lieben konnte. Nun, möglicherweise hatte er recht. Vielleicht liebte sie ihn ja auch nicht. Aber sie hatten zusammen dieses Kind gezeugt, und das allein zählte; ihre eigenen Gefühle waren im Moment zweitrangig. Das wichtigste war das ungeborene Kind.

Auf das leise Klopfen an der Tür hin glättete Cathy

rasch ihre zerzauste Frisur, bevor sie ihren Besucher, wer immer es sein mochte, einzutreten bat.

»Mason!« rief sie freudig aus, als der Kammerdiener ihres Vaters, der schon viele Jahre in seinem Dienst stand, in der Tür erschien.

»Mylady«, begrüßte Mason sie mit strahlendem Lächeln. »Wie schön, Euch wohlbehalten wiederzusehen, wenn ich mir diese Bemerkung erlauben darf. Die Nachricht, daß Ihr von Piraten gefangengenommen worden seid, hat Euren armen Vater schier um den Verstand gebracht. Er glaubte, Ihr wäret tot, und dieser Gedanke hat ihm unsäglichen Kummer bereitet – uns allen.«

»Ich weiß, Mason.« Cathy schenkte dem überkorrekt gekleideten kleinen Mann ein freundliches Lächeln. Mason gehörte zu ihrer Kindheit wie ihr Vater oder Martha. Und obgleich er sich stets größter Zurückhaltung befleißigt hatte, wie es sich für den Kammerdiener eines vornehmen Herrn geziemte, war er Cathy so vertraut wie der Salon in ihrem Lissaboner Haus.

»Ein Matrose bringt Sir Thomas' Seekiste, Mylady. Falls Ihr Hilfe benötigt beim Frisieren oder beim Aufbügeln Eurer Garderobe, so scheut Euch bitte nicht, meine Dienste in Anspruch zu nehmen. Sir Thomas hat mir gerade mitgeteilt, daß Ihr Euch heute nachmittag vermählt. Darf ich Euch zu diesem Anlaß meine allerherzlichsten Glückwünsche übermitteln, Mylady?«

»Vielen Dank, Mason.« Cathy fühlte sich sehr geehrt. Daß Mason sich ihr als Zofe angeboten hatte, war in etwa das gleiche, als wenn sie als Tochter des Hauses die Fußböden geschrubbt hätte. »Ja, ich könnte tatsächlich Hilfe beim Frisieren gebrauchen. Ich bin immer noch nicht sehr geübt darin.«

»Selbstverständlich, Mylady«, erwiderte Mason mit gerümpfter Nase, sichtlich schockiert, daß sie sein Angebot tatsächlich angenommen hatte. Er beantwortete das erneute Klopfen an der Tür und ging hinaus, um dem Matrosen die Seekiste seines Herrn abzunehmen, wobei er dafür Sorge trug, daß der Mann keine Gelegenheit hatte, auch nur einen Blick auf Cathy zu werfen. Sie mußte unwillkürlich lächeln. Es war richtig komisch, plötzlich so behütet zu werden. Und sie merkte, daß sie sich auf ihre Rolle als hochwohlgeborene Lady erst wieder einstellen mußte; zu sehr hatte sie sich schon an die laxen Sitten auf dem Piratenschiff gewöhnt.

Cathy entließ Mason mit einem Lächeln und begann selbst die Truhe ihres Vaters zu öffnen. Martha hatte vier Kleider und ein Nachthemd eingepackt, sowie einige Garnituren Unterwäsche, Haarnadeln und all die anderen Utensilien, die eine junge Lady für ihre Toilette benötigte. Ihre Garderobe nahm einen nicht unerheblichen Platz in Sir Thomas' Reisegepäck ein. Mason war das sicher gar nicht recht gewesen, dachte Cathy grinsend. Es war sein persönliches Anliegen, seinen Herrn stets korrekt und nach der neuesten Mode gekleidet zu sehen, und wenn er sich dazu bereiterklärt hatte, für ihre Garderobe einen Teil des wertvollen Stauraumes zu opfern, so bedeutete das, daß man sich mehr Sorgen um sie gemacht hatte, als sie ahnte. Es war ein kleiner Beweis von Treue und Ergebenheit, der aber tief an ihr Herz rührte.

Eines dieser Kleider würde als Brautkleid dienen müssen, überlegte sie, als sie ihre Garderobe aufschüttelte. Sie waren entzückend – alle ihre Kleider waren entzückend, wie Jon einmal bemerkt hatte –, aber ihr Hochzeitskleid hatte sie sich doch etwas anders vorgestellt. Ja, sie hatte immer davon geträumt, in einem weißen Organzakleid zu heiraten, mit einem Spitzenschleier und einem Brautbouquet aus Orangenblüten. Sie erlaubte sich einen kurzen Augenblick des Bedauerns, dann entschied sie sich für das pfirsichfarbene Seidenkleid mit Volants aus venezianischer Spitze. Martha hatte nicht versäumt, die dazu passenden Schuhe und die gleichfarbige Perlenkette nebst Ohrringen einzupacken. Nun ja, mit einer eleganten Frisur würde sie eine ganz passable Braut abgeben, entschied sie mit einem entschlossenen Seufzer und rief Mason, damit er das Kleid aufbügelte. Nachdem er damit verschwunden war, wusch sie sich Gesicht und Hände in der Waschschüssel und dachte wehmütig an ihre duftenden Badezusätze, die in Jons Haus inzwischen zu Asche verkohlt waren. Ihre Parfüms hatte Martha bestimmt mit Absicht zu Hause gelassen.

Cathy kämpfte sich in die drei Petticoats – ein absolutes *Muß* – und schnürte sich das Korsett, so gut das eben ohne fremde Hilfe ging. Ein Glück, daß sie von Natur aus schlank war, überlegte sie und schnitt eine Grimasse. Irgendwie konnte sie sich Mason schlecht dabei vorstellen, wie er ihr mit spitzen Fingern das Mieder schnürte.

Als er mit dem gebügelten Kleid zurückkam, bat sie ihn, vor der Tür zu warten, bis sie es sich übergezogen hatte. Erst als sie angemessen gekleidet war, ließ sie ihn herein, damit er ihr beim Frisieren zur Hand ging. Zu ihrer Verblüffung stellte er sich dabei recht geschickt an, und Cathy konnte es sich nicht verkneifen, ihn ob seiner Begabung ein wenig zu necken. Mit würdevollem Schweigen schlang er ihr Haar zu einem griechischen Knoten und reichte ihr dann einen kleinen Handspiegel. Cathy unterzog ihr Äußeres einer kritischen Musterung und stellte dann ganz sachlich fest, daß sie in ihrem Leben noch nie so hübsch ausgesehen hatte. Der Aufenthalt unter der tropischen Sonne hatte ihren Wangen einen frischen Pfirsichton verliehen, der wunderbar mit der Farbe ihres Kleides harmonierte, während ihr übriger Teint bis hinunter zu den sanften Rundungen ihrer Brüste, die unter dem Spitzeneinsatz ihres Mieders gerade eben sichtbar waren, in einem zarten Cremeweiß schimmerte. Die zweimal geschlungene Perlenkette ruhte schwer und kühl auf ihrem Dekolleté, und die tropfenförmigen Perlengehänge glänzten in einem irisierenden Rosé an ihren zarten Ohrläppchen. Die Monate in Gesellschaft der Piraten hatten ihren feingeschnittenen Gesichtszügen klarere Linien verliehen, die früher noch nicht sichtbar gewesen waren. Sie sah jetzt nicht mehr aus wie ein Mädchen, sondern wie eine Frau, und ihre Wangen röteten sich vorteilhaft, als sie an ihre bevorstehende Vermählung mit dem Mann dachte, der sie dazu gemacht hatte.

Mason zog sich zurück, um Sir Thomas zu informieren, daß seine Tochter fertig war. Cathy mußte sich dazu zwingen, still im Sessel zu sitzen, während sie die Rückkehr ihres Vaters erwartete. Sie wünschte, sie hätte vor der Trauung noch einige Minuten allein mit Jon verbringen können. Wenn er nun tatsächlich nicht heiraten wollte ... was konnte sie dann tun? Jetzt war sie dazu verpflichtet, und er ebenfalls. Und wenn ihm das nicht paßte, nun, dann paßte es ihm eben nicht. Es war zu spät, um noch einen Rückzieher zu machen. Und wenn sie ehrlich war, wollte sie das auch gar nicht.

Sir Thomas versicherte ihr, als er sich wieder zu ihr gesellte, daß alle nötigen Vorbereitungen getroffen seien. Winslow, der Kapitän der ›Lady Chester‹ sollte die Trauung vornehmen, und Mason und Sir Thomas würden die einzigen Zeugen sein. Abgesehen von Kapitän Winslow würde kein Außenstehender Einzelheiten über diese hastig arrangierte Hochzeit erfahren. Und genauso sollte es auch sein, betonte er. Denn wenn es an die Öffentlichkeit dränge, daß ihr Ehemann einst als Pirat die Meere unsicher gemacht hatte, wäre die Respektabilität, die diese Ehe ihr verleihen sollte, für immer zerstört.

Cathy sah überrascht auf, als die Kabinentür nach einem flüchtigen Klopfen sofort aufschwang. Sir Thomas bedachte die zwei Matrosen, die zur Bewachung des Gefangenen abgestellt waren, ob dieser Mißachtung der Etikette mit einem grimmigen Blick, doch Cathy hatte nur Augen für den Mann in deren Mitte. Sein Gesicht war übel zugerichtet und mit Schießpulver, Ruß und Schweiß verschmiert. Die Kleider waren zerfetzt und schmutzig, und in den Augen lag ein seltsames Glitzern, als seine Blicke beinahe verächtlich über ihre elegante Gestalt huschten. Nervös befeuchtete sie sich die Lippen mit der Zungenspitze, während sich sein Gesichtsausdruck in eine höhnische Grimasse verwandelte. Und erst als die beiden Bewacher ihn grob nach vorne stießen, bemerkte sie die schweren Eisenketten, die zwischen seinen Hand- und Fußgelenken klirrten.

Zum zweitenmal an diesem Tag war sie unfähig zu sprechen oder sich zu bewegen. Sie konnte nur mit schreckgeweiteten Augen zusehen, wie er über die Kette zwischen seinen Füßen stolperte. Mit Mühe gelang es ihm, sich hochzurappeln und in aufrechter Haltung stehenzubleiben, während ihr Vater die Wachen entließ.

»Ja, ja«, meinte Jon gedehnt, als weder Cathy noch ihr Vater das Wort an ihn richteten. »Wenn ich daran denke, welche Sorgen ich mir um dich gemacht habe. Dabei hätte ich wissen müssen, daß Katzen immer auf den Füßen landen.«

»Das ist doch die Höhe ...!« fauchte Sir Thomas und machte einen Schritt nach vorn. Jon schwang unter lautem Kettengerassel zu ihm herum, die Zähne gebleckt wie ein Raubtier. Cathy stürzte zu ihrem Vater hin und klammerte sich an seinen Arm.

»Nicht, Papa!« rief sie. Ihr ängstlicher Blick wanderte nervös zwischen den beiden Männern hin und her. Ihre Stimme war nicht mehr als ein Wispern, als sie sagte: »Papa, ich möchte einen Moment unter vier Augen mit ihm sprechen. Bitte.«

»Ausgeschlossen!« knurrte Sir Thomas, den Blick zornig auf die große, muskulöse Gestalt der Bestie gerichtet, die seine Tochter mißbraucht hatte. Seine Lippen zitterten vor unterdrückter Mordlust. Wenn Cathy nicht gewesen wäre, hätte er diesen Bastard mit größtem Vergnügen direkt in die Hölle geschickt.

»Papa, bitte!« wiederholte Cathy mit flehendem Blick.

Sir Thomas sah auf ihr kleines Gesicht herab, aus dem jede Farbe gewichen war, und seine Züge entspannten sich etwas.

»Meine Liebe, das ist völlig unmöglich«, meinte er geduldig. »Er hat dich schon einmal entführt, und es würde mich nicht wundern, wenn er dich jetzt wieder als Geisel nähme, um seine Freiheit zu erzwingen. Es tut mir leid, mein Kind, aber das geht nicht.«

»Dein Vater hat recht, Cathy«, sagte Jon langsam und mit einem Ausdruck in den Augen, den Cathy nur schwer deuten konnte. »Wenn du mir zu nahe kämst, könnte ich diese Ketten um deinen süßen kleinen Hals schlingen und dir mit einem einzigen Ruck das Genick brechen. Dieses Risiko gehst du besser nicht ein.«

»Schweigt still!« bellte Sir Thomas, eine Pistole direkt auf Jons Herz gerichtet. »Ihr habt es nur meiner Tochter zu verdanken, daß Ihr noch am Leben seid! Wenn sie mir nicht von dem Kind erzählt hätte, das Ihr ihr aufgezwungen habt, hätte ich Euch mit dem größten Vergnügen hängen lassen. Deshalb erwarte ich, daß Ihr in Anbetracht dieser unglückseligen Situation Euer Möglichstes tun werdet, um ihren guten Ruf wiederherzustellen!«

»Papa!« schrie Cathy verzweifelt, als sie sah, wie Jons Miene sich bedrohlich verfinsterte. So hatte sie ihm die Neuigkeit nicht unterbreiten wollen! Wenn sie nur ein paar Minuten allein mit ihm reden könnte, würde sie ihn schon davon überzeugen, daß eine Ehe mit ihr nicht die Hölle darstellte, die er offenbar erwartete.

»Ich habe ihr das Kind aufgezwungen?« wiederholte Jon mit beißendem Spott in der Stimme. »Wenn sie das so dargestellt hat, dann lügt sie.«

Sir Thomas bekam einen hochroten Kopf. Nur unter größter Beherrschung gelang es ihm, seinen Zeigefinger, der sich um den Abzug der Pistole krümmte, unter Kontrolle zu halten. Am liebsten hätte er den Kerl auf der Stelle erschossen. In Cathy stieg ebenfalls der Zorn hoch –

Jons sarkastische Worte hatten sie zutiefst getroffen –, doch sie ließ den Arm ihres Vaters nicht los.

»Ich nehme an, ich soll dich heiraten«, sagte Jon mit einer Boshaftigkeit, die Cathy beinahe das Herz brach.

»Warum denn nicht?« schrie sie wie ein verletztes Tier. »Es ist dein Kind, das weißt du, und deshalb kannst du dich nicht aus der Verantwortung stehlen. Das mindeste, was du tun solltest, ist dafür zu sorgen, daß es nicht als Bastard aufwächst!«

»Du hinterhältiges kleines Miststück«, knurrte Jon. Cathy wurde weiß wie die Wand.

»Wenn Ihr weiterhin in diesem Ton mit meiner Tochter sprecht, schieße ich Euch hier an Ort und Stelle nieder.« Sir Thomas hatte sich wieder in der Gewalt. Seine Stimme klirrte wie Eis.

Weder Jon noch Cathy würdigten ihn einer Antwort. Sie bekämpften sich mit Blicken, in denen sich Wut und Schmerz mischten, unfähig, die Verletztheit des anderen zu bemerken. Sir Thomas betrachtete sie schweigend und entspannte sich ein wenig. Er war höchst zufrieden mit dem Verlauf dieser Unterhaltung. Wenn dieser Schurke sich weiterhin so benahm, würde Cathy ihn bereits hassen, bevor die Trauungszeremonie noch beendet war.

»Und wenn ich mich weigere?« fragte Jon in das düstere Schweigen hinein.

»Dann werdet Ihr hängen«, beschied ihn Sir Thomas knapp. Cathy biß sich nervös auf die Lippen. Jons Kopf schwang zu ihr herum.

»Stimmst du dem zu?« erkundigte er sich kalt.

Cathys Augen überzogen sich mit einem traurigen Glanz. »Jon, ich weiß, daß du mich nicht heiraten möchtest, aber ich muß an das Kind denken. Es tut mir leid.«

»Dann stimmst du dem also zu.« Er fuhr herum, drehte den Anwesenden seinen breiten Rücken zu und stieß eine Reihe derber Flüche aus. Cathy wäre am liebsten zu ihm gegangen und hätte ihre Arme um seine kräftige Taille geschlungen, aber Jons Zorn und die Anwesenheit ihres Vaters hielten sie davon ab. Nach der Trauung war noch Zeit genug, ihm alles zu erklären, dachte sie.

»Es scheint, als bleibe mir keine andere Wahl«, sagte Jon schließlich mit Grabesstimme, und der Blick, den er Cathy dabei zuwarf, ließ sie vor Scham bis unter die Haarwurzeln erröten. »Ich hoffe nur, du erwartest nicht, daß ich offiziell um deine Hand anhalte.«

Cathy schreckte vor seinem zynischen Tonfall zurück. Er ist wirklich ein gemeiner Kerl, dachte sie wütend. Ihr Vater hatte recht gehabt. Daß Jon sie nicht liebte, war so sicher wie das Amen in der Kirche!

Nachdem das geringfügige Problem, Jons Einverständnis betreffend, geregelt war, erledigte Sir Thomas die übrigen Formalitäten mit der ihm eigenen Gründlichkeit. Weniger als zwanzig Minuten später stand Cathy neben Jon vor Kapitän Winslow, während dieser etwas betreten dreinblickende, doch gute Miene zum bösen Spiel machende Gentleman die Zeremonie vollzog, die Cathy und Jon zu rechtmäßig angetrauten Eheleuten machte. Überrascht vernahm sie den kühlen Klang ihrer Stimme, als sie die Trauungsformel nachsprach, obgleich sie innerlich vor Angst zitterte. Jon verzog bei der ganzen Trauung keine Miene. Und auf einmal haßte sie ihn. Seine Gefühllosigkeit ihr und ihrem gemeinsamen Kind gegenüber war verachtenswert!

Als Kapitän Winslow an der Stelle anlangte, wo die Ringe getauscht werden sollten, zog Sir Thomas hastig seinen eigenen Siegelring vom Finger. In der Eile hatte er den Ehering völlig vergessen, doch den konnte er immer noch besorgen, wenn sie sicher in England angekommen waren. Wortlos nahm Jon den Ring entgegen, streifte ihn Cathy über den Finger und berührte sie dabei so wenig wie irgend möglich. Cathy kamen fast die Tränen, als sie seine warme Hand spürte, die die ihre so widerwillig hielt. So hatte sie sich ihre Hochzeit mit Jon nicht vorgestellt! Angesichts seiner kalten Verachtung für sie wurde ihr beinahe übel.

Wie betäubt unterzeichnete sie die Heiratsurkunde, die Kapitän Winslow erst ihr hinhielt und dann Jon, der seinen Namen nachlässig unter den ihren kritzelte. Nach Abschluß dieser Formalität erklärte der Kapitän das Brautpaar zu Mann und Frau, und Cathy hob Jon hoffnungsvoll das Gesicht entgegen. Dieser starrte einen Augenblick auf sie herab, die Lippen zu einem höhnischen Grinsen verzerrt.

»Ich hoffe, du erwartest nicht, daß ich dir nach dieser Schmierenkomödie auch noch einen züchtigen Brautkuß gebe«, knurrte er gehässig, und ehe Cathy noch wußte, was sie tat, gab sie ihm eine schallende Ohrfeige. Der Abdruck ihrer kleinen Hand glühte wie ein Brandmal auf seiner Wange. Er stieß einen wütenden Laut aus und wollte nach ihr greifen, doch augenblicklich wurden die drei anderen Männer im Raum aktiv, die diese kleine Szene in gespanntem Schweigen verfolgt hatten.

Sir Thomas' Pistole sauste mit einem harten Schlag auf Jons Schädel nieder, und die von Kapitän Winslow traf ihn im Nacken. Jon sank auf der Stelle bewußtlos zu Boden. Mason rannte zur Tür und rief nach den Wachen, die sogleich erschienen. Sie packten Jon an den Armen und schleppten ihn weg, während Cathy dastand und in ihre geballte Faust biß, um nicht laut loszuheulen. Sie wußte, daß sie Jon provoziert hatte, und bereute es bitterlich.

»Papa, kannst du nachsehen, ob alles mit ihm in Ordnung ist?« fragte sie nach einer Weile kleinlaut. Ihr Vater musterte sie mit einem scharfen Blick, nickte dann und ging mit den beiden anderen Männern hinaus.

Cathy stand am Fenster, als er zurückkehrte, und die Tränen liefen ihr in Strömen über die Wangen. Sir Thomas spürte wieder den grenzenlosen Haß auf diesen Piraten in sich aufsteigen.

»Er ist doch nicht schlimm verletzt, oder, Papa?« wisperte sie. Sir Thomas ging auf sie zu und legte ihr einen Arm um die Taille. Cathy klammerte sich schluchzend an ihn.

»Nein, meine Liebe«, erwiderte Sir Thomas bekümmert. Der merkwürdige Klang seiner Stimme ließ Cathy aufblicken.

»Papa ...«

»Mein Kind, ich hoffe, daß dich das, was ich dir jetzt sage, nicht allzu sehr verletzt. Aber offenbar liebst du diesen Piraten ebensowenig wie er dich, deshalb solltest du meine Mitteilung als Segen betrachten.«

»Papa ...!«

»Er ist geflüchtet, Cathy. Hat dich und dein Kind im Stich gelassen und mein Versprechen, für ihn eine Begnadigung zu erwirken, in den Wind geschlagen. Nun, meine Liebe, habe ich recht gehabt?«

12

London bot eine arge Enttäuschung. Cathy hatte sich unter dieser Stadt etwas ganz anderes vorgestellt. Anstelle stattlicher Herrenhäuser, umgeben von weitläufigen Parkanlagen, fand sie schmale Stadthäuser vor, die nur ein winziges Rasenstück und ein schmiedeeiserner Gartenzaun von der Straße trennten. Zu allen Tages- und Nachtzeiten rumpelten Kutschen über die kopfsteingepflasterten Straßen, wo fliegende Händler von morgens bis abends lauthals ihre Waren feilboten. In den Rinnsteinen häufte sich der Abfall, aber niemand schien sich an dem ekelhaften Gestank zu stören. Und es war keineswegs ungewöhnlich, daß sich der Inhalt eines Nachttopfes aus einem Fenster im zweiten Stock über einen ahnungslosen Passanten entleerte. Das London ihrer Träume war elegant und farbenprächtig und sehr schick gewesen. Doch das wirkliche London kam ihr lediglich unglaublich schmutzig vor.

Das Leben, das Cathy führte, eingesperrt in dem üppig ausgestatteten Stadthaus ihrer Tante Elizabeth am Grosvenor Square, machte Cathy zunächst nur nervös, langweilte sie bald und deprimierte sie schließlich zutiefst. Es wurde nämlich trotz der Würde ihrer Mutterschaft als ungehörig erachtet, daß sie ohne weibliche Begleitung das Haus verließ. Zudem verbot es ihr ihre inzwischen fortgeschrittene Schwangerschaft, an den Festen, Bällen und Konzerten der Londoner Saison teilzunehmen. Als einzige Zerstreuung blieben ihr kurze Spaziergänge oder eine Kutschfahrt durch den Park in Marthas Begleitung, oder ein Einkaufsbummel in den Läden der näheren Umgebung.

Doch auch diese kleinen Freuden verblaßten schnell.

Die kalten Nebel des herannahenden Winters bereiteten Cathy, die an ein wärmeres Klima gewöhnt war, kein sonderliches Vergnügen mehr, und ihr sich zunehmend erweiternder Taillenumfang ließ ihr Interesse an der neuesten Mode rasch erlahmen. Für einige Wochen gelang es ihr, sich mit der Auswahl der Babyausstattung die Zeit zu vertreiben, doch als diese bis auf das winzigste Mützchen komplett war, blieb ihr wirklich nichts mehr, womit sie sich hätte beschäftigen können. Sie schlich mit hängendem Kopf durchs Haus und bedachte die rührenden Versuche von Sir Thomas und Martha, sie aufzuheitern, mit einem abwesenden Lächeln. Daß ihre unerklärliche gedrückte Stimmungslage irgend etwas mit Jons Verschwinden zu tun haben könnte, dagegen jedoch sperrte sie sich resolut. Was ihre Gefühle für diesen Mann betraf, so ihre felsenfeste Überzeugung, war dieses Kapitel ihres Lebens ein für allemal abgeschlossen.

Elizabeth Augusta Anne Aldley Case, verheiratete Lady Stanhope und Schwester von Sir Thomas, brachte für Cathys Schwermut keinerlei Verständnis auf. Ihrer Ansicht nach sollte Cathy sich glücklich schätzen, daß sie relativ ungeschoren aus dieser ach so peinlichen Situation herausgekommen war. Hätte sie sich nicht bereit gezeigt, den Mantel ihres hervorragenden Rufs über ihre Nichte zu breiten, wäre Cathy hier in London gesellschaftlich erledigt gewesen – trotz der Tünche, die Sir Thomas über diese unglückselige Affäre zu pinseln versuchte. Obgleich die Herzogin von Kent davon Abstand genommen hatte, im einzelnen nachzufragen, was Cathy in den Händen der Piraten widerfahren war, hatten die Gradys in dieser Hinsicht keinerlei Hemmungen gehabt. Und was sie an Tatsachen nicht hatten in Erfahrung bringen können, erfanden sie einfach dazu. Die Geschichte, die sie anschließend verbreiteten, war skandalträchtig genug, um selbst den Ruf der untadeligsten, tugendhaftesten Lady für alle Zeiten zu ruinieren.

Lady Stanhope, die in die Gerüchteschlacht segelte wie ein vollbusiges Kriegsschiff, tat die Grady-Version als gemeine Lüge ab. Ihre Nichte, erklärte die Lady mit einem Blick, der jeglichen Widerspruch seitens ihrer Zuhörer verbot, habe in Lissabon heimlich einen Amerikaner geheiratet, bevor sie nach England segelte. Und als der unglückliche Bräutigam nur wenige Tage nach der Hochzeit an einem schweren Fieber erkrankte und kurz darauf starb, habe Sir Thomas seine Tochter kurz entschlossen nach England geschickt, um den Sommer mit ihrer Tante zu verbringen – im Vertrauen darauf, daß ein Ortswechsel den unsäglichen Kummer der jungen Witwe lindern könne. Als die ›Anna Greer‹ dann von Piraten überfallen wurde, sei Cathy bereits guter Hoffnung *gewesen*. Der Kapitän des Piratenschiffs habe der werdenden Mutter, sobald er ihren Zustand bemerkte, freundlicherweise die Benutzung seiner Kabine gestattet und sich ihr gegenüber ausgesprochen ritterlich verhalten. Nachdem die Herzogin und diese fragwürdigen anderen Herrschaften freigekauft worden seien, habe Sir Thomas seine Tochter in Cadiz wohlbehalten in Empfang nehmen können. Und genau so und nicht anders, betonte die Lady mit Nachdruck, habe sich die ganze Geschichte zugetragen. Auch wenn die feine Gesellschaft hinter vorgehaltener Hand weitertuschelte, sobald Lady Stanhope nicht anwesend war, so hatte doch keiner die Stirn, öffentlich ihre Darstellung in Frage zu stellen.

Cathy, die ihrer Tante für ihre Bemühungen im Grunde recht dankbar war, verhielt sich jedoch weiterhin gleichgültig. Selbst nach der Geburt ihres Kindes hatte sie nicht vor, sich bei der Londoner Gesellschaft anzubiedern oder an deren Aktivitäten teilzunehmen. Es wäre ihr viel angenehmer, sich mit ihrem Kind aufs Land zurückzuziehen, erklärte sie ihrem Vater eines Tages. Sir Thomas war entsetzt. Er sah es schon kommen, daß all seine Bemühungen den Launen seiner uneinsichtigen Tochter zum

Opfer fielen. In seiner Not wandte er sich an Martha und bat sie, Cathy doch die Vorteile ans Herz zu legen, die mit einer Rückkehr in die vornehme Gesellschaft und einer möglichen zweiten Ehe verbunden waren. Als Cathy darauf hinwies, daß eine Wiederverheiratung ausgeschlossen sei, da sie ja keine richtige Witwe wäre – womit sie zweifellos recht hatte –, zuckte Sir Thomas nur die Schultern und meinte, darüber solle sie sich ihr hübsches kleines Köpfchen mal nicht zerbrechen. Wenn die Zeit gekommen sei, würde sich schon etwas arrangieren lassen.

Außer Lady Stanhope, Cathy, Sir Thomas und den Dienstboten bewohnte auch der gegenwärtige Lord Stanhope das Stadthaus am Grosvenor Square. Feist, wichtigtuerisch und teiggesichtig, war er der Sohn der verwitweten Lady Stanhope, ihr einziges Kind und ihr Augapfel. Harold konnte sagen, was er wollte, in den Augen seiner Mutter hatte er immer recht. Und wenn Harold hochnäsig auf seine kleine Cousine herabblickte und sie als unzivilisiert bezeichnete, konnte Lady Stanhope ihm nur seufzend zustimmen. Den gesellschaftlichen Absturz habe Cathy allein ihren seltsamen Launen und eigenartigen Ansichten zu verdanken, wie Lady Stanhope ihrer Nichte wiederholt erklärte. Eingedenk der Karriere ihres Vaters und der Bürde, die sie ihm durch ihr Abenteuer bereits auferlegt hatte, hielt Cathy den Mund und ertrug die Moralpredigten ihrer Tante mit soviel Würde, wie sie nur aufzubringen vermochte. Doch ihrem Cousin Harold gegenüber hatte sie derlei Skrupel nicht. Sie konnte ihn auf den Tod nicht leiden und scherte sich auch nicht darum, sich dies im Kreise der Familie anmerken zu lassen.

Mit dem ersten Dezember brach der sechste Monat von Cathys Schwangerschaft an. Sie fühlte sich plump und unbeweglich wie ein trächtiges Mutterschaf, und die Unzufriedenheit mit ihrem Äußeren und ihrer generellen Situation ließen sie von Tag zu Tag schnippischer und gereizter auf jedermann reagieren, der in ihre Nähe kam.

Mit der Zeit wurden die Spannungen im Haus so unerträglich, daß Cathy es vorzog, sich den überwiegenden Teil des Tages in ihrem Schlafzimmer aufzuhalten. Es war ein großer, elegant möblierter Raum mit einem satinbezogenen Himmelbett, zierlichen Sesseln und einer Frisierkommode. Den Fußboden bedeckte ein flauschiger goldener Orientteppich. Doch mangels frischer Luft und Bewegung wurde Cathy zusehends blasser und lustloser. Sie verbrachte ihre Tage in einem Sessel vor dem Kamin mit einem aufgeschlagenen Buch auf dem Schoß, starrte abwesend in das knisternde Feuer und hing wehmütigen Tagträumen nach. ›Wenn Jon mich doch nur geliebt hätte‹, war das Hauptthema dieser Träume, die Cathy, restlos in ihrem Herzschmerz gefangen, immer und überall verfolgten. Doch schließlich gelang es ihr, sich selbst davon zu überzeugen, daß ihre Liebe zu Jon, falls diese überhaupt je existiert hatte, ein für allemal gestorben war und einer unversöhnlichen Feindschaft Platz gemacht hatte.

Mit jedem Tag wurde sie sich des Kindes, das sie erwartete, bewußter. Sie spürte, wie es sich in ihrem Bauch bewegte, verglich die Tritte seiner winzigen Beinchen und die Purzelbäume, die es schlug, mit den Flügelschlägen eines gefangenen Schmetterlings und geriet bei dem Gedanken, daß sie dieses Kind in weniger als drei Monaten in ihren Armen würde wiegen können, jedesmal in höchste Verzückung. Trotz Jons niederträchtigem Verrat würde sie ihr Kind mit jeder Faser ihres Körpers lieben. Dieses Baby würde ihr ganzer Lebensinhalt sein.

Martha machte sich ernsthafte Sorgen hinsichtlich Cathys melancholischem Zustand und beriet sich stundenlang mit Sir Thomas darüber. Auch dieser wurde immer beunruhigter. Abgesehen von ihrem schwellenden Leib hatte das Mädchen an Gewicht verloren und war entgegen ihrer sonstigen Art schweigsam wie ein Grab. Immer wieder stellte Sir Thomas sich jetzt die Frage, ob er richtig gehandelt hatte. Noch lag es in seiner Hand, etwas gegen Cathys Schwermut zu unternehmen, das wußte er, doch eine Änderung seines ursprünglichen Plans mußte, wenn überhaupt, dann schnell vonstatten gehen. Nach dem dritten Januar war es dazu zu spät. Dann würde Cathy nämlich tatsächlich Witwe sein.

Das Newgate-Gefängnis war ein grauenhafter Ort, wie Sir Thomas bei dem ersten seiner zahllosen Besuche dort feststellen konnte. Für einen Gefangenen ohne Freunde oder Geldmittel, der überdies noch zum Tode verurteilt war, stellte es die Hölle schlechthin dar. Die Wärter hatten keine Skrupel, einen Verurteilten in den Gefängnishof zu zerren, ihn an einen Pfosten zu fesseln und ihn solange auszupeitschen, bis ihm das Blut über den Rücken lief. Sir Thomas lernte schnell, daß eine achtlos fallengelassene Silbermünze eine derartige Behandlung einmal pro Woche gewährleistete. Die Wärter zu bestechen, die tägliche Essensration zu kürzen, konnte er sich hingegen sparen. Die Gefangenenverpflegung bestand ohnehin nur aus einem Kanten angeschimmelten Brot und einem Humpen schmutzigem Wasser.

Dem wöchentlichen Auspeitschen beizuwohnen und zu beobachten, wie der einst so starke Körper dieses Mannes sich allmählich in ein Skelett mit eingesunkenen, hungrigen Augen verwandelte, stillte Sir Thomas' Rachegelüste zu seiner Zufriedenheit. Wenn Cathy ihren geliebten Piraten jetzt sehen könnte, dachte er, wobei er ob des durchdringenden Geruchs, der von dem ungewaschenen Körper des Piraten ausging, angewidert die Nase rümpfte und darauf achtete, außer Reichweite der Hände zu bleiben, die danach lechzten, ihm das Genick zu brechen, würde es ihr den Magen umdrehen. An diesem Piraten war nun wirklich gar nichts mehr, was das Herz einer jungen Maid in Entzücken hätte versetzen können, und das Wissen darum war reiner Balsam für Sir Thomas' verwundete Vaterseele. Nur der Gedanke, wie Cathy reagieren würde, wenn sie durch irgendwelche widrigen Umstände herausfinden sollte, daß ihr geliebter Pirat nicht wie angenommen geflohen, sondern in Tyburn gehängt worden war, bereitete ihm etwas Kopfzerbrechen. War es möglich, daß sie sich, obgleich schon etliche Monate verstrichen waren, immer noch darüber erregen oder gar in Wut geraten würde?

Doch keine Wut kam der gleich, die sich in Jon Hale auf Sir Thomas angestaut hatte. Jedesmal, wenn seine wilden grauen Augen sich an seinem Peiniger festmachten, glühte darin die schiere Mordlust, und seine aufgeplatzten Lippen verzogen sich zu einem animalischen Fauchen. Obwohl der Mann in Ketten lag und ständig von zwei bewaffneten Wärtern bewacht wurde, konnte Sir Thomas sich eines gelegentlichen Angstgefühles nicht erwehren. Der Pirat hatte nur einmal den Fehler begangen, sich auf ihn zu stürzen, als Sir Thomas ihm mit Absicht ganz ausführlich die Zukunftspläne schilderte, die er mit Cathy im Sinn hatte. Daraufhin hatte Jon einen Laut ausgestoßen, der dem Heulen eines Wolfes sehr nahe kam, und sich dann wie eine wilde Bestie auf seinen Peiniger gestürzt. Sir Thomas konnte gerade noch rechtzeitig beiseite springen. Die Wärter waren sofort zur Stelle, schlugen den Gefangenen mit ihren Knüppeln bewußtlos und zerrten ihn zum Schandpfahl. An den banden sie Jon fest und ließen die Peitschen auf ihn niedersausen, sobald er das Bewußtsein wiedererlangt hatte. Anschließend erklärte ihm Sir Thomas nicht ohne eine gehörige Portion Zynismus, daß Cathy – und nicht er – jede Züchtigung angeordnet habe. Und das feindselige Flackern in den Augen des Piraten, gepaart mit dem unkontrollierten Zucken in dessen Wange, bestätigten ihm, daß der Gefangene tatsächlich verstanden hatte, was er zu ihm sagte.

Obgleich er Jon Hale aus tiefster Seele dafür haßte, daß er seine Tochter auf so schändliche Weise entehrt hatte, konnte er nicht umhin, sich widerwillig einzugestehen, daß ihm das eiserne Durchhaltevermögen dieses Piraten irgendwie imponierte. Dem Mann kam niemals ein Schmerzenslaut über die Lippen, obwohl die Foltern, die er erdulden mußte, unmenschlich waren; eigentlich zeigte er nur dann eine winzige Regung, wenn Sir Thomas Cathys Namen erwähnte. Und selbst dieses kurze Aufflackern in seinen grauen Augen war so flüchtig, daß Sir Thomas es nur schwer deuten konnte.

Jons Hinrichtung war auf den dritten Januar angesetzt worden, morgens um sieben Uhr. Und als Weihnachten kam und ging, begannen Sir Thomas immer öfter ernste Zweifel hinsichtlich seiner Handlungsweise zu plagen. Tat er seiner Tochter wirklich etwas Gutes, wenn er den Piraten hängen ließ? Oder wäre sie mit ihm als Ehemann glücklicher als jetzt? Denn sie hatte ihre angebliche Liebe zu diesem Kerl keineswegs überwunden, wie er erwartet hatte, sondern schien noch genauso bekümmert zu sein wie vor etlichen Wochen. Genau betrachtet, verfiel sie immer tiefer in eine schwere Depression. Nun, wenn sie diesen Piraten wirklich und wahrhaftig liebte, so war er bereit, ihr Wohlergehen vor seine Karriere zu stellen, so schwer ihm das auch fallen mochte. Andererseits war er immer noch davon überzeugt, daß das, was Cathy für diesen Mann empfand, nichts weiter war als die erste Verliebtheit eines jungen Mädchens, die mit der Zeit abklingen würde. Es dauerte nur sehr viel länger, als er angenommen hatte. Und abgesehen davon war es jetzt ohnehin zu spät, ihr den Piraten wieder an die Seite zu stellen. Nach dem, was der Mann dank seiner Nachhilfe von Cathy zu wissen glaubte, würde er Gott weiß was mit ihr anstellen, wenn er sie zwischen die Finger bekäme. Sir Thomas beschloß daher, daß es im Interesse aller Beteiligten das Beste wäre, die Hinrichtung wie vorgesehen stattfinden zu lassen. Selbst der Pirat mochte den Tod als Alternative zu seinen momentanen Qualen vorziehen.

Der Neujahrsmorgen des Jahres 1843 dämmerte klar und eiskalt. Auf den Simsen vor Cathys Schlafzimmerfenster lag dicker Schnee. Das ausgelassene Strampeln des Babys in ihrem Bauch hatte sie heute früher aufgeweckt als sonst. Eine lange Zeit blieb sie still in ihrem Bett liegen, eine Hand auf den Leib gepreßt, und beobachtete, wie sich das tiefe Nachtblau des Himmels in ein bleiernes Grau verwandelte. So wie es aussah, würden sie noch mehr Schnee bekommen, zusätzlich zu der kniehohen Schneedecke, die sich bereits auf Straßen und Dächern türmte. Cathy schnitt eine Grimasse. Die Düsterkeit des heranbrechenden Tages entsprach genau ihrer Stimmung.

Das Feuer im Kamin war bis auf einige glimmende Holzscheite heruntergebrannt, und im Zimmer war es bitterkalt. Cathy kroch tiefer unter die dicke Satinbettdecke und zog sie bis zur Nasenspitze hoch. Sie überlegte sich, ob sie aus dem Bett steigen und mit dem Schürhaken das Feuer wieder in Gang bringen sollte, ließ es dann aber bleiben – es kostete sie einfach zu viel Anstrengung. In ein paar Minuten würde Martha ihr die Morgenschokolade bringen, dann konnte sie sich gleich Feuer machen.

Als Cathy das sehr förmliche Klopfen an der Tür vernahm, lächelte sie wehmütig. Martha verhielt sich ihr gegenüber in letzter Zeit fast so wie eine Mutter, und wenn sie jetzt ihre eigentliche Stellung derartig betonte, so war das ein Zeichen, daß sie zutiefst beleidigt war. Cathy seufzte. Wenn Martha sich gekränkt fühlte, dann ließ sie sich so wenig beschwichtigen wie ein störrischer Esel. Anscheinend rumorten die Worte, die sie der alten Zofe gestern abend an den Kopf geworfen hatte, immer noch in ihr. Sie hatte nicht vorgehabt, Marthas Gefühle zu verletzen, aber sie war einfach so schlecht gelaunt gewesen. Ja, sie hatte sich in diesen wenigen Monaten so verändert, daß sie sich selbst kaum wiedererkannte.

»Komm rein!« rief sie, entschlossen, den Morgen damit

zu verbringen, das gesträubte Gefieder ihrer alten Kinderfrau zu glätten.

Martha betrat das Schlafzimmer mit einer Würde, die selbst Queen Victoria nicht besser hätte zur Schau tragen können.

»Ich bringe Euch Eure Schokolada, Mylady.«

Die steife Anredeform sagte Cathy deutlicher als jede Anklageschrift, daß Martha immer noch tödlich beleidigt war. Cathy, die sich den notwendigen Schmeicheleien noch nicht gewachsen fühlte, ließ einen tiefen Seufzer hören. Es kostete sie schon die größte Anstrengung, sich in eine aufrechte Sitzhaltung zu hieven.

»Sei mir bitte nicht mehr böse«, versuchte sie es, während Martha das Tablett mit der Schokolade und den warmen Croissants auf ihrem Schoß abstellte. »Du und mein Vater, ihr seid die einzigen Freunde, die mir anscheinend geblieben sind. Wenn ihr mich jetzt auch noch im Stich laßt, habe ich niemanden mehr.«

»Daß Euch irgend jemand im Stich läßt, davon kann überhaupt nicht die Rede sein, Miss Cathy.« Martha reagierte auf ihren geknickten Tonfall genau so, wie sie es sich erhofft hatte. »Es ist nur zu natürlich, daß Ihr ab und zu ein bißchen gereizt seid, in Eurem Zustand. Und gesundheitlich seid Ihr auch nicht auf der Höhe. Wenn ich sehe, wie Ihr Euch in letzter Zeit verändert habt, dann würde ich diesen Piraten am liebsten mit meinen eigenen Händen erwürgen. Wüßte ich nur, wo er steckt! Was dieser Mann Euch angetan hat, ist entsetzlich.«

»Martha, bitte!« rief Cathy und biß sich auf die Lippe. Jede Erwähnung seines Namens traf sie wie ein Messerstich ins Herz, weshalb Sir Thomas und Martha sorgsam darauf achteten, den Piraten möglichst nie zu erwähnen. Und obwohl Cathy mit allen Tricks versuchte, sein Bild aus ihrer Erinnerung zu verbannen, wollte es ihr nicht gelingen. Kein Wunder, wenn sein Kind, das sie unter dem Herzen trug, sich ständig durch alle möglichen Kapriolen bemerkbar machte. Ja, Jon fing tatsächlich an, sie Tag und Nacht zu verfolgen wie ein ruheloser Geist.

Schloß sie die Augen, sah sie ihn deutlich vor sich, wie er mit weit gespreizten Beinen auf dem Achterdeck der ›Margarita‹ stand, während der Wind sein dichtes schwarzes Haar zerzauste. In diesem Augenblick mochte er auf irgendeinem Weltmeer herumsegeln, Jagd auf Beuteschiffe machen und eine Prozession williger Frauen in sein Bett locken. Bei der Vorstellung, wie seine gierigen Lippen über eine mandeläugige polynesische Schönheit wanderten, spürte sie den lange verleugneten Haß wieder in sich aufwallen. Dieser Mistkerl, dachte sie rachsüchtig. Hat mir ein Kind gemacht und ist dann auf und davon! Nein, er war es nicht wert, daß sie auch nur eine einzige Träne wegen ihm vergoß! Es war schon schlimm genug, daß er sie verlassen hatte, sie, seine angetraute Frau, auch wenn diese Hochzeit nicht unbedingt seine Zustimmung gefunden hatte. Aber daß er ihr gemeinsames Kind so eiskalt im Stich ließ, bestätigte jedes einzelne abfällige Wort, das ihr Vater je über ihn gesagt hatte. Jon Hale war ein herzloser, gewissenloser Bandit, der ihre Unerfahrenheit schamlos ausgenutzt hatte, um sie glauben zu machen, daß sie ihn liebte. Und das war mehr als verachtenswert!

»Verzeihung, Miss Cathy.«

Marthas gezwungener Tonfall brachte Cathy in die Wirklichkeit zurück. Sie sah aus, als ob sie sich lieber die Zunge abgebissen hätte, als Cathy an den Verursacher all ihrer Probleme zu erinnern. Cathy schenkte ihrer alten Kinderfrau, der es offensichtlich in der Seele weh tat, sie so unglücklich zu sehen, ein warmes Lächeln.

»Welches Kleid soll ich heute tagen?« Sie stellte diese Frage absichtlich, um Marthas Gedanken auf alltägliche Dinge zu richten, und hatte Erfolg damit. Martha war sichtlich erfreut, daß ihre Herrin endlich wieder Interesse an ihrem Äußeren zeigte. Seit Sir Thomas seine Tochter aus den Händen dieses heidnischen Piraten befreit hatte, war sie träge und apathisch gewesen, ganz und gar nicht mehr sie selbst. Sie hatte Martha die Auswahl ihrer Garderobe überlassen und nicht einmal einen Blick in den Drehspiegel in der Ecke ihres Schlafzimmers geworfen, wenn sie fertig angekleidet war. Nun, viel Auswahl an Garderobe hatte sie im Augenblick ohnehin nicht, mußte Martha zugeben. Die lächerliche Geschichte ihrer tragischen Witwenschaft verpflichtete Cathy dazu, schlichte schwarze Kleider zu tragen, die nicht einmal eine Schleife oder eine Stickerei zieren durften. Und das einzige Schmuckstück, das zu tragen der Anstand ihr erlaubte, war der schmale goldene Ehering, den Sir Thomas für sie in London erstanden hatte. Als sie den formlosen schwarzen Witwenstaat in Cathys Kleiderschrank betrachtete, schüttelte Martha mißbilligend den Kopf und wunderte sich nicht mehr über die schlechte Laune ihrer Herrin. Dieses Trauerspiel an Garderobe mußte wirklich jede junge Lady in Depressionen stürzen.

»Das Seidene ist sehr hübsch«, sagte Martha, ohne ihre wahre Ansicht auch nur mit einem Wimpernzucken zu verraten. Cathy gab sich unentschlossen.

»Für eine Krähe vielleicht«, murrte sie, indem sie die Beine über die Bettkante schwang und Martha erlaubte, ihr bei der Morgentoilette zur Hand zu gehen.

Heute war es besonders wichtig, daß Cathy den Anschein einer aufrichtig trauernden Witwe erweckte, gebot es doch der Brauch, daß Freunde, Verwandte und Bekannte sich am Neujahrstag gegenseitig Besuche abstatteten, um ihre Glückwünsche auszutauschen. Lady Stanhope hatte bestimmt, daß Cathy, da ihr Zustand Auswärtsbesuche selbstverständlich nicht zuließ, die Gäste im Salon empfangen sollte. Bei dieser Gelegenheit konnte sie gleichzeitig etliches zur Wiederherstellung ihres guten Rufs beitragen, indem sie sich angesichts des so tragischen Hinscheidens ihres Gatten als tapfere, unschuldige junge Witwe präsentierte. Cathy vor den Besuchern zu verstecken würde nur neuen Gerüchten Nahrung geben, wie Lady Stanhope und Sir Thomas ihr eindringlich ans Herz gelegt hatten.

Eingedenk Lady Stanhopes Anordnungen gab sich Martha besondere Mühe, Cathys langes rotgoldenes Haar zu einem sittsamen Dutt zu schlingen. Die fahle Blässe und das entrückte Benehmen des Mädchens taten ein übriges, den beabsichtigten Anschein der trauernden Witwe zu unterstreichen. Falls wider Erwarten doch jemand Zweifel hegen und es wagen sollte, Lady Catherine indiskrete Fragen zu stellen, so hatte Martha bereits den Plan gefaßt, dieser impertinenten Person – ganz aus Versehen natürlich – eine Tasse heißen Tee über den Schoß zu kippen. Sie war entschlossen, an diesem Tag keinen Schritt von Cathys Seite zu weichen, selbst wenn Lady Stanhope sie irgendwohin abkommandieren sollte!

»Martha, ich sehe fürchterlich aus!« rief Cathy in einer seltsamen Mischung aus Abscheu und Erstaunen, als sie sich in dem langen Spiegel betrachtete. Mit der ungewohnten Frisur sah sie aus wie ein Mauerblümchen, und die durchscheinende Blässe ihres Gesichts und ihrer Hände erweckte den Eindruck, als leide sie an der Schwindsucht. Das strenge schwarze Kleid mit dem hohen, bis unters Kinn geknöpften Stehkragen und den langen Ärmeln, die bis zu den Handgelenken reichten, ließ nicht den geringsten Rückschluß auf ihre Figur zu, betonte dafür aber um so mehr ihren schwellenden Leib. Cathy konnte kaum glauben, daß das Mädchen mit den blauen Augen, das sie lahm und träge aus dem Spiegel anstarrte, sie selbst sein sollte. Ich sehe krank aus, dachte sie relativ gleichgültig und wandte sich vom Spiegel ab.

»Ihr seht wie eine richtige Witwe aus«, gab Martha energisch zurück. Im Vorbeigehen nahm sie die leichte Wollstola von der Stuhllehne und folgte Cathy nach unten. Es fehlte gerade noch, daß sich das Mädchen eine Erkältung holte! So dünn und ausgezehrt wie sie war, konnte schon die harmloseste Krankheit ihren Tod bedeuten.

Der Tag schlich endlos langsam dahin. Cathy, die auf einem unbequemen Roßhaarsofa saß – angeblich der letzte Schrei in Sachen Möbeln –, versuchte ihre kribbelnden Beine ruhig zu halten, während sie geduldig den neugierigen Fragen der Besucher auswich. Martha, die an ihrer Seite thronte wie ein Racheengel, verließ den Raum auch nicht für eine Sekunde. Und sie stellte sich beim Bedienen der Gäste so tollpatschig an, daß Cathy sich schon zu fragen begann, ob sie vielleicht krank wäre. Nicht nur einmal, nein, ganze viermal hatte sie bereits einem Besucher beim Einschenken den Tee über den Schoß gekippt.

Als der letzte Gast des Tages sich Punkt Viertel nach vier verabschiedet hatte, erhob Cathy sich mit einem erleichterten Seufzer und kratzte sich mit Genuß die schmerzenden Beine. Die unterdrückte Wut über die neugierigen Fragen, die man ihr den ganzen Tag gestellt hatte, stand ihr noch im Gesicht geschrieben. »Und wie war der werte Name Eures lieben Gatten?« hatte eine dürre alte Vogelscheuche gefragt und sie dabei mit ihrem neugierigen Blick förmlich durchbohrt. Als Cathy der Wahrheit entsprechend Jons Namen nannte, da sie keine Notwendigkeit sah, diesen zu verschweigen, ließ die ehrenwerte Dame ein »Ahhh!« hören, als habe sie ihre Gastgeberin soeben bei einer fundamentalen Lüge ertappt. Ihre wachsamen Knopfaugen hatten dabei hinterlistig gefunkelt, doch gerade als sie den Mund zu einer weiteren indiskreten Frage kräuselte, rutschte Martha zum fünftenmal die silberne Teekanne aus. Die Herzogin von Firth verließ unmittelbar nach dem heißen Guß den Salon, aufgebracht zeternd, als habe Martha diesen Fauxpas mit Absicht begangen. Cathy schüttelte abwesend lächelnd den Kopf. Wie sie ihre alte Kinderfrau kannte, mochte die Herzogin damit sogar recht haben.

Cathy äußerte den Wunsch, das Abendessen in ihrem Zimmer einzunehmen, indem sie erklärte, das lange Sitzen und die zahlreichen Besucher hätten sie doch ein wenig erschöpft. In Wirklichkeit fühlte sie sich so gut wie schon seit Tagen nicht mehr, doch die Aussicht auf ein gemeinsames Abendessen mit ihrer Tante und ihrem Cousin behagte ihr überhaupt nicht. Sie würden sie ohnehin nur ausfragen, wer dagewesen wäre, welche Fragen gestellt wurden und was sie darauf geantwortet habe. Und sie war sicher, daß einer der beiden bestimmt irgendeine ihrer Antworten kritisieren würde, so diskret diese auch gewesen sein mochten. Wenn es nur um sie allein gegangen wäre, hätte sie ihnen schon vor Wochen gesagt, sie sollten sich doch alle zum Teufel scheren. Doch ihr Vater war so rührend darum bemüht, ihr einen respektablen Platz in der Gesellschaft zu verschaffen, und dazu brauchte sie die Hilfe ihrer Tante. So unangenehm Lady Stanhope auch war, ihr guter Ruf war eben über jeden Zweifel erhaben.

Cathy hätte sich keinen ungünstigeren Zeitpunkt für ihren Rückzug aussuchen können. In der Diele lief sie ihrem Cousin Harold über den Weg, dem der servile Sims gerade aus dem Mantel half. Cathy bezweifelte, daß Lord Stanhope seine fetten Arme ohne die Hilfe des Butlers aus den zu engen Mantelärmeln hätte befreien können. Unweigerlich mußte sie bei seinem Anblick an eine Wurst denken, die man aus der Haut pellte, und unterdrückte mühsam ein Kichern. Doch Harold hatte das leise Glucksen gehört und fuhr herum. Als er dann sah, daß es Cathy war, die es gewagt hatte, über ihn zu lachen, wurden seine kleinen grauen Augen noch eine Spur kleiner, versanken beinahe zwischen den fleischigen Lidern und den aufgedunsenen Wangen seines teigigen Mondgesichts.

»Guten Abend, verehrte Cousine«, dröhnte Harold leutselig und kam auf sie zu. Cathy erwiderte seinen

Gruß mit einem knappen Kopfnicken, wandte sich um und segelte würdevoll auf die gewundene Treppe zu.

»Lauft doch nicht weg, Cousine«, näselte Harold, dessen affektierte Stimme Cathy in den Ohren weh tat. »Ihr schleicht in letzter Zeit im Haus herum wie ein verängstigtes Mäuschen, muß ich feststellen. Es fällt mir wirklich schwer zu glauben, daß Ihr dieselbe Person seid, die sich zu so unaussprechlichen Verderbtheiten hat hinreißen lassen. Nun ja, zweifellos ist nur Euer ... äh ... Zustand verantwortlich für die Sanftheit, die Ihr momentan zur Schau tragt. Wenn Ihr den Bastard erst einmal auf die Welt gebracht habt, wird Eure angeborene Charakterschwäche wieder die Oberhand gewinnen, da bin ich mir ganz sicher.«

Cathy wirbelte mit geballten Fäusten zu ihm herum. Die Wut, die in ihren Augen blitzte, ließ sie lebendiger erscheinen als in all den Wochen, die sie in London verbracht hatte. Harold starrte sie mit wachsendem Interesse an. Es könnte ganz amüsant werden, sie im Haus zu haben, wenn sie erst einmal diese Piratenbrut los war. Er begann bereits mit dem Gedanken zu spielen, sie zu seiner Geliebten zu machen. Zumal es so gut wie sicher war, daß angesichts ihres Rufs kein Gentleman um ihre Hand anhalten würde. Früher oder später würde ihr Fleisch nach einem Mann lechzen, überlegte er. Und wenn es soweit war, könnte er zur Stelle sein.

»Mein Kind ist kein Bastard!« spuckte sie zornig. Jedes einzelne Haar auf ihrem Kopf schien vor Wut zu knistern. Harold lächelte in sich hinein. Ihm wurde langsam klar, wie sie es geschafft hatte, die Aufmerksamkeit dieses Piraten auf sich zu lenken. Sie hatte etwas verführerisches an sich, wenn sie wütend war.

»Ich bitte vielmals um Verzeihung, falls ich Euch beleidigt haben sollte, verehrte Cousine«, meinte er mit einem belämmerten Gesichtsausdruck, der, wie Cathy genau wußte, nur aufgesetzt war. Sie kochte innerlich; am liebsten hätte sie ihn mit Worten zur Strecke gebracht, hielt sich aber wohlweislich zurück. Wenn Harold merkte, daß er sie mit seinen Unverschämtheiten verletzen konnte, würde er dies mit Wonne immer wieder tun.

Ohne noch ein Wort an ihn zu verschwenden, drehte Cathy ihm den Rücken zu und machte sich auf den Weg in ihr Zimmer. Sein schadenfrohes Kichern, das klang wie das einer alten Hexe, verfolgte sie die Treppe hinauf. Cathy biß entschlossen die Zähne zusammen. Gesellschaftliche Stellung hin oder her, sie würde hier ausziehen, schwor sie sich grimmig. Nicht einmal ihrem geliebten Vater zuliebe konnte sie diesen Harold noch länger ertragen.

Cathy schäumte immer noch vor Wut, als Martha mit dem Abendessen hereinkam. Erfreut nahm die alte Frau das Glitzern in den Augen ihrer jungen Herrin zur Kenntnis, die sie seit dem Überfall auf die ›Anna Greer‹ nicht mehr so munter erlebt hatte. Das war ein gutes Zeichen.

Martha bereitete Cathys Bad vor und legte ihr ein frisches Nachthemd heraus, während diese ihr Abendessen einnahm. Anschließend stieg Cathy in die Badewanne und ließ sich angenehm überrascht in das parfümierte Wasser gleiten. Da sie selbst kein Badesalz in die Wanne gestreut hatte, warf sie Martha einen fragenden Blick zu.

»Rosenwasser ist ein guter, unaufdringlicher Duft«, antwortete Martha, sich schon einmal vorsorglich gegen Cathys unausgesprochene Frage wappnend, und erntete daraufhin ein freundliches Lächeln.

»Du hast den Tee absichtlich verschüttet, nicht wahr, Martha?« stellte Cathy mit einem vertraulichem Augenzwinkern fest.

»Aber gewiß nicht, Miss Cathy«, erwiderte Martha spröde und zögerte kurz, die Bettdecke in der Hand, die sie gerade zurückschlagen wollte. »Ich glaube, ich bekomme Arthritis. Meine Hände gehorchen mir manchmal nicht mehr so, wie sie sollten.«

»Lügen ist eine Sünde, Martha«, spöttelte Cathy, doch Martha war viel zu glücklich über die Vitalität des Mädchens, um die Beleidigte zu spielen.

Als Cathy aus der Wanne stieg, wickelte Martha sie in ein angewärmtes Badetuch, rieb sie gründlich trocken und zog ihr ein hübsches rosa Nachthemd über den Kopf. Nachts, in der Abgeschiedenheit ihres Schlafzimmers, bot sich für Cathy die einzige Gelegenheit, Farbe zu tragen, und davon machte sie auch schamlos Gebrauch. Dieses mit Satinbändern und Spitzen besetzte Négligé war ungeheuer feminin und fast eine Spur frivol. Mit dem ausgebürsteten und für die Nacht zu zwei langen Zöpfen geflochtenen Haar fühlte Cathy sich schon erheblich wohler.

Martha half ihr in das große Himmelbett und steckte sorgfältig die Bettdecke um sie herum fest. Cathy ließ sich die mütterliche Fürsorge geduldig gefallen. Trotz allem, was ihr widerfahren war, behandelte Martha sie immer noch wie ein kleines Mädchen. Und diese betuliche Hingabe tat Cathy gut.

Als Martha die beiden Kerzen neben dem Bett ausgeblasen und sich verabschiedet hatte, erleuchtete nur noch der schwache Schimmer des Kaminfeuers den Raum und warf eigenartige, verzerrte Schatten an die Wände. Fasziniert beobachtete Cathy dieses Lichtspiel und schlief kurz darauf ein.

Etwas hatte sie geweckt, aber sie hätte nicht sagen können, was es war. Möglicherweise das Krachen eines glühenden Holzscheits, oder das Bellen eines Hundes. Das vertraute Zimmer wirkte vor ihren schlaftrunkenen Augen seltsam verändert, beinahe unwirklich. Die tanzenden Schatten kamen ihr länger vor und irgendwie bedrohlich. Und als einer dieser Schatten langsam auf sie zuzukommen schien, riß Cathy vor Schreck die Augen auf. Plötzlich begriff sie: Das war kein Schatten – das war ein Mann! Die lange, schlanke Silhouette, kaum auszumachen in dem fahlen Licht, das vom erlöschenden Kaminfeuer kam, näherte sich langsam ihrem Bett. Cathys Lippen öffneten sich zu einem panischen Schrei, doch schon im nächsten Augenblick war der Mann über ihr und erstickte mit seiner großen Hand jeden Laut.

Instinktiv kämpfte Cathy, trat um sich, versuchte sich vergeblich zu befreien, biß mit aller Kraft in die Hand, die sich auf ihren Mund preßte. Der Mann fluchte leise und riß seine Hand weg, doch ehe Cathy noch zu einem neuen Schrei Luft holen konnte, hatte er ihr einen Stoffetzen zwischen die trockenen Lippen geschoben.

O Gott, was hatte er mit ihr vor? Zuerst fesselte er ihr die Hände mit einem Stück Leinen, das er von ihrem Bettlaken abgerissen hatte. Dann zog er ihr die Bettdecke bis zu den Füßen herunter und riß sie hoch. Zitternd vor Angst stand sie vor ihm. Er riß ein Streichholz an, hielt die Flamme an die Kerze, bis sie brannte, und als er sich wieder zu ihr umwandte, wurden Cathys Augen riesengroß. Es war Jon! Ihr Herz frohlockte vor Dankbarkeit. Er war doch noch gekommen, nach all der langen Zeit! Doch dann zog sie die Brauen zusammen und runzelte verwirrt die Stirn. Warum die Fesseln? Er mußte doch wissen, daß sie glücklich sein würde, ihn zu sehen! Er war ihr Ehemann, trotz allem!

Als Cathy ihn sich genauer ansah, stockte ihr schier der Atem. Ein dichter schwarzer Vollbart ließ beinahe nichts mehr von seinem gutgeschnittenen Gesicht erkennen. Seine Haut hatte einen Gelbstich, als ob er krank wäre, und er kam ihr schrecklich mager, beinahe abgezehrt vor. Der Geruch ungewaschener Haut, der ihn umgab, ließ Cathy angewidert die Nase rümpfen. Jon, der ihre Reaktion bemerkte, verzog seine Lippen zu einem dünnen Lächeln. Es war ein furchterregendes Lächeln.

Jon sah aus, als ob er sie haßte – als ob er sie am liebsten umbringen würde! Vielleicht hatte er sich irgendwo eine Krankheit geholt und befand sich im Fieberdelirium. Das würde auch sein schreckliches Aussehen erklären.

Jon unterzog sie ebenfalls einer eingehenden Musterung. Seine Blicke tasteten sich langsam über ihr Gesicht, und plötzlich glomm ein Licht in ihnen auf. Sie wanderten weiter über ihre Kehle zum Hals, zu den Brüsten – und gefroren dann auf ihrem Bauch. Er starrte den sich vorwölbenden Leib mit einem so entsetzten Blick an, als habe er etwas Abscheuliches, Ekelhaftes vor sich. Seine Hände krampften sich um ihre Handgelenke, als wollte er sie zerbrechen.

»Mein Gott!« entfuhr es ihm. Seine Wangenmuskeln zuckten wild. Offenbar versuchte er sich mit aller Gewalt zu beherrschen. Cathy spürte seine Kraft und begann erneut zu zittern. Kaum hatte Jon ihre Angst bemerkt, stahl sich wieder dieses grausame Grinsen auf seine Lippen.

»Du hast allen Grund, dich vor mir zu fürchten, Frau.« Daß er dieses ›Frau‹ so betonte, verhieß nichts Gutes, das spürte Cathy instinktiv. War es möglich, daß er sich an ihr rächen wollte, weil sie ihn zu dieser Hochzeit gezwungen hatte? Aber warum hatte er sich dann die Mühe gemacht, sie zu suchen? Auf der ›Margarita‹ hätte er sich so frei wie ein Vogel fühlen und das Band der Ehe, das sie zu Mann und Frau machte, einfach ignorieren können.

»Ich habe diese Begegnung schon seit Monaten geplant, Frau. Genaugenommen seit unserer letzten«, sagte er leise, während er sich über sie beugte und ihren Blick einfing. Cathy zuckte unwillkürlich zurück, und er lachte – er lachte so, daß ihr das Blut in den Adern gefror. »Du glaubst wohl, du hast mich besiegt, wie? Nun, teilweise vielleicht, aber noch nicht ganz. Selbst das Ungeheuer, zu dem ich geworden bin, würde sich nicht soweit erniedrigen, seinem eigenen Kind Schaden zuzufügen. Deshalb habe ich beschlossen, dich mitzunehmen und solange bei mir zu behalten, bis das Kind zur Welt kommt. Dann, liebe Frau, kommt die Stunde der Abrechnung. Dann wirst du …«

Die unausgesprochene Drohung erstarb auf seinen Lippen. Cathy starrte ihn mit weit aufgerissenen Augen an. Sie war überzeugt davon, daß er verrückt geworden war und fantasierte wie die armen Irren in Bedlam.

»Wo ist dein Mantel?« knurrte er und sah sich im Zimmer um. Als er den Kleiderschrank entdeckte, ging er darauf zu und zerrte sie mit. Cathy stolperte hinterdrein, wehrte sich aber nicht, aus Angst, seine irrsinnige Wut noch weiter zu schüren.

Er riß die Schranktüren auf und hielt beim Anblick der Trauerkleider abrupt inne. Sie hörte ihn scharf Luft holen, als habe er einen tödlichen Schlag erlitten.

»Das zerstreut meine letzten Zweifel«, murmelte er und riß dann so ruckartig an ihren Handgelenken, daß sie gestürzt wäre, hätte er sie nicht aufgefangen. Seine haßerfüllten Augen durchbohrten sie förmlich. Mit der freien Hand riß er auf der Suche nach ihrem Mantel die Kleider von den Bügeln. Als er ihn endlich gefunden hatte, warf er ihn ihr über die Schultern, faßte sie unter und hob sie auf die Arme. Sie konnte jeden einzelnen Knochen an seiner Brust und den Schultern spüren, so preßte er sie an sich, und es schien, als bereite es ihm Vergnügen, ihr weh zu tun.

»Unglücklicherweise, Frau, war deine Witwenschaft ein wenig verfrüht. Eine Tatsache, die du, da bin ich sicher, zutiefst bedauerst.«

Zu Tode verängstigt, weil dieser dunkle, furchterregende Fremde sie wegtragen wollte, wand Cathy sich verzweifelt in seinen Armen. Das war nicht der Mann, den sie kannte, den sie liebte! Dieser Mann haßte sie! Er sah aus wie der leibhaftige Satan, in dessen Augen alle Feuer der Hölle loderten! Das konnte nur ein grauenvoller Alptraum sein … Lieber Gott, laß das nur ein Alptraum sein, betete sie im stillen und zappelte nach Leibeskräften, um endlich aufzuwachen.

»Halt still! Halt verdammt nochmal still, du Miststück, sonst werde ich dich …«

Die Drohung verlor sich, als er sie noch ungestümer an sich preßte. Die kalte Wut in seiner Stimme überzeugte Cathy schließlich, daß sie es doch nicht mit einem Geistwesen zu tun hatte, und sie hörte auf, sich zu wehren. Das Herz klopfte ihr vor Angst bis zum Hals. So mußte sich ein Kaninchen in der Schlinge fühlen, wenn der Jäger nahte. Hatte er vor, sie umzubringen …?

Plötzlich öffnete sich die Schlafzimmertür mit einem leisen Knarren; ein zitternder Lichtstreifen drang herein. Cathy spürte, wie Jon erstarrte. Ihr selbst lief ein eiskalter Schauer über den Rücken, aus Angst um die Person, die ausgerechnet jetzt in ihr Zimmer kam. Er war verrückt und gewalttätig. Er war in der Lage, jemanden umzubringen …

»Miss Cathy?« rief Martha leise und machte einen zögernden Schritt in den Raum, den Kerzenleuchter in Kopfhöhe haltend, den Blick auf das Bett gerichtet. Als sie sah, daß dort bereits eine Kerze brannte, hielt sie inne und blickte sich suchend um.

»Miss Cathy?« Marthas Stimme zitterte. Cathy konnte Jons Herz an ihrem Ohr hämmern hören. Er tastete mit einer Hand nach seinem Gürtel, und jetzt erst bemerkte Cathy, daß er eine Pistole bei sich hatte. Sie versuchte zu schreien, Martha zu warnen, brachte aber nur einen gurgelnden Laut zustande. Der jedoch genügte. Martha fuhr zu ihnen herum, ließ mit weit aufgerissenen Augen den Kerzenleuchter fallen, der klirrend zu Boden fiel, und riß den Mund zu einem Schrei auf.

»Ein Laut, und ich bringe sie um.«

Jons Stimme klang heiser, bedrohlich. Die alte Frau verharrte wie gelähmt. Der Schrei erstarb in ihrer Kehle, als sie die Pistole gewahrte, die der Mann an Cathys Schläfe preßte.

»Komm hier rüber.«

Martha starrte ihn voller Panik an.

»Ihr seid … der Pirat!« preßte sie hervor und wurde

kalkweiß, als würde sie jeden Augenblick in Ohnmacht fallen.

»Ich sagte, du sollst herkommen!« Jons Stimme, obzwar leise, zischte wie ein Peitschenhieb. Mit steifen Beinen, ungelenk wie eine Marionette, gehorchte Martha. Cathy suchte mit ihrem Blick die angstblinden Augen ihrer Nanny. Bleib ganz ruhig, gab sie ihr wortlos zu verstehen. Tu, was er sagt. Er ist unzurechnungsfähig.

Sobald Martha auf Armlänge herangekommen war, stellte er Cathy auf die Beine, hielt sie jedoch mit einem Arm um die Hüfte, damit sie nicht wegrennen konnte. Die Pistole war jetzt auf Martha gerichtet. Der Lauf bewegte sich keinen Millimeter, als Jon die Stoffschärpe von Marthas Morgenmantel löste, zu einer Henkerschlinge drehte und diese Martha über den Kopf warf. Er schob sie herum, daß sie mit dem Rücken zu ihnen stand, nahm das Ende der Schärpe auf und band es an seinem Gürtel fest. Cathy blieb nichts anderes übrig, als hilflos danebenzustehen und abzuwarten, was er als nächstes vorhatte.

Bis jetzt hatte er ihnen noch nichts Schlimmes angetan. Vielleicht würde er, wenn sie sich weiterhin gefügig zeigten, etwas weniger vorsichtig sein und ihnen so eine Gelegenheit zur Flucht verschaffen. Martha gab weder einen Mucks von sich noch wagte sie eine Bewegung.

»Wir drei verlassen jetzt ganz leise das Haus. Wenn eine von euch auch nur einen Laut hören läßt oder eine falsche Bewegung macht, bringe ich euch beide um. Habt ihr das verstanden?«

Cathy nickte stumm; sicher würde er die Bewegung ihres Kopfes an seiner Brust spüren. Sie glaubte ihm jedes Wort. So irre, wie er war, traute sie ihm ohne weiteres zu, genau das zu tun, was er ihnen angedroht hatte. Martha nickte ebenfalls heftig zum Zeichen, daß sie begriffen hatte. Cathy blickte sich in wilder Panik um, suchte nach irgend etwas, womit sie ihn aufhalten konnte, bis ihnen jemand zur Hilfe kam. Aber sie fand nichts.

»Los!«

Martha wagte einen zögernden Schritt vorwärts, und Jon schubste Cathy hinter ihr her, die dabei über die Kleider stolperte, die er aus dem Schrank gerissen und auf den Boden geworfen hatte. Leise fluchend stieß er sie mit dem Fuß beiseite. Der Anblick der Kleider, die wie stumme Zeugen vor dem Schrank lagen, erfüllte Cathy mit einer gewissen Hoffnung. Ihr Vater würde daraus sofort den Schluß ziehen, daß man sie entführt hatte. Sie hoffte nur, daß er ihnen noch rechtzeitig zu Hilfe kommen konnte. Jon hatte ganz offensichtlich den Verstand verloren, und Martha und sie waren ihm hilflos ausgeliefert.

13

Jons Kabine an Bord der ›Margarita‹ war unverändert. Martha und Cathy wurden rücksichtslos durch die Tür geschubst, die hinter ihnen mit einem lauten Knall ins Schloß fiel. Dann hörten sie, wie sich der Schlüssel quietschend im Schloß drehte. In der Kabine war es stockdunkel und eiskalt, aber wenigstens kannte Cathy sich darin bestens aus. Vor Kälte zitternd, aber erleichtert, Jon, diesen Dämon, einstweilen los zu sein, ging sie auf den Tisch zu und zündete die Kerze an, die dort wie immer in einem Leuchter stand. In deren Lichtschein konnte sie sehen, daß Martha, die ihren plumpen Körper mit den Armen umfaßt hielt, wie Espenlaub zitterte. Ihre Füße waren blaugefroren; sie hatte den Weg vom Haus zu der Kutsche, die am Ende der Straße wartete, barfuß durch den tiefen Schnee zurücklegen müssen. Jon hatte Cathy sicher nur seines ungeborenen Kindes wegen getragen, wenigstens nahm sie das an. Seine Arme um ihren Körper hatten sich so schrecklich vertraut angefühlt – nur mit einem Unterschied: Er hatte sie so fest gepackt, als ob er sie hassen würde. Und Cathy war jetzt mehr denn je davon überzeugt, daß er tatsächlich verrückt geworden war.

Marthas Zähne klapperten so laut, daß Cathy, so rasch es ihr Zustand erlaubte, auf ihre alte Nanny zulief, um sie in den Arm zu nehmen. Martha hielt sie verzweifelt fest.

»Oh, Miss Cathy«, murmelte sie mit brechender Stimme. »Glaubt Ihr, er wird uns etwas antun?«

»Nein, Martha, das glaube ich nicht«, wehrte Cathy ab, fühlte sich dabei aber keineswegs so sicher, wie sie sich gab. Während sie sprach, holte sie zwei Decken vom Bett, legte eine um Marthas Schultern und wickelte sich selbst in die andere.

»Wenn er uns umbringen wollte, hätte er das schon längst getan«, argumentierte Cathy, in der Hoffnung, Martha zu überzeugen, und sich ebenfalls. Sie kniete sich vor den Kohleofen, steckte ein paar Holzspäne hinein, riß ein Streichholz an und brachte sie zum Brennen. Nach einer Weile begannen die Kohlen zu glühen. Cathy ließ sich auf die Fersen sinken und betrachtete zufrieden ihr Werk.

Martha stand mit geschlossenen Augen und in den Nacken gesunkenem Kopf noch an der gleichen Stelle, als Cathy sich zu ihr umdrehte. Das Gesicht der Frau war kreidebleich. Die schrecklichen Stunden, die hinter ihnen lagen, mußten für Martha noch viel schlimmer gewesen sein als für sie selbst, überlegte Cathy, da sie Jon ja gar nicht kannte. Möglicherweise hatte sie einen Herzanfall erlitten? Mühsam rappelte Cathy sich hoch und ging zu Martha hin.

»Warum legst du dich nicht ein bißchen nieder?« fragte sie mitfühlend. »Das Bett ist recht bequem. Dafür verbürge ich mich.«

Cathy lächelte tapfer, um die angsterfüllte Atmosphäre ein wenig aufzulockern. Martha schlug die Augen auf und starrte das Bett an, als habe sie einen Höllenpfuhl vor sich.

»Hat er ... hat er Euch hierher gebracht, nachdem ... Ach, meine arme Kleine, Ihr müßt Euch zu Tode geängstigt haben. Ich habe mir nie so richtig klar gemacht ...« Die Worte erstarben auf ihren Lippen. Cathy lächelte sie an.

»Ja, hier hat er ...«, echote sie und versuchte, Martha mit einem liebevollen Klaps aufzuheitern. »Aber damals, muß ich zugeben, war ich mindestens so neugierig wie ängstlich. Ich fragte mich, wie es wohl sein würde, wenn er ... na, du weißt schon. Außerdem war Jon damals ... anders.«

Sie biß sich auf die Lippen; ihre Augen umwölkten sich. Martha griff nach ihrer Hand.

»Ist er verrückt geworden, Miss Cathy?« wisperte sie. Cathy senkte den Blick. Genau das befürchtete sie, doch es Martha gegenüber zuzugeben, würde deren Angst nur unnötig steigern. Sie erwiderte den Druck ihrer Hand und zog sie dann zu sich.

»Komm«, sagte sie, einer Antwort ausweichend. »Laß uns ins Bett kriechen. Ich für meinen Teil bin halb erfroren, und hier herumzusitzen und sich den Kopf zu zerbrechen bringt uns im Augenblick auch nicht weiter.«

Martha folgte ihr gehorsam zur Koje und ließ sich von Cathy ins Bett helfen, die zwei Steppdecken über sie ausbreitete und dann selbst darunter schlüpfte. Die beiden Frauen kuschelten sich eng aneinander, ihre Körper wärmten sich gegenseitig, und nach einer Weile war Martha eingeschlafen. Wehmütig lächelnd lauschte Cathy dem leisen Schnarchen ihrer Nanny. Martha hatte schon immer schlafen können wie ein Bär, in allen Lebenslagen. Mußte sie wohl von ihren robusten schottischen Vorfahren geerbt haben, nahm Cathy an, obgleich Martha diese Gabe mit Sicherheit ihrem gesunden Menschenverstand zugeschrieben hätte.

Trotz aller Versuche gelang es Cathy nicht, ihre Gedanken von Jon abzuwenden. Während der langen Fahrt zur Küste hatte er ihr zwar ziemlich grob die Fesseln abgenommen, aber kein Wort mit ihr gesprochen. Offensichtlich revanchierte er sich für irgendwelche Untaten, die sie ihm angeblich angetan hatte. Aber was sollte das gewesen sein? Mit Sicherheit nicht ihre überstürzte Hochzeit! Nein, er war viel zu wütend, als daß er über etwas derart in Rage geraten sein konnte, das ihm so wenig bedeutete. Aber was hatte sie sich sonst zuschulden kommen lassen? Sie zermarterte sich den Kopf, kam aber zu keinem Ergebnis. Unweigerlich blieb sie an ihrem ersten, schrecklichen Verdacht hängen: Er mußte schlicht und einfach den Verstand verloren haben. Ja, das war die einzige Erklärung.

Cathy erschauerte und rutschte tiefer unter die Decken. Die Vorstellung, auf Gedeih und Verderb einem Verrückten ausgeliefert zu sein, war mehr als erschreckend. Was mochte ihm nur widerfahren sein? Was hatte ihn um den Verstand gebracht? Würde sein krankes Gehirn sich wieder erholen? Hoffentlich gelang es ihrem Vater, ihnen zur Hilfe zu kommen, bevor er ihnen tatsächlich etwas antat. Ja, hoffentlich, betete sie im stillen. Die Erinnerung an Jons graue Augen, in denen alle Feuer der Hölle gelodert hatten, ließ ihr vor Angst den Schweiß ausbrechen.

Mit jeder Minute, die verstrich, rückte die Aussicht auf Rettung in weitere Ferne. Cathy konnte bereits die Segel der ›Margarita‹, die die Mannschaft gerade hißte, flattern hören. Und das leichte Stampfen des Schiffes sagte ihr, daß sie dabei waren, Fahrt aufzunehmen. Einmal auf See, konnte die Reise Gott weiß wohin gehen. Es mochten Wochen, wenn nicht Monate verstreichen, bis es zur Rettung ausgesandten Schiffen gelänge, sie zu finden und zu befreien. Lieber Gott im Himmel! Ihre Augen weiteten sich vor Angst, als ihr plötzlich klar wurde, daß es diesmal für sie überhaupt keine Hilfe geben konnte. Der Mann, der sie entführt hatte, war in den Augen des Gesetzes ihr eigener Ehemann, und sie somit seinem Gutdünken anheimgestellt. Sie gehörte ihm, wie eine Sklavin, und jeder Mann, der den Versuch wagte, sich zwischen sie zu stellen, wäre dem geltenden Gesetz nach im Unrecht. Dieser Gedanke entsetzte Cathy dermaßen, daß sie nur noch blind ins Leere starren konnte. Das Herz klopfte ihr bis zum Hals. Sie wußte, daß sie in der Falle saß. Und das Tragikomische an der ganzen Sache war, daß sie Jon diese Falle selbst aufgedrängt hatte!

Trotz ihrer schrecklichen Gedanken nickte Cathy irgendwann ein und wurde erst wieder wach, als sie das Quietschen des Schlüssels im Schloß hörte. Die Angst stand ihr im Gesicht geschrieben, als sie Jon durch die Tür kommen sah. Instinktiv zog sie sich die Bettdecke bis unters Kinn, was Jon mit einem verächtlich Grinsen zur Kenntnis nahm, bevor er sich zu der Person umwandte, die ihm gefolgt war.

»Ich will baden«, beschied er diesem Jemand barsch. Die Antwort war zwar unverständlich, aber gewiß zustimmend. Dann wandte er sich wieder Cathy zu.

»Schau, daß sie von hier verschwindet«, knurrte er und deutete mit einem knappen Nicken auf Martha, die gerade verschlafen die Augen aufschlug. »Und zwar ein bißchen plötzlich!«

»W-warum?« stammelte Cathy und griff automatisch nach Marthas Hand. Martha setzte sich auf, das graue Haar zerzaust wie Putzwolle, und legte beschützend den Arm um ihre Herrin.

»Keine Angst, Liebes. Niemand wird mich wegschicken. Ich bleibe bei dir!«

Die Herausforderung ihrer Worte war unmißverständlich. Martha, zum Kampf bereit wie eine Löwenmutter, die ihr einziges Junges verteidigt, funkelte Jon wütend an. Dieser erwiderte ihren Blick nicht minder wütend, die dichten schwarzen Brauen zu drohenden Balken zusammenzogen. Den Rest seines Gesichts verdeckte der finstere Vollbart. Cathy zitterte, und Martha zog sie enger an sich heran.

»Ich sagte, du sollst verschwinden.« Jons Stimme klang verhältnismäßig ruhig, doch der drohende Unterton war nicht zu überhören. »Außer, du willst mir beim Baden zuschauen. Das liegt bei dir.«

Mit einem gleichgültigen Achselzucken ging er zur Tür, um diese für Petersham zu öffnen, der beladen mit der großen Porzellanwanne, die Cathy in glücklicheren Zeiten benutzt hatte, hereinwankte. Beim Anblick ihres alten Freundes faßte Cathy wieder ein bißchen Mut. Zumindest war sie Jon jetzt nicht mehr ganz so hilflos ausgeliefert!

»Oh, Petersham!« rief sie aus. »Wie geht es Euch?«

Die Freude in ihrer Stimme ließ Jons Augen schmal werden. Petersham erwiderte ihren Gruß mit steinerner Miene.

»Danke gut, Ma'am«. Seine Stimme klang ungewöhnlich frostig. Cathy sank in die Kissen zurück. O Gott, Petersham haßte sie auch! Was hatte sie denn nur verbrochen? Wollte sie denn niemand aufklären? Oder nahmen die beiden an, sie wüßte es bereits?

Auf Jons Lippen legte sich der Schatten eines zufriedenen Lächelns. Cathy starrte ihn an. Das mörderische Funkeln in seinen Augen war verschwunden, und abgesehen von diesem schauerlichen Bart und den abgerissenen Kleidern sah er eigentlich ganz normal aus. War er nun wahnsinnig, oder ging hier irgend etwas vor, das sie nicht begriff?

Jon begann sich das Hemd aufzuknöpfen, während Petersham die Wanne füllte. Sein Blick war starr auf Martha gerichtet. Der schoß die Röte in die Wangen, als sie erkannte, daß dieser Unhold keinerlei Hemmungen zeigte, genau das zu tun, was er angekündigt hatte. Cathy, die Marthas Bestürzung bemerkte, schob sie sacht ans Fußende der Koje.

»Es ist schon in Ordnung, Martha«, sagte sie freundlich. »Du kannst ruhig gehen. Er wird mir nichts tun.«

Jon widersprach ihr nicht, sondern zog sich in aller Seelenruhe weiter aus. Als er das Hemd aus der Hose zerrte, kroch Martha umständlich aus dem Bett. Dann drehte sie sich zu Cathy um.

»Schließt die Augen, Liebes«, sagte sie streng. »Es schickt sich nicht, einen Mann nackt zu sehen.«

Jons Lippen verzogen sich zu einem humorlosen Grinsen. Er streifte sein Hemd ab und warf es achtlos auf den Boden.

»Aber Martha, er ist doch mein Mann«, sagte Cathy leise. Marthas Mund öffnete sich zu einem stummen »Oh!«, und als Jon sich die Hose aufzuknöpfen begann, schlug sie die Hände vors Gesicht. Er schien tatsächlich entschlossen zu sein, sich splitternackt auszuziehen, ohne sich einen Dreck darum zu scheren, wer ihm dabei zusah.

»Es ist schon in Ordnung, Martha«, wiederholte Cathy ein wenig ungehalten, worauf Martha nach einem letzten entsetzten Blick auf Jon hastig die Kabine verließ. Petersham, der seine Pflicht erfüllt hatte, folgte ihr, ohne Cathy noch eines weiteren Blickes zu würdigen. Cathy starrte ihm verständnislos hinterher, dann wanderte ihr Blick zurück zu Jon. Dieser stieg gerade umständlich wie ein alter Mann aus der Hose.

Die dichten schwarzen Haare, die seinen Körper bedeckten, waren stumpf und glanzlos. Und seine dunkle Haut spannte sich über den Knochen, die überall hervortraten. Cathy hielt erschrocken die Luft an. Vor noch nicht allzu langer Zeit war er ein schlanker, gutaussehender Mann gewesen, mit wohlgeformten, kräftigen Muskeln. Doch jetzt sah er aus wie der Überlebende einer Hungersnot. Das einzige an ihm, das sich nicht verändert hatte, schien seine Männlichkeit zu sein. Hastig wandte Cathy den Blick ab.

»Ein bißchen spät für jungfräuliche Scham, meinst du nicht, Weib?« bemerkte Jon zynisch. Die Art, wie er das letzte Wort ausgesprochen hatte, machte es zu einer unsäglichen Beleidigung. Cathy zuckte unter dem Haß, der sich noch immer wie züngelnde Flammen durch seine Stimme fraß, zusammen.

»Nenn mich nicht so!« protestierte sie ungewollt scharf. Jon machte einen Satz auf sie zu, knurrend wie ein Wolf, und Cathy drückte sich ängstlich in die Kissen. Seine Hand legte sich auf ihre Schulter und schloß sich gewaltsam um ihre zarten Knochen. Cathy stöhnte vor Angst und Schmerz auf. Jons Lippen öffneten sich zu einem bestialischen Grinsen, dann zog er sie zu sich heran, bis ihre Gesichter auf gleicher Höhe waren.

»Weißt du überhaupt, wie nahe du gestern daran gewesen bist, erwürgt zu werden?« fragte er in beinahe normalem Ton, sein Gesicht keine Handbreit von dem ihren entfernt. Das irre Glitzern war in seine Augen zurückgekehrt. Cathy schüttelte ängstlich den Kopf. Reiz ihn bloß nicht, dachte sie.

»Sehr, sehr nahe. Wenn es mir nicht um mein Kind gegangen wäre, hättest du den heutigen Tag nicht erlebt. Deshalb würde ich es an deiner Stelle bleiben lassen, mir vorzuschreiben, was ich zu tun und zu lassen habe. Ich könnte nämlich beschließen, daß es mir das Kind doch nicht wert ist, deine Gemeinheiten länger zu ertragen.«

Seine Hände ließen sie plötzlich los, als ekelten sie sich vor ihr. Cathy fiel rückwärts aufs Bett zurück, verfolgte jedoch mit den Augen jede seiner Bewegungen. Ihr Atem kam stoßweise und flach. Er drehte ihr den Rücken zu, ging steifbeinig auf die heiße Wanne zu – und da stieß Cathy einen leisen Schrei aus.

»Dein Rücken!« keuchte sie. »Was ist mit deinem Rükken passiert?«

Jon fuhr herum. Die maßlose Wut in seinem Blick versengte Cathy nahezu.

»Spiel mir bloß nicht die Ahnungslose, du Miststück«, knurrte er. »Was dich betrifft, ist mein Geduldsfaden extrem kurz. Es braucht nicht viel, um mich dazu zu bringen, dich die quälenden Schmerzen von Peitschenhieben am eigenen Leibe erfahren zu lassen.«

Cathy starrte ihn fassungslos an. Dem Blick nach schien er irre zu sein, sprach jedoch so klar, als ob seine Wut absolut gerechtfertigt sei. Auch Petersham hatte sie mit ätzender Verachtung behandelt. Allmählich fügten sich Cathys anfängliche Vermutungen zu einem klaren Bild zusammen: Die beiden beschuldigten sie eines Vergehens, von dem sie nicht die geringste Ahnung hatte.

»Jon, ich merke, daß du wütend auf mich bist«, sagte sie leise, den Blick tapfer auf seine glühenden grauen Augen gerichtet. Sie wollte noch hinzufügen: »Willst du mir nicht verraten warum?« als er sie mit einem furiosen Keuchen unterbrach.

»Böse? Böse! Du Miststück, ich würde dich am liebsten mit einem stumpfen Messer zu Fischfutter verarbeiten, und das werde ich auch, wenn du nicht auf der Stelle dein gottverdammtes Mundwerk hältst!«

Seine Hände hatten sich zu Fäusten geballt, und offenbar mußte er all seine Beherrschung aufbringen, um nicht auf sie einzuschlagen. Cathy rutschte angesichts seiner wutverzerrten Fratze ans äußere Kopfende des Betts zurück. Als sie schwieg, entspannte er sich allmählich und stapfte auf die Wanne zu. Vorsichtig ließ er sich in das dampfende Bad gleiten und verzog schmerzhaft das Gesicht, als das heiße Wasser seinen geschundenen Rücken berührte. Selbst vom Bett aus konnte Cathy die eitrigen Wunden erkennen. Es sah aus, als habe man ihn nicht nur einmal ausgepeitscht, sondern viele Male. Wo war er nur gewesen? überlegte Cathy fieberhaft. Was war ihm nur zugestoßen?

»Jon, willst du mir nicht sagen, was passiert ist?« riskierte sie nach einer Weile die Frage, die ihr wie Feuer auf der Zunge brannte. Sein Kopf schoß herum, seine glühenden Augen – bohrten sich in die ihren. Mit dem borstigen schwarzen Bart sah er aus wie ein unheimlicher Fremder.

»Du hast eine sehr sanfte Stimme«, gab er schleppend zur Antwort. »Sanft und einfühlsam. Sie hat mich beinahe davon überzeugt, daß du genauso bist. Aber du hast mich eines Besseren belehrt. Du hast mir bewiesen, daß unter dem täuschenden Äußeren ein steinhartes Herz schlägt, daß sich dahinter ein egoistischer, habgieriger Charakter verbirgt. Glaubst du im Ernst, du könntest mich zweimal mit demselben Trick hereinlegen? Ich warne dich, versuch es ja nicht! Dich umzubringen würde mir mehr Vergnügen bereiten als alles andere im Leben. Wenn du mich aber dazu zwingst, kann ich nicht dafür garantieren, daß ich mich bis zur Geburt des Kindes beherrsche.«

Cathy starrte ihn mit offenem Mund an. Ihr war speiübel geworden. Das Gift in seiner Stimme sprach eine ebenso deutliche Sprache wie der wilde Haß in seinem Blick. Sie wollte ihrer Bestürzung Ausdruck geben, besann sich dann aber eines Besseren. Er war offenbar fest entschlossen, sie zu hassen. Außerdem konnte sie sich auch gar nicht verteidigen, solange sie nicht wußte, was der Grund für diesen Haß war, überlegte sie. Wenn sie aber ihre Schuldlosigkeit schon nicht mit Worten ausdrücken konnte, so doch mit Taten. Entschlossen schwang sie die Beine über die Bettkante und stand langsam auf. Das rosa Nachthemd spannte sich über ihrem gewölbten Leib, die Zöpfe baumelten vor ihren Brüsten, als sie auf ihn zuging. Jon beobachtete sie skeptisch unter gesenkten Lidern. Sein Blick wanderte erst über ihre feinen gemeißelten Gesichtszüge und blieb dann, wie von einem Magnet angezogen, an ihrem Bauch haften.

»O Gott!« murmelte er und schloß die Augen, als könne er ihren Anblick nicht mehr ertragen. Cathy errötete in dem Glauben, ihre Schwangerschaft stieße ihn ab, ließ sich aber trotzdem nicht beirren. Tapfer ging sie auf die Badewanne zu, bis ihre Oberschenkel den Porzellanrand berührten. Jons Mund war grimmig verzerrt, und er weigerte sich weiterhin, die Augen zu öffnen. Hartnäckig hielt Cathy den Blick auf sein strähniges schwarzes Haar gerichtet.

Schließlich machte Jon doch die Augen auf und sah unheilvoll zu ihr hoch.

»Was hast du denn jetzt wieder vor, du Miststück?« schnarrte er.

In Cathys Augen blitzte es kurz auf, aber sie biß sich auf die Zunge und sagte nichts, als sie sich niederbeugte, um die Seife und den Waschlappen aus dem Wasser zu fischen. Obwohl sie dabei nur sacht seine Brust streifte, flogen seine Hände hoch und packten sie grob an den Handgelenken.

»Ich habe dich gefragt, was du vorhast«, wiederholte er. Seine Blicke durchbohrten sie wie Messer.

»Dein Haar muß gewaschen werden«, erwiderte Cathy kühl, ihre Aufregung unter der Maske stoischer Gelassenheit verbergend. Sie setzte alles auf die Karte ihrer Überzeugung, daß er ihr nichts antun würde, solange sie sein Kind trug. Nicht auszudenken, wenn sie sich täuschte – die Konsequenzen wären schrecklich. Falls sie aber recht behalten sollte ... nun, ihre Berührungen hatten es schon einmal vermocht, seine harte Schale zu durchbrechen und zu seinem weichen, gefühlvollen Kern vorzudringen. Vielleicht würde es ihr wieder gelingen.

»Beabsichtigst du etwa, mir die Haare zu waschen?« fragte er leise, aber mit beißendem Spott in der Stimme. »Glaubst du wirklich, du brauchst mich nur mit diesen kleinen weißen Händen zu berühren und kannst damit alles abwaschen, was du mir angetan hast? Nein, Weib, so einfach geht das nicht. Du kannst dir die Mühe sparen. Es hat mich einiges gekostet, dich zu durchschauen, und das vergesse ich so schnell nicht.«

»Du sollst es auch nicht vergessen, Jon«, sagte sie ganz ruhig und entzog ihm ihre Hände. Sie tauchte den Waschlappen ins Wasser und wrang ihn dann über seinem schwarzen Haarschopf aus. Das Wasser plätscherte auf seinen Kopf, aber er bewegte sich nicht. Cathy wiederholte die Prozedur einige Male, schöpfte dann das Wasser mit den Händen und machte seine Haare gründlich naß.

Als er immer noch nicht protestierte, seifte sie ihm die Haare ein, arbeitete sich mit den Fingern energisch durch die verfilzten Strähnen, die vor Dreck starrten. Eigentlich hätte es Cathy davor ekeln müssen, aber es machte ihr nichts aus. Sanft massierten ihre Finger seines Kopfhaut, bis sich der Schmutz gelöst hatte. Jon verkrampfte sich zunächst unter ihrer Behandlung, entspannte sich aber nach einer Weile.

»Warum auch nicht, zum Teufel?« hörte sie ihn murmeln. »Ich habe dich durchschaut, du elendes Miststück, und lasse mich von dir nicht mehr um den Finger wickeln.«

Cathy war so klug, mit dem Kopfwaschen fortzufahren, als habe sie seine Bemerkung nicht gehört. Dann nahm sie den Eimer mit heißem Wasser, den Petersham zurückgelassen hatte, und schüttete den Inhalt langsam über Jons Kopf aus. Dunkelbrauner Seifenschaum rann ihm über Gesicht und Nacken, als er sich plötzlich zu ihr umdrehte. Was immer er hatte sagen wollen, erstarb auf seinen Lippen, als sein zorniger Blick sich an dem schweren Holzkübel festmachte, den Cathy hoch über seinen Kopf hielt.

»Stell ihn sofort wieder auf den Boden!« brüllte er sie an. Seine Zähne schlugen wütend aufeinander.

Cathy erschrak derart, daß ihr der Eimer aus den Händen glitt und polternd zu Boden fiel. Klatschnaß stand sie da, starrte ihn mit weit aufgerissenen Augen verständnislos an und schlug die Hände vor den Mund. Jon stieß einen Fluch aus, stieg aus der Wanne, schnappte sich ein Handtuch und trocknete sich umständlich ab. Die Litanei von Flüchen und Beschimpfungen, die er Cathy dabei an den Kopf warf, ließ diese ängstlich ein paar Schritte zurückweichen. Was hatte sie denn jetzt wieder falsch gemacht? Sie fand keinen Grund für seinen neuerlichen Wutausbruch. Schweigend baten ihre großen blauen Augen um eine Erklärung. Jon erwiderte ihren Blick mit unverhohlenem Haß.

»Du glaubst also, du könntest mich wieder becircen, wie?« preßte er zwischen zusammengebissenen Zähnen hervor. »Mich mit deinem Zustand beeindrucken, du Miststück? Hoffst du etwa, ich würde dir deine Strafe erlassen, nachdem das Kind geboren ist? Den Teufel werd' ich tun! Der Gedanke, mich an dir zu rächen, mir eine gerechte Strafe für dich auszudenken – war das einzige, was mich am Leben erhalten hat. Und dieser Strafe wirst du nicht entgehen! Deine hinterhältigen Tricks ziehen bei mir nicht!«

Während Cathy immer noch versuchte, seinen Worten irgendeinen Sinn zu entnehmen, zog Jon sich hastig frische Kleider an und stürmte aus der Kabine. Mit einem lauten Knall flog die Tür hinter ihm ins Schloß. Cathy stand da und starrte fassungslos die Wand an. Und plötzlich schwappte die erschreckende Wahrheit wie eine Flutwelle über sie hinweg: Ganz gleich, wie sehr er sie verabscheute, wie inbrünstig er sie haßte, ihrer Liebe zu ihm konnte das alles nichts anhaben.

Jon ließ sich den ganzen Tag über nicht mehr blicken. Martha kam und scheuchte sie ins Bett, und Petersham servierte ihr stocksteif das Mittagessen. Cathy entzog sich ungeduldig Marthas mütterlicher Fürsorge und hätte schreien können, als Petersham sich ihren Fragen gegenüber taub stellte. Wenn sie den Grund für Jons abgrundtiefen Haß begreifen wollte, mußte sie wissen, was ihm zugestoßen war und warum er sie dafür verantwortlich machte. Außer Jon, der ihren Fragen mit wüsten Beschimpfungen begegnen würde, war Petersham der einzige, an die sie sich wenden konnte.

Mit der hereinbrechenden Dämmerung erstarb allmählich auch die Betriebsamkeit auf dem Schiff. Mit nervöser Ungeduld wartete Cathy darauf, daß Jon sich in seine Kabine zurückzog. Doch erst um Mitternacht war sie bereit, endlich der Wahrheit ins Auge zu blicken: Er würde nicht kommen. Wie mußte er sie verabscheuen, wenn er es nicht einmal ertrug, dieselbe Kabine mit ihr zu teilen, dachte sie hoffnungslos. Bittere Tränen liefen ihr über die Wangen, als sie zutiefst deprimiert die Kerze ausblies und ins Bett ging. Noch nie hatte sie sich so einsam und verlassen gefühlt. Unterdrückte Schluchzer entrangen sich ihrer Kehle; mit Rücksicht auf Martha, die zufrieden auf einer Pritsche neben der Koje schnarchte, weinte sie in ihr Kopfkissen. Morgen, ja morgen würde sie bestimmt eine Antwort auf ihre Fragen erhalten, tröstete sie sich. Wenn nicht von Jon oder Petersham, dann von der Mannschaft. Irgend jemand würde sie aufklären, da war sie ganz sicher.

Doch das Wetter machte ihre Hoffnungen zunichte. Als sie am nächsten Morgen erwachte, schneite es. Aber nicht in dicken Flocken, nein, das Schiff war eingehüllt in eine dichte weiße Wolke. Vom Fenster aus konnte sie die Eiszapfen erkennen, die sich an dem hölzernen Vorbau gebildet hatten. Das Meer war eine graue, aufgewühlte Masse, und wenn Cathy auch den Himmel nicht sehen konnte, wußte sie doch, daß dieser sich genauso trostlos präsentieren würde. Ihr gesunder Menschenverstand und der Mangel an warmer Kleidung verbannten Cathy und Martha in die unmittelbare Nähe des Kohleofens. All die Fragen, die ihr auf der Zunge brannten, mußte sie sich zwangsläufig für denjenigen aufsparen, der als erster die Kabine betrat.

Nach einiger Zeit erschien Petersham mit dem Mittagessen. Cathy antwortete auf sein förmliches Klopfen hin, und anstatt ihm das Tablett abzunehmen, zog sie ihn am Ärmel in die Kabine. Dann schloß sie die Tür und lehnte sich mit dem Rücken dagegen, so daß er sie erst hätte zur Seite schieben müssen, um die Kabine zu verlassen. Und wie sie Petersham kannte, konnte sie davon ausgehen, daß sein ihm angeborener Respekt, besonders vor einer Frau in anderen Umständen, es ihm verbieten würde, körperliche Gewalt anzuwenden. Außer, er hatte dieselbe seltsame Wandlung durchgemacht wie Jon ...

Petersham stellte das Tablett auf dem Tisch ab und begab sich dann mit steifer Würde zur Tür. Cathy verschränkte die Arme vor der Brust und lächelte ihn entschlossen an. Mit der dicken Bettdecke um den Schultern und den beiden seitlich herabhängenden Zöpfen sah sie aus wie eine Indianerquaw. Zwei Schrittlängen vor ihr blieb Petersham stehen, unschlüssig, wie er sich verhalten sollte.

»Wenn Ihr mich bitte entschuldigen wollt, Ma'am«, sagte er gestelzt, jeden Blickkontakt mit ihr vermeidend. Seine angespannte Miene verriet Mißbilligung.

»Ich möchte wissen, was mit Jon passiert ist, Petersham«, erklärte Cathy mir ruhiger Stimme. »Und ich werde mich nicht eher von hier wegbewegen, bis Ihr es mir gesagt habt.«

»Das müßt Ihr schon den Käpten selbst fragen, Ma'am.« Sein Ton war sehr förmlich, doch aus seinem Blick sprach die pure Verachtung. »Es steht mir nicht zu, seine persönlichen Belange mit Euch zu diskutieren.«

Cathy versuchte es anders. »Petersham, ich bin seine Frau. Ich habe das Recht zu wissen, was mit ihm los ist.«

»Mit dem Käpten ist alles in Ordnung, soweit ich weiß, Mistress Hale.« Er betonte den Titel mit ätzender Schärfe. Erst Jons und jetzt auch Petershams verständliche Feindseligkeit ließen Cathy außer sich geraten. Ihre blauen Augen wurden kreisrund, und ihr Gesicht verzog sich zu einer wütenden Grimasse. Sie stieß sich mit dem Rücken von der Tür ab und machte einen Schritt auf Petersham zu, der nicht wußte, wie er reagieren sollte und unwillkürlich zurückwich. Martha sprang auf, eilte an Cathys Seite und klammerte sich an ihrem Arm fest.

»Miss Cathy, Ihr müßt an das Kind denken!« rief Martha mit vor Angst schriller Stimme. Cathy, die das kurze Flackern in Petershams Blick bemerkte, wußte plötzlich, wie sie ihn dazu bringen konnte, ihre Fragen zu beantworten.

»Oh, Martha!« keuchte sie, preßte die Hände auf den Bauch und krümmte sich wie unter plötzlichen Schmerzen. Martha wurde leichenblaß, und Petersham blickte äußerst betreten drein. Cathy ließ noch ein heiseres Stöhnen hören und sank zu Boden, worauf Martha wie eine Furie auf Petersham losging.

»Seht nur, was Ihr angerichtet habt, Ihr Satansgezücht! Die hochschwangere Miss Cathy so aus der Fassung zu bringen! Ihr schafft es noch, daß das arme Kleine als Totgeburt zur Welt kommt. Ja, das würde Eurem sauberen Freund von Kapitän recht geschehen!«

»Aber … ich wollte doch nicht …«, stammelte Petersham und beugte sich besorgt über Cathy. Noch immer stöhnend blickte sie zu ihm hoch.

»Petersham, was ist mit Jon passiert?« fragte sie mit gepreßter Stimme, um ihre vorgetäuschten Schmerzen zu unterstreichen. Petershams Miene verhärtete sich, doch als sie noch einmal laut aufstöhnte, gab er sich widerwillig geschlagen.

»Ihr kennt die Antwort darauf sehr genau, Miss Cathy«, entgegnete er ernst, worauf Cathy ob der vertrauten Anrede, die ihm entschlüpft war, ein triumphierendes Lächeln unterdrücken mußte. »Aber wenn es Euch Spaß macht, noch einmal anzuhören, was Ihr ohnehin schon wißt, so will ich es Euch gerne erzählen. Master Jon wurde zum Tode durch den Strang verurteilt und ins Gefängnis gebracht. Das Urteil wäre am heutigen Tag, morgens um sieben, vollstreckt worden, wenn Mr. Harry nicht zufällig davon erfahren hätte. Zum Glück konnten wir den Käpten noch rechtzeitig befreien, was Euch, kann ich mir vorstellen, nicht gerade erfreut haben muß. Jede Frau, die ihren Ehemann auspeitschen und beinahe verhungern läßt, verdient es, bestraft zu werden, da sind wir alle einer Meinung. Von uns habt Ihr keine Hilfe zu erwarten, Mistress Hale.«

Die eiskalte Verachtung war in Petershams Stimme zurückgekehrt. Cathy richtete sich schockiert auf. Vergessen waren die angeblichen Schmerzen, unter denen sie sich gerade noch gewunden hatte.

»Ich ... *ich* habe ihn auspeitschen und hungern lassen?« wiederholte sie ungläubig und starrte Petersham dabei an, als hätte dieser völlig den Verstand verloren. »Im Gefängnis? Ich habe nicht einmal gewußt, daß er im Gefängnis war! Er ist an dem Tag geflohen, als die Soldaten in Las Palmas einfielen! Woher sollte ich wissen, daß sie ihn hinterher wieder gefangengenommen haben? Ich versichere Euch, Petersham, daß ich davon keine Ahnung hatte. Nicht die geringste Ahnung! Das müßt Ihr mir glauben!«

»Mich müßt Ihr davon nicht überzeugen, Mistress Hale.« Und wieder lag diese haßerfüllte Betonung auf den letzten beiden Worten. »Master Jon müßt Ihr das beweisen. Doch wenn ich Euch einen guten Rat geben darf, so versucht nicht, ihm dieses Märchen aufzutischen. Er ist viel zu klug, um sich von billigen Lügengeschichten einwickeln zu lassen.«

»Aber das ist keine Lüge!« jammerte Cathy und wollte Petersham hinterherstürzen, der stolz wie ein Pfau zur Tür schritt. Martha hielt sie unter Aufbietung all ihrer Kräfte zurück, obwohl sie gar nicht wissen konnte, daß Cathys Schwächeanfall nur gespielt gewesen war. Doch als Cathy sich aus ihrem Griff befreit hatte, war Petersham schon verschwunden.

»Martha, was soll ich jetzt nur tun?« rief Cathy und warf ihrer Nanny einen verzweifelten Blick zu. Tröstend legte Martha die dicken Arme um sie, führte sie zur Koje und brachte sie ins Bett. Cathys Gedanken liefen Amok, als Martha ihr das Tablett mit dem Mittagessen auf den Schoß stellte. Sie mußte Jon irgendwie davon überzeugen, daß sie absolut unschuldig war. Aber wie sollte sie das bewerkstelligen, wenn er nicht einmal mehr in ihre Nähe kam? Die Antwort darauf war erschreckend simpel – sie mußte zu ihm gehen.

Der Schneesturm, in den die ›Margarita‹ geraten war, tobte den ganzen Tag. Das Schiff wurde herumgeworfen wie ein Spielzeug in den Händen eines boshaften Riesen, und es dauerte nicht lange, bis Marthas Magen heftig revoltierte. Cathy, die sich auf der vorangegangenen langen Reise bereits an die Launen des Meeres gewöhnt hatte, versuchte es ihrer Nanny so bequem wie möglich zu machen, doch gegen Seekrankheit war kein Kraut gewachsen. Da hieß es einfach abwarten, bis die Wellen sich ausgetobt hatten. Zumindest konnte Cathy die leichenblasse Martha dazu bewegen, sich ins Bett zu legen, wo sie sich zusammenrollte. Nach einer Weile verstummte ihr Stöhnen, und sie schlief ein.

Cathy, die es sich auf einem Stuhl vor dem Ofen bequem gemacht hatte, kräuselte nachdenklich die Lippen, als sie Martha leise schnarchen hörte. Das war die Gelegenheit, auf die sie gewartet hatte. Solange Martha wach war, konnte sie sich den Gedanken, die Kabine zu verlassen, aus dem Kopf schlagen. Resolut, wie Martha war, hätte sie ihre Herrin eher an die Koje gefesselt als ihr gestattet, in diesem tosenden Sturm an Deck zu gehen. Doch die Notwendigkeit, mit Jon zu sprechen, war für Cathy von allergrößter Wichtigkeit. Die Unbilden des Wetters tat sie mit einem Achselzucken ab.

Nachdem sie ihren Entschluß gefaßt hatte, schlich Cathy auf Zehenspitzen zur Tür und warf zur Sicherheit noch einmal einen Blick über die Schulter. Allem Anschein nach schlief Martha wie ein Murmeltier.

Sie zog sich eine Decke über Kopf und Schultern, um sich gegen den Wind zu schützen, und machte dann leise die Tür auf. Der Sturm tobte mit einer solchen Heftigkeit, daß er ihr beinahe die Klinke aus der Hand gerissen hätte. Cathy mußte all ihre Kraft aufwenden, um die Tür leise wieder hinter sich zu schließen. Als das vollbracht war, lehnte sie sich seufzend mit dem Rücken dagegen und holte erst einmal tief Luft.

Die hölzernen Planken unter ihren nackten Füßen waren naß vom Schneeregen und fühlten sich so eiskalt an, daß Cathy instinktiv die Zehen krümmte, als sie mit großen Augen um sich blickte. Was sie sah, war ein Inferno in Grau und Weiß. Der Himmel und das Meer hatten die Farbe von Blei angenommen; ersterer hing so tief, daß die Masten ihn fast zu berühren schienen, letzteres bäumte sich auf, als wollte es den Himmel mit seinen weißgekrönten Wogen zum Kampf herausfordern. Nadelspitze Schnee- und Eiskristalle, die sich mit der salzigen, vom Sturm aufgepeitschten Gischt mischten, wehten Cathy ins Gesicht. Der Wind heulte, als empöre er sich darüber, daß ein so ein armseliges Menschenwerk wie die ›Margarita‹ es wagte, ihm zu trotzen. Nur kurz spielte Cathy mit dem Gedanken, ihre Mission abzubrechen und sich wieder in die warme, trockene und sichere Geborgenheit der Kabine zu flüchten, doch dann straffte sie resolut die Schultern und warf einen Blick hinauf aufs Achterdeck. Es war nicht weit, und wenn sie sich den ganzen Weg über an der Reling festhalten würde, konnte ihr nichts passieren. Wollte sie mit Jon reden, durfte sie sich von dem Sturm nicht abschrecken lassen.

Mit einer Hand die Bettdecke umklammernd, gegen den Wind nach vorn gebeugt, kämpfte Cathy sich die Treppe hinauf. Die Holzstufen waren rutschig wie eine Eisbahn, ihre nackten Füße so gefühllos, daß sie sie nur mit Mühe bewegen konnte. Zweimal rutschte sie aus und landete auf den Knien, und zweimal rappelte sie sich hoch, setzte entschlossen ihren Weg fort, während das Schiff sich unter ihr aufbäumte wie ein wütendes Ungeheuer. Holzsplitter bohrten sich in ihre Hände, als sie sich am Geländer weiter nach oben zog, doch sie spürte keinen Schmerz. Sie war nur von einem einzigen Gedanken beherrscht: Sie mußte Jon erklären, daß sie mit seinem Gefängnisaufenthalt und den damit verbundenen Qualen absolut nichts zu tun hatte. Nur dann konnte sie darauf hoffen, seine Liebe zurückzugewinnen.

Schließlich hatte sie es geschafft. Sie stand auf dem Achterdeck, hielt sich an dem dünnen Holzgeländer fest und schaute sich ungläubig um. Niemand war zu sehen. Das Steuerrad hatte man mit Lederriemen festgezurrt, um das Schiff auf Kurs zu halten. Und nirgendwo eine Menschenseele. Panik ergriff sie, als ein entsetzlicher Gedanke Gestalt annahm: Waren sie etwa alle über Bord gespült worden? Waren sie und Martha die einzigen Überlebenden an Bord? Lieber Gott, was war geschehen? Was ...?

»Jon!« schrie sie wie von Sinnen. »Jon! Jon!«

»Scheiße!« kam der wütende Fetzen einer Antwort mit dem Wind zu ihr herabgeweht. Cathy sah verwirrt nach oben, beugte den Kopf noch weiter nach hinten und erkannte jetzt hoch über sich die Umrisse von Männern, die wie graue Schatten in der Takelage schwankten und verzweifelt die Taue zu kappen versuchten, um das Großsegel schneller einzuholen. Einer der Männer löste sich aus der Gruppe und kletterte mit waghalsiger Geschwindigkeit am Mast herunter. Gesicht und Körper waren in dem dichten Schneegestöber kaum erkennbar, doch Cathy wußte sofort, daß es Jon war.

Ein dumpfes Grollen drang an ihr Ohr, als er die letzten Meter mit einem waghalsigen Sprung überwand. In Jons Augen, der mit Riesenschritten auf die zugestürzt kam, stand panische Angst. Sie strich sich den Schnee vom Gesicht, hielt sich dabei mit der einen Hand krampfhaft am Geländer fest – und hätte fast gelächelt, als sie beobachtete, wie Jon breitbeinig und teilweise im Zick-Zack über das Deck stolperte, um nicht das Gleichgewicht zu verlieren. Das dumpfe Grollen wurde lauter, als er den Treppenabsatz erreichte, und ganz instinktiv warf Cathy einen Blick über die Schulter.

Was sie sah, ließ ihr den Atem stocken. Eine riesige Welle kam auf sie zugerollt, dunkel und unausweichlich wie der Tod selbst. In einer ebenso verzweifelten wie sinnlosen Geste riß Cathy abwehrend die Arme vors Gesicht, wissend, daß ihr keine Zeit mehr blieb, sich in Sicherheit zu bringen.

Plötzlich wurde sie zu Boden gerissen, und ein schwerer Körper warf sich auf sie. Harte Arme umschlangen sie und preßten sie gegen die Reling.

»Luft anhalten!« Die Worte wurden ihr direkt ins Ohr geschrien.

Instinktiv tat Cathy, wie ihr geheißen. Kaum hatte sie den Mund zugemacht, stürzten tonnenschwere, eiskalte Wassermassen auf sie hernieder, drohten sie zu zerschmettern, versuchten sie den starken Armen zu entreißen, die sie förmlich auf den Planken festnagelten. Sie spürte, wie die überwältigende Kraft des Wassers an ihr zerrte, alles daransetzte, sie in die Tiefe zu saugen. Alleine wäre sie diesen gewaltigen Naturkräften wehrlos ausgeliefert gewesen, mit Jon hatte sie eine Chance.

Binnen weniger Sekunden war der grauenhafte Spuk vorbei. Die ›Margarita‹ richtete sich auf und schüttelte sich wie ein nasser Hund. Cathy spürte, wie sie auf die Beine gestellt und gleich darauf von den Armen, die sie eben noch beschützt hatten, gerüttelt wurde, daß ihre Zähne laut klappernd aufeinanderschlugen.

»Du gottverdammtes dummes Ding!« brüllte Jon, viel zu wütend, um zu realisieren, daß der Sturm sein Schreien übertönte und Cathy seine vom Wind zerfetzten Worte kaum hören konnte. »Um ein Haar hättest du dich umgebracht!«

»Ich mußte aber mit dir reden ...«, versuchte Cathy zu erklären, sich in seiner Umklammerung windend, bis ihr klar wurde, daß er sie ebensowenig verstehen konnte wie sie ihn. Trotzdem, sie mußte es versuchen.

»Du mußt mich anhören!« kreischte sie gegen den Wind an und zerrte an seinem Arm. Von einem mörderischen Blick begleitet, lösten sich seine Hände von ihren Schultern und legten sich um ihre Kehle.

»Halt den Mund, oder ich drehe dir hier und jetzt den Hals um!« wütete er. Mit einer entschlossenen Drehung gelang es Cathy, sich von ihm loszureißen, und im selben

Augenblick weiteten sich ihre Augen, als ein stechender Schmerz durch ihren Leib fuhr. Mit einem Aufschrei sank sie vornüber.

»Was zum Teufel ...!«

Cathy fiel vor ihm auf die Knie, die Arme schützend um den Bauch geschlungen. O Gott, sie verlor das Baby! Jon beugte sich über sie, und als ihm langsam dämmerte, was geschah, faßt er sie unter, hob sie auf und kämpfte sich zur Treppe. Der Sturm wehte die Flüche davon, die ihm dabei in einem unaufhörlichen Strom über die Lippen sprudelten. Cathy starrte hinauf in Jons mageres Gesicht, und ihr Blick wurde glasig, als ein erneutes Ziehen durch ihren Leib schoß, das ihr die Luft nahm. Stöhnend versuchte sie sich zu beherrschen und preßte beide Hände auf ihren unter Krämpfen zuckenden Bauch. Als ihre Blicke sich zufällig begegneten, sah sie in Jons Augen die schiere Panik aufblitzen. Seltsam, er schien ebenfalls Angst zu haben, dachte sie noch verwirrt, ehe die nächste Schmerzwelle jeden weiteren Gedanken auslöschte. Sie schrie noch einmal laut auf, dann breitete eine gnädige Ohnmacht ihren schwarzen Schleier über sie. Jon stieß einen verzweifelten Fluch aus, als er merkte, wie der Körper in seinen Armen erschlaffte. Zwei Stufen auf einmal nehmend, stürzte er die Treppe hinunter, um die Bewußtlose in die Sicherheit seiner Kabine zu bringen.

14

Cathy hatte es allein Marthas sachkundiger Hilfe zu verdanken, daß sie ihr Baby nicht verlor. Von Jons panischem Gebrüll hin und her gejagt und keinen Gedanken an ihre Seekrankheit verschwendend, preßte Martha kalte Tücher zwischen Cathys Beine und wickelte sie um ihren sich heftig hebenden und senkenden Leib, in der Hoffnung, dadurch die Blutungen zu stoppen, bevor es zu spät war. Jon trat derweilen neben dem Bett vor Nervosität von einem Fuß auf den anderen, bis Martha sich aufplusterte wie eine Henne und ihn aus der Kabine scheuchte. Es gezieme sich nicht für Gentlemen, schnaubte sie, derartige Dinge mit anzusehen. Der geringschätzige Blick, mit dem sie Jon dabei bedachte, ließ große Zweifel offen, ob sie ihn überhaupt dieser Kategorie zurechnete, dennoch bestand sie darauf, daß er verschwand. Wissend, daß er nichts anderes tun konnte, um Cathy und dem Kind zu helfen, als dafür zu sorgen, daß die ›Margarita‹ in dem tobenden Unwetter nicht sank, beugte er sich Marthas Anordnung mit einer solchen Artigkeit, daß er in ihrer Wertskala eine Stufe höherstieg. Er ließ es sich jedoch nicht nehmen, Petersham in die Kabine zu schicken, damit er Martha zur Hand ginge, wann immer seine Hilfe benötigt würde. Und Martha gefiel sich in der Rolle, den armen Petersham herumzuschicken wie einen Laufburschen, nachdem die unmittelbare Gefahr fürs erste gebannt war. Als Verantwortliche an Cathys Krankenbett war Martha ganz in ihrem Element.

Es dauerte zwei Tage, bis Cathy aus ihrem Dämmerzustand erwachte und wieder voll bei Bewußtsein war. In der Zwischenzeit hatte sich der Sturm gelegt, und das Baby hatte beschlossen, den Mutterleib vorerst nicht zu verlassen. Doch die ganze Tortur hatte Cathy erheblich geschwächt, weshalb Martha bis zur Geburt des Kindes strengste Bettruhe anordnete. Jon war mit Martha ausnahmsweise ganz einer Meinung, und Cathy viel zu schockiert über das, was beinahe geschehen wäre, als daß sie den beiden zu widersprechen gewagt hätte. Jons schroffe Worte freuten sie mehr, als sie das für möglich gehalten hätte, enthielten sie doch die versteckte Botschaft, daß er sich Sorgen um sie machte. Obgleich er sich ruppig und abweisend gab, glaubte sie zu spüren, daß sein Haß auf sie kleiner geworden war. Als sie Martha eines Tages auf dieses Thema ansprach, begleitete diese ihre Antwort mit einem aufmunternden Nicken.

»Käpten Hale war schier krank vor Angst um Euch«, bestätigte sie lebhaft. »Er ist einer, dem die Niederkunft seiner Frau ganz schön an die Nieren geht. Und nachdem mir dieser Trottel von Diener erzählt hat, daß die Mutter des Käptens im Kindbett gestorben ist, wundert mich das auch nicht sonderlich. Wißt Ihr, Miss Cathy, ich glaube, ich habe mich in dem Mann getäuscht. Er ist längst nicht so gräßlich, wie ich zunächst angenommen hatte. Trotz allem könnte noch ein ganz passabler Ehemann aus ihm werden.«

Cathy mußte über diese letzten Worte lächeln, die aus Marthas Mund einem Ritterschlag gleichkamen. Wenn *Jon* das doch auch glauben würde, dann wäre sie restlos glücklich! Sie verzehrte sich in Liebe nach ihm und mußte sich jedesmal, wenn sie ihn sah, beherrschen, ihm das nicht offen ins Gesicht zu sagen. Doch diesmal hörte sie auf ihre innere Stimme, die sie warnte, ihn nicht noch weiter von sich wegzutreiben. Die Zeit war ihr Verbündeter, dachte sie – und das Kind, das sie trug. Nach der Geburt würde er seine Vorbehalte schon fallenlassen, wenn ihm erst einmal klar geworden war, daß das Kind sie unwiderruflich aneinander band.

Jon schlief weiterhin in einer anderen Kabine, und das

war, wie Cathy sich schweren Herzens eingestehen mußte, auch ganz gut so. Aber er stattete ihr nahezu jeden Nachmittag einen Besuch ab. Obgleich er sich immer noch steif und förmlich gab, freute sich Cathy über seinen Besuch und zeigte ihm dies stets mit einem warmen Lächeln.

Zwei Wochen später verließ Martha eines Tages während Jons Besucht taktvoll die Kabine. Cathy ergriff die Gelegenheit sofort beim Schopf, nahm Jon bei der Hand und bedeutete ihm, sich an ihr Bett zu setzen. Er wehrte sich auch nicht, als sie seine Hand weiterhin in der ihren behielt, doch aus seinen Augen sprach Wachsamkeit, und Cathy konnte erkennen, daß sich seine Mundwinkel verspannten.

So einfach und überzeugend wie möglich erklärte sie ihm, daß sie mit alledem, was ihm im Gefängnis zugestoßen war, nicht das geringste zu tun gehabt hatte. Sie habe nicht einmal gewußt, daß er im Gefängnis gewesen sei, fügte sie aufrichtig hinzu und wunderte sich, warum sein Gesicht allmählich zu einer undurchdringlichen Maske erstarrte. Jon ließ sie mit ihrer Erklärung gar nicht erst zu Ende kommen. Abrupt entzog er ihr seine Hand, stand auf und starrte grimmig auf sie herab.

»Jon!« rief Cathy verzweifelt, als er sich zur Tür wandte. Daß er ihr nicht glauben wollte, traf sie wie ein Messerstich. Er warf ihr einen Blick über die Schulter zu und zögerte kurz; sein zuckender Wangenmuskel war die einzige Gefühlsregung, die er erkennen ließ.

»Das spielt jetzt keine Rolle mehr«, meinte er kurz angebunden, als er ihre offensichtliche Erregung bemerkte. »Das gehört alles der Vergangenheit an, und wir werden es vergessen. Du bist meine Frau, gleichgültig, wie es dazu gekommen ist oder was sich hinterher abgespielt hat. Für mich ist der Fall damit erledigt; wir brauchen nicht mehr darüber reden.«

Mit dieser knappen Erklärung verließ er die Kabine.

Cathy rief ihm hinterher, daß sie sehr wohl darüber reden müßten, und zwar so lange, bis alles geklärt sei, doch gab er ihr keine Antwort, noch drehte er sich um. Mit einem niedergeschlagenen Seufzer ließ Cathy sich in die Kissen zurücksinken. Auch wenn er sie jetzt höflich behandelte, mißtraute er ihr noch genauso wie eh und je. Es mochte Jahre dauern, bis es ihr gelänge, ihn vom Gegenteil zu überzeugen. Bittere Tränen füllten ihre Augen und begannen in immer dichterer Folge über ihre Wangen zu kullern. Als Martha nach einer Weile in die Kabine zurückkehrte, weinte Cathy hemmungslos. Die alte Frau warf verzweifelt die Hände in die Höhe, faßte sich aber gleich wieder und veranlaßte Cathy freundlich, aber bestimmt, ihre Tränen abzuwischen und eine Tasse heißen Tee zu trinken. Anschließend ordnete sie ein Nickerchen an, und zu ihrer Überraschung schlief Cathy tatsächlich ein. Von da an setzte Martha keinen Schritt mehr vor die Tür, wenn Jon zu Besuch kam. Und Cathy mußte zu ihrem Mißfallen feststellen, daß Jon die Anwesenheit ihrer Nanny sogar ausgesprochen angenehm zu sein schien. Es blieb ihr daher nichts anderes übrig, als das Thema mangels Gelegenheit, unter vier Augen darüber zu sprechen, vorerst auf Eis zu legen. Wenn das Baby erst einmal auf der Welt war ... Die Worte wiederholten sich in ihrem Hinterkopf wie ein endloser Kanon. Nun, wenn das Baby erst einmal auf der Welt war, schwor sie sich, dann würde Jon sich um dieses Gespräch nicht mehr herumdrücken können! Sie würde ihm solange damit in den Ohren liegen, bis er ihr schon aus purer Überdrüssigkeit Folge leisten müßte. Lächelnd dachte sie daran, daß es Mittel und Wege gab, ihn zum Zuhören zu bewegen und von der Wahrheit zu überzeugen. Ja, und von diesen Mitteln würde sie skrupellos Gebrauch machen ... wenn das Baby erst einmal auf der Welt war.

Zu ihrer großen Erleichterung entdeckte Cathy, daß auch Petersham nicht so halsstarrig war, wie er sich anfangs gegeben hatte. Langsam aber sicher taute ihr frostiges Verhältnis auf, und bald war er wieder so wie damals in Las Palmas, bevor die Soldaten gekommen waren. Er bemutterte sie beinahe ebenso besorgt wie Martha und schalt sie, wenn sie nicht essen wollte oder sich ihrer Schwermut überließ. Das Wohlergehen des Kindes sollte an erster Stelle stehen, erklärte er ihr mit strenger Miene und gab sich redliche Mühe, sie durch kleine Späße aufzuheitern.

Martha beobachtete diese seltsame Kumpanei äußerst mißtrauisch. Ihrer Meinung nach war es mehr als unschicklich, wenn ein Mann das Schlafzimmer einer Frau betrat, die nicht seine Ehefrau war, ganz zu schweigen davon, daß er sich zu ihr aufs Bett setzte und stundenlang mit ihr plauderte. Doch wenn der Käpten daran nichts auszusetzen fand, gab es keinen Grund, daß sie sich darüber ereiferte. Der kleine Mann war im Grunde ganz harmlos, wußte sie, und trug nur dazu bei, Cathy bei guter Laune zu halten. Ob es ihr paßte oder nicht, zum Wohle ihres Schützlings mußte sie dieses ständige Kommen und Gehen wohl ertragen, sagte sich Martha. Was aber nicht hieß, daß sie deshalb diesen Mann gleich in ihr Herz zu schließen brauchte – was sie auch ganz entschieden nicht tat.

Cathy war sich natürlich im klaren darüber, daß Martha auf Petersham eifersüchtig war, doch die Häppchen an Informationen, die sie ihm Stück für Stück aus der Nase zu ziehen verstand, waren viel zu interessant, als daß sie auf seine beinahe ständige Anwesenheit verzichten mochte. Von ihm erfuhr sie, daß sie ›Margarita‹, einer unergründlichen Laune des Käptens folgend, Kurs auf South Carolina hielt. Während Master Jon im Gefängnis gewesen sei, berichtete er, hätten sie Nachricht erhalten, daß Mr. Hale gestorben wäre und Woodham nebst all seinem persönlichen Besitz seinem Sohn Jon vermacht habe. Als er seinem Herrn nach dessen Befreiung diese Neuigkeit mitteilte, hatte dieser ihn eine ganze Weile mit ausdrucksloser Miene angestarrt, bevor er das knappe Kommando gab, die ›Margarita‹ auf einen östlichen Kurs zu setzen. Es sei an der Zeit, zitierte er Jon, nach Hause zurückzukehren.

Harry stattete ihr nur einen einzigen Besuch ab, und den auch nur widerwillig. Cathy nahm an, daß er Jons heiligen Zorn fürchtete. Völlig grundlos, wie Cathy sich deprimiert eingestehen mußte. Weit davon entfernt, auch nur eine Spur von Eifersucht zu zeigen, hatte Jon den Besuch Harrys, als sie ihm davon erzählte, mit kühler Gleichgültigkeit zur Kenntnis genommen.

Petersham förderte aus dem Frachtraum einen Ballen feinen Wollstoff zutage, aus dem sich Martha zwei Kleider schneidern konnte. Cathy, ohnehin ans Bett gefesselt, war ihrerseits vollauf damit zufrieden, wieder Jons Nachthemden zu tragen. Falls der Anblick ihres zierlichen Körpers in den viel zu großen Männerhemden bei Jon irgendwelche Erinnerungen wachrief, so vermied er es tunlichst, diese auch nur mit einem Wimpernzucken zu erkennen zu geben. Cathy konnte daraus nur den einen Schluß ziehen, daß er im Moment an ihr ausschließlich als Mutter seines Kindes interessiert war. Doch da sich seine Gefühle für sie schon einmal erwärmt hatten, konnte das ohne weiteres wieder geschehen. Und dafür zu sorgen, dazu war Cathy fest entschlossen.

Die ›Margarita‹ sichtete Nova Scotia drei Wochen nachdem sie in England Segel gesetzt hatte, und von da an führte sie der Kurs der nordamerikanischen Küste entlang Jons Heimatstadt entgegen. Da der Atlantik in den Wintermonaten unberechenbar war, hatte Jon zum Wohle aller an Bord entschieden, den längeren, aber weitaus sichereren Küstenkurs zu wählen. Cathy, der absolute Bettruhe verordnet war, durfte nicht einmal einen Blick auf Amerika werfen, als erstmals Land in Sicht kam. Und obwohl Jon sich freiwillig anbot, Cathy an Deck zu tragen, wenn sie unbedingt hinauf wollte, legte Martha heftigsten Widerspruch ein. Cathy mochte noch so sehr betteln, Martha ließ sich nicht erweichen.

Je weiter südlich die ›Margarita‹ segelte, desto höher kletterten die Temperaturen. Cathys und Marthas Berechnungen nach sollte das Kind am 3. März zur Welt kommen. Jon erklärte, daß sie irgendwann in der dritten Februarwoche in Charleston Anker werfen würden. Und wie immer, lag er mit seiner Schätzung genau richtig.

Als die ›Margarita‹ in die Bucht von Charleston segelte, bestand Cathy darauf, an Deck zu gehen. Sie wollte endlich ihre neue Heimat sehen, erklärte sie, und wenn sie auf allen Vieren an Deck kriechen müßte. Diesmal setzte Jon sich über Marthas Einwände hinweg, packte Cathy vorsichtshalber in eine dicke Decke ein und nahm sie auf die Arme. Trotz des zusätzlichen Gewichts des Kindes schien ihm das keine Anstrengung zu kosten. Cathy schlang ihre Arme um seinen Nacken und genoß heimlich das Spiel seiner starken Muskeln unter ihrer Haut. Bald, dachte sie, würde sie wieder Gelegenheit haben, ihren weiblichen Charme spielen zu lassen, um ihn von ihrer Unschuld zu überzeugen. Bis dahin mußte sie sich damit zufrieden geben, sich von ihm tragen zu lassen, was er anscheinend nur sehr widerwillig tat.

Ein kleines, erwartungsvolles Lächeln erschien auf ihren Lippen, als sie hinaus in den Sonnenschein traten. Jon sah den glücklichen Ausdruck auf ihrem Gesicht und bedachte sie mit einem argwöhnischen Blick aus halb geschlossenen Augen. Cathy, der ihre Zukunftsaussichten neuen Auftrieb gaben, erwiderte sein Mißtrauen mit einem strahlenden Lächeln. Auf einmal wurde sein Schritt unsicher, er hielt inne und blinzelte sie an, als ob er zu lange in die Sonne geschaut hätte.

Cathy ließ ihre Augen mit freimütigem Interesse auf ihm ruhen. Während der siebenwöchigen Seereise hatte er zugenommen und war jetzt wieder so stark und kräftig wie zuvor. Die Arme, die sie hielten, waren mit festen Muskelsträngen gepolstert, und Cathy fühlte sich in deren sicherem Griff ausnehmend wohl. Sein Gesicht hatte eine gesunde Sonnenbräune angenommen, und der abrasierte Bart ließ wieder sein markantes Kinn erkennen. Cathy spürte, wie ihr ein angenehmes Prickeln über den Rücken lief, als sie seinen harten Mund betrachtete. Sie wollte ihn so gern mit ihren Lippen berühren ... Ihre Sehnsucht mußte sich auf ihrem Gesicht gespiegelt haben, denn Jons Atem ging plötzlich schneller. Er begehrte sie also auch, stellte sie mit einer Mischung aus Triumph und Verlangen fest. Das lodernde Feuer in seinen Augen stand diesmal nicht für Zorn oder Verachtung, sondern für wilde Leidenschaft.

»Verzeihung, Käpten, stimmt etwas nicht?« Marthas besorgte Stimmte hinter ihnen brachte sie schlagartig in die Wirklichkeit zurück. Cathy bemerkte, wie sich Röte auf Jons Wangen stahl und auch ihr eigenes Gesicht fühlte sich unangenehm heiß an. Jon verlagerte ihren Körper auf seinen Armen, als ob er nur stehengeblieben wäre, um seinen sicheren Griff zu überprüfen, und bemerkte dann mit lässigem Sarkasmus über die Schulter hinweg: »Die Lady hat beträchtlich an Gewicht zugelegt, seit ich das letzte Mal Gelegenheit hatte, sie zu tragen. Ich werde mir aber trotzdem alle Mühe geben, sie nicht fallenzulassen. Nach all den Unannehmlichkeiten, die sie uns beschert hat, wäre es jammerschade, sie jetzt noch zu verlieren.«

Während er sprach, starrte er angelegentlich über die Reling hinweg auf das himmelblaue Wasser der Bucht. Cathy protestierte in gespielter Empörung, wußte sie doch, daß höchstens ein Hurrikan ihn dazu zwingen könnte, sie loszulassen. Und während Martha über Jons dumme Antwort nur verächtlich die Stirn runzelte, war Cathy überglücklich hinsichtlich dieser brummigen Neckereien. Zum erstenmal, seit er sie aus London entführt hatte, war er wieder der Jon, den sie aus den Zeiten in Las Palmas kannte.

Den Kopf an seine Schulter gedrückt, bemerkte sie nicht, wie sich seine Mundwinkel verspannten und seine Augen schmal wurden, als sie sich an ihn kuschelte wie ein kleines, unschuldiges Kätzchen. Er schwieg jetzt, aber ihr war ebenfalls nicht nach Reden zumute. Entspannt an die harten Muskeln seiner Brust gelehnt, blickte sie interessiert zu der Stadt hinüber, die ihre neue Heimat werden sollte.

Charleston war eine florierende Hafenstadt im Süden, die ihren Erfolg in erster Linie der günstigen Lage an der Atlantikküste zu verdanken hatte. Schiffe aus aller Herren Länder lagen dort vor Anker, löschten ihre Ladungen, die hauptsächlich aus Gewürzen, Rum und Textilien bestanden, um anschließend Charlestons einträglichstes Exportgut aufzunehmen: Baumwolle.

Cathy holte tief Atem, füllte ihre Lungen mit der frischen, würzigen Luft und genoß die Sonne auf ihrer Haut, die selbst in diesen späten Februartagen schon wärmte. Jon war in dieser Stadt geboren, hatte hier seine Kindheit verbracht. Trotz aller bitterer Erinnerungen war Charleston sein Zuhause; und Cathy war entschlossen, diese Stadt auch zu dem ihren zu machen.

Sie protestierte, als Jon sie wieder zurück in die Kabine trug. Gerne hätte sie sich den ganzen Tag das geschäftige Treiben im Hafen angesehen. Doch als er darauf bestand, sie nach unten zu bringen, gab sie bereitwillig nach. Charleston würde noch länger stehen, hatte er gemeint, und sich nicht in Luft auflösen, während sie sich für ein Nickerchen zurückzog.

Jon ging an Land, nachdem sie eingeschlafen war, und war noch nicht wieder zurück, als sie erwachte. Was sie jedoch sehr überraschte, war die Mitteilung, daß Martha ihn begleitet und Petersham als ihre Vertretung abgestellt hatte. Die Sonne war schon lange untergegangen, als die beiden zurückkehrten.

Martha stürzte zuerst in die Kabine, die Arme voller Pakete, gefolgt von Jon, der ähnlich bepackt war. Cathy setzte sich im Bett auf und starrte die beiden höchst erstaunt an. Unwillkürlich suchten ihre Augen Jons Gesicht. Er erwiderte ihren Blick zunächst ausdruckslos, dann spielte ein kleines Lächeln um seine Lippen.

»Ich kann meine Gemahlin doch nicht in eine Bettdecke gewickelt an Land bringen«, erklärte er spröde und lud die Pakete auf dem Bett ab. Cathy schaute die Päckchen an, dann ihren Ehemann und wieder die Päckchen. Sie war sprachlos. »Und die Vorstellung, den Leuten mein Kind nackt zu präsentieren, behagt mir noch weniger. Ich denke, du wirst hier alles finden, was ihr beide benötigt«, setzte er hinzu und deutete mit einem Nicken auf den Berg Schachteln.

Mit fliegenden Fingern begann Cathy die Pakete zu öffnen. Martha stand daneben und strahlte übers ganze Gesicht. Es kamen drei Kleider zum Vorschein, alle für eine Frau in den letzten Schwangerschaftsmonaten zugeschnitten, eines in Zartgelb, ein hellgrünes und ein pfirsichfarbenes. In einer anderen Schachtel fand sie Unterwäsche und Petticoats, ebenfalls Modelle für die werdende Mutter. Cathy hielt eine Miederhose mit einem elastischen Einsatz hoch, der sich dem wachsenden Leibesumfang anpaßte, und warf dann Jon einen fragenden Blick zu.

»Die hast du aber nicht ausgesucht, oder?« meinte sie in gespielt anklagendem Tonfall. Jon grinste.

»Nein, habe ich nicht, muß ich zugeben«, sagte er. »Und auch nicht die umfangreiche Babyausstattung, ohne die, wie mir Martha versicherte, ein Kind unmöglich auskommen könne. Sie hat das alles ausgesucht. Du mußt dich bei ihr bedanken.«

»Käpten Hale hat mich beauftragt, alles einzukaufen, was Ihr und das Baby benötigt«, verteidigte Martha ihn standhaft. »Was nicht jeder Gentleman getan hätte und er hat auch bezahlt.«

»Ich bin beschämt«, murmelte Jon spöttisch als Antwort auf Marthas unerwartete Freundlichkeit. Cathy warf ihm und ihrer Nanny ein Lächeln zu, griff nach Marthas Arm, zog sie zu sich herunter, um ihr einen herzlichen Kuß auf die Wange zu drücken und streckte dann im Überschwang ihrer Freude Jon die Arme entgegen. Trotz der dunklen Sonnenbräune konnte man sehen, wie ihm die Röte ins Gesicht stieg. Er betrachtete einen Moment unentschlossen seine Fußspitzen, bis Marthas auffordernder Blick ihn dazu zwang, sich steif wie ein pubertierender Jüngling zu Cathy hinunterzubeugen. Sie schlang zärtlich die Arme um seinen Hals und hauchte einen leisen Kuß auf seinen verspannten Mund. Unter ihrer sanften Berührung öffneten sich seine Lippen, begrüßten die ihren, und seine Hände zuckten, als wollte er sie an sich reißen, Bauch hin oder her. Marthas diskretes Räuspern brachte ihn wieder zur Besinnung. Er richtete sich hastig auf; sein Atem ging hörbar schneller. Cathy strahlte wie ein Engel. Einen langen, irritierenden Moment ruhte sein Blick auf ihrem Gesicht, bevor er sich mit einer betont lässigen Drehung abwandte.

»Wenn die Damen mich entschuldigen wollen …«, meinte er gestelzt und machte auf dem Absatz kehrt. Cathy starrte ihm hinterher, schmolz sichtlich dahin in verzückter Bewunderung seines kraftvollen Körpers, als Jon die Kabine verließ. Martha mußte ihre Bemerkung zweimal wiederholen, bis es Cathy gelang, sich von dem offenbar betörenden Anblick der geschlossenen Kabinentür loszureißen. In den Augen der alten Kinderfrau lag ein wissendes Lächeln, als sie ihre Herrin dabei beobachtete, wie sie liebevoll die winzigen Hemdchen und Höschen auspackte, doch sie enthielt sich jeglichen Kommentars. Es war ohnehin so deutlich zu sehen wie die Nase in Miss Cathys Gesicht, daß sie bis über beide Ohren in den Käpten verliebt war. Und was ihn betraf – nun, Männer verstanden es eben besser, ihre Gefühle zu verbergen. Martha schmunzelte stillvergnügt in sich hinein, während sie Cathy dabei half, die Kindersachen wegzupacken.

Bis Cathy angekleidet war – sie wählte das neue gelbe Kleid – Martha ihr das Haar zu einem adretten Dutt frisiert hatte, wie er einer jungen werdenden Mutter anstand, und die Babysachen nebst ihrer neuen Garderobe fein säuberlich in einer der Seekisten verstaut waren, ging es bereits auf den späten Vormittag zu. Jon marschierte seit einer Stunde ungeduldig auf dem Deck herum und steckte alle paar Minuten den Kopf zur Kabinentür herein, um sich sichtlich gereizt zu erkundigen, was zum Kuckuck sie denn so lange da drin trieben. Cathy antwortete mit einem Lächeln, Martha jedoch nahm wie gewöhnlich kein Blatt vor den Mund. In ihrer üblichen Feldwebelmanier scheuchte sie Jon hinaus und schickte ihm die Erklärung hinterher, daß die Toilette einer Lady eine komplizierte, zeitraubende Angelegenheit sei, was ein echter Gentleman übrigens wisse und deshalb seinen Zeitplan entsprechend einrichte. Jon nahm Marthas Belehrung mit zusammengepreßten Kiefern hin, klug genug, auf eine passende Erwiderung zu verzichten. Als erfahrener Seeräuber hatte er genügend Schlachten geschlagen, um zu wissen, wann er besiegt war. Mit einer mißmutigen Verbeugung zog er sich zurück und überließ Martha das Schlachtfeld.

Bald darauf war Cathy fertig. Jon wurde gerufen, damit er sie zu dem wartenden Boot trug, und zwei Matrosen mit dem Transport ihres Gepäcks betraut. Die beiden Männer verdrehten mißbilligend die Augen, als sie den Berg von Koffern, Truhen und Taschen sahen, nickten aber tapfer als Antwort auf Jons knappe Anweisungen, wie das Gepäck zum Haus befördert werden sollte. Jon hob Cathy auf, einen Arm unter ihren Schultern, den anderen unter ihren Kniekehlen. Sie hielt sich an seinem Nacken fest und warf ihm ein Lächeln zu, ehe sie ihren Kopf an seine Schulter lehnte. Mit halb geschlossenen Augen nahm er den Duft ihrer frisch gewaschenen Haare wahr, und nur Marthas hektisches Gedränge hielt ihn davon ab, sein Gesicht in ihrem wohlriechenden Dutt zu vergraben.

Als Cathy klar wurde, wie sie vom Deck der ›Margarita‹ in das kleine Boot gelangen sollte, das weit unter ihr auf den Wellen schaukelte, sperrte sie sich wie ein störrischer Esel. Es kam überhaupt nicht in Frage, daß sie sich in diese Schlinge setzte, die Jon hatte knüpften lassen, und sich an der Bordwand abseilen ließ. Wenn sie aus diesem wackligen Ding rausfiele, käme sie in China an, und bevor sie sich da reinsetze, klettere sie ja noch lieber die Strickleiter herunter, erklärte sie eigensinnig. Zur Abwechslung war Martha diesmal mit ihr ganz einer Meinung. Auch ihr behagte der Anblick dieser luftigen Schaukel keineswegs.

Jon redete mit Engelszungen auf sie ein, schmeichelte ihr und wurde schießlich resolut. Aber Cathy ließ sich nicht erweichen. Irgendwann verlor Jon die Geduld und setzte sie, ohne auf ihr Gezeter einzugehen, mit sanfter Gewalt in die Schlinge, wobei er mit Rücksicht auf ihren Zustand jedoch allergrößte Vorsicht walten ließ. Als Cathy einsah, daß jeder weitere Widerstand zwecklos war, ließ sie sich von Jon festbinden, kniff die Augen zusammen und klammerte sich mit beiden Händen an dem Halteseil fest, als Jon sie über die Bordwand hievte. Mittels eines Flaschenzugs wurde sie dann behutsam in die Tiefe gelassen. Unten wartete bereits ein Matrose, um sie in Empfang zu nehmen, doch Cathy war trotzdem weiß wie ein Leintuch, als das luftige Manöver abgeschlossen war. Sie hatte schon immer unter einer unerklärlichen Höhenangst gelitten.

Sobald Cathy sicher in dem kleinen Kahn gelandet war, wiederholte sich die Prozedur noch einmal, diesmal jedoch um etliches zügiger. Martha, die auf die gleiche Weise abgeseilt wurde, schrie wie am Spieß, als sie hoch über dem blauen Wasser der Bucht nach unten schwebte. Am Ziel angelangt, zerrte man sie ohne die Vorsicht, die man ihrer Herrin hatte angedeihen lassen, in das Ruderboot, und als sie sich ächzend neben Cathy auf die hölzerne Sitzbank plumpsen ließ, waren ihre Röcke pitschnaß. Sie schimpfte wie ein Rohrspatz, bis auch Jon die Strickleiter herunterkletterte und sich mit einem eleganten Sprung zu ihnen gesellte. Zum Glück war das Meer glatt wie ein Spiegel, und die Fahrt zur Mole verlief ohne Probleme.

Jon hatte Anweisung gegeben, daß man sie am Dock mit einer offenen Kutsche abholen solle. Er schlug vor, mit Cathy nach Woodham vorauszufahren; Martha könnte mit dem Gepäck in einer zweiten Kutsche nachkommen. Die Fahrt würde höchstens eine Stunde dauern, erklärte er, dann wäre man zu Hause; und anschließend bräuchte sich niemand mehr irgendwohin zu bequemen, außer er oder sie wollte es unbedingt.

Diese Aussicht beschwichtigte Martha soweit, daß sie sich, gleichwohl mit einer Geste gekränkten Stolzes, einverstanden erklärte, auf das Gepäck zu warten und das Verladen zu überwachen. Jon bedankte sich im stillen noch nachträglich bei seinem Vater, daß dieser ihn nicht mit einer Gouvernante behelligt hatte, schwang sich neben Cathy in die Kutsche und gab dem Fahrer mit einem Nicken das Zeichen zum Aufbruch.

Cathy lehnte sich in dem gepolsterten Sitz zurück, entspannte sich und saugte gierig die Landschaft und die Geräusche um sich herum ein. Ihr Weg über die kopfsteingepflasterten Straßen von Charleston führte sie an endlosen Reihen von Geschäften vorüber, deren hölzerne Reklameschilder alle erdenklichen Waren und Dienstleistungen anpriesen, angefangen von Kurzwaren bis zum Barbier, der auch gleichzeitig Zähne zog. Wenn das Kind erst einmal auf der Welt war, freute sich Cathy, würde sie so manchen vergnüglichen Nachmittag damit zubringen, in den diversen Boutiquen der Stadt herumzustöbern. Als sie dann die Richtung zu den Villenvierteln einschlugen, nahm Jon plötzlich Cathys Hand, die ihn daraufhin überrascht anblickte. In letzter Zeit hatte er sich jeglicher Gesten der Zuneigung enthalten.

»Ich habe dir gestern noch etwas anderes gekauft«, sagte er und holte ein kleines Kästchen aus der Manteltasche, ohne dabei ihre Hand loszulassen. Mit großen Augen beobachtete sie, wie er ihr den Ehering vom Finger zog, ihn kurz in der geballten Faust hielt, diese dann öffnete und den Ring lässig aus der Kutsche fallen ließ. Cathy schnappte nach Luft, als der kleine goldene Reif hinter ihnen über das Pflaster rollte. Auf ihren indignierten Blick hin hielt Jon ihr das Kästchen unter die Nase.

»Mach es auf«, meinte er barsch. Und als Cathy das Kästchen genommen hatte, aber noch zögerte, es zu öffnen, ließ er mit dem Daumen den Deckel aufschnappen. Beim Anblick der glitzernden Edelsteine verschlug es Cathy die Sprache. In dem Kästchen steckten zwei Ringe; ein Brillantring, besetzt mit zwei kleineren Saphiren, und ein schlichter goldener Ehering. In Cathys Augen, die verwundert von den Ringen zu Jons Gesichts wanderten, stand ein großes Fragezeichen.

»Meine Frau trägt meine Ringe«, erklärte er grimmig, und als Cathy ihn weiterhin fassungslos anstarrte, runzelte er ungeduldig die Stirn.

»Steck sie an.«

Da Cathy keine Anstalten machte, seiner Aufforderung nachzukommen, nahm er ihre linke Hand und tat es selbst. Diese unerwartete Geste brachte sie so durcheinander, daß ihr beinahe die Tränen kamen; langsam schoben seine langen, sonnengebräunten Finger die Ringe über ihren schmalen weißen Ringfinger, der mit ihrer Hand um die Wette zitterte. Es war beinahe so, als ob sie noch einmal heirateten, ohne die verqueren Umstände, die die eigentliche Zeremonie zu einer Farce gemacht hatten. Der

Blick, mit dem sie Jon ansah, brachte Cathys Empfindungen nur zu deutlich zum Ausdruck.

»Jon, ich ...«, begann sie, doch etwas in Jons Miene hielt sie davon ab, ihm das Geständnis zu machen, das ihr auf den Lippen lag. Statt dessen beschloß sie, die Gelegenheit wahrzunehmen, um ihm nochmals ihre Unschuld zu beteuern. »Ich wußte wirklich nicht, daß du im Gefängnis warst. Und ich hätte niemals angeordnet, daß man dich auspeitschen und hungern lassen sollte. Bitte, das mußt du mir glauben.«

Ein kalter Blick begleitete Jons Antwort. »Wie ich dir bereits schon einmal gesagt habe, betrachte ich dieses Thema als erledigt. Deine lächerlichen Versuche, mich zu beschwichtigen, sind daher absolut überflüssig. Ich habe die Tatsache akzeptiert, daß wir nun einmal verheiratet sind, in Freud und Leid verbunden, wie es so schön heißt, und deshalb brauchst du nicht zu befürchten, daß ich mich für deine Intrigen an dir rächen werde. Du kannst dich absolut sicher fühlen.«

Sein gehässiger Tonfall traf Cathy bis ins Mark. Sie atmete tief durch, um die bitteren Tränen aufzuhalten, die ihr in den Augen brannten. Ich darf nicht weinen, ich darf nicht, ermahnte sie sich streng und unterdrückte die Tränen, die in diesen letzten Wochen ihrer Schwangerschaft schon beim geringsten Anlaß zu fließen begannen.

»Verdammt nochmal! Du versuchst es anscheinend mit allen Tricks, wie?« knurrte Jon und wandte sich von dem verdächtigen Glitzern in Cathys Augen ab.

»Natürlich versuche ich das«, gab Cathy zurück und richtete sich unwillkürlich auf. Mit kühn vorgerecktem Kinn setzte sie hinzu: »Verheiratet zu sein ist vielleicht eine recht langweilige Angelegenheit. Glaube nur nicht, daß ich mich damit zufriedengebe!«

»Du Miststück«, fluchte Jon leise. Auf Cathys Lippen machte sich ein befriedigtes Lächeln bereit. Jon hatte die Unverschämtheit nicht für sich gepachtet, dachte sie wütend. Wenn er glaubte, sie würde sich wie ein Fußabstreifer behandeln lassen, so hatte er sich geschnitten! Ab jetzt würde sie mit gleicher Münze zurückzahlen.

Der Rest der Fahrt verlief in eisigem Schweigen. Nur das rhythmische Klapp-Klapp der Pferdehufe auf dem Kopfsteinpflaster begleitete sie. Nach einer Weile beendete Jon sein finsteres Brüten, um dem Kutscher eine Straße zu zeigen, in die er einbiegen sollte.

»Wir sind da«, meinte er lakonisch.

Cathy setzte sich auf, bereit zu vergessen, was sich zwischen ihnen abgespielt hatte; die Neugier auf ihr neues Heim war stärker als ihr Groll. Die Straße schlängelte sich zwischen zwei Reihen alter, knorriger Eichen dahin, an deren Ende Cathy die Umrisse eines zweistöckigen Gebäudes erkennen konnte. Als sie näherkamen, hielt sie unwillkürlich den Atem an. Vor ihr erhob sich ein imposantes Herrenhaus, dessen Eingang von zwei schneeweißen Säulen flankiert wurde. An der Längsseite führte eine Veranda entlang, und über der eichenen Eingangstür wölbte sich eine bleiverglaste Lünette. Die flache Treppe, die zur Veranda hinaufführte, wurde von zwei üppigen Magnolienbäumen beschattet, die gerade in voller Blüte standen.

Der Kutscher dirigierte die Pferde in die kreisförmige Auffahrt und brachte sie dann vor dem Eingang zum Stehen. Jon machte Anstalten, aus dem Wagen zu springen, hielt aber mitten in der Bewegung inne, als eine Frau auf der Veranda erschien und ihn mit einem eigenartigen Blick musterte. Jons Gesichtszüge verwandelten sich in eine steinerne Maske. Einen Augenblick lang starrte er zurück, dann stieg er mit ruhiger Bedachtsamkeit aus.

»Guten Morgen, Isobelle.« Jons Stimme war ausdruckslos. Cathys Blick wanderte vom breiten Rücken ihres Gatten zu der modisch gekleideten Dame auf der Veranda. Mit dem pechschwarzen Haar, den temperamentvollen Augen und der üppigen Figur, die sich unter dem tief dekolletierten Seidenkleid abzeichnete, mußte sie einmal eine rassige Schönheit gewesen sein, dachte Cathy. Doch jetzt durchzogen dünne Falten ihr Gesicht, und die Winkel ihres grellrot geschminkten Mundes hingen verdrießlich herab. Sie war nicht mehr die jüngste; Cathy schätzte, daß sie sogar um etliches älter war als Jon. Und auf einmal glaubte sie zu wissen, wen sie hier vor sich hatte.

»Jon«, nickte die Frau anstatt einer Begrüßung und musterte seine große, schlanke Gestalt auf eine dreiste, ungenierte Art, die Cathy überhaupt nicht gefiel. Unverhohlene Anerkennung sprach aus ihren geweiteten Augen, als ihre Blicke zu Jons Gesicht zurückwanderten. Cathy biß sich unwillkürlich auf die Lippen. »Du hast dich verändert, mein Lieber.«

»Du ebenfalls, Isobelle«, entgegnete Jon knapp. Dann drehte er sich ruckartig um, als habe er sich erst jetzt wieder an Cathys Gegenwart erinnert, und hob sie sehr vorsichtig aus der Kutsche. Cathy warf ihm einen giftigen Blick zu, den er mit einem schiefen Lächeln quittierte.

»Und wen haben wir da?« fragte Isobelle spitz, die zusammengekniffenen Augen auf Cathys gewölbten Leib gerichtet. Cathy erwiderte diesen Blick mit würdevoller Verachtung. Die besitzergreifende Art, die diese Frau Jon gegenüber an den Tag legte, irritierte sie sehr.

»Das ist meine Frau«, erklärte Jon kühl, während er Cathy scheinbar ohne Anstrengung die Treppe zur Veranda hinauftrug. Auf der vorletzten Stufe blieb er stehen. »Cathy, das ist Isobelle. Meine Stiefmutter.«

Damit hatte sich ihre Vermutung bestätigt. Das war also die Frau, die Jon als Halbwüchsiger so vergöttert hatte und die auf so abscheuliche Weise seine Illusionen zerstörte, indem sie seinen Vater mit einem anderen Mann betrog. Nur äußerst widerwillig rang Cathy sich eine gemurmelte Begrüßung ab, die zu beantworten Isobelle sich nicht die Mühe machte.

»Je jünger, je lieber, wie?« schnappte Isobelle provokativ. »Oder eine Zwangsentscheidung?«

Jons Lippen wurden angesichts der Gehässigkeit dieser Frau zu einer dünnen Linie, und Cathy spürte, wie ihr die Hitze in die Wangen stieg. Diese letzte Bemerkung war wirklich der Gipfel der Unverschämtheit! Aber eher würde sie sich in Öl sieden lassen, als Jons Stiefmutter ihre Verlegenheit zu zeigen, dachte sie wütend. Sie zwang sich zu einem höflichen Lächeln, das sie auf ihrem Gesicht festfrieren ließ, während Jon sie die beiden letzten Stufen hinauf und über die Veranda trug. Isobelle folgte ihnen in die Diele.

»Wenn ein so liebenswertes Wesen wie Cathy den Weg eines Mannes kreuzt, so tut er gut daran, seine Ansprüche darauf umgehend geltend zu machen. Ist es etwa schon so lange her, Isobelle, daß du das vergessen hast?«

Jon hatte das ganz lässig dahingesagt, aber Isobelles hochroter Kopf bewies, daß seine Bemerkung sie am richtigen Punkt traf. Sie hatte die Lippen schon zu einer Retourkutsche geöffnet, die sie sich aber verkniff, als Petersham aus den hinteren Räumen des Hauses in die Diele geeilt kam.

»Ah, Petersham«, meinte Jon gelassen. »Ich dachte schon, du seist verlorengegangen, nachdem meine ... äh, Anweisungen nicht ausgeführt worden sind.«

»Es tut mir leid, Käpten, aber die Lady hat darauf bestanden, Eure Ankunft abzuwarten. Wollte unbedingt die Braut kennenlernen.« Petershams Augen baten Cathy um Verzeihung, als sich ihre Blicke trafen. Sie lächelte ihm aufmunternd zu.

»Selbstverständlich wollte ich deine junge Frau kennenlernen, Jon«, trillerte Isobelle mit aufgesetzter Fröhlichkeit. »Immerhin ist sie ja meine Stiefschwiegertochter – so nennt man das doch, nicht wahr? Ich werde sie meinen Freunden vorstellen müssen. Als Petersham heute morgen mit dieser lächerlichen Geschichte hier aufkreuzte, daß du das Haus für deine Familie benötigst, da sagte ich mir: Isobelle, das mußt du dir schon mit eigenen Augen anschauen. Ich konnte mir dich als Familienvater einfach nicht vorstellen.«

»Nun, nachdem du inzwischen gesehen hast, daß ich tatsächlich ein solcher bin, wirst du mich jetzt sicher entschuldigen. Meine Frau fühlt sich nicht wohl und braucht ein wenig Ruhe. Petersham, hast du ein Zimmer vorbereiten lassen?«

»Jawohl, Käpten, das große Schlafzimmer.«

Als Jon sich abwandte, um Cathy nach oben zu tragen, hielt Isobelle ihn am Arm fest. Ohne Cathys finsteren Blick zu beachten, lächelte sie Jon auffordernd an. Cathy jucke es geradezu in den Fingern, dieser Frau die Nägel über ihr auffällig geschminktes Gesicht zu ziehen.

»Ich werde mir ein Haus in der Stadt nehmen, Jon. Du mußt mich unbedingt besuchen, sobald du deine hübsche Gemahlin hier untergebracht hast. Dann können wir ein bißchen über die ... alten Zeiten plaudern.«

»Ja, ich werde irgendwann mal vorbeischauen, Isobelle. Die Haussklaven hast du sicher mitgenommen, nehme ich an.«

»Selbstverständlich. Es sind nämlich meine«, erklärte Isobelle achselzuckend und strich mit ihren dunkelrot lackierten Fingernägeln neckisch über Jons Arm. Cathy ärgerte diese vertrauliche Geste maßlos. »Dein Vater hat sie mir kurz vor seinem Tod geschenkt. Du kannst dich glücklich schätzen, daß dir das Haus zugefallen ist. Schließlich hast du dich hier nie wieder blicken lassen.«

»Nein, habe ich nicht«, erwiderte Jon kalt und drehte sich um. Cathys Arme schlangen sich instinktiv enger um seinen Nacken, als er mit ihr, gefolgt von Petersham, die Treppe hinaufstieg.

»Ich überlasse dir gern die Kutsche für deinen Weg in die Stadt«, meinte Jon über die Schulter hinweg zu Isobelle.

»Du bist zu freundlich, lieber Jon«, gurrte Isobelle geziert. »Und vergiß nicht, mich zu besuchen, mein Lieber. Ich weiß, wie … einsam Männer sein können, wenn ihre Frauen sich in gewissen Umständen befinden.«

Cathy, die ob dieser aufdringlichen Einladung hörbar nach Luft schnappte, wurde von Jon mit einem mißbilligendem Blick bestraft, während Isobelle aus dem Haus rauschte.

»Du wirst sie nicht besuchen«, zischte Cathy ihm leise zu. Sie hatte sich diese Bemerkung nicht verkneifen können, wollte aber nicht, daß Petersham sie unbedingt mitbekam.

»Willst du mir etwa Vorschriften machen, Weib?« knurrte Jon. Sein Blick war kalt wie Eis. Cathy nickte, und aus ihren blauen Augen züngelten Flammen der Empörung. Die eklatante Unverschämtheit dieser Frau trieb sie schier zur Weißglut.

»Laß das bleiben«, setzte er mit schneidender Stimme hinzu. »Vergiß nicht, daß du meiner stillschweigenden Duldung bedarfst. Du hast kein Recht, mich oder meine Handlungen zu kritisieren, weder jetzt noch in Zukunft.«

Cathy starrte ihn mit großen Augen an. Seine Worte hatten sie getroffen wie ein Messerstrich ins Herz. Dennoch schob sie entschlossen das Kinn vor.

»Ich würde nicht im Traum daran denken, dich in irgendeiner Form zu kritisieren … Mann.« Cathy bediente sich dabei des gleichen spöttischen Untertons, mit dem Jon kurz zuvor das Wort ›Weib‹ ausgespuckt hatte. »Dann darfst du mich aber ebensowenig kritisieren. Wie heißt es doch so schön: Was dem einen recht ist, ist dem anderen billig.«

»An deiner Stelle würde ich darauf keine Wette abschließen«, gab Jon barsch zurück. »Du könntest sie verlieren.«

Petersham ging an ihnen vorbei und öffnete ostentativ die Tür zum ehemaligen Elternschlafzimmer, um einem eventuellen Streit vorzubeugen. Cathy bedachte Jon mit einem zornigen Blick, als er sie behutsam in der Mitte des großen Himmelbetts absetzte. Er begegnete dem Blick mit einer Miene steinerner Unversöhnlichkeit und richtete sich auf.

»Ich hoffe, du hast es hier bequem«, meinte er gleichgültig, und Cathy wußte, daß diese Höflichkeitsfloskel nur dazu diente, Petersham zu besänftigen.

»Gewiß doch«, erwiderte sie nicht minder gleichgültig, entschlossen, sich bei diesem Spiel, bei dem es offensichtlich darum ging, größtmögliches Desinteresse vorzutäuschen, nicht übertrumpfen zu lassen. Ihr Tonfall entzündete ein Leuchtfeuer in Jons kalten grauen Augen, und sein Wangenmuskel begann warnend zu zucken. Doch ehe er noch dazu kam, seiner Wut, die sich gefährlich dem Siedepunkt näherte, Ausdruck zu geben, meldete sich Petersham, der neben dem Fenster stand.

»Käpten, soeben ist diese Frau mit dem Gepäck angekommen. Soll ich mich darum kümmern?«

»Das mach ich selbst. Ich muß ohnehin gleich zurück in die Stadt und werde es selbst hereinbringen. Du bleibst bei Miss Cathy, bis Martha hier oben ist, dann kannst du mal nachsehen, was von den Ställen noch übrig ist. Wie ich meinen Vater in Erinnerung habe, wahrscheinlich nicht mehr viel.«

»Habt Ihr vor, Euch hier niederzulassen, Käpten?« erkundigte Petersham sich vorsichtig.

»Ja, für eine Weile«, entgegnete Jon knapp und verließ das Zimmer, ohne Cathy noch eines Blickes zu würdigen. Sie biß sich so fest auf die Unterlippe, um ihn ja nicht zurückzurufen, daß sie blutete. Er müsse in die Stadt, hatte er gesagt – zweifellos, um diese Person aufzusuchen! Ganz klar, er war ein leidenschaftlicher Mann, und sie wußte nur zu gut, daß er schon seit Monaten keine Frau mehr gehabt hatte. Doch wenn er jetzt zu dieser unmöglichen Person ging, würde sie ihm das nie verzeihen, schäumte sie innerlich. Und gleichzeitig meldete sich eine kleine Stimme mit dem Hinweis, daß sie es wahrscheinlich nie erfahren würde. Ja, wer sollte es ihr auch schon sagen?

Argwohn und die vielseitigsten Verdächtigungen fraßen sich die nächsten zehn Tage durch Cathys Gedanken wie ein bösartiger Krebs. Jon kam nur selten nach Hause, und wenn, gab er sich kurz angebunden und sehr beschäftigt. Cathy wußte zwar nicht mit Sicherheit, ob er Isobelle besuchte oder irgendeine andere Frau, war aber mehr oder minder davon überzeugt. Doch was konnte sie schon dagegen unternehmen? Obgleich sie seine Frau war, fühlte er sich ihr nicht durch die üblichen Bande der Liebe verpflichtet, hatte dabei wahrscheinlich nicht einmal ein schlechtes Gewissen. Er würde einfach tun, wonach ihm verdammt nochmal der Sinn stand, dachte sie verdrossen, ob es ihr nun paßte oder nicht. Und sie würde sich damit abfinden müssen!

Was Cathy letztlich davon abhielt, restlos von seiner Untreue überzeugt zu sein, war das ständige Eintreffen von Sklaven und Arbeitern auf dem Anwesen. Es bestand immerhin die winzige Möglichkeit, daß er tatsächlich sehr beschäftigt war, in der Stadt Samen und Düngemittel zu kaufen und Arbeitskräfte anzuheuern, die nötig waren, um aus Woodham wieder eine erfolgreiche Baumwollfarm zu machen. Und daß das Jons Ziel war, das hatte sie von Petersham erfahren. Der Käpten habe sich entschlossen, Baumwolle anzupflanzen, was er, Petersham, zwar kaum begreifen könne, doch wenn Master Jon sich etwas in den Kopf gesetzt habe, meinte er, dann gäbe es kein Halten. Und er würde sich nicht wundern, wenn ihnen nächstes Jahr eine Rekordbaumwollernte ins Haus stünde!

Nun, Baumwolle war so ziemlich das letzte, was Cathy im Augenblick interessierte. Sie war schlechter Laune, müde, und wenn sie ehrlich war, mußte sie sich eingestehen, daß sie Jon sehr vermißte. Der Geburt des Kindes fieberte sie entgegen wie ein Gefangener dem Tag seiner Entlassung. Sobald ihr Körper wieder ihr gehörte, schwor sie sich, würde sie ihn skrupellos dazu benutzen, das zu bekommen, was sie wollte: die Liebe ihres Mannes.

Martha, der Jon bis auf weiteres die Rolle der Haushälterin angetragen hatte, war mit dieser Aufgabe schlichtweg überfordert. Unerfahren im Umgang mit Sklaven, wurde sie von Tag zu Tag mißtrauischer und untersagte es jedem, sich auch nur in der Nähe von Miss Cathy blicken zu lassen. Sie war davon überzeugt, daß sie ein Komplott ausheckten und nur auf die erstbeste Gelegenheit warteten, um ihrer Herrin die Kehle durchzuschneiden. Ruhe fand Cathy bei dem ständigen Aufruhr, der deshalb im Haus herrschte, nur selten. Sie war sich bald darüber im klaren, daß sie die Führung des Haushalts übernehmen mußte, sobald sie wieder auf den Beinen war.

Bis zum 1. März zeigte sich das Wetter durchgehend sonnig und warm, dann unterbrach ein leichter Schauer diese freundliche Monotonie. Das leise Trommeln der Regentropfen an den Fensterscheiben lullte Cathy in einen dämmrigen Halbschlaf. Den ganzen Tag über hatte sie sich schon so matt gefühlt, und die Last, die sie mit sich herumtrug, erschien ihr noch schwerer als sonst. Was ganz normal war, dachte sie, denn das Baby konnte jetzt jeden Tag kommen.

Jon hatte am Morgen bei ihr hereingeschaut, um sich mit kühler Höflichkeit nach ihrem Befinden zu erkundigen. Er hatte sich stadtfein gemacht und sah ausgesprochen gut aus, wie Cathy verdrossen feststellen mußte. So eine Ungerechtigkeit, dachte sie: Er war derjenige, der für ihren Zustand verantwortlich war, und mußte kein bißchen darunter leiden! Mißgestimmt, wie sie war, empfing sie ihn mit finsterer Miene und hartnäckigem Schweigen, was Jon mit einem völlig gelangweilten Blick zur Kenntnis nahm; nach einer spöttischen Verbeugung ging er seines Wegs.

Bei ihrem einsamen Abendessen, daß sie an einen Kissenberg gelehnt in dem riesigen Bett einnahm, starrte sie mürrisch auf den Diamantring an ihrem Finger, der im Schein der Kerze auf ihrem Nachttisch lustig funkelte. Jon ist ein mieser Kerl, dachte sie voller Groll. In eben diesem Augenblick war er vielleicht bei einer anderen, küßte sie, liebte sie ... Cathys Körper loderte schier vor Eifersucht. Wenn Jon jetzt an ihrem Bett säße, hätte sie ihm mit größtem Genuß eine schallende Ohrfeige verpaßt.

Wütend stieß sie die Gabel in ein Stück Huhn und stellte sich dabei vor, es wäre Jon. Sie zermalmte den Bissen gerade mit wilder Entschlossenheit zwischen ihren Zähnen, als sich plötzlich ein Wasserschwall zwischen ihren Beinen ergoß, der Laken und Matratze durchweichte. Was zum Teufel war das ...? Verwundert starrte sie auf den nassen Fleck zwischen ihren Schenkeln. Und dann dämmerte es ihr. Es ging los. Das Baby kam!

Sie sah sich suchend nach der Glocke um, die normalerweise neben dem Bett stehen sollte. Sie war nicht da. Seit Marthas Kampf mit den inzwischen völlig verunsicherten Haussklaven tobte, war nichts mehr an seinem Platz. Aber sie brauchte Hilfe, und zwar schnell. Ängstlich versuchte sie zu rufen, doch ihre Stimme hallte nur als schwaches Echo von den Wänden zurück; draußen würde sie niemand hören. Mit zusammengebissenen Zähnen schwang sie die Beine über die Bettkante und rappelte sich mühsam hoch. Zumindest brauchte sie jetzt keine Angst mehr zu haben, etwas zu tun, was eine vorzeitige Geburt auslösen könnte. Das Baby hatte sich auf den Weg gemacht, hatte seine Zeit brav abgewartet!

Ihre Beine zitterten nach all den Wochen, die sie im Bett verbracht hatte, aber indem sie sich von Möbelstück zu Möbelstück hangelte, gelang es ihr, sich bis zur Tür zu schleppen. Die erste Wehe überraschte sie, als sie in den Korridor wankte. Stöhnend beugte sich sich vornüber, worauf der Schmerz so plötzlich nachließ, wie er gekommen war. War doch gar nicht so schlimm, dachte sie erleichtert. Vielleicht war eine Geburt doch keine solche Quälerei, wie sie befürchtet hatte.

Ihr Zimmer lag drei Türen von der Treppe entfernt. Sie schaffte die paar Schritte ohne Probleme, hielt sich am Geländer fest und spähte nach unten. Nein, die Treppe hinunterzugehen, das wagte sie denn doch nicht. Ein Sturz könnte ihnen beiden das Leben kosten, ihr und dem Kind.

»Martha ...«, versuchte sie zu schreien, brachte aber nur ein klägliches Wispern zustande. »Martha ...«

Da öffnete sich unten in der Diele eine Tür. Cathy konnte den warmen Lichtschein einer Lampe erkennen, der auf ein langes Bücherregal fiel. Die Bibliothek, vermutete sie, und setzte gerade zu einem erneuten Ruf an, als Jon in Begleitung eines anderen Mannes in die Diele trat.

»Danke für den Besuch, Bailey«, sagte Jon und schüttelte dem Mann die Hand.

»Es war mir ein Vergnügen, Käpten Hale.«

Cathy, die sich in Gegenwart eines Fremden und in ihrem Zustand nicht bemerkbar machen wollte, versuchte sich in den Schatten zurückzuziehen – doch da überfiel sie die nächste Wehe und entrang ihr ein leises Stöhnen.

Jon warf einen gleichgültigen Blick die Treppe hinauf, doch schon im nächsten Augenblick gefror seine Miene in einem Ausdruck höchsten Erschreckens, als er Cathy dort oben vornübergebeugt stehen sah.

»Mein Gott!« keuchte er, stürzte, zwei Stufen auf einmal nehmend, die Treppe hinauf und war schon bei ihr. Cathy spürte, wie sich seine starken Arme stützend um sie legten. Sie beuge den Kopf zurück und versuchte ein Lächeln, das von der nächsten Schmerzwelle zu einer verzerrten Grimasse verunstaltet wurde.

»Es sind ... Das Baby kommt!« stieß sie atemlos hervor, als die Wehe verebbt war.

Jon nickte, plötzlich leichenblaß unter seiner Sonnenbräune.

»Ich hebe dich jetzt hoch«, sagte er ruhig. »Du brauchst dich auch nicht an mir festzuhalten. Versuche dich zu entspannen. Es ist alles in Ordnung.«

Er hob sie mit unendlicher Vorsicht hoch und trug sie dann raschen den Korridor entlang in ihr Schlafzimmer. Dort legte er sie behutsam aufs Bett und rannte dann zur offenen Tür zurück. Sein wilder Schrei nach Martha ließ das Haus bis in die Dachsparren erzittern.

15

Cathy lag bereits seit knapp vierundzwanzig Stunden in den Wehen. Als die Nacht fortschritt, erkannte Martha, daß die Geburt problematisch werden könnte, und obwohl es eigentlich üblich war, daß die werdende Mutter von einem weiblichen Mitglied des Haushalts entbunden wurde, ließ Martha Master Jon ausrichten, er möchte doch bitte einen Arzt rufen. Ihre Bitte war überflüssig. Jon, der die gequälten Laute, die durch die geschlossene Schlafzimmertür drangen, schon seit Stunden ängstlich verfolgte, hatte bereits nach einem schicken lassen.

Das verhaltene Stöhnen war schon schlimm genug, doch Cathys gelegentliche durchdringende Schreie ließen ihm jedesmal den kalten Angstschweiß ausbrechen. Petersham und einer der neuen Dienstboten mußten ihren leichenblassen und am ganzen Körper zitternden Herrn mehrmals mit sanfter Gewalt daran hindern, in das Schlafzimmer zu stürzen, wo seine Frau sich so schrecklich quälte.

Drei Stunden nachdem man ihn hatte rufen lassen, traf der alte Dr. Sanderson in Woodham ein. Auf Jons erboste Frage hin, wo zum Teufel er so lange gesteckt habe, schenkte er dem Käpten erst einmal einen anständigen Whisky ein und beschied ihm dann schroff, daß er sich doch bitteschön irgendwohin verkrümmeln und ihm nicht im Weg stehen möge. Kopfschüttelnd machte er sich daran, die Treppe hinaufzusteigen und brummelte dabei vor sich hin, daß er lieber zwanzig werdende Mütter entbinde, als einen werdenden Vater in Schach zu halten. Die Frauen behielten für gewöhnlich eher die Nerven.

Zu Jons größtem Unbehagen und Petershams Beunruhigung zeigte der Whisky nur geringe Wirkung. Jon stürzte ein Glas nach dem anderen hinunter, war jedoch so von den Vorgängen da oben im Schlafzimmer gefangen genommen, daß ihn nichts und niemand ablenken konnte. Als Cathys Schreie eine Lautstärke angenommen hatten, daß er davon überzeugt war, sie würde sterben, blieb ihm nichts anderes übrig, als vor ihrer Schlafzimmertür hin und her zu laufen wie ein Tiger an der Kette, wobei er in einem Atemzug gottlose Flüche ausstieß und Stoßgebete zum Himmel sandte. Der Gedanken an ihre Qualen bohrte sich wie glühende Eisen in seine Eingeweide und degradierte die kalte Verachtung, die er ihr gegenüber zu empfinden glaubte, zu einem kläglichen Possenspiel. Du dummer Esel, schalt er sich selbst, als seine schon lange totgeglaubten Gefühle sich mit aller Gewalt in sein Bewußtsein drängten – Würdest du sie jetzt noch lieben können, nach allem, was sie dir angetan hat? Nein, wehrte sich seine innere Stimme lautstark. Jegliche Liebe, die er früher einmal für sie empfunden haben mochte, hatte ihr Verrat an ihm unwiderruflich abgetötet.

Ein erneutes Stöhnen aus dem Schlafzimmer ließ ihn zusammenzucken. Petersham reichte ihm schweigend ein weiteres Glas Whisky, das er sofort hinunterstürzte. Doch der Alkohol zeigte nicht die geringste Wirkung, machte alles nur noch schlimmer. Wie ein Keulenschlag traf ihn plötzlich die Erkenntnis, daß allein seine Lüsternheit für Cathys Qualen verantwortlich war. Er verabscheute sich, als er sich daran erinnerte, wie gefühllos er beim ersten Mal auf der ›Margarita‹ ihr Flehen ignoriert, wie skrupellos er seine Triebe ausgelebt hatte, bis er sie schließlich ganz besaß. Und er hatte sich nicht damit zufriedengegeben, ihr nur ihre Jungfräulichkeit zu rauben. O nein! Er hatte sie wieder und wieder genommen, bis seine Begierde die natürlichen Konsequenzen heraufbeschworen hatte, unter denen sie jetzt so schrecklich leiden mußte. Als wieder einer ihrer erschöpften Schreie an sein Ohr drang, schwor er sich, sie niemals wieder zu berühren, solange sie lebte. Wenn sie überhaupt noch leben würde! Die Angst, sie bereits umgebracht zu haben, saß ihm wie ein Dämon im Nacken.

Während der ganzen Zeit weigerte Jon sich hartnäckig, auch nur einen Meter von ihrer Schlafzimmertür zu weichen oder einen Bissen zu sich zu nehmen. Petersham konnte nur den Kopf schütteln, wenn er überlegte, daß sein Herr inzwischen eine Whiskymenge intus hatte, die ein Pferd in den Tiefschlaf versetzt hätte. Mit Engelszungen versuchte er, Jon zu einem kurzen Nickerchen auf dem Sofa in der Bibliothek oder einem kurzen Spaziergang an der frischen Luft zu überreden, doch Jon wehrte all diese Vorschläge mit einer unwirschen Handbewegung ab. Er schlich weiterhin vor der Schlafzimmertür herum, schüttete Whisky in sich hinein, als wäre es Wasser, und schenkte sich immer wieder nach. Bei dem leisesten Laut, den Cathy von sich gab, fuhr er zusammen, und wenn sie vor Schmerzen aufschrie, wurde er weiß wie die Wand. Martha, die gelegentlich aus dem Zimmer geeilt kam, um Dr. Sanderson heißes Wasser oder frische Tücher zu bringen, war entsetzt über Jons Zustand und tat ihr Möglichstes, um ihn aufzuheitern. Wirklich, der arme Kerl schien beinahe ebenso zu leiden wie Miss Cathy!

Gegen Abend steigerten Cathys Schreie sich zu einem infernalischen Crescendo. Jon blieb abrupt stehen und starrte wie betäubt auf die geschlossene Tür. Dann hielt er es nicht mehr länger aus. Schier wahnsinnig vor Angst stürzte er auf die Schlafzimmertür zu, riß sie auf – und blieb dann wie angewurzelt auf der Schwelle stehen, die Klinke noch in der Hand. Dr. Sanderson hielt ein winziges, blutbeschmiertes Baby an den Fersen in die Höhe, dem er vor seinen Augen einen kräftigen Klaps auf das winzige Hinterteil gab. Jon stand der Mund offen, als das Kind einen wimmernden Schrei ausstieß. Dr. Sanderson lachte und reichte das Baby an Martha weiter, die es in

Empfang nahm, tapfer gegen die Tränen anlächelnd, die ihr über die dicken, geröteten Wangen kullerten. Jon spürte, wie ihm vor Erleichterung die Knie weich wurden. Gott sei Dank, endlich war das Martyrium vorbei!

»Cathy?« krächzte er rauh. Martha und Dr. Sanderson fuhren erschrocken herum. Keiner von beiden hatte ihn hereinkommen hören. Einen Moment lang starrten sie ihn mit abweisenden Mienen an, dann zog sich ein Lächeln über Dr. Sandersons altes Gesicht.

»Regt Euch ab, Käpten«, meinte er trocken. »Wenn ich euch so ansehe, muß ich feststellen, daß es Mistress Hale entschieden besser geht als Euch.«

»Ihr habt einen Sohn, Master Jon«, warf Martha freudestrahlend ein und präsentierte ihm stolz den nun in eine Decke gehüllten Säugling. Geistesabwesend warf Jon einen Blick auf das Bündel, nahm nur vage ein rotes, runzliges Gesichtchen und einen schwarzen Haarschopf wahr. Sieht aus wie ein Indianer, dachte er, als seine Augen sich von dem schlafenden Säugling abwandten und ängstlich auf das große Bett hefteten.

»Wartet, bis wir sie gewaschen haben, Master Jon«, drängte Martha sanft, als sie sah, wem sein starrer Blick galt.

»Nein, ich will zu ihr«, entgegnete Jon stur. Auf das resignierte Nicken von Dr. Sanderson hin machte Martha schließlich einen Schritt zur Seite, um ihn vorbei zu lassen.

»Cathy?« Seine Stimme klang eigenartig heiser, als er neben das Bett trat und mit schmerzlicher Miene auf ihr kleines, blasses Gesicht herunterstarrte. Das rotblonde, zerzauste Haar lag in feuchten Strähnen auf den dicken weißen Kissen. In ihren Lippen und Wangen schien kein Tropfen Blut mehr zu fließen. Für den Bruchteil einer Sekunde hatte Jon die schreckliche Vision, daß Cathy gestorben war, während alle im Raum sich mit dem Baby beschäftigt hatten.

»Jon«, wisperte sie kaum hörbar. Ihre Augen waren zwei dunkle Seen der Erschöpfung. »Ich habe es geschafft, Jon.«

Die Art, wie sie sich ausdrückte, zauberte ein dünnes, beschämtes Lächeln auf Jons Lippen. Dr. Sanderson hatte recht. Sie war tatsächlich in einem besseren Zustand als er, geistig zumindest. Schwindlig vor Erleichterung nahm er ihre Hand und preßte leidenschaftlich seine Lippen auf die zarte Haut.

»Ich danke dir, daß du mir einen Sohn geschenkt hast, Liebste«, murmelte er mit belegter Stimme. Das ›Liebste‹ war ihm entschlüpft, noch ehe er sich dessen bewußt wurde.

Cathy schenkte ihm ein zärtliches Lächeln, und plötzlich leuchteten ihre Augen wie zwei Saphire in der Sonne. Zum erstenmal seit Las Palmas hatte er sie wieder Liebste genannt. Und sie hätte es gern noch einmal gehört. Aber mein Gott, wie mitgenommen er aussah! Seine Augen waren blutunterlaufen, die Wangen unrasiert und die Haare standen ihm vom Kopf ab, als hätte er sie sich pausenlos gerauft. Er hatte Angst um sie gehabt, stellte sie mit Befriedigung fest. Sehr große Angst, seinem Aussehen nach zu urteilen. Sie holte tief Luft und wollte ihm antworten, wollte ihn zu weiteren zärtlichen Worten ermutigen, doch dann drang ihr der unverwechselbare Geruch seiner Whiskyfahne in die Nase.

»Du stinkst«, murmelte sie und blinzelte verwirrt, dann fielen ihr die Augen zu. Sie war eingeschlafen.

Jons Mundwinkel verzogen sich zu einem dümmlichen Grinsen. Er preßte noch einen Kuß auf ihren Handrücken, bevor er ihre kleine Hand fürsorglich unter die Bettdecke schob. Mit diesem Grinsen im Gesicht wandte er sich vom Bett ab, wankte mit unsicheren Schritten aus dem Schlafzimmer und hinunter in die Diele. Die Treppe meisterte er noch, doch dann gaben seine Knie nach. Mitten in der Eingangshalle brach er zusammen. Bis Dr. Sanderson bei ihm war, schnarchte er schon wie ein Bär. Der Doktor schüttelte resigniert sein weißes Haupt und rief dann nach Petersham, der ihm half, den Käpten in sein Schlafzimmer zu tragen. Schließlich, wenn auch verspätet, hatte ihn der Whisky doch noch übermannt.

Jon schlief wie ein Stein bis weit in den nächsten Tag hinein und erwachte erst, als das schrille Geschrei eines Säuglings den Weg in sein vernebeltes Hirn fand. Er runzelte verwirrt die Stirn, schüttelte den Kopf und langte nach dem Wasserkrug, um den schalen Geschmack in seinem Mund herunterzuspülen. Seit wann gab es auf Woodham Babys? Und dann erinnerte er sich – es war sein Sohn, der da schrie! Warum zum Teufel kümmerte sich niemand um ihn? Ächzend erhob er sich vom Sofa, fuhr mit den Fingern ein paarmal durch sein wirres Haar und ging, vorsichtig einen Fuß vor den anderen setzend, hinaus in die Halle. Das Geschrei kam aus Cathys Schlafzimmer, und dorthin marschierte er jetzt mit grimmiger Entschlossenheit. In dem Augenblick, als er nach der Klinke greifen wollte, ging die Tür auf. Vor seiner Nase stand Martha, die vor Schreck die Augen aufriß, ihn eine Weile anstarrte wie einen Geist, nach einem raschen Blick auf seine verknitterte Gestalt aber unwillkürlich grinsen mußte. Sie setzte jedoch sofort wieder ein ernstes Gesicht auf, als Jon sie bitterböse anfunkelte.

»Guten Morgen, oder besser, guten Nachmittag, Käpten«, grüßte sie ehrerbietig und drückte sich an Jon vorbei, der schwankend im Türrahmen stand und ihr den Weg versperrte. »Wenn Ihr mich bitte entschuldigen wollt, Käpten …« Der Rest des Satzes wehte hinter Martha die Treppe hinunter.

Jon, der sich kurz an den Türpfosten lehnen mußte, um das Gleichgewicht nicht zu verlieren, bemerkte, daß das Geschrei verstummt war. Vorsichtig spähte er ins Schlafzimmer und nahm verschwommen die Umrisse der kleinen Gestalt wahr, die ihn aus den Tiefen des großen Himmelbetts heraus anscheinend recht amüsiert betrachtete. Cathy! Unverhohlene Anerkennung sprach aus seinem Blick, als er sich an dem liebreizenden Anblick weidete, den sie bot. Ihr frisch gebürstetes Haar war jetzt zu einem Dutt frisiert, der mitten auf ihrem Scheitel thronte und aus dem sich kleine Strähnen gelöst hatten, die sich vorwitzig um ihr Gesicht ringelten. Ihre Augen waren so klar und blau wie ein Gebirgssee an einem Sommertag, ihre Wangen rosig, und auf ihren Lippen lag ein kleines, seltsam scheues Lächeln. Als Jons Blick weiter nach unten wanderte, entdeckte er den Grund für ihre Schüchternheit. Da lag, eng an ihren nackten Busen gekuschelt, die winzige Gestalt seines Sohnes, von dem er nur den Hinterkopf sah, weil er angelegentlich mit Saugen beschäftigt war. Cathy errötete, als sie merkte, was Jons Aufmerksamkeit fesselte, doch in ihrem Blick lag ein freundliches Willkommen.

»Wie fühlst du dich?« unterbrach ihre Stimme das momentane Schweigen, und ihr Lächeln wurde noch eine Spur heiterer beim Anblick von Jons Dreitagebart und der Blässe unter seiner Sonnenbräune. Er sah so aus, als ob er, und nicht sie, gerade einen lebensbedrohlichen Kampf ausgefochten hätte.

Es dauerte ein Weilchen, bis ihre Frage durch den Whiskynebel drang, der ihn beinahe sichtbar einhüllte. Und als das geschehen war, erlaubte er sich ein leises Stöhnen.

»Wie jemand, dem man gerade einen Hammer auf den Schädel gehauen hat«, meinte er mit einem schiefen Grinsen, das die Grübchen auf seinen Wangen zum Vorschein brachte. »Doch Spaß beiseite – wie fühlst du dich?«

»Oh, mir geht es ausgezeichnet«, versicherte sie ihm. Und als sie zu dem Säugling an ihrer Brust hinuntersah, spielte ein zärtliches Lächeln um ihre Mundwinkel. »Willst du nicht näherkommen und deinen Sohn begrüßen?«

Jons Blick wanderte von ihr zu dem Säugling und wieder zurück zu ihr. Seine Frau! Sein Sohn! Das stolze Besitzergefühl, das diesen Gedanken begleitete, warf ihn schier um.

»Ich ... ich muß mich erst einmal frischmachen«, stammelte er, während er dachte: Was ich wirklich brauche, ist ein Moment Ruhe zum Nachdenken. »Ich habe eine Whiskyfahne.«

»Stimmt«, bestätigte Cathy ungeniert und zwinkerte ihm aufmunternd zu. »Aber das macht nichts. Weder Cray noch ich werden uns daran im geringsten stören.«

»Cray?« fragte Jon abwesend, während seine Füße ihn gegen seinen Willen zum Bett trugen. Die Zärtlichkeit in ihren großen Augen zog ihn an wie ein Magnet. Während all dieser schrecklichen Wochen im Gefängnis, selbst unter den Peitschenhieben, für die sie verantwortlich war, hatte er davon geträumt, daß sie ihn so ansah ... Obwohl er sich im stillen einen Schwächling schimpfte, stand er plötzlich doch neben ihrem Bett. Cathy sah so klein und hilflos aus mit ihrem scheuen Lächeln, genauso klein und hilflos wie der Säugling in ihren Armen. Er wollte zwischen ihr und der Welt stehen, sie beschützen, dachte er, während er sich gleichzeitig dafür verfluchte, daß er sich das Hirn vom Whisky hatte derart vernebeln lassen.

»Ich dachte, wir nennen ihn Jonathan Creighton Hale junior – Cray. Bist du damit einverstanden?«

Ihre Blicke strichen zärtlich über sein Gesicht, und Jon hatte das Gefühl, als zöge ihn ein Strudel in die Tiefe. Im Augenblick hatte er nicht die Kraft, sich ihren Schmeicheleien zu entziehen. Als sie die Hand nach der seinen ausstreckte und leicht an seinen langen Fingern zupfte, setzte er sich folgsam neben sie auf die Bettkante. Cathy und das Kind waren so nahe, daß er die Hitze ihrer beiden Körper spüren, das leise Schmatzen hören konnte, das Cray beim Trinken machte. Als ihre Blicke sich begegneten, konnte Jon nicht anders, als Cathy gegen seinen Willen anzulächeln, und sie erwiderte dieses Lächeln mit unendlicher Hingabe. Jon wandte den Blick ab, ließ ihn auf dem Kind an ihrer Brust ruhen. Mein Sohn, dachte er, immer noch irgendwie verwundert, und berührte mit dem ausgestreckten Zeigefinger ein wenig scheu die winzige Hand, die rhythmisch Cathys Brust knetete. Mit verblüffender Kraft schlossen sich die noch winzigen Finger um den seinen. Jon betrachtete seinen Sohn eine ganze Weile, ehe er wieder zu Cathy hoch sah, die ein wenig schüchtern über seinen erstaunten Gesichtsausdruck lachte.

»Bist du mit Cray einverstanden?« wiederholte sie ihre Frage geduldig. Ihre Augen ruhten liebevoll auf seinen harten Zügen. Jon, der hätte schwören können, daß das, was er gerade in ihren Augen las, ehrliche Zuneigung war, die ihn einigermaßen aus der Fassung brachte, mußte alle Willenskraft aufbieten, um sich auf Cathys Frage zu konzentrieren.

»Ja, natürlich«, murmelte er und entzog sich ihrem Blick, bevor er darin zu ertrinken drohte. Er wäre gern aufgestanden, aber Cray hielt immer noch seinen Zeigefinger umklammert.

Jon schaute ein wenig hilflos auf seinen Sohn hinunter; offensichtlich wußte er nicht, wie er sich befreien sollte, ohne dem Kleinen weh zu tun.

»Er ist ganz schön stark«, sagte er schließlich, da ihm nichts anderes einfiel. Nur zu genau spürte er, wie sich die weiche Brust unter seiner Hand hob und senkte.

»Wie sein Vater.«

Cathy versucht ganz vorsätzlich, mich mit ihrer sanften Stimme zu verführen, dachte er verzweifelt; sie möchte mich dazu bringen, alle Vorsicht fahren und mich erneut von ihrem Zauber einfangen zu lassen. Die zarte Brust unter seiner Hand versengte ihn schier. Sein Atem ging schneller. Er mußte die Zähne zusammenbeißen, um seine aufwallenden Gefühle in Schach zu halten.

»Jon ...«, begann Cathy leise, und die lockende Tiefe

ihrer blauen Augen, die er einfach ansehen mußte, wurden sein Verhängnis. Er beugte sich zu ihr, unfähig, seinen Blick von diesen Augen zu wenden, beugte sich immer tiefer zu ihr herab, bis nur noch eine Haarbreite seinen Mund von ihren weichen Lippen trennte. Irgendwo in seinem Innersten regte sich eine Stimme, die Einhalt gebot. Er zögerte kurz, doch dann hatte sie ihn besiegt. Ihre liebreizenden, rosigen Lippen hoben sich ihm das letzte Stück entgegen, preßten sich auf die seinen, unerträglich süß und warm, und entlockten ihm einen hilflosen Seufzer. Mit glühender Leidenschaft nahm sein Mund Besitz von ihren Lippen, seine Hand wölbte sich um ihren Hinterkopf, hielt ihn fest, damit sie ihm nicht entweichen konnte. Er küßte sie, hungrig, gierig, drang mit der Zunge in ihre feuchte, sich willig öffnende Mundhöhle ein. Sengenden Flammen gleich bahnte seine so lange unterdrückte Lust sich unaufhaltsam seinen Weg. Die unsägliche Leidenschaft, mit der er sie begehrte, drohte ihn schier zu überwältigen. In diesem Augenblick wußte er, daß es für ihn keine andere Frau gab – eine Erkenntnis, die ihm für Sekunden den Atem nahm.

Cathys Hand fand seinen Nacken, während sie seine Küsse mit einer Sehnsucht erwiderte, die der seinen in nichts nachstand. Ihre Finger streichelten zärtlich über seine angespannten Muskeln und spielten dann neckend mit den schwarzen Locken, die sich über seinen Hemdkragen ringelten. Jons ganzer Körper verspannte sich, als ihm zu Bewußtsein kam, daß sie ihn genauso leidenschaftlich begehrte wie er sie. Ihr vibrierender Körper ließ daran keinen Zweifel.

Mit einem tiefen, entschlossenen Atemzug drückte er sie sanft zurück in die Kissen, indes er nichts anderes mehr wahrnahm als sein glühendes Verlangen, das gierig nach Befriedigung lechzte.

Ein zorniger Schrei hielt ihn auf der Schwelle der bedingungslosen Kapitulation fest. Jon schüttelte den Kopf, um wieder zu sich zu kommen, und sah dann auf seinen Sohn hinunter, der ihn vorwurfsvoll anstarrte. Ganz offensichtlich ließ sich der Kleine nicht gern bei seinem Abendessen stören. Jon sandte ein stummes Dankgebet zum Himmel, daß Cray ihn gerade noch rechtzeitig in die Wirklichkeit zurückgeholt hatte, und richtete sich energisch auf. Ohne das Eingreifen seines Sohnes hätte diese Hexe ihn wieder aufs neue in ihren Bann gezogen.

Cathy konnte nur betrübt zusehen, wie Jons Lippen sich zu schmalen Linien verhärteten und seine grauen Augen sich mit Eis überzogen. Sie liebte ihn so sehr und hatte geglaubt, daß sie jetzt endgültig sein Herz erobern könnte. Doch in seinen Augen spiegelte sich plötzlich nur noch Haß, und seine Lippen nahmen wieder diesen grausamen Zug an. Bittere Tränen der Enttäuschung brannten unter ihren Lidern, als Jon abrupt aufstand und seinen Finger beinahe grob aus Crays Umklammerung befreite.

»Du hältst mich anscheinend wirklich für einen Trottel«, knurrte er leise. Seine Augen funkelten bösartig. »Ich mache Fehler, aber ich will verdammt sein, wenn ich den gleichen Fehler zweimal begehe. Mit deiner lieblichen Fassade kannst du mich nicht mehr täuschen, denn ich weiß, daß du im Grunde deines Herzens so skrupellos und berechnend bist wie eine Hafennutte. Lieber gehe ich mit einer Schlange ins Bett als mit dir!«

Cathy starrte ihn mit offenem Mund an. Die Tränen liefen ihr in Strömen über die Wangen. Jon stieß einen wütenden Fluch aus, machte auf dem Absatz kehrt und stapfte aus dem Zimmer. Hemmungslos schluchzend sank Cathy in die Kissen zurück, als die Tür hinter ihm mit einem lauten Knall ins Schloß fiel. Cray fing vor Schreck lauthals zu brüllen an.

In den Tagen und Wochen nach Crays Geburt sah Cathy ihren Mann nur selten. Er arbeitete härter als je zuvor, um Woodham wieder zu einem profitablen Betrieb zu machen. Damals, als seine Mutter noch lebte, hatten sie freie Arbeiter eingestellt, um die Felder zu bestellen, doch Isobelle hatte nach der Hochzeit darauf bestanden, Sklaven zu kaufen, weil das billiger käme. Und Marcus Hale hatte sich ihrem Willen gebeugt, wie immer. Jon hatte die Sklaverei stets mißbilligt, doch mittlerweile war diese in den Südstaaten zu einem unabdingbarem Faktor des Wirtschaftsgefüges geworden. Er hatte einen Großteil seines Vermögens in die Plantage gesteckt, und wenn die diesjährige Baumwollernte keinen Gewinn abwerfen würde, wußte er nicht, wovon er seine Familie ernähren sollte. Freilich konnte er immer noch aufs Meer zurückkehren, doch diese Alternative betrachtete er als allerletzte Möglichkeit. Er wollte Cray – und auch Cathy, wenn er ehrlich war – ein sicheres, sorgenfreies Zuhause bescheren.

Nach eingehenden Überlegungen beschloß er, aus Sparsamkeitsgründen auf einen Aufseher zu verzichten und die Feldarbeiter selbst zu beaufsichtigen. Er arbeitete von Sonnenaufgang bis Sonnenuntergang, verlangte sich selbst genauso viel ab wie seinen Arbeitern. Nach Feierabend war er für gewöhnlich so müde, daß er schweigend sein Abendessen zu sich nahm und dann in sein einsames Bett fiel. Manchmal schlief er sofort ein, doch meistens verfolgte ihn Cathys Bild die ganze schlaflose Nacht hindurch. Er erinnerte sich an ihr seidenes, glänzendes Haar, ihre weiche Haut, spürte ihren warmen, vor Erregung zitternden Körper in seinen Armen, als wäre es gestern gewesen. Viele Male war er kurz davor, in ihr Zimmer zu gehen, nur um seine Lust zu stillen, indem er sich das nahm, worauf er dem Gesetz nach ein Recht hatte. Doch er fürchtete, daß sie ihn wieder dazu verleiten könnte, ihr mehr zu geben als nur seinen Körper. Sie würde erst zufrieden sein, wenn er ihr zu Füßen kroch, dachte er grimmig. Aber bevor er ihr diesen Gefallen tat, wollte er lieber in der Hölle schmoren!

Es war nicht so, daß er keine anderen Frauen hätte haben können, doch zu seinem Verdruß mußte er sich eingestehen, daß die ihn nicht im mindesten interessierten. Bei seinen gelegentlichen Ausflügen in die Stadt sandten ihm etliche ausnehmend hübsche junge Damen gewisse unmißverständliche Signale zu, doch zu mehr, als ihren Charme höflich zur Kenntnis zu nehmen, konnte er sich nicht zwingen. Es war die pure Ironie, daß die einzige Frau, die seine Leidenschaft bis zum Wahnsinn entfachen konnte, seine eigene Ehefrau war, die Mutter seines Sohnes, der zu nahe zu kommen er sich nicht getraute. Wenn sie vorhatte, sich an ihm zu rächen, so hatte sie mehr Erfolg damit, als ihr wahrscheinlich bewußt war! Und er schwor sich inbrünstig, es dabei auch zu belassen.

Erschöpfung, Sorgen und seine sexuelle Frustration machten Jon zu einem höchst reizbaren Zeitgenossen. Ein jeder, von Petersham bis zum kleinsten Arbeiter, bekam früher oder später seine bissige Zunge zu spüren. Cathy blieb im allgemeinen von seinen verbalen Attacken verschont, doch das dunkle Glitzern in seinen Augen, wenn er sie einmal ansah, sagte ihr, daß sie das eigentliche Ziel seiner schlechten Laune war. Sie erwiderte seine haßerfüllten Blicke jedoch mit heiterer Freundlichkeit und verdoppelte ihre Anstrengungen, sein Interesse auf sich zu ziehen. Und da bekanntlich steter Tropfen auch den härtesten Stein höhlt, baute sie darauf, daß ihre Bemühungen irgendwann einmal Früchte zeigen würden. Eines Nachts, die nicht mehr in allzugroßer Ferne lag, würde er seinen einsamen Kampf aufgeben und zu ihr kommen – und dafür war sie bereit. Vom Bett zu seinem Herzen war es dann nur noch ein ganz kleiner Schritt.

Jon begegnete Cathys augenscheinlichen Verführungsversuchen anfangs noch mit zynischer Amüsiertheit, bald aber brachten sie ihn in Rage. Nach Crays Geburt hatte er eine Modellschneiderin in Charleston damit beauftragt, Cathys äußerst spärliche Garderobe zu ergänzen, und jetzt wurde ihm klar, daß er damit einen großen taktischen Fehler begangen hatte. In den hauchdünnen, tief ausgeschnittenen und ärmellosen Kleidern, die dem milden Klima in South Carolina angemessen waren, erschien sie ihm so verführerisch wie einst Eva ihrem Adam. Allein der Anblick ihres schlanken, wohlproportionierten Körpers, wenn sie durch das Haus oder die Gärten huschte, genügte, um ihn in Flammen zu setzen. Das sanfte Lächeln und die herausfordernden Blicke, mit denen sie ihn verschwenderisch bedachte, waren für ihn die reinste Tortur. Er begehrte sie derartig heftig, daß er kaum noch an etwas anderes denken konnte. Nacht für Nacht schwamm er im nahe gelegenen Miller's Creek bei Mondschein seine einsamen Runden, in der Hoffnung, seine leidenschaftliche Glut zu kühlen. Meist ein vergebliches Unterfangen.

Als etliche Wochen verstrichen waren und er annehmen durfte, daß Cathy sich inzwischen von Crays Geburt erholt hatte, hatte er seine Selbstbeherrschung bis zum Zerreißpunkt strapaziert. Es gab eigentlich keinen Grund, weshalb Cathy ihre ehelichen Pflichten nicht wieder erfüllen sollte, überlegte er, hielt aber eisern an seinem Vorsatz fest, sie nicht anzufassen. Diese Verführerin hatte ihm einmal das Herz gestohlen und es dann mit Füßen getreten – und der Teufel sollte ihn holen, wenn er ihr dazu ein zweitesmal Gelegenheit gäbe!

Mittlerweile hatte sich unter den benachbarten Plantagenbesitzern die Kunde verbreitet, daß eine neue Generation von Hales auf Woodham Einzug gehalten hatte. Kaum ein Nachmittag verging, ohne daß eine Kutsche in die Auffahrt rollte, der zwei oder drei modisch aufgeputzte Ladys entstiegen, um den neuen Nachbarn ihre Aufwartung zu machen. Cathy spielte ihre Rolle als Dame des Hauses mit vornehmer Zurückhaltung, servierte Tee und Makronen und wiegelte die neugierigsten Fragen mit großem diplomatischem Geschick ab. Als die Farmersgattinnen dann auch noch herausfanden, daß sie adlig war – Cathy hatte Martha schwer im Verdacht, diese Information ausgeplaudert zu haben –, überschlugen sie sich förmlich bei ihren Anstrengungen, die Neuangekommene in ihrem Kreis willkommen zu heißen. Mistress Gordon, die tonangebende Lady in diesem Frauenzirkel, besiegelte das positive Ergebnis ihrer Musterung mit der Bemerkung, daß sie eine enge Freundin von Virginia, Jons Mutter, gewesen sei. Von da ab wurde Cray von den Damen verhätschelt wie ein Prinz und Cathy als ›reizendes Persönchen‹ in den Himmel gelobt, die in Jon einen beneidenswerten Traumgatten gefunden habe. Jon entlockte ihre erfolgreiche Aufnahme in den erlauchten Kreis der Nachbarschaft nur zynische Bemerkungen, doch er erlaubte Cathy, einige der zahlreichen Einladungen anzunehmen. Da Woodham ihr Zuhause werden sollte, durften sie sich nicht wie Einsiedler hinter ihren Mauern verschanzen.

Für ihr gesellschaftliches Debut wähle Cathy den Ball aus, den ein junges Ehepaar namens Ingrams zu ihren Ehren veranstaltete. Jon geriet vor Begeisterung zwar nicht aus dem Häuschen, willigte jedoch ein, sie zu begleiten. Vielleicht würde es ihm ganz gut tun, dachte er, mit Cathy einen Abend in Gesellschaft anderer attraktiver Frauen zu verbringen. Es war ja geradezu lächerlich, daß er, der reihenweise schöne Frauen verführt hatte, plötzlich nur noch die seine begehrte. Er sollte sich wirklich einmal genauer anschauen, was sonst noch an holder Weiblichkeit verfügbar war.

Cathy fieberte dem Ball entgegen wie eine Katze ihrem sonntäglichen Schälchen Sahne. Sie wollte sich todschick anziehen und auf Teufel komm raus mit allen gutaussehenden Männern flirten, die ihr über den Weg liefen. Wenn sonst schon nichts half, dachte sie schlau, würde ihn schließlich die Eifersucht in ihre Arme treiben. Sie wußte, daß er sie begehrte, das stand klar und deutlich in seinen Augen geschrieben; er war nur zu verdammt sturköpfig, seinen Gefühlen nachzugeben. Ein kleines Lächeln spielte um ihre Mundwinkeln. Wenn er sich genügend um ihre Gunst bemüht hatte, würde sie seinem Drängen nachgeben. Und im Aufruhr seiner Leidenschaft, so hoffte sie, gelang es ihr vielleicht, sein Herz zurückzuerobern.

Ihr Mund wurde trocken, wenn sie an die aufregenden Nächte mit Jon dachte. Es war schon so lange her, seit sie das letzte Mal miteinander geschlafen hatten – beinahe neun Monate. Und wenn sie ehrlich war, mußte sie zugeben, daß sie ihn ebenfalls begehrte. Die lüsternen Blicke, die ihre halb entblößten Brüste gestreift hatten, als er sich unbeobachtet fühlte, das nur schwer zu verbergende flammende Begehren in seinen Augen, erregten sie mehr, als sie sich je hätte träumen lassen. Sie hatte immer angenommen, daß nur Männer so starken sexuellen Bedürfnissen ausgesetzt waren, und erfuhr jetzt am eigenen Leib, welchem Irrglauben sie aufgesessen war. Es wäre ein Leichtes gewesen, eines Abends in sein Schlafzimmer zu gehen und sich ihm anzubieten, aber sie wollte mehr als körperliche Befriedigung – sie wollte seine Liebe. Und wenn sie ihn erst bis zum Wahnsinn treiben mußte, ehe er das begriff oder zugab, so blieb ihr nichts anderes übrig, als diesen Weg eben zu beschreiten.

Am Abend der Einladung machte Cathy sorgfältigst Toilette. Ihr Ballkleid war das hinreißendste, das sie je besessen hatte, und eigens für diese Gelegenheit angefertigt worden. Der goldene Seidenlaméstoff raschelte im Kerzenschein wie das Gewand einer Märchenfee. Das fragile Oberteil bestand aus zwei schmalen Trägern, die ihre Schultern umschmeichelten, ehe sie sich in elegantem Schwung über dem Dekolleté trafen und auffächerten. Die Stoffbahnen kreuzten sich noch einmal im Rücken, schmiegten sich um ihre schlanken Hüften und bauschten sich dann zu einem weit ausladenden Glockenrock. Nakken, Schultern, Arme und die schimmernden Ansätze ihrer Brüste ließen sie frei. Die Wirkung des schlicht und dabei so raffiniert geschnittenen Kleides hing ausschließlich von der Schönheit der Frau ab, die es trug. Und an Cathy sah es einfach hinreißend aus.

Martha faßte Cathys rotgoldenes Haar mit einer Saphirspange auf dem Scheitel zusammen und ließ die eingedrehten Locken dann in duftigen Kaskaden über den Rücken fallen. Zu den in Gold gefaßten Saphirohrringen, die mit jeder Bewegung kokett schaukelten, legte sie das passende Saphircollier an, das einst Jons Mutter gehört hatte. Winzige Slipper mit goldenen Absätzen und lange goldene Handschuhe vervollständigten ihre Garderobe. Mit ihren blauen Augen und den feingeschnittenen Zügen sah Cathy aus wie eine Märchenprinzessin.

»Ihr seht umwerfend aus, meine Liebe«, meinte Martha zufrieden, als Cathy schließlich fertig angekleidet vor dem Spiegel stand. »Master Jon werden die Augen aus dem Kopf fallen.«

Cathy bedankte sich für das Kompliment mit einem wehmütigen Lächeln. Normalerweise entging Marthas aufmerksamen Blicken nicht so leicht etwas. Aber sie war viel zu aufgeregt, viel zu erfüllt von spannender Erwartung, um Martha zu widersprechen. Statt dessen drückte sie ihr spontan einen Kuß auf die Pausbacken und hob ihre pailettenbesetzte Stola auf.

»Genau das will ich auch bezwecken, Martha«, gab sie mit einem schelmischen Zwinkern zurück und schwebte mit rauschenden Röcken zur Tür hinaus.

Jons streifte mißmutig durch die Eingangshalle, als Cathy die Treppe herunterkam, und bemerkte nicht, daß sie ihn ausgiebig musterte. In dem anthrazitfarbenen Samtanzug mit der silbergrauen Weste sah er unglaublich gut aus. Mit unverhohlenem Besitzerstolz glitten ihre Augen über seine große, schlanke, muskulöse Gestalt. Er verkörperte vom Scheitel bis zur Sohle den Mann von Welt, und schon sein Anblick ließ Cathys Herz schneller schlagen. Sein Haar war ausnahmsweise einmal ordentlich gekämmt und schimmerte im Schein der Kerzen bläulich schwarz. Er hatte sich sorgfältig rasiert, was die markanten Züge seines sonnengebräunten Gesichts noch besser zur Geltung brachte; seine seidigen schwarzen Augenbrauen trafen sich unter der ungeduldig gerunzelten Stirn. Cathy lächelte. Ganz offensichtlich war der Herr mißgestimmt, stellte sie schmunzelnd fest, und wenn ihr Plan erfolgreich verlief, würde seine Stimmung am Ende dieses Abends den Siedepunkt erreicht haben.

Er warf einen Blick auf seine Taschenuhr, dann die Treppe hinauf und blieb wie angewurzelt stehen, als er sie auf sich zuschweben sah. Seine Augen huschten flakkernd über sie hinweg, berührten ihre glänzende Lockenpracht, ihr Gesicht, ihr schimmerndes Dekolleté, ihre schmale Taille. Mit grimmig verzerrtem Mund wandte er sich ab, doch Cathy konnte noch die ungezügelte Leidenschaft erkennen, die für einen unkontrollierten Moment in seinen Augen aufgelodert war.

»Sollen wir aufbrechen?« fragte er in löblich beherrschtem Ton, als sie zu ihm trat. Ihr Kopf reichte nicht ganz bis an seine Schulter. Sie legte eine Hand auf seinen ihr sichtlich ungern angebotenen Arm und sah zu ihm hoch, gerade rechtzeitig, um ihn dabei zu ertappen, wie er sich gierig an ihrem freizügigen Dekolleté weidete. Ein dunkelroter Schatten kroch auf seine Wangen, als er ihren Blick bemerkte. Wortlos geleitete er sie nach draußen zu der wartenden Kutsche, und auch Cathy hüllte sich während der Fahrt in Schweigen.

Der Ball war in jeder Hinsicht ein durchschlagender Erfolg – außer für Cathy. Hunderte von Kerzen erleuchteten den langen Ballsaal, und ein Orchester auf einem erhöhten Podium sorgte für flotte musikalische Unterhaltung. Damen in rauschenden Ballkleidern aller Farbschattierungen; die jungen Debütantinnen, der Etikette folgend in unauffälligen Pastelltönen; die verheirateten Damen bevorzugten kräftigere Farben von Smaragdgrün bis Karmesinrot – alle wirbelten sie in den Armen seriös gekleideter Herren über das auf Hochglanz gebohnerte Tanzparkett. Nachdem sie ihre Gastgeber begrüßt hatten, schob Jon Cathy zu einem steifen, schweigsamen Tanz in die lachende Menge. Er hielt sie bewußt in korrekter Armeslänge von sich entfernt und verschwendete kein einziges Wort an sie. Gereizt wartete Cathy, bis die Musik verstummt war, um sich dann mit einem strahlenden Lächeln an einen jungen Mann in ihrer Nähe zu wenden. Der offensichtlich von ihrer hinreißenden Schönheit geblendete Jüngling ließ sich von Jons düsterer Miene nicht aus der Fassung bringen und bat sie galant um den nächsten Tanz. Cathy willigte mit einem angedeuteten Knicks ein und wirbelte mit ihm davon, ohne Jon auch nur einen weiteren Blick zu schenken.

Anschließend wurde sie von beinahe jedem der anwesenden Männer zum Tanzen aufgefordert. Die jungen, unverheirateten waren dabei die, die am charmantesten um ihre Gunst wetteiferten, und Cathy ermunterte sie mit überschäumender Fröhlichkeit, unterstützt durch etliche Gläser Champagner oder Punsch, die ihr pausenlos in die Hand gedrückt wurden. Aus dem Augenwinkel erhaschte sie dann und wann einen Blick auf Jon, der ebenfalls pausenlos mit anderen Damen übers Parkett schwebte. Er schien wenig Interesse an den jungen errötenden Schönheiten zu zeigen, sondern bevorzugte eher die älteren, erfahreneren Semester. Es traf Cathy wie ein Messerstich, als sie sah, wie er sein unwiderstehliches Lächeln einer Dame widmete, die nur zu offensichtlich zu erkennen gab, daß sie im Umgang mit Männern keineswegs unbedarft war. Schlampe, dachte Cathy und wandte sich ab, um fortan um so heftiger zu flirten. Als die Eröffnung der Tafel angekündigt wurde, erlaubte Cathy ihrem derzeitigen Tanzpartner, einem jungen und überaus attraktiven Mann namens Paul Harrison, sie zu Tisch zu begleiten.

Eigentlich war es üblich, daß verheiratete Damen in Gesellschaft ihres Gatten dinierten, doch als Cathy in der Menge nach Jon Ausschau hielt, fand sie ihn angelegentlich über diese rotblonde Schlampe gebeugt. Angesichts dessen sah sie keine Veranlassung, noch länger auf ihn zu warten. Sie lachte und flirtete mit Paul, als ob die Welt vollkommen in Ordnung wäre. Niemand hätte geglaubt, daß ihr beinahe das Herz brach und daß sie das delikate Abendessen, das sie zu genießen schien, hinunterwürgte, als sei es Sägemehl. Schließlich erhaschte sie wieder einen Blick auf Jon und seine Begleiterin. Es war immer noch dieselbe Frau, die Jon auf eine Art und Weise anhimmelte, daß es Cathy schier den Magen umdrehte. Wutschnaubend stürzte sie ein weiteres Glas Champagner hinunter, bedachte den etwas verwirrten Paul mit einem hinreißenden Lächeln und bat ihn, sie wieder in den Ballsaal zurückzuführen.

Nach weiteren zwei Tänzen wurde Paul immer dreister. Seine Hände streichelten diskret ihre Hüften, doch anstatt ihn in Schranken zu weisen, ermunterte Cathy ihn mit ihrem hinreißendsten Lächeln. Dieser Abend verlief zwar ganz und gar nicht nach ihren Plänen, doch sie hatte nicht vor, sich ihre Wut anmerken zu lassen. Na schön, wenn Jon sich nicht um sie kümmerte – dann brauchte sie auf ihn ebenfalls keine Rücksicht zu nehmen! Und als Paul sie beim Tanzen unauffällig zur Verandatür dirigierte, ließ sie es geschehen.

Die frische, kühle Abendluft brachte sie jedoch wieder zu Sinnen. Als Paul mit ihr ans andere Ende der Veranda tanzte, machte sie sich von ihm los und wollte gerade den Mund zu einer passenden Bemerkung öffnen, als sie sah, wie sich ein großer, dunkler Schatten hinter Paul erhob. Jons Hand legte sich schwerer als nötig auf Pauls Schulter, und seine Stimme klang wie Stahl.

»Pardon, Harrison, aber ich möchte diesen Tanz mit meiner Gattin zuende tanzen.« An dieser Bitte war nichts

Ungehöriges, doch Paul ließ Cathy los wie eine heiße Kartoffel. Er hatte bis zu diesem Augenblick völlig vergessen, daß seine Angebetete einen Ehemann besaß. Und plötzlich mit Jons respekteinflößender Stärke konfrontiert, deutete er eine rasche Verbeugung an und machte sich eiligst und wenig würdevoll aus dem Staub.

Cathy sah Jon freimütig ins Gesicht und reckte das Kinn – bereit, ihm zu sagen, er solle sich ja nicht trauen, irgendeine Bemerkung über ihr Verhalten zu machen. Innerlich war sie keineswegs so selbstbewußt, wie sie sich gab. Damals mit Harry war er so wütend geworden, daß er sie beinahe umgebracht hätte – und hier hatte sie die Aufmerksamkeit eines anderen Mannes mit voller Absicht auf sich gezogen. Zudem war sie jetzt seine Frau. Doch im Augenblick hatte sie keine Angst vor ihm. Wenn er sich den Avancen dieser sich offensichtlich auf Raubzug befindenden Dame aussetzte, dann stand ihr ebenfalls ein wenig Vergnügen zu!

Zu ihrem Erstaunen deutete in seiner Stimme, als er das Wort an sie richtete, nichts auf die Wut hin, die in ihm loderte; im Gegenteil, er zeigte eisiger Beherrschung.

»Ich schlage vor, wir gehen in den Saal zurück und beenden dort diesen Tanz. Dein Benehmen heute abend hat bereits genug Aufsehen erregt. Ich denke, wir sollten dem Gerede nicht noch mehr Vorschub leisten und zur allgemeinen Erheiterung beitragen, indem wir einen Streit vom Zaun brechen.«

Als er nach ihrem Oberarm griff, um sie in den Saal zurückzuführen, gruben sich seine langen Finger tief in ihr Fleisch. Cathy sah zu ihm hoch, versuchte in der Dunkelheit seine Miene zu erkennen. Es war unmöglich. Die Schatten waren zu finster, als daß sie mehr als seine große, dunkle Silhouette hätte sehen können.

»Und was ist mit deinem Benehmen?« zischte sie und versuchte, sich loszumachen. Sie wollte verdammt sein, wenn sie sich von ihm einschüchtern ließe! Wenn ihr Benehmen tadelnswert gewesen war, dann war es das seine erst recht!

»Ist meine Gemahlin etwa eifersüchtig?« Cathy konnte seine weißen Zähne aufblitzen sehen, als sich seine Lippen zu einem gehässigen Grinsen verzogen. »Dazu hast du keinerlei Grund. Ich habe die reizende Annabella abgewimmelt – ausschließlich deinetwegen. Du wirst sehen, ich bin entschlossen, dir heute abend all das zu geben, was du dir gewünscht hast.«

Während er sprach, zerrte er sie unerbittlich in den Ballsaal. Und dort, im Schein der Kerzen, blieb Cathy vor Überraschung beinahe die Luft weg. Jon trug die perfekte Fassade eines galanten Gentleman zur Schau; nur jemand, der ihn so gut kannte wie sie, hätte dahinter seine unterdrückte Wut spüren können.

»Lächle, Frau«, sagte er beinahe freundlich, bevor er sie durch die offene Verandatür auf die Tanzfläche schob und sogleich im Takt der Musik mit ihr herumwirbelte. »Wir wollen die Leute hier doch nicht glauben machen, daß wir uns streiten, oder?«

Cathy blickte sich um, bemerkte die interessierten Augenpaare, die ihnen folgten – und lächelte. Doch innerlich war sie ein zitterndes Nervenbündel. Noch nie hatte sie ihn derart perfekt seine rasende Wut kaschieren sehen. Und trotzdem, dachte sie, indem sie scheinbar amüsiert den Kopf in den Nacken warf und den neugierigen Zuschauern zuliebe ihren Gatten anstrahlte – was kann er mir schon groß anhaben? Schließlich war er kein Mann, der seine Frau schlug. Und wenn er vorhaben sollte, heute nacht das Bett mit ihr zu teilen, so kam das ihrem Plan nur entgegen. Aber warum hatte sie dennoch Angst vor ihm?

Als der Tanz zuende war, führte Jon sie durch die Menge, einen Arm galant um ihre Taille gelegt. Nur Cathy konnte die stahlharten Muskeln spüren, die sie an seiner Seite hielten. Sie lächelte mechanisch und wehrte die

Aufforderungen der umstehenden Männer zum Tanz mit fröhlichen Bemerkungen ab. Den mißbilligenden Blicken der anwesenden Anstandsdamen begegnete sie mit sittsam niedergeschlagenen Lidern, während sich ihr innerlich das Gefieder sträubt. Bösartige alte Hexen, dachte sie und lächelte.

Als Jon an die Garderobe ging, um ihren Mantel zu holen, wäre sie am liebsten auf und davon gerannt. Die Aussicht, die nächste halbe Stunde allein mit ihm in der Kutsche zu verbringen, behagte ihr ganz und gar nicht. Sie hatte das unangenehme Gefühl, daß er irgendeine Strafe für sie bereithielt – aber welche? Während sie noch darüber nachgrübelte, kehrte Jon mit ihrem Mantel zurück, und die Chance zur Flucht war vertan.

Jon hielt sie liebevoll am Arm, als sie sich lächelnd bei ihren Gastgebern für den wundervollen Abend bedankten. Doch sie war sich der erschreckenden Stärke seines Griffs wohl bewußt. Und kaum hatten sie das Haus verlassen, da fiel das höfliche Lächeln wie eine Maske von Jons Gesicht. Sie hatte sich also nicht getäuscht – er hatte tatsächlich vor, sich an ihr zu rächen. Das wütende Glitzern in seinen Augen ließ daran keinen Zweifel bestehen. Cathys Herz krampfte sich zusammen, als Jon ihr in die Kutsche half und eigenhändig die Fußstützen hochklappte, bevor er dem Kutscher das Kommando zur Abfahrt gab.

Das Innere der Kutsche wurde von einer kleinen, an der Seitenwand angeschraubten Laterne erhellt. Und im Schein dieser Laterne betrachtete Cathy schweigend das grimmige Gesicht ihres Gatten, als dieser ihr gegenüber Platz nahm. Jon beantwortete ihren Blick mit einem Lächeln, das so hinterhältig und grausam war wie das eines Satyrs.

»Komm her, Frau«, sagte er leise. Als Cathy ihn nur mit großen, furchtsamen Augen anstarrte, verblaßte das Lächeln auf seinem Gesicht und machte einer drohenden Gebärde Platz.

»Ich sagte, komm her!«

Das Kommando klang schneidend wie ein Peitschenhieb. Cathy fuhr sich mit der Zungenspitze über ihre vor Nervosität trockenen Lippen. Jons Augen hefteten sich wild blitzend auf ihren Mund.

»W-warum?« stammelte sie und drückte sich tiefer in den gepolsterten Sitz.

»Weil du jetzt das bekommst, was du schon seit Wochen von mir erwartest. Und was du doch hoffentlich nicht bestreiten willst, oder?«

»Wenn ... wenn du damit meinst, daß du mit mir schlafen willst, so habe ich nichts dagegen. Schließlich bist du mein Gemahl, und mir ist durchaus bewußt, daß dir gewisse Rechte zustehen.« Ihre Worte hatten kühl und sachlich klingen sollen, gerieten jedoch zu einem kläglichen Wimmern. Sie hatte wahnsinnige Angst vor ihm – und das wußte er. Das befriedigte Lächeln, das kurz in seinen Augen aufleuchtete, war Cathy dafür Beweis genug.

»Die habe ich in der Tat. Und die werde ich auch nutzen. Jetzt.« Er streckte ihr beinahe lässig seine Hand entgegen, packte dann plötzlich ihr Handgelenk und zog sie mit einem so heftigen Ruck an sich, daß Cathy ihm quer über den Schoß fiel. Anschließend zerrte er sie herum, bis sie auf seinen Knien saß, und legte die großen Hände um ihren Hals. Mit wutverzerrter Miene starrte er hinunter auf ihr blasses Gesicht.

»Jon, bitte ...«, wisperte Cathy unterwürfig. Sein Gesicht kam immer näher. »Warte ...«

»Willst du etwas leugnen, daß du seit Monaten mit allen Tricks versuchst, mich in dein Bett zu locken?« knurrte er an ihr Ohr. »Oder daß diese lächerliche Vorstellung mit dem jungen Schnösel nicht darauf abzielen sollte, mich eifersüchtig zu machen? Also, raus mit der Wahrheit!«

»Nein, so war es nicht ...«, protestierte Cathy lahm.

Trotz ihrer panischen Angst fühlte sie, wie ihr Körper auf seine spürbare Erregung reagierte.

»War es nicht so?«

Seine Augen ergossen ihre ganze Wut über sie, dann preßten sich seine Lippen auf ihren Mund und erstickten jedes weitere Wort.

16

Jon war verloren. Und das wußte er bereits seit dem Augenblick, als er Cathy mit diesem großspurigen Lackaffen auf die Veranda hatte verschwinden sehen. Eifersucht, Zorn und niederste Instinkte hatten in seinem Innersten gewütet wie wilde Bestien. Er hätte dem Kerl am liebsten den Kragen umgedreht, obgleich er genau wußte, daß sie mit dieser Vorstellung nichts anderes hatte erreichen wollen. Und sie hatte ihr Ziel nicht verfehlt: Gegen seinen Willen war er ihr nach draußen gefolgt und hatte sich mit Müh und Not beherrschen können, keine Eifersuchtsszene hinzulegen. Es war der Gedanke an ihr triumphierendes Lächeln gewesen, der ihn letztlich davon abgehalten hatte. Seit Monaten schon versuchte sie, ihm das Herz aus dem Leib zu reißen. Und heute abend, mußte er wutschnaufend zugeben, war es ihr schließlich geglückt. Aber weiß Gott, er liebte dieses kleine Luder immer noch! Doch der Teufel sollte ihn holen, wenn er sie das jemals spüren ließe!

Als er seinen Mund auf ihre Lippen preßte, gab er sich absichtlich brutal und stieß seine Zunge in ihre Mundhöhle, ohne einen Gedanken daran zu verschwenden, ob ihr das Vergnügen machte oder auch nur angenehm war. Das Gefühl, als sich ihr weicher Mund dem seinen öffnete, ihre Arme sich um seinen Nacken schlangen und ihre kleine Zunge seine Lippen liebkoste, war Zunder für seine ausgehungerte Begierde und seine maßlose Erbitterung. Sie erwiderte doch glatt einen Kuß, der sie hatte verletzen sollen! Glaubte sie etwa, ihn am Ende doch besiegt zu haben? fragte er sich zornig. Richtig, der Abend endete genau so, wie sie es geplant hatte – daß er sich nach ihrem Körper verzehrte. Nun, er würde sie nehmen, einfach deshalb, weil er sich nicht mehr länger beherrschen konnte. Aber nicht so, wie es sich diese hübsche kleine Lady in ihrem hübschen kleinen Köpfchen ausgedacht hatte! Jon grinste wölfisch, legte eine Hand an den Ausschnitt ihres extravaganten Ballkleids und schloß sie fest um den duftigen Stoff, bevor er ihn mit aller Kraft zerfetzte.

Das Geräusch, mit dem die hauchdünne Seide zerriß, war Musik für seine Ohren. Cathy keuchte an seinen Mund, versuchte sich mit beiden Händen, die sich gegen seine Brust stemmten, von ihm loszumachen. Jon ließ ein wenig Abstand zu, aber nur, damit sie sein Gesicht sehen konnte – die Mischung aus Haß, Leidenschaft und Wut, die sich darin spiegelte. Die zärtliche Zuneigung verschwand denn auch augenblicklich aus ihrer Miene, als sie ihn anstarrte. Jon wußte, daß er den Anblick eines Wahnsinnigen bieten mußte. Ja, er war wahnsinnig. Sie hatte es geschafft, ihn in den Wahnsinn zu treiben.

Er hielt sie mit seinem Blick gefangen, während er gewaltsam eine Hand in ihr Mieder zwängte. Seine Finger schlossen sich um ihre Brust, kneteten unbarmherzig das weiche Fleisch. Cathy schrie vor Schmerz und Empörung auf, wollte sich ihm entwinden, doch sein starker Arm hielt sie gnadenlos auf seinen Knien fest.

»Was hat meine Gemahlin denn?« höhnte er sarkastisch, indem er ihr das Mieder soweit über die Schultern zog, bis ihre runden Brüste freilagen und ihre Arme an den Körper gepreßt wurden. Von ihrem eigenen Kleid gefesselt, konnte Cathy sich nicht wehren, als er den Kopf herabbeugte, um an ihren Brüsten zu saugen. Gierig schlossen sich seine Lippen um ihre empfindlichen Brustwarzen, spielten ein rücksichtsloses Spiel mit ihnen, verletzten sie mit voller Absicht.

»Jon, hör auf«, stöhnte sie hilflos. Seine brutale Grausamkeit verscheuchte alle Gedanken an zärtliche Liebesspiele aus ihrem Kopf.

»Ist es nicht das, was du gewollt hast?«

Er war aufgebracht – nein, er schäumte vor Wut. Cathy hatte jetzt wirklich Angst vor ihm. Er schien wild entschlossen zu sein, sie für ihre Eskapaden an diesem Abend zu bestrafen. Und das tat er, indem sein Mund bösartig an ihren Brüsten saugte, die doch den kleinen Cray stillen mußten. Sie spürte, wie die Milch zu fließen begann, und errötete vor Scham. Die Art und Weise, wie er sie nahm, war erniedrigend.

Jon schmeckte die warme, süße Flüssigkeit, die ihm plötzlich in den Mund schoß, und verzog das Gesicht zu einer gemeinen Fratze. Seine Lust steigerte sich zur Ekstase, und obgleich er wußte, daß er sie haben mußte, jetzt, in diesem Augenblick, spürte er, wie eine unbekannte Scham in ihm hochkroch, weil er die Mutter seines Kindes auf so grausame Weise mißbrauchte. Aber das Miststück verdiente es nicht anders, hatte förmlich darum gebettelt, und nichts konnte ihn mehr davon abhalten, sich an ihr schadlos zu halten. Seine Finger krallten sich in ihre Hüften und drückten sie tief in den gepolsterten Sitz. Ihre Augen waren vor Angst riesengroß, als sie zu ihm hochstarrte.

»Jon, bitte«, bettelte sie mit schwacher Stimme. Ihre Hände waren immer noch unter ihrem Mieder gefangen, und sein schwerer Körper auf dem ihren machten jeden Widerstand zwecklos. Außerdem war er ihr Ehemann. Er hatte das Recht, sie zu nehmen, wann und wo es ihm gerade paßte.

»Bitte ... was? Ist es nicht das, was du wolltest?« fragte er wieder mit einem sadistischen Grinsen, sein Gesicht nur Zentimeter von ihrem entfernt. Das war kein menschliches Antlitz mehr, das sie jetzt im flackernden Licht der kleinen Laterne anstierte, sondern das eines Teufels. Cathy erschauderte unter ihm. Sein Grinsen wurde noch eine Spur grausamer, als er ihre Angst spürte.

»Nein – jedenfalls nicht so ...!« schrie sie und schloß die Augen vor dieser dämonischen Fratze.

»Wie denn dann?«

»Ich ... ich wollte, daß du mich liebst ...«, wisperte Cathy verzweifelt. Seine Augen beantworteten ihre sanften Worte mit einem eiskalten Glitzern.

»Es liegt mir fern, eine Lady zu enttäuschen«, entgegnete er mit beißendem Spott und richtete sich zwischen ihren gespreizten Beinen auf. Er kniete auf dem goldenen Rock ihres Ballkleids und schielte gierig auf die rosigen Knospen ihrer nackten Brüste. Sein Gewicht auf den voluminösen Stoffbahnen verhinderte jede Bewegung ihrer Beine. Ihre Oberarme schmerzten an den Stellen, wo das enge Mieder in ihre weiche Haut schnitt.

Gleichmütig griff Jon mit einer Hand an den Hosenbund und begann ihn betont langsam aufzuknöpfen, einen Knopf nach dem anderen. Cathys Augen weiteten sich vor purem Entsetzen. Er wollte es doch nicht etwa hier in der Kutsche tun! Doch allem Anschein nach hatte er genau das vor. Obszön reckte sich ihr seine erregte Männlichkeit entgegen. Cathy war wie hypnotisiert; es gelang ihr nicht, den Blick abzuwenden. Mit einem häßlichen Lachen schob er ihr die Röcke bis zu den Hüften hoch. Jetzt verwehrten ihm nur noch ihre spitzenbesetzten Leinenunterhosen den Weg zum Ziel seiner Begierde, und er riß solange an dem dünnen Stoff, bis die Hose in Fetzen am Taillenband hing. Ob Ehemann oder nicht, Cathy begann sich zu wehren, trat mit aller Kraft nach ihm und versuchte sich seitlich vom Sitz zu rollen. Doch Jon hielt sie mit Leichtigkeit fest, schien sich sogar an ihrem verzweifelten Kampf zu ergötzen. In dem schummrigen Licht schimmerten seine Zähne wie das gebleckte Gebiß eines Wolfes, als er sie wieder an sich zerrte. Hilflos warf Cathy den Kopf auf den samtgepolsterten Sitzen hin und her.

»Jon, bitte, tu es nicht!« flehte sie verzweifelt. Sie wußte, wenn er sie jetzt nahm, erfüllt von Haßgefühlen und Wut, dann zerstörte er damit etwas ganz Wesentliches –

und zwar für immer. Bisher hatte sie, wenn sie sich ihre Liebesspiele ins Gedächtnis rief, stets den lachenden, zärtlichen Jon von Las Palmas vor Augen gehabt, doch in Zukunft würde sie nur an diesen rücksichtslosen, brutalen Fremden denken können, der darauf aus war, sie zu quälen und zu erniedrigen.

»Und warum nicht, zum Teufel?« Seine Stimme klang eiskalt, seine Hände spreizten erbarmungslos ihre Schenkel. »Du bist jetzt meine Ehefrau, und diesen Umstand hast du ganz allein dir selbst zuzuschreiben. Ich muß zugeben, eine Frau zu unterhalten ist sehr viel kostspieliger, als gelegentlich eine Hure aufzusuchen – aber keine Sorge, ich werde schon etwas für mein Geld bekommen. Und am besten fange ich gleich damit an.«

Während er das sagte, riß er sie an sich und nahm sie mit brutalen Stößen. Ihre Schreie erfüllten ihn mit geradezu teuflischer Befriedigung. Er wollte sie verletzen, wollte ihr weh tun und nahm sie wie ein Tier. Ihr gequältes Wimmern heizte ihn an wie knallende Peitschenhiebe. Seine Augen glühten vor Begierde, sein keuchender Atem kam stoßweise. Cathy hatte die Augen zugepreßt; aus ihren geschlossenen Lidern sickerten bittere Tränen. Sie hatte ihn früher einmal der Vergewaltigung bezichtigt, aber, bei Gott, jetzt erst erfuhr sie die wahre Bedeutung dieses Wortes!

Mit einem tierischen Stöhnen, das tief aus seinem Inneren kam, ergoß er sich in ihren Schoß. Eine kurze Weile verharrte er noch in der weichen Wärme, dann weiteten sich seine Augen und starrten ausdruckslos auf ihr tränennasses Gesicht. Höhnisch grinsend ließ er seinen Blick über ihren halb entblößten Körper wandern, bevor er sich zurückzog, aufstand und sich die Hose zuknöpfte. Cathy blieb regungslos liegen, wo er sie hingeworfen hatte, und machte keinerlei Anstalten, sich zu bedecken. Schock und Verzweiflung hatten sie in einen Zustand völliger Apathie sinken lassen. Als Jon sich zu ihr umdrehte und sah, daß sie sich nicht gerührt hatte, verzog sich sein Gesicht zu einer sardonischen Fratze.

»Reicht es dir noch nicht? Wartest du auf mehr?« knurrte er zynisch und mußte sich festhalten, als die Kutsche über eine Bodenwelle holperte. »Ich würde dich mit Vergnügen noch einmal bedienen, aber wir sind gleich zu Hause, und falls du nicht möchtest, daß der Kutscher meinen Platz einnimmt, würde ich vorschlagen, daß du dich jetzt anziehst.«

Als Cathy sich noch immer nicht rührte, stieß Jon einen rüden Fluch aus, packte sie am Arm und riß sie hoch. Cathy sank matt in die weichen Polster; ihre blauen Augen schwammen in einem See von Tränen. Jons Miene wurde hart wie Stein.

»Ich sagte, du sollst dich anziehen!« herrschte er sie an. Erst jetzt erwachte Cathy langsam aus ihrer Apathie, doch ihre Hände zitterten so sehr, daß sie kaum in der Lage war, sich anzukleiden. Die Lippen zu einer harten Linie zusammengepreßt, beobachtete Jon, wie Cathy mühsam die Träger ihres Mieders über die Schultern zog und ihre vollen Brüste vor seinem Blick verbarg. Sie glättete den zerknitterten Rock, doch gegen das zerrissene Oberteil konnte sie nichts ausrichten. Es klaffte weit auf und enthüllte ihr nacktes Fleisch unter dem hauchdünnen Mieder.

Jon fluchte leise, als die Kutsche rumpelnd zum Stehen kam. Cathy hielt mit einer Hand die schmalen Stoffbahnen über der Brust zusammen und drehte sich um, so daß ihr Rücken der Tür zugewandt war. Jon warf ihr seinen Mantel über, bevor er sich vorbeugte, um die Laterne auszublasen. Kaum lag der Innenraum der Kutsche im Dunkeln, da wurde auch schon die Tür aufgerissen. Draußen stand mit unbewegtem Gesicht der Kutscher und wartete, daß sie ausstiegen.

Leichtfüßig sprang Jon aus der Kutsche und hielt Cathy die Arme entgegen. Mit hölzernen Bewegungen ließ

Cathy sich beim Aussteigen helfen, doch als Jons Hände sich von ihrer Hüfte lösten, taumelte sie. Ihr war schwindlig. Ihre Knie schienen nicht mehr die Kraft zu besitzen, sie zu tragen. Jon unterdrückte eine gehässige Bemerkung, als er ihre Schwäche spürte, und hielt sie fest. Mit geschlossenen Augen lehnte Cathy sich an ihn an. Sie glaubte, jeden Augenblick in Ohnmacht zu fallen.

Mit einem ungeduldigen Seufzen legte Jon einen Arm um ihre Schultern, hob den anderen unter ihre Kniekehlen und hob sie hoch wie ein kleines Kind. Matt rollte ihr Kopf an seine Schulter. Ihr Gesicht schimmerte wächsern im fahlen Mondlicht. Der Kutscher starrte das seltsame Paar mit offenem Mund an, bis Jon ihn mit einem finsteren Blick zur Besinnung brachte.

»Bring die Kutsche weg und kümmre dich um die Pferde!« wies er ihn barsch an, bevor er mit weit ausholenden Schritten die Stufen hinauf ins Haus eilte.

Die Eingangshalle lag verlassen da; die Dienerschaft war schon lange zu Bett gegangen. Auf einem Tisch neben dem Treppenaufgang stand ein Leuchter mit zwei brennenden Kerzen für den Hausherrn und dessen Gemahlin bereit, wenn diese in den frühen Morgenstunden zurückkehren sollten. Da Jon keine Hand frei hatte, um davon Gebrauch zu machen, blies er sie leise fluchend aus. Bis auf vereinzelte blasse Streifen, die das Mondlicht durch das fächerförmige Fenster über der Eingangstür warf, lagen Halle und Treppe jetzt völlig im Finstern. Doch in den Jahren auf See hatte Jon sich einen sicheren Schritt und scharfe Augen antrainiert, und es kostete ihn daher keine Mühe, seinen Weg über die Stufen der geschwungenen Treppe nach oben zu finden. Cathy lag wie leblos in seinen Armen, als er sie leise durch den Flur ins Obergeschoß trug; sie hatte nicht einmal mehr die Kraft, sich an seinem Nacken festzuhalten. Ihr war entsetzlich schlecht, und sie fühlte sich erniedrigt wie noch nie.

Jon hielt vor der Tür ihres Schlafzimmers inne und hielt sie mit nur einem Arm, um den Türknauf zu drehen. Cathy, die plötzlich das Gefühl hatte zu fallen, klammerte sich jetzt doch instinktiv an ihm fest, als die Tür aufschwang.

Der warme Schein eines vielarmigen Kerzenleuchters erhellte den Raum, der eigentlich dazu bestimmt war, Woodhams Herrn und dessen Gemahlin zu beherbergen. Das imposante Himmelbett, dessen Vorhänge einladend zur Seite geschlagen waren, dominierte den Raum. Im Kamin brannte ein kleines Feuer und davor, zusammengesunken auf einem Stuhl, schlummerte Martha.

»Du kannst mich hier absetzen«, wisperte Cathy erschöpft und nur darauf bedacht, Martha nicht zu wecken. »Ich komme schon zurecht ...«

»Na prima«, gab er mit schneidender Stimme zurück. Unverhohlene Wut – und noch etwas anderes glühte in seinen Augen, als er ihr blasses Gesicht betrachtete. »Du bist weiß wie ein Leichentuch. Was ist überhaupt mit dir los? Habe ich dir etwa weh getan?«

Die letzte Frage war ihm nicht leicht über die Lippen gekommen. Cathy schloß daraus, daß er fürchtete, sie mit seinem brutalen Akt an Stellen verletzt zu haben, die nach Crays Geburt noch nicht wieder ganz verheilt waren.

»Ja, das hast du!« Ihre Antwort, wenngleich geflüstert, enthielt genügend Haß. »Und das wolltest du doch auch, nicht wahr?«

»Miss Cathy? Seid Ihr es?« Martha hatte sich aufgerichtet und blinzelte verschlafen.

»Ja, Martha.« Cathy war froh über ihre Anwesenheit. Je eher Jon sie verließ, desto besser. »Laß mich runter!« zischte sie ihm ins Ohr.

»Ich habe dir schon einmal gesagt, daß ich mich von dir nicht herumkommandieren lasse«, knurrte Jon zurück, erlaubte ihr jedoch, die Füße auf den Boden zu stellen. Einen Arm hatte er noch um ihre Taille gelegt, und insgeheim war Cathy für diese Stütze dankbar. In ihrem Kopf drehte sich alles, und wenn er sie losgelassen hätte, wäre sie mit Sicherheit umgefallen wie ein Brett.

»Ihr kommt spät, Liebes, und ich bin ...«, begann Martha vorwurfsvoll, die, vom Kaminfeuer geblendet, nur Cathys schemenhafte Umrisse erkennen konnte. Doch als sie Jon hinter ihr stehen sah, den Arm besitzergreifend um ihre Taille gelegt, hielt sie wohlweislich inne. Ihr scharfer Blick registrierte Jons Arm, Cathys zerzauste Frisur, ihre etwas verwirrten Blicke und die geschürzten Lippen. Daß Miss Cathy sie heute nacht nicht mehr brauchen würde, war sonnenklar! So wie die beiden aussahen, legten sie keinen Wert auf ihre Gesellschaft.

»Nun, wie ich sehe, braucht Ihr mich heute nicht mehr, Liebes, deshalb werde ich mich jetzt in mein eigenes Bett zurückziehen. Macht Euch keine Sorgen um Master Cray. Ich kümmere mich um ihn, wenn er aufwacht. Ein bißchen am Zuckerschnuller zu nuckeln, wird dem jungen Gentleman zur Abwechslung einmal ganz gut tun!«

Martha schenkte ihnen ein verständnisinniges Lächeln und ging mit würdevoller Haltung auf die Tür zu. Ihr graues Haar, für die Nacht zu zwei akkuraten Zöpfen geflochten, wippte im Takt.

»Martha ...«, stieß Cathy hervor, die es bei dem Gedanken, die Nacht allein mit ihrem Mann verbringen zu müssen, erneut mit der Angst zu tun bekam. Als Martha sich mit einem fragenden Blick umdrehte, schloß Jons Arm sich wie ein Schraubstock um ihre Hüfte.

»Ja, Miss Cathy?«

»Laß sie gehen. Oder willst du, daß sie dich so sieht?« raunte Jon leise an ihr Ohr. Cathy dachte an ihr zerfetztes Kleid, an die unmißverständlichen Hinweise auf Jons gewaltsamen Akt, und schluckte.

»Ich wollte dir nur eine gute Nacht wünschen, Martha.« Cathy mußte die Worte förmlich über ihre trockenen Lippen zwingen.

Martha lächelte sie verwundert an. »Gleichfalls, Liebes«, entgegnete sie zwinkernd, verließ den Raum und zog leise die Tür hinter sich zu.

Jon hielt Cathy weiterhin fest. Sie spürte, wie sein Herz rhythmisch schlug, wie sein Atem ihren Nacken streifte. Hastig drückte sie den Rücken durch und versuchte, sich loszumachen. Sein Griff lockerte sich nicht.

»Du kannst mich jetzt loslassen. Wir sind allein, und es gibt keinen Grund, deine rührende Zurschaustellung von Zuneigung fortzusetzen.« Ihre Stimme konnte sarkastischer nicht klingen.

»Kannst du stehen?« erkundigte sich Jon, ohne auf ihren Spott einzugehen.

»Gewiß«, entgegnete Cathy mit eisiger Würde. Der harte Arm glitt langsam von ihrer Hüfte. Ohne dessen Stütze begannen ihre Knie zu zittern, doch sie zwang sich zu einer aufrechten Haltung. Sie wollte ihn so schnell wie möglich loswerden.

»Gute Nacht«, sagte sie mit Nachdruck, machte ein paar Schritte auf das Bett zu und drehte sich dann noch einmal zu ihm um. Lässig an einen Bettpfosten gelehnt, hielt sie seinen bohrenden Blicken stand. Er machte keine Anstalten, zu gehen.

»Ich möchte jetzt allein sein, wenn du nichts dagegen hast. Ich bin müde«, erklärte sie mit zitternder Stimme. Der eisige Blick, dem sie ihm dabei zuwarf, sollte ihre Unsicherheit überspielen.

»Zieh dich aus«, meinte er gleichgültig und schlenderte in den Lichtschein des Kaminfeuers. Die Hände in den Hosentaschen vergraben, wippte er auf den Absätzen gemächlich vor und zurück und sah sie unter halb geschlossenen Lidern erwartungsvoll an. Cathy riß vor ungläubigem Erstaunen die Augen auf.

»Für heute nacht hast du deinen Spaß gehabt«,

schnappte sie und zog den Mantel so fest über der Brust zusammen, daß ihre Fingerknöchel weißlich schimmerten. Sie drückte sich mit dem Rücken vom Bettpfosten ab und wollte sich aufrichten, sank aber sofort wieder zurück. Ohne diese Stütze wäre sie umgefallen.

»Ich bin nicht auf Spaß aus, wie du es nennst«, erwiderte er gelassen. Sein Blick wich nicht von ihrem verkrampften Gesicht. »Ich will nur sichergehen, daß mit dir alles in Ordnung ist. Also, kannst du dich selbst ausziehen, oder soll ich dir dabei helfen?«

Cathys Augen funkelten wie flüssiges Glas. Groß und unerschütterlich wie ein Fels stand Jon vor ihr und gab sich dabei so gleichgültig und unbeteiligt, als ob die Ereignisse dieser Nacht ihn nicht im mindesten berührt hätten. Was sie wahrscheinlich tatsächlich nicht taten. Na klar, sie war diejenige, die verletzt und erniedrigt worden war, rief sie sich ins Gedächtnis. Er verspürte sicherlich nur Erleichterung!

»Ein bißchen spät, sich um mich zu sorgen, meinst du nicht auch?« zischte sie giftig. »Und wenn ich mich unwohl fühle, dann bist du der Grund dafür!«

»Zieh dich aus, Cathy«, wiederholte er brüsk, während er zum Kamin schlenderte und sich in den Sessel setzte, den Martha freigemacht hatte. Cathy starrte Jon finster an, riß sich dann in einem Anfall von furiosem Zorn den Mantel von den Schultern und schleuderte ihn ihm entgegen.

Er fing ihn mit einer lässigen Handbewegung auf. Cathy ballte in hilfloser Wut die Fäuste und sank erschöpft an den hölzernen Posten. Dieser Wutausbruch hatte sie ihre letzten Kräfte gekostet. Sie fühlte sich benommen, doch wäre sie lieber gestorben, als sich von ihm ausziehen zu lassen. Wie er sie heute abend behandelt hatte, war unverzeihlich!

Gott sei Dank beobachtete er sie nicht mehr! Er hatte eine dünne braune Zigarre aus seiner Manteltasche geholt und beugte sich gerade über den Kamin, um sie mit einem glühenden Holzscheit anzuzünden. Früher hatte er nicht geraucht, und Cathy war sich nicht sicher, ob ihr das gefiel. Er kam ihr dadurch noch fremder vor.

Mit einem entschlossenen Atemzug hob Cathy die Arme und machte sich an die diffizile Aufgabe, die winzigen Häkchen am Rücken ihres Kleides zu lösen. Jon lümmelte wieder in dem Sessel, lässig die Beine von sich gestreckt, und paffte an seiner Zigarre, während er abwesend die tanzenden Schatten der Flammen betrachtete. Die dicken Rauchwolken, die ihn einhüllten, verströmten einen intensiven, eigenartigen Geruch. Und als die Schwaden zu Cathy herüberwehten und ihr in die Nase drangen, spürte sie, wie ihr Magen plötzlich revoltierte. Sie preßte die Hände vor den Mund, doch zu spät. Sie erbrach sich, wo sie stand.

Erst als der Anfall vorüber war, merkte Cathy, daß Jon sich zu ihr hinunterbeugte; er nahm sie bei den Armen und zog sie behutsam hoch und von der Stelle weg, wo sie, von der Übelkeit übermannt, auf den Knien kauerte. Mit einem dünnen Lächeln sah er auf Cathys ekelverzerrtes Gesicht herab – ein überhebliches Lächeln, daß sie ihm gerne mit den Fingernägeln von den Lippen gekratzt hätte.

»Es war deine verdammte Zigarre!« erklärte sie zu ihrer Verteidigung, als er sie auf der Bettkante absetzte und ihr mit einem angefeuchteten Handtuch vorsichtig das Gesicht abtupfte.

»Das glaube ich weniger«, meinte er, indem er sich hinkniete und ihr die kleinen Schuhe auszog. Cathy, die zum Sitzen einfach zu schwach war, ließ sich rückwärts auf die Matratze fallen. Ihre Beine baumelten über die Bettkante. »Wieviel hast du denn getrunken?« fuhr Jon ungerührt fort.

»Ich bin nicht betrunken, wenn du das meinst«, protestierte Cathy empört. Wie kam er denn auf die Idee! »Ich habe doch nur Punsch getrunken.«

»Champagnerpunsch«, korrigierte Jon gelassen. »Ich habe genau beobachtet, wie du ihn heruntergekippt hast, aber daß du davon ...«

»Ach, halt doch den Mund!« fauchte Cathy. »Von Punsch wird kein Mensch betrunken!«

»Na, du anscheinend doch, meine Liebe.« Die Schadenfreude in seiner Stimme gab Cathy den Rest. Nach allem, was er ihr heute abend angetan hatte, besaß er auch noch die Stirn, sie auszulachen! Mit einer ungeheuren Kraftanstrengung setzte Cathy sich auf, holte mit der Rechten aus und gab ihm eine schallende Ohrfeige.

Höchst befriedigt und mit spöttischer Miene betrachtete sie Jon, der sich ungläubig die Backe hielt. Er kniete immer noch vor ihr und starrte sie völlig perplex an.

»Die hast du verdient!« erklärte sie nachdrücklich und sank wieder auf die Matratze zurück.

»Verdient oder nicht sei dahingestellt, jedenfalls rate ich dir, das nicht noch einmal zu tun«, meinte er nach einer Minute des Schweigens. »Das nächstemal könnte ich mich revanchieren.«

»Gewalt – natürlich ...«, murmelte sie grimmig und kniff die Augen zu. Die Zimmerdecke über ihr drehte sich plötzlich wie ein Karussell. Als sie die Augen nach einer Weile zaghaft öffnete, fand sie Jon über sich gebeugt. Nur ganz allmählich nahm sein Gesicht in ihrem kreiselnden Blickfeld Gestalt an.

»Geh weg!« fauchte sie und erntete ein gezwungenes Lächeln.

»Gleich, in ein paar Minuten«, versprach er mit dunkler Stimme, legte die Hände sanft auf ihre Schultern und drehte sie auf den Bauch. Cathy wehrte sich nicht, als sie merkte, daß er ihr das Kleid aufhakte. Er zog es ihr über die Hüften nach unten und warf es achtlos auf den Boden. Dann machte er sich an den Bändern ihres Mieders zu schaffen, die sich offenbar verknotet hatten, und gab mit einem gemurmelten »Verdammt!« seinen Anstrengungen Ausdruck. Nachdem es ihm gelungen war, die Knoten zu lösen, schnürte er das Mieder auf und zog es seitlich unter ihrem Körper heraus.

»Mir ist schlecht«, stöhnte sie leise, als sie spürte, wie sich ihr Magen erneut verkrampfte.

»Das weiß ich«, entgegnete er beinahe mitfühlend und streichelte zärtlich über ihre Oberschenkel, bevor er ihr die Seidenstrümpfe und den Hüftgürtel abstreifte. »Wenn du ausgezogen bist, bringe ich dir etwas zum Einnehmen. Danach fühlst du dich gleich besser.«

»Strychnin, wie?« Die Frage war pure Provokation, doch Jon ging gar nicht darauf ein, sondern drehte Cathy wieder auf den Rücken. Sie lag mit geschlossenen Augen da, viel zu schwach für irgendeine Art von Protest, und ließ sich von ihm aus den Petticoats schälen, bis sie nichts weiter mehr trug als das durchsichtige Hemdchen und die zerrissenen Spitzenhosen. Jon zog ihr das Hemd über den Kopf, schnürte vorsichtig das Hüftband auf und streifte die Hose über ihre Beine. Seine Hände fühlten sich angenehm warm in ihrem Nacken an, als er zuerst den Verschluß des Colliers öffnete, ihr dann die Ohrringe abnahm und die Haarspange aus den zerzausten Locken löste. Cathy war gerade dabei, in einen unruhigen Schlummer zu sinken, als sie etwas Kaltes, Nasses auf ihrem Bauch und den Oberschenkeln spürte.

»Was machst du denn da?« keuchte sie und riß die Augen auf. Ohne ihr zu antworten, fuhr Jon schweigend fort, ihren Körper mit einem feuchten Waschlappen abzureiben, was er mit einer solchen Selbstverständlichkeit tat, daß Cathy heftig errötete.

»Dich waschen, Liebste«, erklärte er dann mit einem beinahe zärtlichen Blick in ihr entsetztes Gesicht. Er fuhr mit dem Waschlappen ein letztes Mal zwischen ihre Schenkel, warf ihn dann zur Seite und stand auf. Nackt wie sie war, ließ er sie auf dem Bett liegen und ging durchs Zimmer in Richtung Schrank.

»Wo gehst du hin?« rief sie ihm ängstlich hinterher, plötzlich seiner Nähe beraubt. Jon warf ihr einen schiefen Blick über die Schulter zu und wühlte in den diversen Stapeln ihrer Unterwäsche.

»Ich nehme an, du möchtest in einem Nachthemd schlafen.«

»Oh«, murmelte Cathy und nickte. Ihre Wut verflog zusehends, zusammen mit der Erinnerung an die Ursache dafür. Das seltsame Drehen in ihrem Kopf wirbelte alles durcheinander.

»Du hast mir weh getan«, wisperte sie, als sie sich dann doch vage der Schmerzen entsann, die er ihr mit seinem brutalen Akt zugefügt hatte.

Jon kam mit einem seidenen Etwas über dem Arm wieder zum Bett zurück.

»Du mir auch«, erinnerte er sie und tippte dabei mit der freien Hand auf seine Wange. »Damit sind wir quitt.«

Cathy, der von Minute zu Minute schwindliger wurde, fand das irgendwie unlogisch. Sie wehrte sich aber nicht, als er sie vorsichtig hochzog, sondern lehnte sich an seine starke Brust und ließ sich von ihm das Nachthemd über den Kopf ziehen. Der derb-männliche Geruch, der von ihm ausging, war ihr nicht unangenehm, im Gegenteil. Sie vergrub ihr Gesicht in dem kühlen Stoff seines Hemds und atmete seinen Duft ein, während er ihr das Nachthemd zurechtzupfte, bis es richtig saß.

»So, und nun ab ins Bett mit dir, du Hexe«, hörte sie ihn mit rauher Stimme flüstern. Er hob sie hoch und bettete sie viel zu schnell für ihren Geschmack auf die weiche Matratze, den Kopf auf dem Kopfkissen, in der ordentlichen Schlafposition. In ihren blauen Augen lag ein stummer Vorwurf, als er ihr die Bettdecke bis zum Kinn hochzog und sorgsam feststeckte.

»Ich habe Kopfschmerzen«, erklärte sie in einem so vorwurfsvollen Tonfall, als wäre das allein seine Schuld.

Das Lächeln, das sein Gesicht jetzt überzog, konnte man fast als charmant bezeichnen.

»Ich bringe dir gleich etwas«, versprach er und strich mit dem Zeigefinger über ihren Nasenrücken. »Ich glaube, ich muß dich öfter betrunken machen, du kleines Biest. Wenn du einen Schwips hast, bist du nämlich unwiderstehlich.«

Bevor Cathy noch grimmig darauf reagieren konnte, war Jon verschwunden, kam aber kurz darauf mit einem Cognacschwenker in der Hand zurück, in dem eine giftig aussehende Flüssigkeit kreiste.

»Trink das.« Er setzte sich auf die Bettkante und hielt ihr das Glas hin.

Cathy stützte sich mühsam auf die Ellbogen. Und schon begann sich wieder alles um sie herum zu drehen.

»Was ist das?« fragte sie skeptisch.

»Kopfwehpulver, aufgelöst in einem Schluck Cognac, hilft garantiert gegen jeden Kater. Komm, trink.«

Er legte den Arm um ihre Schultern, um sie abzustützen, und hob das Glas an ihre Lippen. Cathy blieb nichts anderes übrig, als das Gebräu zu schlucken. Es schmeckte gallebitter und reizte sie zum Würgen, doch als ihr Magen sich wieder beruhigt hatte und sie wieder ausgestreckt in den Kissen lag, mußte sie zugeben, daß es ihr tatsächlich schon viel besser ging. Sie hatte das Gefühl, zu schweben, ihr Körper schien kein Gewicht mehr zu besitzen, und ihre Gedanken segelten leicht und unbefangen davon. Die Matratze qietschte und hob sich dann, als Jon von der Bettkante aufstand.

»Verlaß mich nicht«, murmelte sie und tastete mit halbgeschlossenen Augen nach seiner Hand. »Bitte.«

»Nein, keine Angst, ich bleibe hier.«

»Martha wäre schrecklich enttäuscht, wenn …« Ihre Stimme verlor sich, und nach einem kurzen Flattern ruhten ihre dunklen Wimpern auf den blassen Wangen. Jon schnitt eine wehmütige Grimasse. Trotz all seiner Vorsätze gelang es diesem Biest doch immer wieder mit erstaunlicher Mühelosigkeit, ihn um den Finger zu wickeln. Er schlenderte zum Kamin, starrte eine Weile mit blinden Augen in die Flammen und grübelte über die Torheit verliebter Mannsbilder nach.

Gute zwei Stunden später wachte Cathy vom lauten Knacken eines glühenden Holzscheits auf. Um sie herum war alles dunkel. Cathy blinzelte benommen, stützte sich auf einen Ellbogen und spähte in die von mysteriösen Schatten bevölkerte Finsternis. Der schwache Geruch nach Zigarrenrauch, der noch in der Luft hing, erinnerte sie unverzüglich an ihren Mann. Die Ereignisse der Nacht formten kein klares Bild, sie konnte sich jedoch vage daran erinnern, daß Jon sie liebevoll ausgezogen und mit seiner dunklen Stimme ›Liebste‹ genannt hatte. Auf ihren Lippen erschien ein versonnenes Lächeln.

Dann streifte ihr Blick die orangerot leuchtende Glut einer Zigarre. Mit zusammengekniffenen Augen fixierte sie diesen Lichtpunkt, bis sie dahinter den langen, schlanken Schatten ausmachen konnte, der in einem Sessel vor dem Kamin saß.

»Jon?« hauchte sie und wußte, daß es niemand anders sein konnte. Die Zigarre segelte ins Feuer, die dunkle Gestalt erhob sich und kam langsam auf das Bett zu. Zufrieden sank Cathy zurück. Es war tatsächlich Jon.

»Wie fühlst du dich?« erkundigte er sich leise. Sein Gesicht lag noch im Schatten, als er sich über sie beugte.

»Einsam«, seufzte Cathy, die keine Notwendigkeit sah, ihre Liebe noch länger zu bemänteln, jetzt, da er ihr die seine gestanden hatte. Liebste – das Wort wiederholte sich in ihrer Erinnerung wie ein Lobgesang.

»Was meinst du damit?« fragte Jon nach einer Weile. Seine Stimme klang vorsichtig. Cathy wünschte, sie könnte seinen Gesichtsausdruck erkennen, doch dazu war es zu dunkel. Ach, sei's drum, dachte sie, morgen ist auch noch ein Tag – es kämen noch unendlich viele Tage, um über ihre Liebe zu sprechen. Im Augenblick sehnte sie sich nach greifbareren Beweisen.

»Und mir ist kalt«, wisperte sie kläglich, während sich ihre Hand unter der Bettdecke hervorstahl und lockend seinen Oberschenkel hinaufwanderte. »Möchtest du mich nicht wärmen?«

»O Gott, du bist ja immer noch betrunken«, brummte er. Cathy lächelte in die Dunkelheit. Ja, sie war betrunken. Trunken vom berauschenden Nektar der Liebe. Ihre Hände tasteten sich höher ... Instinktiv wich Jon zurück, hielt dann aber inne. Er stöhnte, gleichzeitig griff seine Hand nach der ihren und drückte sie fester an sich.

»Ich will dich«, raunte er mit erstickter Stimme. Cathys Finger tasteten sich langsam vorwärts. Sie fanden den untersten Hosenknopf, öffneten erst diesen und nacheinander die anderen. Und dann schlüpften ihre kühlen Finger in den Spalt und streichelten aufreizend sein heißes Fleisch.

»O Gott!« keuchte er und legte sich neben sie. Seine Arme umfaßten sie und zogen sie sanft an seinen vibrierenden Körper. Und während er gierig ihre Lippen suchte, zerrte er ungeduldig die störende Bettdecke beiseite. Cathy schlang ihre Arme um seinen Nacken und erwiderte seine Küsse mit leidenschaftlicher Hingabe, törichte Zärtlichkeiten wispernd. Sie konnte das Zucken in seinen Lenden spüren, als er sich an sie drückte.

Seine Hände, die über ihre Brüste, die Schenkel und ihren Bauch streichelten, brannten auf dem hauchdünnen Stoff ihres Nachthemds wie Feuer. Erregt von seinen Berührungen, wandte sie sich ihm willig entgegen. Ihre Hände glitten von seinem Nacken zu der Knopfleiste seines Hemdes und zerrten ungeduldig daran, bis die Knöpfte aufsprangen und seine muskulöse, behaarte Brust freigaben. Ihre Lippen lösten sich von seinem Mund, um seinen Körper mit lüsternen Küssen zu bedecken. Jons Atem ging immer schwerer, rasselte in seiner Brust, als leiste er Schwerstarbeit.

Als er sich plötzlich aufsetzte, hätte Cathy beinahe laut aufgeschrien, so verlangte es sie nach seinem heißen Körper.

»Was machst du, Liebster?« fragte sie heiser, kniete sich dabei hinter Jon, der vornüber gebeugt auf der Bettkante saß, und schlang ihre weichen Arme um seine Hüften.

»Meine verdammten Stiefel ausziehen«, stöhnte er und zerrte ungeduldig an dem widerspenstigen Schuhwerk.

Cathy schnalzte verführerisch mit der Zunge und drückte ihre vollen Brüste an die sehnigen Muskeln seines Rückens. Jon ließ einen Moment von seinen Schuhen ab, zog ihren Kopf zu sich herunter und stahl sich einen schnellen, gierigen Kuß. Dann streifte er die Stiefel endlich ab, stand auf und riß sich mit zitternden Fingern die Kleider vom Leib. Cathy, die kniend in ihrer Stellung verharrte, sah ihm dabei mit vor Lust geweiteten Augen zu. Sein kräftiger, geschmeidiger Körper, der im Schein des flackernden Kaminfeuers wie Bronze leuchtete, erinnerte sie an den eines Wilden. Bewundernd betrachtete sie die wohlgeformten Muskelstränge an seinen Armen und Beinen, weidete sich an deren Stärke. Und als er schließlich ganz nackt vor ihr stand, wanderte ihr Blick mit einer derart unverhohlenen Begierde über ihn hinweg, daß Jon unwillkürlich den Atem anhielt. Mit jeder Pore ihres Körpers saugte sie seine Männlichkeit und seine Leidenschaft in sich hinein.

»Du lüsternes Frauenzimmer«, murmelte er, indem er einen Schritt auf sie zu machte und ihr mit einer schnellen Bewegung das Nachthemd über den Kopf zog. Nackt kniete sie einen Augenblick vor ihm, ehe sie sich hemmungslos an ihn preßte, aufs höchste erregt von seinem heißen, kraftvollen Körper. Er legte sie sanft auf den Rücken, stieg über sie und drückte ihr mit den Knien behutsam die Oberschenkel auseinander.

Kaum war er in sie eingedrungen, spürte Cathy, wie eine glühende, pulsierende Woge der Lust von ihrem Körper Besitz ergriff. Sie krümmte sich ihm entgegen, rieb ihr weiches, feuchtes Fleisch an seiner männlichen Härte, flüsterte heiße Zärtlichkeiten an seine Lippen. Jons keuchender Atem ging stoßweise, und sein Herz klopfte so laut, als würde jemand zwischen ihnen eine Trommel schlagen. Er entführte sie auf den höchsten Gipfel der Ekstase, und kaum hatte sie sich erholt, wieder und immer wieder. Als er dann erschöpft auf sie niedersank, seinen warmen Mund in ihre Halsbeuge drückte und ihr mit der Hand liebevoll übers Haar strich, fühlte Cathy sich wie im siebten Himmel. War das Wirklichkeit oder nur ein Traum? Verwundert tastete sie mit den Fingerspitzen nach seinen Lippen, und ehe sie ihm noch sagen konnte, wie wunderschön das alles für sie gewesen sei, war sie auch schon eingeschlafen.

Auch Jon schlummerte ein, schlief aber längst nicht so tief und entspannt wie Cathy. Er erwachte, als die Sonne gerade eben über den Horizont lugte und ihre ersten Strahlen durch das Fenster warf. Immer noch hielt er ihren nackten Körper in seinen Armen. Schlaftrunken strich er mit einem Finger über die samtene Haut, und als sie sich nicht regte, stützte er sich auf den Ellbogen und betrachtete die anmutige Schönheit ihres Gesichts.

Zärtlich berührten seine Blicke ihre dunklen Wimpern, die sich wie seidene Fächer über die leicht geröteten Wangen breiteten, ihre kleine Nase, die so wundervoll geschwungenen, verführerischen Lippen. Er bewunderte die elegante Linie ihres Kinns, den schlanken Hals, die runden, vollen Brüste, cremeweiß mit erdbeerfarbenen Spitzen. Die Decken und Laken lagen als unordentlicher Haufen zu ihren Füßen, so daß auch ihre schlanke Taille, die schwungvollen Hüften und die langen Beine seinen Blicken preisgegeben waren. Er dachte an die unglaublichen Wonnen, die sie ihm in der Nacht beschert hatte, und staunte über die Intensität seiner Leidenschaft. Noch nie zuvor hatte er eine ähnliche Ekstase erlebt.

Ein Sonnenstrahl tastete sich über eine ihrer duftigen Haarlocken und erweckte sie zu schillerndem Leben. Vorsichtig nahm Jon die Strähne zwischen zwei Finger, rieb sie leicht, spürte die seidige Weichheit, hielt sie an seine Nase, um ihren Duft einzuatmen, und preßte sie verzückt an seine Lippen. Dann hielt er unvermittelt inne. Er benahm sich wie der letzte schwachsinnige Trottel! Die verzehrende Liebe, die er in dieser Nacht für sie empfunden hatte, hatte ihn für alles andere außer ihrer Schönheit und seinem leidenschaftlichen Verlangen blind gemacht. Ja, der neue Tag, der alles in einem klareren Licht erscheinen ließ, war keine Sekunde zu früh angebrochen. Jon dankte dem Herrn, daß Cathy nicht gleichzeitig mit ihm erwacht war – sonst hätte er ihr nämlich mit Sicherheit seine Liebe gestanden und sie, falls das nötig gewesen wäre, auf Knien angefleht, ihn ebenfalls zu lieben. O Gott, wie hätte ihr das gefallen! Damit wäre ihr der Sieg sicher gewesen.

Hastig stieg Jon aus dem Bett und sammelte seine achtlos auf den Boden geworfenen Kleidungsstücke ein. Seine Brauen krümmten sich zu zornigen Bögen. Er brauchte Zeit zum Nachdenken, bevor er Cathy wieder unter die Augen treten wollte. So konnten sie nicht weitermachen. Zumindest er nicht. Er zog nur seine Hose an und verließ leise das Schlafzimmer.

Der Tag war schon weit fortgeschritten, die Sonne stand hoch am Himmel, als Cathy aufwachte. Sie räkelte sich verschlafen, die Wärme vermissend, die sie die ganze Nacht über umfangen hatte. Blinzelnd preßte sie ihr Gesicht in die Vertiefung des Kopfkissens neben ihr. Jon war gewiß schon längst auf den Baumwollfeldern. Du liebe Güte, er mußte sie ja für eine richtige Schlafmütze halten! Und für ein schamloses Flittchen, dachte sie und errötete im nachhinein über die Dreistigkeiten, zu denen sie sich hatte hinreißen lassen.

Ja, Jon liebte sie. Wie der helle Klang einer Silberglocke drang dieser Gedanke durch ihre sonst recht verschwommenen Erinnerungen an die vergangene Nacht. Daran konnte es angesichts seiner leidenschaftlichen Liebesglut keinen Zweifel geben – oder doch? Ganz allmählich überkam sie Skepsis, als sich weniger angenehme Erinnerungen in ihr Bewußtsein drängten. Er hatte sie mehr als einmal genommen in der letzten Nacht; zum erstenmal auf der Heimfahrt in der Kutsche. Mit erschreckender Klarheit passierte die Szene vor ihrem inneren Auge noch einmal Revue, wie er sich in der Kutsche brutal an ihrem Körper vergangen hatte. O Gott, warum nur war er zu so etwas fähig? Wenn er sie doch liebte? Hatte er tatsächlich gesagt, daß er sie liebte, oder hatte sie sich das nur eingebildet, weil sie es sich so sehr wünschte? Sie konzentrierte sich, versuchte krampfhaft, sich zu erinnern. Und während die Erinnerungen an die vergangene Nacht eine klarere Gestalt annahmen, spürte sie, wie sie bis unter die Haarwurzeln errötete. Verdammt, sie hatte sich aufgeführt wie eine Hure, hatte ihn praktisch angefleht, mit ihr zu schlafen! Jetzt fiel es ihr wieder ganz deutlich ein – wie sie ihn berührt hatte, wie sie seinen Körper mit lüsternen Küssen bedeckt hatte! Vor Scham wäre sie am liebsten gestorben.

Unsinn, er liebte sie nicht! Er konnte sie gar nicht lieben. Nicht nach der bestialischen Vergewaltigung in der Kutsche! Es war der Champagner, verbunden mit ihrem verzweifelten Wunsch, Jon für sich zu gewinnen, der sie dazu verleitet hatte, sich diese Liebeserklärung einzubilden. O Gott, wie er im nachhinein über sie gelacht – und sie verachtet haben mußte! Oder schlimmer noch, vielleicht war ihm das alles völlig gleichgültig. Vielleicht waren ihm derartige Nächte so vertraut, daß er über ihr Benehmen gar nicht nachdachte.

Das diskrete Klopfen an der Tür riß Cathy aus ihren beklemmenden Betrachtungen. Sie holte tief Luft und zwang sich zur Ruhe.

»Ja?«

»Es ist Zeit, daß Ihr allmählich aufwacht, Miss Cathy!« rief Martha gut gelaunt und öffnete die Tür. »Master Jon bat mich, Euch ausschlafen zu lassen, aber genug ist genug, meine ich. Der kleine Cray macht einen derartigen Aufstand, daß man meinen möchte, er sei am Verhungern!«

»Du hast Jon heute morgen gesehen?« fragte Cathy mit soviel Gelassenheit, wie sie sich abringen konnte.

»Ja, und er schien allerbester Laune zu sein. Ihr müßt letzte Nacht sein Blut ganz schön in Wallung gebracht haben!«

Unwillkürlich stahl sich erneut schamhafte Röte in ihre Wangen. Es bestand kein Zweifel, daß sie, wie Martha es eben so treffend ausdrückte, sein Blut in Wallung gebracht hatte! Doch gleich darauf stieg ein Gefühl der Erniedrigung in ihrer Kehle hoch, das bitter wie Galle schmeckte und das auch Marthas amüsiertes Glucksen nicht dämpfen konnte.

»Ist er auf die Plantage gegangen?« Cathy mußte wissen, wieviel Zeit ihr blieb, um sich für die nächste Begegnung mit Jon zu wappnen. Martha schaute sie überrascht an.

»Plantage? Nein, mein Liebes, er hat erklärt, er müsse geschäftlich nach Atlanta. Und würde in etwa einer Woche wiederkommen. Hat er Euch das nicht gesagt?« Martha klang so erstaunt, als argwöhnte sie bereits, daß irgend etwas nicht in Ordnung wäre. Cathy schluckte nervös und tat ihr Bestes, ein strahlendes Lächeln auf ihre Lippen zu zwingen.

»Doch, ja, natürlich hat er es mir gesagt. Es war mir im Augenblick nur entfallen«, log sie. »Und Cray ist so hungrig? Armer kleiner Schatz! Bring ihn mir bitte, damit ich seinen Nöten schnellstens abhelfen kann.«

Den Rest des Tages verbrachte Cathy wie eine lebendige Tote. Sie lächelte, sie spielte mit Cray, sie gab die richtigen Antworten, während ein einziger Gedanke in ihrem Kopf widerhallte wie ein dumpfer Paukenschlag: Jon scherte sich so wenig um sie, schätzte das, was in der letzten Nacht zwischen ihnen geschehen war, so gering, daß er für eine Woche nach Atlanta fahren konnte, ohne sie von seiner Reise in Kenntnis zu setzen, ja, ohne sich überhaupt von ihr zu verabschieden! Das tat verdammt weh! In ihrem ganzen Leben hatte Cathy sich noch nie so beschämt gefühlt.

Am späten Nachmittag, als sie gerade mit Cray im Rosengarten spielte, hörte sie eine Kutsche in die Auffahrt rollen. Auch das noch, dachte sie grimmig und bereitete sich schon einmal seelisch auf den Plausch mit einer geschwätzigen Nachbarin vor, die gewiß nur die neuesten Gerüchte bei ihr abladen wollte. Außerdem mußte sie darauf gefaßt sein, ihrerseits mit neugierigen Fragen gelöchert zu werden, überlegte sie weiter und wurde dabei unwillkürlich rot. Die letzte Nacht war eine Niederlage an allen Fronten gewesen.

»Ihr habt Besuch, Miss«, meldete Petersham mit einem nicht zu überhörenden Unbehagen in der Stimme. Cathy, verwirrt von seinem Tonfall, sah ihn fragend an.

»Wer ist es?«

»Ein Gentleman, Miss. Er wollte seinen Namen nicht nennen.«

Aha, das also war der Grund für Petershams Mißfallen, folgerte sie und hoffte inständig, daß es nicht Paul Harrison war, der kam, um sich für sein Benehmen gestern abend zu entschuldigen – oder, schlimmer noch, ihre Bekanntschaft zu vertiefen. Cathy nahm Cray mit, als sie Petersham ins Haus folgte und fuhr sich kurz übers Haar. Petersham deutete in Richtung Salon.

»Ich habe ihn hier herein geführt, Madam. Und ich bleibe in Rufweite, falls Ihr mich brauchen solltet.«

Also wirklich, glaubte Petersham etwa, der Mann würde sie in ihrem eigenen Haus überfallen? Cathy warf dem alten Diener einen ungehaltenen Blick zu, dann öffnete sie die Tür. Im Salon stand, mit dem Rücken zu ihr, ein korrekt gekleideter grauhaariger Gentleman, der sich langsam umdrehte, als sie eintrat. Cathy erkannte ihn sofort. Mit einem Freudenschrei rannte sie auf ihn zu, um ihn zu umarmen.

»Papa! Oh, Papa, ich bin ja so froh, daß du da bist!«

17

»Seid Ihr sicher, daß Ihr das Richtige tut, Miss Cathy?« Martha, die gerade die reich verzierte Badewanne mit heißem Wasser füllte, klang zutiefst beunruhigt.

»Ja, Martha, das bin ich«, entgegnete Cathy knapp. Insgeheim wünschte sie sich, ihrer Sache tatsächlich so sicher zu sein, wie sie nach außenhin tat. Ein Teil von ihr hätte sich am liebsten Cray unter den einen Arm und den Mantel unter den anderen geklemmt und wäre nach Woodham – und zu Jon – zurückgeflogen, so als ob ihr plötzlich Flügel gewachsen wären. Das war ihre schwache, weibliche Seite. Der andere Teil – ihr Stolz, ihre Selbstachtung, ihr gesunder Menschenverstand – wußte, daß die Zeit gekommen war, ihre Lebensumstände zu ändern und Jon abzuschreiben. Er liebte sie nicht – das hatte sein Verhalten ihr gegenüber unmißverständlich deutlich gemacht. Es war töricht – nein, genaugenommen Wahnsinn –, bei einem Mann zu bleiben, der ihr früher oder später das Herz brechen würde. Sie mußte ihn verlassen, solange sie noch die Willensstärke dazu besaß – und bevor sie wieder ein Kind von ihm unter dem Herzen trug. Nachdem das Eis gebrochen war, und er wieder das Bett mit ihr teilte, würde es nicht lange dauern, bis sie erneut schwanger wäre. Und damit würden sie nur noch stärkere Bande an Jon fesseln. Selbst jetzt konnte sie nur hoffen, daß ihre letzten intimen Stunden ohne Folgen geblieben waren.

Bei dem Gedanken an Jons Reaktion, wenn er feststellte, daß sie ihn verlassen hatte, begann sie nervös zu schlucken. Aber zum Glück war sie dann nicht in seiner Reichweite, dachte sie und schob Cray, den sie gerade stillte, in eine bequemere Position. Wenn Jon nach

Woodham zurückkehrte, würde die »Unicorn« sich bereits auf hoher See befinden. Zu Martha hatte er gesagt, daß er etwas eine Woche wegbleiben wolle, und von dieser Woche waren erst zwei Tage verstrichen. In weiteren zwei Tagen würde die ›Unicorn‹ bereits in Richtung England segeln.

Der überraschende Besuch ihres Vaters war eine mehr als glückliche Fügung gewesen. Ohne ihn wäre es Cathy niemals gelungen, in der kurzen Zeit eine Schiffspassage zu buchen. Aber Sir Thomas hatte bereits eine Kabine auf der ›Unicorn‹ reserviert, und dank seiner Beziehungen hatten sie mühelos noch zwei weitere bekommen.

Doch etwas am Verhalten ihres Vaters verwirrte Cathy. Er war über die Maßen besorgt, beinahe so, als plagten ihn irgendwelche Schuldgefühle, und wollte sich ständig vergewissern, daß Cathy und Cray in den vergangenen Monaten auch wirklich keinerlei Leid zugestoßen war. Selbst Martha hatte er mehrmals ausgefragt, wie es ihnen in der Zwischenzeit ergangen wäre. Und als diese ihm versicherte, daß Käpten Hale seine Frau und seinen kleinen Sohn mit der größten Fürsorge und Freundlichkeit behandelt hatte, wurde Sir Thomas sehr nachdenklich, um nicht zu sagen verdrießlich. Als Cathy ihm dann erklärte, daß sie beabsichtige, Woodham noch vor der Rückkehr ihres Gatten zu verlassen, machte er nur äußerst widerwillig Anstalten, ihr dabei zu helfen. Genaugenommen zeigte er sich erst einverstanden, nachdem sie zusammengebrochen war und sich schluchzend an seine Brust geworfen hatte.

Doch schließlich hatte er sich – wie stets – ihrem Willen gebeugt. Und da war sie nun, in einer Luxuskabine an Bord der ›Unicorn‹, auf einem englischen Schiff, zusammen mit Cray, der zufrieden an ihrer Brust schmatzte, mit ihrer Nanny, die sich um sie beide kümmerte – und das alles unter dem Schutz ihres Vaters. Aber weshalb fühlte sie sich trotz alledem so miserabel?

»Liebes, wollt Ihr Eure Meinung nicht doch noch ändern, bevor es zu spät ist?« drängte sich Martha in ihre Gedanken. Cathy rutschte unruhig in dem Sessel neben dem Bett hin und her, tätschelte abwesend Crays windelbepacktes Hinterteil und dehnte ihren verspannten Rükken.

»Nein, Martha, das will ich nicht.« Cathy war der endlosen Diskussionen über dieses Thema müde, und das gab ihr Tonfall auch ganz deutlich zum Ausdruck. »Aus gewissen Gründen, von denen du nichts weißt, ist es am besten, wenn wir nach England zurückkehren.«

Dieser Versuch, Martha zum Schweigen zu bringen, schlug absolut fehl, was Cathy sich eigentlich hätte denken können. Anstatt klein beizugeben, änderte Martha nur geringfügig die Richtung ihrer Argumentation.

»Ihr werdet dem armen Mann das Herz brechen, Liebes. Er ist doch so verrückt nach Euch.«

Cathy bedachte Martha mit einem vorwurfsvollen Blick, ehe sie sich wieder betont angelegentlich dem kleinen Cray zuwandte, der offenbar satt war und bereits mit dem Schlaf kämpfte. Während sie ihm zusah, legte sich ein wehmütiges Lächeln um ihre Lippen. Solange ihr Sohn lebte, würde sie seinen Vater niemals vergessen können, dachte sie ein wenig traurig. Die beiden sahen sich so ähnlich, obwohl Cray noch in den Windeln steckte, daß es schon fast unheimlich war.

»Käpten Hale ist ein feiner Mann, Miss Cathy. Und Ihr werdet einige Mühe haben, einen anderen zu finden, der es mit ihm oder seiner Fürsorge für Euch aufnehmen kann.«

Das konnte Cathy so nicht stehenlassen.

»Das glaubst auch nur du. Dieser feine Käpten Hale hat mich entführt, vergewaltigt und geschwängert. Dann hat er mich verlassen und ist nur zurückgekommen, um sich für irgendwelche eingebildeten Missetaten, die ich angeblich verbrochen habe, an mir zu rächen. Wenn du das Fürsorge nennst, Martha, so sei sie dir geschenkt. Ich für meinen Teil pfeife darauf!«

»Er ist immer noch Euer Ehemann, Liebes, ob Euch das nun paßt oder nicht. Vor Gott und dem Gesetz. Und es ist nicht richtig, ihm seinen Sohn zu nehmen und ihn zu verlassen.«

»Um Himmels willen, Martha, sei still!« schrie Cathy aufgebracht, worauf der kleine Cray erschreckt die Augen aufriß. Die winzige Ausgabe von Jons Gesicht verzog sich zu einer unheilvollen Grimasse, und Cathy stand rasch auf, als sich sein kleiner Mund zu einem schrillen Schrei öffnete.

»Scht, mein Liebling, Mammi ist nicht böse mit dir. Scht, ja, so bist du ein lieber Junge«, flüsterte Cathy beruhigend und drückte das schwarze Lockenköpfchen an ihre Schulter, während sie im Zimmer auf und ab ging. Martha bedachte sie im Vorbeigehen mit einem vorwurfsvollen Blick, der besagen sollte: ›Da siehst du, was du angerichtet hast!‹ Doch Martha zeigte sich unbeeindruckt. Mit steinerner Miene legte sie Seife und Handtücher für Cathys Bad zurecht.

Nach einer Weile verwandelte Crays Schluchzen sich in ein leises Schniefen, das alsbald ganz verstummte. Cathy ging mit ihm zur Koje hinüber. Wenn sie sehr vorsichtig und leise war, gelang es ihr vielleicht, ihn hinzulegen, ohne ihn zu wecken. Cray war schon den ganzen Tag über unleidlich und quengelig gewesen, und Cathy mit ihren Nerven so ziemlich am Ende. Sie vermutete, daß er von der veränderten Umgebung aus seinem gewohnten Rhythmus gebracht worden war, was auch Martha bereits mehrmals mit düsterer Miene geäußert hatte.

Cathy legte Cray auf den Bauch nahe an die Rückwand der Koje und deckte ihn mit der handgehäkelten Decke zu, die sie von Woodham mitgenommen hatte. So sehr sie den kleinen Racker auch liebte, genoß sie dennoch die kurzen Ruhepausen, wenn er schlief. Das Badewasser dampfte einladend, und Cathy freute sich darauf, eine Zeitlang in der wohligen Wärme Entspannung zu finden.

Zu Cathys Erleichterung sagte Martha kein Wort, als sie ihr beim Auskleiden half. Doch sie war sich sehr wohl bewußt, daß diese ungewohnte Rücksichtnahme nicht ihrem Wohlbefinden galt. Martha wollte schlicht und einfach den kleinen Cray nicht aufwecken. Früher oder später würde sie mit ihren Vorhaltungen fortfahren und nicht eher damit aufhören, bis die ›Unicorn‹ in See gestochen war.

Das Wasser fühlte sich wunderbar an. Cathy ließ sich bis zum Hals in die nach Honig duftende Wärme gleiten, pustete abwesend auf die Schaumblasen und sah zu, wie sie zerplatzten. Dann schloß sie seufzend die Augen, um die ersten ruhigen, friedlichen Momente des Tages zu genießen. Doch als das dunkle, markant geschnittene Gesicht hinter ihren geschlossenen Lidern Gestalt annahm, schlug sie diese wieder hastig auf. An Jon zu denken, nein, das wollte sie sich nicht erlauben.

Statt dessen nahm sie den Schwamm in die eine Hand, die Seife in die andere und schäumte sich gründlich Arme und Beine ein. Die lange Strähne, die sich aus ihrem Dutt gelöst hatte, schob sie ungeduldig an ihren Platz zurück, dann wusch sie sich das Gesicht und spülte die Seife ab. Als sie aus der Wanne stieg, stand Martha mit einem großen Badetuch bereit.

Sie war gerade dabei, sich das Handtuch um den feuchten Körper zu wickeln, als die Kabinentür mit einer solchen Wucht aufgestoßen wurde, daß sie mit einem scheppernden Knall an der Wand abprallte. Cathy hielt erschrocken die Luft an, preßte das Handtuch vor die Brust, fuhr herum und starrte mit großen Augen in Richtung Tür. Martha tat das gleiche, und der kleine Cray, so unsanft aus dem Schlaf gerissen, blinzelte kurz, bevor er kläglich zu heulen begann.

Cathy war derart bestürzt, daß sie Crays Wimmern

kaum wahrnahm. Es war Jon, der in der offenen Tür stand und sie wütend anstarrte. Von der Krempe seines Huts tropfte Wasser, seine Kleider waren völlig durchnäßt, und als Cathy an ihm vorbei nach draußen in die pechschwarze Nacht spähte, stellte sie fest, daß es in Strömen regnete. Seine Lippen waren zu einer unnachgiebigen Linie zusammengepreßt, seine vorwurfsvoll blitzenden Augen direkt auf die ihren geheftet.

»Guten Abend, Cathy«, grüßte er spöttisch. Cathy stand da wie vom Donner gerührt, den Mund sperrangelweit offen. »Ich freue mich, daß es dir in meiner Abwesenheit so wohl ergangen ist.« Prüfend ließ er seinen Blick über ihren spärlich verhüllten, noch immer feuchten Körper wandern.

Cathy unterzog ihn ebenfalls einer schnellen Musterung. Er trug Reitkleidung, dunkle Hosen, einen knielangen weiten Umhang, hohe Stiefel und einen breitkrempigen Hut. Allem Anschein nach war er gerade von Atlanta nach Woodham zurückgekehrt, hatte festgestellt, daß sie das Haus verlassen hatte und war dann irgendwie ihrer Spur bis zur ›Unicorn‹ gefolgt. Cathy schluckte; ihre Kehle war plötzlich staubtrocken. Offenbar waren ihre Pläne und sorgfältigen Vorbereitungen für die Katz gewesen, das war ihr erster Gedanke. Doch dann schürzte sie nachdenklich die Lippen. Das hier war ein englisches Schiff, und ihr Vater ganz in der Nähe. Jon konnte sie nicht zwingen, mit ihm zurückzugehen.

Während Cathy immer noch wie angenagelt vor der Wanne stand, erholte sich Martha von ihrem Schreck und ging zur Koje hinüber, um Cray hochzunehmen und ihn zu beruhigen. Allmählich verstummte sein Geschrei. Jon warf einen schnellen Blick auf seinen Sohn und das Kindermädchen.

»Martha, würdest du freundlicherweise Cray irgendwo anders hinbringen? Ich möchte mich gern in Ruhe mit meiner Frau unterhalten.«

»Ja, Sir.« So zahm wie Martha klang, vermutete Cathy, daß die sonst so resolute Frau genausoviel Angst vor Jon hatte wie sie selbst. Doch der triumphierende Blick, mit dem Martha sie bedachte, bevor sie mit Cray auf dem Arm die Kabine verließ, machte diese Annahme umgehend hinfällig. Als die beiden gegangen waren, schloß Jon leise die Tür und schüttelte dann betont lässig Hut und Mantel aus. Die Feuchtigkeit hatte sein schwarzes Haar an den Kopf geklebt, und er fuhr ein paarmal ungeduldig mit den Fingern durch die Strähnen, ehe er sich mit dem Rücken an die Tür lehnte und die Arme vor der Brust verschränkte.

»Wie wäre es, wenn du mir freundlicherweise erklärten würdest, was zum Teufel du hier machst?« Seine Stimme klang immer noch ruhig, doch die Wut in seinen Augen blitzte wie ein Leuchtfeuer. Am liebsten hätte Cathy vor diesem tödlichen Blick die Lider niedergeschlagen, doch dann gab sie sich bewußt einen Ruck, steckte das Badetuch ordentlich fest, reckte mutig das Kinn und hielt seinem Zorn mit stoischer Miene stand.

»Ich verlasse dich. Ich dachte, das sei offensichtlich.«

»So, du verläßt mich also. Einfach so, ohne ein Wort, während ich mir die Hacken wund laufe, um für dich und deinen Sohn den Lebensunterhalt zu verdienen. Für unseren Sohn!« Die grauen Augen versengten sie nahezu, doch Cathy wich ihnen nicht aus.

»So ist es.«

»Einen Teufel wirst du tun!« Er stieß sich mit den Schultern von der Tür ab, durchquerte den Raum mit zwei großen Schritten und legte seine Hände schwer auf ihre nackten Schultern. Cathy rührte sich nicht vom Fleck, sondern zwang sich dazu, seinem Blick mit einer Forschheit standzuhalten, die sie keineswegs empfand. Seine Finger bohrten sich tief in ihre zarten Schultern.

»Du wirst mich nicht verlassen!« zischte er durch zusammengebissene Zähne. Sein Wangenmuskel zuckte, sein ganzer Körper spannte sich vor Wut, sein Gesicht wurde dunkelrot. Er sah aus, als koste es ihn größte Überwindung, nicht auf sie einzuschlagen.

»Du kannst mich nicht aufhalten. Selbst wenn du mich mit Gewalt von diesem Schiff herunterzerrst. Früher oder später werde ich ein anderes finden. Du kannst mich nicht einsperren oder rund um die Uhr bewachen lassen.«

Ihre völlig ruhig vorgebracht Erklärung schürte seinen Zorn nur noch mehr. Er schüttelte sie, ließ sie die Kraft seiner Hände spüren. Cathys Haar löste sich aus dem Dutt, und das Handtuch begann zu rutschen. Sie bekam es gerade noch an einem Zipfel zu fassen und hielt es sich vor die Brust. Er hörte auf, sie zu schütteln. Seine Augen huschten wild über ihren beinahe nackten Körper hinweg.

»Warum? Habe ich dich geschlagen oder dich auf irgendeine Weise schlecht behandelt?« Cathy spürte seine eiserne Beherrschung und musterte ihn mit einem vielsagenden Blick. Jon tat ihr den Gefallen, zu erröten.

»Du bist konsterniert wegen neulich abends.« Das war eine Feststellung, keine Frage. Cathy weigerte sich, darauf zu antworten, wandte den Blick ab und starrte mit steinerner Miene über seine Schulter hinweg. Seine Hände glitten tiefer zu ihren Oberarmen.

»Ich entschuldige mich dafür. Genau wie du hatte auch ich an diesem Abend zuviel getrunken. Außerdem hast du mich absichtlich soweit gebracht. Seit Monaten schon machst du mir Avancen, selbst als Cray noch nicht geboren war. Welche Art von Reaktion hast du denn erwartet?«

»Jedenfalls keine Vergewaltigung!« schnappte Cathy und wünschte schon im nächsten Augenblick, sie hätte geschwiegen.

»Also gut, das tut mir leid. Es wird nicht wieder vorkommen, das verspreche ich. Was kann ich sonst dazu sagen?«

»Nichts!« Sie riß sich von ihm los, wickelte das Handtuch um sich und ging zu ihrer Kleidertruhe, um den Morgenrock herauszuholen. Als sie ihn sich überwarf drehte sie Jon den Rücken zu, spürte jedoch sehr wohl, wie sein brennender Blick sich in ihr Fleisch bohrte.

»Verdammt nochmal, du wirst mich nicht verlassen!« Wie ein Peitschenhieb durchschnitt seine Stimme das unheilvolle Schweigen im Raum. Cathy wirbelte mit wehender goldener Mähne und blitzenden Augen zu ihm herum.

»O doch, das werde ich«, fauchte sie, zog dabei den Gürtel ihres Morgenrocks stramm und ballte die Fäuste. »Und du kannst mich nicht aufhalten!«

»Und ob ich das kann!«

»Nein, kannst du nicht!« Cathy war jetzt nicht weniger wütend als er. »Schließlich bin ich nicht dein Besitz. Und außerdem gibt es so etwas wie Scheidung, wie du vielleicht gehört hast. Obwohl das eigentlich nicht nötig ist. Du hast diese Ehe für mich einer solchen Hölle auf Erden gemacht, daß ich mit Sicherheit keine zweite eingehen werde!«

Jon sog scharf die Luft ein. Seine Augen wurden so dunkel, als ob ihm jemand einen Hieb in den Magen versetzt hätte. Mit diebischer Freude, die sie jedoch zu verbergen suchte, stellte Cathy fest, daß es ihr gelungen war, ihn zu verletzen. Er machte einen Schritt auf sie zu, blieb dann aber stehen. An seinen Mundwinkeln erschienen zwei dünne, weiße Linien.

»Du erwartest wohl, daß ich vor dir auf die Knie falle, stimmt's?« knurrte er mit der Stimme eines wilden Tiers. »Ja, das war dein einziges Sinnen und Trachten von Anfang an, daß ich vor dir zu Kreuze krieche. Also gut, du Miststück, du hast gewonnen. Ich flehe dich an: Verlaß mich nicht!«

Aus seinen Augen sprach der pure Haß. Cathy starrte ihn an und spürte dabei, wie sie vor Verwunderung den

Mund aufsperrte. Er flehte sie an ... ihr stolzer Pirat flehte sie tatsächlich an, ihn nicht zu verlassen! Eine aufkeimende Hoffnung ließ ihr Herz schneller schlagen. War es möglich, daß ... Sie mußte sich Gewißheit verschaffen.

»Warum willst du denn, daß ich bleibe, Jon?« fragte sie mit zuckersüßer Stimme. Ihre Augen wichen dabei keinen Moment von seinem Gesicht. Die dunkle Röte des Zorns bahnte sich ihren Weg über seine Wangen. Seine Augen glichen zwei glühenden Kohlen.

»Zum Teufel, du gibst anscheinend nicht eher auf, als bis du deine Genugtuung bekommen hast, wie?« fauchte er wutentbrannt. »Also gut, hier hast du sie. Ich liebe dich, verflucht nochmal. So, und jetzt geh und lach dich kaputt!«

»Sag das noch einmal.« Cathy spürte, wie ein Lächeln um ihre Mundwinkel spielte. Auch er sah es, und sein Gesicht erstarrte augenblicklich zu einer steinernen Maske. Cathy ließ sich davon nicht beeindrucken. Sie schwebte bereits auf einer Wolke höchster Glückseligkeit. Kaum konnte sie es fassen. Er hatte gesagt, daß er sie liebte – und dem wütenden Klang dieser Worte nach zu urteilen, meinte er es auch so.

»Du findest das wohl lustig, wie?« knurrte er, streckte eine Hand aus und zog sie grob an sich. »Mal sehen, ob dir danach nicht doch das Lachen vergeht!«

Sein Mund ergriff unsanft von ihren Lippen Besitz, seine Arme umschlangen sie wie Eisenbänder. Er küßte sie so erbarmungslos, daß sie fürchtete, ihr Rückgrat würde brechen. Cathy zitterte in seiner Umarmung, umfaßte seinen Nacken und drückte ihn zärtlich an sich.

»Ich liebe dich doch auch, du Dummkopf«, murmelte sie an seinen warmen Hals, als er ihren Mund freigab, damit sie Luft holen konnte. Und plötzlich wurde er ganz ruhig, seine Hände gefroren in ihren liebkosenden Bewegungen. Augenblicke später nahm er sie bei den Schultern und drückte sie auf Armeslänge von sich weg, damit er ihr ins Gesicht schauen konnte. Cathy lächelte ihn aus verschleierten Augen an.

»Was hast du gesagt?« Seine Stimme war voller Mißtrauen. In seinen Augen loderte ein wildes Feuer.

»Ich sagte, daß ich dich liebe. Und wenn du nicht so stur und verbohrt gewesen wärst, wüßtest du das schon seit Monaten.«

Das Feuer in seinen Augen drohte sie zu versengen.

»Wenn du glaubst, du könntest ein Spiel mit mir treiben …«

Er brach unvermittelt ab und knirschte warnend mit den Zähnen. Cathy schüttelte langsam den Kopf und blickte ihn dabei aus warmen, zärtlichen Augen an.

»Ist das denn so unvorstellbar?« fragte sie mit einem zärtlichen Lächeln. »Zugegeben, du kannst manchmal ein rechtes Scheusal sein, du bist rasend eifersüchtig und hast ein zügelloses Temperament – aber die Geschmäcker sind nun mal verschieden.«

Er schloß die Augen und zog sie mit zitternden Händen an sich. Sie spürte seinen Mund auf ihrem Haar, schlang die Arme um seine Hüften, hielt ihn fest an sich gedrückt und lauschte seinen Liebeserklärungen, seinen Versprechungen und zärtlichen Koseworten. Jede einzelne Silbe geleitete Cathy ein Stück höher hinauf in den siebten Himmel. Sie kuschelte sich an seine starke Brust, liebkoste mit den Lippen den dunklen Haarpelz und zupfte dabei mit zitternden Fingern das Hemd aus seinem Hosenbund. Zärtlich strich sie ihm über den Rücken und spürte dabei unter den Fingerspitzen die Narben, die ihn bis in sein Grab begleiten würden. Ihre Hände streichelten ihn liebevoll und hielten dann unvermittelt inne. Vielleicht zweifelte er ja immer noch an ihren Worten …

»Liebster, du glaubst mir doch, nicht wahr?«wisperte sie und wich ein wenig zurück, damit er sie hören konnte. Er mußte den Kopf herunterbeugen, um sie zu verstehen.

»Was soll ich glauben?« Er lächelte, als sie ihm noch

einmal sagte, daß sie ihn liebe. Dann kuschelte sie sich wieder in den warmen Bogen seiner Arme und studierte liebevoll sein Gesicht. Seine Augen leuchteten, brachten mehr Zärtlichkeit zum Ausdruck als je zuvor. Sie hatte ihn gezähmt, dachte sie, berauscht von seiner Ausstrahlung, seiner Berührung, seinem Geruch. Ja, sie hatte einen wilden Wolf gelehrt, ihr aus der Hand zu fressen. Das Gefühl war unbeschreiblich, das Lächeln, das sie ihm schenkte, hinreißend. Sie war versucht, alle unbeantworteten Fragen auf später zu verschieben, doch sie mußte sicher sein, daß alle Mißverständnisse aus dem Weg geräumt waren.

»Was damals geschah, als du im Gefängnis warst ...«, begann sie sanft. Die Muskeln an den Armen, die sie hielten, spannten sich an, und in seinen Blick schlich sich wieder der kalte, wachsame Ausdruck. Aus ihren Augen jedoch leuchtete nichts als Liebe, als sie die Veränderung beobachtete, und nach einer Weile entspannte er sich und lächelte auf sie herab, obgleich noch eine winzige Spur Argwohn in seinem Gesicht lag.

»Du brauchst für das, was du getan hast, nicht nach Entschuldigungen zu suchen«, sagte er ganz ruhig, und jetzt loderte die Flamme der Leidenschaft in seinen Augen. »Ich habe es verdient. Was ich dir angetan habe – Entführung, Vergewaltigung, dich zu zwingen, meine Mätresse zu sein –, das alles ist unverzeihbar. Das einzige, was zählt, ist, daß du mich liebst. Laß die Vergangenheit ruhen, wir wollen nie wieder darüber sprechen.«

Cathy stieß einen Laut aus, der irgendwo zwischen einem Lachen und einem Schrei lag.

»Aber Jon, Liebster, ich schwöre dir, daß ich damit nichts zu tun hatte! Ich wußte nicht einmal, daß du im Gefängnis warst, glaub mir. Die ›Lady Chester‹ ist an dem Tag, an dem du geflohen bist, nach England abgesegelt! Ich konnte davon doch gar nichts wissen!«

»Nachdem ich geflohen bin?« wiederholte er ungläubig, die Brauen zu schwarzen Balken zusammengezogen. »Wovon sprichst du denn überhaupt?«

»Nach unserer Hochzeit«, versuchte Cathy ungeduldig Klarheit zu schaffen, begleitete ihre Worte jedoch mit einem tadelnden Blick, »bist du geflüchtet. Das wirst du doch wohl nicht vergessen haben, oder?«

»Meine Liebe, nach unserer Vermählung und nachdem dein Vater mir mit einem sehr gekonnten Schlag die Lichter ausblies, weil ich es gewagt hatte, dich anzuschnauzen, war ich absolut nicht in der Lage, irgendwohin zu flüchten. Ich habe die Überfahrt im Bunker der ›Lady Chester‹ zugebracht. Als sie in Portsmouth andockte, wurde ich in Ketten nach London gebracht und dort ins Newgate-Gefängnis geworfen. Einige Tage später hat man mir mitgeteilt, daß ich der Piraterie für schuldig befunden und zum Tode verurteilt worden sei, ohne daß man mir auch nur die Freundlichkeit erwiesen hätte, meinem eigenen Prozeß beizuwohnen. Ich habe es ausschließlich meinen Männern zu verdanken, daß ich heute nicht bereits in einem Armengrab neben dem Gefängnis vermodere. Die einzige Flucht, mit der ich zu tun hatte, war die in London, in jener Nacht, als ich in das Haus deiner Tante eingebrochen bin.«

»Aber ich dachte ...« In Cathys Kopf drehte sich alles. Wie konnte das sein? Bevor sie ihre Gedanken ordnen konnte, wurde sie von einem lauten Klopfen an der Tür unterbrochen. Jons Arme schlangen sich fester um sie, in seinen Augen stand ein großes Fragezeichen.

»Erwartest du einen Gast?«

»Nein, selbstverständlich nicht. Es wird wahrscheinlich Martha sein – oder mein Vater.«

»Ah, ja. Dein Vater. Das trifft sich gut. Mit dem habe ich nämlich noch ein Hühnchen zu rupfen.«

Dieser Ausspruch aus dem Munde eines Mannes, der ihrem Vater nur einmal begegnet war, und das unter ziemlich mißlichen Umständen, versetzte Cathy in Erstaunen. Hier war irgend etwas im Gange, das sie nicht so recht begriff. Cathys Stirn legte sich in nachdenkliche Falten, als sie zur Tür ging und öffnete.

»Tochter, ich muß mit dir reden. Da gibt es etwas, das du wissen ...« Sir Thomas' Stimme verlor sich, als sein Blick an Cathy vorbeiwanderte und auf den großen Mann traf, der ihn vom anderen Ende der Kabine her aus kalten Augen musterte.

»Hale! Ihr müßt wissen, daß ich nach Euch habe schicken lassen. Das war es, was ich Cathy gerade erzählen wollte.«

»Papa, wovon sprichst du denn überhaupt? Weshalb hast du nach Jon schicken lassen?« fragte Cathy verwundert und trat dabei einen Schritt zur Seite, um ihrem Vater Platz zu machen. Sir Thomas, den Jons Augen förmlich durchbohrten, ignorierte sie jedoch völlig.

»Es war eine Lüge, nicht wahr?« knurrte Jon. »Sie hatte nichts damit zu tun, wußte von gar nichts, habe ich recht?«

»Ja.« Sir Thomas' Gesicht war aschfahl; flehend sah er Jon an. »Sie wußte von nichts.«

»Großer Gott! Mann, seid Ihr Euch überhaupt darüber im klaren, daß ich Cathy am liebsten umgebracht hätte?« Die Worte flogen wie Pfeile durch den Raum.

»Ich weiß.« Sir Thomas Stimme klang auf einmal unendlich müde. »Ich war wie von Sinnen, als sie verschwunden war. Man informierte mich, daß es Euch gelungen wäre, aus dem Gefängnis zu entfliehen, und da wußte ich, daß Ihr sie mitgenommen habt. Ich dachte ... O Gott, was ich mir alles ausgedacht habe! Aber Ihr habt ihr kein Leid angetan, und dafür danke ich dem Herrn.«

»Das solltet Ihr auch. Ich war nämlich nahe dran. Ich hatte es vor, glaubt mir, aber irgendwie habe ich es dann doch nicht übers Herz gebracht. Doch ...«

»Um Himmels willen, würde einer von euch bitte die Güte haben und mir erklären, worum es hier eigentlich geht? Papa? Jon?« Cathy sah fragend von einem zum andern.

Beide Männer drehten sich zu Cathy um, die im schwachen Schein der Lampe so schmal und zerbrechlich wirkte mit den langen rotgoldenen Locken, die ihre in blaue Seide gehüllte Gestalt umrahmten, und den feingeschwungenen Brauen, die sich zweifelnd krümmten. Jons Gesicht hatte sich aufgehellt, und Cathy lächelte ihm zu, ein kleines, vertrauliches Lächeln, dessen sie sich kaum bewußt war. Sir Thomas beobachtete die beiden zutiefst bekümmert.

»Ich habe dir großes Unrecht zugefügt, meine Tochter«, begann Sir Thomas mit schwerer Stimme. »Aber bitte glaube mir, daß ich zu jenem Zeitpunkt nur dein Wohl im Sinn hatte.«

Er machte eine Pause, schien nach passenden Worten zu suchen. Und während Cathy ihn aufmerksam betrachtete, kristallisierte sich aus ihren vagen Vermutungen eine plötzliche Gewißheit heraus. Jon durchquerte mit großen Schritten den Raum, stellte sich hinter sie, umfaßte sie mit beiden Armen und drückte sie an sich. Cathy löste ihren Blick keine Sekunde von ihrem Vater, während sie sich an die schützende Brust ihres Mannes lehnte.

»Jon ist nicht von der ›Lady Chester‹ geflohen, nicht wahr, Papa? Du hast mich belogen.« Noch während sie die Worte aussprach, wußte sie, daß es so gewesen war. Das leichte Kopfnicken ihres Vaters zur Bestätigung war nicht mehr nötig.

»Erzähl mir alles, Papa.« Sie schien ruhig, obgleich ihr die Tränen unter den Lidern brannten, als Sir Thomas mit stockender Stimme berichtete, wie er Jon in England ins Gefängnis werfen ließ, seinen Prozeß vorangetrieben und seine anschließende Verurteilung zum Tode durch den Strang erwirkt hatte. Als er dann von den Auspeitschungen sprach, die er angeordnet und die er bezahlt hatte – und daß er Jon gesagt habe, dies alles geschähe auf Cathys Wunsch – stieß sie einen leisen, entsetzten Schrei aus. Jons Arme schlossen sich unwillkürlich fester um ihre Taille, seine Lippen berührten ihr Haar. Sir Thomas wirkte zutiefst deprimiert.

»Nachdem ich dann eure Spur bis Charleston verfolgt hatte, fand ich meine Tochter bei bester Gesundheit, doch gefühlsmäßig enttäuscht vor«, schloß Sir Thomas und richtete sich jetzt direkt an Jon. »Es gelang mir, ihr genügend Informationen zu entlocken, um zu dem Schluß zu kommen, daß sie sich ungeliebt fühlte. Allerdings konnte ich mich mit eigenen Augen davon überzeugen, wie gut Ihr sie unter den gegebenen Umständen behandelt habt, und mir wurde klar, daß das gar nicht so sein konnte. Ich willigte schließlich ein, ihr dabei zu helfen, Euch zu verlassen, faßte aber gleichzeitig den Vorsatz, mich mit Euch in Verbindung zu setzen und die Wahrheit zu gestehen. Doch wie ich heute abend sehen konnte, ist es Euch bereits ohne mein Zutun gelungen, die Sache zu klären. Ich bedauere zutiefst jegliches Leid, das ich Ihnen, Käpten Hale, und dir, liebe Tochter, zugefügt habe, und hoffe sehr, daß ihr mir eines Tages verzeihen werdet.«

Seine müden blauen Augen ruhten bekümmert auf Cathy, als er geendet hatte, und sie brachte es nicht übers Herz, die stumme Bitte darin zu ignorieren. Schnell löste sie sich aus Jons Umarmung, ging zu ihrem Vater hin, legte sanft ihre Hand auf seinen Arm und drückte ihm einen zärtlichen Kuß auf die Wange.

»Selbstverständlich verzeihen wir dir, Papa. Ich weiß, du hast es nur aus Liebe zu mir getan.« Und nachdem sie Jon einen auffordernden Blick zugesandt hatte, straffte dieser seufzend die Schultern, ging sehr langsam auf Sir Thomas zu und streckte ihm schließlich die Hand hin, die der alte Mann dankbar ergriff. Cathy kamen fast die Tränen, als sie das verdächtige Schimmern in den feuchten Augen ihres Vaters sah.

»Ich nehme an, wir müssen lernen, uns gegenseitig zu

tolerieren«, sagte Jon trocken und löste dabei seine Hand aus Sir Thomas' ängstlicher Umklammerung. »Ihr seid der Vater meiner Frau und der Großvater meines Sohnes. Und da ich die Absicht habe, diese beiden nicht mehr herzugeben, ja, die Familie sogar noch zu vergrößern, werden wir uns künftig wohl des öfteren begegnen. Wenn Ihr einen geläuterten Piraten als Schwiegersohn verkraften könnte, dann, schätze ich, werde ich mich wohl auch mit einem unaufrichtigen Earl als Schwiegervater zufriedengeben müssen.«

Jon hatte seine Worte mit einem Lächeln begleitet, das Sir Thomas glücklich erwiderte. »Ich bin stolz, Euch in der Familie zu haben«, gab er zurück. Er umarmte seine Tochter, tauschte noch einmal einen kräftigen Händedruck mit Jon und empfahl sich dann diskret. Als sich die Tür hinter ihm geschlossen hatte, lehnte Jon sich mit dem Rücken dagegen und sah Cathy aus strahlenden Augen an.

»Und, meine Liebe?« fragte er leise. Cathy flog förmlich quer durchs Zimmer auf ihn zu und barg ihr Gesicht an seiner breiten Brust. Jon legte liebevoll die Arm um sie.

»Du mußt mich entsetzlich gehaßt haben, Jon«, wisperte sie an seine Hemdbrust.

Jon schmunzelte ein wenig, vergrub sein Gesicht in ihrem Haar und genoß die seidige Fülle. »Habe ich – und weil ich dich so sehr liebte, konnte ich den Gedanken einfach nicht ertragen, daß du fähig warst, mir so etwas anzutun. Gerade war ich doch soweit, daran zu glauben, daß du mich ein bißchen magst, mußt du wissen, als plötzlich alles um mich herum in Trümmer fiel.«

»Ein bißchen magst?« Cathys Lachen klang in ein Seufzen aus. »Zu diesem Zeitpunkt war ich bereits seit Wochen bis über beide Ohren in dich verliebt. Ich hätte es dir gerne gesagt, aber ich fürchtete, daß du mir keine echte Liebe entgegenbringst. Ich dachte, du wolltest mich nur fürs ... fürs ...« Sie brach errötend ab. Jon schob sie ein wenig von sich weg, um sie anzuschauen. Als er ihren hochroten Kopf sah, begann er zu grinsen.

»Du hattest recht«, erklärte er und schnitt dabei ein niederträchtiges Gesicht. »Ich wollte dich tatsächlich fürs ... fürs ... und das will ich immer noch. Aber gleichzeitig liebe ich dich mehr, als ich glaubte, jemals etwas oder jemanden in meinem Leben lieben zu können. Und wenn du es zuläßt, werde ich den Rest meines Lebens damit zubringen, dir das zu beweisen.«

Diese letzten Worte hatte er mit einer solchen Zärtlichkeit gesprochen, daß Cathys Herz schmolz. Sie lächelte liebevoll zu ihm auf, stellte sich auf die Zehenspitzen und hob ihm ihre Lippen entgegen. Jon zog sie an sich und preßte seinen Mund auf den ihren. Er küßte sie leidenschaftlich und mit einer nie gekannten Innigkeit, die Cathys Blut zum Prickeln brachte. Als sie sich nach einer Weile von ihm losmachte, um Luft zu holen, zitterte sie am ganzen Körper; ihre Wangen glühten, und ihre Augen leuchteten. Jon hörte nicht auf, sie zu küssen, berührte mit seinen heißen Lippen ihren Hals, ließ sie am Ausschnitt ihres Morgenrocks hinunterwandern, bis sie das warme, weiche Tal zwischen ihren Brüsten erreicht hatten. Cathy hielt ihn dabei an sich gedrückt und streichelte mit der freien Hand zärtlich über sein schwarzes Haar. Er liebte sie – und sie liebte ihn. Nichts konnte sie jemals wieder auseinanderbringen.

»Liebster, als du zu meinem Vater gesagt hast, daß du unsere Familie vergrößern möchtest – war es dir damit ernst? Ich ... ich weiß, daß du nicht allzu glücklich warst, als ich dir das mit Cray erzählte ...« Sie verstummte, als er den Kopf hob und sie ansah.

»Liebste, du glaubst doch nicht wirklich, daß mir Cray ungelegen kam, oder? Ich liebe dich. Und ich werde alle Kinder lieben, die du mir schenkst. Ich hatte damals nur so schreckliche Angst, dich zu verlieren ... ich hatte Angst, du würdest sterben. Und das hat mir schier den

Verstand geraubt. Deshalb habe ich so reagiert, als du mir sagtest, daß du schwanger bist.«

»Oh, Jon«, seufzte Cathy und preßte sich wieder leidenschaftlich an ihn, streichelte zärtlich über seinen breiten Rücken. »Werden wir viele Kinder haben?«

»Dutzende«, erwiderte er schwer atmend, hob sie auf die Arme und drückte sie an seine Brust. In seinen Augen brannte das Feuer der Liebe, als sich ihre Blicke begegneten. »Mindestens zwanzig. Ich werde einen Terminplan entwerfen. Und ich schlage vor, wir machen uns am besten gleich an die Arbeit, wenn wir unser Ziel erreichen wollen.«

»Hier?« murmelte Cathy benommen und schmiegte sich enger an ihn. »Aber Liebster, sollten wir nicht erst nach Hause gehen? Ich ...«

»Im Augenblick wünsche ich mir nichts sehnlicher, als mit dir im Bett zu liegen und dich zu lieben«, hauchte er an ihr Ohr, während seine Lippen an ihrem Ohrläppchen und seine Zunge in ihrer Ohrmuschel diesem Wunsch Nachdruck verliehen. »Aber spätestens morgen fahren wir nach Hause zurück.«

Und so geschah es auch.